鲁枢元作品

WORKS
by
LU SHUYUAN

生态批评的空间

鲁枢元 著

浙江文艺出版社
Zhejiang Literature & Art Publishing House

图书在版编目（CIP）数据

生态批评的空间 / 鲁枢元著 . —杭州：浙江文艺出版社，
2024.8
　ISBN 978-7-5339-7705-4

　Ⅰ . I106-53

中国国家版本馆 CIP 数据核字第 2024FW6016 号

策划统筹　曹元勇
责任编辑　胡远行
营销编辑　耿德加　胡凤凡
责任印制　吴春娟　睢静静
封面设计　胡斌工作室

生态批评的空间

鲁枢元　著

出版发行　浙江文艺出版社
地　　址　杭州市环城北路 177 号
邮　　编　310003
电　　话　0571-85176953（总编办）
　　　　　0571-85152727（市场部）
印　　刷　上海盛通时代印刷有限公司
开　　本　700 毫米 × 1000 毫米　1/16
字　　数　568 千字
印　　张　41.75
插　　页　14
版　　次　2024 年 9 月第 1 版
印　　次　2024 年 9 月第 1 次印刷
书　　号　ISBN 978-7-5339-7705-4
定　　价　98.00 元（精装）

2018 年 4 月鲁枢元在克莱蒙特第十二届生态文明国际论坛
荣获"柯布共同福祉奖"并做主旨发言

2002 年 6 月 21 日至 24 日，鲁枢元在苏州大学主持召开"中国首届生态文艺学学科建设研讨会"，与会学者 40 余人向海内外发布《绿化文学·绿化心灵倡议书》。图为与会的部分学者，左起：张皓、赵白生、韦清琦、刘蓓、鲁枢元、曾繁仁、朱志荣、姚鹤鸣、陈剑澜、陈义海、曾永成、陈健敏

2010 年 8 月，鲁枢元在苏州大学生态批评研究中心会见来访的国际美学学会前主席、美国长岛大学教授阿诺德·伯林特

2015 年 10 月，前国际美学学会主席、环境美学创始人之一约·瑟潘玛教授与美国纽约大学生态文化学者张嘉如教授在黄河科技学院生态文化研究中心

2012 年鲁枢元与大卫·格里芬在山东大学举办的生态美学国际研讨会上

2019年7月，鲁枢元在黄河科技学院主持"传统文化思想与人类纪生态困境中西学术交流会"，
美国著名生态文化学者、爱达荷大学兼内华达大学教授斯科特·斯洛维克
与南京师范大学韦清琦教授做主旨演讲。
会后，鲁枢元偕斯洛维克、韦清琦一行在南太行山考察

2017 年 9 月，鲁枢元邀请美国耶鲁大学玛丽·伊芙琳·塔克教授和约翰·格瑞姆教授
访问黄河科技学院生态文化研究中心，双方就中西生态文化展开学术交流

2010 年 12 月，鲁枢元在中国台湾淡江大学举办的"第五届国际生态会议"闭幕式上致辞

总 序

胡大白*

　　上世纪 80 年代初，鲁枢元教授是我在郑州大学的同事，我的专业是现代文学，他的专业是文艺理论。在课堂教学上鲁枢元是一位深受学生爱戴的教师；在中国学术界，鲁枢元是一位颇具个人特色的学者。他出身寒门，没有骄人的学历，却一步一步攀登上中国学术领域的高地；他为人谦让、宽厚，治学道路上却不守成规、一意孤行；他自称文化保守主义者，始终坚守着自己脚下的土地，而他的一些研究成果却在不经意间辐射到西方。

　　鲁枢元治学的一个显著特色，是将传统的文艺学学科的边界拓展到心理学、语言学、生态学诸多领域。在新时期文学史中，他被视为文艺心理学学科重建的代表人物之一；他的《超越语言》一书同时受到文学界、语言学界的共同关注却又引发激烈争议。王蒙先生曾夸奖他的文学评论"别树一帜"。进入 21 世纪以来，他专注于生态文化研究，坚持不懈地将"生态"这一原本属于自然科学的概念导入现代人的精神文化领域，把"人类精神"作为地球生物圈中一个异常活跃的变量引入生态学学科。他面对日益严峻的生态困境，认真汲

---

* 胡大白，黄河科技学院创建人、教授，中国当代教育名家，第八届世界大学女校长论坛"终身荣誉奖"获得者。

取东、西方先民积淀的生存智慧，试图让"低物质消费的高品位生活"成为新时代的期许。因此，他被誉为中国生态批评里程碑式的人物、中国生态文艺学及精神生态研究领域的奠基人。

这部文集共十二卷，收录了他从 1977 年开始撰写的约 400 万字的文章。其中，包含三个方面的内容：学科理论建设；作家作品评论；散文、随笔以及日记、书信等日常写作。这些体裁不同、跨越近半个世纪的文章，从一个侧面呈现出中国社会生活的变革、国民心态的起伏、文化艺术理论的创新及中西当代学术交流的轨迹，在一定程度上反映了时代的精神状况，或许还为当代文化心态史的研究提供某些参照。

2015 年春天，鲁枢元于苏州大学退休后，在我的邀请下入驻黄河科技学院并创建生态文化研究中心。在我看来，鲁枢元是一位既能持守东方传统文化精神同时又拥有开放的世界眼光的学者，我相信他发自内心的学术探讨一定也是利国利民的，因此全力支持他做他自己愿意做的事，不设任何框框，不附加任何条件。事实证明，这样做的结果充分发挥了他治学的自由度与能动性，入驻黄河科技学院的这一时期，成为他学术生涯的又一高峰。与此同时，他出色的学术活动也为黄河科技学院的生态文化研究带来世界性的声誉。

鲁枢元是一位真诚的学者，在他的治学生涯中，他坚信性情先于知识，观念重于方法，创新的前提是精神自由。同时他还认为生态时代应该拥有与时代相应的"绿色话语形态"，学术文章也应该蕴含情怀与诗意，应该透递出作者个体生命的呼吸与体温。钱谷融先生曾经赞誉鲁枢元的属文风格：既是思想深邃的学术著作，又是抒发性灵的优美散文。读者或许不难从这套作品集中获得阅读的愉悦。

鲁枢元曾对我说过，他希望他的文字比他的生命活得长久些。我相信凡是用个体生命书写下的文字，必将是生命在历史长河中的延续。适值他的十二卷作品集出版，作为他多年的老友，特向他表示衷心祝贺！

目　录

001_　自序

卷一

003_　生态批评的知识空间——兼谈生态文艺学的学科形态

016_　生态学的人文转向与生态批评

027_　生态时代：中西方学术交流的新气象

045_　生态困境中的精神变量与"精神污染"

056_　地球"精神圈"与生态内源调节机制

061_　人类纪的文学使命：修补地球精神圈

075_　三分法与精神生态

088_　开发精神生态资源

卷二

105_　元问题：人与自然——陶渊明与卢梭、梭罗的比较陈述

125_　浅说生态哲学

136_　我与怀特海的过程哲学——在"建设性后现代哲学与生态文化研究中心"成立大会上的讲话

144_ 自然哲学的缺失——在刘再复讲演会上的讲话

146_ “天人之际”的当代西方解读——专题影片《宇宙之旅》观感

156_ 德日进的宇宙精神学说与生态美学

176_ 审美与生态的整合——读曾繁仁新著《生态美学导论》

179_ 曼纽什的美学怀疑论与生态美学——在“对话与理解：生态美学话语研究”国际研讨会上的发言

190_ 审美与复杂性生态哲学

194_ 城市之忧与环境美学——与环境美学家阿诺德·伯林特一次学术交流

205_ 诗情的消解与西美尔的货币哲学

214_ 逆流而行的勒克莱齐奥

223_ 佛教与生态——兼谈庐山万杉寺的生态因缘

卷三

239_ 生态学与文艺学——与余谋昌先生的对话

255_ 生态批评的对象与尺度

266_ 文学是人学的再探讨——在生态文艺学的语境中

274_ 关于文学与社会进步的反思

290_ 自然之维：中国文学史书写的生态视阈

302_ 海德格尔的自然哲学与诗歌灵性

313_ 环境文学·生态观念·和谐社会——在中国环境文化促进会“环境文学与和谐社会学术研讨会”的演讲

317_ 文学能够为人与生物圈的和谐做些什么——纪念《人与生物圈》杂志创刊 25 周年

324_ 乌鸦的叫声——关于海南国际旅游岛的生态建言

329_ 生态文艺学研究的观念与方法——在山东大学文艺美学基地的讲演

337_ 20世纪中国生态文艺学研究概况——应徐中玉先生约稿

卷四

345_ 生态文化的视野——《生态文化研究资源库》绪论

392_ 汉字"风"与中国古代生态文化精神

415_ 聊斋志异的生态文化解读

439_ 关于中西方生态文化思想的通信

452_ 低物质消耗的高品位生活——在华夏文明与世界文明论坛的演讲

456_ 日常生活审美化与审美日常生活化

473_ 价值选择与审美理念——关于"日常生活审美论"的再思考

484_ 文化生态与生态文化——兼谈消费文化、城市文化与美学的生活化
     转向

495_ 消费文化与生态文化——邂逅迈克·费瑟斯通

502_ 绿色学术的话语形态

516_ 数字化风险与修辞空间的拓展

531_ ChatGPT之后如何做学术

卷五

545_ 开启"启蒙之蒙"——与王治河、樊美筠对话第二次启蒙

561_ 知白守黑,营造新时代的生态文明

566_ 东方乌托邦与后现代浪漫——三生谷柯布生态书院生态文明公益讲座

580_ 世界的梭罗,世界的陶渊明——在"超越梭罗:对自然的文学反应"国
     际研讨会开幕式上的致辞

582_ 陶渊明的田园时光与柯布的有机农业愿景——在第 12 届生态文明国际论坛的演讲

591_ 我与"精神生态"研究三十年——后现代视域中的天人和解

621_ 生态社会能否成为一种期待？

641_ 在"第五届国际生态会议"闭幕式上的致辞

643_ 初版后记

645_ 新版后记

附录

649_ **绿化文学，绿化心灵**——中国首届生态文艺学学科建设研讨会倡议书

自 序

人类整体上也是会犯错误的。

在人类历史上,尤其是在人类近三百年的快速发展历史中,整个人类犯下的一个严重错误,就是忽略了地球生态系统的平衡,乃至酿成了如今世界性的生态灾难。三百年来,总是说社会在发展、在进步,发展进步的结果,人类却连自己的呼吸、饮水等最根本的生存条件都遭遇到难以解决的困窘,更不要说人类赖以存活的唯一家园——地球生态系统已经到了崩溃的边缘。尽管人们已经开始做出种种努力,生态危机的严重局面仍在日益加剧,而且日益深入地蔓延到人类社会的道德领域、文化领域、精神领域。

生态问题已经成为一个世界性的、划时代意义的话题,生态学开始走出其固有的狭窄学科领域,开始作为一种新的世界观,重新审视人类的生存理念和行为准则。在西方,甚至有人讲,生态学已经成为一门"颠覆性的学科",它将要"颠覆"的是三百年来支配人类社会突飞猛进、为所欲为的价值观、世界观。"颠覆"同时意味着一种知识体系和文明范式的转换,即人类社会从工业文明时代向生态文明时代的衍变与转换。在知识界,随着生态意识的觉醒,生态观念开始作为一种弥漫性的学术背景渗透到政治、经济、文化、教育领域的各个方面。生态哲学、生态社会学、生态政治学、生态人类学、生态经济学、生态文艺学、生态美学、生态法学……的破土而出，不只显示出学科建设的意义，也是一场精神文化领域的巨大变革。

仅从文学理论批评的角度看，生态批评是继女性批评、后殖民批评之后，自20世纪80年代以来渐渐形成的又一个批评派别。但如果透过"人类文明知识系统"大转移这一宏观背景看，生态批评将负载着更多的时代精神与社会责任。正如美国当代生态批评家劳伦斯·布伊尔（Lawrence Buell）教授指出的：生态批评是在一种环境运动实践精神感召下开展的，生态批评家不仅把自己看作从事学术活动的人，还深切关注当今的环境危机，参与实际的生态运动。他们坚信文学批评和文化研究可以为挽救生态危机作出贡献。生态批评家不赞成美学上的形式主义，不坚持学科上的自足性。生态批评是跨学科的，特别注重从其他学科及其他批评模式中吸取经验。在布伊尔看来，生态危机是一种覆盖了整个文明世界并关乎每个人日常生活经验的普遍现象，因此生态批评的任务不只在于鼓励读者重新亲近自然，同时还要培育一种观念、一种真切的人类生存意识，使每个人都认识到"他和他所栖居的地球生物圈是一个息息相关的整体"。

最初的生态批评只是把目光投注在文学作品的题材上，局限于"环境文学""自然写作""公害文学"的范围内，这虽然是必要的，但毕竟狭窄了些，这是一种狭义的生态批评；随着生态运动的持续开展，"生态批评"这一术语的含义也越来越复杂，其批评的领域也在不断扩大。概而言之，人类的文学艺术迄今为止所表现的，无外乎包括人类在内的自然万物在地球上的生存状态，因此都可以运用一种生态学的眼光加以透视、加以评判。当下我着重思考的是：如何让文学普遍接受一种生态观念，让生态批评能够面对整个文学现象。从中国古代的《诗经》，到古代希腊的神话；从曹雪芹的《红楼梦》，到托尔斯泰的《复活》；从印度的泰戈尔到日本的川端康成；一直到中国当代文坛上的鲁迅、沈从文、王蒙、莫言……全都可以运用生态学的批评尺度加以阐释、权衡。

甚至还不只是文学艺术,还应包括一切"有形式的话语"。生态批评不仅是文学艺术的批评,也可以是涉及整个人类文化的批评,从物质文化、制度文化到精神文化。我主张生态学可以划分为自然生态、社会生态、精神生态三个密切相关的不同层面,也是着眼于将人类与其生活的环境视为一个有机的、运动着的系统,将生态学研究的空间扩展到人与地球生物圈的整体范围内。

不管人们是否愿意承认,这次文学批评理论的"转移",是一次基于"人类文明知识系统"大转移之上的"时代性转移"。如果这样的转移真的已经开始,那么,人们甚至还可以期待,日益萎顿的文学精神将从与大自然的再度融合中获得新生,时代的转移将为人类历史悠久的文学艺术提供一次"重建宏大叙事,再造深度模式"的机遇。

总之,期待中的生态批评空间应该是更为广阔、更为恢宏的。

2006 年 2 月;2023 年 10 月修订

卷

一

生态批评的知识空间

——兼谈生态文艺学的学科形态

　　20 世纪 50 年代,奥地利学者路德维希·冯·贝塔朗菲(Ludwig von Bertalanffy)提出一个颇为自负的观点:生物学的世界观正在取代物理学的世界观,"19 世纪的世界观是物理学的世界观",而"生物学对现代世界观的形成作出了根本性的贡献"。① 他的这一断言竟为后来的时代发展所充分验证,物理学世界观向着生物学世界观的这一转换还被不少人称作人类文明史上的"第二次哥白尼革命"。

　　最初引发人类生活世界发生变革的,可能是一套"知识系统"。人类社会的生产能力、经济水平、国家政体、法律条文、教育方针、道德信念、审美趣味全都免不了受到这一知识系统的制约和监控。正如贝塔朗菲在谈到"物理学的世界观"时所说:"承认生物是机器,承认由技术统治现代世界以及人类的机械化,这只不过是物理学机械论概念的扩充和实际运用。"②

---

① ［奥］路德维希·冯·贝塔朗菲:《生命问题:现代生物学思想评价》,商务印书馆 1999 年版,第 1 页。
② 同上书,第 206 页。

迄今为止，人类文明史上已经出现过的，大体上有这样三种知识系统：神学的知识系统①、物理学知识系统、生物学的知识系统。塔朗菲对于它们的哲学概括分别是："活力论"、"机械论"、"整体论"。

在对于人、自然以及二者关系的解释上，三种知识系统得出的结论显然各不相同。

在神学知识系统看来，人和自然万物都是神(上帝或女娲)的造物，神把一种活力(灵气或生气)嘘进人体或物体之中，人和物便具有了生命。神是超验的，是君临于人与自然万物之上的一种统摄性存在。日月运行、季节转换、朝代更迭、生老病死全都是由于神的指令或掌控。天地万物统归神的主宰，神的意志就是天命，同时又是自然。天命不可违，对于天命的敬畏、信奉和景仰，对于自然的亲和与顺应，是人类社会安定幸福的保障。在这一知识系统中，人们凭借自己的"精神感受"领悟知识的真实与否，"信则灵"，"信仰"成了知识有效性的前提。

在物理学知识系统中，人和自然都不过是一种物质和能量，一种按照一定法则和定律运转的装置或器械。这些法则和定律就是"物之理"，对于这些法则定律的归纳和论证就是"科学"。人是富有理性的动物，惟有人可以认识、证实、把握这些法则和定律，首先是自然界的法则和定律，并进而利用其征服、操纵自然万物为人类造福。在这一知识系统中，即使是活生生的人，也必须符合并服从严格的科学定律。知识与价值无关，知识的客观性是科学的唯一保证。"科学"就是实证，经验的实证或逻辑的实证，科学成了判定知识真伪的法官；"理性"成了获取知识、同时也营造福利的工具，甚至成了人性的全部内容。

看似超然于世的文学理论、文学批评，其实也很难超出一个时代的"知识系统"的规约和限定；更多的情况下倒是自觉不自觉地趋附、投合所处时代的

---

① 此处"神学"(theology)，取其宽泛义，沿用柏拉图、亚里士多德的说法，即对神及其包括人在内的世界的关系的研究探讨。在柏拉图和亚里士多德的著作中，古希腊诗人荷马、赫西俄德因曾经收集民间神话故事、整理诸神谱系，均被称作"神学家"(Theologia)。

知识系统,以便为自己的理论批评成果寻求一个稳实牢靠的基础,争取更为广泛的社会效应。同时,文学批评自身也就成为漂浮在那一知识系统上空的一只象征性的风筝。

公元220年至589年,即中国的魏晋南北朝时期,这在中国是一个"神学"空前繁荣的时期,道教、佛教、玄学、禅宗不但成为上层社会与知识界的日常功课,而且在一般民众中也获得广泛普及。恰恰正是在这一时期,曹丕的《文论》、陆机的《文赋》、刘勰的《文心雕龙》、司空图的《诗品》异峰突起,分别在"主体论""创作论""鉴赏论""文学总论"诸领域树起丰碑,将中国的古典文学理论推向鼎盛,这绝非出于偶合。以刘勰为例,他推重儒学、谙熟老庄,还是大半个"和尚",青年时代曾"依沙门僧佑",长期栖居寺院,抄撰编订了《三藏记》《法苑记》《释迦谱》《弘明集》等大量佛教经藏,去世之前乃"燔鬓变服"正式剃度皈依佛门,法名慧地。"玄佛并用、儒佛合一、三教同流"最终使他成就了中国文论史上这部光辉巨著。

中国古代文学理论在观念方面的特点为:重神轻形、重意轻言、重内轻外、重无轻有、重直觉轻思辩、重自然轻人工、重虚静轻功利,这显然是为中国那一时代的知识系统所规定的。这些中国古代文学理论家认为,文学艺术与天地人心、自然万物全都是"道"的衍化物,并被统摄在"道"的运行轨迹中。"道"是生气、生机,是生命之根,是众妙之门,是文学、人心、自然的本源与神髓。"道"又是至高无上、至大无外、至细无内、无所不包、无所不容的。"道"究竟是什么,后来的中国学者们曾经力求运用现代社会知识系统的常识,从中找出"唯物的"、"科学的"、"自然规律的"确证来,到头来都免不掉穿凿附会的嫌疑。"道可道,非常道","道之为物,唯恍唯惚",中国古代知识系统中的这个"道"其实是不适宜言说解析的。作为一个"涵盖万有而又空无一有"的绝对存在,"道"就是"天",就是"神",它只能被信仰、被感悟,而不需要被解释、被实证。正是在这样一个知识系统中,才孕育出神理、神思、神趣、神韵、神游、神遇、神品、神化这些"神"字号的文学理论用语。也正是在这样一个知识系统内,才诞生了"大音希声、大象希形""得意忘象、得象忘言""物外传心,空中造色""行神如空、行气如虹""羚羊挂角、无迹可求""但见性情,不见文字""不著一字,尽得风流"这样独异的文学理论。也只有在中国古代的"神学知识系统"内,这些貌似怪诞诡谲的文学理论才可以是被领会的。

在物理学的世界观占据统治地位的现代西方国家,文学理论及批评早已彻底抛弃了对于一切不能把握、不能言说的事物的迷恋,而表现出对于理性、科学、分析、实证乃至方法、技术的偏爱,从而在文学艺术领域落实了物理学的知识原则。不少明眼人指出,"20世纪以来自然科学发展惊人……这又造成文学理论的迅猛发展,各个流派都要从不同理论、不同角度给文学理论上的种种问题以更科学、更深入的解释。"①"20世纪各种文论派别,都在试图把文学之外学科的规范和方法论引入文学理论,'科学化'看来是20世纪文论的一般性趋势。"②

在20世纪上半期近50年的时间里,俄国的"形式主义批评"及英美文学界的"语义学批评""新批评""结构主义批评"将这一倾向推向了极致。

形式主义批评的创始人罗曼·雅各布森(Roman Jakobson)的目的是建立一门"独立的文学科学"、"真正的科学",并且把"手法""技巧"看作这门"科学"的核心;瑞恰兹(Ivor Armstrong Richards)把文学的语义学批评称作"应用科学";新批评的主将勒内·韦勒克(Rene Wellek)视文学理论为"工具论"。鲍里斯·艾亨鲍姆(Boris Eikhenbaum)表白的更为坦率:"我们决心以对待事实的客观的科学方法,来反对象征主义的主观主义的美学原理。由此产生了形式主义所特有的实证主义的新热情;哲学和美学的臆想被抛弃了。"③到了结构主义那里,不但"哲学和美学的臆想"被抛弃了,自然万物、人类历史、作家心灵、社会生活、创作意图、文学题材全都被排除在文学之外,文学的图景与物

① A.杰弗逊、D.罗比等:《现代西方文学理论流派》,北京大学出版社1992年版,第1页。
② 赵毅衡:《新批评》,中国社会科学出版社1986年版,第116页。
③ 同上书,第115页。

理学家设想的原子内部结构的图景相似,成了一具纯粹的、透明的符号的框架。

　　20 世纪 60 年代的中国文学界注定还做不出这种类似原子结构的文学解释,但却曾经流行一种所谓"三结合"的文学创作方法,即"领导出思想,群众出生活,作家出技巧",把文学创作看作一个类似拼装工业产品的流水作业过程。这种看似低劣的文学创作方法,其实正是与中国低下的工业生产方式相一致的,同样是以西方现代社会的知识系统为背景的,是同一种机械论世界观的产物,与中国的传统文学理论毫不相干。就在那时,法国文学理论家皮埃尔·马歇里(Pierre Macherey)曾出版过一本题为《文学产生的理论》书,认为文学生产也像工业生产一样,作家只不过是把早已存在的社会生活、思想意识、文学体裁、语言符号加工安装成为最终的产品,就像机械工人把金属材料经过切削、焊接、磨光制造成各种零件并把它安装成一架飞机一样。这种露骨的"机械论"文学批评似乎不值一提,然而,一位西方学者却深刻地指出:马歇里的文学生产理论与俄国形式主义者把作家看成是运用技巧进行写作的艺人、与结构主义者巴尔特强调借用代码生产作品的思路是一致的。"虽然马歇里在 1966 年出版的这本书早于巴尔特的《S/Z》的出现,并在许多问题上是对早期结构主义的批判,但是,马歇里与结构主义仍然拥有共同的文化背景,并且发展了作家是从内部致力于研究符号和代码的人的理论。"①

　　在现代物理学看来,神学的那些"知识"根本就算不得知识,那只不过是"迷信",说得好听一点也只能算是"信仰"。在人类文明史上,物理学的知识系统是在与神学知识系统的生死搏斗中确立的,一些物理学家甚至还真的为此牺牲了生命。一般的历史书中都把物理学对于神学的胜利看作科学对于无知的战胜、理性对于蒙昧的战胜,看作人类社会的进步。从那时起,随着科学技术的节节胜利,随着神学知识系统的土崩瓦解,对于某种超验的东西的"信

---

① A.杰弗逊、D.罗比等:《现代西方文学理论流派》,北京大学出版社 1992 年版,第 183 页。

仰"，已在现代人的精神生活中淡化乃至完全消失了。在人类的知识系统由"神学"转向"物理学"时，人们收获的是知识以及由知识带来的力量；失去的是精神上的虔诚、敬畏和信仰。回顾 20 世纪历经的第一、第二次世界大战以及核战争的威胁、生存环境的恶化，人们才渐渐发现，这个似乎无往不胜的知识体系存在着太多的漏隙和空洞。

那些"物理学化"的文学理论对于自然、人心、文学现象是否也同样留下了太多的漏隙和空洞呢？

按照贝塔朗菲的说法，生物学的知识系统是在 20 世纪中期逐渐形成并完善起来的。生物学知识系统日趋成熟的标志表现在两个方面，一方面是对于有机分子、病毒、细胞原生质、遗传基因、生命的自组织、生物的超个体组织、机体行为的历史性、生物群落、生态系统、生态系统的动态平衡等一系列生物现象作出了科学的解释和验证；另一方面则表现为，这些生物学的原理开始被广泛地应用到生理学、解剖学、胚胎学、遗传学、生物物理学、生物化学以及医学、农学、林学、仿生学、航天学各个领域，同时，生物学还已经开始在心理学、经济学、社会学、政治学以及人类的精神活动领域施加自己的影响，甚至导致了一些基本哲学概念的产生。生物学开始在人类社会生活中占据重要地位。

但是，生物学真正成为一种独立的世界观，关键之处还在于它对固有的物理学知识系统的超越。开始的时候，生物学还只能依赖物理学中力学、声学、光学、电学、热学、磁学的原理来解释生命现象。现在，在物理学的知识系统之外，生物学发现了完全属于自己的真正的问题，拥有了自己的独特的领域。这些问题领域包括：生物有机体或生态系统的目的性、选择性、自组织性、自调适性、动态的整体相关性。面对这些问题，物理学机械论的世界观受到严重挑战，原先所谓的"客观世界"突然拥有了自己的"目的性"和"主动性"，原先所谓的铁定的"科学定律"在一个生物系统内几乎变成了"自由选择"；原先所谓的纯粹的结构在一个生物有机体那里其实也是有历史、有意志甚至拥有自己的"评价能力"的；原先所谓的主、客体的对立其实是一个系统内的相依相存；

原先所谓的科学领域的"可逆性""重复性"在生物学领域几乎全成了"一个独特的事件"、"一次性的创造"。传统物理学中实证的、数量化的方法在新的生物学、生态学面前不再是唯一有效的。

于是，"有机性"进入了现代物理学，"原子变成一个有机体"（贝塔朗菲，1952）；"精神"进入了生物学，"精神比病毒更像生物存在"（埃德加·莫兰，1974）；"人的良心"进入了生态系统，"人性，包括人的意识和良心，正如人的肉体一样，也是存在于生物圈中的"（汤因比，1996）①。地球，这个在茫茫太空中运行的天体，似乎一下子变成了一个拥有自己独立生命的"活物"，就像一个"巨大的单个细胞"（刘易斯·托马斯，1992）。法国生物学家埃德加·莫兰（Edgar Morin）在他的《迷失的范式：人性研究》一书卷首题词中写道："一切都促使我结束关于一个非人类的自然和一个非自然的人类的观点。"②人与天地自然的界限完全被拆除了，正如生态伦理学创始人霍尔姆斯·罗尔斯顿（Holmes Rolston）指出的"地球上的大气汇流应当包括人类的呼吸，人类的循环系统应当包括地球上的江河湖海"。③

可以作为案例的，便是生态学界提出的"盖娅假说"（Gaia hypothesis）：地球是一个整体的、复杂的系统，具有类似于生物性的本体感受系统，地球孕育了大地上的一切生命，而地球当下的生态状况又是靠地球上所有的生命之物——动物、植物、微生物、包括人类——来维护的。虽然不能说"地球就是一个生物"，但是，从生物学的知识原则看，"地球有一个能够承受复杂的生理过程的身体"。④

如此一来，是否意味着曾经被物理学击败的"活力论""万物有灵论"又死灰复燃、反攻倒算了呢？

① ［英］汤因比：《人类与大地母亲》，上海人民出版社 2001 年版，第 6 页。
② ［法］埃德加·莫兰：《迷失的范式：人性研究》，北京大学出版社 1999 年版，第 1 页。
③ ［美］霍尔姆斯·罗尔斯顿：《环境伦理学的类型》，见《哲学译丛》1999 年第 4 期。
④ 参见［美］林恩·马古利斯：《生物共生的行星》第 8 章：盖娅，上海科技出版社 1999 年版。

问题绝非如此简单。贝塔朗菲认为，物理学的"机械论"和神学的"活力论"都没有能够恰当地解释世界。"机械论用预先建造的机器的模式解释有机体中过程的有序性"，"活力论则乞求超自然的力量"，两种观点都不足取。他认为，"与这两种观点相对照，还有第三种可能"，即一种崭新的、超越了这两种观点的世界观，那就是"生物学的整体有机论"。

20世纪50年代以后，生态学的迅速发展，使新的生物学原则进一步在人类社会生活的各个领域发生效用，生态学已经逸出原先的"科学"的藩篱在人文领域生根开花。作为人类文明史第三阶段形成的"生物学知识系统"已经超越了先前的"物理学知识系统"，即贝塔朗菲所说的"生物规律比物理规律更具有普遍性"，[①]那么，我们难道还应当继续使用物理学的"科学"定则来规约生物学、生态学的知识系统吗？

作为一位20世纪的生物学家，贝塔朗菲希望对已经成为"世界观"的生物学知识系统仍然作出严格的、"科学"意义上的解释，但是他没有成功。他说"目前还没有例子能够实际地证明从生物规律中推导出物理规律（以及从心理规律中推导出生物规律）的'简化演绎'的程序"，他于是不得不承认："整体论是一种思辨哲学"。[②]

跨越了20世纪的生物学家埃德加·莫兰则认为应当建立一门"新科学"，即"人与大自然的普遍科学"，这门科学应当包容文化领域与精神领域的问题，以及宗教、伦理、形而上学方面的问题，把"世界、生命、人类、认识、行动"当作一个"充满活力"的"开放系统"。[③] 这样的"科学"如果存在的话，距离正宗物理学家们认可的"科学"恐怕已经十万八千里了！

"严格的科学"对于人类来说并不总是友好的。如果按照严格的"科学"说法，人类根本不是生命的中心，甚至也不靠近生命的中心，它只是地球上那

---

① ［奥］路德维希·冯·贝塔朗菲：《生命问题：现代生物学思想评价》，商务印书馆1999年版，第202页。
② 同上。
③ ［法］埃德加·莫兰：《迷失的范式：人性研究》，北京大学出版社1999年版，参见第188—192页。

个庞大的生命整体中一个迅速滋生起来的部分，就像人体上长出的肿瘤一样，已经对地球生命之网带来了巨大威胁。地球生命系统之中完全可以没有人类，但却不能少了细菌。假如地球上没有了人类，地球生态系统反倒会更加和谐。① 由此看来，生态伦理学中的"非人类中心主义"恰恰是站在"科学立场"上的。反过来讲，也正是由于这个绝对的"科学立场"，非人类中心的伦理学在人类社会中又是不合逻辑、难以实践的，它的真诚的论证、热烈的呼吁在一些严肃的学者看来，只不过是一种先验的"信念"，乃至"意识形态"、"宣传策略"。② 面临这种局面，我们需要磋商的是：是继续把人的憧憬和目的、愿望和信念排除在我们的理论体系之外，还是将它们接收到新的知识系统中来？

著名生物学家、诺贝尔奖获得者雅克·莫诺（Jaoqes Monod）在讨论"知识的客观性"时指出："知识来源于对原始价值的伦理选择"，"知识的伦理学……同时也是一种坚定的理想主义"，甚至"是一个乌托邦"。照此推论，一切知识的起源都离不开人的最初的信仰，这种信仰不是"天意"而是人的目的、人的祈盼，是人类做出抉择的前提。在一个现代生物学家那里，知识与信仰之间的界面开始渗透起来。③

一个既超越了活力论、又超越了机械论，同时又整合了这两个知识系统的新的知识形态，有无可能最终将知识与价值、理性和情绪、实证和信仰、科学与神话、实体与灵魂这样一些水火不容的界面整合在一起呢？ 现在回答还为时过早，正如埃德加·莫兰所说：我们还只处于认识的或意识的开端。这种极端之间的整合，似乎在中国古代老子的哲学与印度古代神话"湿婆"的传说中曾经隐约暗示过，不过那只是一种原始质朴的表露，在新的世纪里，后来的人类也许会做得更好。

---

① 参见［美］霍尔姆斯·罗尔斯顿：《环境伦理学的类型》，见《哲学译丛》1999 年第 4 期。
② 参见陈剑澜：《非人类中心主义环境伦理学批判》，中国首界生态文艺学学科建设研讨会提供的论文。
③ 参见［法］雅克·莫诺：《偶然性和必然性：略论现代生物学的自然哲学》，上海人民出版社 1977 年版，第 132—135 页。

整体论更容易接纳神话和诗歌,"盖娅假说"这一著名的生态学理论,恰恰就是由于文学家威廉·戈尔丁(William Golding)向生物学家詹姆斯·洛夫洛克(James Lovelock,又译拉伍洛克)推荐了古代希腊女神盖娅的故事而隆重推出的,这是文学家配合生物学家利用神话题材的一次成功的"捏造"。人类文明史中的"第三代"知识系统,将对包括神话、诗歌在内的文学艺术表现出更多的善意。从许多著名的生物学家那里已经传递出许多这样的信息。莫兰认为在"大自然的普遍科学"中,人类不能只有"技术的面孔""理性的面孔","应该在人类的面孔上也看到神话、节庆、舞蹈、歌唱、痴迷、爱情、死亡、放纵……"[1]莫诺甚至还赞美了"万物有灵论"对人类的精神创造作出的贡献:"原始的万物有灵论提出这种十分直率、坦白和严谨的假设,使自然界充满了一些令人感到亲切的或可畏的神话和神话人物,几个世纪以来,这些神话也哺育了美术和诗歌。"[2]

面对这样的一个生态学时代,相应于已经渐渐成型的"生物学知识系统",我们的文学批评、文学理论是否也应当改变一下自己的学科形态了呢?

变化其实已经开始。

20世纪70年代陆续登场的"女性批评""后殖民批评",尤其是随后跟上的"生态批评"就是显著的征兆。

当代美国文学理论家希利斯·米勒(Hillis Miller)看到了这一迹象,他说:"事实上,自1979年以来,文学研究的兴趣中心已发生大规模的转移:从对文学作修辞学式的'内部'研究,转为研究文学的'外部'联系,确定它在心理学、历史或社会学背景中的位置。换言之,文学研究的兴趣已由解读(即集中注意研究语言本身及其性质的能力)转移到各种形式的阐释学解释

---

[1]　[法] 埃德加·莫兰:《迷失的范式:人性研究》,北京大学出版社1999年版,参见第180页。
[2]　[法] 雅克·莫诺:《偶然性和必然性:略论现代生物学的自然哲学》,上海人民出版社1977年版,第22页。

上（即注意语言同上帝、自然、社会、历史等被看作是语言之外的事物的关系）。"①但米勒先生对于这一"转移"的评价并不充分，而且还担心人们会将文学"摆错位置"，弃置了原先的文学批评模式。他或许并不愿意承认，这次文学理论的"转移"，是一次基于"人类文明知识系统"大转移之上的文学批评的"时代性转移"。

如果这样的转移真的已经开始，那么，人们甚至还可以期待，这次转移将为人类历史悠久的文学艺术提供一次"重建宏大叙事，再造深度模式"的机遇。

就生态批评和生态文艺学而言，在新的知识系统内，它注定应当具备自己的不同以往的学科形态。在我不久前出版的《生态文艺学》一书中，我曾为此提供一些意见并竭诚进行一定的尝试。我的感受是：

古典时代的文学批评凭着主体精神的感悟描述文学艺术现象，古代文论的形态更多地体现为"精彩灵动的话语片段"；现代社会的文学批评让文学艺术创作服从机械的科学定律，其理论形态多表现为"冷漠坚硬的结构"。艺术精神本来就是与生态精神休戚与共的。生态批评应当是一种既自成系统又充满活力的批评。

在"生态学"与"文艺学"两个学科系统之间，存在着"现象的类似""逻辑的相通""表述的互证"，运用一般系统论原理，生态学的原理有可能转换为文艺学的原理，生态文艺学的学科依据是牢靠的。生态文艺学首先应当借鉴的是生态学的系统性、整体性、有机性、开放性，而说到底，这些又是自然界的属性、地球生态系统的属性。"自然"，已经被沉迷在技术网络、语言宫殿中的现代批评家们久久地遗忘了。

必须恢复"自然"在文学批评中的地位，把"自然"作为生态文艺学中一个基本的范畴。自然的含义，一是存在论的，即"自其在也"，自然是一种真实的存在现象；一是方法论的，即"自其然也"，即尊重、顺从自然内部的运行法则。

---

① ［美］拉尔夫·科恩编：《文学理论的未来》，中国社会科学出版社 1993 年版，第 121 页。

"风行水上,自然成文","龙凤藻绘,虎豹炳蔚,云霞雕色,草木贲华,林籁结响,泉石激韵……夫岂外饰,盖自然耳",中国的古代文论在方法论上是自然主义的;在观念上则是神秘主义的,"人文之元""自然之道"最终则又是"肇自太极"的。西方工业时代法国的丹纳(Hippolyte Adolphe Taine)、美国的桑塔耶那(George Santayana)、门罗(Thomas Munro)都曾在文学艺术领域宣扬过"自然主义批评",他们的观念是"自然"的,认为自然就是全部实在,艺术是自然现象,审美是人的天性,创造是人的本能。但他们又全都操持一种机械论的研究方法,在赞美"自然"的同时,又把"自然"关进实证主义、实用主义、科学主义的牢笼里面。生态文艺学应当是对于二者的超越,在承认自然作为自然的存在,在尊重自然的内在价值的基础上,在承认人与自然具有同质性的前提下,达成自然、人性、社会、艺术的和解与和谐。

面对地球生态系统中已经出现的严重危机,生态批评应当是一种拥有明确目的和意义的批评,一种拥有责任和道义的批评,一种饱含历史文化内涵的批评,一种富有现实批判精神的批评。批评不仅是大脑皮层上的智力活动,还应当是全身心的投入;批评者不仅应当持有批评的技巧,更应当具备批评的良心;生态批评者不仅是一个严谨的学者,还应当是一个古道热肠、勇于担当的"操心之人"。生态文艺学不只是大学课堂上的高头讲章,更应当是一个探求者、朝圣者心灵深处滋生的憧憬和信仰。自然领域发生的危机,有其深刻的人文领域的根源,文学艺术批评的责任是努力推进自然生态和精神生态在一个统一的地球生物圈内的互动。

被跨国财团盘剥的第三世界的穷人、被男权社会压榨的女性与被工业社会攻掠的自然界,都是当今社会上的弱势群体。生态批评与后殖民批评、女性批评一样,都是现代世界格局中弱势群体的话语。在"前现代"的神话型的语境中,这些群体曾经拥有那么多的自得、自信而又美妙的回忆;在"后现代"生态型的语境中,他们显然又获得了一次复苏、重现、再生的机遇。在强大的、狂妄的西方主流话语霸权的统治面前,日益严峻的殖民、女性和生态问题,也是弱小民族、东方国土走出自己的失语状态、恢复自己的话语活力的契机。历史没有终结，文化没有终结，人类没有终结，自然更没有终结，"弱以胜强"本来就是自然界和东方古老哲学里的一个告诫。正是这些尚处边缘地带的"弱势群体"，才有可能深挖一种文学艺术的"深层意义"、再造一种人类文明的"宏大叙事"。

现在就来归纳生态批评的话语模式，显然为时过早，那还有待于批评实践经验的积累。多元共存是生态学的一个基本原则，生态批评不应当排斥其他类型的文艺批评，而应当吸取以往众多批评流派的优长之处，逐渐建立起自己的批评格调。更有学者尖锐地指出：所谓"生态学""生态文艺学"中的"学"字用语，本身就是"认知分析思维"和"工具理性"的表述，而这一思维方式正是酿成今日生态灾难的祸首之一，难道我们还能希冀用这样的"学"来救治由其造成的祸殃吗？这一发问未免言之过苛，因为所有的学问并非全是"工具理性"的产物；但这一发问也特别强调了：生态文艺学应当在学科形态上区别于先前的物理学时代的"科学"，应当有自己的生态观念，有自己的伦理信仰，有自己的社会理想，有自己的绿色修辞，有自己的民族声腔，有自己的地域风格，有每一个研究者独自的体悟和发现。早十八年前，我曾在《上海文学》上发表过一篇题为《文艺心理学的学科形态》的文章，在琢磨如何与"工具理性""分析思维"进行对抗时，曾推举出"中国古代医学"的例子，认为"中医学在'现象学的学科形态'、'系统论的整体观念'、'直觉意会的思维方法'，以及范畴与概念的组合、论著的主观风格、表述的文学色彩等方面，是可以为文艺学的心理化提供许多启示的。"①这么多年来，我在学术上进步不大，我希望上述文字也能够大体适用于生态文艺学的学科建设。

（《文艺研究》2002 年第 5 期）

---

① 鲁枢元：《猞猁言说》，社会科学文献出版社 2001 年版，第 76—77 页。

生态学的人文转向与生态批评

贝塔朗菲曾经如此宣告：由文艺复兴和启蒙运动开创的西方文明已经完成自己的使命，它的伟大创造周期已经结束。也还有人说，人类史上只出现过两次"真正的革命"，一次是"农业革命"，一次是"工业革命"，当前，"第三次真正的革命"正向我们走来。至于这一"工业文明之后"的"新时代"的名称，人们还没有意见一致的看法，我赞同这样一种提法：即将来临的时代是一个"人类生态学的时代"。①

"生态学"（Ecology）在 1869 年刚由恩斯特·海克尔（Ernst Haeckel）提出时，只不过是生物学中的一个分支，一门研究"三叶草""金龟子""花斑鸠""黄鼠狼"之间相互关系的生动有趣则又无关宏旨的学问。进入 20 世纪后，生态学却突飞猛进地发展起来，很快成为一门内涵丰富的综合性学科。近年来，随着地球生态环境问题的日益严重，生态学更加引人注目，似乎注定要成为 21 世纪的"显学"。

在生态学发展的最初阶段，它所研究的课题还仅仅局限在人类之外的自

---

① ［美］拉兹洛：《即将来临的人类生态学时代》，见《国外社会科学》1985 年第 10 期。

然界,基本上采取的也是自然科学的研究方法和手段,其结果是建立了诸如"昆虫生态学""草原生态学""森林生态学""海洋生态学""湿地生态学""微生物生态学"等一些专门化的学科。正是在这一研究的基础上,生态学渐渐形成了整体的、系统的、有机的、动态的、开放的、跨学科的研究途径。

到了20世纪初,在社会学、人类学领域有人开始把生态学的观念运用到人类社会的研究中来,生态学开始渗入人类社会的种族、文化、政治、经济各个方面,促使了一批新的社会科学的诞生,如"人类生态学""城市生态学""民族生态学""经济生态学""社会生态学"等。生态学从此呈现出越来越浓重的人文色彩。

生态学的人文转向,最早可以追溯到杰出的人类学家朱利安·斯图尔德(Julian Steward)那里,这是一位孤军奋战的先驱,是他于20世纪30年代率先在生态学领域引进了"文化"因素,并提出了"文化生态学"的概念:

> 人类进到生态的场景中……不仅只是以他的身体特征来与其他有机体发生关系的另一个有机体而已。他引进了文化的超机体因素。①

在他看来,人类对环境的适应主要是靠文化的方式达成的。当然,我们也可以反过来说,人类对环境的破坏也主要是借助文化(或文明)的方式实施的。研究地球的生态状况而拒绝研究人与自然、文化与自然的复杂关系,这样的生态学已经失去了时代的意义。

1949年,美国林业局的一位普通林务官奥尔多·利奥波德(Aldo Leopold)的遗著《沙乡年鉴》,在他去世后的第一年出版,书中将整个自然界置放于道德视野之中,为当代生态伦理学的诞生铺设下第一块坚实的基石。他睿智地指出:

---

① 转引自[美] E.哈奇:《人与文化的理论》,黑龙江教育出版社1988年版,第114页。

事实上，人只是生物队伍中的一员的事实，已由对历史的生态学认识所证实。很多历史事件，至今还都只从人类活动的角度去认识，而事实上，它们都是人类和土地之间相互作用的结果。土地的特性，有力地决定了生活在它上面的人的特性。①

　　我们大家都在为安全、繁荣、舒适、长寿和平静而奋斗着。……不过，太多的安全似乎产生的仅仅是长远的危险。也许，这也就是梭罗的名言潜在的涵义。这个世界的启示在荒野。大概，这也是狼的嗥叫中隐藏的内涵，它已被群山所理解，却还极少为人类所领悟。②

　　利奥波德在书中抱怨，当时美国的高等教育还在微妙地躲避着生态学、艺术和文学、伦理学和宗教、法律和民俗，全都无视自然的存在，他认为这不但是短见的，甚至是愚妄的。因为人类与土壤、水、植物、动物都同在一个共同体中，每个成员都有资格在这个共同体的阳光下占据一个位置。在这个共同体中，每个成员都相互依赖。人们只有充分认识到这一点，自然才会是和谐的，人以及人类社会才可能是真正安全的。

　　1962年，美国女作家雷切尔·卡森（Rachel Carson，中国台湾译为瑞秋·卡森）的《寂静的春天》一书问世，作者一反常态地把满腔同情倾泻给饱受工业技术摧残的生物界、自然界，从根本上改变了人与自然对立的态度，并以她生动的笔触将哲学思考、伦理评判、审美体验引向生态学视野。原本属于自然科学中一个小小分支的生态学，从此以后就延伸到社会生活、人类行为的各个方面，与我们的时代脉搏息息相关起来。保罗·布鲁克曾经这样评价卡森对于开创生态时代新文明的意义："她将继续提醒我们，在现今过度组织化、过度

---

① ［美］奥尔多·利奥波德：《沙乡年鉴》，吉林人民出版社1997年版，第124页。
② 同上书，第194—195页。

机械化的时代,个人的动力与勇气仍然能发生效用;变化是可以制造的,不是借助战争或暴力性的革命,而是改变我们对世界的看法。"①

与此同时,在欧洲的意大利首都罗马,一位圣哲式的生态运动活动家奥莱里欧·佩切伊(Aurelio Peccei)在全球迅速掀起一场揭示环境危机、拯救地球生态的浪潮。使原本关在大学教科书中的生态学一下子走进世界各个大国政府首脑的议事日程中。"生态"开始成为一个全球性的流行语汇,甚至成为一个热门的时事话题。

20世纪70年代以来,自称是"走向自然、走向荒野的哲学家"的霍尔姆斯·罗尔斯顿,为促使生态学的人文转向撰写了大量论文。他跳出人类中心的认识框架,立足于人类与自然的关系,总结出自然在十个方面的价值:经济价值、生命支撑价值、消遣价值、科学价值、审美价值、生命价值、多样性与统一性价值、稳定性与自发性价值、辩证的价值、宗教象征价值。② 从而全方位地论述了自然与人类文化的血肉关系。

一个多世纪来,生态学已经确凿地展现出由自然科学向社会科学乃至其他人文学科扩展的轨迹,生态学者的目光也渐渐由自然生态学、社会生态学扩展到人类的文化生态、精神生态层面中,"生态哲学""生态伦理学""生态美学"都已经成为目前生态学研究的一些新的生长点。所谓"生态学",似乎已经不再仅仅是一门专业化的学问,它已经衍化为一种观点,一种统揽了自然、社会、生命、环境、物质、文化的基本观念,一种崭新的、尚且有待进一步完善的世界观。

以上我们没有谈到梭罗(Henri David Thoreau),那是因为直到他辞世之日,生态学也还没有成为一门正式的学科。但这并无碍于他在生态思想史中的地位,也无碍于我们将他看作西方"人文生态学"的先驱。他早在19世纪中

---

① [美] 瑞秋·卡森:《寂静的春天》前言,晨星出版社(中国台湾)1997年版。
② [美] 霍尔姆斯·罗尔斯顿:《哲学走向荒野》,第5章:自然中的价值,吉林人民出版社2000年版。

叶就已经看出工业文明给自然生态带来的损伤，他说那就像从美妙的夜空里摘去了最亮的星星，从一首优雅的诗歌中删除了最动人的词句，从一曲庄严的交响乐中抽掉了最悦耳的篇章。伫立在瓦尔登湖畔的梭罗苦思冥想的是，如何挽回一个完整的地球，一个完整的上苍！

唐纳德·沃斯特（Donald Worster）在他的《生态思想史》一书中曾划分出两种不同的生态学：一是"帝国式的生态学"，坚持要通过理性的科学技术"治理"自然，让自然更好地服务于人类社会；一是"田园式的生态学"，倡导人们克己自制，与自然和谐共处，过一种简单淳朴的生活，一种诗意盎然的生活。沃斯特说这是一种浪漫的生态学，一种更接近审美和文学艺术的生态学。梭罗，这个一百多年前的小杂货店老板的儿子如今之所以越来越受到更多生态学界、文艺学界人士的热爱，正是因为在他身上近乎完美地展现了自然与诗、生态与艺术的结合。

文学艺术与整个地球生态系统的关系是什么，文学艺术在即将到来的生态学时代将发挥什么作用，文学艺术在当代日益蓬勃发展的生态运动中居于何等地位，在日益深入的生态学研究中文艺理论与文学批评又将发生哪些变化，已成为一些十分重要而且非常有趣的问题。

英国哲学家阿尔弗雷德·诺思·怀特海（Alfred North Whitehead）在论及19世纪英国文学时指出：正是这一时期的诗歌，证明了人类审美直觉和科学机械论之间的矛盾，审美价值是一种有机的整体的价值，与自然的价值类似，"雪莱与华兹华斯都十分强调地证明，自然不可与审美价值分离"。自然与人的统一，更多地保留在真正的诗人和诗歌那里。这就是说，诗歌中表现出的艺术精神，是人与环境和谐共处的一个标志。[①]

在马丁·海德格尔（Matin Heidegger）看来，重整破碎的自然与重建衰败的人文精神是一致的，他把拯救地球、拯救人类社会的一线希望寄托在文学艺术

---

① 参见［英］怀特海：《科学与近代世界》，商务印书馆1959年版，第85页。

上：神话限制着科技的肆意扩张，歌唱命名着万物之母的大地，凡·高画下的一双农妇的鞋子便能够轻易地沟通天、地、神、人之间的美妙关系。人与自然相处的最高境界是人在大地上的"诗意的栖居"，诗"不只是一种文化现象"，更不只是一种表达的技巧，"人类此在在其根基处就是'诗意的'"。"诗的活动领域是语言"，"惟有在这一区域中，从对象及其表象的领域到心灵空间之最内在领域的回归才是可完成的"。① 他甚至宣称，只有一个上帝可以救度我们，那就是诗。

海德格尔的这些表述可能带有他自己的某些偏爱与夸饰，但从那时起，文学艺术的原则、审美的原则与现代社会中人类生存状态的关系，倒是越来越受到人们的注意。比如马尔库塞在批判资本主义社会对人的"物化"时就强调指出：艺术比哲学、宗教更贴近真实的人性与理想的生活，"艺术通过让物化了的世界讲话、唱歌甚或起舞，来同物化做斗争"，惟有艺术有可能"在增长人类幸福潜能的原则下，重建人类社会和自然界"。②

众所公认，刚刚过去的 20 世纪是一个文艺批评与文艺理论极为繁荣的时期，各种各样的"学说""主义"令人眼花缭乱，种种文艺思潮、文艺流派堪称江河横溢、汹涌澎湃。有人统计过，在 20 世纪产生过一定影响的文艺主张就有百种之多，诸如：形式主义、结构主义、象征主义、表现主义、未来主义、立体主义、印象主义、实验主义、实用主义、超现实主义、新写实主义、功能主义、新理性主义、达达主义……20 世纪 80 年代，曾经有两部介绍西方文学批评流派的书在中国文坛产生过广泛的影响，一本是英国学者安·杰弗逊（Ann Jefferson）和戴维·罗比（David Robey）编著的《现代西方文学理论流派》，一本是美国著名文学理论家韦勒克撰写的《西方四大批评家》。被韦勒克选为代表的四大批评家是克罗齐、卢卡奇、瓦勒里、英格尔登。四个人可以分为两大类：前两位

---

① 孙周兴选编：《海德格尔选集》（上册），上海三联书店 1996 年版，第 319 页，第 451 页。
② ［美］马尔库塞：《审美之维》，生活·读书·新知三联书店 1989 年版，第 257 页，第 245 页。

属"内容派",侧重从作家艺术家的心理状态和文学艺术作品反映的社会生活内容来揭示文学艺术的奥秘;后两位属"形式派",希望从语言符号、形式结构方面阐释文学艺术的确定性。杰弗逊列举可以概括西方现代批评界风貌的文艺批评流派:"俄国形式主义批评""现代语言学批评""英美新批评""结构主义批评""精神分析批评""马克思主义批评"。精神分析批评属心理学批评,马克思主义的批评主要是社会学批评,这两种批评流派都注重文学艺术所表现的内容:或人的主观的心灵世界,或社会的现实生活。"形式主义批评""语言学批评""结构主义批评"都倾向于把文学艺术作品看作一个封闭自足的系统结构加以研究,批评的对象是符号与符号之间的关系、叙事的方式、结构的功能。"英美新批评"则介于二者之间,侧重于从"文本"自身出发通过"细读"发现作品所拥有的意义。在这两本书被介绍到我们国内以前,长期以来在我国文艺批评界中占主导地位的基本上是一种"社会政治批评",把文学艺术看作现实社会生活的反映,看作一种用形象的方式反映社会生活的意识形态。而"社会生活"又被明确地圈定在"阶级斗争""生产斗争""科学实验"的范围内。在这样的批评框架中,"自然"在最好的情况下也只能充作人类进行创造历史活动的舞台,更经常的则是作为"攻克"和"掠取"的对象。

通观以上这些广为流播、影响巨大的批评流派,它们批评的视野内有语言、符号、形式、结构、文本、文体,有阶级政治、生产劳动、科学技术、意识形态,甚至还可以包括进读者、观众,却唯独没有了"自然"。无论是在"社会生活",还是在"人的心灵"中,还是在"艺术的结构"中,"自然"都缺席了,成为一个近在眉睫的"盲点"。

不错,在这些流派出现之前,曾经有过以丹纳为代表的"自然主义批评",但丹纳很快就成了人们嘲笑的对象,他的学说被认为是一种"陈旧的"、"过时的"理论。后来,又曾出现过过托马斯·门罗的"新自然主义",遗憾的是门罗与丹纳一样,都在赞美"自然"的同时,又把"自然"关进实证主义、实用主义、科学主义的牢笼里面,这反而又成了人们贬抑"自然主义"的把柄。其实,俄国形式主义批评与英美新批评的实证主义色彩也是很浓重的,在现代文艺批评的王国内却比丹纳、门罗的自然主义享有高得多的声誉。说到底,人们对"自然主义文学批评"的冷淡恐怕还是出自人们对"自然"的漠视。而"新批评派"们对形式、文体、技巧这些实证、实用性的"人工"项目的热衷,却成了人们争相效仿的楷模。这或许真如丹尼尔·贝尔(Daniel Bell)指责的:"甚至艺术也变得像高技术一样:文学中的新批评在小说大师们追求技巧革新的情况下应运而生;对表面和空间予以新的强调的抽象表现派绘画也表现出自己的复杂意向。"①由此看来,"自然"在文学批评中的缺席,本是 20 世纪痴迷于高新技术的时代精神造成的。

在科学技术耀眼炫目的光芒下,曾经容光焕发的"大自然"在文学艺术家的目光中早已经黯淡下来。"自然"被"科学"从文艺批评界放逐出去。不要说批评家,就连一些在文坛上负有盛名的小说家,也不愿意为"自然"多写几个句子。马尔库塞(Herbert Marcuse)就曾在《审美之维》中为"自然"大声疾呼:

> 人类与自然的神秘联系,在现存的社会关系中,仍然是他的内在动力。

> 艺术不可能让自己摆脱出它的本原。它是自由和完善的内在极限的见证,是人类植根于自然的见证。

> 隐埋在艺术中的这种洞见,或许会粉碎对进步的笃信。但是,它也可以具有其他意向和其他实践目标,这就是说,在增长人类幸福潜能的原则

---

① [美] 丹尼尔·贝尔:《资本主义的文化矛盾》,生活·读书·新知三联书店 1992 年版,第 144 页。

下，重建人类社会和自然界。①

到了 20 世纪后期，随着人类面临的生存困境日益紧迫，纷纷扬扬的"纯粹文学批评"的尘埃或泡沫渐渐落定，文学批评开始走出"批评的实验室"，走进现实世界来，正如当代美国批评家米勒指出的：

> 事实上，自 1979 年以来，文学研究的兴趣中心已发生大规模的转移：从对文学作修辞学式的"内部"研究，转为研究文学的"外部"联系，确定它在心理学、历史或社会学背景中的位置。换言之，文学研究的兴趣已由解读（即集中注意研究语言本身及其性质的能力）转移到各种形式的阐释学解释上（即注意语言同上帝、自然、社会、历史等被看作是语言之外的事物的关系）。②

米勒还多少带着些感伤情绪对那些盛行一时的"新批评"进行了盘点核算："新批评灾难性地缩小了文学研究的范围"，新批评对于解读行为的过分苛刻的要求，令人一想到阅读和欣赏就畏葸不前，就精疲力竭。

自 20 世纪 70 年代以来，那些书斋里的精致的模式化批评走上"极致"之后，批评的视野开始转移到符号与文本之外的广阔天地之中，在这次"大转移"中，涌现出以凯伦·沃伦（Karen Warren）为代表的"女性主义批评"，以赛义德（Edward W. Said）为代表的"后殖民主义批评"，以米歇尔·福柯（Michel Foucault）为代表的"文化心态史批评"和以马尔库塞为代表的西方马克思主义美学批评。这些批评运动或从性别的角度审视工业社会对人的自然天性的压抑、剥夺；或从捍卫民族文化的立场抨击了所谓"世界经济一体化"的殖民主义

---

① ［美］马尔库塞：《审美之维》，生活·读书·新知三联书店 1989 年版，第 223 页，第 257 页，第 227 页，第 245 页。

② ［美］拉尔夫·科恩主编：《文学理论的未来》，中国社会科学出版社 1993 年版，第 121 页。

丑恶本质；或揭露资本主义的理性观念、秩序法则对人的自由与尊严的戕害；或高扬艺术的批判精神抵制人的异化、解放人的本能，恢复潜藏在艺术和审美中的创造性和超越性。上述这些批评虽然并不就是"生态学批评"，但在它们的批评锋芒闪烁处，已经开始重新恢复"自然"在批评中的位置，已经为"生态学批评"扫平前进的道路。比如"女性主义批评"早已经与"生态运动"结为神圣联盟，重建男人与女人、人类与自然之间公正而又和谐的关系，已经成为"女权运动"和"生态运动"的共同使命。

自 20 世纪 90 年代以来，西方当代生态批评开始直面文坛，并日益活跃起来，渐渐形成一股独具特色的文艺思潮。其中，代表性的批评家有哈佛大学教授布伊尔等。2002 年劳伦斯·布伊尔教授到中国来，在和我国从事生态批评的青年学者韦清琦的对话中，系统地论述了他关于生态批评的见解：

一、生态批评通常是在一种环境运动实践精神下开展的。生态批评家不仅把自己看作从事学术活动的人，他们深切关注当今的环境危机，还参与各种环境改良运动。他们相信，人文学科，特别是文学和文化研究可以为理解及挽救环境危机作出贡献。

二、生态批评是跨学科的。生态批评家不赞成美学上的形式主义，不坚持学科上的自足性。生态批评特别注重从科学研究、人文地理、发展心理学、社会人类学、哲学、伦理学、史学、宗教以及性别、种族研究中吸取阐释模型。因此，不同的生态批评家之间可能呈现巨大差异。

三、随着生态运动的持续开展，"生态批评"这一术语的含义也越来越复杂，其批评的领域也将不断扩大。它批评的对象不仅是自然写作、环境写作和以生态内容为题材的作品，还将包括一切"有形式的话语"。

在布伊尔看来，生态危机是一种覆盖了整个文明世界并关乎每个人的日常生活经验的普遍现象。生态批评的任务不只在于鼓励读者重新亲近自然，而是要灌输一种观念,一种人类存在的"环境性"(envimnmentality)意识,使每个人都将认识到"他只是他所栖居的地球生物圈的一部分"。①

布伊尔的这番话,大抵代表了当下西方生态批评主要动向。

2000 年 1 月

---

① 参见韦清琦:《打开中美生态批评的对话窗口》,《文艺研究》2004 年第 1 期。

生态时代：中西方学术交流的新气象

20纪90年代初的中国学术界，生态美学、生态文艺学以及广义的生态批评在寂静、冷清的氛围中出场，十年来经过一些人持续不断的努力，竟也渐渐铺下一片日渐葳郁的绿荫。"人与自然：当代生态文明视野中的美学与文学"国际学术研讨会在青岛的成功召开就是一个证明。与会的100多位中外学者在充分交流的基础上就"生态美学""生态文艺学"的学科建设问题进行了深入探讨，足以证明人们对这一学术领域的关注正在与日俱增。

就像学界一些明眼人指出的，与新时期以来中国文艺学界掀起的一次次"理论新潮"不同，这次生态批评思潮的兴起，开始并不是由西方的某一现成的理论体系引进过来的，也不是由于国外的某一权威人士的巨大影响辐射过来的，如同当年引进罗兰·巴特尔的符号学批评、萨义德的后殖民批评那样。当下中国的生态批评拥有一定程度的自发性，拥有自己的传统文化基因，散发着浓厚的本土气息。它尽管柔弱甚至尚且简陋，却是与西方的生态批评思潮差不多同步的。

这倒不是说中国这部分学者具有高人一筹的学术水准。导致这一现象发生，也许有着更深层的原因，那就是：当自然问题日渐成为全人类关注的最大课题,当生态知识日渐成为当代社会的基础知识体系,当生态观念日渐成为当代人们整体性的哲学观念时,中国与西方之间学术交流的格局已经在暗暗发生某些结构性的转变。在这一转变中,中国传统文化精神有可能发挥更多的独立自主的作用,并成为构建当代世界生态批评理论的重要的组成部分。

为了说明这一转变,我们不妨先来回顾一下中国学术思想在近代一百多年来走过的曲折历程。

也许可以划分为这样三个阶段:

第一阶段:自鸦片战争以来,古老的中华帝国遇到了西方新兴的资本主义列强,对于中国传统的思想家来说,这样的文明碰撞是一个从来没有遇到,甚至没有时间细想的严重问题。几场战争下来,中国人不但输掉了军事、政治、经济、外交,也输掉了对于自己传统文化的恪守,输掉了民族的自信心。19世纪末,当中国刚刚开始打开国门的时候,中华民族的道统经过两千年的封建专制后的确已经没落衰微;当中国的知识界开始瞻望西方时,面对西方的"发达""进步",自惭形秽,更迁怒于自己祖宗的罪孽深重。"师夷变夏",成了当时知识界的主流意识,而"师夷"要取得成效,就必须革除自己的民族传统,拔掉自己民族的文化之根。五四运动前后,中国一批激进的民主革命的先驱,梁启超、鲁迅、胡适、陈独秀或多或少都曾介入过这场"自我的拔根运动"。如梁启超就曾决绝地宣称:"吾思之,吾重思之,今日中国群治之现象殆无一不当从根柢处摧陷廓清,除旧而布新者也。"当年的一位最坚决、最彻底的"拔根勇士",就是钱玄同。他再三公开呼吁,两千年的国粹一无可取,要救中国就要废孔学、灭道家,烧毁全部中国书,最好连中国的汉字同时废掉,代之以罗马拼音文字。甚至,年过四十的中国人都应当"枪毙"。

这一时期所谓的"中西"文化交流,显然是很不平等的,中国知识界对于西方的倾慕、追随,则是与西方知识界对中国的鄙薄、拒斥相对应的。中国的知识分子在西方人面前不只矮上半截,甚至必须洗心革面、改换门庭,他们接纳西方现代文明的前提和代价,竟是先要彻底地毁掉自己的全部家底。

当然也有人发出过不同的声音。

较为温和持中一些的如《东方杂志》主编杜亚泉,他在1916年就曾发表文章提醒国人,不要自捐自弃,而应当致力于中西文明的调和互补:

> 近年以来,吾国人之羡慕西洋文明,无所不至,自军国大事以至日用细微,无不效法西洋,而于自国固有之文明,几不复置意……盖吾人意见,以为西洋文明与吾国固有之文明,乃性质之异,而非程度之差;而吾国固有之文明,正足以救西洋文明之弊,济西洋文明之穷者。西洋文明,浓郁如酒,吾国文明,淡泊如水;西洋文明,腴美如肉,吾国文明,粗砺如蔬,而中酒与肉之毒者,则当以水及蔬疗之也。[1]

更为激烈偏执的,是辜鸿铭。为了维护江河日下的中华文明,他则常常选取颂扬东方文明、贬抑西方文化、"攘夷排外"的姿态。在许多场合,他运用他那精良的英语或德语,声色俱厉地告诫西方人:中国文明是一种臻于完善的精神文明,一种完美的心灵状态,它既具有成人的智慧又具有赤子之心。无论是德国人、英国人、法国人、奥地利人还是美国人,为了弥补自身先天的缺陷,都应当吸取中国人的精神,都"应该研究它,并试着去理解它、热爱它,而不应该忽视它、蔑视它,并试图毁灭它。"[2]辜鸿铭的愤激之言,在西方曾引起一片喧哗,并得到一个中国学者在西方学界极为罕见的尊重和礼遇;但在自己的国人同胞那里,他反而遭遇到知识界一致的奚落与嘲弄,被视作一个"丑角",一只"怪物"。

希望发扬自己民族文化传统的杜亚泉,被边缘化了;竭力维护中华文化

---

[1] 《杜亚泉文存》,上海教育出版社2003年版,第338页。
[2] 辜鸿铭:《中国人的精神》,海南出版社1996年版,第75页。

精神的辜鸿铭被丑陋化了,这只能说是"势之所致"。那一时期已经凝固成型的中西文化交流的整体框架,绝不是一个两个杜亚泉、辜鸿铭所能够左右的。

第二阶段:20世纪中叶,随着两次世界大战的结束,西方的文化思想界发生了巨大的变化,西方的哲学家们开始对于自己的传统哲学思想失去了绝对的信任,产生了深刻的怀疑,哲学上的乐观主义氛围渐渐被悲观主义取代,继之而起的是对于西方传统的认识理论、人性理论、社会政治理论的反思与批判。其中包括法兰克福学派对于启蒙理念、工具理性及社会进步理论的批判;海德格尔对逻各斯中心主义的批判及对于"存在"的诗化阐释;后期的维特根斯坦由"逻辑图式"向"生活形式"的转变;德里达(Jacques Derrida)对于"本质主义"、"二元对立"的传统认识论的解构;福柯对于西方根深蒂固的"真理"学说的彻底颠覆。而在现代物理学界,爱因斯坦的相对论、玻尔等人的量子物理学也从根本上突破了牛顿、笛卡儿的传统物理学世界观。西方思想界对于自己传统思想反思的结果,认为从苏格拉底、柏拉图开始,西方的哲学思想就已经出现了偏差,对于当代人类的现实处境来说,更为有益的启示应当在苏格拉底之前,那该是人类哲学思想最初开始孕育的一个"原点"。

在这个人类思想的源头,东西方精神理应拥有更多的共同之处。甚至,较之古代的西方,古老的东方思想同样拥有自己的精彩与丰蕴。一贯无视或者傲视中国的西方思想家们,在黑格尔时代结束之后,便有人开始跳出欧洲文化中心的成见,把积极探求的目光投向东方与中国。海德格尔在第二次世界大战之后,在一位侨居德国的中国学者萧师毅的协助下,翻译了老子的《道德经》,并把老子的语录书写成条幅悬挂在自己的书房里。而玻尔则要求把中国道家的太极图镌刻在丹麦国王授予他的盾形勋章上。在心理学界,加德纳·墨菲(Gardner Murphy)则谦恭地宣称"在印度、中国和日本","浩瀚的心理学典籍嵌藏在古代智慧的体系中,只是还没有提炼成一种可以容易地为具有研究头脑的西方人所理解的形式"①。对于中西学术精神流向的这一新格局，张祥龙博士在他的《从现象学到孔夫子》一书的序言中曾有过精到的概括：

> 黑格尔之后的西方思想，除了因盲目地自负于逻辑分析而走的弯路之外，总的说来是变得越来越有趣了。传统哲学中森严壁垒的概念体系及其逻辑丧失了大部分权威，出现了多种反基础主义概念和方法。最重要的是，这些从根子上生成化了，甚至在一定程度上境域化了的思路，相比于传统的概念形而上学，大大改善了西方与中国之间的思想关系。②

西方文化思想的这一转变，无疑也增加了部分中国学者的民族自尊和学术自信，促使他们面对人类世界的生存危机，借助西方哲学的视野，重新发掘自己传统文化的精华，并希望不但为中国，也为西方社会如何走出生存的困境，做出贡献。其中成就突出者是所谓中国现代"新儒家"，从较早时代的梁漱溟、熊十力、贺麟、钱穆，到稍后的唐君毅、冯友兰、方东美、徐复观、牟宗三等。以方东美为例，他就曾明确地提出，中国当代的思想家，应当以"为往圣继绝世，为万世开太平"为己任，这"往圣"，我想是应当既包括古代中国的圣人，也包括古代希腊的圣人；这"万世"则是应当包括全体人类的未来的。中国的以儒、道、释思想为核心的传统文化，不但应该"自救"，同时还应当"助人"，应当有助于纠正和弥补西方的"契理文化""尚能文化"在审美价值与伦理道德方面造成的紊乱与空缺。从人类文明源头来看，方东美甚至认为，假使汉武帝开发西域提前一百多年，或者班超出使西域提早几百年，并且能够顺利开辟到达地中海的交通，假使中国文化同希腊古典文化在公元前四世纪就能够直接交流，那么，人类也许就会少犯许多错误，世界的今天就不会是现在这个样子，

---

① 加德纳·墨菲：《近代心理学历史导引》，商务印书馆，第292页。
② 张祥龙：《从现象学到孔夫子》，序言第8页，商务印书馆2001年版。

"整个的世界史须有另一种写法"。

尽管还有人讥讽现代新儒家的学说只不过是一种大而化之的理想主义假说,然而,我们不能不看到,比起"五四"时期面对西方的自暴自弃、一味臣服,这一时期的中国思想界毕竟取得了与西方哲学对话的资格,开始汇入世界哲学的大潮之中,并为自己的母体文化寻找到一块难能可贵的安身立命之地。

第三阶段:随着生态学时代的到来,中国传统文化精神将在未来人类思想领域扮演更为重要的角色、占据更为显著的地位,并有可能取得与西方思想文化平等对话的资格,从而对整合当代世界文化做出重大贡献。这里,我希望把它看作中西学术精神交流的第三阶段。

而这一趋势,现在已经初露端倪。

这次在青岛召开的生态美学国际研讨会上,两位来自北欧的学者的发言,使我更加坚定了这一看法。

其中一位是挪威奥斯陆大学神学系教授诺塔·特勒(Notto R. Thelle),他的论题是围绕着两个虚拟人物的对话展开的。一个是挪威南海岸边那个土生土长、"斗大的字不识一石"的木讷渔夫马库斯;一位便是古代中国的首席哲学家老子。悬殊之大,甚于天壤,而两个人的对话却是那样的投合默契、心领神会。看上去谈的不过是星星尘土、小岛海水、石头泥土、菜园条凳、螃蟹青鱼,多是些无足轻重的小事儿,却无不暗藏着天地宇宙、生死古今的奥秘玄机,无不包含着自然、人生的绝妙精义。

　　马库斯:水牛和老虎,俺知道得不多。俺们这儿对付的是鳕鱼、黑鳕鱼、海鸥、燕鸥,外加螃蟹和海蜇。可这些玩意儿都有各自呆的地方,而生杀予夺的尘土毕竟掌握着命数,就像至高的神摆布一切一样。俺现在梦想的是一方小小的菜园子,一个长条凳子。

　　老子:高贵的心灵,是空尽了贪欲的心灵。我想你天生具有虚怀之德,使人生变得有意义的,不是物,而是物之间的空。只有在黏土围成一个空空如也的空间的时候，它才能派上为大家解渴的用场。满足于已有之物的那些人，是富裕的啊。那些安然自守的人，会长寿啊。

马库斯： 有的人把放在墙角的橱子都塞满了钱也还是要哭穷。但乐子是内心里来的。俺躺在长条凳子上，庆幸自己还活着；俺偷着乐，乐得都睡不着啊。一个知足的人，知道那些贪心的主儿不知道的乐子。知足，就是快乐的摇篮嘛。知足啊，就跟地下的泥似的，就跟发亮的眼似的，它照着大自然，任是什么漂亮的东西啊、好东西啊，都给吸了进去，哪里用得着问钱多少、官儿多大。

老子： 你说的这个大自然，兴许就是我们叫做天地的那玩意儿，或者说，就是万物？天能长，地能久，是因为天地给自己以生命。看那些花儿——等它们开花结果的时候，就回到根儿了。从哪儿来，还到哪儿去，样样物事都归于其根，是颠扑不破的生命原则啊！

马库斯陷入了沉思，寻思着那些给他活头和快乐的东西，都是些简单的东西，像鱼啊、鸟啊、花啊、大海啊、小岛子，还有生活本身。他在大自然里找到了欢乐、自信和希望；在大自然那里，他得到了力量和光明。从石头中，从田野和泥土里，从大自然本身，他汲取到了那些东西。他是个尘世之人，永远都和泉水相伴。①

在这里，东方的道家思想为西方的基督教教义所吸纳，中国远古时代的圣哲，在北欧的南海岸边找到了他的知音。当然，这也体现了一位现代西方学者对于中华民族文化遗产的关注与运用。

另一位是芬兰约恩苏大学语言与文化研究系的瑟潘玛教授（Yrjö Sepänmaa），他的论文的题目是《能说会写的大自然》，讲述自然与人类精神在

---

① ［挪威］诺塔·特勒：《宇宙茫茫，曷为我所：挪威渔人与老庄神聊》（王祖哲译），摘自《人与自然：当代生态文明视野中的美学与文学国际学术研讨会论文集》。

超越语言层面上的交流融通：

> 水面马上变成了一部奇妙的书——这书的语言，不通文墨的过客是不知其所以然的，但它却把心事毫无保留地告诉了我；那是些最堪玩味的秘密，和用声音说出来一样清晰……

> 从某些意义上说，自然讲述；从另一些意义上说，它不讲。从某些意义上说，我们是听众；从另一些意义上说，我们不是。有时我们试图对自然说话。在某些境况中，我们落得个木讷无语。有时语言上的困难不可超越。但是，即便我们在语言之外不可能理解会说话的狮子，我们仍然认为我们很能理解彼此讨论自然的那些话。

> 要以自然本身的方式来审视自然，不要带上我们的联想，不要让自然俯就从别处借来的模式——比方说，从艺术、文学或者科学那里借来的模式。

> 这个世界越来越作为一些文本传给了我们。与此同时，我们的生活环境变成了一种人造的环境，我们的读写能力也跟着人工化，生活在装了电热器和电灯的房间里，对四季变化不闻不问，这么一种生活方式，导致了对自然的语言的疏远，导致了领悟力的丧失和无助之感。①

文章虽然没有直接引证中国的文献资料，但文章中关于人与自然互亲、互动的精彩论述，仍然使我想到中国古代美学中的那些精神瑰宝："天籁地籁"；

---

① ［芬兰］Y·瑟潘玛：《能说会写的大自然》（王祖哲译），摘自《人与自然：当代生态文明视野中的美学与文学国际学术研讨会论文集》。

"大音希声";"大乐与天地同和";"日月叠璧,以垂丽天之象;山川焕绮,以铺理地之形";"春秋代序,阴阳惨舒,物色之动,心亦摇焉";"天地粹灵之气,散为文章"……

尤其使我感动的是,两位西方学者的论文的书写方式也不再局限于"基础主义""概念形而上""逻辑推理运演"的西方论证传统,似乎是"活学活用"了我们先秦时代"庄体"文章的文笔,他们的发言现场显得生动而又活泼。倒是我们中国的许多教授学者的论文,一篇篇都显得概念清晰、逻辑周严、层次分明、结构完整——看上去果然是中规中矩的"论文"。于是,我想起20世纪80年代,我随中国作家代表团出访意大利,团长魏巍、团员杨佩瑾和我,全都皮鞋锃亮、西装笔挺,一个个打扮得像个"新郎官"。而意大利官方接待我们的文化官员,却穿着自然、随意的运动衫和休闲裤,那种无以言表的尴尬,至今还让我难以释怀。

下边,我想着重说一说我所谓的"中西学术精神交流的第三阶段"。

中西学术精神交流新气象的出现,固然仍和西方哲学思想的转向有关——正如张祥龙博士在上述引文中指出的那样;但它所处的时代语境已经发生了某些重大变化,中国传统文化思想的价值与意义也已经随之发生了某些重大变化,并且有可能占居更加主动的地位。

时代的变化在于:生态问题已经成为一个关系到全体地球人类的生死攸关的问题。

按照科学界一些人士的最新提法,地球已经进入"人类纪"(Anthropocene)。自工业革命以来,人类对于自然环境的影响力在许多方面已经超过了大自然本身的活动力量,人类正在自以为是地快速改变着这个星球的物理、化学和生物的状况。"人类纪"与人类社会发展初期平静的日子有着根本性的区别,如今人类面临的将是人类自己引发的全球性环境动荡,以及由此引发的经济动荡、政治动荡,甚至战争。"人类纪"涵盖了地球上人类社会与自然环境交互关联的各个方面,成了一个全体地球人类都必须共同关注的整体性概念。"人类纪"才是真正意义上的"全球化",一种全体地球人类都必须平等面对的"全球化",一种对于全球各个民族来说一损俱损、一荣俱荣的"全球化",一种充盈着浓郁生态学意味的"全球化"。因此,也有人把这个已经来临的时代称作"生态学时代"——一种"绿色的后现代"。

也许是老子《道德经》中所说的"反者道之动"的言之不谬,也许是辩证法中"否定之否定"的规律仍然有效,事实上,所谓"后现代"的思想家们,在反思批判"现代社会"的时候,往往对"前现代"的思想家们表示出更多的同情和理解,甚至在学术精神上结为同盟。听一听西方"后现代"哲学家们"回到前苏格拉底"的呼声,就是一个明证。

而要论"前现代"的精神文化资源,中国无疑得天独厚,而且从商周到明清,在两千多年的历史长河中一直维护着它的绵延性。因此,当代西方的一些哲学家,在他们反思"现代性"时,便往往会从中国古老的学术资源库中求取援助。海德格尔从老子那里借助了"无"的思想来构建他的存在主义现象学,借助老子的"域中有四大",谱写他的"天、地、神、人"的"四重奏",借助老子的"道"的用语来表述他的"林中路"和"通向语言之路"。那位生态运动的先哲史怀泽(Albert Schweitzer)在对人宣讲现代社会给人的道德精神造下的损伤时,也曾详细地复述了庄子的那个"抱瓮老人"的故事。他最后得出的结论是:"这位园丁在公元前 5 世纪所感到的危险,正以其全部严重性出现在我们之中。我们周围许多人的命运就是从事机械化的劳动。他们离开了自己的家园,生活在压迫人的物质不自由状况中……我们大家或多或少都有丧失个性而沦为机械的危险。从而,这种对人类生存的各种物质和精神伤害,成为知识和能力成就的阴暗面。"①

最近,我还看到一位西方学者在文章中写道:"21 世纪将第一次经历真正

---

① [法] 史怀泽:《敬畏生命》,上海社会科学院出版社 1995 年版,第 34—35 页。

的全球化哲学","21世纪的哲学主角"将是"东方哲学",尤其是中国的再生的传统哲学。① 那么,中国的传统哲学中究竟有哪些学术资源,可以为陷入生存困境的现代人提供一些启示呢?

我以为至少有以下四个方面:

(一) 素朴的存在论现象学

大约在20年前,我在一篇论述文艺学的学科形态的文章中曾经与"西医"相比讲到中国的古学之一"中医"。西医的种种化验手段是对于疾病本质的单一揭示,中医的"望、闻、问、切"则是对于病患症状普遍联系的把握,中医可以在病因不明的情况下就其病象"对症下药"。我的用意在于说明古老的中医虽然不是西方现代意义上的"科学",却始终显赫地体现着自己的价值、风采和强大生命力。我说过,中医就是中国古代的"现象学",一种"病理现象学"。②

关于"中国古学"与"西方现象学"的关系,当然还是张祥龙博士的论述深刻周到。他说,在西方的现象学哲学面前,中国古学有"一肚子的话"要说。"中国古代文化的一个最重要的思想源头是《易经》。它用'象数'对付的是一个'变动不居,周流六虚,上下无常,刚柔相易,不可为典要,唯变所适'的局面……开启了一个不离现象与生成的'极深而研几'的阴阳天道之学。""老庄书中处处充满了或隐含着相缠相构、冲和化生的思路。这种即有即无的'玄'境与生存论现象学的注重当场(Anwensenheit)构成的特性有着虽然隐微但深刻的联系。""西方的以巴门尼德-柏拉图主义为脊梁的传统哲学,无论其理念化程度多么高,概念体系多么庞大,逻辑推理多么堂皇,先验主题多么突出,辩证法思想多么发展,却恰恰不能理解中国思想的微妙之处……而现象学和中国的儒

---

① 参见[澳]G.普里斯特:《二十一世纪初的哲学走向何方?》,《世界哲学》2005年第5期。
② 鲁枢元:《文艺学的学科形态》,《上海文学》1985年第9期。

学道学所提供的则是纯构成的发生境域。"在这个境域中,中国的传统哲学决不再是一个"天生的侏儒",而是大有来头、饱含生机的。① 我们如果能够从中国的古学中导引出这一境域的生机与活力,那么,对于长期陷于"理性主义""本质主义"迷雾的现代人来说,无疑是一剂清凉的解药。

从这个意义上看,山东大学曾繁仁教授试图借助存在论现象学构建他的生态美学的努力,不但是可行的,实际上也是承续了中国的传统文化精神,是在中西文化交汇的语境下,为审美文化开辟一条新路。会议上有人担心这样会不会使我们的美学"海德格尔化"? 在我看来,海德格尔之所以能够成就为现在的"海德格尔",正是因为他也曾经果敢地从中国古学中汲取了许多丰富的营养,但海德格尔并没有因此被"中国古化"。看来,在中西学术思想交流的新的格局中,我们有必要采取更为灵活的策略,尽快走出固有的心理定势。

(二) 先天的整体论与化生论

相对于工业时代"机械论"的宇宙观,贝塔朗菲曾经把"整体论"看作生物学时代的新的宇宙观。后来,当代英国生态学家洛夫洛克和美国生态学家林恩·马古利斯(Lynn Margulis)共同提出的"盖娅假说",进一步论述了地球生态系统的整体性和有机性,认为"地球有一个能够承受复杂的生理过程的身体",这在西方学术界引起了不小的轰动。

而在中国传统文化中,"天地与我并生,而万物与我为一"(庄子《齐物论》),世界的整体性几乎就是一种先天自明的预设。对于这一点,当代新儒家的一些代表人物曾有许多精辟的论述。如方东美指出:与西方"逻辑清晰的分离型"宇宙观不同,东方文化的基本精神在于视宇宙为浑然一体、浩然同流、天人合德的生命和谐的有机体。杜维明则说:中国古代人心目中的宇宙,不

---

① 参见张祥龙:《从现象学到孔夫子》,商务印书馆 2001 年版,第 192 页,第 198—199 页。

仅是物质的，同时也是富有生命活力的，是由若干动态的能量场而不是由静态的实体构成的，"中国式的宇宙具有荣格所说的'很明显的精神生理结构'"。"与其用物理学，还不如用生物学上的隐喻来理解这个世界比较合适。"①

中国古代文明，其高度的有机性、整合性、生生不息的绵延性，充溢着浓郁的生态文化精神，正可以作为人们创建后工业社会的一种宝贵的思想资源。生态和谐是一种审美和谐，较之概念和谐、逻辑和谐那是一种更理想化的和谐，更人性化的和谐。当代生态美学肩负的一个艰巨而又神圣的任务，就是重新整合人与自然的一体化、以滋润极端的理性主义给人性造成的枯萎与贫瘠，从而拯救现代社会的精神危机和生存危机。

（三）和谐的自然美学

在以康德为代表的美学传统中，从来都是把美看作人的感知性活动，人的心灵决定了美的存在，自然总是处于外在的从属的地位。黑格尔强调"绝对精神"，为审美活动加进了"理性"的内涵，他同时更坚决地贬低、排斥自然美的存在。这些西方美学家的美学观念，与他们"二元对立"、"人类中心"的哲学观显然是一致的。

在中国的古代哲学思想中，人与自然是在同一个浑然和谐的有机整体之中的，自然不在人之外，人也不是自然的主宰，真正的美就存在于人与自然的和谐中，最大的美就是人与天地、万物之间的那种化出化入、生生不息、浑然不觉、圆融如一的和谐。这不但是一种超越了功利的和谐，甚至也是超越了概念与逻辑、超越了人类语言的和谐，"天地有大美而不言，四时有明法而不议，万物有成理而不说。圣人者原天地之美而达万物之理。是故至人无为，大圣不作，观于天地之谓也。"②在这里，人只能顺应自然，人的行为应当受到同一法

---

① 杜维明：《存有的连续性：中国人的自然观》，《世界哲学》2004 年，第 4 期。
② 《庄子·知北游》。

则的制约,这显然是一种生态的和谐,一种和谐的自然美学。

在西方,是直到梭罗撰写《瓦尔登湖》、利奥波德书写他的《沙乡年鉴》的时候,公众才开始理解自然的"美学价值",才逐渐开始对自然表示出感戴之意和敬畏之心:"只有当人们在一个土壤、水、植物和动物都同为一员的共同体中,承担起一个公民角色的时候,保护主义才会成为可能;在这个共同体中,每个成员都相互依赖,每个成员都有资格占据在阳光下的一个位置。""这个世界的启示在荒野……它已被群山所理解,却还极少为人类所领悟。""只有那些懂得为什么人们未曾触动过的荒野赋予了人类事业以内涵和意义的人,才是真正的学者。"①

我想,在中西学术精神相互交流的新格局中,"真正的学者"们有望达成一个世界性的共识了。

(四) 自发的生态哲学思想

我国当代研究生态哲学的"首席"学者余谋昌先生认为:生态哲学或生态学的世界观,即运用生态学的基本观点和方法观察现实事物和理解现实世界的理论。"人与自然的关系"则是生态哲学的基本问题和主要的研究方向。在对待"人与自然的关系"上,生态哲学与以往的哲学不同,它并不把"自然"看作外在于人的一种客观存在物,更不把人和自然看作二元对立的存在,而是把"人—社会—自然"看作一个复合的生态系统,看作一个整体性的存在。他认为这正是生态哲学的核心观念。②

照此看来,中国古代哲学从《周易》开始,讲"生生之为易""天地氤氲,万物化生"、讲"道生万物""道法自然"讲"天人合一""物与民胞"——"自然"始终是一个"出发点",同时也是一个"制高点","自然"在中华民族的传统思想

---

① 参见[美] 奥尔多·利奥波德:《沙乡年鉴》,吉林人民出版社1997年版,第219页,第124页,第190页。

② 参见余谋昌:《生态哲学》,陕西人民教育出版社2000年版,第33页。

中占据着无比重要的地位。用方东美的话概括，"自然"是"天地相交、万物生长变化的温床"，是"宇宙生命大化流行的境域"，是"含蕴着理性的神奇与热情交织而成的创造力"，是"人的生命与宇宙生命的浑融圆通"，是"生命的讴歌"与"神圣的、幸福的境域"。① 如果说中国哲学的根基是建立在一种东方型的"自然哲学"之上的，并不为过。

赶来参加这次大会的蒙培元先生，在他的《人与自然》一书中断言：中国哲学就是一种生态哲学，而且"是深层次的生态哲学"。蒙先生这一论断尽管还有待于进一步论证，但确是非常具有启发性的。

海外的一些杰出的华裔学者，如杜维明先生，新世纪之初就提出了"新儒家人文主义的生态转向"的命题，希望把中国的传统学术精神纳入方兴未艾的世界生态运动的大潮中来。他认为，面对日益严重的生态危机，为了给现代人类社会的健康发展重新定向，应当对中国的儒家传统重新定位。杜先生倾向于把这个"位"定在"生态哲学"上，他称之为"新儒家人文主义的生态转向"：

> 新儒家生态转向对于中国精神的自我认同具有重大意义，因为它敦促中国重新发现自己的灵魂，对全球共同体可持续发展的未来也有深刻的意义。②

他说，这一转向其实从 20 世纪 80 年代钱宾四、唐君毅、冯友兰诸前辈学者对"天人合一"的阐发中就已经开始，其前景将是令人鼓舞的。

无论是西方科学界人士提出的"地球人类纪"，还是中国人文学者提出的"新儒家生态转向"，全都一再证明：身处这个时代的思想界，无论是东方还是

---

① 参见方东美：《生命理想与文化类型》，中国广播电视出版社 1992 年版，第 128—130 页。
② 杜维明：《对话与创新》，广西师范大学出版社 2005 年版，第 217 页。

西方,其面对的核心问题即在于重新审视并调整人类与自然的关系、缓解地球生态系统的危机,促进人类社会和谐、持续的发展。在人类社会进入生态学时代之际,中国传统文化思想中素朴的现象学思想、先天的整体论与生成论思想、和谐的自然美学、自发的生态哲学思想,已经成为人们再也无法拒绝的学术资源和精神能量。

与近百年来中国学术界总是"顺水西漂"不同,在新的阶段它将扮演更为积极主动的角色,而其凭借的不仅是时代潮流的"峰回路转",还有它自身拥有的文化传统和学术精神的实力。因此,我们可以说:中西学术精神交流的第三阶段,将也是中国学术走向自主自立的开始,将是中国学术精神世界化的开始。这一进程尽管也可能会为某些政治因素一时阻断,但总的时代趋势大抵如此。

不久前,罗伯特·施佩曼(Robert Spaemann)到中国来,先后在北京、上海做了多次讲演,我只是看了《社会科学报》《世界哲学》上发表的讲稿。① 其中,除了他有着明显的生态主义倾向外,还有他在言谈话语中流露出的对于中国传统文化、传统学术思想的理解和尊重,这和我们自己的某些同胞的妄自菲薄恰恰成为鲜明的对比。

在批判了现代普遍主义之后,施佩曼表明了他的"后现代普遍主义"的立场:"同现代的普遍主义相反,后现代的普遍主义是取得差异性的和解的普遍主义。在这种普遍主义中,每个人都乐于接受他人的影响,向他人学习。""后现代的普遍主义不会消除而会承认各种文化、宗教、社会与政治特殊性。它将是一个容纳差异的共同体。"他还指出:新理性或曰后现代的理性,一定要包括对于非理性的认可和尊重,"理性只有在承认陌生之物、承认他者,即承认自然与历史时,才成其为理性。"

施佩曼实际上提出的是一种悖论:只有认可了非理性的理性,才是真正

① [德]施佩曼:《现代的终结?》,载《世界哲学》2005年第2期。

的理性；只有承认并包容了差异和他者的普遍主义才是真正的普遍主义。当然，这就需要拥有更为广阔、更为豁达的胸怀。

建立在人类自然本性之上的世界文化本来就是一个整体，一个同中有异、异中有同的整体。我们不妨也把它看作一个"生态系统"，一个人类文化的生态系统。所谓"弱肉强食"的丛林原则，可能只是现代普遍主义者编制的一个利己主义的口实。实际上，一个生态系统内的任何生物体，都是"互生互存"的。不仅"弱者肉，强者食"；"强者之肉"，也完全可以充当"弱者之食"——比如强大如狮虎者，也不免成为细菌、微生物可口的午餐。这种生态系统的整体性、有机性，既维系着人类审美经验的共同性、互补性，也守护着各物种之间的特殊性、差异性。

同样的道理，中国的传统文化，作为一个地域的文化也不应排斥外来文化，更不能闭关自守、以邻为壑、坐井观天、夜郎自大，而应当在扎根本土、强固自身的前提下，充分展开与世界文化普遍的对话和交流。在20世纪80年代，在我刚刚从事文艺心理学研究时，我也曾注意到施佩曼在讲演中提到的海森伯的"测不准原理"和菲耶阿本德的"科学无序论"，并与中国道家哲学的世界观进行了比较研究。同时，我也还曾探讨过中医的"非科学的有效性"，并尝试着把中医学的原理运用到当代文艺学学科的建设中来。中医作为一种前现代的文化精粹，是可以为后现代的生态文明提供诸多借鉴的。

站在"后现代普遍主义"的立场上看，生长于人类自然本性之中的不同地域间的文化，既是相异的，也是相通的，不仅具有对立的一面，更具有亲和的一面。不同地域、不同民族、不同信仰之间的文化完全可以和谐一致地"互生互存"下去——在审美的领域、文学艺术的领域更是如此。

由此，我又想起法国学者埃德加·莫兰，他在读了中国古代长篇小说《水浒传》之后说出这样一句话："他们与我们多么地不同，他们与我们多么相似！"他还说：这使他感到一种精神上的高度的满足。由此，他得出一个结论：正是这种多样性中的统一性构成了人类精神的财富。

我想,在"全球化"声浪与日俱增的今天,在地域文化冲突日益加剧的今天,施佩曼以及莫兰,他们那坚定的民族自信与开阔的学术胸襟是值得尊重的,也是值得我们学习的。

(《中国文化研究》2005 年第 4 期)

生态困境中的精神变量与"精神污染"

1

1972 年联合国在瑞典召开了"人类环境大会",1992 年联合国召集更多的国家在巴西召开了"环境与发展大会",其宗旨皆在尽快解决紧紧逼迫着人类的生态问题。然而,许多年过去了,从斯德哥尔摩到里约热内卢,全球的环境问题、生态问题从局部看可能有所改善,从整体上看,却在一步步继续恶化着。资源紧缺、耕地缩小、人口剧增、物种锐减、地球升温、森林与草场退化、水体与大气污染、臭氧外逸、酸雨成灾,面对自然与环境频频向人们敲响的警钟、亮出的黄牌,人类显得捉襟现肘、一筹莫展。

截至目前,人们仍然只把最终解决生态问题的希望寄托在科学技术的进步与社会管理的完善上。从整体实践看,效果并不显著,从系统理论上看,并非没有漏洞。翻检一下人类社会的历史,不难看出,人类今日面临的生态困境,总是与科学技术的进步、与社会现代化的进程相伴而生的。更先进的技术带给人类的也并不全是福祉,同时还带来了意想不到的灾难。原子能的开发带来核辐射的祸殃，微电子技术的推广则给人类的生存空间带来前所未有的电磁波污染。地球在宇宙间基本上是一个相对封闭的系统，任何局部上的获益，都很难不对整体造成伤害。比如，当今市场上大量倾销的洗涤剂、洁净剂、润泽剂、芳香剂可能使某个购买者的"个人卫生"立时得以改观，然而，这些商品的大量制造、包装、营销却给人类社会的整体环境带来更多的污染，这些污染最终还必然降临到个体存在的每个人身上。这正如在一个人口密集的大都市里，家家安装空调设备，人人希望把室内的污浊空气排放到室外、把室外的清新空气吸入室内，那么所谓"室外的新鲜空气"也就成了一厢情愿的空谈。

据说，一些科学家已经做出大胆设计，策划着当地球上的污染不堪忍受时，便将地球扔掉，像扔一只破鞋子一样，进而凭借科学技术力量把人类搬迁到月球、火星或别的什么星球上去。一些幻想中的"宇宙村"已经有了一套一套的方案。且不说在其他星球上建立一个舒适的生存空间是多么的困难，整个人类搬一次家是多么困难，即使这种尝试成功了，月球或者火星能够逃脱一意孤行的人类对它的污染吗？况且，人类的宇航事业仅仅起步不久，人们就发现，人类制造的垃圾已经飞上了太空。卫星的残骸、飞船的弃物已经给地外空间带来前所未有的麻烦。

人走到哪里，哪里就生态失衡、环境败坏。人，其自身已经成为大自然的天敌、环境恶化的污染源。

这真是一个让人扫兴的结论。

人类大约尚未料到，正在人们试图以高科技的手段解决人类生态危机的时候，生态的危机却已伴随着高新科技的推广普及，向着人类生存天地的纵深领域扩展。

有人曾以生产力的开发为尺度，将人类生存环境的恶化划分为四个阶段：

采集与狩猎时代，人类学会使用石器与火，发明了弓箭与陷阱，从而可能导致一些物种的减少。

农耕时代，人类掌握了铁器和农具，发明了"刀耕火种""驯养放牧"，创造出"巴比伦文明""恒河文明""黄河文明",同时也带来了水土破坏、沙漠蔓延。

工业时代,人类制造出蒸汽机、内燃机、发电机,迅速发展起水陆空交通运输以及冶炼、化工等产业,给自己提供了空前丰富的物质生活资料,同时也造下水体污染、空气污染、资源紧缺、物种灭绝、温室效应等环境灾难,人类的机体健康受到严重损害,所谓"马斯河谷事件""熊本水俣病事件""多诺拉烟雾事件"只不过是一些引爆新闻热点的案例,事实上,类似的灾难每时每刻都在发生着。

当今社会已进入所谓"信息时代",人类发明了集成电路、激光电缆、生物遗传工程,发明了电脑、网络、人工智能。这是一个方兴未艾的高科技时代,人们惊喜地看到,新的科学技术,新的管理手段似乎有可能缓解以往遗留下来的环境问题和资源问题,于是,技术与管理在解救地球生态困境时便受到更多的信赖。然而,科学技术与人类社会的矛盾冲突却有可能在一个更深邃的领域展开。当下,先进的科学技术正以它的巨大威力渗透到人类个体的道德领域、情感领域和精神领域,并力图以自己的法则和逻辑对人类的内心精神生活实施严格精确的、整齐划一的操作和经营。当科学技术日趋精密复杂时,人却面临被简化的危险,这又是热心发展现代科学技术的人们始料不及的。所谓"第三次浪潮"给人类带来的生态危机,很可能是一种人类内部的、精神空间的危机。

2

生态学研究已经有百多年的历史,无论是自然生态研究或社会生态研究,无疑都是取得了很大成就的。生态学研究对于人类合理利用天然资源、切实开展环境保护、努力缓解生态危机、和谐推动社会发展是发挥了积极作用的。但纵观以往的生态学研究,我们不难发现,许多研究者的目光大多停留在生态系统的物质层面和外部层面，即只是关注到人类与其环境之间在物质能量方面的交流和转换，因而人们总是把生态问题的解决，寄托给与此相关的技术手段、管理手段，忽略了人的内在因素即精神因素，更忽略了生态危机向人的精神空间的侵蚀与蔓延。从人与自然、人与社会、人与文化、人与其自身发展的全部关系来看，这样的生态研究显然是有缺陷的。

山道上一位步履蹒跚的老僧固执地对我说：一亩地可以养活十个人，人类生存的这个南赡部洲，原本足以使八百亿人安居乐业。现在之所以不行，是因为人心坏了。老僧姑妄言之，固然不须拿去核对计算。我从中受到点化的是老僧的思维方式。老僧话语中提到的"土地"和"人口"，无疑是目前人类生态难题中常常提到的两大因素。但在"土地"与"人口"之外，老僧又引进一个变量："人心"。"人心"，对于生态学的运筹来说，应当是一个更重要、更富变化的指数，然而，却从一开始就被人们忽略了。

人心是什么？是人的心理、心境、心向，是人的欲望、需求，人的情绪、情感，人的是非善恶，人的意向选择，人的意识观念，人的信仰理想，即人的心灵世界、精神世界。从佛教的立论看，人心是有好坏之分的。仁厚博爱、清净澄明之心是好心；痴愚贪婪、强梁霸道的是坏心。

人心，或曰人的精神世界，与自然生态果然相关吗？

"殿堂无灯凭月照，庵门不锁待云封"——这是嵩山深处一座古刹的楹联。得道高僧心境空明澄澈，与天光云影浑然一体，因此"灯油"也省了，"锁钥"也省了，资源节约了，污染也不存在，这是一种典型的"低物质能量消耗"的高品位生活。信仰的力量、内在精神的充实，削减了外在物欲的追求，精神能量的升华替代了物质能量的流通。人们可以指责这是一个极端的例子，因为你不可能剃度所有人都去做和尚，不可能把现代人拉回原初的生活方式中去。但你不能不承认，这也是一种真实存在的生活方式，一种真实存在着的生存智慧。

无独有偶，西方当代著名思想家欧文·拉兹洛（Ervin Laszlo）在解析人类的生态困境时，似乎与中国的这位老和尚拥有同样的观点。他也认为，生存的

极限不在于地球的自然生态环境,而在于人的内心,在于人类对于自己生活态度、生存方式的选择:

> 我们越来越清楚地看到,人类的最大局限不在外部,而在内部。不是地球的有限,而是人类意志和悟性的局限,阻碍着我们向更好的未来进化。我们的人口在过去十年中增加了近十亿,到 20 世纪末,还要增加十亿,而这与地球的外部极限无碍,也许我们在可预见的将来根本到不了外部极限。当然,我们居住的大地确实经不起折腾,我们可能使它贫瘠枯竭,永远成为一片荒原。但我们也同样可以维持平衡,那么地球就可以养育 60 亿甚至 100 亿人,为他们提供住房、工作和教育,使他们活得健康而有意义。
>
> 如果我们挤破了城市,种薄了土地,耗尽了牧场,捞尽了湖海里的鱼,污染了空气、陆地和水域,别说地球的资源不够丰富,是我们没有用好她的财富。如果我们不去建造那些对人类系统和自然环境都是负担的庞大都市,而是因势而居,那么所有人都会有足够的安家之地。如果我们种植适当的庄稼,分配产品时稍讲点公平和人道,而不是只种赚钱的作物,用上好的粮食喂牛,再拼命靠化肥和机械化提高土地产量,那么所有人都会有足够的食物。……如果小心尊重关乎自然存亡的再生和自新循环,我们就能保护生物圈至关重要的平衡。[①]

3

人类付出的许多努力不外乎是为了使自己能够过上幸福的生活,但这样一个看似简单的目标却总是不容易达到,相反,人们付出的种种努力似乎常常

---

① [美] 拉兹洛:《人类的内在限度》,社会科学文献出版社 2004 年版,第 2—3 页。

使自己走入歧途,陷入更凶险的处境。

在南方某滨海城市,我亲眼看到人们砍去林莽、挖掉岗峦、填平海湾、修起马路、盖上高楼,在一片沉寂的荒原上建造起一座现代化都市,一座富丽豪华的人造天堂。较之先前的贫瘠和落后,这或许可以说是社会的进步。

这座天堂的建造在何种程度上打破了自然生态的平衡自不待言;这座"天堂"中的公民果然就生活得幸福无比吗?

一天黄昏,我徜徉在这座"天堂"的腹地,星河般灿烂辉煌的霓虹灯、高射灯,密集的飞驰而过的轿车、摩托车,琳琅满目堆积如山的各类商品货物,扑面而来的浓烈的汽油味、烧烤味、脂粉味、汗渍味,使我真切感觉到"高物质""巨能量"在这个都市中的飞速流动。这一巨大的物质能量昼夜不息地在两极间涌流:一极是公司、银行、股票、期货、谈判、合同等所谓"生意场",一极是餐厅、酒吧、桑拿、夜总会、游乐中心、三陪小姐等所谓"娱乐场"。一端是惨淡经营,一端是恣意享乐。高科技、高效益、高消费使现代都市人能够挟带着巨大的物质能量在高速运转,货币的沟通取代了心灵的沟通,电磁波的联系取代了骨肉亲情的联系,操作的成败掩遮了人格的优劣,性的商品化取代了爱在情感渠道中的升华,电子游戏机与卡拉 OK 厅的普及取代了图书馆与博物馆,纯净的宗教信仰已荡然无存,仅存的是店堂后壁赵公元帅神龛前的炎炎香火,那信条也只剩下了"快快发财、多多挣钱"。在这样的一条汹涌澎湃的物质能量流中,人活得健康吗?幸福吗?一个颇具象征意味的场景是:在这个天堂般繁华的都市中,街头的"医药店"在急剧增多,其中销售的药物基本上是两大类,一曰补药、春药;二曰治疗花柳病的药物。滋补之后是宣泄,泄出了毛病维修之后再补再泄。体液生物性的聚敛与宣泄,性器官的超常规、超负荷使用,使现代都市人的内在机制陷入了"高物质低层次"的劣性循环之中。人们的精神升华渠道淤塞了,也就是说人类的一个能够给自己带来更大欢乐和愉悦的源泉废弃了。

"人有病,天知否?"处于如此生存状态中的人们,是幸,还是不幸?

精神的资源是蕴藏于人的内心深处的资源，人类的开发行为似乎也已经到了"向内转"的时候了。只有"精神性"的价值观念在民众中牢固确立，人类对地球的掠夺性开发才有可能得到有效的控制，人类面临的生态问题才有可能取得实质性缓解。

生态学研究应当意识到，人不仅仅是自然性的存在，不仅仅是社会性的存在，人同时还是精神性的存在。因而，在自然生态与社会生态之外，还应当有"精神生态"的存在。如果说自然生态体现为人与物之间的关系，社会生态体现为人与人之间的关系，那么精神生态则体现为人与其自身的关系。精神性的存在是人类更高的生存方式，人类的精神因素注定要对人类面临的生存境遇产生巨大影响。新的发展理论将把"精神的进化"视为社会发展的重要尺度。这既是一场社会革命，又是一场观念的革命，关于人的心理与素养的革命。把"精神"因素引进地球生态系统的良性循环中来，人们将因此获得双重效应：人类内在素质的提高与人类外在环境压力的缓解。

4

早在 20 世纪晚期，有人就曾做出这样两个悲喜交加的预言：下一个世纪将是"精神障碍症流行"的时代；下一个世纪将是"生态学时代"。

关于第一个预言：日渐深入的生态危机已经提供了充分的依据。地球上，人类社会中的生态失衡、环境污染正在不知不觉地向人类的心灵世界、精神世界迅速蔓延。从地球上现实的人类生态状况看，越来越严重的污染，是发生在人类自身内部的"精神污染"。

自从人类进入现代社会以来，随着社会现代化的迅速推进，"精神的失落""精神的衰败"越来越成为一个引人注目的话题，其中有惆怅，有痛心，有抱怨，乃至不乏愤怒和绝望。

文学家詹姆斯·乔伊斯(James Joyce)在一篇论及文艺复兴的文章中说:"与文艺复兴运动一脉相承的物质主义,摧毁了人的精神功能,使人们无法进一步完善。""现代人征服了空间、征服了大地、征服了疾病、征服了愚昧,但是所有这些伟大的胜利,都只不过在精神的熔炉中化为一滴泪水!"①

哲学家海德格尔说:新时代的本质是由非神化、由上帝和神灵从世上消逝所决定,地球变成了一颗"迷失的星球",而人则被"从大地上连根拔起",丢失了自己的"精神家园"②。

心理学家弗洛姆(Erick Fromm)说:"20 世纪尽管拥有物质的繁荣、政治与经济的自由,可是在精神上 20 世纪比 19 世纪病得更严重。"③

神学家史怀泽说:我们的灾难在于它的物质发展过分地超过了它的精神发展。它们之间的平衡被破坏了,"在不可缺少强有力的精神文化的地方,我们则荒废了它"④。

系统论的创始人、生物学家贝塔朗菲则更直截了当地说:"简而言之,我们已经征服了世界,但是却在征途中的某个地方失去了灵魂。"⑤

正式提出"精神污染"这一概念的是比利时生态学教授保罗·迪维诺(Paul Duvigneaud),早在 1970 年代初,他在《生态学概论》的最后一章中就明确指出,存在着一种"精神污染":

> 在现代社会中,精神污染成了越来越严重的问题……人们的生活越来越活跃,运输工具越来越迅速,交通越来越频繁;人们生活在越来越容易气愤和污染越来越严重的环境之内。这些情况使人们好像成了被追捕的野兽;人们成了文明病的受害者。于是高血压患者出现了;而社会心理

① [爱尔兰]詹姆斯·乔伊斯:《文艺复兴运动文学的普遍意义》,载《外国文学报道》1985 年,第 6 期。
② 转引自[德]冈特·绍伊博尔德:《海德格尔分析新时代的科技》,中国社会科学出版社 1993 年版,第 195 页。
③ Erich Fromm: *The Some Society*, New York, 1955.
④ [法]史怀泽:《敬畏生命》,上海社会科学院出版社 1995 年版,第 44 页,第 55 页。
⑤ [奥]路德维希·冯·贝塔朗菲:《人的系统观》,华夏出版社 1989 年版,第 19 页。

的紧张则导致人们的不满,并引起了强盗行为、自杀和吸毒。①

　　迪维诺所说的"精神污染"与我们国家后来一度批判的那种作为意识形态概念的"精神污染"截然不同,他针对的是在现代社会中科技文明对人的健康心态的侵扰,物欲文化对人的心灵渠道的壅塞,商品经济对于人的感情的腐蚀等。当代人的许多精神问题,都是随着社会发展同步俱来的,"精神污染"在这里是个超越了国度、民族、阶级、意识形态的概念,一个生态学的概念。

　　我国当代小说家张承志曾写过一篇寓意深刻的散文《清洁的精神》,文章中列举了巢父、许由、聂政、荆轲以及狼牙山五壮士的例子,以图说明"清洁""高洁"原本就凝铸在中华民族的传统精神之中。作者的原意,并不是鼓励人们都去做刺客、做烈士,而是希望从历史上一些洁身自好、舍生取义的例证中,为发热发昏的现代人找回"一种清洌、干净的感觉","为美的精神制造哪怕是微弱的回声"。其着力点似乎也是在于警示现代社会中日益弥漫成灾的那种"精神污染"。②

　　精神领域内这种生态学意义上的污染,可能比我们估计的还要严重得多。随着集成电路、激光电缆、生物工程的开发,电脑、网络、人工智能、器官移植、试管婴儿、再造基因、克隆生命等微电子产品、生化产品正滚滚涌进人们的日常生活,与此同时,"人的物化""人的类化""人的单一化""人的表浅化""意义的丧失""深度的丧失""道德感的丧失""历史感的丧失""交往能力的丧失""爱的能力的丧失""审美创造能力的丧失"也在日益加剧。先进的科学技术正以它巨大的威力渗透到人类个体的情绪领域和精神领域,引起人类生存的再度危机、再次震荡。这一次是人类的"脑震荡",甚至有可能成为"最后一次震荡"。如同海德格尔时常警告的那样;在原子弹、氢弹毁灭掉人类之前,人

---

① 　[比利时] 保罗·迪维诺:《生态学概论》,科学出版社 1987 年版,第 333 页。
② 　张承志:《清洁的精神》,安徽文艺出版社 1994 年版,第 198 页。

类很可能在精神领域已经先毁灭掉自己。

种种征兆已经出现。比如,精神病的发病率一直在随着社会的富裕程度看涨,据统计,我国精神病的发病率在 20 世纪 50 年代为 2.8‰,80 年代上升到 10.54‰,90 年代为 13.47‰,目前全国有严重精神病患者 1 600 万人,至于有情绪障碍与心理问题的人数还要数倍于此。统计还表明,城市的精神疾病发病率要高于农村,大型现代都市如上海、广州、台北要高于一般城镇,而经济发达的国家,比如日本、美国则又远远高于经济落后的地区。二十年前,中国的大学生因健康问题退学的原因多半是生理性疾病,现在则主要是心理原因导致的疾病。这是否真的应验了弗洛姆的一句话:"在精神上,现代人比以往病得更厉害。"

关于第二个预言,只要看一看世界各国政府首脑一次次聚集在日内瓦、墨西哥城、斯德哥尔摩、里约热内卢热烈地讨论着环境与生态,就不难感到"生态学"显赫的时代色彩。是什么力量驱使如此多的不同国度、不同民族、不同肤色、不同政体、不同意识形态的人们,不得不坐在同一条板凳上,热烈地谈论着一个共同的话题?

那就是地球上的生态危机和与此相关的人类社会发展问题。

"生态学"已远远不仅是一门学问、一门科学,而成了一套完整的观念系统,成了一个包容生命与环境、人类与自然、精神与物质的世界观。

面对严重受到伤害的地球,当代最优秀的哲学家们开始把关注的目光指向"生存的状态"和"人的状态",分析哲学开始为自己的逻辑实证感到羞愧;思辨哲学自觉放下"绝对权威""最终模式"的臭架子;后期的现象学也渐渐懈怠了"把哲学科学化"的热情;各种类型的唯物主义也开始丢开"还原论"的"普遍规律"的条条框框。生态问题开始成为哲学的课题,而哲学话题的转换可能意味着时代的转换。

如果说已经过去的文明时代的代表是物理学,那么新的文明时代的代表则可能是生态学。生态学与物理学一个很大的差异在于,传统的物理学中并不包含人的因素，人始终是物理学之外的一个观察者、研究者、实验者、操作者，人站在自然和事物的对立面，从自然与事物中榨取对自己有实际用途的东西，通过技术，制造出光怪陆离的商品；通过市场消费，制造出一个人欲横流的商品社会。在物理学中，自然成了人们"进军""攻克""占领""征服"的对象，人与自然处于严峻的敌对关系之中。尤其悲惨的是，人在与自然对抗的过程中，在看似节节胜利的同时，却输掉了原初意义上的由自然赋予人的神性或灵性。而在日益拓展的生态学研究中，人是生态系统中的一个链环，人与蓝天、白云、山川、河流、森林、草原、飞禽、走兽、昆虫、虫蚧在存在的意义上，是平等的、息息相关的，如果有所不同，也只是因为人是自然万物中的一个思考者、发现者、参与者、协调者、创造者，因此人的责任更为重大，人将通过自身的改进与调节，努力改善与自然万物的关系，从而创造出一个更美好、更和谐、更加富有诗意的世界。

一是"精神的危机"，一是"生存的智慧"，两者之间存在着如此密切的联系，哪里有危机，哪里就有获救的希望；哪里有困厄，哪里也就会有突围的生路。关键在于：在环保领域，在地球生态系统引进"精神变量"这一新的维度。

1995 年 11 月

地球"精神圈"与生态内源调节机制

生态学家们喜欢用"多层同心圆"的系统模式描摹地球上的生态景观,认为在这个独一无二、美丽奇妙的天体上是可以划分出许多层"圈"的。"物理圈",即岩石、土地、矿产、空气、水源;"生物圈",即森林、草原、细菌、昆虫、飞鸟、游鱼、走兽以及人类;"科学圈",即科学、知识、工具、仪器、技术;"社会圈",即政体、制度、司法、教育、军队、议会等。除此之外,还有没有"圈"了呢?

也许,在地球之上,在人类社会的政治经济生活的上空,还悬浮着一个"圈",一个以人的认知、反思、理想、信仰、想象、感悟、博爱、憧憬为内涵的"圈"。这个虚悬着的"圈",该是地球的"精神圈"。

恩格斯在《致康·施米特》的信中曾经指出过:在人类社会结构的更高层面上存在着一些"悬浮于空中的思想领域,即宗教、哲学等等",这些"悬浮于空中的""精神形式",是否可以看作地球的"精神圈"呢?

法国古生物学家德日进(Pierre Teilhard de Chardin)曾郑重提出"精神圈"(noosphère;noosphere)这一概念。他说,地球上除了"生物圈"之外,还存在着一个"通过综合产生意识的精神圈","精神圈"的产生是"从普遍的物质到精神之金"的变化结果,是通过"信仰"攀登上的"人类发展的峰巅",它体现为

"对世界的信仰、对世界中精神的信仰,对世界中精神不朽的信仰和对世界中不断增长的人格的信仰"。① 在德日进看来,无论是人类整体或个体,进步的象征都不是一味的物资丰富、经济繁荣,而应当是"物质向精神的总体漂移","赋予宇宙坚实性的,不是物质世界那些僵硬的决定论和大多数效应,而是精神世界那些灵活组合"。"终有一天,物质中所有可神圣化的精质都进到人的灵魂中,所有当选活力都得到回收,到那时我们的世界就可以迎接基督再临了。"②

贝塔朗菲从人类在生物圈内的特殊性出发,强调包括语言在内的"符号"的地位与作用,"只有有了符号,经验才变成了有组织的'宇宙'",人类才有了历史传统和对于未来的憧憬,"符号系统使这个宇宙变得稳固了:'在悬浮的现象中飘忽不定的东西,在思想中安定了下来'",这个"符号宇宙"对于人类来说是唯一的,"各种符号世界的进化等同于一个人类'宇宙'的开创,这个'宇宙'与克斯屈尔(生物学家)的动物'圈'形成了鲜明的对比,动物'圈'是由动物的天生的、有解剖学的功能的有机体预先决定的。"③贝塔朗菲虽然没有直接提出"精神圈"的概念,实际上他已把"符号宇宙"作为人类生态系统中一个至关重要、独具一格的精神层面。而且,按照贝塔朗菲的说法,人类社会中的许多麻烦、许多失控、许多灾难、许多困境,很少与人的"天性"相关,更多地则是由于人类"符号系统"的迷狂与紊乱引发的,也就是说是由精神层面的故障引发的。

人类生态系统中不能没有"精神"的位置。

我们在此之所以如此强调"精神"在人类生态系统中的地位,是因为科技时代的"精神问题"并不会随着科学技术的快速发展而自行消失。如果生命的价值、生存的意义、生活的理想和信仰都已经衰竭,那么无论是原子能发电站

① 转引自[德] 古斯塔夫·豪克:《绝望与信心》,中国社会科学出版社 1992 年版,第 218 页。
② 王海燕编选:《德日进集》,上海远东出版社 2004 年版,第 371 页,第 363 页。
③ [奥] 路德维希·冯·贝塔朗菲:《人的系统观》,华夏出版社 1989 年版,第 85 页,第 91 页。

或电子计算机也都搭救不了我们。多年前,汤因比(Arnold Toynbee)在与池田大作的对话中谈到,解救现代人类困境的"钥匙",不仅只在于技术上的尝试,也不是"单靠改革一种社会体制或机构便能立刻解决的"。"人们首先应该从进一步探讨构成自己行动准则的价值观念本身着手","只能依靠来自人的内心世界的精神革命","其实质就是人性本身的革命","唯一有效的治愈方法最终还是精神上的"。①

现代物理学研究频频传来的消息令人振奋:新一代的物理学家已经开始向生态文明靠拢,他们在一个更宏阔的世界或一个更幽微的世界里发现了人与物的密切相关性。一位名叫基特·派德勒的电视剧作家说,他发现像爱因斯坦、玻尔、薛定谔、狄拉克这样一批现代物理学家,当他们面对世界时,并不是冷静的局外人,而是一些富有想象力、富有诗意、笃信宗教的人。正是他们把"精神"引进现代物理学的视野里,把精神看作现代物理学舞台上一个必不可缺的重要角色。

与物理学时代的重技术、重物质不同,生态学时代更看重的是关系、交往,更看重精神在世界中的整合、升华作用。人们在生存的困境与危机中开始承认,人不仅是物质性的存在、经济性的存在、政治性的存在、社会性的存在,人同时也是情感性的存在、宗教性的存在、审美性的存在、精神性的存在。在生态学的时代里,精神在现象之上的超越将取代精神在物欲之中的沉沦,精神的进化将成为人类追求的目标,精神这一内在尺度将冲破物质的牢笼,同时作为人类世界的支撑点,到那时人们才会突然感悟到,"人的生存原来是作为一种精神来确保自由和永生,去克服自己限定者的限定作用的"。这就是说,人类向自由世界的飞升,主要凭藉的还是那精神的羽翼。

"平衡",是生态学中一个至关重要的概念。然而,地球上自然界的生态平衡早就从人类学会使用工具那一天被打乱。一些生态保护激进分子曾经指

①　[英]汤因比、池田大作:《展望二十一世纪》,国际文化出版公司1985年版,第149页。

出,一切生态危机的罪魁祸首就是人类,这并不全错;尽管这样也不能就此将人类驱逐到地外空间,而重新整合生态平衡的想法则类乎梦幻。对于目前的中国社会来说,这个问题更加麻烦,因为我们既不能停下经济发展的步伐,又不能听任生态环境的恶化;既不能无视国民道德的沉沦,又不能退回传统伦理道德的子宫。如何才能摆得平?从心理学的角度讲,生态平衡要走出进退维谷的境地,就必须引进一个"内源调节"机制,在动态中通过渐进式的补偿,在推动社会发展的同时达成人与自然的和解。而这个"内源"就是"心源",就是人类独具的精神因素。人类的优势,仍然在于人类拥有精神。

精神领域包含了许多不同的方面,按照通常的说法,"宗教""哲学""艺术"是人类精神活动最高层、最集中的体现,位于所谓"人类精神三角形"的顶端。

为了拯救人类面临的生态危机,精神文化界也曾设想过一些门路。比如,有人希望给东方人接引过来一位蓝眼睛的上帝,有人则希望给西方人介绍一位禅宗的佛祖。其实,更具世界意义、更易为世人接纳的精神通道,应该说还是人类的审美和文学艺术活动。

我记得在 1987 年的秋天,我国著名作家王蒙在意大利第 13 届蒙代洛国际文学奖授奖仪式上讲话时曾有过迫切的发问:"诗歌是否还有能力挽救蓝天绿树,是否还有能力挽救我们同时代的心灵?"那时节我恰恰也在意大利,我看到万神殿里的诸神与威尼斯桥头的但丁,对此发问都是满脸的忧悒。

正如黑格尔所说的,文学和艺术,在人类社会的早期,都曾经是人类生存的"绝对需要"。然而也正是这位黑格尔做出的断言,文学艺术在现代社会里将日趋解体,因为市民社会、工业社会的一般状况对于文学艺术的存在是不利的。这或许已经成为人类社会发展道路上的部分事实。然而,这并不就是社会发展的必然规律和文学艺术自身的必然结局。我国学者薛华先生在研究黑格尔这一艺术难题的专著中,曾引述海德格尔的话说:关键在于有这样一些人,"他们不自私,他们更勇敢,更有意志,并且能够看清对人的本质的威胁。

这是一些敢于达到深渊的人,他们颠倒对世界整体的背离,使对象内化,转向自然",这样一些敢于言语的人,便是"诗人""歌者"。"正因为时代现在是个贫乏的时代,所以会有一个'未来',而艺术和艺术家也就负有非同寻常的使命。"①这或许也可以看作对于作家王蒙发问的回答。

自从"工业革命"以来,地球自然生态系统的濒临崩溃,与人类价值观念的偏狭,与包括文学艺术在内的精神世界的凋敝,是同时发生的。文学艺术与生态学的携手并进,也许就是中国 21 世纪文学的一种必然走向。

"道在途中",路在脚下。一切还都取决于人类自己的选择。面对日趋严重的生态危机,文学家与艺术家应当首先振奋起来,成为这个精神贫乏时代里的"更敢为者",敢于拯救大地,敢于挽回人心,乃至敢于扭转一个时代的偏向。

---

① 薛华:《黑格尔与艺术难题》,中国社会科学出版社 1986 年版,第 160 页。

人类纪的文学使命：修补地球精神圈

最近，一个括及全球的新的提法在国际学术界浮现出来，那就是"人类纪"。

做出这一判断的是两位科学家：一位是诺贝尔奖得主保罗·克鲁岑（Paul Crutzen），一位是地壳与生物圈研究国际计划领导人、兼国际全球环境变化人文因素计划（IHDP）执行主任威尔·斯特芬（Will Steffen）。在他们看来，先前人们一直认为我们生活的这个地质时期应称为"全新世"，这个地质时期是约一万年前最近一个冰川期结束后来临的。自工业革命以来，人类对自然环境的影响力已经超过了大自然本身的活动力量，人类正在快速地改变着这个星球的物理、化学和生物特征。"人类纪"与人类社会发展初期平静的日子有着根本性的区别，如今人类面临的将是人类自己引发的全球性环境动荡。最为显著的表征就是全球气候出现的急剧变化，包括已经开始了的地表温度上升、淡水资源枯竭、极地冰川融化、海平面抬高、土壤沙化、海水酸化以及由此引发的动植物种群的全线溃败乃至灭绝。来自美国国防部的一项秘密报告甚至声称，20 年后因气候变化给人类社会带来的威胁有可能超过恐怖主义。号称全球无敌的美利坚军事实力，在全球性的生态灾难面前将一筹莫展，美国人不久前制作的一部大型影片《后天》，便以生动的画面呈现出这一局面。

"人类纪"，与以往人们所熟知的"寒武纪""泥盆纪""侏罗纪""白垩纪"……相比，本该是一个地质学的术语，然而在今天，"人类纪"已经涵盖了地球上人类社会与自然环境交互关联的各个方面，包容了地球上不同国家、不同种族共同面对的经济、政治、安全、教育、文化、信仰的全部问题。这就是说，"人类纪"中人类的每一项重大活动，都将引发全球环境与国际社会的剧烈震荡。"人类纪"已经远不仅是一个地质科学概念，同时也成了一个人文学科概念，一个跨越了人与自然的多学科概念，一个全体地球人类都必须密切关注的整体性概念。

从这个意义上说，"人类纪"才是真正意义上的"全球化"，一种充盈着浓郁生态学意味的"全球化"，一种全体地球人类都必须平等面对的"全球化"，一种对于全球各个民族一损俱损、一荣俱荣的"全球化"。

而目前世界上主流话语称颂的那个"全球化"，在日裔美国学者弗朗西斯·福山(Francis Fukuyama)那里得到了最典型的表述：全球化就是高新科技支撑下的跨国资本对全球市场的占领，就是美国式的价值观念、美国式的生活方式、美国式的社会制度向全球的扩张，其中包括经济的一体化与文化的普适化。资本主义成了"最终的规范创造者"，成了"现代社会中最后一支教化力量"。[①] 这样的全球化实际上是美国"化"全球，是"全球美国化"，注定要引起全球性的争议。

"人类纪"是生态学意义上的"全球化"，因而才是真正符合人类整体利益的"全球化"，应当以"人类纪"的冷静思考取代"全球化"的狂热宣传。

"人类纪"与以往的"寒武纪""侏罗纪""白垩纪"之所以截然不同，就是人类做了这个地质时代的主体。而"人"与以往的"三叶虫""恐龙""剑齿象"不同，就在于人类拥有自觉的意识亦即独立的精神。人类发展至今，"人类的

---

① ［美］弗朗西斯·福山：《大分裂》，中国社会科学出版社2002年版，第318页。

精神"已经对地球生态系统施加了巨大影响,并且仍在继续施加更大的影响。尤其是近三百年来,人类的精神已经渐渐成为地球生态系统中一个几乎占据主导地位的决定性因素,在构成地球生态系统的"岩石圈""水圈""大气圈""生物圈"之上,实际上已经构成了一个"精神圈"。

如前所述,无论是对于现在的地球,或是现在的人类,这个"圈"都绝不是无足轻重的。现在看来,我们这个时代之所以被命名为"人类纪",也正是因为有了这个威力强大的"精神圈"。

较之其他生物,人类的优越和幸运在于它拥有了地球的"精神圈",然而人类社会如今面临的种种足以致人于死地的生态困境,也正是由于人类自己营造的这个"精神圈"出了问题。这个"精神圈",实际上也就是我们人类自己内在的"生物圈",是人类的"生死线"。

美国当代作家詹姆斯·莱德菲尔德(James Redfield)在他的小说《塞莱斯廷预言》中,警策地向美国民众指出:

> 人们对物质生活的关切已演变成一种偏执。我们沉湎于构造一种世俗的、物质的安全感,来代替已经失去的精神上的安全感。我们为什么活着,我们的精神上的实际状况如何,这类问题慢慢地被搁置起来,最终完全被消解掉。
>
> 现在该是从这种偏执中觉醒,反省我们的根本问题的时候了。①

艾伯特·戈尔(Albert Arnold Gore, Jr.,又译阿尔·戈尔)在担任美国副总统之前曾经写过一部关于"生态与人类精神"的书,他在书中疾声高呼:"我们似乎日益沉溺于文化、社会、技术、媒体和生产消费仪典的形式中,但付出的代价是丧失自己的精神生活。"他进而阐述道:我们对地球以及社会生活的体验

---

① [美]詹姆斯·莱德菲尔德:《塞莱斯廷预言》,昆仑出版社1996年版,第29页,第31页。

方式是由一种"内在的生态规律"来控制的,凭借这一"内在的生态规律",我们把自己的"感受、情绪、思维以及抉择同我们自身之外的各种力量联系起来。"现在的问题是,在"科学和技术革命"的冲击下,人类的这一"内在生态规律"彻底失去了平衡,人们在"物"的丰收中迷失了"心"的意向,更深层的生态危机发生在人的精神领域。为此,戈尔呼吁"需要培养一种崭新的精神上的环保主义"![①]

现代工业社会超速发展的三百年,人类在一手酿造了地球生物圈的种种危机的同时,也给地球的精神圈遗留下种种偏执和扭曲、种种空洞和裂隙。人类精神的偏执、破碎,导致地球生态系统的失衡、断裂;而地球生态的恶化,则又加剧了人类精神的病变,这就是人类纪时代的人类面临的一个凶险、疑难的顽症!

解救地球的生态困境,必须首先从人类救治自身开始。

于是,修补精神圈的空洞和裂隙,矫正精神圈的偏执和扭曲,进而从根本上改善地球上的自然生态和精神生态,就成了"人类纪"的人们面临的一项重大历史使命。

文学艺术,作为人类的一种情感活动、想象活动、精神创造活动,作为人类言语符号活动的一个出色的领域,显然是处于这个"精神圈"之内的。

修补地球"精神圈",无疑也应当是文学艺术在"人类纪"的使命。

然而,就在这紧急关头,国内外的文学界却频频传来一阵阵软弱、无奈、悲观、失望的叹息。其中最具代表性的是美国国际文学理论学会会长希利斯·米勒的"文学终结论"。米勒先生对文学拥有深沉的爱,对于文学的没落无限惋伤,他是一位真诚的好人。但他却认定传统意义上的文学将在飞速发展的科学技术的进逼下归于覆灭。对此我持怀疑态度:与人类生命、人类语言、人类精神同根并蒂生长着的人类文学,竟会如此仓促地被某些尖端电子产品轻

---

① ［美］阿尔·戈尔:《濒临失衡的地球:生态与人类精神》,中央编译出版社1997年版,第191页。

轻抹去！要么不可能抹去，要么就是被错误地抹去。眼下地球生态系统的状况已经证明，人类在整体上不但会犯错误，而且会犯很大的错误。

文学是什么？

在我看来，米勒对于这个问题的回答，其实仍然是困扰在"西方中心主义""理性主义""行为主义"的纠葛之中的。米勒首先为文学划定一个严格的界限，他认为"现代意义上的文学发端于西方"，"文学指的是一种相对而言属于近期的、并且受历史条件限制的行为方式"，"文学与西方式的民主的兴起有关联，与人们的读写能力的传播有关联，与印刷术的发展有关联，并且与言论的自由有关联。"其次，从早年的"新批评"立场出发，米勒始终"渴望用一种类似科学的方式，去解释和理解文学"。① 在米勒和一些西方文艺理论家看来，文学就是结构、就是文体、就是一种叙述方式、一种用文字印刷的文本，甚至是一种建立在生产技术之上的流通商品，一旦生产技术革新了，文本的形态改变了，经营方式改观了，文学也就不存在了，文学就注定会被新技术生产制作的电影、电视、广告、卡通、网络文学、电子游戏所替代。在他看来，这就是一个必然的规律，尽管这个"规律"对他来说可能是痛苦的。

善良、真诚的米勒是矛盾的。从他在中国北京的那场讲演我们可以感觉到：作为一个普通的、深深热爱着文学的人，他认为文学不需要任何理由，也不存在任何理由，"文学本身就是目的"。但作为一个理智清明的文学理论家，他又无时无刻不在为文学寻找着理由，甚至要为文学寻找一种"类似科学的解释"。米勒因为文学没有理由而热爱文学，又为寻找文学的理由而选择了文学研究，这是一个难解的悖论。

而在我看来，文学就是良心，就是同情，就是关爱，就是真诚，就是你的呼吸、你的心跳，你的眼泪、你的笑容，就是你的不着边际的想象、不切实际的憧憬。语言是人类存在的家，而"诗"就是语言存在的家。"存在"是不需要什么

---

① ［美］希利斯·米勒：《为什么我要选择文学》，《社会科学报》2004 年 7 月 1 日。

理由的,而不需要理由的存在也就没有理由消亡。除非那"存在"——比如"人"和"人性"——也要消亡了。

我坚信,文学与人俱在,与人的言语活动俱在。

文学性就是诗性,那是人类原始生命的出发点,同时也是人类精神提升的制高点。不幸的是,沉溺于尖端技术和市场经济中的现代人,已渐渐丢弃了自己出发时的故乡家园,已经渐渐迷失了自己曾经神往的崇高理想。用西美尔(Georg Simmel)的话说,现代人只是沉溺在路途之中、由自己临时搭建的那座"桥"上。"桥"上有的是富足和豪华、快感和玩乐,缺乏的是质朴的诗意与自由的憧憬。惟有发自人类生命"最深处"与"最高处"的文学、诗歌、以及其他艺术形式,才能为滞留在"桥"上的现代人回溯人性的源头、展望人类的前程。那才是人类的有机完整、完善完美的生存,或曰:诗意的栖居。

依旧是海德格尔那赞美诗一般的咏叹:

> 在真正欢乐而健朗的人类作品成长的地方,人一定能够从故乡大地的深处伸展到天穹。天穹在这里意味着:高空的自由空气,精神的敞开领域。①

一个诗歌遭遇冷落、遭遇鄙弃的时代,绝不是一个健全的时代、正常的时代。因而,当下的这个富足的时代又注定是一个贫乏的时代。救治这个时代的精神贫乏,进而修补地球"人类纪"这一破碎的"精神圈",当然不能指望什么"世界贸易组织"或"国际金融机构",那应该是文化的使命、文学的使命,诗的使命。

所谓"文学终结论",只不过证实了文学,尤其是诗歌在地球"精神圈"里的陷落。这种"精神的陷落"给"人类纪"时代的地球生态系统带来的灾难,并

---

① 孙周兴选编:《海德格尔选集》(下册),上海三联书店 1996 年版,第 1234 页。

不亚于"水圈"的污染、"大气圈"的臭氧空洞、"生物圈"的物种灭绝。遗憾的是我们还没有真切地意识到这种严重性。

在"人类纪",我们的文艺学研究也应冷静地反思自己,再也不应盲目地搭乘在所谓的"全球化"的列车上一路狂奔了。

被当前学术界主流认可的"全球化",其实是一种市场的、金融的、亦即资本意义上的全球化,而这种全球化又是以现代高速发展的科学技术为依托的。对于这种全球化,固然更多是热烈的赞同者,但也不乏激烈的反对者。我的态度是怀疑,其中一个重要的理由便是:这样一个建立在经济高速发展基础上的"全球化",已经全面的、无可挽回地破坏了地球的生态系统,同时,也破坏了地球人类的精神生态系统,包括人文知识分子的精神状态,以及这里我将要谈到的文艺学家的治学心态。

通常认为的"全球化",总是包含着信息传递的密集化、信息处理的高速化以及信息经营的产业化、信息市场的国际化。因此,做一个全球化时代的文艺学家自然就要以更大的容量、更快的速度、更富有实效的手段拥有并处理最新的信息,这就意味着要读更多的书、开更多的会(包括国内的会和国际的会)、发表更多的文章、出版更多的著作,因此也就要争取更多的经费。

事实上,这些年我们大家都是这样过来的,我们新近建立的量化的教学、科研体制也正在极力鼓励大家如此去做。以我所在的大学文学院为例,要想竞争到较为优越的"岗位",就必须每年在指定的、有限的几种"核心期刊"发表4篇学术论文,每年还要在指定的所谓"权威核心期刊"发表1篇论文,同时还必须申请到国家社科基金项目、出版一定数量的专著、教材。研究生要想获得学位,也必须在就读期间发表一定数量的论文。于是,近年来"学术著作"、"学术论文"急剧膨胀,然而,我们的文艺学研究的学术水平究竟提高多少呢?我们开了那么多的会、出版了那么多的书,花费了那么多的钱,似乎并没有更多的理论上的突破与建树,也没有产生更多的在国内、国际拥有广泛影响的文艺学家，我们的投入与产出并不相当。如果文艺学真是一个产业，这个产业恐怕早就要宣告破产了。

于是我开始怀疑，我们要不要开那么多的会，要不要花那么多的钱，甚至，要不要读那么多的资料，要不要撰写那么多的论文、出版那么多的书。

最近我经常想到一些古人。

我想到人类思想史上两千五百年前"轴心时代"的那些思想家，在西方有苏格拉底、柏拉图、亚里士多德，东方有孔子、老子、庄子，他们当然也读书，也聚会，但是绝不会比我们现在读的书更多，那时就没有这么多的书，也不会比我们开的会更多，也没有走过许多地方——老子西行不到秦，连西安也没有到过；孔子的所谓周游列国，也不过在山东、河南兜兜圈子。但他们的思想、包括文艺思想竟能传流百世至今还在影响着我们。如果按照我们现在的学术体制，老子就凭他那个薄薄五千字的小册子、孔子就凭他那本语录体的《论语》、刘勰如果没有申报到国家项目没有获过大奖仅凭一部《文心雕龙》，要想当个教授，恐怕在基层评审时就被否决了。即使鲁迅在世，如果在他的全部著作里刨去小说、散文、杂文、随笔、日记、书信，翻译的著作再打个折扣，剩下的那点"科研工作量"，要想在我们苏州大学文学院竞争个"博士导师"或"三级教授"，也不太容易。

在目前所谓的这个"全球化"时代，被电子技术装备起来的信息收集、检索、传播技术，在大大开拓了阅读对象、阅读范围的同时，也使个体的阅读行为开上了"高速公路"；而快捷的交通工具、充足的项目经费，又使个体的研究者变成了穿梭于一个个学术会议之间的匆匆过客。在我看来，这种"超速阅读""高频社交""巨量书写"冲击掉的，恰恰是作为学术研究内在根基的"思的状态"，亦即生命的自然状态。

陕西师范大学尤西林教授的一篇关于"现代性阅读时间悖论"的文章，使我颇生同感且深受启发。他把当前研究领域出现的这种由高科技支撑的"快速阅读"称作类似"炒股、摸彩票、麻将热、泡吧、追星"的瘾嗜，是"现代文化时尚化、肤浅化、快餐化、图腾化的深层结构",这种"高速竞争的现代性时间压抑并强行改塑着人的自然生命节律",这是学术领域存在的严重的"生态失衡"。①

这种学术生态失衡,原因就在于学术研究的个体在物质利益与技术因素的诱惑与挤压下,渐渐遗弃了自己的"自然的生存状态"。对于一个文艺学家来说,就是丢失了自己对于文学艺术近乎本能的感悟,对于审美现象近乎天真的体验,对于文学书写近乎天然的热爱。

德国当代哲学家罗伯特·施佩曼在复旦大学演讲时指出:

> 普遍必然的进步这个神话如今已经死亡。对单数的进步,没有代价、不用时时计较其代价的进步信仰已经动摇了。生态运动使公众普遍意识到,许多进步是有代价的,而且往往是过高的代价。②

此类对于"普遍进步"的反思,其实已经成为西方许多睿智的学者正在深入探索的课题。这里我想补充一点的是,现代社会所谓的"普遍进步"迫使人们付出的巨大代价远不仅是自然生态方面的,更为惨重的是精神生态方面的,其中包括人类在审美与文学艺术领域中大量流失的东西。

精神领域、人文学科的"发展",往往并不"与时俱进",一个时代的文学艺术、美学、文艺学理论与一个时代的政治、经济、科学、技术并不存在对应发展的关系。18、19世纪的德国,在当时的欧洲是一个君主专制、生产凋敝、远远落后于其他国家的穷国,然而却产生了康德、黑格尔,产生了对现代人类社会影响最大的哲学体系,也是对文艺学学科影响最大的哲学体系、美学体系。就中国古代文学艺术理论的演替过程而言,两次"繁荣"的高峰期,一次是产生了曹

---

① 尤西林:《匆忙与眈溺——现代性阅读时间悖论》,《文艺研究》2004年第5期。
② [德] 施佩曼:《现代的终结?》,载《世界哲学》2005年第2期。

丕、陆机、钟嵘、刘勰诸文论大家的魏晋南北朝时期；一次是推出了"童心说""性灵说""神韵说""肌理说"诸文论新说的明季清初，都不是政治安定、经济繁荣的太平盛世。现代社会的技术进步、经济繁荣是否就一定会带来文学艺术的繁荣、文艺学的繁荣？我怀疑。如果认为只要花上大把的金钱，就一定可以撰写出高品位的学术著作，那就更令人难以置信了。

一位文学家、文艺学家与所谓"社会进步""历史潮流"的关系，其实也并非一目了然的。19世纪法国的巴尔扎克、俄国的托尔斯泰，似乎全都没有一个"与时俱进的世界观"，却无碍于他们成为文学史上划时代的丰碑；作为中国传统文化代表人物的苏东坡，是北宋社会变革中的保守派；而"文起八代之衰"的韩愈，偏偏打出了"复古"的旗号。

我在与别人商榷某些当代美学论题时曾经讲过，健全的学术界要有"九斤老太"的位置。"九斤老太"的原意是"上了年纪的糊涂人"，后来被人们引申为"保守""落后""不满现状""怀念往昔"的象征。单就鲁迅小说中的形象而言，"九斤老太"虽然有些啰唆，有些主观，有些片面，爱说一些"天气比以前热了""豆子比以前硬了"的话，虽然说得并不准确，倒也是自己真诚的感受，不但没有大恶，反而显见其天真。进一步，若是论起"保守""怀旧""复古""回归"的学理方面的意义，就更不能把"九斤老太"当作一个反面的典型加以嘲弄与否定了，在人文学科领域、文学艺术领域更是如此。前不久，我仔细读了尚杰先生阐释20世纪法国哲学的力作《归隐之路》。书中指出："现象学的态度是老庄的。"从胡塞尔到德里达，法国哲学（其实也是当代世界哲学的一个重要部分）走的是一条"归隐之路"，即"现象学还原"。哲学必须"回到隐而未见的事物本身"、"返回纯粹的原始状态"、"返回亚里士多德、柏拉图、苏格拉底之前"、"返回逻辑学、伦理学诞生之前的思的本真状态"。照此说来，胡塞尔、利奥塔、德里达，加上德国的海德格尔，该是最高档次的"九斤老太"了！如果丢开普遍的、直线的发展进步观，所谓"保守倒退"，也许正是一种老谋深算的"迂回超越"！简单地断定"保守"就是落后，"激进"就是进步，"九斤老太"统统都在扫荡之列,那就是学术界的李逵了。

弗朗西斯·福山倒是直言不讳,他说:全球化就是西方化,是全体地球人类别无选择的唯一出路。对于在现代化进程中已经远远落后的东方民族来说,这种以社会进步面貌展示的"西方化"无形中更是占据了压倒的强势心态。从世界范围看,文化的多元化结构正在迅速坍塌,正在迅速被文化的单边化、一元化所取代。

当代中国的文艺学研究不能不严峻面对的一个现实,就是"西方化"。

说是"中西交流",实际情况则是:中国的传统文化之流在经过近百年严厉的自我批判、自我拔根之后已几近干涸;而西方文化之流在全球化浪潮的推动下正如太平洋的海啸一般汹涌而来,很快就要淹没东方文化的所有领地。我们能够看到的,多是西方流到中国的,很少有中国流到西方的。在文艺学学科领域,更是如此。

除了时代的落差、时势的扭曲,我想,文艺学家自己的精神状态仍然不容忽视。

比如,在哲学、美学、文艺学的学科史中不乏这样的例子,某位西方学者稍稍舀上一勺中国文化饮下肚里,便可以创造出新的学问、新的学说;而我们这些中国的当代学者往往将西方的知识和理论一碗碗、一盆盆、一桶桶、一缸缸地喝下去,依然难以在世界的学术之林独树自己的一帜。

比如海德格尔和庞德,这两个西方人据说都热衷东方文化,包括中国文化。一个迷恋老庄道家,一个崇拜孔子儒学。但两人的"外语"水平(指"中文")恐怕都在"及格线"以下,"原著"自然难以问津,只不过似懂非懂地读了几本翻译的选本,一旦运用到自己的文章中来,误读、误译、"软伤""硬伤"随处可见。如:庞德将李白诗中"故人西辞黄鹤楼"的"西辞"译作"向西走","长江"译作"那条长长的叫做'江'的河"。但这并未妨碍庞德结合中国古代诗歌理论创建起自己的"意象派"诗学。海德格尔同样在知之不多、不求甚解的情况下把老子的哲学有效地吸收到自己的存在主义现象学中。

相比之下，我们熟读了那么多外国人的书——开始是尼采、萨特、施特劳斯、巴尔特、伽达默尔、巴赫金，后来是哈贝马斯、詹姆逊、拉康、福柯、德里达，还要加上一个赛义德。现在又请进来一位米勒。我们读了那么多的外国书，至今还只能跟在外国人的屁股后边亦步亦趋，甚至如果没有一个声名显赫的外国人在前边领路，我们自己就一步也不敢往前走。

柯林伍德（Robin George Collingwood）在他的《自然的观念》一书中披露，怀特海似乎并没有读过亚里士多德，没有读过黑格尔，但这并未妨碍他建树其大哲学家的学术地位，那是出于他自己绝对的学术自信。倒是我们这些半瓶子醋的文艺学家，哪一个没有读过柏拉图、贺拉斯，没读过康德、歌德、克罗齐？我们缺少的究竟是什么？是知识、学问，还是某种治学的精神？

由此我想到人文学科治学的根基究竟是什么？文艺学学科研究的基本出发点是什么

学术研究拥有丰赡的文献资料无疑是必要的，以往我们由于长期的封闭政策曾在这方面造成巨大缺憾。记得30年前"复课闹革命"时，我在一所师范学校任教，为了寻找一本文学理论教科书，我从郑州跑到济南，最终由于山东大学迁到外地"斗、批、改"而空手返回；20年前当我开始从事创作心理研究时，为寻找一本朱光潜先生的《文艺心理学》费尽了周折，最后还是托母校的老师通过领导审批才从图书馆尘封多年的书库里借出该书——那还是30年代的初版本。改革开放以来的事实说明，补上这一缺欠并不十分困难。在信息时代的全球化进程中，通过阅读和交往获取充分的学术资料比起以往更要容易得多。现在，随便进到哪个书市，就可挑上十种、八种文学理论教科书；只需在电脑的某个网站轻轻点击一下，"文学心理学"的相关资料就会像打开了龙头的自来水一样哗哗流淌过来。资料的收集、信息的交流、知识的获得、理论的阐发较之以往已经便当了百倍、千倍，丰富了千倍、万倍，但是，我们的理论创新、学术水准又提升了几多呢？

由此看来，信息与资料的收集交流，知识和理论的积贮占有，对于某些人文学科、精神学科的研究来说并非决定因素。更重要的还有研究主体个人的心性与心境、体验与感悟。读一读西方现代心理学史就会发现，一个心理学流派的理论特色不但与那一时代的思想导向相关，而且往往与那一学派创始人的气质、性情、感知方式、思维方式有着密切的关系。比如构造主义心理学的元素说、机械论与铁钦纳的勤奋而又呆板的个性；机能主义心理学的开放性、实用性与詹姆斯灵活、务实的心态；早期精神分析心理学的决定论、独断论风格与弗洛伊德偏执、专断的坚强意志；分析心理学的神秘主义色彩与荣格怀疑主义、浪漫主义的情调。若是以此审视中国古代文论史，"童心说""神韵说""性灵说""肌理说"的不同理论主张与其学说创立者的个人的胸襟怀抱也是存在着一定对应关系的。

此外，就此类精神学科的研究来说，研究者必须进入一种特定的研究状态，这是一种对于研究对象的悉心体贴与无端眷恋，一种情绪的缠绕与沉溺，那是一种发自生命深处的"思"的状态。在传统的汉语词汇中，这种状态常常被称作"沉思""冥思""玄思"，研究者的个体生命与学术研究中"思"的运作纠葛在一起，成为一种特殊的、持续的生命状态。王国维形容说是"为伊消得人憔悴"，鲁迅说是"如怨鬼缠身"，学问遂成了人与世界相互交融生发出的一种境界。

值得引起我们高度警惕的是，在全球化境遇中，在高科技支配下，乃至在市场化的诱导下，某些学术体制、学术规范在给政府的学术管理机构提供许多便当的同时，往往干扰了学术研究纯净的心态、败坏了学术研究的情绪、污染了学术研究主体健康的生存状态、扼杀了学术研究中精神创造的无限生机。

全球化——尤其是以高新技术与跨国市场引导的全球化，带给人们的并非都是福音，对于包括文学艺术在内的人类精神领域尤其如此。对此，我们不能过于乐观。

综观目前文艺学界的发展态势，老子在两千多年前讲过的一句话："为学日益，为道日损"，仍然可以作为我们治学的座右铭。"道心"其实总是质朴单纯的,读书越来越多、开会越来越多、发表文章越来越多、出版专著越来越多、开销的科研经费越来越多,也完全可能使我们距离文学艺术、距离学术创新越来越远。

(《深圳大学学报》2005 年第 2 期)

三分法与精神生态

在早些年的《生态学词典》中，我们甚至查不到"自然生态"这个词，其原因并不是自然生态不存在，而是因为在原先的生态学家们看来，"生态"就是"自然生态"，"生态学"就是"自然生态学"。这种观念现在看来是有些落伍了。其实，自从地球上出现了人类之后，地球上的自然就已经有了很大的改变，在我们这个时代，人类所及已经遍布地球的各个角落，所谓纯粹的自然，反而已经非常罕见了。"生态"作为问题，也早已越出自然的边界，蔓延进社会领域和人文领域，人类生态学、社会生态学、文化生态学都已经成了一些初具规模的学科，原先严格意义上的自然生态学反而作为基本法则，渐渐化入不同门类的生态学中去了。

人们曾假设地球生态系统中有一个"精神圈"的存在，从20世纪人类社会的发展趋势看，这个精神圈内发生的事情越来越让人忧虑，在这个物质越来越富足、物欲越来越强烈、人的物化进程越来越紧迫的年头，"精神"问题反而越来越显突出来。而且，更多的人开始把精神问题与现代社会的症结、与地球生态的安危密切联系起来。

20世纪的哲学大战中，科学哲学、实证哲学、形式哲学、分析哲学、应用哲学曾联合起来向传统的精神哲学发难，希望能够毕其功于一役。据《美国哲学季刊》1999年第2期社论对战况的统计表明，关于精神的哲学研究在围剿者密集的隆隆炮火下依然生机勃勃！

戈尔的《濒临失衡的地球》副标题即"生态与人类精神"。他认为环境危机从根本上说来就是"现代文明"和"生态系统"之间的冲突，"我们似乎日益沉溺于文化、社会、技术、媒体和生产消费仪典的形式中，但付出的代价是丧失自己的精神生活。"他进而颇有见地地阐述道：我们对地球以及社会生活的体验方式是由一种"内在的生态规律"来控制的，凭借这一"内在的生态规律"我们把自己的"感受、情绪、思维以及抉择同我们自身之外的各种力量联系起来"。现在的问题是，在"科学和技术革命"的冲击下，人类的这一"内在生态规律"彻底失去了平衡，人们在"物"的丰收中迷失了"心"的意向，更深层的生态危机发生在人的精神领域。为此，戈尔呼吁"需要培养一种崭新的精神上的环保主义"！①

从当前生态学界的情况看，不仅自然生态学，即使社会生态学、人类生态学甚至文化生态学都还没有真正把精神纳入自己的学术视野，更不把文学艺术当作一回事。在生态学的众多分支中应当还有一门专门研究精神与生态的学问，或曰：精神生态学。人们的主要的精神活动，比如意向、信仰、憧憬、想象、审美、爱情、言语、玄思，以及它们与自然生态系统、社会生态系统的关系，都应该在这门学科中得到研究。

"精神"，在日常生活中是一个被人们运用最为频繁的词汇之一，而在哲学中又是一个最难获得一致解释的概念。

大约在六年前，在海南岛召开的一次笔会上，我曾对海内外与会的一些诗人、作家、学者进行过一次问卷调查，题目是：何谓精神？要求被试者尽量凭自己的直觉进行回答。这些诗人、作家、学者各自对于"精神"的体悟，闪现着

---

① ［美］阿尔·戈尔：《濒临失衡的地球：生态与人类精神》，中央编译出版社1997年版，第191页。

他们自己精神世界的光彩,然而,要从中归纳出一个关于"精神"的定义来,依然是困难的。

在中国的古代,"精神"一语源自道家的学术渊源。根据有典可查的记载,"精神"一词最早见诸《庄子》。《庄子》成书之前,《周易》《老子》中已经有了"精"与"神"的最初的概念;《庄子》问世之后,《淮南子》《说苑》《列子》对"精神"的阐发臻于完善。需要说明的是,在这些典籍中,使用"精神"的地方并不常见,更多的时候是用"精"或"神"表达"精神"的指谓。关于中国古代哲学中"精神"这一概念的内涵,国内学者已经有多方面的研究成果,大体可以归纳为以下五点:

一、"精神生于道",(《庄子·知北游》)"精神,天之有也;形骸者,地之有也",(《列子·天瑞》)精神是一种玄奥微妙的宇宙基质,精神于形骸相对,是一种形而上的存在。

二、"精神四达并流,无所不极,上际于天,下蟠于地。化育万物,不可为象,其名为同帝",(《庄子·刻意》)精神是流动的、弥漫性的,充盈于天地间,潜隐于万物中,君临于有形者之上。

三、"精神者,生之源",(《素问》)老子讲"道中有精"、"精生万物",庄子讲精神"化育万物",精神是一切生命的本原和真义。

四、在庄子看来,"天地之本"与"道德之质"是一致的,"天伦"与"人生"是一致的,天道自然运行的准则也是世间为人修养的准则。真人、至人、圣人、神人"静而与阴同德,动而与阳同波"、"不思虑,不预谋"、"其神纯粹,其魂不罢"。(《庄子·刻意》)为人的最高精神境界是"循天之理",即顺应自然。

五、"精神"这种充盈天地间的"生机"与"灵气",在人身上得以集中体现,人死之后,"形返于气之实,精返于气之虚",生命不过是又返回诞生之前的自然状态。然而,真人、至人的精神并不随着肉体的化解而泯灭,却可以"清醇不改""精而又精""反以相天","上以益三光之明,下以滋百昌之荣,流风荡于两间,生理集善气以复合"。(王船山:《庄子解·卷十九》)这就是说"清醇的精神"将在个人的体外流传,并施惠于天地人世的繁盛、祥和。

概观以上五点,可以看出在中国古代哲人那里,"精神",是宇宙间一种形而上的真实存在,一种流动着、绵延着、富有活力的生命基质,又是人性中至尊弥贵的构成因素。

中华民族对于精神的阐释与西方显然不同。在西方文明的源头,在与老子、庄子差不多同一时期的柏拉图、亚里士多德的著述中,"精神"更倾向于被看作一种纯粹"观念""理念"的东西。精神是一种规划世界万物的先验的、共同的、固定的形式,是事物内部的本质、规律、秩序、逻辑。这些东西作为"模式""原理"在世界之外预置着,现世的万物不过是这些模式、原理的感性呈现,不过是对这一模型的"摹写"与"仿造"。在柏拉图、亚里士多德那里,精神是纯粹理性的、思辨的、形式化的,因而也是抽象的。

从那以后,无论是笛卡尔的"我思故我在"、斯宾诺莎的"理性直观"、爱尔维修(Claude Adrien Helvetius)的"判断思维能力",还是康德的"自在之物"、黑格尔的"绝对理念",虽然在唯心、唯物上各有主张,一无例外地都把精神等同于理性,把精神等同于思维和以思维为内核的人的意识,等同于人的认识事物本质规律的能力。

这也正是近代欧洲启蒙思想家们主要接受的那笔思想遗产,这当然也成了西方现代社会科学认识世界、有效开发世界的哲学依据。西方社会发展至今,显然拥有它自己的精神上的源流。回头再看中国乃至东方的汉语言文化圈,为什么在拥有了璀璨绚烂的农业文明之后,终于没有能够发展起自己的科学技术,后来也未能自觉地走进工业文明,反而让原本落后着的西方各国遥遥领先,这恐怕就与中华文明对于"精神涵义"的界定、对于"精神价值"的偏爱有着密切关系。对此,《庄子》一书中那位坚守"精神之道"、坚拒"技术文明"的抱瓮丈人有着清楚的表白:

有机械者必有机事,有机事者必有机心。机心存于胸中则纯白不备。

纯白不备则神生不定，神生不定者，道之所不载也。吾非不知，羞而不为也。①

由此看来，古代的中国人并不缺乏掌握"机械""机事"的智慧和才能，只是为了维护心灵的清洁、精神的平衡、信仰的纯真而耻于那样去做。非不能也，是不为也。这位古代的山西老汉抱定了怀里的那只瓦瓮，完全是出于道德的选择、精神的选择，这也就是舍勒讲的那种价值偏爱。

我们当然可以批评这位老汉的抱残守缺、故步自封；但综观西方现代社会"机事""机心"发展的某些严重后果，你却不能不承认在生存的大帷幕上，老汉仍不失一位智者。史怀泽由衷地发出感叹："这位园丁在公元前5世纪所感到的危险，正以其全部严重性出现在我们之中。"②

到了19世纪末、20世纪初，当西方社会的工业文明渐渐暴露出越来越多的弊端时，便展开了对于自己生存模式、发展道路的反思，包括对于西方哲学的反思。其中，关于"精神"涵义的重新界定，成了这一反思运动的最为醒目的一页。

首先发难的是以狄尔泰（Wilhelm Dilthey）、奥伊肯（Rudorf Eucken）、柏格森（Henri Bergson）、西美尔为代表的生命哲学。在狄尔泰看来，生命哲学主要就是对"人类精神文化活动"的反思，他的生命哲学差不多就等于精神哲学。狄尔泰不同意黑格尔把精神看作抽象的理念原则，同时他又不满意康德的认识论哲学，认为在康德一类哲学家那里，"人的血管里的鲜血被稀释了"，只剩下了"纯粹理性的汁液"，他们精心编制的"理智之网"并不能把握人类丰富、鲜活的精神生活。生命哲学的要义，是把人的精神生活看成一个有机的、流动的、个别存在的、绵延不断创造着的整体过程，在理性之外，还应当包含生命的

① 曹础基：《庄子浅注》，中华书局1982年版，第175页。
② ［法］史怀泽：《敬畏生命》，上海社会科学院出版社1995年版，第35页。

本能、情绪的冲动、心灵的直觉。此外，人的精神并非只是用来对付外部世界的"理性工具"，精神本身就是生命个体的内在需求，就是个体生命的价值和目的。

生命哲学扩大了西方传统意义上的"精神"的内涵，把非理性的东西纳入精神的研究视野之中。这一趋向当时在心理学界就得到了弗洛伊德"精神分析学说"的呼应。

弗洛伊德（Sigmund Freud）为人们描绘出的精神结构是"冰山"式的，意识、理性只是冰山露出水面的一部分，而且只是很小的一部分；对于人的行为起决定性作用的是冰山潜隐在海平面之下的那部分，那是一个非理性的黑暗王国，其中包含着原始的本能，野性的冲动，被压抑的欲望，郁积的情绪，遗忘的记忆。弗洛伊德的精神分析心理学同时也是"动力学"的，在他看来，精神的推动力就是"性欲"，这是一种被命名为"力比都"的原始能量。

瑞士的心理学家荣格（Carl Gustav Jung），作为弗洛伊德为自己的宝座钦定的"王储"，却不同意弗洛伊德把"精神"局限于个体生命之中，更不同意他把精神的动力单单归之于"性欲"。他自己描绘出的精神图像有些像是大海之中的"岛屿"。岛屿露出水面上的部分相当于理性和意识；浸在水中的部分是"个人的潜意识"，包括弗洛伊德概括的那些内容；但岛屿注定是要和海底更深处、更隐蔽、更古老的地层连接在一起的，岛屿与冰山不同，它是有"根"的。在荣格看来，这个"根"便是人类精神的"集体无意识"，是亿万年来人类乃至人类所由进化来的地球生物界在特定生存环境中进化、累积的结果。一个人的精神世界，同时也包含了他的种族乃至整个人类进化过程中的全部的文化积淀。

弗洛伊德与荣格都是职业心理学家，他们关于精神的解释更多地受到他们职业的局限，在当代哲学家中，对"精神现象"做出更深刻、更系统阐发的，当属马克斯·舍勒（Max Scheler）。

舍勒的精神现象学曾从狄尔泰的生命哲学、弗洛伊德的精神分析心理学中汲取营养,实际上他们都在以自己的方式对以康德、黑格尔为代表的西方正统精神学说进行着扬弃性的批判。

舍勒力求把这一批判做得更周到、更细密些。他首先从两方面进行了清理:他不赞成弗洛伊德、柏格森把生命的本能冲动纳入精神的范畴,不赞成把精神物质化,也不赞成他们极端排斥理性的立场。他认为那是一种"消极的精神理论";他说,他更不赞成柏拉图、亚里士多德、康德、黑格尔把精神当作先验的形式、普泛的逻辑、预设的绝对理念,他把这叫做"古典的精神理论","其谬误的危险性更大"。[①]

舍勒倾向于将"生命"与"精神"谨慎地区分开来:生命是属于身体的、肉体的、生理的、气质的,与本能、冲动、欲望、情绪一起,属于个体置身其中的生存环境的。而精神却是一种意向、一种自我意识、一种理性的价值取向、一种"观念化"的东西,以及由此产生的种种高级情感。舍勒的精神学说不但不排斥理性,甚至还把"观念化的本质认识"视为精神的基本行为。重要的是,他所强调的"理性"并不同于黑格尔的"先验理性",而是一种"从人心中理出的秩序",一种更贴近"情性"的理性。

对此,舍勒解释说:

> 希腊人就早已提出这样一个原则,并且名之以"理性"(Vernunlft)。我们宁愿用一个更全面的词来形容这个未知数。这个词一则也包容了理生(疑为"理性"之误——引者注)的概念,而同时除了理念思维之外也包括一种既定的观照——对元现象或本质形态的观照;再者,还包括了确定等级的尚待说明的情感和意志所产生的行动,例如善、爱、悔、畏等等——这就是精神(Geist)一词。
>
> 那个精神在其中,在有限的范围内显现的行为中心,我们要名之以人

---

① 刘小枫选编:《舍勒选集》(下册),上海三联书店 1999 年版,第 1349 页。

本身(Person),以严格区别于一切功能性的"生命"中心。

从内部来看,这些"生命"中心也叫做"灵魂"的中心。①

舍勒关于精神内涵的大量论述可以简约地归纳为以下五点:

一、精神是自由的、独立的。"'精神'的本质的基本规定便是它的与生命本能相结合","通过存在的无限制、自由","这样一个'精神'的本质不再受本能和环境的制约","是对世界开放(Weltoffen)"。

二、精神是自我意识,是一种自我超越、自我提升的意向。"精神是唯一能使自身成为对象的存在",精神能够在人本身成为"一个远远超越有机体与周围环境的对峙的中心","以便在越来越高的阶段中、在新的领域中自己觉察自己,为的是最终在人身上自己完全占有和认识自己。"②

三、精神是永远属于"人本身"的,是一种产生着的"行为的秩序结构"③,对于每一个人来说,"这精神气质的根本乃首先在于爱与恨的秩序"。④ 爱,是人类永恒的价值。在舍勒这里,精神的价值判断与情感的价值判断是一致的。

四、作为一种心灵的意向,"精神为生命的本能指明方向"。作为人本身的"高级存在形式"它却又总是孱弱的,"精神原本是天生没有自己的能量的",它必须与生命本能相结合,"通过升华的过程赢得力"。⑤

五、精神在情性或心灵中"理性"地把握世界的本质,把本质与此在分离开。理性是人的一种禀赋和能力,"通过把这些本质观点变为功能,不断创造和塑造新的思维与观照形式,以及爱与价值的判断形式"。他说,这构成了"人的精神的根本特征",也构成了"人的精神一切别的特征的基础"。⑥

---

① 刘小枫选编:《舍勒选集》(下册),上海三联书店 1999 年版,第 1330 页。
② 同上书,第 1338 页,第 1334 页。
③ 同上书,第 1338 页。
④ 同上书,第 739 页。
⑤ 同上书,第 1352 页。
⑥ 同上书,第 1341 页。

尤其可贵的是,舍勒在批判西方传统精神理论时,对于中国乃至东方的精神文化遗产表现出的亲近态度。在他看来,中国、日本、印度的古老智慧中"关于存在与生命的最高原则"已经开始"以相当大的规模"进入当代西方哲学的"精神主体",并"将其成功地命名为自己的所有物"。从舍勒对精神内涵的论述中,我们不难看出东方智慧也已经"进入"了他本人的"精神主体"。

舍勒对于人类精神现象的论述是丰富的,也是深刻的。他既批判地吸收了生命哲学关于精神现象的一些见解,又开启了存在主义哲学对人类精神问题的关注,同时,他的精神学说还影响到现代神学的发展去向,在当代精神哲学史上拥有举足轻重的地位。

现在看来,舍勒关于人类精神的论述也有不够充分乃至有失偏颇的地方。比如,他过分地强调了精神与身体的自然状况之间的分离、精神与生理心理机制的分离、人与动物的分离,削弱了精神与环境之间的关系,并由此得出"精神本身没有力量"的判断。结果,精神不能不成为一个既光芒四射而又捉摸不定的"**X**"。这样做的方便之处是为他的神学说教留下足够的空间,但这同时就使他的精神哲学呈现出更多的想象的因素,充满了浪漫主义的情调。这大约与舍勒面对的具体的学术情景有关。当时,他担负的主要学术使命之一是批判资本主义的实证的、实用的精神气质。况且,舍勒又是英年早逝,许多问题还没有来得及全面衡量。这是非常令人惋惜的。

舍勒精神学说中的这些不足之处,后来倒是很快地在他的后继者海德格尔、蒂利希(Paul Tillich, 1886—1965)那里得以弥补。海德格尔在"天、地、神、人"大系统中对于精神的论述,蒂利希关于精神信仰、道德命令与自然规律的论述,都进一步开拓了西方的精神学说,同时也为西方当代的精神学说铺染上更多的生态关怀的色彩。

我们花费了许多文字对"精神的涵义"进行了阐发,然而我们并没有得出一个关于精神的简明扼要的定义,这样做也许是不太可能的,硬要去做,也许会得大于失。舍勒自己也曾感叹过:精神,"以一个词便惹出如此多的麻烦,是极少见的"，其中能通过谈论确定下来的东西并不多。我在这里罗列了一些中、西方古代哲学以及现代生命哲学、心理学、现象学哲学中关于精神涵义的论述，只是给读者提供一些围绕着"精神"的学术气息，希望人们能够通过自己的情性或灵性从中品味出某些精神的真谛。这样做，也许更符合精神属性的要求。

生态学涵盖的内容在急剧膨胀，生态学的分类也就显得有些莫衷一是。常见的提法有自然生态学、环境生态学、景观生态学、社会生态学、文化生态学、人类生态学、人口生态学，较晚近的又出现了政治生态学、经济生态学、女权生态学，以及生态哲学、生态伦理学、生态法学、生态美学、生态神学、生态文艺学。这些学科的出现，都有其现实的基础，都有着自己的研究对象和研究途径。各个学科之间的交叉、渗透也是在所难免的。但从整体上看，相互之间的错位和重叠又是很严重的，常给人以满目珠玑而又眼花缭乱的感觉。

能否从中理出一个大体的秩序呢？

于是，我又想起了"三分法"。

80 年代末，我在撰写《超越语言》一书时，曾经讲到过三分法，指出人类在对自己的世界做出解释的时候，很多情况时自觉不自觉地采取"三分法"的。

古代亚洲的原始宗教"萨满教"、佛教经典《阿毗达摩俱舍论》、西方基督教都是运用"三分法"来说明其教义的。

后来，弗洛伊德在解释人类的精神现象时仍然运用了类似上述宗教教义的三分法：本我、自我、超我。"本我"属于人的生物本能层面，"自我"属于人的现实生活层面，"超我"属于人的道德伦理层面。"本我"的主要内涵是生物性的，"自我"的主要内涵是心理性的，"超我"的主要内涵是精神性的。

当代三分法的一个最突出的例子，是卡尔·波普尔（Karl Popper）对人类世界的解释。简言之，波普尔的三个世界分别为：物理世界、心理世界、知识世界。三个世界都是实在的，具有本体论性质，分别被称作"世界 1"、"世界 2"、"世界 3"。具体说，世界 1 包括了从星云、基本粒子、电场、磁场到生物体、人体的生理活动、神经活动等;世界 **2** 主要包括人的心理状态和心理过程,即人的感觉、知觉、直觉、思维、想象、意向、情感等;世界 **3** 包含有"思想的客观内容","客观意义的观念","思想的客体"以及"语言文字",这是一个"科学思想、诗的思想和艺术作品的世界"。①

从那以后,我便更加留意"三分法",于是又看到了更多的事例:

克尔恺郭尔把个人的一生划分为三个阶段:感性阶段(审美),社会阶段(道德),精神阶段(宗教),与波普尔显然不同,他是把审美和艺术活动当作感性活动看待的。

丹尼尔·贝尔、汤因比关于社会结构的划分也都是三分的:政治、经济、文化。

前苏联学者西蒙诺夫将人的需求划为三个层面:活体性需要,社会性需要,理想性需要。

与此相关,法国学者费里(Jean‑Marc Ferry)关于世界的三分法就更为具体:

"客观性世界",一个充满了可观察到的、可测量出的物质事变的世界。这是一个技术的世界、经济的世界,起作用的是科学规律;

"合法性世界",这是一个根据公认的合理的标准来调整人类相互作用的世界,起作用的是法律体系;

"符号化世界",这是一个"个人的主观感觉的世界",感情的世界,内在的精神生活,体现为个人的经验与语言、符号的关系,起作用的是美学原则。

我想,生态学是否大体上也可以这样划分:以相对独立的自然界为研究对象的"自然生态学"、以人类社会的政治、经济生活为研究对象的"社会生态学"、以人的内在的情感生活与精神生活为研究对象的"精神生态学"。

自然、社会、精神能否合理地成为一个有机整体的三个层面呢?这里,我

① 参见鲁枢元:《超越语言》,中国社会科学出版社 1994 年版,第 143—145 页。

们不妨以"男女关系"作为比照加以说明。男女关系也可以看作一个复杂的相关系统,从中可以划分出性、婚、爱三个层面。性欲,是生物自然性的;婚姻,是人类社会性的;爱情则属于个人的内在精神性的。三者之间有着极为密切的联系,但是,三者之间并不完全等同,不能相互取代,如马尔库塞所说的,人类的性交并不是把生殖器简单地弄到一块,人类的性交是在爱的范围内、艺术的范围内进行的。

精神生态在人类世界中的位置,就像爱情在男女关系世界中的位置。尽管与自然生态、社会生态有着密切的联系,也仍然可以划出一个相对独立的研究领域。就现实的人的存在来说,人既是一种生物性的存在,又是一种社会性的存在,同时,更是一种精神性的存在。雅斯贝斯就曾说过:"人就是精神,而人之为人的处境,就是一种精神的处境。"①在自然生态学、社会生态学之外,建立一门精神生态学应当说有着充分依据。

舍勒在试图对人做出全面考察时,也是从"人与世界""人与历史""人与上帝"三个层面上进行的。中国当代学者梁漱溟在论及人的复杂性时,也曾开列出这样三重关系:"人与自然的关系""人与人的关系""人与自我的关系"。舍勒与梁漱溟为人的世界划分的三个层面,大抵相当于我这里提出的生态学的三分法:自然生态、社会生态、精神生态。

这样划分当然也不能完全避免学科之间的交叉,但却要明白得多,并且显然还有一个好处,那就是把"精神"这个以往总是被生态学家遗漏而又日益成为重大问题的领域突出出来。这既合乎生态学在新世纪发展的总的趋势,又将为生态学这棵百年大树促生出新的枝叶。

如果一定要为"精神生态学"下一个定义,那么我们可以这样概括:**这是一门研究作为精神性存在主体(主要是人)与其生存的环境(包括自然环境、社会环境、文化环境)之间相互关系的学科。它一方面关涉到精神主体**

---

① [德]雅斯贝斯:《当代的精神处境》,生活·读书·新知三联书店1992年版,第3—4页。

的健康成长，一方面还关涉到一个生态系统在精神变量协调下的平衡、稳定和演进。

关于三分法，庞朴先生出版过一部题为《一分为三》的书，我是后来才看到的。书中谈到西方的哲学是一分为二的、中国的哲学是一分为三的，从我们以上介绍的情况看，怕也未必如此泾渭分明。庞朴先生还认为在三分法中，头绪可以多端，"中心"或"极致"只能有一个，这或许只能表证中国政治哲学、伦理哲学中的一些个案。至于"三分法"的要义，我很同意庞朴先生的观点，那就是"动态平衡"，他认为这是一个有机系统"最神奇、最理想"的状态。

而在我看来，那也该是一种"最自然"的状态。

开发精神生态资源

在西方学术界,已经有一些信念更纯粹的生态主义者,开始对现代社会试图凭借技术管理和经济学的运筹走出生态困境的途径表示怀疑。他们宁可相信,真正的出路在于改变现行的经济制度。再往深层追究,则是改变迄今为止依然在操纵着人类中大多数人的那种纯粹物质主义的价值观。

美国学者约翰·福斯特(John Bellamy Foster)在一篇题为《生态与人类自由》的文章中写道:

> 如果我们要挽救地球,围绕个人贪婪的经济学和以此为基础的社会制度必须要让位于更广泛的价值观和一套立足于与地球上的生命协调一致意义上的新的社会安排。①

说到底,那种实用主义的、物质主义的、急功近利的价值观才是制造现代

---

① 〔美〕约翰·福斯特:《生态与人类自由》,《每月评论》1995 年第 6 期。转引自《国外社会科学前沿》,上海社会科学院出版社 1997 年版,第 577 页,第 579 页。

生态灾难的罪魁祸首。先前的社会并不是这样,舍勒把这种情形的出现叫作现代社会中的"价值的颠覆",贝塔朗菲则把它叫做传统社会的"价值崩溃"。在我们看来,现代社会的这种日趋极端的价值观念起码是片面的、短视的,事实说明也是充满凶险的。而要重新修整现代社会的价值体系,在很大程度上取决于人类如何调整、端正自己的价值取向,如何看待精神的价值,如何开掘地球生态系统中的精神资源。这不仅是人类与自然真正和解的出路,也是人类自身逐步走向完善的前提。

这里,我们不妨考察一下文学艺术在这一价值体系的调整与重建中,有可能发挥哪些作用。

价值的光谱分析

据说美国硅谷富家子弟在夸示自己家庭的优越时,话语方式有了新的改变。早些年是说"我爸爸可以打败你爸爸",现在则说"我爸爸可以买下你爸爸"。一字之差,体现了社会价值观念的再次蜕变,由"权力"向"金钱"的蜕变。"金钱",以及由"金钱"代表的物质财富成了权衡优越的主要尺度。

不知从什么时候起,人们开始把对外界物质财富的攫取和占有看作幸福的唯一指标。市场越来越庞大,饭店越来越奢侈,时装越卖越昂贵,轿车越坐越高档。这几年刚吃饱肚子的中国人也开始摆起一掷千金的"黄金宴",开始追求超级消费的游艇、夜总会。

说是"欲壑难填"。其实,就人体的生物性需要来说,这个"壑"并不很深很广。科学家们研究的结果是:按西方人的标准,一位年龄 25 岁、体重 65 公斤,生活于温带,从事中等强度的"标准男人"每天需要的热量为 3 200 千卡,蛋白质 53 克,其中动物蛋白 20 克,此外还有少量的氨基酸、脂肪酸,少量的维生素和矿物质,而女人所需还要少一些。其他方面的生物需求,比如保暖,也都是有限的。古代中国皇帝后宫里拥有数以千计的女性，但其实际的性需求，就生理意义上讲也是有限的。

弗洛姆说，人类解决生理上的需要并不难，而人类解决其人性的需要，则出奇的复杂，单凭财富与繁荣以及技术的进步都不足以解决人类社会的根本问题。也不可能给人类带来真正的幸福。"一切不安的根源在于人缺乏对自身内在价值的认识，人类应该由'外部空间'的开拓转向'内部空间'的探索。"这就是说，人类的"幸福问题"与其他生物不同，除了物质和物理的外部尺度，还有一个属于精神与心理的内部尺度，这是人相比其他生物的困难之处，也是优越之处。在现代社会中，人类在"幸福"问题上出现的失落与混乱，无不与此相关。

错误是从两个不同的维度上同时累积下来的。

一方面，以科学技术为武器的工业革命对自然的节节胜利，使人类的占有欲极度膨胀，由传统物理学世界观衍生的经济决定论把人对物质财富的拥有看作是拥有幸福的唯一方式，于是在本来属于精神空间、心理空间的活动领域，也被物质和金钱填充。一些不能够用数学、物理学标定、核算的价值观念，比如友谊、爱情、善良、正直、自尊、诚信、崇高、优美、操守、信仰，或者以无用而被抛弃，或者以有用而被金钱收购。人类精神的火炬在物质的滔滔洪水中暗淡下来。

另一方面，在精神和意义退场的舞台上，商品和金钱却粉墨出场赢来一片掌声，演出的当然不再是崇高和优美。暴发的富人希望以名牌轿车抬高自己的社会地位，"新新人类"则努力以奇特的时装提升自己的品级，精装烫金的巴尔扎克、司汤达成了华丽客厅中的装饰，粗劣复制的凡·高、毕加索成了舒适卧房里的点缀，超级市场披上了艺术创造的面纱，商业广告窃据了审美体验的灵魂。当文化艺术人纷纷下海捞钱的同时，商人们反倒开始向文化艺术产业投注资本。

精神世界的萎缩，符号宇宙的崩溃，根源在于人类价值观念在现代生活中的混乱与迷失。按照贝塔朗菲的说法,价值理论成了哲学与行为科学中最困难、最含浑、最有争议的领域。

幸福在于价值的实现。价值则表现为人的主动的选择,而选择则又受制于不同的人生观念,在观念的背后,则依然是人的需要和欲求。幸福,取决于人的欲求的满足的内涵和程度。

然而,人的欲求则又是如此的复杂多样,所谓"幸福"与"价值"的领域则是如此广泛。如果把它比做电磁波谱系列,其波长从千米以上到分米、厘米、毫米、忽米、微米、埃米,而人的肉眼可以接收到的可见波长仅只是百万分之40厘米到百万分之80厘米之间的一小段。在可见光的电磁波之上,有微波、无线电波、红外线;在它的下边,有紫外线、伦琴射线,伽马射线。价值光谱系列的问题出在"人眼"上,"眼见为实",被物质化、科学化、技术化了的人的眼光只承认可见的"光谱",而无视这段"光谱"的两端。岂不知,人眼可见的这段"价值光谱"在整个"价值光谱系列"中也只是很小的一段,现代人们能够用目光看到的往往只是可以用货币加以度量的那一段。

国际社会例行用来衡量一个国家社会发展水平的标尺,国内生产总值(GDP),便是以美元、日元、英镑、马克或人民币进行核算的,然而,美元或马克能够用来衡量一个国家的文化水准、道德水准、安全程度、团结程度吗?能够用来衡量一个社会中人民的教养、情操、理想、信念、尊严,以及体魄的健壮、人格的健全吗?能够衡量国民的精神状态、情绪体验、审美感受吗?

奇怪的是美国的《基督教科学箴言报》2000年3月3日的报道还真给"幸福的婚姻"开出了具体的价格:每年价值10万美元,而且据说是由两位名叫布兰奇弗劳尔和奥斯瓦尔德的经济学教授通过精密的计算得出的结果,一美元内含的幸福指数是0.000 004 09个单位。换句话说,10万美元可以抵偿家庭因离异、丧偶带来的烦恼与悲哀。两位经济学家大约忽略了一个十分关键的问题:10万美元意味着什么?对于一个家资亿万的华尔街富媚来说它不过是一只纯种的哈巴狗,对于中国西部山区的贫妇来说它却是天上的星星。两位经济学教授的聪明只能说明这个社会价值尺度的贫乏和混乱已经到了何种地步。

古斯塔夫·豪克（Gustav Hocke）在谈及世纪末西方社会的精神状况时曾经指出："价值刻度表的缺少造成可怕的平衡失调。人能够忍受身体的饥饿感，却不能忍受无意义感。"[①]60 年代以来，随着心理学界第三势力——人本主义心理学的崛起，人们已开始反省固有的价值观，为人类的幸福标划新的谱系。其中影响广泛的是马斯洛（Abraham Maslow）的人类需求"金字塔"，从位于基层的饮食睡眠性欲安全需求，再到位于最高层的审美需求，自我实现的需求，需求的满足即幸福的实现。马斯洛的这一"幸福光谱"显然包含了更为丰富的内容，包容进了肉眼凡胎看不到的红外线和紫外线。

从 1960 年代以来，关于"生活质量"的研究在西方一些发达国家已渐渐成为热门的学问，成为社会学、心理学、经济学、生态学综合关注的对象。富裕的物质生活不仅不再是道德行为的切实保障，也不再是幸福欢悦的唯一来源。甚至还有人主张，生活的物质消费过度冗余时，社会将因此导致腐败。如果精神的提升落后于物质的繁荣，如果精神仅仅变作达成物质目的的手段，人将沦为物的奴隶，生活本身就将成为问题。即使人类作为生物界的一个种类不会很快消灭，其文化价值必然日益浇薄。

舍勒曾经发现，在现代社会取代传统社会之际，人们的价值观念曾经遭遇过一次彻底的颠覆。在这一观念世界的巨大震荡中，哲学变成了认知，宗教变成了迷信，科学变成了技术，伦理变成了纪律，经济变成了金钱，国家变成了机器，艺术变成了娱乐，连人类自身也变成了牟取利润、增进效率的工具。

艺术作为人的"最高使命"和"绝对需要"的地位，也就是在这个过程中渐渐失去的。世界的"祛魅化"过程，也是世界的"非诗意化"过程。在这个

---

① ［德］古斯塔夫·豪克：《绝望与信心》，中国社会科学出版社 1992 年版，第 58 页。

过程中受到贬抑的,除了"上帝",还有"自然",还有作为人类内心神圣的"精神"。

现代生态运动的兴起,使一路飙升三百年的科学技术的地位受到质疑,信仰的守望、哲学的灵思再度唤起人们对生命的敬畏、对自然的亲近。

对于人类童年意象的深切眷顾,对于精神家园的梦中回归,已经成为现代人价值追求的新起点,那被颠覆的价值序列还有可能再被颠倒过来吗?

低物质能量的高层次运转

现代社会的"生态系统"相对于生物个体存在而言,无疑是靠"物质能量"的流动交换维持的。

据艾伦·杜宁(Alan Durning)在1992年出版的书中披露,更多的物质,包含生产它们时投入的能量,是被"一次性消费"之后白白扔掉的。例如,每一年中英国人要扔掉25亿块尿布,日本人扔掉3 000万个一次性相机,德国人扔掉500万件家用器具,美国人扔掉750万台电视机,全世界每年扔掉的瓶子、罐头盒、塑料纸箱不止20 000亿个。更严重的问题是这种"高消费"的发展趋势,已经发达的国家还在拼命追求更高速度的发达,尚未发达的国家已经把发达国家的生活方式确立为自己的楷模,努力向"高消费"看齐,甚至还要一路"赶超"过去!

地球已经负担不起如此饕餮、近于疯狂的人类。有人根据太阳向地球输送的能量和地球生物圈内有效的生物量计算得出,地球所能负荷的人口是80亿,如果按照美国人对物质能量的消费标准,地球只能养活十亿人,而目前地球上的人口已经超过56亿(1995年统计数字),那么,多出的46亿人将如何处置?任何高超的技术和高明的管理面对这种"持续发展"的势头,都将无济于事。

不能从人类自身内部调整一下追求的目标吗？幸福生活的获得，一定要以大量物质的占有、大量能量的损耗、大量商品的消费为代价吗？这种"高物质能量"的消费就一定能换来高质量的生活吗？贝塔朗菲得出的恰恰是相反的结论："在生活富裕和高标准的时代里，生活会变得没有目标和意义。"一个"病态社会"的主要症候就是："为人们提供了丰富的生物需要，但却使人的精神需要挨饿。"①

有没有可能寻找到一种"低物质能量运转中的高层次生活"？我自然想到了文学艺术活动与一些文学艺术家的生活。从能量消耗量上讲，文学艺术的生产可能比任何一种农业生产、工业生产消耗的能量都少得多。而一个"文学人"在物质和能量方面的消费则比任何一个"工业人"、"商业人"的消费要节省得多。注重精神生活的人，对于外部物质生活总是较少地依赖。

诗人陆游，"细雨骑驴入剑门"，没有乘小轿车、没有排放一路的二氧化碳或二氧化硫，并不影响他留下一路优美诗篇。

小说家托尔斯泰，为全世界的几代人提供了丰盛的精神食粮，自己到头来只是一袭布袍、一根拐杖，随风化解在俄罗斯的田野林间。

丹麦的那位可爱的安徒生先生，没有上过高速公路，没能睡过豪华宾馆，一辈子孤独地守护着自己那颗善良、纯净的心，却为世界的孩子们写下那么多优美的童话。

曹雪芹喝稀粥、吃咸菜、食不果腹、衣不蔽体，照样写出千古绝唱《红楼梦》，创造的精神财富不可计量。

陕西当代作家路遥、陈忠实是在贫苦岁月里创作出优秀文学作品《人生》《白鹿原》的。

而在高度工业化、商业化的美国，一个普通公民一生中的消费，据有关部

① ［奥］路德维希·冯·贝塔朗菲：《人的系统观》，华夏出版社 1989 年版，第 25 页，第 28 页。

门统计,为:60 000 公斤汽油、7 000 公斤煤炭、500 000 公斤石料、5 100 公斤塑料、19 740 公斤钢铁、700 公斤铜、350 公斤锡、300 公斤锌、1 500 公斤铝、26 000 公斤谷物、8 468 磅肉类、17 500 个鸡蛋,还有 115 双鞋子、250 件衬衫、750 个电灯泡、28 600 个易拉罐,与此同时制造 11 000 公斤垃圾。这样一位现代工业社会公民的消费标准可能是曹雪芹、托尔斯泰的千百倍,然而他究竟为人类文明的进步奉献出多少呢?或者不说为社会奉献,他自己获得的幸福感又能比这些诗人、艺术家多多少呢?

若是从生产投入看,生产一只易拉罐消耗的物质能量不知要比印刷一首诗歌消耗的物质能量大多少倍。但是,现代人宁愿一箱又一箱地品尝那些内容不详的罐装饮料,而无心去欣赏那些诗坛上盛开的精神花朵。

司汤达说过:"艺术是幸福的承诺。"霍克海默(Max Horkheimer)借以发挥说:真正的艺术不只是反映生活,也是人类对现实彼岸的渴望的最后保存者,在艺术中保存着从宗教中脱胎而来的乌托邦,真正的艺术是人类未来幸福中的合法利益的表现。[①] 从价值意义上讲,审美愉悦差不多是人类能够体验到的最丰富最强烈的愉悦。在一些文艺心理学的著述中曾经具体描述过文艺创造及文艺鉴赏中产生的那种生理—心理层面上的快感:耳聪目明、浑身清爽、呼吸顺畅、精力饱满、激情冲荡、心绪昂扬、神思勃发,充满了精神上的优越感和接近于骄傲的自信心,神魂颠倒、灵感迷狂、似梦非梦、如痴如醉、甜蜜的颤栗、美妙的震撼……人的整个机体、感官全部投入艺术之中,心脏的跳动、血液的流动、呼吸的频率、肌肉的张弛随之变化,压抑的心情因此得以敞开,精神的懈怠因此得以振作,淤积的块垒因此得以排遣,机体的不适因此得以化解。

1987 年 11 月 12 日,凡·高的一幅《鸢尾花》在美国纽约卖了 5 390 万美元。然而,这还不是凡·高作品的最高售价。1990 年 5 月,凡·高的另一幅

---

① 转引自[美]马丁·杰:《法兰克福学派史》,广东人民出版社 1996 年版,第 205 页。

画《加歇医生肖像》，被一个日本大亨以 8 250 万美元的价格购去。两幅画的画布、颜料加在一起不值两个美元，其余全是凡·高艺术精神的价值。然而，凡·高的艺术精神值这么多美元吗？或许更多，或许根本无法用金钱换算。画商可以用亿万美元收购凡·高的作品，却不能拥有凡·高创作这些作品时的心境和体验。凡·高在世时一贫如洗，然而在他的内心世界里却拥有这么多的真、善、美，拥有一座五彩缤纷的精神乌托邦！凡·高又是最富有、最幸福的人。

也许是物极必反，当前在物质奢靡已登峰造极的美国和日本，已经响起了"过简朴生活"的呼声，一些人怀着使徒般的虔诚和毅力正在投身到"简朴运动"中去。

一位叫乔安尼·福曼的作曲家提议不必花费更多的时间去"挣钱"，要学会把"商品消费"改为"时间消费"，在读书、徒步旅行的时间中享受优美和兴致；还有一位名叫旺达·乌尔班斯卡的报纸撰稿人和一位名叫弗兰克·利弗林的电影编剧辞去了他们那令人羡慕的职业，到乡村去看管一片果树林，简朴的生活使他们多了悠闲少了焦虑，使他们有时间给朋友写写信，有时间坐在门廊前凝视着黄昏田野上的晚霞和落日。欧阳修早在千年之前讲到的那种"富贵之乐"以外的"山林之乐"，也开始被这些现代的美国人认同了。还有一位名叫乔·道明古斯的美国人不但自己身体力行过简朴日子，还开设了一个讲习班，讲述金钱能够做和不能够做的事情，希望为人们指出一条生活的新道路。在日本，几年前出版的一本题为《清贫思想》的书，竟掀起一股阅读热潮，成了持续的畅销书。

稍加推究我们便不难发现，这种"清贫""简朴"的生活不但倾向于与自然和解、亲近，而且常和某种宗教信仰结盟，并且总是得到审美体验和艺术感受的支撑。在中国古代，陶渊明式的清贫、王冕式的清贫、曹雪芹式的清贫都是靠他们高雅的审美情趣、高尚的艺术追求支撑的。"有书真富贵，无事小神仙"，这也是中华民族文人学士的一个悠久的传统。世界上绝大多数宗教并不鼓励它的信徒发家致富、养尊处优,反而制定许多清规戒律,约束其信众过清贫简朴的生活。南怀瑾先生曾详细介绍过旧时佛教僧人的衣食住行:

衣,不过三件,多了就要施舍给别人。做衣服的布料甚至是别人扔掉的破布剪裁拼接起来的,名曰:"百衲衣"。

食,一天一顿饭,至多两顿饭,而且多是粗茶淡饭,一律素食。

住,随遇而安,茅屋、草庵、土穴、岩洞,甚至树下、旷野皆可安身,没有被褥时,草织的蒲团上也可以坐上一夜。

行,"芒鞋斗笠一头陀",有时草鞋也没有,就打赤脚。

这种"苦行"的简朴,一般人难以忍受,也不必大家都来效仿。僧人之所以能够忍受、乐于忍受,是因为他们拥有精神的信仰。信仰,简朴,自然,艺术如果能够渗融在同一个生活情景中,那将是一种最高和谐的美。

不是要求现代人都去过一种"苦行僧"的生活;况且,现在的一些身居名山宝刹中的和尚,其身心也已经被现代旅游业的繁华严重污染,扔了芒鞋穿皮鞋,代步动辄有轿车,手中还攥着摩托罗拉的移动电话,出国云游则乘坐波音747。

也许还是美国生态学家艾伦·杜宁的设想更切实些:

接受和过着充裕的生活而不是过度地消费,文雅地说,将使我们重返人类家园:回归于古老的家庭、社会、良好的工作和悠闲的生活秩序;回归于对技艺、创造力和创造的尊崇;回归于一种悠闲的足以让我们观看日出日落和在水边漫步的日常节奏;回归于值得在其中度过一生的社会;还有,回归于孕育着几代人记忆的场所。也许亨利·戴维·梭罗在瓦尔登湖边潦草地书写在他笔记本上的文字说出了一个真谛:"一个人的富有与其能够做的顺其自然的事情的多少成正比。"①

我很欣赏杜宁在这段话中一连使用的六个"回归"。这"回归",呼应了中国古代诗人陶渊明的千年呼唤,同时也是对舍勒指出的那种"价值的颠覆"的一次"再颠覆"。

艺术消费是精神的再创造

以上我们讲述的其实包含有这样的意思:以精神资源的开发替代对自然资源的滥用,以审美愉悦的快感取代物质挥霍的享乐,以调整人类自身内在的平衡减缓对地球日益严重的压迫。也就是说,以"艺术消费"取代一部分冗余的"商品消费"。

近年来在中国艺术理论界一波日益高涨的声浪是:文化搭台、经济唱戏,艺术是商品,艺术创作应纳入商品经济的运营。艺术是商品吗?艺术可以成为商品,就艺术创作需要花费一定的劳动时间,需要一定的心力、体力,需要一定的技艺技巧,需要一定的物质材料(包括其印刷、复制、包装、运输),需要一定方式的贮存保管而言,它可以成为有价值的商品,可以按照市场的规则操作运营,比如唱一支歌可以卖多少钱,演一出戏可以卖多少钱,写一首诗或画一幅画可以卖多少钱。

但从本质上讲,文学艺术是生命的升华,是心灵的震颤,是精神的感性显现,是形式化了的白日梦幻,是一种心境,一种意象,一种情绪,是民族文化的积淀,是人与人之间最真诚的沟通交流,从这个意义上说文学艺术又是无法进行成本核算、无法准确标示价格、无法等价进行交换的。"烟花三月下扬州",

① [美]艾伦·杜宁:《多少算够》,吉林人民出版社 1997 年版,第 113 页。

七个普通汉字的简单组合，可能是李白的脱口而出，按其投入的可计算的劳动值多少钱？可能不值三钱银子；按其给一个城市做了上千年的"广告"，该值多少钱？可能不啻百万美元；按其提供给一代又一代人的审美感受又值多少钱？那就无法计算了。正因为无法计算，一个画家出名前的一幅作品几十块钱没人要，一旦成了名家还是这一幅画可以拍卖到几十万、几百万。在我看来，这样一些价格恰恰证明文学艺术作品不符合商品生产和营销的一般规律，文学艺术作品不是一般的商品。

艺术消费也不等于一般的商品消费。《现代汉语词典》中只把"消费"一词限制在对于"物质财富"的消耗上，不是没有道理的。鉴于"市场经济"已成为一个"时代"，文学艺术作品以及其他精神产品纷纷走进市场，我们姑且也沿用一下"艺术消费""精神消费"，但必须强调它们与一般物质产品的消费是不同的。

艺术消费作为精神活动，拥有最广泛的"共享性"。一罐牛奶、一块面包、一双皮鞋、一只枕头或许只能一个人、一家人受用；诗人写下的一首词、作曲家创作的一首歌，却可以万人传唱、千古传唱，而且越传得人多、越传得久远，就越有价值。佛罗伦萨城市广场上的大卫塑像，千百年来供成千上万的过往游客免费欣赏，那是这座艺术雕刻的荣光，也是这座艺术名城的荣光。现代的诗人、作家、作曲家、歌唱家已经开始知道"捍卫"自己的"版权"，这也许是一种时代的进步。但在我看来，针对从中牟利的盗版行为加以惩治或许是必要的，而严格的"版权所有"，对于文学艺术作品来说是不可能的，也是不必要的，除非你不让人传抄、传唱甚至传阅、传听，这样同时也就禁锢了作品的影响、削弱了艺术的影响力。

艺术消费作为精神活动还拥有奇妙的"复效性"。30块钱买一箱罐装饮料，一周内喝光，剩下一些空罐，多了一堆垃圾；300块钱买一件时装，一年后不再时髦，压在箱底成了废品。30块钱买一本《宋词选》或《草叶集》，却可以常读常新，不时会有新的感受、新的冲动、新的启迪、新的发现。同一首待，同一个人，少年时、青年时、晚年时读它，春天里、秋天里读它，阴天里、晴天里读它都会有不同的效应。一件时装的有效期可能只有一年半载，一件艺术品的使用期可达百年千年。不过，作为商业行径，艺术品的这种"耐用性"并不受欢迎，受欢迎的是那些"一次性"的"艺术品"，比如那些电视肥皂剧、卡通连环画、塑料化纤制作的"鲜花"，那其实是凭借艺术技巧包装起来的商品，那才是"真正的商品"。

更重要的，艺术作为"消费"，它还有一般商品消费所不具备的"互动性"。所谓"艺术消费"的过程，实际上就是一个"艺术欣赏"的过程。艺术欣赏不会使一件艺术品因此而"损耗"，像是吃"肯德鸡"，咬一口就少一块，吃了也就没有了。艺术作品在你"消费"它的时候，反而同时要把本来属于自己经验中、记忆中、个性中、情绪中、观念中的某些东西投注到艺术作品中，与艺术作品提供的情景和意蕴融渗在一起，发生通感，发生共鸣，只有这样你才能够"消费"它，也就是"欣赏"它。这样的"消费"，同时又是"创造"，是对于一件艺术作品的再创造。你在欣赏一件艺术品时，你可以由这件作品的激发，加入许多属于你自己的东西，从而也使它成为你自己的，正如俗话所说的"有一千个读者就有一千个哈姆雷特"。

如此说来，一件艺术品在它的被"消费"过程中并不像烤鸡腿那样，越吃越少，反而会越"吃"越多，越"消费"越"增值"。一部《红楼梦》自它诞生之日起，被人们阅读（也就是"消费"）了二百多年后，它的内容反而是越来越丰富了，光是阐释《红楼梦》的书，已经比《红楼梦》厚出几十倍、上百倍。具体情况可能还要更复杂些。比如，吃美国的肯德炸鸡，吃荷兰的烤乳猪，或者使用日本松下公司的电器，并不要消费者自己变成鸡，变成猪，变成松下公司的员工；而欣赏文学艺术作品却不一样，一个真正在"消费"《红楼梦》的读者，或一个真正在"消费"《高老头》的读者，"消费"《包法利夫人》的读者，"消费"《约翰·克利斯朵夫》的读者，自己就仿佛要成为贾宝玉或林黛玉，成为高老头、包法利夫人、约翰·克利斯朵夫。当然，它又是属于你自己的贾宝玉、林黛玉、高老头、包法利夫人、……这就是"消费"中的"互动",是"精神性消费"中一个独特而又弥足珍贵的"再创造原则"。由于这一原则,"精神消费"拥有了一切"物质消费"所不具备的优势:"产出"大于"投入","盈余"大于"损耗","资源"反复"利用",而且基本上不生成垃圾,这才是真正的"可持续性发展"。

以上,我们是在"商业社会"的话语方式内议论"艺术消费""精神消费"的,其实,从艺术和精神的本来含义说,它们都不是"消费",而只能永远属于"创造",一种绝对个人意味上的创造。处于艺术欣赏状态中的任何一个人,此时此刻他就是"艺术家";任何一个能够真正欣赏荷马的人,他自己就成了一个荷马!

在现代社会中,商业性的消费实际上已经成为社会控制个人生活、剥夺个人自由、瓦解个人精神性存在的一种"合理"而"有效"的策略。文学艺术领域也已经出现了这样的情形:作家艺术家成了公司签约的雇员,读者观众成了文化商人的顾客。"顾客就是上帝",文化商人对他的"上帝"做出尽善尽美"服务"的承诺,悉心迎合当下时尚和大众口味制作出"畅销全球"的作品。于是,多年以前,人们从善良愿望出发提出的"文艺大众化""文学艺术为绝大多数人服务"的崇高目标,今天却在文学艺术产业化、商业化中,被那些气指颐使的资本大亨们实现了。

这似乎是一个让人笑不出来的笑话。也许,这种立足于"服务"的文艺理论本身就应当受到审视。要知道,就人类的生命与精神而言,在许多情况下是不能由别人代你"服务"的,别人不可能代替你兴奋或者悲哀,不可能代替你交友或恋爱,不可能代替你去思考、想象、憧憬、梦幻,不可能代替你在临终弥留之际去面对死亡的召唤,这些都别指望别人为你服务。世上有一些事情是必须自己身体力行的,别人包办代替不得。文学艺术就是这少数事情中的一个,是一个自慰、自救、自我印证、自我实现的过程。正如克尔恺郭尔所说的,在审美过程中,"人类直接地是其所是"。套用一句我们上面引述过的话来说:人们不是接受荷马的服务,而是要自己成为荷马。

鉴于现代社会中文学艺术产业化为人民大众设下的陷阱,鉴于文化商人为"上帝服务"的极度热情,鉴于畅销产品对艺术消费市场的垄断,认真的反思其实早已经开始。奥斯卡·王尔德(Oscar Wilde)说:"艺术永远不要作大众化(迎合大众的口味)的尝试,而是正好相反:大众应当努力使自己成为艺术家。"①霍克海默指出:"艺术正是通过摆脱为虚假的普遍性服务,才能忠实地反映下层人民的事业,反映真正的普遍性。"②

摆脱商业消费的强大逻辑,发挥个人的创造精神,寻求另一种生存的境界,高扬另一种生命的价值,可能会成为走出生态困境的另一条途径。

(《南方文坛》2001 年第 1 期)

---

① 转引自〔德〕赫伯特·曼纽什:《怀疑论美学》,辽宁人民出版社 1990 年版,第 131 页。
② 〔德〕霍克海默、阿多尔诺:《启蒙辩证法》,重庆出版社 1990 年版,第 126 页。

卷
二

元问题：人与自然

——陶渊明与卢梭、梭罗的比较陈述

人与自然：被严重错置的"元问题"

相对于 20 世纪初西方学界提出的"元数学""元逻辑""元语言""元社会学""元伦理学"及"元科学""元问题"的概念，这里讲的"元问题"有与其相似的地方，但又不相同。英语世界中，"元问题"（meta-question）的前缀"meta"，据《牛津高阶英汉双解词典》解释，含有"在上、在外、在后"的意思，meta-question 即超越诸多问题之上、隐匿在诸多问题之中的"问题"，意味着被"抽象化""形式化""逻辑化"的最终问题，体现了西方逻辑实证主义的学术精神。中国学界将 meta-question 译为"元问题"，其中汉语词汇"元"的涵义与 meta 差异颇多。在《中国汉语大词典》中，"元"的本义指人的"头脑"，是人的生命的根本，进而引申出"首要""初始""本源""至高无上"等意义，其组合的词汇，如"元气""元命""元化"多与自然本体、宇宙运演相关。同时，"元"又通"玄"，"元"又因此附带了许多幽远、玄奥的精神气场。

我这里所说的"元问题"，具有 meta-question 的超越性，却不采取 meta-question 将问题抽象化、形式化、逻辑化的倾向，我希望赋予这一用语更多一些汉语言文字的意味与情调。本文所说的"元问题"因而也就不同于为后现代哲学家所诟病的"元叙事""宏大叙事"，而是指称一种"初始的""本源的""宏阔的"的存在，其在时间上先于其他所有问题，在空间上笼罩其他所有问题，是其他所有问题的根本，决定其他所有问题的性质与得失；只要其他问题一日存在，它就将继续存在下去，而它的解决将导致其他问题的顺利解决。

这样的问题存在吗？

在我看来，这个问题就是"人与自然"的问题。或者换一种说法，就是地球人类所面对的"自然问题"。人类如何对待这一问题，不但决定了人类社会的性质，也决定了人类的生存状况，甚至还同时决定了人类在某一时期的精神状况。遗憾的是尽管不乏时时有人提醒，人们对这一性命攸关的"元问题"，长期以来或置若罔闻，或做出片面的、错误的回应。如今大难临头，性命攸关，种种危机差不多总可以追溯到"人与自然"这个元问题上，我们不能不对这一问题重新加以审视。

六十多年前，中国思想家金岳霖来到美国讲学，面对西方高度发达的工业社会，面对美国崇尚科学技术的学界，金岳霖先生选择了中国传统文化思想中"自然和人"这一课题，不能不说用心之深，用意之切。金岳霖提纲挈领以人对待自然的态度为尺度，区分了西方式的"英雄人生观"与东方式的"圣人人生观"。

从古希腊神话时代或圣经时代起，英雄人生观在西方世界里一直占据统治地位，它的基本原则是"人类中心""个人中心"。英雄人生观使西方社会在政治、经济、军事方面创造出意义巨大、范围广泛的辉煌的成就，同时也表现出极大的破坏性，人对自然的主宰已达极致，"客体自然"消失殆尽，现代人几乎完全生活在"人造环境"的囚笼里。

中国的圣人人生观是素朴的，却又超越了素朴人生观。拥有圣人人生观的人不但摆脱了自我中心，也摆脱了人类中心，重新与天地合契，与自然和谐。

他们可能拥有权利,却不误用权利;可能拥有财富,却不误用财富;拥有知识但不误用知识;拥有智慧,决不滥用智慧。他们平和地对待自己的命运,追慕的是心灵的宁静、洁净,社会的安定、和谐。他们的生活可能是清贫的,但并不缺乏幸福与诗意。他们的心灵境界虽然超出了一般人,看上去又完全是平凡、自然的一般人。金岳霖的这番论说遵循的显然是中国传统文化之道,即"天人合一"精神。按照他的解释,"天"就是中国古代人的"自然","天"不同于英语世界中的 nature,而略似于西方的"自然神"(Natural God)①,"天人合一"就是中国古人对于"人与自然"这一元问题作出的解答。

中国古代哲学经典《老子》一书又被称作《道德经》,其中"道经"侧重诠释自然,"德经"侧重议论人事,一部《道德经》也可以看作是对"自然与人"问题的一份东方式答卷。老子所讲的"道生之,德畜之""是以万物莫不尊道而贵德",②讲的也是"自然"与"人道"的交融与和谐,同样是对一种最高社会理想的追求。

早年的马克思曾把"人与自然"问题看作"历史之谜",对这一谜底的最终解答就是自然与人之间矛盾的"真正解决",那就是理想中的共产主义。他说:"这种共产主义,作为完成了的自然主义,等于人道主义,而作为完成了的人道主义,等于自然主义,它是人和自然界之间、人和人之间的矛盾的真正解决,是存在和本质、对象化和自我确证、自由和必然、个体和类之间的斗争的真正解决。它是历史之谜的解答,而且知道自己就是这种解答。"③由此看来,东方与西方、古代与现代虽然存在着巨大的文化差异,但在对待"人与自然"这一问题上,仍不乏共同的认识,都把这一问题看作社会与个人面对的根本问题。

然而,人类必须面对的这一元问题,在现代工业化进程中却被严重地肢解并错置,呈现出结构性与方向性的偏差,从而酿下自然界与人类精神的双重危

---

① 参见金岳霖:《道、自然与人》,生活·读书·新知三联书店 2005 年版,第 158—165 页。

② 老子:《道德经》,第五十一章。

③ 马克思:《一八四四年经济学哲学手稿》,人民出版社 1985 年版,第 77 页。

机。对此,从马克思、恩格斯到尼采、舍勒,从韦伯、西美尔到马尔库塞、海德格尔,从怀特海、贝塔朗菲到利奥塔、德里达,几乎全都表达过相似的忧虑。20世纪60年代之后,生态运动蓬勃兴起、生态时代渐渐逼近,人与自然的问题,或曰人类的"自然问题",再度被强化,日益成为众所瞩目的焦点。

塞尔日·莫斯科维奇(Serge Moscovici),这位数十年来一直投身于生态运动的法国学者,借助歌德之口声称"自然不是一个问题,而是唯一的问题";他还曾借助伽达默尔之口宣布:自然问题成为世人关注的焦点,"或许这是世界局势危急时刻出现的第一个希望。"他接过马克思的命题告诫世人:"自然人文主义将是唯一经得时间考验的幻想"。①

安东尼·吉登斯(Anthony Giddens)是一位现实主义的社会政治理论家,一位谨慎的社会进步论者。在他1998年出版的《超越左与右》一书中也曾开辟专章论述了"现代性的负面:生态问题和生活政治"。他说,一个古老的问题是"我们将怎样生活?"要回答这个问题,现代人就不能不首先关注到"科学技术的进步连同经济发展机制迫使我们面对一度隐藏在自然和传统的自然性之中的道德问题。"②那就是说,人类生活的去向和质量还有待于"人与自然"这一元问题的适度解决。作为一位务实的政治理论家,吉登斯希望人类在已经建成的现代化大道上继续前进,希望依靠经济发展、全球合作、人对自然控制能力的进一步加强而克服风险,走出困境,这当然不失为一种社会改良的出路。他在该章的"结论"中明确判定:我们已经无法回归自然或传统。从当下人类社会的发展趋势看,吉登斯的这一判断更容易坐实。然而,我们仍然可以就此发出疑问:对于无法做到、不可能实现的事情,我们能不能思考与想象?政治学家、经济学家不能够或不愿意思考的,文学艺术家是否应当思考?

人类文明与自然的冲突早在人类社会之初就已经发生,而且愈演愈烈。

---

① [法]塞尔日·莫斯科维奇:《还自然之魅》,生活·读书·新知三联书店2005年版,第9页,第211页,第241页。

② [英]吉登斯:《超越左与右》,社会科学文献出版社2000年版,第217页。

"回归之路"的探索,早已经在哲人、诗人中开始。在中国思想史上,公元5世纪的伟大诗人陶渊明被视为"回归自然"的象征,梁启超在评价陶渊明时曾一口气用了7个"自然",说他热爱自然,顺应自然,做人自然,作文也自然,把融入自然作为生命的最高理想,把违背自然看做人生的最大痛苦。[①] 陶渊明在他41岁的时候毅然辞去在政府担任的官职,甘愿返回田野耕读度日,在清贫的生活中创造出诗意的葱茏与精神的丰盈。吉登斯或许不知道,在中国古代诗人陶渊明"久在樊笼里,复得返自然""遥遥望白云,怀古一何深""纵浪大化中,不喜亦不惧"的诗句里,[②]"自然"与"传统"就曾经返回诗人的身边与心中。比起现代学者的"现代性反思""自然法审视""生态学转向"以及"保守主义与自由主义的博弈",陶渊明关于"人与自然"这一元问题的回答或许是简单质朴的,然而,唯此则又更接近这一问题的本源。更因为他的解答是诗意的,因此就更涵蕴隽永,绵远悠长。

21世纪伊始,当人们再度陷入"人与自然"的焦虑时,中国诗哲陶渊明应当走进世界,或者说世界应当走近陶渊明。在人类的精神文化版图上,陶渊明绝非一个孤立的存在,为此,本文拟将陶渊明与十八世纪法国的卢梭、十九世纪美国的梭罗做一些比较研究,这对于"人与自然"这一元问题的解答,或许会有某些参考价值。

陶渊明与卢梭: 文明人向自然人的回归

18世纪的欧洲,随着工业文明的快速发展,人与自然的冲突愈加激烈,并在社会政治与人类精神领域引起巨大震荡。如何生活,如何做人,再度成为一

---

① 梁启超:《陶渊明》,商务印书馆民国二十一年版,第6页。
② 本书凡援引陶渊明的诗文,均见袁行霈:《陶渊明集笺注·陶渊明诗文句索引》中华书局2008年版,不再一一注明。

个哲学问题。在那个思想家蜂拥群起的时代,让·雅克·卢梭(Jran Jacques Rousseau)成了欧洲启蒙时代一位特立独行的思想家,一位对现代人类史进程产生持续影响的思想家。他著述繁多,文风蕴藉,从生前到死后,人们对他的评价充满争议,各执一端,毁誉纷杂。德国当代哲学家恩斯特·卡西勒(Ernst Cassirer)力排众议,坚执卢梭的所有著作是一个整体,全都围绕着一个最根本的问题,即"自然"与"文明"之间的纠葛,"自然的人"(homme naturel)与"人为的人"(homme artificial)之间的冲突与整全。卢梭毕其一生要向人们表达的是:"人为的人"已经摧毁了人的自然状态,这是人类堕落腐败的根源,"重返自然状态之简朴与幸福的道路已被封死,而自由之路却敞开着;我们能够,而且必须踏上这条道路"。①《新爱洛漪丝》是对"自然"的颂扬;《爱弥儿》是对"自然人"的呼唤;《社会契约论》则是对回归自然状态、重建人类文明的社会政治学设计,而《忏悔录》《对话录》都是对这一总体设计的反复核对与审订。在卢梭这里,社会伦理、国家法律与包括人的天性在内的"自然律"应该是一致的。显然,卡西勒的"卢梭问题"归根结底还是一个"人与自然"的问题,或人类文明如何面对自然的问题。在卡西勒之后,克里斯托弗·凯利(Christopher Kelly)研究卢梭的力作《卢梭的榜样人生》一书同样贯穿了这一说法,认为卢梭终其一生的奋斗目标不过是:"在一个被人类文明败坏的堕落社会中如何可能保存天性,过上一种符合自然的生活。"②即如何克服文明人与回归自然之间的障碍,如何超越文明导致的"去自然化"而实现人性的"自然整全"。

卢梭在其成名作《科学与艺术的进步是否有利于社会风俗的净化》中,对欧洲在启蒙运动中发生的历史性变化几乎全盘加以否定:所谓"科学和艺术",看似"社会的花环",实则也是一把"锁链",它们"在使人成为文明社会公民的同时,也扼杀了人与生俱来的自由情感",使人沦为"幸福的奴隶";它们

---

① [德]卡西勒:《卢梭问题》,译林出版社 2009 年版,第 28 页。
② [美]凯利:《卢梭的榜样人生》,华夏出版社 2009 年版,第 1 页。

在培养"时尚"的同时,也败坏了传统中的自然淳朴的风俗。社会越文明,就越是形成一些"整齐划一"的原则,而这些铁定的"原则"背后往往隐藏着冷淡、欺骗和背叛,成为束缚、戕害人类自然天性的东西。① 作为一部论教育的书,《爱弥儿》第一卷首先讲到"自然人"与"文明人"的培养教育是两个完全不同的渠道。他形象地指出:"文明人在奴隶状态中生,在奴隶状态中活,在奴隶状态中死:他一生下来就被人捆在襁褓里;他一死就被人钉在棺材里;只要他还保持着人的样子,他就要受到我们制度的束缚。"这里所说的"襁褓""棺材",无外乎人所创造的社会文明对于人的自然天性的束缚与戕害。文明人为了适应社会、适应他人而丧失了自我、丧失了自由,尤其是内心的自由。后来,海德格尔在论证现代科学技术对于人的控制时,将其称作"座架"(Das Gestell,另有译作"框架""托架"),以我的理解,所谓"座架"就是给你一个舒适的座位,然后把你绑架起来,仍不过是一副枷锁、一座囚牢。这种"文明人"被文明所束缚的苦痛,中国古人陶渊明早就有着切身的体验,卢梭书中所说的"锁链""襁褓""棺材"在陶渊明的诗文中被称作"樊笼""网罗"。"少无适俗韵,性本爱丘山……久在樊笼里,复得返自然。""密网裁而鱼骇,宏罗制而鸟惊。彼达人之善觉,乃逃禄而归耕。"陶渊明坚决辞去彭泽县令的官位,"不为五斗米折腰"也许只是一个表面的说法;"质性自然,非矫厉所得",不愿"违己交病",不肯"心为形役",才应是他退居田园、回归自然的根本原因。

按照凯利的说法,《忏悔录》整个就是一部一个在时代变革中四下碰壁的文明人如何回归自然,重做自然人的笔录,展现了一个自然人在渴望重返自然状态途中的艰难尝试和苦苦探索。"自然让人曾经是多么幸福而良善,而社会却使人变得那么堕落而悲惨"②卢梭从自己的生命体验出发,相信"人之初,性本善",认定处于自然状态的"原始人"比现代社会的文明人更简朴、更天真、

---

① 参见叶秀山、王树人主编:《西方哲学史》(第五卷),江苏人民出版社 2006 年,第 260—263 页;并参见尚杰:《尚杰讲卢梭》,北京大学出版社 2008 年版,第 10—11 页。

② [德] 卡西勒:《卢梭问题》,译林出版社 2009 年版,第 16 页。

也更善良,因而也更自由、更幸福。同时,他也深知现代人已经无法返回原始的自然状态,他努力实施的是如何改变现代文明人的人性,使其"天良发现",按照自然的法则重新组装自己的国家和社会。卢梭的努力招来的只是一连串的打击,不但受到现下政府的查禁与流放,还受到教会的封杀,甚至还受到一般民众的拒斥乃至石块的袭击。身心疲惫的卢梭深感在"返回自然"途中"社会整全"的失败,他最终达成的只是一个孤独老人在垂暮之年自己对于自然整全的回归。

对于"由文明人返回自然人"这一过程的探求,卢梭留下的是数百万言的著述,而陶渊明仅存区区百余篇诗文,卢梭比陶渊明显得繁复丰赡,他的关于"文明"与"自然"的思考同时还涉及国家体制、社会形态、政治哲学、教育方针、立法体系、宗教意识各个方面,站在"反启蒙"的立场上为"启蒙"做出了卓越的贡献。但面对"人与自然"这一元问题,在逃出尘世牢笼、文明囚禁,立意做一个"自然人"的最终目标上,陶渊明却要简净利索得多。

尽管文史学界一贯认为陶渊明在自己的时代没有得到应有的评价,但我在浏览了诸多关于陶渊明的研究与评论后仍然觉得,最初由萧统在《陶渊明传》《陶渊明集序》中对陶渊明作出的评价仍是最为恰切深刻的。《陶渊明传》中记述,身居朝廷高位的檀道济前去探访陶渊明,对他说"子生文明之世,奈何自苦如此",劝他放弃"躬耕自资"的田园生活,做一个与时俱进的"文明人",陶渊明当面婉言谢绝,说自己"志不及也"。待到檀道济离去,便将他馈赠的"粱肉"一股脑扔掉了,表明了他与"文明之世"划清界限的心迹。在《陶渊明集序》中,萧统一方面对"文明之世"给人的"幸福生活"做了保留性的肯定:"齐讴赵舞之娱,八珍九鼎之食,结驷连镳之游,侈袂执圭之贵,乐则乐矣,忧则随之。"同时却对"与大块而荣枯,随中和而任放"的自然人生进行了高度赞扬。指出陶渊明的选择,正是体现了贤者的"明达之用心"。进而,萧统又列举了苏秦、商鞅等热衷于功名利禄,投身于政治纷争的风云人物,不但没有给社会带来稳定与安全,而且自身也劳苦恣睢,死于非命。相比之下,陶渊明式的抽身而退、回归自然,"安道苦节,不以躬耕为耻,不以无财为病"的田园生活,才真正有益于人心,有助于风化,可望收到"贪夫廉,懦夫立"的社会效果。南朝的萧统与欧洲的卢梭相去一千余年,相距万里之遥,面对的似乎仍是同一个"人与自然"的问题,在由文明人返归自然人的精神诉求上竟如此惊人地一致。

由于基本立场与出发点的一致,因此在一些较为具体的问题乃至情境方面,卢梭与陶渊明也表现出有趣的相似性。

比如他们都曾在"出仕"与"致仕"之间有过游移动摇,最终都选择了"弃官隐居"的回归之路。青年时代的陶渊明也曾抱有"社会整全"——即为国为民革弊兴利、建功立业的念头。他先后做过州府的教育官员和军府的幕僚,四十一岁时终于在彭泽县令的职务上决绝于官场。卢梭早年也曾在法国驻威尼斯使馆任幕僚,但他很快就意识到发生效用的只是官场的"面具",一旦他希望凭自己的才能与意志行使职责,政治秩序与个人天赋之间便发生严重冲突,强者的不义与弱者的愤慨终于使他辞去使馆的职务,并且从此断绝从政为官的念想。当卢梭在法国学界初露头角时,国王路易十五为笼络文人名士,曾有意向他颁发年薪,他同样不肯为之"折腰",毅然拒绝了。对此,他在《忏悔录》里解释说:"一旦接受这笔年金,我就只得阿谀奉承,或者噤若寒蝉了……"[1]这与陶渊明的"不为五斗米折腰"如出一辙。

晚年的卢梭告别了巴黎的社交圈,返回乡野过一种真正的退隐生活。像陶渊明在诗中表达过的"误落尘网中,一去三十年"一样,卢梭说他已经"在不适合(他的)环境里羁留了十五年"。1756 年 4 月 9 日(这一年卢梭 44 岁,与陶渊明回归自然的年龄相仿),他离开了城市,从此就不再居住在都市中。他说自己从此"有可能按照个人志趣选定的方式过幸福而持久的生活"了。[2] 卢梭固执地认为,作为人类文明象征的城市,恰恰"是坑陷人类的深渊。经过几

---

① ［法］卢梭:《忏悔录》(第二部),商务印书馆 1978 年版,第 469 页。
② 同上书,第 497 页。

代人之后,人种就要消灭或退化;必须使人类得到更新、而能更新人类的,往往是乡村。"①最初,在埃皮奈夫人为他提供的莫特莫朗庄园的"退隐庐",卢梭写道:早春的残雪尚未褪去,大地已开始萌动春意,树木微绽苞芽,迎春花已经开放,睡意朦胧中听到夜莺在窗前歌唱,乡野的自然风光令人心旷神怡。他在狂喜中喊出:"我全部的心愿终于实现了!"这与陶渊明在《归兮来去辞》中抒发的情感何其相似:"登东皋以舒啸,临清流而赋诗。聊乘化以归尽,乐夫天命复奚疑!"在这里,重返田园就意味着回归自然,回归生命的源头,回归心灵的栖息地,因而也是回归诗意葱茏的渊薮。

虽然同时主张回归自然,并身体力行地踏上回归之路,卢梭与陶渊明之间的差异,当然也是显而易见的。但这些差异并没有遮蔽他们在面对"人与自然"这一元问题时显露出的慧心与良知。

陶渊明生活的公元五世纪的中国,正处于农耕时代的成熟期,是一个纯粹的农业社会,一个人出生伊始,接受的便是农业文明的洗礼。而卢梭生活在十八世纪的法国、瑞士,启蒙运动已取得显著成效,工业文明的基础初步奠定,城市化的进程在迅速扩展,资产阶级夺取政权的大革命已进入爆发前夜,在这样一个时代,卢梭作为一个关心时政的知识分子,尽管他的本性始终向往着自然与田野,却不可能像陶渊明那样完全遁入乡野,而更多的是在日内瓦、巴黎、威尼斯等城市间颠沛流离。十八世纪的法兰西民族,虽然仍是王国体制,但民主制度已具雏形,国王路易十五并不像司马氏皇帝那样,一句话就可以砍下持不同意见者的人头,知识分子有着较多的发表言论的自由和空间。就个人而言,卢梭的性情与陶渊明也不尽相同,卢梭的气质更为缠绵、内向、敏感、脆弱,更欠缺自我保护能力,在进退显隐之间几乎徘徊一生。对于达官权贵,他也总不能完全割断对他们的依附和利用,不能像陶渊明那样"纵浪大化中,无忧亦无惧",而是左冲右突、东躲西藏,虽百折不挠,终免不了被愚弄羞辱,因此受到的

---

① [法]卢梭:《爱弥儿》(上卷),商务印书馆1978年版,第43页。

伤害更多。他也因此长年处于焦虑、愤懑、恐惧、抑郁的不良情绪中,不能像陶渊明那样轻易地走进旷达、淡定、悠然、静穆的境界。直到生命的最后阶段,卢梭对他身处的这个文明社会才彻底失望,那时他感到全人类最为善良、深情的人,经过一个"全体一致的协定"已被放逐到社会之外。此时的卢梭孤独得就像陶诗中的一片"孤云":"万族各有托,孤云独无依",国王靠不住,元勋靠不住,贵妇人的沙龙靠不住,奸狡的政客更是靠不住,一无依傍的"孤立"虽然凄清,反而空前自由了。卢梭在他的未竟之作《一个孤独漫步者的遐想》中写道:"如今我重回大自然,只接受大自然的法则"。此时卢梭的心境与陶渊明《归去来兮辞》中表现的一样,深深庆幸他终于在"斩断了一切世俗的欲念"、摆脱了社交圈"令人难受的纠缠之后","重新找到大自然的全部迷人之处",①完成了自己生命的回归之路。

陶渊明与梭罗: 在诗意中营造自然与自由的梦幻

　　人类历史的进程毕竟不是由陶渊明、卢梭这些人掌控的,在卢梭之后的200年中,人与自然的斗争更加酷烈,无论是西方还是东方,人们全都浸沉在战胜自然的喜悦中,而这一胜利终于导致地球生态系统濒临崩溃,导致自然在20世纪日渐陷入濒死的绝境。德国哲学家 M. 舍勒在 20 世纪初就已经揭示:"作为生物,人毫无疑问是自然的死胡同"。已经拥有数百万年进化史的人类,说起来仍然显得如此幼稚:费尽心机、突飞猛进的结果,在貌似空前鼎盛的现代社会中,不但把"自然"送进了"死胡同",也把自己禁闭到这个"死胡同"中。面对自然之死,舍勒同时提醒人们还有一线希望:人类作为"精神生物",作为能够"神化自身的生物","人就不仅仅是死胡同;人同时还是走出这条死胡同

---

① 〔法〕卢梭:《一个孤独漫步者的遐想》,花城出版社 2005 年版,第 108、132 页。

的光明和壮丽的出口……人同时具有双重特性：死胡同和出口！"①在人类的思想史中，无论是东方还是西方，总会有一些人在这条"死胡同"中徘徊摸索，寻觅着走向本真澄明之境的出口。

到了二十世纪中期，随着"自然"的境遇愈加凶险，拯救自然、拯救人类自身的诉求遂酿成声势浩大的"生态运动"。在这一运动中，此前一百年的美国诗人、散文家梭罗成了这一运动的先知先觉，被奉为守护自然本真与人类本性的圣哲。1949年，老一代作家徐迟将梭罗的代表作《瓦尔登湖》翻译介绍到中国，开始并没有引起人们的注意，1982年经译者修订由上海译文出版社刊印，遂一发不可收拾。我粗略统计了一下，在最近十年中，差不多有十种之多不同版本的《瓦尔登湖》问世，似乎仍然不能满足人们的需求。瓦尔登湖成了中国读书界一道开阔、亮丽的风景，梭罗以他"自然主义诗人""生态文学家"的身份成为众多中国诗人、作家的偶像。20世纪后期，辉耀于中国文坛的两位青年诗人海子和苇岸，都是虔诚的梭罗崇拜者，都曾经从梭罗那里汲取了崇尚自然的信念。海子曾写下献给梭罗的组诗：《梭罗这人有脑子》，苇岸更是到了"言必称梭罗"的地步，他的那本薄薄的遗著《太阳升起以后》曾数十次写到梭罗，他说《瓦尔登湖》给他带来的精神喜悦和灵魂颤动是其他作品不能比拟的，"它教人简化生活，抵制金钱至上主义的诱惑。它使我建立了一种信仰，确立了我今后朴素的生活方式"②。他说他和梭罗之间有一种血脉相连的亲近，他已经将自己的文学人生"皈依"了梭罗。

行文至此，我不能不坦率地说，我心头已经产生些许失落，不是因为别的，是为了我们的先人陶渊明。

依我看来，海子，苇岸这些被誉为"麦田诗人""大地诗人"的年青一代中国文学家，无论如何也应该更钟情于自己民族的自然诗人陶渊明吧。因为在

---

① 刘小枫选编：《舍勒选集》(下册)，上海三联书店1999年版，第1376页。
② 苇岸：《太阳升起以后》，中国工人出版社2000年版，第117页。

"简化生活""蔑视金钱""景仰朴素"方面，陶渊明不是更早、更好的榜样吗？然而我们这些 20 世纪后期的诗国骄子始终没有把视线投注到陶渊明身上。海子、苇岸谈起自己追慕与效仿的文学家，可以排成长长的一列：荷马、但丁、莎士比亚、托尔斯泰、歌德、尼采、安徒生、卡夫卡、惠特曼、泰戈尔、爱默生、纪伯伦、普希金、叶赛宁、济慈、雪莱、卢梭、蒲宁、雨果、黑塞以及米什莱、赫德逊、列那尔、普里什文、德富芦花、谢尔古年科夫、阿斯塔菲耶夫等等，当然，还少不了荷尔德林，却罕见提起自己国度的传统诗人。苇岸坦诚地表白："祖国源远流长的文学，一直以来未能进入我的视野"①。这里我不想责备年轻诗人们的偏激，我只是为我们中华民族诗国疆土的沦丧感到悲哀。是什么原因使我们最有希望的诗界传人竟翻越一道道异国语言的障碍，"皈依"到大洋彼岸的诗人行列？

在西方那些现代社会的策源地如英国、法国、德国、美国，工业化运动刚刚启动，就有华兹华斯、柯勒律治、布莱克、卢梭、施莱格尔、里尔克、爱默生、梭罗、惠特曼挺身而出为自然抗争，在抗争中显现出诗人的本真与良知。即使在英国的殖民地印度，也还诞生了在现代化浪潮中溯流而上的诗哲泰戈尔。而在现代中国，在这块后进的一心奔向四个现代化的国土上，长期以来却很难听到发自本土的守护自然的声音。如今，自然之死的进程在我们的国土正极速蔓延，诗人的声音依然微弱。海子死了，苇岸死了。更加不幸的是，那位在一千六百年前去世的陶渊明在今天也已经最终死去，而且是在年轻一代诗人的心目中死去的。

2008 年 10 月由清华大学比较文学与文化研究中心与美中富布莱特基金组织联合举办的"超越梭罗：文学对自然的反应"国际研讨会上，我终于得到一个机会，在中国、美国、加拿大、意大利、印度、波兰、法国等国家的学者面前发出呼吁，希望面对自然之死，从生态批评的角度将陶渊明与梭罗并置研究。

---

① 苇岸：《太阳升起以后》，中国工人出版社 2000 年版，第 235 页。

我的这番话或许已经打动与会的一些西方学者,最近,美国当代享有盛誉的生态批评家斯科特·斯洛维克教授(Scott Slovic)频频从大洋彼岸传话过来,说他很希望看到陶渊明研究的新的成果。

这里,让我们先说一说美国的"绿色圣人"梭罗。

梭罗曾经卖过一条船给霍桑(Nathaniel Hawthorne)并交他如何划船。这位年长的著名美国小说家曾生动地记述了他对梭罗的印象:"带着大部分原始天性的年轻人,……丑陋、堕落、长鼻、怪声怪调,举止尽管彬彬有礼,总带有点粗俗的乡村野气,与其外表甚合……自从两三年前以来,他否定了一切正常的谋生之道,看来趋向于在文明人中过一种印第安人的生活。"①1847年梭罗30岁那年接受问卷调查时自我介绍说:"我是个校长、家庭教师、测量员、园丁、农夫、漆工,我指的是房屋油漆工、木匠、石匠、劳工、铅笔制造商、玻璃纸制造商、作家,有时还有个劣等诗人。"在19世纪工业化、市场化蓬勃兴起的美国,聪明能干的梭罗其实拥有相当优越的资质:他懂测量,擅设计,发明过新型钻机和改进铅笔制造的专利。然而他却对这个日益工业化、市场化、都市化的时代极为不满,毅然选择了背道而驰的方向。用爱默生的话说,"他不当美国工程师的领袖,而去当采黑莓队的队长。"②

陶渊明与梭罗,在时间上相隔一千五百年,在地域上分居东西两个半球,在种族上还明显地拥有"黄""白"两种肤色,然而面对人类文明与自然的冲突,面对"人与自然"这个元问题,他们之间仍然拥有许多相同、相似之处:两个人的诗文中都写到"读书""种豆""锄草""采花"(虽然不一定都是菊花)、看云彩、听鸟叫;陶渊明曾经拥有一张"无弦琴",梭罗在《瓦尔登湖》中甚至也讲到"无弦琴",即"宇宙七弦琴",那是由森林上空的风"拨弄"松树的枝叶发出的天籁。

---

① [美]罗伯特·塞尔编:《梭罗集》(下册),生活·读书·新知三联书店1996年版,第1155页。
② 同上书,第1159页。

若往深处探讨,梭罗与陶渊明都是崇尚自然、醉心于自然的诗人,都在以其诗人的浪漫情怀拒斥着置身其中的社会体制,痴心营造着关于自然与自由的梦幻。这在陶渊明,是"不为五斗米折腰",决绝地辞去政府中的职位,同时也就逸出主流社会的种种管制和约束,表现出自己的独立意志。对于梭罗来说,他本来拥有在现代社会谋生的多种技艺,但他还是拒绝了一切公职,拒绝了社会上认可的一切体面工作,成了康科德城民众眼里一个不务正业的浪荡人。他精神上的抵抗甚至波及刚刚起步不久的美国工业社会的各个方面,如铁路、银行、邮政、报业等。在他看来,这些被民众"幻想"为"肯定的进步",其实都是些索债的"魔鬼",它给人们带来某些好处,却又总是追逼着人们加倍偿还利息。梭罗说,他热爱的是田野中的"鲜花",而时代文明塞给他的却是工厂里的"钢锭"!① 陶渊明在自己的诗歌中则坦言,他本性是一只自由飞翔的鸟儿,时代向他展示的却是一只"囚笼"。如果说某个时代的社会体制总是一个时代人类文明的集中体现,陶渊明、梭罗的反体制倾向无异包含着对时代文明总体的审视和批判,这对于一种社会体制的健全发展其实是不可或缺的。

关于陶渊明的退隐归田、委运化迁,前文已有所论及。梭罗的退隐山林,返身农耕则更像是一场在瓦尔登湖畔展开的"实验",时间也只有两年零两个月,不像陶渊明返身农耕二十二年,直至终老林下。尽管如此,梭罗的回归情绪确是真切、浓郁的,其对于内、外自然的体会也是深刻独到的。平心而论,身处工业时代上升时期的梭罗,要想挣脱时代大潮的裹挟返身农耕,比陶渊明的回归田园更难!然而,在1845年开春,28岁的梭罗拎了一把借来的斧头,毅然走进瓦尔登湖畔的森林,自己动手盖房、开荒,开始了他自然主义诗学的实践。他的口号一如陶渊明的"任自然":让生活像自然一样常新,"跟大自然自己同

---

① 转引自[美] 罗伯特·米尔德:《重塑梭罗》,东方出版社2002年版,第293页。

样简单"、"同样的纯洁无瑕","如大自然一般自然地过一天吧"①。他在森林中种豆、砍柴、捕鱼、采集野果,换取生活中最低限度的温饱。在主观取向上,梭罗的"退"与"返"甚至更为决绝,他不但要从工业化的、市场化的时代抽身而退,还要从当下的农业生产方式退回更远古、更简单同时也更"自然"的原始农耕时代。他认为只有原始农业才与自然有着更亲密的关系,因此也就更具有"神"性。现代农业的目标只"把土地看作财产,或者是获得财产的主要手段",由于现代人的贪婪与自私,大地上农耕的风景已经被破坏了。② 他认定人不应为物所役,不必为了攫取更丰厚的利润去拼命劳作,而应把更多的时间留给与自然的交流与融合,在与自然的交流融合中享受天地间最高的精神愉悦。在《瓦尔登湖》一书中,梭罗曾用富有诗性的话语记述了他"疏懒""宁静""充实""优美"的一天:

> 在一个夏天的早晨里,照常洗过澡之后,我坐在阳光下的门前,从日出坐到正午,坐在松树、山核桃树和黄栌树中间,在没有打扰的寂寞与宁静之中,凝神沉思,那时鸟雀在四周唱歌,或默不作声地疾飞而过我的屋子,直到太阳照上我的西窗。……这样做不是从我的生命中减去了时间,而是在我通常的时间里增添了许多,还超产了许多。我明白了东方人的所谓沉思以及抛开工作的意思了。③

梭罗在这里体会到的,其实就是老庄哲学中"致虚静,守静笃","平易恬淡、乃合天德",让人生顺应自然的精神;其实也就是陶渊明诗句中"目送回舟远,情随万化移""山气日夕佳,飞鸟相与还"的境界。陶渊明说:"此中有真意,欲辨已忘言";梭罗则写道:"你瞧,现在已经是晚上","一天里我什么也没

---

① 〔美〕梭罗:《瓦尔登湖》,吉林人民出版社 1997 年版,第 82 页,第 90 页。
② 同上书,第 156 页。
③ 同上书,第 106 页。

有做,什么也没有说,我只静静地微笑,笑我的幸福无涯。"①在这里,梭罗似乎已经感悟到"与天合其德"、把自己同化于自然之中,才是生命中最有意义、最美好的事,而现代社会的进步正背离这一原点愈行愈远。

陶渊明自 41 岁弃官归田后,生活一天比一天贫困,几乎沦落到食不果腹、衣不蔽体的地步,却能"安道苦节,不以躬耕为耻,不以无财为病"(萧统语),且不改初衷,一意孤行。其原因是陶渊明有更高的信念,即"清贫"与"素朴"是"得道"的必由之路,是一个人回归自然、回归本真时不可或缺的精神元素。梭罗没有贫困到衣食无着,他在瓦尔登湖边的木屋里是有意识地体验贫困,竟也清理出许多关于清贫的道理。在他看来,康科德城中人们千方百计地渴求发家致富,等于生活在"别人的铜币中","在别人的铜钱中,你们生了,死了,最后葬掉了。"这就好比一片泥沼,人们深陷其中挣扎一生,即使目的达到,付出的却是生命的独立与自由。"大部分的奢侈品,大部分的所谓生活的舒适,非但没有必要,而且对人类进步大有妨碍。"②在陶渊明那里,生活中难得的舒适与享受,如"夏日北窗高卧。清风飒至,自谓羲皇上人",反倒是一分钱不花的。在《瓦尔登湖》中梭罗一再声称:面对大自然,穷人与富人本是平等的,"夕阳反射在济贫院的窗上,像射在富户人家窗上一样光亮;在那门前,积雪同在早春融化。""城镇中的穷人,倒往往是过着最独立不羁的生活"。③ 陶渊明其实也正是为了"独立不羁",才选择了清贫生活。美国人梭罗似乎已经看透了陶渊明的苦心:"最明智的人生活得甚至比穷人更加简单和朴素。中国、印度、波斯和希腊的古哲学家都是一个类型的人物,外表生活再穷没有,而内心生活再富有不过。"④

在面对人与自然这个元问题时,梭罗与陶渊明一样强烈追求精神自由,善

---

① [美]梭罗:《瓦尔登湖》,吉林人民出版社 1997 年版,第 106 页。

② 同上书,第 12 页。

③ 同上书,第 306 页。

④ 同上书,第 12 页。

于以生命内宇宙的充实、替补外部物质世界的简疏；为了更高理想不惮于超越现实营造空中楼阁。对于陶渊明来说，这是"肆志无窊隆""心远地自偏"，是"纵浪大化中，不喜亦不惧"，"寓形宇内复几时，曷不委心任去留"，是一种任心适志、无论穷通的达观心态，是一种道家哲学意义上无恃无待的逍遥游，体现在文学创作中则是一种超越现实遨游于虚幻之境的浪漫主义精神，是人间难觅的桃花源。对于梭罗来说则是那种力排众议的自信，无畏无惧的孤独。"物尚孤生，人固介立"，陶渊明归田后曾表示"息交绝游"；梭罗则一再表示"社交往往廉价"，而"寂寞是有益于健康的"，"我爱孤独。我没有碰到比寂寞更好的伙伴了。"①"太阳是寂寞的"，"上帝是孤独的"，"我不比一张豆叶，一枝酢浆草，或一只马蝇，或一只大黄蜂更孤独"。一般人难耐孤独，是因为对外需求太多，圣人与大自然都不惧孤独寂寞，是由于内在的充盈。梭罗宣称："只要我还能思想，世界对于我还是一样地大。"他为此援引孔子语录："三军可夺帅也，匹夫不可夺其志也。"②在论及内外关系时他还说过："你的衣服可以卖掉，但要保留你的思想。"衣服是外在的，可有可无；思想却是内在的珍宝，必须坚守秘藏，这与老子说过的"被褐怀玉"（《道德经》第七十章）大致相似。梭罗曾在自己的日记中表露，他对于社会也没有什么有效的作为，他希望自己做的，是"在贝壳中培养出珍珠"。《瓦尔登湖》终于成了他内心精神修炼的结晶，一座用诗一般的语言文字营造的"空中楼阁"。他在此书的结束语中写道："一个人若能自信地向他梦想的方向行进，努力经营他所想往的生活……如果你造了空中楼阁，你的劳苦并不是白费的，楼阁应该造在空中，就是要把基础放到它们的下面。"③梭罗的"空中楼阁"正类乎陶渊明的"桃花源"，"空中楼阁"与"桃花源"都不过是他们在诗意栖居中营造的一个关于人类社会自然整全的梦幻，都不过是他们凭借自己的艺术想象对现实社会存在

---

① ［美］梭罗：《瓦尔登湖》，吉林人民出版社1997年版，第128页。
② 同上书，第307页。
③ 同上书，第302—303页。

的一次诗性的超越。

在陶渊明与梭罗之间当然也还存在着明显的差异,这些差异还不仅只表现在一位终日与酒相伴,一位滴酒不沾;一位儿女成群,一位终生未娶;一位主要写诗也写散文,一位主要写散文也写诗歌。生活在中国东晋末年的陶渊明所要逃避的是铁定的门阀氏族制度、虚伪的名教典章对人的本真天性的约束与戕害,是频仍无端的战乱给人生带来到苦难与凶险,陶渊明的退隐与回归多少带了些"圣人韬光""贤人遁世"的无奈。而生活于十九世纪中叶的美国人梭罗,面对的是汹涌澎湃的工业化浪潮对传统农耕社会的全面冲击,是高速发展的科学技术与市场经济对人的心灵的物化,人心与自然环境同时遭遇现代化的胁迫。梭罗走进瓦尔登湖畔的山林之中,不是逃避,不是退隐,而是在做一场"实验",甚至是为了取得向现代社会提起诉讼的证据。梭罗在潜入自然的时候心有旁骛,因此他不总能做到像陶渊明那样静穆、悠然,他的文字中更多了些愤激、焦灼、抗争、驳难,有时不免锋芒毕露,像一位十九世纪的"愤青"。梭罗给人的印象是在素朴的形象上又添加了些"救世英雄"的光辉,陶渊明顾及的只是自救与救心。也许仍然基于东、西方的差异,在走近自然、同化自然的过程中,二人的途径仍存有明显的差别。梭罗虽然被西方学者冠以"超验主义作家"的名号,但在通往自然真谛的道路上他仍不得不时时借助理性,在通往自然的秘奥时他仍旧不能忘怀知识与技术的"梯子"。而东方的陶渊明通过感悟则往往"一步登天",他可以在浑然不知的心境中达成"天人合一",使自己的身心完全融会于自然,这就是"采菊东篱下,悠然见南山"的那种境界。可不可以这样说:"云无心以出岫"——陶渊明"无心"却使自己成为"陶渊明";"掮把斧子进山林"——梭罗"奋力"终使自己成了"梭罗"。

"无心"也好,"奋力"也罢,在对待人与自然的关系上,这两个人差不多都达到了先知先觉的"圣人"境界,并受到各自民族的认可与尊重。遗憾的是,为他们所钟情的"自然"至今并未因此得救。在陶渊明撰写他的《归去来兮辞》(公元405年)一千六百年之后,在梭罗撰写他的《瓦尔登湖》(公元1849年)

一百六十年之后，"自然"终于还是无可挽回地沦落到濒死的边缘。但愿这不是最后的结局。

结　语

是谁谋害了"自然"，把"自然"送进了死地？这就仍然不得不回到"人与自然"这一元问题。

对于发生在人类文字记载的这段历史来说，尤其是对于人类社会飞速发展的工业社会三百年来说，自然之死的唯一"嫌犯"是人类，是人类的文明。或确切一点说是人类文明中占据支配地位的那些主流意识。2007年春天，在中国科学家协会举办的"高科技的未来：正面与负面影响"的研讨会上，中国科学院与中国社会科学院的一些知名学者都曾讲到人类文化本质上是反自然的。对于这个命题，我认为应当做出一些限制性的补充：一是应将"文化"更换为"文明"，以突出人类文化中"物质性""体制性"的部分；二是并非人类文化全都是敌视自然的，在人类的文化中，尤其是人类的精神文化中，毕竟存在着像陶渊明、卢梭、梭罗这样站在自然的立场上，全力协调人与自然关系的文学家、思想家。也正是这些人，身体力行地对人类文明进行着不懈的反思与批判，维护着自然的整全与完美——哪怕仅仅是在一个期待或想象的空间里！

面对自然之死，诗人的价值和意义应该得到重新评估，这无疑也应当成为当下我们的诗学、文艺学研究的新课题。

（《文艺研究》2011 年第 2 期）

浅说生态哲学

首先让我们看一看什么是"生态学",什么是"哲学"。

生态学(ecology),创始人为德国动物学家恩斯特·海克尔(Ernst Haekel),英语生态学 ecology 的字头 eco,其希腊文的原意为"居所""家园""栖居地"。

生态学的定义:一门研究生物体与其生存环境之间交互关系及生物彼此间交互关系的学科。生物体:植物、动物、微生物;栖息环境:物理环境(空气、水分、光线、温度、岩石、土壤以及磁场、射线等等);生物环境(即与生物体生存相关的其他生物存在)。

生态学发展过程中,由于研究的对象、层面不同,渐渐形成许多学科门类,如:昆虫生态学、鸟类生态学、草地生态学、森林生态学、分子生态学、群落生态学、遗传生态学等。遗憾的是,在一个相当长的时期里,生态学只是把目光投注在自然界的其他生物身上,而忽略了人类自己也是生物圈中至关重要的一员。比如,以往的生态学家可以花费很多精力研究昆虫——比如蜗牛的生物钟,却忽略了人类战天斗地的思想和行动。

20 世纪 30 年代,美国人类学家朱利安·斯图尔德将文化概念引进生态学领域,从人类生态学的角度解释人类社会的某些行为(如对印第安人肖松尼族一妻多夫制的研究),取得一定的成功。但并没有产生更大的影响。这种状况的改变发生在生态学诞生一百年后的 20 世纪中叶。现代社会的高速发展酿下的生态灾难逼迫生态学转向对于人类自身行为的关注,1962 年美国科学家、女作家雷切尔·卡森的《寂静的春天》问世,生态学便启动了这一自然学科的人文转向,渐渐契入现代人类与环境、与自然、与社会、与自我的错综复杂的关系之中。从而,生态问题开始迅速蔓延到现代社会的经济、政治、科学、技术、宗教、伦理、审美、教育各个领域,成为一个涉及人类历史与未来的精神文化问题。众多生态学新学科如雨后春笋般应运而生,如:社会生态学、文化生态学、城市生态学、生态经济学、生态政治学、生态伦理学、生态法学、生态哲学、生态美学、生态文艺学等等。生态学很快覆盖了人类社会的各个方面,生态学成了人类的生存智慧学、和谐发展学、家政管理学,成为一种人们观察世界的新的"观念"。

什么叫哲学。按照通常的说法,哲学,是关于世界观的系统化学说,是人类自然知识、社会知识、思维知识的概括与归纳。同时也是人们实践行为的思想指南。

截至目前,主导人类社会发展的依然是以"启蒙理性"为核心的现代哲学,三百多年前,这一哲学由欧洲三位学者奠定基础,他们是:培根,笛卡尔,牛顿。

在笛卡尔看来,世界万物中人是最宝贵的,人的可贵在于他独自拥有的"理性",即透过现象洞察事物本质的运思能力,亦即"我思故我在"。人的精神与作为物质世界的大自然是二元的,拥有理性使人在自然面前取得了自主和主动的地位。

培根认为理性的最高体现是知识与科学技术,科技是人们征服自然的"力量"与"工具"。人,因为拥有了这种力量、掌握了这一工具,而取代原先上帝的位置,成为自然万物的主宰。

牛顿则从物理学实验的层面给人们提供了一种不同于以往的、切实而又可靠的"宇宙观"：自然、物质以及时间、空间是外在于人的客观存在，人凭着自己的理性（科学知识、技术工具）可以有效地认识、控制、利用、改造这个世界。

美国当代汉学家费正清与史华慈的入门弟子艾恺（Guy Alitto）曾经用六个字概括现代文明的实质："**擅理智，役自然**"。他指出"擅理智"，即高度发挥人的理性功能；"役自然"，即凭借人类理智的结晶——科学技术驱使自然服从人类的意志。就是在这样一种观念的支配下，在牛顿之后的三百多年里，人类的世界发生了天翻地覆的变化。

三百年间，人类凭借自己的理智，凭借自己发明创造的先进的科学技术手段，向自然进军，向自然索取，开发自然，改造自然，一心一意地要为自己在大地之上建造起人间天堂。这条道路一直延续到今天，三百年的历史，同时又被称作世界"现代化"的进程。

当代学者查尔斯·哈珀（Charles Harper）曾经对现代工业社会的"主导社会范式"做出以下归纳①：

1. 经济增长压倒一切，自然环境只是理应受人支配的资源。

2. 对科学技术的信念是有利可图；市场为追求财富最大化敢于冒最大风险。

3. 崇尚快速便捷的生活方式，人人只关注个人当下的权利、需求与幸福。

4. 生产与消费的增长永无极限，科技进步可以解决社会发展中的一切问题。

5. 强调竞争与民主、专业与效率、等级制度与组织控制。

三百年间，人类的收获是无比丰盛的：人们的物质生活水平普遍提高，医疗卫生条件普遍改善，人类的寿命大大延长，接受教育的层面普遍有所扩展，

① 参见［美］查尔斯·哈珀：《环境与社会》，天津人民出版社1998年版，第60—61页。

社会组织化(尤其是城市化)的程度显著加强,社会生产部门与生产者的专业化进程日益加快,与此同时,生产与消费领域的世界一体化进程也在与日俱长。

通常,人们把这些称作社会的进步,现代社会因此取得无可置疑的合法性,顺理成章地获得了绝大多数地球人的拥护,甚至被当作人类社会发展进步的必然规律,成为地球上不同地区、不同民族梦寐以求的奋斗目标。

人类果真可以沿着这条社会发展的道路笔直地走下去吗?

当理性与科学被推上至高无上的地位并被赋予战无不胜的力量时,现代社会也就开始了它突飞猛进、一日千里的发展过程,积累了巨大财富的现代社会似乎就要变成人间天堂。而与此同时,自然却遭到了空前的噩运,变得一天天破碎、错乱、污浊、肮脏起来,大自然被驱赶上一条悲惨而又卑微的末路;生态恶化已经威胁到人们包括呼吸与饮水之类的基本生存需求。笛卡尔、培根与牛顿,这三位工业社会的揭幕人,既是人类社会走向现代化的功臣,又无可推卸地已经成为让自然蒙受羞辱和灾难的肇始者,虽然他们自己并没有意识到这一点。

更令人担忧的是,如今发生在自然界的生态危机已经蔓延到人类社会的各个领域,从社会的和谐安定到个体精神的丰满与健全。

舍勒指出这个"仅仅依靠外力去征服其他的人和物,去征服自然和宇宙"的外向型、功利型的现代社会,也片面地培养造就了现代人"善于经济""精于算计"的人格。神圣化、心灵化的境界遭到蔑视,个人的精神生活变得异常贫乏,人的"意志能量"不再"向上"仰望,而是"向下"、向着永远填不满的物欲之壑"猛扑过去"。

于是,对于三百年前发轫的这一工业时代的反思,即"现代性反思",就成了现代社会思想文化界的重大课题。

反思早在上个世纪之初就已经开始。

恩格斯曾经指出:"我们不要过分陶醉于我们对自然界的胜利。对于每一次这样的胜利,自然界都报复了我们。每一次胜利,在第一步都确实取得了我们预期的结果,但是在第二步和第三步却有了完全不同的、出乎预料的影响,常常把第一个结果取消了。"①

马克思则更尖锐地指出:"在我们这个时代,每一种事物好像都包含有自己的反面。我们看到……技术的胜利,似乎是以道德的败坏为代价换来的。随着人类日益控制自然,个人却似乎愈益成为别人的奴隶或自身卑劣行为的奴隶。甚至科学的纯洁光辉仿佛也只能在愚昧无知的黑暗背景上闪耀。我们的一切发现和进步,似乎结果是使物质力量具有理智生命,而人的生命则化为愚钝的物质力量。"②

法兰克福学派的创始人之一霍克海默则试图运用辨证的方法,说明启蒙运动已经走向了它的反面。在他看来,"自然界作为人类操纵和控制的一个领域这一新概念,是与人自身作为统治对象的观念相似的","人对自然工具性的操纵不可避免地产生人与人之间的关系"。工业时代,控制与统治大自然的那种力量实际上也在控制、统治着广大人民群众,在这样的社会里,甚至连文学艺术这样的精神文化也已经被纳入一体化的生产营销流水线。"独特的个性""细腻的感情""自由的精神"如果不能被制作、包装成时髦的商品投放市场,就要被视作"无用的东西"被众人嘲笑、遗弃。

怀特海从他的有机过程哲学出发,认为在人类的身上存在着两种性质不同而又密切相关的力量:一种表现为宗教的虔诚、道德的完善、审美的玄思、艺术的感悟;一种表现为精确的观察、逻辑的推理、严格的控制、有效的操作。怀特海认为,科学的认知既不能包笼更不能取代审美的感悟,"你理解了太阳、大气层和地球运转的一切问题,你仍然可能遗漏了太阳落山时的光辉","夕阳无限好",那该是一个审美的境界。③工业时代迅猛发展的三百年里,人的第

① 《马克思恩格斯全集》第20卷,人民出版社1965年版,第519页。
② 《马克思恩格斯选集》第2卷,人民出版社1976年版,第78—79页。
③ 参见[英]怀特海:《科学与近代世界》,商务印书馆1959年版,第191—193页。

二种力量被推向了极致,第一种力量则被冷落被忽视,结果,既破坏了人与自然的有机完整,也造成了这个时代的文明的偏颇,人的生存状态失衡。

海德格尔则把审视的目光对准现代社会中"技术的本质",在他看来,现代社会的科学技术已成脱缰之马,已成为传说中的那个巫师的小徒弟施放的魔法,由好事变成的坏事不再以人的意志为转移。在他看来,技术时代的真正危险还不是由某些技术引出的那些让人类明显感到恐怖的后果,比如原子弹、核武器;真正的危险是现代技术在人与自然及世界的关系上"砍进深深的一刀",从而对人、对自然的自身性存在都造成了无可规避的扭曲与伤害。

大地由受人崇拜的万物之母沦为受人宰割的案上鱼肉。而此时的人,也已经变成工业机器上的附属物。一切东西都不可阻挡地变成生产物质、积累财富的原料:人变成人力资源,森林变成木材,土地变成房地产、江河变成水利水电、牛羊鸡鸭不过是厨房里的一堆肉。在强大的技术力量统治下,社会的精神生活与情感生活被大大简化了,日渐繁荣富裕的时代在精神、心灵、道德、情感领域却成了一个日趋干涸、贫乏的时代。

所谓生态哲学,其实就是在对于启蒙理念、工业社会、现代性的反思、批判中渐渐生成的。在当今的思想界,生态哲学领域还没有出现像柏拉图、康德、黑格尔那样的"专业权威大师"(也许永远不会出现,因为它是生态哲学),但却涌现出一大批对生态哲学作出各自贡献的思想者。如:西美尔、怀特海、舍勒、荣格、史怀泽、爱因斯坦、德日进、利奥波德、汤因比、海德格尔、马尔库塞、贝塔朗菲、佩切伊、雷切尔·卡森、康芒纳、利奥波德、柯布、莫斯科维奇、波德里亚、拉兹洛、罗尔斯顿、戈尔、伯林特、瑟潘玛、斯洛维克、格里芬、马古利斯、洛夫洛克、麦茜特;华语界的有杜亚泉、辜鸿铭、熊十力、张君劢、梁漱溟、冯友兰、金岳霖、沈从文、宗白华、丰子恺、方东美、贺麟、梁从诚、余谋昌、杜维明、曾繁仁等。

下边,我将对照工业时代的主流哲学,将生态哲学的要点简介如下:

一、 本体论

工业时代主流哲学认为：自然界的存在是物质的、客观的、外在与人的、朝着一个方向运动的；自然界本身没有意识、没有意志、没有目的，没有精神，只有人类才拥有这些，因而人是万物之灵。人与自然是对立的，精神与物质是对立的，分别属于主观与客观两个不同范畴。世界的根本存在是二元对立的，矛盾、竞争、斗争是世界存在的绝对律令。自然界必须服从人的支配、服务于人类的福祉。

生态哲学则认为：世界的存在是一个由人、人类社会、自然界组成的有机整体，一个运转着的生态系统。只要人类存在，人与自然就是不可分割的。人与其他万物之间具有普遍的联系，互生互存、一损俱损。在这个世界上，人总是生活在自然中的人，人类本身就是自然机体中的一部分；人类社会也只能是建立在一定自然环境中的社会，人与自然之间其实并没有截然的界限。人体内的液态循环（血液、水分）联系着自然界的江河湖海；自然界的大气里也一定含有人类的呼吸。自命高贵的人类，我们的遗传基因组在96%以上与猴子、黑猩猩都是相同的，即使与苍蝇的基因，也有60%是相同的。更不要说，构成我们身体的基本化学元素，与自然界其他动物、植物、微生物乃至无机物的构成元素是相同的。人与自然互为主体，我们常说自然（比如山水、丛林）是人的环境，人是主体；其实人也是自然界中其他存在物的环境，换一个视角，人类也是山水林木的环境。比如对于生长在马路边的花木，人流、汽车、摩托车、废气、噪音就是一种难以忍受又不能不忍受的恶劣环境。迈克尔·波伦在其《植物的欲望》一书开头便讲述了"蜜蜂采花蜜、植物利用蜜蜂传授花粉"的例子，以说明"蜜蜂"与"花朵"互为主体、互利互生的道理。所谓人类中心，只不过是一种"蜜蜂的幻觉"。人类与自然的关系，以及人类中个体与个体之间的关系，究其实质也应当是互助互生的,生命的原则是和谐,是爱;而不是仇恨,不是争斗,更不是杀戮。

二、 认识论

牛顿-笛卡尔式的认识论是理性主义的,其中包括原子论、本质论、决定论、还原论。所谓原子论,即把世界看做一架机器,整体上是由许多零部件组成的;大零件是由小零件组成,分子由原子组成,原子由更小的微粒组成。认识是一个由局部到整体循序渐进的过程。因此"分析"成为其认识论的主要方法。所谓本质论,即复杂的现象下边隐藏着本质,相对于现象,本质总是共同的、单一的、普适的。由现象到本质是一个由复杂到单一的"简化"过程,其依靠的是"概念—推理—判断"的逻辑思维过程。所谓决定论,本质决定现象,一个原因必定产生相应的结果,本质总是唯一的、固有的,世界万物的存在都有一定的规律,找出这个规律,便是科学的使命。所谓还原论,符合科学的事物总是可以重复印证的(氢气与氧气合成可以生成水,水的分解可以生成氢气与氧气,屡试不爽),即可以还原的。反之,不可还原的事物就不是科学的。

在这种认识论看来,人是富有理性的动物,因此惟有人才可以认识、证实、把握这些法则和定律,科学是衡量真理的唯一尺度,"理性"成了人性的核心内容。因此,这种认识论注定是要以人类为中心的。

这样的认识论是建立在牛顿的实验物理学之上的,在牛顿的世界里("中观世界"),总是有效的。一旦进入"宏观世界"(太空)、"微观世界"(原子内部),即使在物理学的意义上,也不再适用。时间与空间之间、物质与能量之间、物质与暗物质之间的关系比牛顿时代要复杂得多,这已经为爱因斯坦的相对论物理学与玻尔的量子物理学所揭示。传统认识论的"科学神话"已经被打破。

20世纪新的物理学与生物学联手并进。按照贝塔朗菲的说法,生物学的知识系统是在20世纪中期逐渐形成并完善起来的,并渐渐真正成为一种超越的、独立的世界观。如果说世界在牛顿、笛卡尔的眼光里是一台庞大复杂的建筑或机器;那么,在贝塔朗菲、怀特海这些新一代哲学家的心目中,世界是一个相互关联的系统,一个生生不息运转着的过程,一个生机盎然的复杂的活体。生态哲学的认识论是建立在世界的整体性、有机性、系统性、生成性、复杂性之上的。

整体性:即有机性、系统性、普遍联系性。局部的属性是由整体决定的,一件事情的好坏,是由它与其他事物的关系决定的。部分元素的有机整合将会涌现出新的意义,整体并非局部的机械相加,而是局部的有机"整合",整体的意义大于(或小于)局部之和。这与格式塔心理学中的原理相似:每一局部的性质取决于它与整体的关系,局部组成整体的同时就可能"涌现"出一种新质,新的属性、新的创化物。

生成性:事物体现为一个变化的过程。事物总是处于运动变化的过程之中,总在不停息地湮灭与诞生,升腾的同时也坠落,并不存在固定的本质。有机过程哲学的创始人怀特海认为:世界中的一切都处于变化的过程之中,从原子到星云、从社会到人都是处于不同等级的机体。机体有自己的个性、结构、自我创生能力,过程就是机体内部各个因子之间持续的创造活动。在过程的背后并不存在不变的物质实体,其唯一的持续性就是活动的结构,所以自然界是活生生的、有生机的。

复杂性:传统哲学也承认事物的复杂性,但与生态哲学所讲的复杂性不同。复杂性研究是近年来国际学术研究的热门课题,被称为"21世纪的科学"。王耘教授在他的《复杂性生态哲学》一书中讲到:"复杂性理论"是建立在贝塔朗菲一般系统论与普里戈金(Ilya Prigogine)的耗散结构理论基础之上的一种崭新的理论体系。"是一种与经典科学全然不同的理论……复杂性理论不仅对经典科学有着清醒的批判,而且彻底超越了经典科学所秉持的理性逻辑,它正在振奋人心地构建一个跨学科的生机勃勃的复杂性系统"。

复杂性多体现在开放的、运转中的有机整体系统之中,其典型便是生态系统。复杂性已经成了生态哲学必须面对的突出问题,概念、公式、数字统计方法已经不足以解释世界;新的认知途径类似于"生态模型",人们通过模型的调试、掌控,认识对象。

以往的哲学认为,再复杂的事物最终都有一个解,而且最好的解只有一个。生态哲学认为决定事物性质的不只是因果链,更有关系场。一个原因,可能带来许多结果;一个问题的解决可能带来更多问题的发生,事物常常处于不确定之中;"剪不断,理还乱",许多问题有可能"越解越复杂"。生态问题的科技解决尤其如此,就如同俄罗斯童话中"三头凶龙"的比喻,斩掉一个头颅后又将生长出三个头颅,并制造出更多的麻烦。

由此看来,生态学的认知渠道仅仅靠已知概念加以推理不行,更多地要依靠生态模型,理性与感性的结合,不但在空间的维度、同时也在时间的维度,对事物的发展变化做跟踪描述。以此来应对事物的复杂性与不确定性。

与工业时代的世界观不同,生态学的认识论并不仅仅以人类为主体;人之外的其他生物,同样具有对于周边环境的认知、判断能力。

从整体上说人类的智慧当然远远高于其他生物;但也不要忘记,正因为如此,人类犯下的错误之多、之重,也远远甚于其他生物!

三、 价值论

价值是一个含义十分复杂的范畴。在现代启蒙哲学中,"价值"被定义为:现实的人的需要与事物属性之间的一种关系。某种事物或现象具有价值,就是该事物或现象能满足人们某种需要,成为人们的兴趣、目的所追求的对象。价值观是指主体对自身及外界事物的价值定位,是人们判断事物有无价值及价值大小、是光荣还是可耻的评价标准。任何一个社会在一定的历史发展阶段上，都会形成与其根本制度相适应的、主导全社会思想和行为的价值体系，即社会核心价值体系。以上关于"价值"的权威性论证，是在社会上长期流行、并被学术界依旧奉为圭臬的一些概念与定义。其核心为：人是主体、是尺度、是核心、是目的。只有从人的欲望、需求、意志、利益出发，才有"价值"可言。人类是价值取向、价值目标、价值尺度的制定者。

在生态哲学看来，所谓价值，不仅属于人类，也属于整个生物界、生态系统。一条大河，一片森林，一群藏羚羊，在人类发现它、开发它、利用它之前，难道就没有价值可言？一条大河，一片森林，一群羚羊，甚至包括在人类看来如此卑微的蜂蝶、蝼蚁、细菌，其价值绝不仅仅是对于人类有用还是无用，它们的存在并不是一定要为人类负责，做出贡献。他们存在的意义在于为整个自然界负责，为整个地球生物圈的健康运作负责，它们的价值存在于整个生物链的平衡演进中。价值，不只属于人类，而是属于整个地球生态系统、包括人类在内的自然界的。应该说：互为主体的、互利互生的生态哲学的价值论较之"自由"、"民主"等所谓普世的社会价值，还要更具"普世"意义。

以上，是对生态哲学的内涵从"本体论"、"认识论"、"价值论"三个方面的简单介绍，仅供参考。生态哲学是一种新的世界观，我们不妨对照自己以往确立的关于世界的观念加以反思。

（《鄱阳湖学刊》2019 年第 1 期）

我与怀特海的过程哲学

——在"建设性后现代哲学与生态文化研究中心"成立大会上的讲话

正如小约翰·柯布(John B. Cobb, Jr)先生曾经指出的:1925 年,怀特海写了一本流传很广的书《科学与近代世界》,开创了现代社会之后应有的一种思维路径,也开启了一个新的时代。

当前我们正置身于怀特海的时代,在这个"建设性后现代"的阵线里,怀特海是我们共同的精神导师。

我和怀特海的哲学思想相遇,可以说很晚,也可以说很早。

说很晚,我是在 20 世纪 90 年代、具体说是 1990 年 7 月 16 日夜 11 时零 5 分,在京广线的火车上,我读怀特海的《科学与近代世界》,老式的火车车厢里挥汗如雨,而我读怀特海读得如痴如醉(有书中的"眉批"为证),这与中国老一代学者如胡适、张申府、贺麟、方东美结识怀特海并亲聆教诲已经晚了半个多世纪。况且,我虽然读了《科学与近代世界》,但对于怀特海的"过程哲学"仍然一无所知,不怕诸位见笑,当时我是从我正在思考的文艺学问题的角度走进怀特海的。

说是很早,是因为在我的同龄学者中间,尤其是从事文学批评的同道中,我接触怀特海恐怕要算是比较早的。

怀特海的《科学与近代世界》一书是如此地推重文学："如果要理解一个世纪的内在思想，就必须谈谈文学，尤其是诗歌和喜剧等较具体的文学形式。"①

稍后，怀特海的《科学与近代世界》便成了我撰写《生态文艺学》一书的动因与出发点。我在这本出版于16年前的旧著中，开章明义便引用了怀特海的语录，后边又撰写了以"怀特海的社会生态学预见"为标题的专节。表达了我对怀特海深切的崇敬与爱戴。

我与怀特海的沟通，或许说还要更早些。

20世纪80年代，当我从事文艺心理学研究之初，我就希望能够找到一种既不同于唯物主义哲学又不同于当代分析哲学的世界观。那时我读书很少，视野很窄，碰巧读到量子物理学哥本哈根学派尼尔斯·玻尔(Niels Bohr)、维尔纳·海森伯(Werner Heisenberg)的一些书(当然不是他们的专业论著，而是涉及人文精神的著述，还有传记)，他们关于人类世界和宇宙的新的解释，使我顿开茅塞、豁然开悟。

在我那时的文艺心理学研究中，"物理世界"与"精神世界"作为相对应而又相关联的两极，始终是我关注的对象。这也让我在不知不觉间走近了怀特海关于"宇宙间所有现实存在既有'物理极'也有'精神极'"的判断。

但在那时，我还不知道怀特海，说得夸张一点，这也是"心有灵犀一点通"。可以说我在还不认识怀特海的时候便已经能够感应到怀特海的心灵世界。说到这里，我似乎已经有"哄抬"自己的嫌疑。因此我必须尽快声明：我天生是一个感性的、直觉的、情绪性的人，不是一个善于运用概念形而上思考与写作的人。怀特海的名著《过程与实在》对于我来说类乎"天书"！对于以"数学""逻辑学""物理学"为基础的怀特海的思辨哲学体系，我这一辈子恐怕也难以

---

① ［英］怀特海：《科学与近代世界》，商务印书馆1959年版，第73页。

走进去了。(当然,我不会放弃学习的机会,最近我仔细拜读了王治河教授、杨富斌教授关于怀特海过程哲学的论述,颇受教益,已经将其中一些文章印发给我们中心的研究人员)

量子物理学对于宇宙本义的极致探寻,在西方是与上帝的终极意义相吻合的,在东方是与中国古代哲学中的"宇宙论""天道观"相吻合的。而玻尔、海森伯们的新物理学与中国古代文化中的哲学智慧恰恰也是生成怀特海哲学的土壤。"心有灵犀一点通",所以,我在还不认识怀特海的时候便已经能够感应到怀特海的心灵。

在中国,有"半部论语治天下"的说法。对于我来说,怀特海的一本《科学与近代世界》,也许可以支撑我后半生的学术生涯,那是我多年来指导历届研究生的必读书。

在《科学与近代世界》一书中,怀特海关于英国诗人华兹华斯的一系列论述提供了一个哲学家与诗人联手解释现代人类生存困境的范例。后来,不知是否受到怀特海的启发,海德格尔在面对时代的世界性危机时,也曾寻求到一位诗人,那就是德国诗人荷尔德林。我们完全有理由期盼,中国的后现代哲学家也能够像怀特海、海德格尔那样与某一位东方诗人结盟,从而为人类走出灾难重重的生态绝境探寻一条出路。我们已经找到,他就是中国古代自然主义伟大诗人陶渊明,或许还有印度的诗哲泰戈尔。

怀特海哲学与东方古代智慧的交集与碰撞,有可能创化出更旺盛的学术生机。比如,大卫·雷·格里芬(David Ray Griffin)在他新近出版的一部谈论"过程宗教哲学"的书里,从怀特海哲学的立场出发提出这样一个问题:死后的生命持续是有可能的。他把它叫做"群集不朽性":"在某种意义上,通过他人的记忆,通过我们的后代,通过我们可能对人类社会已经做过的其他贡献,继续生存下去(即生命将延续下去)"。

这个问题对于中国古人并不陌生。

天地间可有"离形之神"? 对此,老庄哲学中的原典是认可的,老子《道德经》第三十三章曰："死而不亡者寿"，王弼的解释是"身没而道犹存"，即形体没了精神依然存在，等于长寿。人与自然的关系并不执着于有限的生命，尤其是人的精神，是可以浩气长存，与天地同寿，与日月齐光的。我在我的《陶渊明的幽灵》一书中曾有具体的论述。

怀特海哲学的意义在于给走进迷途的现代人提供一种新的世界观。怀特海在 20 世纪初预见性地提醒人们警觉的那些问题，全都关系着人类社会的根基与发展方向。如今，这些问题不但依然存在，甚至愈演愈烈了。

我们刚刚成立的"建设性后现代哲学与生态文化研究中心"的优势或许在于精神文化、审美文化与文学艺术领域，这也是樊美筠教授关注的领域。

作为中美后现代发展研究院的中国分支机构，今后我们中心将深入领会研究院的研究宗旨，站立在人类文化的根基之上，从中国的实际状况出发，运用怀特海哲学整体的、有机的、发展变化的学术视野，审视现代文明的得与失，为创建一个更加健康和谐的后现代社会付出我们的努力！

2016 年 7 月 3 日

附录：

怀特海的预见

对于现代社会的发展运作来说，以社会生活为研究对象的人文学者的影响其实是很有限的，有时甚至是极其微弱的。这并不是他们的研究没有深刻的见地，反而是因为这些见地过于深刻，以至人们对这些深刻的见地长时期地置若罔闻。

早在 20 世纪初,怀特海就曾在他的《对社会进步的要求》一文中,针对当时存在的社会问题,讲了许多珍贵的意见。

比如关于**竞争**。怀特海说:"在过去三个世代中,完全把注意力导向了生存竞争这一面。于是就产生了特别严重的灾难。19 世纪的口号就是生存竞争、竞争、阶级斗争、国与国之间的商业竞争、武装斗争等等。生存竞争已经注到仇恨的福音中去了。"①然而,在怀特海之后,世界上的竞争和因竞争引发的战争却一次比一次惨烈。

比如**发展的可持续性**。怀特海是从对于有机体生存状态的研究得出这一结论的:"一切意义取决于持续。持续就是在时间过程中保持价值的达成态。持续的东西是自身固有模式的同一。持续需要有利的条件。整个科学的问题就是环绕着持续机体的问题。"②半个世纪过后,人们才突然发现"持续"对于社会发展的意义。况且,在怀特海这里,"持续"并不仅仅是确保社会发展的手段和不得已采取的措施,而是自然界和人类社会自身固在的本真之义,要使人们普遍认可这一点,恐怕也还有待一定的时日。

比如**"专业化"**问题。怀特海当年曾经指出,"专业化的趋势所产生的危险是很大的",在西方社会尤其如此。专家的知识由于是专门化的,因而往往也是处于隔离状态的。他举例说:"一个现代化学家可能对动物学方面的知识很差,而对伊丽莎白时代的戏剧的一般知识就更差,对英文诗的韵律毫无所知,而对古代史的知识更是一窍不通","每一个专业都将进步,但它却只能在自己那一个角落里进步"。照此下去,"社会的专化职能可以完成得更好、进步得更快,但总的方向却发生了迷乱。细节上的进步只能增加由于调度不当而产生的危险。"③

从全球的发展趋势看,随着跨国公司对某些国家职能的取代,专家也正在

---

① [英]怀特海:《科学与近代世界》,商务印书馆 1959 年版,第 197 页。
② 同上书,第 186 页。
③ 同上书,第 188—189 页。

取代先前的政治家、战略家以及政府中传统意义上的官员。其中尤为走俏的专家,当然是"金融专家"和"电脑软件设计专家"。专家充任领导,往往以治理其专业的方式来治理一个人群的生活空间。现代社会面临的混乱与危险,不能说与怀特海担忧的"专业化"问题无关。况且,即使不考虑专家们的道德品质方面的因素,仅从技术的角度看,专家也是会出错的,在他的专业技术领域之外,专家可能出现的过错也许比常人还多。而且,在高科技的情况下,专家的一个轻微的、不经意的失误,就可以铸成巨大的灾难。这也许是人类社会今后必须准备承受的最大风险。就在这个新旧千年之交,世界各国都正动用难以数计的财力、人力为某个专家多年前一个小小的疏忽日夜奋战,即对所谓"千年虫"的疲惫不堪的清剿。这一充满荒诞色彩的"战争"的财政投入,已经远远超过了一场世界大战——耗资最多的人类之间的战争是第二次世界大战,一共花费 1 500 亿美元;而 20 世纪末人们对所谓"千年虫"的作战,据最保守的统计,竟然花去 5 000 多亿美元。

再如,**与专业化密切相关的教育问题**。怀特海认为,把教育的目的规定在"培养专门家"及"实用人才"上,这样的教育必然偏重于"知识的分析"与"公式的求证",由"抽象的概念"到更多的"抽象的概念"。这样的教育培养出来的人,可能是专业的,但也必然是单一的;可能是实用型的,但也必然是工具型的。针对现代教育的这一偏颇,怀特海倡导教育要重视人的感性的、直觉的能力的培养。他说:"在伊甸乐园中,亚当看见动物的时候,并不能指出它的名字来。但在我们的传统体系中,儿童倒先知道动物的名字,然后才看见动物。"①怀特海还建议教育应当注意到知识的有机整体性,某一知识在特定情境中的意义,其中还应当包括对其价值意义的认定,甚至,对其审美价值意义的认定:不但要能够"理解太阳、大气层和地球运转的一切问题",还要能够感受到"夕阳西下时的光辉",这已经属于审美教育领域的问题了。

① [英]怀特海:《科学与近代世界》,商务印书馆 1959 年版,第 190 页。

关于**审美和艺术教育**,怀特海同样发表了十分精辟的见解,他说:"伟大的艺术就是处理环境,使它为灵魂创造生动的但转瞬即逝的价值","灵魂若没有转瞬即逝的经验来充实就会枯萎下去"。在他看来,"艺术的创造性"与"环境的新颖性""灵魂的持续性""精神的永恒性"是一致的。"为灵魂增添自我达成的恒定的丰富内容",这是艺术和审美的天职。①

怀特海感慨地说:"在工业化最发达的国家中,艺术被看成一种儿戏!"②

他举出的例子:是在伦敦城区风景秀美的泰晤士河湾上,竟然架上了一座"铁路桥",大桥的设计者根本没有考虑到风景的审美价值以及桥与环境的谐调。这类问题对我们来说已经司空见惯、见怪不怪,怀特海大约没有料到,现在世界各地的大都市中五花八门的广告招贴如何在污染着人们的视觉。更有甚者,城市中心的花园里突兀地屹立着一只十几丈高的啤酒瓶子或尼龙袜子,那又是怎样的大煞风景呢!

怀特海还特别关注到现代社会中人的**精神问题**,而且坚持在社会生活的有机系统之内来探讨这些精神问题的性质和发展趋势。他认为现代人的精神萎缩源自"高尚的进取心的窒息","一切有关社会组织的思想都用物质的东西或资本来表明。终极的价值被排斥了","商业竞争的某种道德信条制定出来了,在某些方面还极高尚,但却完全没有考虑人生价值"。③

在怀特海所处的那个时代,世界经济一体化的迹象还没有清晰地显露出来,他却已经预见了世界"一体化"对人类社会健康发展的危害,他说:"划一的福音也几乎是同样危险的。国家与民族彼此之间的差异,对于保持高度发展的条件是必要的。"④

怀特海同时也在寻求着走出困境的途径和挽救颓势的办法,他依然不失

---

① [英]怀特海:《科学与近代世界》,商务印书馆1959年版,参见第193页。
② 同上书,第188页。
③ 同上书,第194页。
④ 同上书,第198页。

乐观地分析道：

> 目前世界已经面临着一种无法控制的体系。这种情形有它的危险性，也有它的好处。显然，物力的增长将为社会福利的增进提供机会。假如人类能善处难局的话，在我们的前面确实存在着一个有益于创造的黄金时代。但物力本身在伦理上讲来是中性的。它也能向错误的方面发展。现在的问题不是怎样产生伟大的人物，而是怎样产生伟大的社会。伟大的社会将使人知道如何应付这局面。①

总之，怀特海虽然并没有标榜自己在从事社会生态学或精神生态学的研究，但他提出的这些问题却全都关系着人类社会的存在根基与健康发展。怀特海辞世已经半个多世纪，他所期待的那个"伟大的社会"仍然没有降临，他在20世纪初提醒人们警觉的那些问题到了20世纪末依然存在。

也许，人们不把一条道走到穷尽，是决不会回头的。

---

① ［英］怀特海：《科学与近代世界》，商务印书馆1959年版，第196页。

自然哲学的缺失

——在刘再复讲演会上的讲话

今天,我在阔别二十多年后再次见到刘再复先生,很激动。我能够走进中国学术界,是与早年再复先生对我的提携分不开的。80 年代初,那时我刚从一个中专学校调进郑州大学中文系,一个普通的青年教师,才写了不几篇文章就引起当时已经是中国社会科学院文学研究所研究员、所长刘再复先生的注意,给我写信,帮我发表文章,并在《读书》杂志上对我进行表扬。不久,竟又邀请我到中国社科院讲学,我还真的去讲了。这在现在是不可想象的。那就是80 年代,是那个时代人与人、学者与学者之间的真诚关系。再一个呢,当然就是再复先生的个人情怀与人格魅力,是由他的道德学问决定的。

再复先生离国后,不久我就自我流放到海南岛,在海南待了很长的一段时间,最终到苏州大学落脚谋生,这二十多年虽然没有和再复先生直接来往,但我时常地想念他。得知再复先生来到常熟,我就连夜整理了他在 80 年代给我的一些信函,其中短信有四五页,两封毛笔写的竟长达八九页。这些信函我按原件制作成图片,今天送交再复先生,表明我始终在惦记着他。

分别二十年后,今天听了再复的讲座。我感觉他的知识更渊博,见地更深邃,而且悟性更高了,可以说已经达到了圆融的境界。变化虽然很大,但是有些根本的问题他还是没有变。比如,还是一位顽固的理想主义者,严苛的完美主义者,一位追求大善大爱的人文学者。这些始终都没有变,而且他虽然是在海外漂流,但是根还是深深地扎在中华民族的土地上,甚至比我们始终驻守在国门之内的人还要牢固些。再复与李泽厚先生的"告别革命"的说法,一度在国内引起强烈震荡。如今,靠革命起家的人怕也已经不再主张"闹革命"了。但看看如今社会下层人们,尤其是那些农民工们遭受的种种不平等待遇,我有时又会产生疑问:真的会"告别革命"吗?这恐怕也是个悖论。

今天再复对李泽厚先生的哲学进行了精到的讲解,将其概括为六个方面,可谓广纳周至、言简意赅。不过,从我所关注的生态批评的角度看,似乎仍然缺少了一个方面的哲学,那就是"自然哲学"。这恐怕不是再复的疏漏,而是泽厚先生哲学中的欠缺。记得我在编纂《自然与人文——生态批评学术资源库》时就隐约感到这一欠缺,当时我认为泽厚先生的语录是不可或缺的,然而我最终竟然未能选到合适的文字,至今都是一个缺憾。这或许更是"实践哲学"自身的局限。既然主持人说交流,那么我也就奉上这一点疑问吧。

感谢常熟理工学院给我这样一个机会,让我见到了分别二十年的再复先生,谢谢丁晓原副校长,也谢谢《东吴学术》的执行主编林建法先生。

2009 年 9 月 8 日·常熟

"天人之际"的当代西方解读

——专题影片《宇宙之旅》观感

2017年9月，耶鲁大学著名学者塔克女士（Mary Evelyn Tucker）与其丈夫格瑞姆先生（John Grim）应邀到我任职的黄河科技学院生态文化研究中心访问并开展学术交流，并为我们带来了他们花费十年功夫制作的专题影片《宇宙之旅》（*Journer of the Universe*）①，这是一个翻译成中文的版本，在中国还是首次放映。

塔克任美国德日进学会副主席、哈佛著名论坛"世界宗教与生态论坛"主持人、《世界宗教与生态》丛书主编。她曾经出版过许多著作，如：《气的哲学》《儒家与生态》《日本新儒家中的道德与精神教化》《尘世的惊异——宗教进入它们的生态阶段》等。塔克是一位思想型的学者，她尤其关注人类的精神生活与当代人的命运，对宗教有深刻、独到的研究，在美国积极推动生态与宗教对话，取得了丰硕成果。她还对中国传统文化情有独钟，尤其关注在生态维度上阐发中国古代文化思想，为向世界介绍、推广中国的儒家、道家文化哲学做出

---

① *Journer of the Universe*, Yale school of Forestry & Environmental Studies.

了杰出贡献。

《宇宙之旅》讲述的是关于宇宙与生命的故事。影片开端便提出：宇宙与生命作为一个整体，它从何而来，为何而来，这是一个始终困惑着所有人的问题。从一个中国生态文化研究者的眼光看来，《宇宙之旅》探讨的乃是"天人之际"的终极问题，即关于"人与自然"的问题，我将其称为"元问题"。司马迁说"究天人之际，通古今之变，成一家之言"，其中就涵盖了对于天道、天命、人世、时代的综合思考。《宇宙之旅》在不足一个小时的播放中，对宇宙自然的演变更迭及其与人类历史之间的关联纠结，尤其是对当代发生的人与自然的严重冲突，做出了视野宏阔、思维超前、制作精美的形象表述，既生动直观，又深刻细密，一览之后，便深受启发，留下不可磨灭的印象。

宇宙，如果有一个开始的话，它是如何开始的？主持人、同时也是这部影片的编导者之一的斯维恩（Brian Thomas Swimme）在漆黑的屏幕上猛然擦着一根火柴，耀眼的火光顿时照亮整个屏幕。于是，140亿年前的宇宙进化就这样开始了！这就是科学界设定的"大爆炸""大爆发"。主持人又吹起一只气球，气球在渐渐变大，这好比我们的宇宙仍在以一定的速度膨胀扩展。而这个速度如果放慢，气球就会萎缩坍塌；如果过于加快，那么气球就会爆裂毁灭。侥幸的是宇宙这只"大球"目前还在有序、有节地运转，生命也就随之诞生了。

生命的诞生与宇宙进化的结构与进程是一致的，用中国人的话说，是"天人合一"。

在影片的编导者看来，宇宙间亿万星系的诞生，与地球上生命的出现、人类的出现有着必然的联系。宇宙、地球、生命、人类是一个运转着的有机整体。影片断言：太空中的星星是有生命的，他们不断地诞生、成长、灭亡。天上的星星拥有内在的智慧，是万物之源，世界上的许多文明都曾为夜空中的星光所震撼，从古希腊的科学家毕达哥拉斯到现代艺术家凡·高，都认为星星是神圣的。人类的生命是星星——也就是宇宙所赋予的，因而，星星也是人类的祖先，是人类文明产生的基础。

塔克们的这些近乎高深的见解,对于中国古代的文化人和没有文化的草民,都并不陌生。早在毕达哥拉斯出生之前,中国土地上的先民就在《诗经》中满怀深情地歌咏着天上的星星。《召南·小星》:"嘒彼小星,维参与昴。肃肃宵征,抱衾与裯。实命不犹!"《鄘风·定之方中》:"定之方中,作于楚宫。"《唐风·绸缪》:"绸缪束薪,三星在天。今夕何夕,见此良人。"《豳风·七月》:"七月流火,九月授衣。"《大雅·云汉》:"倬彼云汉,昭回于天。……瞻昂昊天,有嘒其星。大夫君子,昭假无赢。"先民的吃穿住行无不与星星相关。宋代的李清照在她的诗中写道:"天上星河转,人间帘幕垂",这就是影片中所说的:人们是围绕星星的运转与秩序来安排自己的生活的。

如果说《宇宙之旅》较之以往许多阐释宇宙、天体、太空、自然奥秘的"科普"影片有所不同,那就是它总是将宇宙的诞生与人类的出现结合在一起,将宇宙的秩序与人类的存在同化为一体,将自然的命运与人类的命运融合为一个有机的整体。这是一种崭新的思维方式,一种由生态学世界观导引的思维方式。

影片讲述道:在140亿年宇宙的自组织演化中,不但孕育了星系、孕育了地球、孕育了生命,更孕育出人类。而人类的出现开始使问题变得复杂起来。这是由于人类创造出一种超越了生物本能的力量,即语言与符号的应用。这使得人类不但拥有了其他生物不具备的沉思与反思能力,而且使人类有能力将不同地区、不同民族、不同时代的实践经验、精神产品、思想结晶汇合起来、浓缩起来、积聚起来。人类还能够通过教育这种文化遗传的方式,将自己的思想意识传播流转下去。影片断言:就如同原始物质的集聚导致星系出现一样,人类在包括情感与理智在内的观念世界,为自己营造了一个"小宇宙",人类也因此竟至成了宇宙的大脑和心脏!

我猜测,所谓"宇宙的大脑与心脏",也就是德日进深为关注的地球的"精神圈"。

格瑞姆、塔克夫妇是美国研究德日进的首席专家,分别是德日进学会的主席、副主席，他们的学术思想深受德日进的浸润，甚至可以说他们虔诚地继承了德日进的衣钵。

德日进，是法国科学院院士，古生物学家、哲学家、宗教思想家。在西方学界，他被视为当代最伟大的思想解放者之一，关于德日进的研究方兴未艾，他的名字正变得和弗洛伊德相提并论。

德日进与中国渊源甚深，20世纪20年代到40年代，他曾在中国从事古生物学的田野考察与研究达20年之久，是中国古脊椎动物学的奠基者和领路人。他指导了中国最早一批地质考古学者，丁文江、翁文灏、李四光是他的朋友，贾兰坡、裴文中是他的学生，他的主要著作也都是在中国完成的。从他的中文名字"德日进"——"厚德载物""与日俱进"，也可以看出他对中国文化的倾心。令人惋惜的是，长期以来，德日进在中国却备受冷落，很少有专门的研究。

20多年前，我接触到德日进也不是从他的著作，而只是从德国学者古斯塔夫·豪克的《绝望与信心》一书中得到的吉光片羽："精神圈"（有时也称作"心智圈""智慧圈"）。[①] 这成了我从事生态文化批评的一块基石，并将其写进我的《生态文艺学》中。此后，德日进的肖像就和梭罗、奥尔多·利奥波特、雷切尔·卡森、詹姆斯·洛夫洛克一道，作为世界生态运动的先驱，高高悬挂在我的研究室的墙壁上。今年9月15日上午塔克和格瑞姆夫妇来访，当他们看到德日进的照片时，眼睛湿润了。我们一齐在德日进的肖像前合影留念，塔克说："德日进让我们成了亲戚！"

德日进把宇宙的演变过程视为一个有机的整体加以研讨，他认定物质与精神的对立、质与量的鸿沟、无机物与有机物的界线，是完全不存在的。物质与生命、物质与精神一开始就具有内在的联系，"生命的种子"（Previe）、"意识的微粒"（Grans de conscience）早在在生命体出现之前就已经存在。用德日进

---

① ［德］古斯塔夫·豪克：《绝望与信心》，中国社会科学出版社1993年版，第218页。

的话说,他的理论指向在于"将精神和物质结合起来,放在一个合理的透视里","在我们生存的物理与道德的两岸间建立一座桥梁"①。

这无疑也是影片《宇宙之旅》编导制作的努力方向。

但《宇宙之旅》并未停留在对于德日进学说的解读,而是接着德日进的话题继续往下说的。

德日进在1955年去世。晚年的德日进已经意识到人类这种高等智慧生物由于具备了"自由、预见未来、计划和建设"的强大能力,人类的科学技术开始有效地覆盖"整个地球的表面",大自然里"最后的空白消失了",高度的社会化过程已经将地球上的人类"编织进一个有机联系的网络",一个"全球化的阶段"已经开始。对此,德日进不无隐忧:"这是一种十分危险和艰难的境况,因为它展现在我们面前的是一个充满了生死攸关问题的世界,无数的生灵挤靠混同在一起,直喘不过气,饮食、卫生、神经上的放松都是问题。"②于是,他呼吁应该建立"一种新的地球伦理学说"。③

德日进离开这个世界已经六十多年,地球上生态状况的恶化已经远远超出这位生物学家的想象,《宇宙之旅》的编导们对此有着切肤之痛,因此,影片的后半部,实际上就是在着力构建这种"新的地球伦理学",这也是一种人类生态伦理学。

影片通过生动的画面展示:近代社会以来,人类这个能够把想象变为现实的造梦物种,凭借其对于超自然符号系统的运算与操作,凭借符号构造物的凝聚与传递,人类的足迹已经迅速改变了地球上的一切,从地表上的山川河流,到物种内部的基因编码。人类超强的自信心使得它不断地自我膨胀,自己俨然成为上帝,自信变成了狂妄自大。在远古时代,生命发明了符号意识,如今符号意识却反而控制了生命;宇宙孕育出人类的身体和灵魂,而现代人类却

---

① 王海燕编选:《德日进集》,上海远东出版社2004年版,第91页。

② 同上书,第219页。

③ 同上书,第220页。

背离了宇宙精神,自然,反倒成了劣于人类的东西。

凭借现代科学技术,人类已经变得与地球本身一样强大,人类的行为已经足以改变这个星球上的物理状况、化学状况、生物状况,甚至还在改变生命的动力学、地球进化的动力学。这也就是学界渐渐承认的,地球已经进入"人类纪"。由于人类不负责任的开发行为,地球的冰冠在纷纷融化,珊瑚礁在纷纷白化。现代人为了一己的利益最大化,正在大规模地摧毁海洋、摧毁森林、摧毁其他异己的物种,耗光一切不可再生的能源,在地球上酿造出巨大的生态灾难。

影片指出:人类是宇宙的大脑和心脏。让人痛心的是这个大脑、这个心脏患上了疾病,而且是严重的疾病:心梗阻、脑中风。

人有病,天知否?宇宙也许会逐渐调整自身出现的偏差,那样可能需要的时日太长,而且最终给人类带来的后果将是更惨烈的。对于人类来说,当务之急则是如何发挥更高一级的智慧,将自己的符号意识、观念系统,即包括科学技术在内的文化与文明调整到与宇宙进化相和谐的层面上来。这或许也就是德日进期待的"新的地球伦理学"。

人类的这种"大智慧"在哪里?我又想起梭罗的话:这个时代有必要汇集各个民族古老的生态智慧以应对日益险恶的生态危机。在观看塔克、格瑞姆、斯维恩编导制作的《宇宙之旅》的过程中,我不时会感受到影片中充盈的中国古代文化元素。

影片中讲到生命是宇宙物质自组织的结果,星星是我们的祖先,地球是造物的子宫,生命以及人类的出现是一种必然。这种"宇宙图景"和老子《道德经》一书中把孕育万物的"道"喻为"玄牝",视为"万物之母"是一致的。与中国古代哲学中"天地人"关系的建构也是一致的。

影片做出一个很有些奇特的判断:人类的特质源于动物幼崽时期的心性,人类的本性基于对动物幼年时期心态的延续。这使我想到老子《道德经》一书中写下的"如婴儿之未孩""复归于婴儿""含德之厚比于赤子"。在中国传统文化中,也是将"赤子之心""婴儿之性"视为人的天性、本性加以推重的。只不过在影片中,人类的这种"孩子气"除了拥有"天真""单纯"的一面,还有其"幼稚""不成熟"的一面,因此人类不可自作聪明、任意为之。

德日进打破物质与精神、无机物与有机物的界线,把宇宙视为一个有机的整体,认定物质与生命、物质与精神一开始就具有内在的联系。影片编导者继承了德日进的这一思想,认为宇宙的诞生,与地球上生命的出现、人类的出现在同一个有机运转的过程中。影片用生动画面展示:人类的起源可以追溯至140亿年前宇宙的诞生,与宇宙间万事万物一样,人类也是由相同的能量和元素所构成;人类的出现离不开40亿年前地球上产生第一个单细胞,人类的激情来源于脊椎动物的进化,人类的恻隐之心应是亿万年前生存于海洋中早期鱼类之间的同情心的延伸。一句话:从遗传学看来,人类是一切生物的表亲!这也就是中国古代道家经典中讲到的:"天地与我并生,万物与我为一。"[1]亦即后人所说的"天地与我同根,万物与我一体"。也正是基于此,塔克夫妇讲到人类起源时不说600万年,而是喜欢说40亿年,那是地球生命进化的历史年代,人类与地球上的所有生命是一体的。

从中国古代"天人之际"的理论看,人性通往天性,"知其性,则知天矣。存其心,养其性,所以事天也。"人性即天性,人心、人性的源头在天,在宇宙。[2]孔夫子言说的"天",相当于"宇宙最高的道德秩序",近乎西方宗教中"有意志的上帝"(the supreme moral order in the universe)。[3] 至此,中国古代宇宙论中"天人合一"的哲学与德日进关于宇宙与生命共一体的理论就已经遥相呼应起来。

这种天人合一的宇宙论,作为中国古代道家文化、儒家文化的理论核心,在宋代大哲学家张载的《西铭》一文中得到完美的表述:"乾称父,坤称母,予

---

[1] 《庄子·齐物论》
[2] 参见余英时:《论天人之际》,中华书局2014年版,第117页。
[3] 同上书,第143页。

兹藐焉,乃混然中处。故天地之塞,吾其体;天地之帅,吾其性。民,吾同胞,物,吾与也。"①对此,国内学者已经有相当详尽的解说:依托于宇宙秩序,人与万物同处于天地之间,具有共同的根基和本原。天地是人和万物共同的父母奠定了人在宇宙中的位置,证实并强化了人与万物的亲缘关系,加固了宇宙秩序与社会秩序之间的联系。把他人当作自己的兄弟姐妹同胞,视万物为自己的亲密伙伴,是人与生俱来而无法选择的行为追求和交往方式。人在天地之间的特殊处境不仅决定了人与万物的亲密无间,而且决定了人有责任处理好人与人、人与物的关系。②"天人一气""乾父坤母""民胞物与""爱民惜物",既是天道,又是人情。以上命题,我们在这三位美国学者精心制作的影片《宇宙之旅》中,全都可以亲切地品味到。

自20世纪中期以来,人类正面临着祖先们从未遇见过的群体挑战。随着自然环境的破坏越来越紧迫地危及人类的生存,诸如哲学、美学、历史学、社会学等人文学科开始将目光转向生态学,而一贯作为自然科学的生态学也开始关注人类自身的问题,关注人类自身的精神问题。这就是杜维明先生在新旧世纪之交指出的"生态学的人文转向",他认为这或许才是人类走出困境的一条可行之路。深谙中西文化底蕴的杜先生指出:"人类宇宙统一的世界观通过强调天人之间的互动共感唱出了不同于当代中国世俗人文主义的曲调。就重估儒家思想而言,这种世界观通过强调人与大地之间的相互作用标志着儒学的生态转向。"③同时,杜维明还援引了塔克的话说:"儒家天、地、人三才同德有赖于三者浑然天成并且充满活力的交汇。不能与自然保持和谐,随顺它的奇妙变化,人类的社会和政府就会遭遇危险。"④

塔克这位西方学者希望通过与东方古代生态文化精神联手拯救现代文明

---

① 《中国哲学史资料简编·宋元明部分》,中华书局1968年版,第76页。
② 参见魏义霞:《张载〈西铭〉解读》,2010年12月20日《光明日报·学术版》。
③ 杜维明:《对话与创新》,广西师范大学出版社2005年版,第183页。
④ 同上书,第216页。

的危机,不仅在《宇宙之旅》这部专题片中得到生动的体现,在她为我的《陶渊明的幽灵》一书的英文版撰写的序言中也同样表达了这一意向:

> 陶渊明辞世已经一千六百年了,地球早已今非昔比。在如今这个被称为"人类纪"的时代,地球各处均已遍布人类足迹。陶渊明对自然的神秘回应有着独到的见解,他给我们提供了一条线索,将我们编织进生命之网。
>
> 如今,生态破坏严重,社会支离破碎,人们从未像现在这样去探索在支撑人类安身立命的浩瀚宇宙中,自己所扮演的角色。而陶渊明用其简明凝练却又气象万千的语言对这一问题进行了阐释:"俯仰终宇宙,不乐复何如?"进一步了解这位中国伟大诗人陶渊明,与他开怀对饮,与他品诗赏乐。那么,就让陶渊明带领我们,回归自然、回归宇宙吧!①

塔克的这段话又使我想起,中国早年留法的著名学者张竞生博士在鉴赏了陶渊明的诗文后,也曾发出类似的评论,把陶渊明作为代宇宙说话、引领现代人类回归自然的先哲:

> 他就是自然的代表。他的作品便是自然的影子与声籁。如他的诗,如他的《归去来辞》,如他的《桃花源记》,都是代宇宙说话,都是作者个人与自然同化的作品。②

56 分 24 秒的专题片《宇宙之旅》放映结束时,主持人斯维恩说道:

> 宇宙用身体孕育了人类的身体,宇宙的动态自组织孕育了人类的灵

---

① 原文见: *The Ecological Era and Classical Chinese Naturalism — A Case Study of Tao Yuanming - Foreword. Spriger* 2017. 徐聪翻译。
② 《张竞生文集》(上卷),广州出版社 1998 年版,第 353 页。

魂。在 140 亿年的时间长河中,星系将自己转化成山脉、蝴蝶、巴赫音乐、你和我,这些流进我们血脉的能量,可能会让地球的面目焕然一新!我们属于这里,我们正在撰写宇宙的新篇章。

《宇宙之旅》放映结束,伴随着主持人那浑厚的男中音,画面上是一艘朝着茫茫大海行驶的"夜航船"。同时,美丽的地球承载着人类也正向宇宙深处驶去。

（王兆屹副教授对此文写作有所贡献）

（《上海文化》2018 年第 4 期）

德日进的宇宙精神学说与生态美学

    德日进不但是生物考古学家,还是享有盛誉的思想家,对人与宇宙的关系、人在宇宙中的意义以及人类未来发展的前途持有独到见解。近年来,他的思想的先导性、启迪性日益显露出来。德日进打破了工业时代物质与精神二元对立的基本原则,认为宇宙从一开始就拥有生机与生命力。他强调生命演化的复杂过程是宇宙自身的心智化由细微向着丰蕴的内在运动。在德日进看来,人类由于具备了自我意识、反思、反省的能力而超越了其他生物,代表了宇宙演化的最高水平。个体从本能进入思想的飞越,在生物圈之上生成了"精神圈"。而集"雅""善"为一体的"爱",是将人类凝聚成一个生命共同体的宇宙能量;人类的未来也必然遵循大自然的进化规律,向着整体化迈进。德日进的宇宙精神学说约略可以视为"宇宙视野中的人类生态学",破解了主客二分认识论,筑牢了人与地球万物共生共荣的整体论,进一步奠定了生态美学的根基。生态美学所看重的生命的关联性、互动性,审美的亲和性、和谐性,艺术活动的整合能力、创造能力,以及符号意识如何打造人类健康美好的生活等等,都可以在德日进的学说中寻获有益的启示。

一、 德日进其人

德日进,出生于法国多姆山省一个天主教徒家庭,原名夏尔丹,巴黎大学地质学博士,有生之年长期在中国从事生物考古工作,北京周口店、河南仰韶村、宁夏水洞沟、甘肃幸家沟、内蒙古萨拉乌苏的史前文化遗址都曾留下他的足迹。他是中国旧石器时代考古学的奠基人之一,他的许多重要著作都是在中国完成的。德日进,是他为自己取的中国名字。

德日进不仅是一位考古科学家,同时还是一位在欧美学术界享有盛誉的哲学家、思想家,著有《德日进文集》十三卷,对人与宇宙的关系、人在宇宙中的意义以及人类未来发展的前途持有独到见解,英国历史学家汤因比称赞他既是科学家又是一位精神巨人。人们对他的思想可以存有异议,但不能不承认他的许多思想是超越他所生活的那个时代的。20世纪晚期,随着世界生态运动的高涨,随着学科跨界研究的盛行,他的思想的先导性、启迪性日益显露出来,但中国学界对他的关注至今仍然不足。

我在上世纪90年代特别注意到德日进,是因为他提出了地球"精神圈"的概念,为我所热衷的"精神生态"研究提供了重要支撑。在我主持的生态文化研究机构,历来悬挂有德日进的大幅照片。

二、 最初的宇宙物质就拥有生机

德日进认定,宇宙从一开始就拥有生机与生命力。这就打破了物质与精神二元对立的基本原则,挑战了人们的常识。他反复向人们解释:宇宙的最初形态是大爆炸后由无限多的"物质细微颗粒"即质子、中子、正子、介子等形成的宇宙灰尘,这些极小的物质微粒相互碰撞、相互吸引形成不同的原子和同位素,原子聚合生成分子,渐渐凝聚成一个个星系、星球。在地球这个星球上诸多分子合成复杂的大分子,复杂的大分子演化为单细胞,单细胞合成多细胞的生物体,即微生物、植物、动物,动物经过长期进化而诞生了人类,由原始人类直到现代人类。早期地球的化学成分,也是宇宙物质的化学成分,即后来地球上的植物、动物、人类的生命之源。德日进颇为动情地表述:"'前生命'在地球生成的瞬间就马上从一种命定在空中飘浮扩散的冷滞麻痹的状态中觉醒了起来。"①

德日进坚信生命不会无中生有,"在完整的世界图画里,生命的存在必然要以无限延伸的生命前的存在为前提。"②他认为在最初的那些"粒子"中就已经包含有化生的动机,即生机。"在所有的物质系统中都具有潜在的心智。"③"生命和思维也许是地球所特有的,但它们还是宇宙的生命和思维。"④

他的这些说法被人们视为早已经被现代科学否定了的"万物有灵论"。

然而,在格瑞姆夫妇为我们提供的专题片《宇宙的旅程》中谈到,最新的科学发现似乎又为德日进的说法提供了依据:

> 我们将如何讲述生命的故事,生命从哪里开始,用什么理论来解释生命的出现,真相其实就是,没有人确切的知道答案。但就是我们无法得到完美的答案,科学家们已经开始从一个全新的角度探索整个有关生命的问题了,那就是**自组织**。获得了诺贝尔奖的伊利亚·普里戈金发现:物质本身会主动模仿,这是物质的内在属性。以此而论,生命并非偶然,而

① [法]德日进:《人的现象》,新星出版社2006年版,第69—70页。
② 同上书,第19—20页。
③ 同上书,英译本序第5页。
④ [法]德日进:《人的能量》,贵州人民出版社2018年版,第8页。

是必然,当行星内部物质的复杂性达到一定程度时,生命就会自然诞生。①

普里戈金的重大发现在于:物质内部所拥有的"**自组织性**",就相当于物质潜在的"生机"。事物不仅具有物质性,还具有**结构性**,相同物质由于组织结构不同,就可以生成不同的事物,比如 DNA 排列组合的细微变化,就可以生成差异极大的不同物种:大雁与苍蝇、蓝鲸与骆驼、黑熊与企鹅、大猩猩与人。宇宙物质的这种"动态自组织能力",或许就是德日进所说的宇宙物质从一开始就拥有的"生机""生命力"。或者说:物质所具有的"前生命力"。

三、 精神是宇宙进化的内在动因

德日进相信进化论,认为宇宙从基本粒子、原子、分子、大分子到简单细胞、多细胞,从无机物到有机物,逐渐进化出生命直至进化出人类、进化为当下的文明社会,是一个持续不断的"进化过程"。与达尔文的进化论不尽相同,他的进化论不仅适用于生物界,还适用于整个宇宙;他虽然承认外部环境对于进化的影响,却更强调物体的内在精神(mind;spiritual)才是物质演化的主要动力。德日进否定物质、精神二元对立的习见,认为物质和精神从一开始就具有内在联系,"在宇宙里,精神比物质更加原始,更加始终如一。"②"精神是宇宙的不可毁灭的一部分。"③物质是"物之表",精神是"物之里",就像一张纸的两面,在整个进化过程中互为表里、相辅相成。

联合国教科文组织前任总干事欧文·拉兹洛是继德日进之后常年关注精神与物质统一性的著名思想家,他认为宇宙中存在一个"全息隐能量场",人脑

① *Journey of the Universe*, EXECUTIVE PRODUCERS:M. E. Tucker;J. Grim.
② [法] 德日进:《人的能量》,贵州人民出版社 2018 年版,第 22 页。
③ 同上书,第 26 页。

与这个"全息隐能量场"保持着联系,并与它保持着信息、能量的交流和置换,"精神与量子真空的共舞把我们与周围的其他精神,与这个行星上的生物圈和超越生物圈范围的整个宇宙都联结了起来。它向社会,向自然界,向整个宇宙'开放'了我们的心灵。"①他和德日进都把精神的活动认作"能量"与"信息"的活动,都希望将人类的精神活动纳入地球生物圈、纳入太阳系、纳入宇宙的整体系统中加以解释,这对于"精神生态学"和"生态美学"的研究来说是一个重要的前提。

精神不是单单属于人的,而是一个宇宙现象,德日进将其称作"宇宙意识"。生命演化的复杂过程是宇宙自身的心智化由细微向丰蕴的内在运动,体现为从基本粒子到原子、分子、细胞、生物体、人类的演化过程。其中,精神作为一种内驱力对宇宙的演化发挥着重大的能动作用。

经常批评德日进的诺贝尔医学和生理学奖得主雅克·莫诺,有时似乎又在帮德日进说话,他曾在书中写道:鱼类如何演化成鸟类?关键在于其中一些鱼"想要"爬上陆地、飞向蓝天。"想要",就是这些太古时代的鱼的憧憬与梦想,这是鱼的内在精神,也是德日进认定的宇宙精神!②

四、 人类位居地球物质进化的顶端

在德日进看来,生命的演化是地球物质有机性、复杂度不断增加、日益精细、逐渐提升的过程。生物性越复杂的生命,心智的程度就越高。比如,一只老鼠比一条蚯蚓的生物性复杂,心智程度就高出许多。人类的出现超越了其他生物,一是大脑进化水准超出了其他动物;更重要的是人的心智发生了飞越

---

① 参见闵家胤、钱兆华编著:《全息隐能量场与新宇宙观》,陕西科学技术出版社 1998 年版,前言及第 265 页。
② [法]雅克·莫诺:《偶然性和必然性:略论现代生物学的自然哲学》,上海人民出版社 1977 年版,第 94 页。我曾经为此写过一篇文章:《说鱼上树》,发表在 1994 年 12 月 21 日《光明日报》。

性的变化,即人类具备了自我意识、具备了反思、反省的能力:

> "反省"乃意识获得转向自己和掌握自己的能力,认自己为具有特殊的统一性与价值的对象——不再只了解别的东西,而且了解自己;不只知道,而且知道自己知道,这是人从自己的深处认识自己。①

德日进在他的著作里反复强调,人之所以能够形成,是因为人的意识出现了折向自身的能力,这也是生物体自身内在生发出的一种能力:"动物也可以致知,唯有人知道自己致知","这个新官能显然引出一批新的特征——自主性、对未来的预见性、计划与建设能力","有了这一能力以后,人化个体还获得了互相接近、互相交往和紧密团结的能力。"②

德日进认为人类出现是地球物质进化的顶端,予以高度评价、热烈赞美:人是宇宙在地球上燃起的大火,人是万物的钥匙与终极的和声。万物在人里面成型;万物在人里面取得解释。③ 人类成了地球的心脏与大脑,人类成为万物之灵,人类成为"生物界大综合的上升之箭"。

"精神这个现象不是黑夜里一道短暂的闪电,而是吐露了世界从无意识到有意识,从意识到自我意识这个逐步的、系统的演进过程。这是宇宙的一种状态变化。"④这种变化究其本性而言,是宇宙的意识化、人格化、心化。⑤ 也可以说,宇宙意识在人的心灵里演化到了一个新的高度、新的阶段。

德日进的这一说法类似于中国宋代哲学家陆象山的"心学":"四方上下曰宇,往古来今曰宙。宇宙便是吾心,吾心即是宇宙。"⑥以往我们秉持心物二

---

① [法] 德日进:《人的现象》,新星出版社 2006 年版,第 106 页。
② [法] 德日进:《人的未来》,贵州人民出版社 2018 年版,第 147 页。
③ [法] 德日进:《人的能量》,贵州人民出版社 2018 年版,第 6 页。
④ 同上书,第 86 页。
⑤ 同上书,第 90 页。
⑥ 转引自侯外庐主编:《中国思想通史》第 4 卷(下册),人民出版社 1960 年版,第 670 页。

元论的观点,总是批判陆象山的唯心主义。如果站在德日进人与宇宙一体化的立场上,"宇宙在人心里成型;万物在人心里获得解释",也就是"人心即天心"的翻版了。

五、"精神圈"①让地球发现了自己的灵魂

在德日进之前,生态学家门已经依照"多层同心圆"的系统模式为地球划分出若干个"圈":岩石圈、水圈、大气圈、生物圈。如今,德日进又别开生面地创设了一个新奇的"圈":"精神圈"。它不像岩石圈、水圈那么实实在在,反而显得有些轻灵缥缈,然而却也真实地存在着。德日进说:与庞大的天体相比,"精神圈""几乎是让人觉察不到的薄膜。实际上,这个薄薄的包层完全可以充当我们用来理解和沉思宇宙能量的最先进的形式。这个薄薄的包层环抱着它的广大而神秘的实质,诸多世界的振动形成的最强音符。"②

在德日进看来,如果说生命体的诞生是地球上发生的一件大事,人类的出现、人类思想与人类精神的生成更是宇宙间一件惊天地、动鬼神的事,我们的星球由此跨越一道神圣的"门槛",一直以染色体方式即通过基因传递的遗传变成了以"精神圈活动方式"为主的社会遗传。

德日进指出:"这个升华的伟大过程,可用'人化'(hominization)一词称

---

① 关于"精神圈"的翻译:德日进发明的这个极为重要的术语noosphère(法文)或noosphere(英文),同是翻译界的名家,有人译为"精神圈",有人则译为"心智圈",还有人译为"心智层""智慧圈""智能层""智力圈"。不是由于翻译水平,而是由于对德日进学术观念的理解,以及对于汉语词汇的选择。我请教了从事外文教学的朋友,noo是拉丁文,与英文mind对等,可以译为心思、智慧,同时又含有情感、感悟、想象等心理活动的因素,是可以译为"心灵""精神"的;sphere/sphère意为"圆球""范围",大致可以译为"圈"。我对照了不同的译本,最终还是选择了美国耶鲁大学博士、纽约市立大学亚洲研究系主任李弘祺先生的译文:"精神圈"。其中不仅包含了科学认知之类的智力活动,也包含了人类的伦理、信仰、审美,尤其是同情、博爱等精神活动。或许,这一选择同样也包含了我的偏见。

② [法]德日进:《人的能量》,贵州人民出版社2018年版,第113页。

之。'人化'可以用以称呼个体从本能进入思想的顿跃,但也可以广泛地指称在人类文明中从动物世界转入精神世界的过程。"从此,精神创生了,"在'生物圈'之外,逾越它的还有一个'精神圈'","地球得了'一层新皮',更要紧的是地球发现了它的灵魂。"①

德日进指出:"这个身为自己反省对象的新生命,正由于有这种返回自身的能力,才能即刻提升自己进入更高领域。这样一个新世界诞生了。抽象、逻辑、理智的抉择和发明,数学、艺术、时空的计算,忧虑以及爱之幻想等等——这些内在生命的活动都只是这个新形成的中心从自我爆裂以后所激引的奔腾。"②相继而来的是语言、文字的出现,人的思想、人的精神进入符号化、信息化的更高层面,并由此点燃了人的潜能,放大了人的历史存在,促进人积极主动参与自然与自身的创造。"精神圈"是人的心理、意识在地球上的展现,包括思想的、情感的、信仰的、心灵性与精神性的存在,主要表现形式为:科学、宗教、哲学、教育、文学艺术。

德日进的"精神圈"中的"精神",是一种推动人类进步、统合、向善、向上的力量。一种内在的自我组合力。德日进说这不是他的臆造,而是宇宙内在运动的方向。③

"精神圈",成了德日进宇宙精神学说中的一个关键词。

六、 爱是原始而又普遍的宇宙能量

在德日进的宇宙精神学说中,精神是宇宙间向上、向善的意愿和动力,是一种拥有强度与方向的矢量,他称之为"精神能量"。

---

① ［法］德日进:《人的现象》,新星出版社 2006 年版,第 120 页。
② 同上书,第 107 页。
③ 参见［法］德日进:《人的未来》,贵州人民出版社 2018 年版,第 169 页,第 190 页,第 213 页。

德日进在其《人的能量》一书中,将人的能量划分为三种形态:

混合能量:生物进化过程中由肌肉、神经系统组成的有机体内部逐渐积累协调起来的能量,属于生物能量。比如,在工地上搬砖。

受控能量:是人的身体通过控制、操纵机械、仪器获得的能量,属于物理能量、机械能量。比如码头上的起重机。

精神能量:属于人的心理活动产生的能量。他说:"精神能量仅仅局限于我们的内在自由活动领域,是我们的智力活动、情感和意志的能力。""它透过思考和热情来控制事物及其关系。"这种能量是实际存在的,但却难以计量。[1]比如母爱,比如上进心。

在德日进看来,精神的能量既是道德的也是物理的,是"物理道德",是"宇宙能量的花朵",是"人类的共同的灵魂"。而精神能量中作为"最高级心理功能"与"最个性化现象"的是"普世之爱"。

"爱是宇宙能量当中最普遍、最伟大而又最神圣的力量。"[2]

"爱是原始而又普遍的精神能量。"[3]

"宇宙进化在爱的演化踪迹中得以表达。"[4]

"爱是神圣的能量储备,爱是精神进化的血液,是地球意识首先向我们揭示的东西。"[5]

以科学家自居的德日进不惜浓墨重彩为普世之爱唱起赞歌:

> 爱是生命的基本源泉,或者你喜欢,也可以说爱是唯一可以使进化不断向前推进的自然氛围。如果没有爱,奴役的幽灵、白蚁和蚂蚁的命运,就真正在前边等着我们了。有了爱,在爱的氛围中,我们内心深处的自我

---

① 〔法〕德日进:《人的能量》,贵州人民出版社 2018 年版,第 107 页。

② 同上书,第 15 页。

③ 同上书,第 16 页。

④ 同上书,第 16 页。

⑤ 同上书,第 18 页。

就会在人类生气勃勃的团聚中得到深化，一切未经探索的道路也任由想象力自由驰骋。爱把有爱心的人们紧密的团结而不是凑合在一起；爱可以使人们在相互接触之中发现比任何孤独高傲高出百倍的壮志豪情，并因此可以在人们内心深处激发出最强大的原始创造力。[①]

德日进推崇的爱，不只是精神分析心理学派所说的性爱、爱欲，而是一种神圣博大之爱，一种根源于宇宙意识的"相互联系之爱"，集"雅"与"善"为一体的"普世永恒之爱"，是将人类凝聚成一个生命共同体的宇宙能量，是地球精神圈运转的最高目标。

七、 大联合是人类未来的大趋势

在《人类的未来》一书中，德日进认为宇宙也是有始有终的，以希腊文的第一个与最后一个字母表示：始点 α 是最初的宇宙大爆炸，终点 Ω 是在个体完善基础上的全球大联合、万众一心的人类共同体。他认为，就如同原子结合为分子、分子聚合成细胞、细胞生成生物体、生物体集合成生物群落一样，当下充满阶级对抗、民族撕裂、国家冲突的人类社会只不过是短期现象，人类的未来必将走向汇合统一，这是宇宙间的定律所决定的。就如同一个巨大的圆锥体，上升的最后必然要汇拢到那个居于顶端的点——欧米伽点。

德日进预言：在宇宙意识的感召下，"人们终于在自己的具有演进性质和命运的广大共同体里形成了一种普天团结的意识，那么，被煽动起来以恐吓我们并阻止我们前进、使我们沦为机器的残暴幽灵就会被彻底祛除。在我们周围一浪又一浪地涌起的全球化浪潮所预示、所带来的不是冷酷和仇恨，而是人

[①]　［法］德日进：《人的未来》，贵州人民出版社 2018 年版，第45—46 页。

类还未经验过的一种新的爱。"这一相亲相爱不是出于强制与征服,而是出于心心相印的内在吸引,出于同一精神范围内的共识。①

德日进满怀信心地说,人类由于心智的发展,业已从原先分散的状态逐渐聚集起来,遵循大自然的进化规律,由"个别反思"进入到"集体意识",各个国家、各个民族联合起来向着整体化(Totalisation)迈进,是宇宙精神进化的必然结果。德日进把这个过程称作"全球化",并将其视为"不可抗拒的物理进程"。② "任何障碍都无法阻止它一往无前地抵达其进化的自然终点。"③

有人说德日进是"全球化"的先驱!

"为了完善,要互爱","要互爱,否则你们将消失。""人类的联合和保护不再以野蛮的方式,而是以爱的方式进行","在联合的过程中使人超人格化。"④

人们又说德日进是"联合国"的首倡者。

不过,德日进倡导的人类的"大联合""全球化",与当今由强权政治掌控的大联合、为跨国公司、世界银行操纵的全球化不同,而是人类凭借"同情"与"博爱"结合的共同体,是建立在"个体人格独立完善"基础之上的大联合。"这种相亲相爱不是出于外部力量的作用,也不是单纯出于谋取物质利益的行为,不是出于共同事业的强制或征服,而是直接出于同一精神范围内的共识",就如同"分子的组合是通过原子的亲和关系实现的","唯有通过同情,才能指望获得高级的整合。"⑤

20世纪30年代前后,法西斯主义在日本、德国取得统治地位,种族主义、极端民族主义、极权主义甚嚣尘上。德日进却在这时宣示他的全球化、大联合主张,似乎非常不识时务;但这也体现出一位纯粹学者绝不随波逐流的学术精神。德日进并未置身事外,他在当时针对二战中严酷的政治局势就曾指出:

① [法]德日进:《人的未来》,贵州人民出版社2018年版,第109页。
② 同上书,第116页。
③ [法]德日进:《人的能量》,贵州人民出版社2018年版,第149页。
④ 同上书,第148页。
⑤ [法]德日进:《人的未来》,贵州人民出版社2018年版,第109页。

极端民族主义不过是"集体利己主义";而希特勒的"一个国家、一个民族、一个政党、一个领袖"的极权统治模式只会将民众变成白蚁、让人群退化为蚁群、让社会变成"白蚁塚"。

八、 对德日进的多重质疑与批评

对德日进"宇宙精神学说"的质疑来自多个方面。

一是生态批评界。有人指责德日进在《人的现象》《人的力量》《人的未来》三部书中透露出的人类至上、人类中心、科学主义、乐观主义、无限进步论，似乎全都与世界生态运动的宗旨相抵触。但我认为，如果考虑到在德日进的学说中，人类、人类社会、人类思想、人类精神、人类的未来并不是与地球、宇宙（即我们通常所说的"自然界"）相对立的，且全都是地球、宇宙自身演化的结果，全都是宇宙精神的展现，人与自然在一个更宏大的框架中是统一的，我们就不得不承认德日进的这些说法并不有悖于生态精神，而应该说他筹划的是一种更宏阔的"宇宙生态学"。

一是来自宗教界的抵制。德日进是一位天主教信徒，自认为他的"宇宙精神学说"对上帝位格、宗教起源做出了科学解释，然而教会并不领情，反而认为他宣示的都是些"歪理邪说"，始终禁止他的著作出版发行。

一是来自科学界。德日进总不忘向人们强调他是一位科学家，他的学说不是神学，也不是哲学，而是科学。然而，科学家不以为然，反而指责他的学说缺乏科学的依据，分子生物学家雅克·莫诺就曾经对德日进的活力论、万物有灵论进行过严厉的批判，奚落他的理论概念模糊、文笔晦涩、稀松一团，充其量不过是一种"生态哲学"，在当代生物科学的意义上是站不住脚的。[1]

---

① ［法］雅克·莫诺：《偶然性和必然性：略论现代生物学的自然哲学》，上海人民出版社 1977 年版，第 22—23 页。

我自己的疑惑是：读德日进的书，发现这位科学家面对社会现实竟然如此冷静。这些多半在日本侵华、第二次世界大战血肉横飞中写下的文字，竟很少受到战火的影响，很少（不是没有）提及人性的丑恶、精神的沦落、强者的暴虐、弱者的怯弱、生灵的涂炭、世事的悲惨，以及自然蒙受的损伤。德日进并不是一位缺乏道德感的人，这一切或许只是因为他是从宇宙的大视野、从地质年代的长时段来面对他的研究对象的。当下，人与人、国与国、民族与民族以及人类与大自然之间的恶斗，只不过是宇宙进化史上一个小小的曲折，这一切都不能够消解普世之爱的强大整合力，一切都不能阻挡宇宙演化的规律，最终的结局一定是光明正大、美好圆满的。至于光明美好的结局何时到来？也许经过数百年，也许要经过数千年、上万年、十万年的演化，人类才能够到达他所盛赞的那个"奥米伽"点。但人们还是有充分的理由担心，在到达顶点之前，人类就把自己玩儿完了，到达顶点的或许是另一种宇宙的造物。

"宇宙精神学说"架构恢宏而论证粗疏，理想主义多于科学实证，如果以科学的尺度要求它，还只能说是一种"科学的假设"。这是我以偏爱的心态为德日进做出的辩护。

九、"宇宙精神学说"的生态美学意义

尽管雅克·莫诺曾经对德日进以及柏格森的活力论、万物有灵论进行过严格批判，但同时又对他们怀有掩饰不住的同情与赞赏。他说，原始的万物有灵论使自然界充满了令人感到亲切或可畏的神话，这些神话孕育了一代又一代的美术与诗歌。柏格森反抗理性、看重本能的冲动、张扬创造的自发性已经成了"我们时代的标记"。德日进把一种上升的演化的力量安置在自然界内，充满"诗意的壮美"，那是他的"神灵"，他希望凭借这个神灵把人与自然重新

弥合起来。① 莫诺是一位拥有艺术天赋的科学家,他能够充分理解德日进学说中的审美内涵。德日进自己也曾说过:宇宙给我们的静观提供一切和谐与美的象征和形式,我必须寻找,而且必须找到,它关系到的是世界最高精神的生存和发展。②

在中国古代,将审美与宇宙做统一的审视,原本是很自然的事。方东美先生就曾指出:

> 至于艺术价值在中国宇宙论中更是普遍,无人能否认。所谓"圣人者,原天地之美而达万物之理。"当庄子说这话时,可说充分展现了中国人的深邃灵性。中国人在成思想家之前必先是艺术家。③

德日进的宇宙精神学说,作为一种"宏观生态学",或曰"宇宙视野中的人类生态学",起码在以下几个方面与正在创建的生态美学密切相关。

(一) 对主客二分哲学观的彻底破解

曾繁仁教授指出:生态美学的哲学基础是生态存在论哲学观,这种哲学观主张是对主客二分认识论的突破,"人与地球万物紧密相连,须臾难离,共生共荣,共同构成世界。""在天命中已经在世界之内将人与其照面的所有存在者缚在一起了。"曾教授强调"这实际上是一个生态美学能否成立的原则问题。"④

德日进的宇宙精神论,恰恰从一个更为宏观的视野破解了主客二分认识论,证实了生态美学的基本原则。

---

① 参见[法]雅克·莫诺:《偶然性和必然性:略论现代生物学的自然哲学》第2章"活力论与万物有灵论",上海人民出版社1977年版。
② 参见王海燕编选:《德日进集》,上海远东出版社2004年版,第19页。
③ 方东美:《生命理想与文化类型》,中国广播电视出版社1992年版,第146页。
④ 曾繁仁:《生态美学导论》,商务印书馆2010年版,第262页,第261页。

德日进决绝地指出：一边是人，另一边是世界，两者各据一方，将世界一分为二，是伟大的现代科学、现代社会诞生与发展的基础，然而却是一种"非常自然的心理错觉"。他还指出，作为现代科学的量子物理学已经证实：我们自己原本是包含在宇宙之中的，人本身就是进化的参与者，而不只是旁观者。①在德日进的宇宙精神学说中，精神与物质、物理与道德不存在截然的界限，"我们没有精神和物质，我们有的仅仅是变成精神的物质。世界上既没有精神，也没有物质"，"纯粹的精神确实像纯粹的物质那样不可想象"，宇宙间存在的只是"精神物质。"②"在我们看到的宇宙里，物理与道德之间不再有任何基本区别，人的能量领域就是'物理道德'领域。"③宇宙的绝对律令与人类的崇高地位是一致的。

在德日进看来，"精神的创生是一个宇宙现象，而宇宙也由这个创生本身构成。"④那些基本粒子相互作用的能力可以视为组织结构的运作能力，即"前意识、前生命力"。德日进认定物质与精神的对立、质与量的鸿沟、无机物与有机物的界线，是不存在的。"生命的种子""意识的微粒"早在生命体出现之前的"宇宙灰尘"中就已经存在。他一生的努力就是要在宇宙的物理属性与心灵属性两岸间架起一座桥梁。

（二）宇宙万物是一个有生命的环链

标题中的这句话出自曾繁仁教授《生态美学导论》第222页，是他在归纳中国传统文化中的生态智慧与美学精神时得出的结论。首先是"天人合一"，即人与自然不是对立的，而是相关、交融、浑然一体的，天下之大道乃致中和，即人与万物和谐共处共生。再就是"天地之大德曰生"、"乾坤之内生生为

---

① 参见［法］德日进：《人的能量》，贵州人民出版社2018年版，第105—106页。
② ［法］德日进：《人的能量》，贵州人民出版社2018年版，第43页，第44页。
③ 同上书，第118页。
④ 同上书，第7页。

易"，"天地氤氲，万物化醇。男女构精，万物化生"，人只有在自然万物中才能繁衍诞育、生长生存。曾繁仁教授由此得出的结论是："宇宙万物是一个有生命的环链"，"宇宙万物与人的生命的循环，是一种物质能量与事物运行规律交替变换的过程。"[1]

这些论断与德日进的学说已经非常接近。德日进在探讨人的现象时，其逻辑起点是把个人与人类放在一起，把人类与整个生命界放在一起，把生命界与全宇宙放在一起，宇宙、生命、人类是一个有机统一的整体，一个生生不息的流程。只不过这个过程在中国的古书中叫"天道"，在德日进的书中叫"宇宙意识"。同样的道理，德日进也将"宇宙意识"作为生态审美的前提：

> 宇宙意识必定在人类发觉自己面对着森林、大海、星辰的同一刻产生。自此以后，他的踪迹就出现在我们体验到的宏伟和无限的任何地方：在艺术里，在诗歌里，在宗教里。我们通过它对作为整体的世界做出反应，就如我们在光线底下透过眼睛对世界做出反应一样。[2]

宇宙用身体孕育了人类的身体，宇宙的动态自组织孕育了人类的灵魂，我们一直属于这里。这个宇宙新故事可以用一句话来概述：在 140 亿年的时间长河中，星系将自己转化为山脉，蝴蝶，巴赫音乐，你和我，这些流进我们血脉的能量，可能会让地球的面目焕然一新。

在德日进看来，生物圈在宇宙意识的子宫内诞生，而心灵和意识又在生物圈内诞生。我们的身体、我们的心灵同这颗行星上的生命网络息息相关，又同生物圈内其他心灵相通，这些全都在同一条生命的连环内，没有什么东西独立于任何其他东西。

---

① 曾繁仁：《生态美学导论》，商务印书馆 2010 年版，第 223 页。
② ［法］德日进：《人的能量》，贵州人民出版社 2018 年版，第 30 页。

进一步看,海德格尔提出的、作为审美空间的"天地神人四重整体",既是接受了中国古代思想"天道"思想的启示,同时不也彰显了德日进的"宇宙意识"吗?

(三)爱是审美创造力的天然源泉

美学(Aesthetic)研究的对象是知觉、感受与情感,桑塔耶纳将情感的核心归之于"爱",爱人类、爱上帝、爱艺术,同时也爱自然,"自然是我们的第二情人"。① 舍勒将爱视为一种繁衍与创造的力量,"爱是事物朝着原型的方向生成、生长和涌生的原动力";"爱始终是激发认识和意愿的催醒女,是精神和理性之母。"②"爱是宇宙本身内在的一个动态原则——推动万物为追求神性而进行这场伟大竞争的动态原则。"③罗洛·梅(Rollo May)说:当世界还是一片死气沉沉的不毛之地的时候,是爱神厄洛斯在大地上创造了生命。爱欲与性欲不同,它的功能是给予生命的气息,是生命的最初创造者。④

比起上述美学家关于"爱"的推重,自命科学家的德日进有过之而无不及。德日进一如既往,仍然是在他的"宇宙精神学"的总体框架之中为"爱"命名,"爱,若就其整个生物学的实体加以考虑的话,它并不是人特有的情形","它是一切生物的一般属性,例如在和我们十分相近的哺乳动物身上……更往远处推,则生命之树的下层也可以看到相似的情形",甚至在"分子内部的相互结合中"也可以看到这种倾向。⑤ 爱的真谛,就是让一切元素自觉的投入整体之中,促成宇宙的整体联系,让个体产生一种"宇宙感"。⑥

德日进不怎么善于谈论审美与文学艺术,但生态美学所看重的生命的关

---

① [美]桑塔耶纳:《美感》,中国社会科学出版社 1982 年版,第 41 页。
② [德]舍勒:《爱的秩序》,生活·读书·新知三联书店 1995 年版,第 47 页。
③ [德]舍勒:《价值的颠覆》,生活·读书·新知三联书店 1997 年版,第 57 页。
④ 参见:《罗洛·梅文集》,中国言实出版社 1996 年版,第 83 页。
⑤ [法]德日进:《人的现象》,新星出版社 2006 年版,第 187 页。
⑥ 同上书,第 188 页。

联性、互动性、审美的亲和性、和谐性,艺术活动的整合能力、创造能力都可以在德日进"爱的哲学"中找到依据:"爱"是宇宙能量的内涵、生命演化的源泉、强大的原始创造力。"爱是追求美和真的不可阻挡的冲动","爱是天才、艺术和人和诗歌的策动力。"[①]"爱是唯一可以使进化不断向前推进的自然氛围","有了爱,在爱的氛围中,我们内心深处的自我就会在人类生气勃勃的团聚中得到深化,一切未经探索的道路也任由想象力自由驰骋。""如果没有爱,奴役的幽灵、白蚁和蚂蚁的命运,就真正在前头等着我们了。"[②]

(四) 语言、符号的出现让精神圈扑朔迷离

《淮南子》中讲:"仓颉作书,而天雨粟、鬼夜哭。"可见文字符号的威力之大。语言、文字的出现,人的思想、人的精神进入符号化、信息化的更高层面,并由此点燃了人的潜能,放大了人的历史存在,促进人积极主动参与自然与自身的创造。德日进认为,以染色体方式通过基因传递的遗传已经变为以精神圈方式为主的遗传,人类观念的传播与交换开始由生物遗传转为社会遗传、文化遗传、教育性遗传,另一种生命编码程序出现了。犹如婴儿出生后就进入一个"新的子宫",即经由"行为或语言蓄存下来的各种传统,还有学校、图书馆、博物馆、各类法律、宗教、哲学或科学资料汇编等,所有逐渐积累、组织、重复和固定起来的东西共同组成了人类的集体记忆。"[③]于是,地球的状况也随之发生巨大改变。

格瑞姆与塔克在《宇宙的旅程》中对此作出尽情发挥:

> 人类史上最伟大的创举就是语言。语言、符号打开了深层意义,每个
> 人都开始有了一个小宇宙,借助人类文明经验本身就可以记住并传承数

---

① [法] 德日进:《人的能量》,贵州人民出版社 2018 年版,第 122 页。
② [法] 德日进:《人的未来》,贵州人民出版社 2018 年版,第 45 页。
③ 王海燕编选:《德日进集》,上海远东出版社 2004 年版,第 200—201 页。

千年,成为永久遗产的一部分。这意味着来自地球各方以及各个不同时代的人类的罕见领悟和深切体会全部都汇聚到这里了,在天文学、物理学、化学、生理学等领域,人类开始用符号、数字和模式来理解这个世界。符号点燃了人类沉睡了千万年的潜能,极其壮观!语言、文字、符号在地球精神圈所向披靡,人类不断地运用它获得对地球上各种过程的掌控,试图为了自己打造一个更加幸福美好的新世界,瞬间在这个星球上创造了70亿自己的同类。

正是语言、文字、符号让地球上的精神圈发生如此巨变,闪现出陆离斑斓的色彩。

人们始料未及的是,这一切都在发生巨大的逆转。专题片《宇宙的旅程》中接下来指出:

当前,我们这个星球上进化的决定因素不再是生物学,而是符号意识。在远古时代,生命发展了符号的意识,但是今天,符号意识又反过来掌控了生命,随着人类语言和人类机械的发展,人类变得与地球本身一样强大。在过去的几十年里,我们已经显著地改变了地球的进化动力学,改变了空气、气候、河流、海洋、森林,甚至 DNA。由于人类,地球冰冠纷纷融化;由于人类,珊瑚礁纷纷白化。由于人类,每年都有上千种物种走向灭绝。自 6 500 万年前恐龙灭绝后,地球上还未发生过这样破坏性的灾难。人类正面临着祖先们从未碰到过的群体挑战。①

这应该是一个符号美学的问题,赵毅衡教授最近指出:符号,是"被认为携带意义的感知";艺术是表达人类情感与生命意义的完整符号。艺术产业、

---

① 摘编自 *Journey of the Universe*, EXECUTIVE PRODUCERS: M. E. Tucker; J. Grim.

艺术教育、生态美学、大众文化、艺术的天性与社会的精神性生活以及社会经济活动都可以纳入符号美学研究的对象。①

这同时也是一个生态美学的命题。法国社会学家费里就乐观预言："我们周围的环境可能有一天会由于'美学革命'而发生天翻地覆的变化……生态学以及与之有关的一切，预言着一种受美学理论支配的现代化新浪潮的出现"。②

我们如何使用符号意识，来打造一种可以增进地球群体安全感、幸福感的存在呢？当人类在如此神秘而浩瀚的太空中飘荡时，是否还有高等智慧可以帮助我们，将符号意识调整到宇宙健康进化的高度呢？

相信德日进的宇宙精神学说仍然会为我们提供某些有益的启示。

（《文艺理论研究》2024 年第 1 期）

---

① 参见赵毅衡：《时代呼唤符号美学的繁荣发展》，2022 年 06 月 29 日《光明日报》
② ［法］J－M. 费里：《现代化与协商一致》，载法国《神灵》杂志 1985 年第 5 期。

审美与生态的整合

——读曾繁仁新著《生态美学导论》

　　美学关注日益恶化的地球生态问题，或曰现代社会生态危机明确地求助于美学，我最早看到的是 1985 年法国学者费里在《神灵》杂志上发表的一段话：环境整体化不能靠应用科学知识或政治知识来实现，只能靠应用美学知识来实现，我们周围的环境可能有一天会由于"美学革命"而发生天翻地覆的变化，一种受美学理论支配的生态学新浪潮即将出现。稍后，美国长岛大学教授阿诺德·伯林特的环境美学研究在这一领域作出富有成效的贡献，他坚定地认为：审美与艺术活动将在超越"工业机器模式的城市化"、建设"生态系统城市模式化"的进程中发挥巨大作用。在城市建设中纳入审美感知、审美体验的维度，以审美改造城市，让城市进入审美的流动的、想象的空间，将会有效地解除现代城市的种种困危与弊病。2000 年，徐恒醇先生的《生态美学》问世，这是我国第一部生态美学专著。工程师出身的作者对环境、技术、日常生活投注了更多的思考，对于当下学界张扬的"日常生活审美化""美学的生活化转型"来说，徐恒醇先生算得上一位先驱。

　　尽管如此，在我们国内学术界，对于审美与生态之间的关系，对于一门被称作"生态美学"的学科是否能够成立，仍然疑虑重重，裹足不前。十多年来，在这一领域广为披览、细加研讨、上下求索、奔走呼号的一位学者，就是曾繁仁先生。曾繁仁的专著《生态美学论纲》，已经为生态美学学科在中国的创立奠定了坚实的基础，并设定出重要的范畴，构划出大体的框架，展示出丰富的内涵。无论对于生态批评的深入开展，还是对于美学视域的进一步拓宽，这部书都将产生重大影响。

任何一门学科的诞生，都必须拥有丰厚坚实的学术资源。《生态美学论纲》以三、四两编的篇幅陈述了生态美学借助的西方的与东方的生态审美的历史积淀。其中涉及西方的存在论哲学、当代生态神学、环境美学；涉及中国传统的儒、道、释文化精神及以"外事造化，中得心源"的传统画论。任何一门学科的建立，不管是否明确地意识到，总会接受某些预设理论的指引。在这一问题上，曾先生是毫不含糊的，在该书的第二编，他强调自己的理论指导是马克思主义，同时他也不讳言对于"西马"某些批判理论的吸纳，对于海德格尔的存在主义哲学的借鉴。在我与曾先生的接触中，会时时感到他在承受一种来自外部的压力，这种压力即是对于他将存在主义哲学接引到生态美学中的指责。而在我看来，这种指责是有欠公允的。就任何一种理论的存在与发展而言，总是要不断地吸收人类新的理论发现，以应对时代与社会发展过程中出现的新问题，以往如此，在"人类纪"的今天更应该如此，即使马克思主义的理论也不应例外。面对日益严峻的生态问题，以海德格尔为代表的存在主义哲学思考是深刻缜密的。在我看来，现代欧洲的现象学哲学、存在论哲学都属"反思哲学""回归哲学"，其中包括对理性主义的反思、对现代工业社会的反思、对人与自然关系的反思；其中包括向着事物本身的回归、向着人与世界初始关系的回归、向着苏格拉底之前的自然哲学的回归，这些哲学的思路，恰恰可以弥补以往哲学中的疏漏与偏失。众所周知，马克思主义的辩证唯物主义、历史唯物主义也正是在借鉴黑格尔、费尔巴哈、亚当·斯密的哲学、经济学思想的基础上创立的。令人欣慰的是，哲学界前辈学者汝信先生对曾繁仁的生态美学研究已经明确表示肯定与支持。

新中国成立后,"实践美学"始终占据着主流地位。实践哲学的"半径"可以很大,其"圆心"却只有一个,那就是人类。在"实践"的过程中,"自然"多被当做"对象"处理,而缺少自己内在的价值和意义。几个月前,我在常熟理工学院听刘再复先生讲李泽厚先生的哲学体系。再复先生讲了美学家李泽厚哲学体系的六个方面:纯粹哲学、历史哲学、伦理哲学、文化哲学、政治哲学、美学哲学。讲过后,我提出这样一个问题:从我所关注的生态批评的角度看,似乎仍然缺少了一个方面的哲学,那就是"自然哲学"。我说,这恐怕不是再复的疏漏,而是泽厚先生哲学中的欠缺。或许更是"实践哲学"自身的局限。如果再接着往下说,那么,实践美学的欠缺与局限,正有待于"生态美学"的补充与矫正,而这一工作,在中国,正是由曾繁仁先生发起与推动的。这部《生态美学导论》的学术价值由此可见一斑。

曾先生在这部《导论》中说:在中国,生态美学还只是"具备了作为一个学科的雏形",要真正成长为一门完善的、富有中国特色的生态美学,还有待于更多学者的关注与思考。同时他还指出,生态时代的学术也应当是多元化的,应当有视野不同、观念相异、方法多样的生态美学。我想,这也正是一位美学家优容大度的治学生态。

(《文汇读书周报》2010 年 12 月 24 日)

曼纽什的美学怀疑论与生态美学

——在"对话与理解：生态美学话语研究"国际研讨会上的发言

也许出自个人天性中思辨能力的欠缺，我对哲学、美学总是怀着敬畏之心，一向采取回避态度。这次盛会承蒙曾繁仁老师的盛情相邀，我回顾自己一生的治学生涯，终于想起 30 年前一个偶然的机会我与德国美学家赫伯特·曼纽什①曾经有过一些交往，一度被拖进他的美学研究领域。

事情的原委是这样：1988 年春天，西德明斯克大学美学教授赫伯特·曼纽什在中国社会科学院、中国文化书院以及北京大学讲学，经辽宁人民出版社王大路先生、李可可女士介绍，曼纽什教授顺便来到郑州大学、河南大学做了两场关于怀疑论美学的学术报告，同行的还有中国当代美学家滕守尧，全程由我陪同，由我的研究生张月充任翻译。曼纽什的演讲深入浅出、诙谐生动，听众情绪高涨，现场气氛热烈。事后，我撰写了一篇随笔《曼纽什在"玩艺术"？》，发表在《文艺研究》杂志。1990 年，曼纽什的《怀疑论美学》中文版由

---

① 赫伯特·曼纽什（Hebbert Mainusch），德国美学家、教育家。德国明斯特大学教授、美国匹斯堡大学客座教授，曾随德国外交部长根舍访问中国，致力于中德文化交流。代表著作有《浪漫主义美学》《欧洲喜剧》《怀疑论美学》等。

辽宁人民出版社出版,书后附录了我的那篇文章。也许由于这个原因,我被邀请参加了该书在北京举办的高规格的新书发布会。参会的除了出版界的首长,还有哲学界、美学界的宿儒张岱年、马奇、蒋孔阳、敏泽等人。

据当年《中国图书评论》发表的综述报道,我在会上侧重讲到这本书和生态的关系,认为曼纽什实际上关注的是人类的精神生态状况,即如何升华、丰富人类内在的精神需求。那么,曼纽什的怀疑论美学果真与生态美学有关吗?

曼纽什在他的书中其实并没有直接涉及生态问题,但由于他的怀疑论美学始终把目光投放在自然与人、存在与认知、人的天性与理性、艺术与科学这些同时为生态美学关注的领域,这就使得他的怀疑论美学与生态学,尤其是与曾繁仁先生创建的中国当代生态美学具有许多相通之处。

同时我还在想,"生态美学"与以往其他流派美学的不同之处在于:生态美学具有像大自然一样更宽阔的包容性,生态美学自其诞生以来就吸纳了许多不同的哲学观念,如马克思主义哲学、法兰克福批判哲学、海德格尔存在哲学、怀特海有机过程哲学以及分析哲学、实证哲学、身体哲学、基督教神学等。中国当下占据主导地位的生态存在论美学,就是曾繁仁先生在马克思主义辩证唯物主义哲学、异化论哲学基础上吸纳海德格尔存在主义哲学的精华以及中国古代传统哲学的要义创建起来的。

我不清楚曼纽什在当今世界上的学术地位,除了他的这部《怀疑论美学》,我也不曾看过他的其他著作,而且至今也不见国内学术界对其有过更多的研究。30年后复读他的这部书,我仍然感觉曼纽什的美学怀疑论思想还是能够为生态美学提供诸多参照与启示,概而言之有以下几点:

(一) 拒斥理性主义,承认人的认识能力的局限性,"怀疑态度"体现了人性的自由与人类的谦卑,是规避种种灾难的前提。

启蒙运动以来形成的理性主义,是立足于人类中心与人类至上的认识论。人类的自以为是与自高自大固然有力地推动了现代社会的发展进步,但同时也酿成了今日蔓延于全球的生态灾难。于是,理性主义也就成了当前生态运动抨击的对象。

《怀疑论美学》开篇明义:"人的认识是有片面性的,绝对真理和丝毫不容更改的确定性是不可及的。"①所谓的规律、定律、法则、公理都不过是人类知识结构的产物,并不总是符合宇宙、自然的真实。自认真理在握,不容他人质疑,把自己的信念强加于人,那就是专制的"暴行"。回顾地球上的生态灾难,不难发现人类对待自然界的专制与暴行久矣!而面对专制与暴行,首先需要的就是怀疑。"怀疑态度的贫乏,乃是导致人类种种灾难的主要原因。"②现在看来,地球生态灾难就是这"种种灾难"中最惨烈的灾难之一。

在曼纽什看来,"艺术是怀疑主义的展开,它产生于人类对确定性开始怀疑的时刻"。③ 打破了固有的确定性,怀疑便意味着自由与自主。他还说,怀疑包括不再满足于成为自己之信念与见解的奴隶,怀疑意味着天天"向自己开火",这更是体现了人类的自省与谦恭。④ 正如曼纽什的精神导师夏夫兹博里⑤所说:"只有对如何揭示自己的疮疤和罪恶的方式有一个深刻的了解,才能构成对善行的足够保护。一个能做到这一点的民族,将会繁荣兴旺。"⑥这样的社会才能够持续发展。

在曼纽什看来,艺术还具有"造反功能",这是因为怀疑主义的"艺术",其"典型功能就是揭示出一切确定性和稳定性的东西的虚假性质和自我欺骗性质"。⑦ 熟悉的生活并非总是正确的,艺术对于庸常生活常常是一种"干扰"。

---

① [德] 赫伯特·曼纽什:《怀疑论美学》,辽宁人民出版社 1990 年版,第 1 页。

② 同上书,第 44 页。

③ 同上书,第 10 页。

④ 同上书,第 51 页。

⑤ 夏夫兹博里,又译沙夫茨伯里,即英国近代哲学家安东尼·阿什利·库珀(Anthony Ashley Cooper, 1671—1713),其为第三代沙夫茨伯里伯爵(the third Earl of Shaftesbury)。

⑥ [英] 夏夫兹博里:《关于"狂热病"的一封信》,转引自滕守尧:《中国怀疑论传统》,辽宁人民出版社 1992 年版,代序第 12 页。

⑦ [德] 赫伯特·曼纽什:《怀疑论美学》,辽宁人民出版社 1990 年版,第 18 页。

在生态批评界,也曾经有过一种说法:生态学是一门颠覆性的学科。这里所说的"颠覆",也不过是对人类日常生活中诸多旧习和成见的审视与破解,这自然也是要由"怀疑"的心态来启动的。

(二) 艺术与审美属于人类的天性与本能,艺术创造与欣赏都是人类内在资源的开发,艺术的最高使命不在于美化日常生活,而在于丰富与完善自己的生命。

如果说曼纽什将"科学"视为人类后天的、习得的、外向的一种认知能力,那么他更倾向于将"审美能力""艺术创造能力"看做人类先天的、自发的、内向的一种天性与本能,一种"自然力"。但曼纽什同时又反对"天才论",他不同意将人的艺术能力、审美能力视为少数个人的"异禀"和"专利",甚至特权。而认为那是"所有人都具有的一种天赋","不仅骑士能得到,农民也可得到",审美能力是人人都具有的"自然禀赋","自然对人人都是公平的"。① 他强调:"怀疑论美学的出发点是:每一个人都是艺术家。"②在艺术面前人人平等,为此他还引证尼采的话说:"当人被人崇拜时,就会给文化造成巨大灾难。"③

艺术能力与审美能力既然是每个人生命中拥有的内在资源,这种内在潜能的开发利用注定将会成为人类幸福生活的源泉,即优美情感的交流、良好心态的调谐、崇高精神的培育。在生态时代,这种内在的精神资源甚至可以发挥更大的作用,著名生态哲学家欧文·拉兹洛曾经指出:"诗歌能有力地帮助人们恢复在 20 世纪在同自然和宇宙异化的世界中无心地追逐物质产品和权力中丧失的整体意识。所有伟大艺术也一样:美学经验使我们感觉与我们同在

---

① 〔德〕赫伯特·曼纽什:《怀疑论美学》,辽宁人民出版社 1990 年版,第 75 页。
② 同上书,第 85 页。
③ 同上书,第 83 页。

的人类,感觉与自然合而为一。"①

遗憾的是,进入工业时代以来,技术与市场成为支撑人类社会的平台,人们的精力与能量只是用来针对外部世界的开发与征服,把自身的幸福完全寄托在对物质、金钱的占有上,艺术与审美也概莫能外。曼纽什在他的这本书中对日常生活的"美化"持明显的批判态度,他说"美化"成了一个"流行""时髦"的词汇,"现代人周围的环境和事务的确已变得越来越美了! 从家具、衣服、机械到开塞钻、开果钳等等都无不如此。""凡是把'美学'和'审美'当做一种技术性字眼的人,差不多都把艺术当作是一种奢侈的消费品,结果只能毁了它。"②这种审美消费化、奢侈化在挥霍大量外部资源的同时,又是很容易沦为审美低俗化、粗鄙化的,看看市场上泛滥成灾的"包装艺术",便不难得到证实。我常常猜想:正是现代人类这一审美倾向的偏斜,在损害地球自然生态的同时也丧失了人类自身天性的饱满与精神的充盈。我把生态时代的理想生活表述为"低物质损耗的高品位生活",而要实现这一目标,致力于开发人类潜在的内部资源则是一条捷便的渠道,其中就包括提升每个人与生俱来的艺术能力、审美能力。

(三) 艺术与科学是人类两种并行不悖的能力,科学的要义是确定性与功能性;艺术则是怀疑与幻想。情感与认知的平衡有益于社会的和谐与健康。

现代科学是启蒙理性的结晶。我们常说科学就是力量,科学力量的确是威力强大的,但人类社会发展进步的事实证实:几乎任何一种科学技术的发明与应用,都会带来严重的负面的影响与潜在的危险。科学并非万全之策,但人们对于科学以及技术的推崇却与日俱增。对于科学与技术的盲目崇拜,已

---

① [美] 拉兹洛:《布达佩斯俱乐部全球问题最新报告》,社会科学文献出版社 2004 年版,第 129 页。
② [德] 赫伯特·曼纽什:《怀疑论美学》,辽宁人民出版社 1990 年版,第 169 页。

经成为人类生态灾难的另一个陷阱。

对此,马克思曾经指出:"技术的胜利,似乎是以道德的败坏为代价换来的。随着人类日益控制自然,个人却似乎愈益成为别人的奴隶或自身卑劣行为的奴隶。甚至科学的纯洁光辉仿佛也只能在愚昧无知的黑暗背景上闪耀。"①

海德格尔更将问题引向现代人的精神领域:技术时代的真正危险还不是由某些技术引出的那些对人类不利的后果,比如原子弹、核武器;真正的危险在于现代技术在人与自然及世界的关系上"砍进深深的一刀",在强大的技术力量统治下,社会的精神生活与情感生活被大大简化、齐一化了,日渐富裕的时代却又成了一个日趋贫乏的时代。

曼纽什显然认同于他的这些德国同乡们的见解,他在《怀疑论美学》中指出:从柏拉图到培根、黑格尔,全都张扬理性推崇科学、轻视感性贬抑艺术,把科学捧上天,把艺术踩在地。② 而在曼纽什看来,理性与科学追求的是世界的确定性、功能性;感性与艺术关注的是世界的幻象与神秘、复杂与无解;科学秉持的是实证与推理,艺术坚守的是怀疑与想象。科学与艺术,理性与感性代表了人类两种并行不悖、相辅相成的能力,缺一不可。但世界各国掌握大权的领导者并不这样认为,曼纽什抱怨说,在他们那里,"科学发展的下一个目标,要比一首新诗一首新曲重要的多。"③

曼纽什引用怀疑论哲学家夏夫兹博里的话说:"任何人类科学,假如不关心人的利益和人的问题,就比无知和愚昧还要糟糕!"④如今我们只需将"人的利益"扩展为"生物圈的利益",此言便可化为生态批评的名句。曼纽什强调:对于疯魔的唯科学主义"最好的抑制素便是艺术怀疑主义"。⑤

---

① 《马克思恩格斯选集》第 2 卷,人民出版社 1976 年版,第 78—79 页。
② [德] 赫伯特·曼纽什:《怀疑论美学》,辽宁人民出版社 1990 年版,第 17 页。
③ 同上书,第 224 页。
④ 同上书,第 54 页。
⑤ 同上书,第 226 页。

（四）审美是对话，艺术是参与，创造者与欣赏者互为主体；艺术家、艺术品、鉴赏者、批评家构成一个"旋转的球体"。以专家自居将自己的信念强加于人就是暴行。

在文学艺术问题上，曼纽什的《怀疑论美学》彻底否决了艺术与生活、创作与欣赏、作品与批评、作家与批评家二元对立的传统理论模式，而强调它们之间是互为主体的关系：应该"取消艺术家与批评家、艺术与批评、艺术品与欣赏（接受）之间的区别"，①"一个真正的读者必须是作者的延伸"，②接受与参与并不总是对立的，"如果我们真正读懂了一首诗，自己也就成了诗人。"③批评也是理性的自我批评，批评家也应该是艺术家，"对艺术的恰切评判，其本身便是一件艺术品"。④

在曼纽什看来，艺术品是复杂的、模糊的、多义的，人类的艺术活动是一个复杂的有机体，一个无限变化的过程，一个双向运动循环上升的过程。曼纽什把这个过程喻为一个"旋转的球体""旋转圈"。在我看来，这个"圈"是具备生态哲学意味的，有些像是"生物圈"，当然是精神生态涵义上的"生物圈"。后来我在撰写《生态文艺学》时，把人类的文学艺术活动看作整个地球生态系统中的一个"子系统"、一个循环运动的"精神圈"，或许就是受到曼纽什的启示。⑤

与审美活动过程中的"互为主体"相对应，曼纽什同时强调"对话"是极为重要的，"对话不应当仅仅出现在文学中，它应当是一切艺术的主导形式。"⑥对话就是协商，对话与协商，意味着互谅互解、共存共生，这也是一个生物圈内

---

① ［德］赫伯特·曼纽什：《怀疑论美学》，辽宁人民出版社1990年版，第150页。
② 同上书，第138页。
③ 同上书，第141页。
④ 同上书，第137页。
⑤ 参见鲁枢元：《生态文艺学》，陕西人民教育出版社2000年版，第2章。
⑥ ［德］赫伯特·曼纽什：《怀疑论美学》，辽宁人民出版社1990年版，第45页。

平衡、和谐的前提。曼纽什指出，与"对话"相反的是"说教"与"训诫"，包括专家的"教导"、权威的"专断"。"再没有其他东西比这种'教诲'论更能威胁艺术的创造力量了。"在审美领域，"热衷于把自己的见解和信念强加于人，实则是一种'暴行'。"①

曼纽什也反对短视的审美功利主义，反对蓄意将艺术当做"宣教"的手段，"将戏院变成一个伦理性的机构，致力于用戏剧教诲人和改造人，因而对国家和社会作出贡献，却只能造成永恒的平庸。"②正因为如此，曼纽什反对美学的"专业化"，主张审美是每一个人的自由选择；他反对艺术的"大众化"，却主张大众中的每个人都应该拥有艺术化的人生，即"诗意地栖居在大地上"。

（五）钟情东方古典文化，认同老子、庄子哲学中的怀疑论精神，实际上已经为 西方怀疑论美学与中国当代生态美学的交流互补做出有益的铺垫。

曼纽什的《怀疑论美学》的哲学依据来自古希腊怀疑主义哲学家皮罗（Pyrrho，又译皮浪）和近代英国美学家夏夫兹博里，同时他又对中国古代的老庄哲学充满敬意、引为知己。他在本书的"导言"中就明确地将皮罗与老子共同奉为"怀疑论哲学"的鼻祖：

> 在欧洲，最早的怀疑论学派出现于公元前300年的雅典的艾利斯，其代表人物是古希腊哲学家皮罗。大约与此同时，中国的老子也写了一部《道德经》，这其实是一部涉及范围更广的哲学怀疑论著作。其要旨是阐述人类理性的局限性，以及人类中种种价值和道德的相对性。自老子和皮罗之后，怀疑论在东西方世界中就一直保持着它的重要地位。③

① ［德］赫伯特·曼纽什：《怀疑论美学》，辽宁人民出版社1990年版，第176页。
② 同上书，第175页。
③ 同上书，第2页。

通观全书，曼纽什引证老庄的话并不多，但假如我们对照一下曾繁仁先生建构其生态美学时对于老庄哲学思想资源的借鉴，就会感觉到这些思想在曼纽什的书中同样存在着。比如，关于怀疑论美学对于"认识论"的质疑，曾繁仁先生的《生态美学导论》也曾指出，"老庄还有意识地在自己的理论中将作为存在论的道家学说与作为知识体系的认识论划清了界限"；①怀疑论美学对"精神自由"的维护，在生态美学中，庄子的"逍遥游"成了"凭思想自由驰骋而体悟万物"的"真正的精神自由"；②生态美学中以道家"无用无不用""无为无不为"思想警示现代人类："如果过分追求'有用'的经济和功利目的，滥伐资源，污染环境，最后必然走到资源枯竭、环境恶化的'无所用'的境地"。③ 曼纽什也曾在书中写道：王尔德一篇谈批评家也是艺术家的文章的副标题是《尊论"无为"的重要性》，"'无为'二字是引自于中国庄子的著作。说明王尔德对这位中国古代哲人已有一定的研究，这一副标题及其在文章中的阐述展示了王尔德本人的独特思想方式，即做任何事情都要顺其自然，无为而为。"④曾繁仁先生的《生态美学导论》中还曾揭示庄子"天均""天倪"的观念："所谓万物，不同形相禅，始卒若环"，其中已经包含了基于有机整体、普遍联系的"生物链"思想。⑤ 由此我们也不难联想起曼纽什把人类艺术活动过程视为一个"旋转的球体"、一个首尾相衔的"旋转圈"的比喻。

可以探讨的话题还远不止这些。继曼纽什的《怀疑论美学》面世之后，在辽宁出版社王大路先生⑥的鼓动下，滕守尧教授出版了《中国怀疑论传统》，将老子标举的"反者道之动"视为中国怀疑论的纲领，"明道若昧""进道若退"

---

① 曾繁仁：《生态美学导论》，商务印书馆 2010 年版，第 234 页。
② 同上书，第 238 页。
③ 同上书，第 245 页。
④ ［德］赫伯特·曼纽什：《怀疑论美学》，辽宁人民出版社 1990 年版，第 142 页。
⑤ 曾繁仁：《生态美学导论》，商务印书馆 2010 年版，第 246 页。
⑥ 王大路（1949—2004），中国当代杰出版家。曾任辽宁人民出版社副总编辑、线装书局总编辑、中国出版工作者协会副秘书长、《中国图书评论》杂志社社长兼总编辑。一位热情爽直、心不设防的东北汉子，克尽厥职推介中外怀疑论美学，惜其英年早逝，我希望将此文献给大路先生。

"上德若谷""大白若辱",这种批判式的反向思维使中国哲学完成了对中外世俗哲学的超越,以至于让曼纽什无比敬仰的奥斯卡·王尔德发出如此的惊叹:"那些对中国文化略知皮毛的人如果认真地读一读《庄子》,就会吃惊得发抖!"①

《怀疑论美学》的中译本先于德文原著在中国出版发行,在该书扉页的作者肖像下边,曼纽什题写道:"不了解中国就不懂得艺术,我愿把本书最先奉献给亲爱的中国朋友。"曼纽什钟情东方古典文化,认同老子、庄子哲学中的怀疑论精神,虽然他可能尚未对中国传统文化进行更深入的研究,倒也已经为西方怀疑论美学与中国当代生态美学的交流互补做出有益的铺垫。

相对于世界的复杂、大自然的无限以及人性的幽微,怀疑论哲学绝非空穴来风,怀疑论美学则为探讨自然界的无限性、世界复杂性、人类社会多面性、人心人性深邃性开辟了有效途径。而这些同时又是生态美学关注的课题。怀疑论美学对于当代中国生态美学的建设与发展或可会起到一定的补充作用。

最后,我想对曼纽什的《怀疑论美学》提出一点质疑,这恰恰也是为了表达我对曼纽什倡导的"怀疑精神"的认可与尊重。

曼纽什在他的书中曾反复讲到一个观点:

> 遗传发生过程不能将人与动物区分开来。人通过艺术而成为人,艺术是一种只同人有关的特殊现象。因为不管是上帝还是动物,都不可能成为艺术家。②

曼纽什的意思是:人与动物之间在生物性上是不能分割的,但艺术与审

---

① 转引自滕守尧:《中国怀疑论传统》,辽宁人民出版社 1992 年版,代序第 3 页。
② [德] 赫伯特·曼纽什:《怀疑论美学》,辽宁人民出版社 1990 年版,第 10 页。类似的文字又见第 20 页。

美却成了区别人与动物的严格界限,只有人类才具备艺术创造与审美活动的能力。当年我是同意他的这一判断的,只是后来当我从事生态批评一段时间后,才发生了转变。抛开关于上帝的命题不论,动物没有审美能力吗? 不会从事艺术创造吗? 曼纽什既然把审美与艺术活动认定为人类的"天性"与"本能",同在一个生物进化遗传链条上的动物就丝毫不具备这些本能吗? 孔雀发情期的五彩缤纷、百灵发情期的婉转歌喉、狮子发情期的威武雄壮,与人类恋爱时刻意的梳妆打扮、花言巧语相比,更是由内心深处发自本能的审美和艺术活动! 著名的法国印象派诗人瓦莱里(Paul Valery)有一天在海边的沙滩上散步,偶尔捡到一只美丽的贝壳,为贝壳那晶莹的质地、奇妙的造型、旋转的花纹、变幻的色彩深深打动。人类也许能够凭借先进的科学技术制造出这样一个类似的"艺术品",然而自然却可以在浑然无知的情况下造就它。瓦莱里说:比起大自然创造美的能力,人类的艺术活动"只不过是小孩子们的把戏"! [1]

不仅动物,还有植物,如色香味俱佳的玫瑰花、娇嫩柔弱的含羞草、傲然挺立的松柏、婀娜多姿的杨柳,都具有展现其自然美的"本性"。即使物理世界中的高山峻岭、江河瀑布,也无不存在着"自在之美"。关于这个美学理论的难题,我曾尝试着运用怀特海的有机哲学以及格式塔心理学的"异质同构"理论加以解释,也不过是初步的探索。[2]

说得重一些,曼纽什的怀疑论美学还没有跳脱"人类中心""人类至上"的藩篱,而这些传统的成见对于生态美学来说却是大忌。可以谅解的是,在曼纽什撰写他的这部《怀疑论美学》时,西方发达国家的生态批评也才刚刚启动。

(《上海文化》2019 年第 10 期)

---

① 参见[美] 李普曼编《当代美学》,光明日报出版社 1986 年版,第 348 页。
② 参见鲁枢元:《生态文艺学》,陕西人民教育出版社 2000 年版,第 3.3 节:"自然美:瓦莱里的贝壳"。

审美与复杂性生态哲学

在生态批评领域,常会听到这样的议论:生态问题在理论上并不复杂难解,困难的是实践,是生态实际问题的解决。这种议论的后一半,当然确切无疑,从世界范围看,尽管从国家元首到平民百姓都已不得不关注生态问题,但地球的实际生态状况仍旧日益恶化着。至于这种议论的前一半,似乎也已经得到不少认同:生态理论,不就是"地球只有一个","社会要持续发展"吗?我相信,只要读了王耘博士的这本书,这种看法便会得到矫正。以往,学界就曾有过"知易行难"或"知难行易"的争论。这本题名为《复杂性生态哲学》的书,将会给我们这样一个印象:"行难知亦难"。

这本书其实涉及了当前学术界两个新兴的、疑难的、颇具争议的理论场域,一是复杂性理论,二是深层生态哲学。王耘博士的意图是通过对二者的巡察、探究、梳理,将其整合到一种复杂性的生态哲学中。这一理论课题无疑是宏阔的、又是繁重的,我知道,在这一阶段里,王耘博士对此倾注了他的全部精力。

书中首先回顾了生态哲学的渊源与发展概况,揭示了生态哲学在当前面临的难题,尤其是"深绿""浅绿""硬绿""软绿"盘绕纠葛、相互攻讦的尴尬处境。与美国学者唐纳德·沃斯特的《生态思想史》不同，王耘博士的这本书更突出了哲学原理上的思辨性与面对现实的当下性。他的同情与偏爱显然是在"深层生态哲学"上，然而，偏爱并不偏袒，或许正是这种挚爱更使他看到深层生态哲学在学理上，或曰在哲学根基与知识背景上的弊病。究其底里，貌似势不两立的"深绿""浅绿"，"同样是建立在对立统一的整体论基础上的"，"二者所运用的逻辑体系并无实质性的区别"，"深层生态学无法回避一种内在的焦虑，它并没有实现对整体论建构的重大突破"。作者因此断言："深层生态学如何走出它的困境？我们认为，与复杂性理论的结合是它可以选择的康庄大道。"

关于"复杂性理论"，并非字面意义上"复杂的理论"，而是"关于复杂性的理论"，或曰"关于复杂系统的学说"，这是建立在贝塔朗菲一般系统论与普里戈金的耗散结构理论基础之上的一种崭新的理论体系。关于这一理论体系的内涵，本书（《复杂性生态哲学》）列举了十个要点，我们不再重复。我这里仅只希望提醒一下，本书关于"复杂性理论"的一个近于"悖论"的提法："复杂性理论是一种科学理论——这可能是深层生态哲学最为厌弃的'家庭出身'"。这就是说：生态哲学，尤其是深层生态哲学，多把科学技术看作造成生态困厄的祸水，"祸水"如何又能变成"活水"呢？

王耘博士的解答是：此"科学"并非彼"科学"，"复杂性理论是一套崭新的科学理论，是一种与经典科学全然不同的理论……复杂性理论不仅对经典科学有着清醒的批判，而且彻底超越了经典科学所秉持的理性逻辑——它正在振奋人心地构建一个跨学科的生机勃勃的复杂性系统"。关于一种"新科学"的出现，我在 1980 年代从事文艺心理学研究时就有所觉察，当时我是把爱因斯坦的"相对论"，玻尔等人的"互补论"以及费耶阿本德（Paul Feyerabend）的某些"奇谈怪论"作为不同于牛顿经典科学观的新科学来看待的，从而希望开拓出一片新的学术视野。而在王耘博士看来，爱因斯坦等人的"新科学"仍然是一种"简单性的理论"，"虽然这一理论系统超越了牛顿以来近代经典科学的静态宇宙观,塑造出一部更为细致的时空理性原则,但它并不是一种复杂的理论系统。"从生态批评的空间来看,我想我们差不多可以接受这一判断,较之爱因斯坦的宏观物理世界,玻尔、海森伯等人的微观量子物理世界,"复杂性理论"面对的是一个"生命的世界""生理的世界""生物的世界""生态的世界",同时也是一个"混沌的""开放的""延异的"世界,甚至是一个拥有"目的""意志""精神""情绪"的广阔而又深邃的世界。王耘博士指出:"贝塔朗菲从生物学角度出发,认为生命机体是一种具有主动性的动态整体系统",那么反过来我们也可以认为地球这个"动态整体系统"也应该是一个"生命机体",或起码类似一个"生命机体",这与生态学家洛夫洛克、马古利斯提出的著名的"盖娅假说"就已经十分接近了。对此,我希望保留的一点意见是:在"科学"的意义上,作为物理学家的爱因斯坦,与物理学家牛顿的血统反而不如与生物学家的贝塔朗菲、生态学家马古利斯们更接近一些。在我看来,爱因斯坦、玻尔们仍不失为"新科学"发轫的先驱。

如果"复杂性理论"真的如本书阐述的那样,是这样一种崭新的"科学"的话,那么,就有可能为"生态系统"这样一个复杂的研究对象、为"生态困窘"这样一个进退维谷的理论疑难提供一条解决的途径。我们不妨做出这样的尝试。也祝愿王耘博士关于"复杂性生态哲学"这一富于创建的构想能得到进一步的完善。

王耘博士的专业方向是文艺美学,他的这部著作却没有更多涉及文学艺术与美学方面的具体问题,他希望在一个更高的层面上,哲学的层面上为文艺学、美学的研究,包括文学艺术的生态批评在内清理出一片更为开阔、稳实的平台,当然这就需要花费更多的气力,而且不见得可以现种现收。然而这种富有远见的繁重的劳作,对于开辟新的学术天地都是必不可少的。书中涉及的一些关于复杂性理论的文字,对于文艺学、美学界的读者来说可能会感到陌生,乃至有些费解难读。这里我倒愿意奉献给大家一点体会:读容易读的书固然可以有许多收获;读难读的书,包括那些横跨诸多专业的书,一旦读进去了,往往会有更多意想不到的收获,我自己是有着这方面的许多体会的。

王耘博士的这本《复杂性生态哲学》,是在他的博士后研究课题的出站报告的基础上整理出版的,他请我说几句话,我不好推辞,其实无论他的理论的视野还是探讨的深度,都已经超出了我的研究范围。他的刻苦严谨的治学态度,他的敏锐沉着的书写风格,使我隐约看到中国学术界在长期凋敝之后,在更年青的一代学人中,已经萌发出新的希望。我衷心祝贺他的这部书的出版,也期待它能够引发人们对困扰着整个人类的生态问题做出更深一步的思考,包括不同意见之间的切磋与争论。

(本文乃为王耘著《复杂性生态哲学》所撰序言,社会科学文献出版社 2008 年版)

城市之忧与环境美学

——与环境美学家阿诺德·伯林特一次学术交流①

2010年8月13日至16日,在北京世界美学大会闭幕后,美国长岛大学教授、前国际美学学会主席阿诺德·伯林特,以78岁的高龄,冒着盛夏酷暑,由山东大学程相占教授陪同,应邀到苏州大学文学院访问并进行学术交流,同时考察了苏州古典园林网师园、拙政园、留园、虎丘,考察了苏州旧城平江路传统民居。

在这次学术交流活动中,我与伯林特教授就自然、生态、城市化及环境美学诸方面的问题较为深入地交换了意见,表达了各自对这些问题的看法。讨论的主要话题是:城市化与环境审美。

这个话题,也可以说是我"预订"的。

---

① 阿诺德·伯林特教授(Arnold Berleant),1962年于纽约州立大学布法罗分校获得哲学博士学位,先后任教于路易斯维尔大学、布法罗大学、圣地亚哥学院和长岛大学。曾担任国际美学学会主席(1995—1997)、国际应用美学学会顾问委员会主席,还曾任国际美学学会秘书长和美国美学学会秘书,是享有世界声誉的环境美学专家,主要论著有:《审美场:审美经验现象学》(1970)、《环境美学》(1992)、《生活在景观中:走向环境美学》(1997)、《美学与环境:一个主题的多重变奏》(2002)、《审美与感知》(2009)等。其论著先后被翻译为汉语、希腊语、俄语、芬兰语、波兰语、阿拉伯语和法语等多种语言。近年来,他特别关注城市生态环境的营造与养护,提出诸多精辟的见解。

近年来,中国社会在强大的行政力量操动下,正在迅速地走向城市化。据相关统计:城市化率由 1978 年的 17.92% 已提高到 2006 年的 43.9%,目前在以每年近一个百分点的速度增长着,计划在 2050 年将达到 72.9%,接近欧美发达国家的水准。对于中国这个历史悠久、负荷沉重的农业文明大国迅猛的城市化进程,从生态批评的视野看,我始终是忧心忡忡的。大约在 2005 年,我曾与我的研究生们就"现代都市让我们失去了什么"为题展开一场讨论,结果发现,现代城市化的进程已经让我们失去了太多的东西:失去了自然的根基和自然的庇护、失去了种族的童年和个人的童年、失去了亲情与同情心、失去了诗意和浪漫情调,现代都市加大了贫富悬殊并因此更多地失去社会公平,现代都市让人们增长了欲望却失去了幸福感乃至生存的意义等等。① 总之,失去的多是属于自然与人性方面的东西。从那时,又过去了五年,城市化进程给社会与时代带来的负面效应不但没有得到有效的遏制与矫正,反而在继续扩大蔓延。唯一的变化是,在对城市化一面倒的赞美声浪中开始透递出越来越多的质疑、反对的声音。这种对于城市化的批判者,又多半集中在我国城市化率高居首位的北京与上海。如北京的景观设计师俞孔坚博士在他新近出版的一本书中揭示:"中国当代的城市建设规模之大、速度之疾,古今中外未尝有过。它消耗掉世界上百分之五十以上的水泥和三分之一以上的钢材",看似辉煌的城市化已经陷入种种误区,决策者的极权欲、开发商的金钱欲、规划师的表现欲已给中国的城市潜伏下巨大危机,像"苏杭"这样的"人间天堂",已经找不到一块完整的土地。② 面对中国城市化的种种困境,上海的人文学者王晓明教授在他主编的《"城"长的烦恼》一书中,甚至提出这样的疑问:大工业、大城市的发展道路是不是每个国家的城市发展必须呢? 第三世界国家能不能选择不走城市化的道路呢?③ 面对中国城市化的诸多困惑,城市环境美学家阿诺德·

① 见《上海文化》2006 年第 1 期、《社会科学报》2006 年 1 月 26 日。
② 俞孔坚:《回到土地》,生活·读书·新知三联书店 2009 年版,引言第 3 页。
③ 参见王晓明主编:《"城"长的烦恼》,上海书店出版社 2010 年版。

伯林特的到来可谓适逢其时。这些困惑,实际上也就成了我们谈话时一个有意无意间预设的背景。

伯林特曾在他的书中也讲过:"多数情况下,城市化并非明智选择的结果",而是被诸多不良因素驱使的,如资本争夺、贸易扩张、国家的霸权主义、民众的享乐主义等。全球城市化与全球市场化、全球资本化是同步的。对于西方现代大都市的诸多弊病,他曾一一做出具体的陈述:各种车辆涌入城市,占据了城市的外部空间。摩托车使城市的街道变成对健康和安全的威胁,城市广场沦为停车场,机器产生的废气随处可见,人们被笼罩在有害空气中,各种噪声干扰着人们的神经,公共建筑改变着自然的风向与气温,摩天大厦庞大的体量带给人威压,缺少植被的大型广场使人感到冷漠,居高不下的犯罪率使人感到恐怖,"一个极端的例子是纽约市的地铁,这是美国最大的地下铁路系统,人们进入了地铁就像进入了地牢"。[1] 伯林特指出的这些城市弊病,在我们国家也已经司空见惯,却没有引起官方与民众的认真对待,甚至仅仅将其看做"社会进步过程中的插曲"。对此,伯林特说:"我觉得中国正在照着西方的已经被证明不好的事情在做。"

其实,中国的城市化问题已经远远超出环境养护的界面,迅猛的城市扩张正在给社会带来诸多不安定的因素:土地买卖、房屋拆迁、房价居高不下,已经成了官员腐败、民众怨恨、社会动荡的根源。对于中国这样一个人口数量巨大且拥有五千年悠久农业文明的国家,是否也要普及城市化,我很难认同。城市无疑是一个物质与能源高度集中、快速损耗的人造机构,全球城市化也是全球生态足迹化,必将透支地球能够提供的生态资源。直到目前为止,现代大都市的所有功能(政治的、经济的、甚至文化的)几乎都是与地球整体的生态状况相抵触的,不改变人们的生存观念、社会发展观念,人类文明与地球生态对抗的局面就不会改变。照此下去,全球城市化的那一天,也许就是地球生态系统

---

① [美] 伯林特:《环境美学》,湖南科学技术出版社 2006 年版,第 78—79 页。

全体崩溃的那一天。社会的进步是否注定人类要抛弃田野,抛弃整个农业文明? 我们是否还有其他的选择?

美国作为现代化的"样板国";伯林特作为一位美国现代文化精神培育出来的学者,在这个问题上明显表现出与我这个内陆中国文化人观念上的差异。他虽然看到了现代都市的种种弊病与困境,但仍然认为"全球的城市化"是不可改变的,这是因为全球城市化与全球市场化、全球资本化是同步的,"城市化"是不可逆转的大趋势,人们别无选择。况且,与农村相比,城市还拥有许多强项与优势。他说过:"城市是充满生活和艺术的环境,是一个人类的全部体验可能发生的场所",在城市里,"我们对环境的感知过程都融合了全部感官",在处处以人为本的城市中,"感官刺激的丰富性能够指引人类活动,使我们在城市里感到舒适、安全、有趣和兴奋"。① 此时,他指着室外39℃的高温对我说:"人工环境还有很多优势,在人工环境中,我们可以这样交谈,在外面,这是根本不可能的,因为外面太热了。"有了城市才有利于人们的交流。即使从能源消耗的意义上讲,伯林特认为城市也是需要的,不然的话,那么多的人分散在地球各地,都要过上高质量的生活,能源消耗就更多。伯林特的结论是:城市是人类不可回避的人造生态系统,人们可以逐渐改善它,却无法拒绝它。

他说,他自己所从事的工作,是在承认全球城市化的现实面前,努力改善人与自然的关系,消除人与自然的对立,尽量促使"现代城市"这个"工业机器模式"的大怪物,向着"生态系统模式化城市"转换,让城市这个"人造生态系统"更人性化,也更符合生态观念。他对于网师园、拙政园的营造理念赞不绝口,认为苏州古代园林就是**在城市生活中保存自然价值的一种良好方式**,只是太贵族化、私人化了。若是在古代,他指着我说:你我恐怕都进不来。我告诉他,在中国,以往即使住在小街陋巷中的平民百姓,也总是喜欢在自家的庭院

①　[美]伯林特:《环境美学》,湖南科学技术出版社 2006 年版,第 55 页,第 63 页。

里植树、种花、养鸟，条件稍好一点的，还会养上一缸鱼，亲近自然，是中国的传统文化，从贵族到平民，一脉相系。

我对于伯林特提出的以"生态系统模式的城市化"超越"工业机器模式的城市化"的设想，当然很容易接受。但在我看来，既然强调城市是一个"人造生态系统"，"城市环境就是人造环境、人类状况的同义词"，是一个"由人类主体建造的、规模巨大、范围广阔的人类机构"，那么，这个人造的城市生态系统与自然生态系统仍然有着根本上的不同：城市生态系统是从人类（现代人类）这一单一物种的需要出发，通过精密规划（人的理性）营造出来的，不能不以人类利益为核心；自然界的生态系统却具有天然的合理性（即宇宙精神；"盖娅"）。中国有句老话，叫做"人算不如天算"，机关算尽太聪明，反误了卿卿性命。尽管人们已经制定许多措施希望改善人与自然的关系，当下地球上日新月异的生态危机，似乎都还在印证这句古老的中国格言。

伯林特也认为，对于"城市规划"的热衷，中国反而胜过西方。"直至20世纪初，这种做法在西方并不常见，西方城市的发展往往通过有机更新的方式进行。"①他一再呼吁：要少些理性主义的算计，多些天然的审美感受。回顾城市的发展史，伯林特认为那些未经指导的城市发展反而有自己的可取之处，现代人精心算计与规划的城市反而捉襟见肘、漏洞百出。"古代的城市受气候、功能和时间的共同影响，是一种社会性的产物。这种历史的发展产生了适合当地条件的技术、风格和建筑样式，它们既反映又指导了社会模式和当地文化的特质。然而，工业技术的发展使得原有的限制变得较为自由。非本地的建筑材料用船从远方运来；沙地或花岗岩地区到处树立着大理石表面的摩天大厦；常绿森林里停靠着各式房车。在全国各地的郊区都可以见到一排排类似中西部特色的农舍和新英格兰时期的建筑风格。标准化的写字楼随处可见，全然

---

① ［美］伯林特：《环境美学》，湖南科学技术出版社2006年版，第75页。

不顾当地的气候条件,然后通过供暖和空调系统来弥补这种有意的忽视。大
众流通系统用高昂的代价把各种不宜存放的食物运进类同的城市里,摆放在
相似的超市中,随顾客带进相似的公寓,在相似的厨房里享用,不考虑地区之
间的差异,不考虑地理条件的不同,不考虑季节和气候因素,甚至也跨越了国
家的界限。"①西方城市化的走向,似乎正经由一个从"不规划"到"强规划",再
到"反规划""弱规划"、与自然相和谐的过程。而中国仍在迷信由科技文明支
配的"强规划",完全丧失了自己的"天人合一"的哲学理念。看一看在中国各
个城市普遍设立而又大权在握的"规划局",看一看入目皆是的城市规划的种
种败笔,我不能不认可伯林特的说法。伯林特强烈谴责的上述"现代城市病",
不都正在今日中国的城市建设中蔓延着吗? 更令人悲哀的是,人们不但不以
之为病患,反而以之为荣尚。用伯林特的话说,就还是那句话:"中国正在做西
方那些已经被证明不好的事情。"

　　伯林特的环境美学趋向于实用研究,他坚定地认为:艺术与审美将在超
越"工业机器模式的城市化"、建设"生态系统城市模式化"的进程中发挥巨大
作用。在城市建设中纳入审美感知、审美体验的维度,以审美改造城市,让城
市进入审美的流动的、想象的空间,将会有效地解除现代城市的种种困危与弊
病。甚至,通过审美设计,纷乱的城市交通也可以变成"人类的现代芭蕾舞
蹈"。作为一个常年从事审美与艺术教育工作的教师,我从理论上当然乐于认
同这一观点。早在十五年前,我在《学术月刊》发表的一篇文章中就曾援引一
位法国学者的话,来表述我对"美学拯救生态"的企望:"我们周围的环境可能
有一天会由于'美学革命'而发生天翻地覆的变化……生态学以及与之有关
的一切,预示着一种受美学理论支配的现代化新浪潮的出现。这些都是有关
未来环境整体化的一种设想,而环境整体化不能靠应用科学知识或政治知识

----

① ［美］伯林特:《环境美学》,湖南科学技术出版社 2006 年版,第 77 页。

来实现,只能靠应用美学知识来实现。"①但面对城市化的现实,我不能不感到悲观,尤其为美学的命运悲哀。在强大的政治、经济行为面前,艺术与审美永远处于弱势。目前我所看到的城市环境审美领域天天发生的事实,更多的不是艺术与审美在改变城市,反而是那种极度物质主义的、极度消费主义的东西在改造艺术家与一般民众的审美感知、审美体验、审美鉴赏力。这样的例子多不胜举。

交谈中,我向伯林特教授展示了我收集的一些相关图片。

其中一张图片是清华大学的"荷塘月色",我告诉他中国著名的文学家朱自清曾为此撰写过一篇优美散文。在苏州,也还存在着一些朱自清散文中描绘的"荷塘月色",它是清幽的、散淡的、朴素的、高雅的。但此类审美景观已经很难吸引城市人的眼球;在苏州工业园区的金鸡湖畔,有一座规模宏伟、耗资巨大的电子激光五彩音乐喷泉(不但喷水,还喷火,同时燃放焰火),据说是华东地区规模最大的水景系统。整个水景以"水韵飞歌"为主题,东西长130米,南北长208米,喷泉高度可达108米。每到双休日的夜晚,火光、烟雾笼罩姑苏城外半边天,观者如堵如潮,遂成为苏州工业园区一道耀眼的景观,也成了苏州房地产业开发的一张光彩夺目的名片。就审美体验来说,"荷塘月色"更自然优雅,由电子程序掌控的"喷泉"更机械单一;就生态养护而言,前者生态损耗极少,后者生态支付巨大。然而,在苏州,后者已经赢得千万人的审美认同,尤其是已经完全俘获年轻一代的审美注意,而这绝非一个"孤证"。

接下来,我向伯林特展示的照片还有:

大都市里丑陋而又令人恐怖的立体交通;

小县城也在比照大都市营造光怪陆离的"不夜城";

无处不在而又竞相登峰造极的商业广告霸权;

---

① 鲁枢元:《文学艺术与生态学时代》,《学术月刊》1996年第5期。

被蓄意扭曲的半通不通的广告用语

…………

我担心，最终的结果可能是这样的：审美艺术不但没有整治好城市，反而在现代城市经济、政治功能干预下被改造得失去本真的意义，失去生态的、人性的内涵，被同化到日益物化的现代都市文化之中，在城市日常生活中制造大量的"艺术垃圾"，进一步污染了人们的视觉与听觉。我想，在环境审美方面，能否减少一些人造环境，多保留一些自然的、天然的环境，比如森林、植被、山丘、河流、蓝天、白云、星光、月色。遗憾的是，像"荷塘月色"那样的自然风光，虽然更容易与人的审美感知相融合，而且"生态足迹"也会大大缩小，但由于与现代城市承担的政治经济、消费盈利功能相冲突，不符合市场经济的会计原理，因此就会被资本运营的那只"无形的手"轻易抹去——除非你把荷塘里的星光月色也当做商品纳入资本运行的轨道，那样的话又必然掉进资本设置的陷阱。

伯林特认为我的担忧不是没有道理的，他说他很赞同"艺术垃圾"这个词，要记住它。对于我所指出的城市化进程中出现的种种负面效应，伯林特认为：审美不仅仅是对艺术的欣赏理论，更是关于感知能力的理论（aesthetics as the theory of sensibility）。他说：现代社会的一些做法错误地利用了人类的知觉，他把它叫做对于人的感觉能力的强行征用（co-optation of sensibility）。他就我所提供的一张以美国总统林肯的肖像为主题象征"高端"的房地产开发广告为例，来说明这一点。他说，林肯是美国总统，本是一位有着伟大思想、努力提升国民生活境况、值得尊敬的人物，现在被开发商们用来销售房屋以索取利润，这就是强行征用。广告强行征用了林肯以及他的人格内涵，包括他的正直与尊严，这一方面满足了自己的商业意图，同时又贬低了这些神圣的内涵。这就是强行征用。他说"强行征用"是他的一个非常重要的观点。他认为现在环境美学中发生的许多问题就是"对感觉能力的强行征用"，感知美的能力被利用来做广告,或利用来制定对人性的控制策略,将人完全转变成消费者,迫使任何东西都不能不服从一种消费逻辑。就在刚刚结束的北京世界美学大会上,伯林特还曾指出:"事实上,在市场主导的社会里,没有人民和市民的概念,而只有消费者。这种机制在市场经济下运行,不是根据需要而是源于欲望。这种机制擅用文化时尚和社会运动,并将它们转换成社会控制的工具。政治集团运用这一机制来获得并操控政治权力,经济利益集团运用它来影响消费行为和增加利润。"①显然,伯林特对于资本介入审美,也是不乏警惕之心的。

对于如何超越"工业机器模式的城市化"、建设"生态系统模式化"的城市,我向伯林特提议,建设"生态系统模式的城市"是否还应当从过去(即前现代)的农业文明乃至更早一些的文明中吸取有益的经验?同时我向他简单介绍了我的《陶渊明的幽灵》一书的设想,表达了我对于美国的梭罗、中国的陶渊明这些自然诗人的崇敬,对于回归乡土、回归田园的憧憬。也许由于时间的关系与语言的障碍,这一问题未能展开。谈到梭罗,他说梭罗实际上仍然没有离开富有的爱默生在经济上的支持;而对于我的陶渊明式的田园情结,伯林特微笑着冠之为"诗歌浪漫主义",他说他自己年轻时也曾浪漫过。我私下判断,伯林特毕竟是一个美国人,一个务实的、乐观的美国人。在与"自然"打交道时,一个中国人或许更具天生的优势。比如"听雨",伯林特在讲"大自然中的声响"时,曾提到城市中的雨声:"雨声是各种各样的,雨点降落在汽车顶上、玻璃上和房顶上,所有降落的地方都发出美妙的声响。"在苏州拙政园的"听雨轩",我特意向伯林特介绍,中国古代人的听雨,听的是雨点打在芭蕉叶、或荷花叶上的声音,"蕉叶半黄荷叶碧,两家秋雨一家声",可能要比雨点打在汽车顶上、玻璃窗上更有意境、更有韵味一些。

---

① 摘自伯林特寄赠本文作者的文章:The Aesthetic Politics of Environment,梅雨恬译。

从伯林特已经出版的著作看，其实他并不反对城市化进程中的"向后看"。他甚至还说过：人建环境虽然"几乎完全按照人类的意图塑造而成；然而，我们不必像惯常做的那样，将城市与乡村或者与荒野在审美上对立起来。"①他坚持认为"城市设计必须满足人们的想象的需要"，"一个人性化城市不必恪守理性的规划"；他还曾建议一个城市要注意"保留传统街区中的幽僻处和黑暗的地方，而不是使之消失。激发人想象力的城市需要街巷的蜿蜒迂回……意想不到的广场、喷泉、景致和饭馆，隐蔽处的商店，可以攀爬的塔，屋顶的花园，可以眺望全景的山顶公园，街头艺人在公共场所的表演"。他还说过，意大利威尼斯的圣·马可广场是城市广场最成功的先例。正因为如此，他觉得"中世纪的街巷"更引人入胜。我想，在苏州市精心保护的"平江路旧城区"的那番游览，在我们的前辈学者叶圣陶、顾颉刚、郭绍虞们曾经生活过的那些小桥流水、粉墙黛瓦、曲径通幽的街巷里，伯林特或许已经找到他"向后看"的灵感。

最后，伯林特先生还与我谈到治学的方法与路径问题。伯林特先生问我，中国传统的做学问的方法是否一定要从传统观点出发，通过阅读传统经典并对传统经典作出解释，他对这种方法能否正确地解释"自然"和"环境"面临的当代问题表示怀疑。我对他说，这不是一个面对传统的问题，而是面对时代的问题。生态批评是一种后现代思潮，后现代思潮对现代思潮进行清理的时候，有必要和前现代思潮沟通，有必要向前现代借鉴一些东西。我们不是非要固守自己的民族传统，不是出于民族主义的自尊心，而是由于时代的"观念革命"提出了这样的需求。后现代要想拥有比现代社会更好的前景，就不能排斥向前现代社会的传统思想吸取智慧，其中包括东方的、中国的生存智慧。在以往的现代化语境下，东方和西方在许多思想观念问题上更多的是对立；在后现代

---

① 程相占、伯林特：《从环境美学到城市美学》，《学术研究》2009 年第 5 期。

语境之下,面对人类共同的生态问题,面对即将到来的生态时代,中西方学者的交流比以往已经拥有更为开阔的空间。

(苏州大学生态批评研究中心副教授潘华琴博士及山东大学教授程相占博士担任这次学术交流的英语翻译,文艺学硕士梅雨恬协助翻译了伯林特教授的部分文字,文艺学研究生卢婕同学协助拍摄部分照片,均为本文作出贡献。)

(《艺术百家》2010 年第 6 期)

诗情的消解与西美尔的货币哲学

在当前我们的社会里,"日常生活中诗情的消解"似乎愈演愈烈。别的不说,即便在被看作人类文明圣殿的大学校园里,在这本该是诗情荟萃的大学文学院、中文系里,又还剩下多少诗情呢?

早年,中国现代文学史中记载下的那些文学的精灵、诗歌的魂魄,如沈从文、朱自清、郁达夫、徐志摩,其实又都是大学的教授,或北京大学的教授,或南京大学的教授,或清华大学、中山大学的教授……他们一边做教授,一边也写诗,写诗一般的散文、诗一般的小说,从他们的传记看,他们个人的生活也几近于一首情深意浓的诗。那时,即使在兵荒马乱、颠沛流离的西南联大的日常生活中,也仍然不乏诗的激情、诗的意绪。而在现在的大学里,起码在我曾经工作过的一些大学里,"诗人教授"已经绝迹,校园诗情越来越稀少淡薄。

眼下,在号称文学殿堂的大学文学院、中文系里,诗情没有了,诗歌没有了,诗人没有了。时值岁尾,我突然发现,充塞在我们日常生活中的,竟然是层出不穷的数字和表格:年度教学工作量统计表、年度科研工作量统计表、年度岗位聘任考核表、博士指导教师简况表、科研项目进度表、横向科研调查表、国内外学术活动登记表、获奖登记表……和朱自清、徐志摩们相比，别的我们比不上；但我们一年里填写的表格，他们一辈子恐怕也不曾填过。

究竟从什么时候开始，"诗歌"变成了"表格"。

"表格"，不可小觑。我想起了两位朋友的遭遇。

一位是较我年轻的一位朋友，写诗，写诗评，也从事中外诗学的比较研究，在中国当代诗歌界拥有很高的威望，他在一个学术会议上发言，只讲了30分钟，一些名牌大学的研究生听完之后竟感慨地说："三年研究生白读了！"就这样一位"诗人学者"，却迟迟不能解决"教授"职称，更当不上"博士导师"。原因是，他的那些诗歌和随笔式的诗评上不了"权威刊物"，他的那些独辟蹊径的诗学研究总也拿不到"国家项目"，因此也就总填不满教授、导师的"评审表格"。

一位是较我年长一些、已经年逾花甲的朋友，她以当代作家批评，尤其是女性文学批评享誉国内文坛，并且有幸早早跻身"教授""博导"行列，为她所服务的那所大学做出了杰出贡献。去年，由于年度工作量统计表上的某些数字不足，其本来已经相当微薄的"岗位津贴"立马被扣除三分之一，真是"宰你没商量"！现任校长是她教出来的学生，面对那一张数字不足的"表格"，也爱莫能助。

"表格"，在我们的日常生活中，在我们的文学生涯中，竟是如此的至高无上，如此的冷漠无情，如此的斤斤计较。一方面它成功地阻止了诗情画意往高等教育的流入，一方面它也有效地窒息了诗情画意在大学校园的萌生。于是，即使大学的文学院系里，也不再会生长诗人和诗情。

"日常生活中诗情的消解"，也曾经是前《上海文学》杂志主编、现上海大学教授蔡翔先生的一部著作的书名。蔡先生以充分的事例，论述了从20世纪80年代到90年代，中国文学如何迅速地由写"大河""林莽""黑骏马"转换到写"青菜""豆腐""蜂窝煤"。他认为"日常生活中诗清的消解"是一种"文化的困窘和精神的退化"，是"理想主义的受挫和乌托邦激情的衰落"。

我想，蔡翔先生说得不错，理想的破灭和激情的颓败是事实，但或许这并不是根本的原因。在民间，比起"吃糠咽菜"的生活来，"青菜豆腐"有时也会成为一种理想和激情；此类理想和激情也还会推动生产力的发展、社会的进步、民众日常生活水平的提高，青菜、豆腐、蜂窝煤很快就会变成牛奶、面包、手机、电脑。但是，从目前已经开始普及的牛奶和手机中，仍然看不到一丝一毫诗意充盈、文学繁荣的迹象。

责任恐怕也不仅仅在于作家们一厢情愿的选择，任何选择，必然是在一定时代背景、社会环境之中的选择。"好风凭借力"，时转运来，"一地鸡毛"也可以"平步青云"；"时不利兮骓不逝"，西楚霸王也无计可施，于是，张承志们的"英雄路"上就不能不是一片满目凄凉的"荒芜"。

问题在于，为什么在短短的几年里，中国人的日常生活以及中国的文坛会呈现出如此突兀的转折？而这又恰恰正是中国开始启动市场经济、国民的钱包，包括大学教授们的钱包开始鼓胀起来的同一时刻。问题究竟在哪里？难道"生活中的诗情"与"市场""金钱"之间真的还存在着一个"不相容原理"？

我记得很早以前有一个说法："少女可以歌颂她失去的爱情，财主却无法歌颂他失去的金钱"，这算不上文学理论，但是，在世界的文学名著之林中，倒真是很少有以歌颂市场和货币为题材的作品，德莱赛的《金融家》写了市场和货币，但市场和货币并没有取得正面的意义。电视剧《大宅门》写了中国医药商人们的悲欢离合，但并没有真的去写市场和货币，其卖点还在七爷白景琪那丰富而又混乱的男女关系。

从另一方面讲，市场和货币也从来不理会文学的诗情画意，自19世纪以来，在所谓"批判现实主义文学"一浪高似一浪的批判、讨伐声中，市场的开拓与货币的增殖所向披靡，反倒把文学完全地挤兑出局，现在，连摘取诺贝尔奖的文学作品也很少有人问津。在任何一个城市，走上街头看一看，银行不但比书店多，比厕所也多。我们现下能够看到的唯一景象，是文学向金钱（即所谓的"畅销""票房")的妥协、臣服、倒戈、寄生。

那么,金钱,或者货币究竟又是什么呢?

这个问题也已经越来越不好捉摸,在以往的社会里,货币可以是金条、银锭、铜板,更早一些还可能是石头、贝壳、牲畜、布帛,后来就统统变成了纸币或支票,现在则更进了一步,连纸也不纸了,变成了"电子钱包",那其实就是"卡"上的一串或长或短的数字。然而,你如果拥有了这串足够的数字,你别的什么都不必费心,您就可以拥有你想要拥有的一切东西。

在当前社会里,货币正在奠定它在人类社会中从未有过的至高无上的地位。如果说在以往的社会中,货币之上还有皇帝、总统、国家、政府,新的自由主义经济学家已经在劝说国家、政府进一步减少对于国计民生的干预,让银行取代政府,让货币自行其事,以货币的流通规律操纵社会的发展规律。

在以前的那些社会形态中,金钱的地位固然也很重要,即所谓"一分钱难倒英雄汉",历史上也曾上演过"秦琼卖马""杨志卖刀""杨白劳卖闺女"那样凄凉又悲惨的故事。但从来没有像今天这样,货币的价值成了唯一的价值,在人们的内心,"货币从一种纯粹的手段和前提条件成长为最终的目的"金钱,或者说金融,已经完全支配了人类生活的各个方面及全部进程。

用西美尔的话说:"**金钱成了现代社会的语法形式。**"

西美尔的深刻,在于他从一开始就凭自己的直觉洞悉到货币在现代社会的地位和意义,并且从哲学的、心理社会学的乃至美学的意义上做出了解释。

与马克斯·舍勒一样,西美尔也是最近几年来才被介绍到中国学术界的一位德国哲学家。在当时的德国学术界和教育界,西美尔也是一个"另类"。作为一个哲学家,他研究的课题大都比较奇特,如饮食、交际、性别、卖淫、冒险、忧郁、奢侈、腻烦、招魂术、贸易展等,以及选择心理学、文化学的视野研究货币。他的著述多为率性之作、随笔文体,不合高等学府的学术规范,因此始终申请不到一个"教授"的位置,只能在柏林大学做一个"编外讲师"。将近一个世纪过后,人们才渐渐发现,在对于资本主义的学术探讨中,没有人能够绕过这个"编外讲师",人们甚至把他看作是与"革命的马克思""保守的韦伯"鼎足而立的第三势力,一些名声比他大得多的哲学家,如卢卡奇、布洛赫、舍勒、本雅明、都直接受到过他的影响。国内目前我读到五种西美尔的翻译著作,即《桥与门》(上海三联书店 1991 年版)、《金钱、性别、现代生活风格》(学林出版社 2000 年版)、《时尚的哲学》(文化艺术出版社 2001 年版)、《货币哲学》(华夏出版社 2002 年版)、《社会学:关于社会化形式的研究》(华夏出版社 2002 年版),西美尔是用一种"悲观主义"的、"寂静主义"的、"审美主义"的、"浪漫主义"的姿态从事他的文化哲学研究的,因此,他的文字就更容易引起我的共鸣。

与以往的一些经济学家不同,在西美尔看来,现代的货币体制是绝对理智的、逻辑的、运算,以货币为核心的"市场经济"推崇并强化的心理能量是理智和算计,现代精神变得越来越精于算计。而不是传统社会所推重的血统、情感和意愿;西美尔说:"现代风格的理性主义特征显然受到了货币制度的影响":

> 现代人用以对付世界,用以调整其内在的——个人的和社会的——关系的精神功能大部分可称作为**算计**(rechnende/calculative)功能。这些功能的认知理念是把世界设想成一个巨大的算术题,把发生的事件和事物质的规定性当成一个数字系统。①

我们时代的这种心理特点与古代更加易于冲动的、不顾一切的、更受情绪影响的性格针锋相对,在我看来它与货币经济有非常紧密的因果关系。货币经济迫使我们在日常事务处理中必须不断地进行数学计算。许

---

① [德] 西美尔:《货币哲学》,华夏出版社 2002 年版,第 358 页。

多人的生活充斥着这种对质的价值进行评估、盘算、算计，并把他们简化成量的价值的行为。货币估算的闯入，教导人们对每一种价值锱铢必较，从而迫使一种更高的精确性和界限的明确性进入生活内容……虽然它们对生活方式的高尚风格的形成并无补益。①

读了这段话，我们大概可以明白了，我们之所以没完没了地填表，原来是由于一种量化的、算计性的东西进入了我们的校园生活，进入到我们的文学院和中文系。表格后面是货币，是一种货币制度，教授及其学术生涯都已经通过那些"表格"被装进了货币经济的天罗地网。在货币体制严格管理下的校园里，诗情难以再呼吸到鲜活的空气，诗人终于成了昨日黄花。

西美尔的货币哲学还认为，金钱无特性，货币夷平了差异，"金钱的权力产生了任何其他文化因素都无法比拟的扩张，这种扩张给生活中最针锋相对的趋势以同等的权利"。② "货币本身是对事务价值关系的机械反映，对任何人的用处都一样，因此，在金钱交易中人人的价值相等"，——就像金钱在妓女那里夷平了嫖客们的价值一样，你不能说我是文艺学教授，我少付一点钱吧。在古代的李香君那里或许还可以通融，在市场经济已经深入人心的今天，妓女行列中不再生长李香君——"这不是因为人人都有价值，而是因为除了钱别的都毫无价值。"③ "货币通过其广泛的影响，通过把万事万物化约为一种相同的价值标准，它拉平了无数的上下变动，取消了远近亲疏……"④在成熟的、严格的货币体制下，"合并成生活形式的精确性与准确性的相同因素已经相互融合，成就了一种最缺少个人色彩的结构"。⑤

---

① ［德］西美尔：《货币哲学》，华夏出版社 2002 年版，第 359 页；并参照了刘小枫编译的西美尔：《金钱、性别、现代生活风格》，学林出版社 2000 年版，第 39 页。
② ［德］西美尔：《金钱、性别、现代生活风格》，学林出版社 2000 年版，第 33 页。
③ ［德］西美尔：《货币哲学》，华夏出版社 2002 年版，第 348 页。
④ 同上书，第 404 页。
⑤ ［德］西美尔：《时尚的哲学》，文化艺术出版社 2001 年版，第 190 页。

早先,人们喜欢说金钱是污浊的、血腥的、肮脏的。在西美尔看来,金钱恰恰是纯净的、透明的,像蒸馏水一样。金钱不但自己没有特性,它甚至还具有清洗事物特性的功能。商业社会中的人相信,一切事物,都可以在货币那里找到其对应的确切价值。凡是不能被货币价值加以表达的那些东西,包括人们心灵深处那些丰富细微、灵动奥妙的东西,都会被货币价值干干净净地过滤掉。西美尔说货币可以"洗心",在当代社会中,人心已经"汇入货币的汪洋大海",而"从货币的汪洋大海中流出的东西也不再带有流入的东西的特点",①经过货币洗礼的心灵再也不会是原来的心灵了。

总之,在现代社会里,货币的价值体系与其他形形色色的价值体系相比,它是"非人格"的、"无色彩"的、"平面化"的、"齐一化"的。

> 相对于事务广泛的多样性,货币上升到了一种抽象的高度;它成为一个中心,那些最为对立者、最为相异者和最为疏远者都在货币这里找到了它们的公约数……因此,货币事实上提供了一种凌驾于特殊性高高在上的地位,以及对其无所不能的信心。②

就这一点,货币成了上帝,一种无形无迹却又无处不在的统摄力量。西美尔说,"正是因为这种非人格性和无色彩性,这种无特性,货币才做出了无法估量的贡献。"③在当下社会里,货币正是凭借着它的"非人格""无个性"才势如破竹地取代其他的一切价值;但也正因为如此,被货币占领的人类的生活界也越来越变得"非人格""无色彩"。金钱的法则与诗情的法则相对立,诗情的法则屈服于货币的法则,西美尔认为这就"可以说明为什么一个具有纯粹审美态

---

① [德] 西美尔:《金钱、性别、现代生活风格》,学林出版社 2000 年版,第 15 页。
② [德] 西美尔:《货币哲学》,华夏出版社 2002 年版,第 166 页。
③ [德] 西美尔:《金钱、性别、现代生活风格》,学林出版社 2000 年版,第 3 页。

度的个性人物会对现代深感绝望"。① 西美尔在他的《货币哲学》一书中还多次悲哀地指出：个体文化中的灵性、精致和理想正在日益萎缩，现代货币制度下，再也容不得一个尼采，甚至也容不下一个歌德。

感性、情感、直觉、个性、人格色彩、独创精神以及心灵深处那些幽微奇妙的震颤悸动，该是文学之所以是文学、诗歌之所以是诗歌的基本的、内在的属性，或者套用一下佛家的用语，即诗的"自性"。在现代社会里，一个强大而又严密的货币体制从釜底抽薪，抽去了文学和诗歌的赖以是其所是的"自性"，诗歌的生命枯萎了，这很可能是诗情在当代日常生活中渐渐消解的更为深刻的原因。

时代发展了，社会进步了，文学艺术反而趋向于消亡——这是黑格尔当年做出的一个判断，曾被称作文艺美学中的"黑格尔难题"。

按照黑格尔的说法，消解的不仅是诗词这种文体的形式，还有生活中的那种"诗情画意"。在黑格尔看来，诗情在人类现代社会（他称作"市民社会"）的消解，是由于理性取代了感性、科学取代了蒙昧的结果。这里，尽管黑格尔对于"科学""理性"的理解、以及对文学艺术的理解存有自己的局限和偏见，但他对文学艺术在现代社会中的命运的判断大抵不错。

在文学艺术与科学技术的第一轮较量中，正如同黑格尔预言的那样，文学艺术已经失败。用西美尔的话说则是："个人文化之发展远远滞后于物质文化的进展。"②

海德格尔不甘于这一失败，曾寄希望于"贫乏时代的诗人"。然而，直到21世纪降临，诗人们并没有能够挽救时代的精神的贫乏，也未能给生活注入更多的诗意。继科学技术对人类日常生活的"框定"之后，货币——而且是在微电子技术装备之下的货币——对人类日常生活的"平面化""齐一化"，将进

---

① ［德］西美尔：《金钱、性别、现代生活风格》，学林出版社 2000 年版，第 73 页。
② ［德］西美尔：《货币哲学》，华夏出版社 2002 年版，第 464 页。

一步有效地清洗掉人间残留的任何诗情。

拯救的希望或许还会存在,那该是在"货币体制外求生存的诗人",还有,从货币网罗中突围的民心。

(《粤海风》2004 年第 2 期)

逆流而行的勒克莱齐奥

2008 年度的诺贝尔文学奖授予了法国作家勒克莱齐奥（Jean‑Marie Gustave Le Clezio）。像往常一样，获奖的作家总会在我们这个至今尚未能获此殊荣的泱泱大国引起一些众说纷纭的反响。在我看来，这些反响，或重视或轻蔑，或称颂或质疑，或怨怼或抗拒，其实，都很少影响到获奖作家日后的创作道路，更少影响到诺贝尔评奖的宗旨和尺度。

我们自己的这些或若有所思或信口开河，或逞才使性或指桑骂槐的言论，更多地倒是彰显出我们当下文坛某些真实的心态。

今年荣获诺贝尔文学奖的这位法国作家勒克莱齐奥，据说是众多获奖的欧美作家中与中国关系较为密切、较为友好的一位。他的作品于二十年前就被译介到中国，本人曾三次到中国访问，并且热衷于中国的传统文化，倾慕中国的绘画和京剧，赞赏老舍的小说和北京的四合院，青年时代甚至还梦想到中国"服兵役"。然而，他的获奖除了在中国的外国文学研究界得到认同，并没有产生太大的反响，在一些"公共传媒"反而遭受冷遇乃至鄙视。网上曾反复转载某位"著名诗人、独立出版人，文化评论家"的评说："这只不过是一个三流作家"，"这肯定不是一个让中国人重视的诺贝尔奖作家"，"不符合中国读者的阅读习惯","不符合当下读者的胃口","巴掌大的两本小书","不会对我们成人的精神世界产生深远的影响。"并且判定,"这种眼球效应不会持续三天",三天之后,"将会从媒体的一切犄角旮旯消失得无影无踪。"尽管与勒克莱齐奥有着诸多私交的几位教授学者着力撰文推荐介绍,然而结局还是被这位"独立出版人""文化批评家"言中,勒克莱齐奥的身影刚刚出现就已经在消退了,不但不能与"李宇春""郭敬明"的持续相比,甚至还不如"脑白金""黄金搭档"的广告抢眼。

勒克莱齐奥如此"不符合中国读者的胃口",不能走进中国成年人的精神世界,当然与勒克莱齐奥自己的文学创作理念、文学创作实践有关;同时也还与中国当下文学界、出版界的胃口有关,那么就让我们从这互不相容的两个方面略加分析。

首先看一看勒克莱齐奥是怎样的一位作家。

勒克莱齐奥从青年时代踏上文学创作的道路,四十余年来已经出版了三十余部小说,应该说是一位"痴迷于文学""醉心于创作"的人。其中一些代表性作品表达的是这样的内容:①

《诉讼笔录》,主人公抱着对现代文明的强烈的逆反心理离家出走,寻找与大自然的交流,表达了作者对西方主流文明的排斥与否定。

《战争》,相互博杀的双方竟然是人与人自己一手创造的这个空前繁荣的物质世界,惊心动魄的惨烈场面发生在现代文明的内部,到处是仇敌却又不见仇敌的身影。

《沙漠》,一位年轻姑娘告别非洲到大城市马赛,却受尽了城市现代生活的凌辱与折磨,最后返回到祖先的故土荒野中,在澎湃的海潮节律伴奏下分娩出新的生命。

---

① 以下介绍参照了《南方周末》2008 年 10 月 6 日的报道。

《寻金者》，主人公历经艰辛"探宝"失败后才明白真正可宝贵的不是作为物质财富的金银，而是深埋于内心深处的故乡和大自然中的海洋、星空。

《乌拉尼亚》，描述了一个异于西方文化的当代乌托邦，以自然为依托，顺天地而生，人与人的关系回到了本真的原生态。用作者自己的诠释来说："那里每时每刻都上演着古老传统与现代生活模式的对抗"，"对抗着在美国影响下的现代社会无节制扩张的资本主义势力"。对抗的结局，注定是乌托邦的失败。

似乎不必再过多地举例，就应经可以看出勒克莱齐奥是一位背对时代主流、逆向社会发展大潮、拒绝与西方主流文化合作、倡导人类文化多样性、对社会发展、人类进步满怀疑惑、严厉批判现代技术、市场经济的作家。然而，作为西方文明象征之一的诺贝尔奖却把荣誉及一笔数目可观的奖金奉献给了这位与西方文明大唱反调的文学家，并且特意在授奖辞中挑明获奖的理由：正是因为他"探索了主流文明之外的人类和为现代文明隐匿的人性"，并且赞美他"是一位追求重新出发、诗意冒险和感官愉悦的作家，一位在超越主流文明和在主流文明底层追索人性的探险者"。对此，我们不得不承认诺贝尔奖的宽容大度，甚至还有它的远见卓识。

再看看"中国当下读者的胃口"与"中国成年人的世界"，似乎与勒克莱齐奥作品中探寻的、揭示的、向往的东西无关，甚至有所抵触。当勒克莱齐奥诅咒城市、背弃城市时，我们正在把城市化的程度看做社会进步的指数；当勒克莱齐奥试图返身乡村、旷野时，我们正在努力使乡村变成城市，将旷野纳入现代化的开发计划；当勒克莱齐奥指责现代科技助纣为虐将人性中的本真与生存的诗意挤兑一空时，我们还在将科技当做包治百病的万应灵药；当勒克莱齐奥在梦幻中渴望与大自然中的阳光、云朵、海浪、野草、昆虫神秘交流时，我们却在痴迷于超级市场、高速公路、摩天大楼的兴建……社会原本是由不同的利益集团、同时也是不同的责任集团组成的，上述种种，对于现阶段的中国民众来说都具有不同程度的合理性，然而，文学自有文学的价值和责任。

比如，勒克莱齐奥在《战争》一书中对现代大都市不时做出此类描述：

> 高峻如山的白楼、塔楼、标杆、公路，这一切就是以前从他们的头顶上窜出来的……被孤零零地弃置于地上，弃置于水泥场的中心和柏油路面上，如此被交付于恐惧和死亡。它们久久站立着，直入云天，如此脆弱、沉重、永远无法起飞的机舱。又如在大气中轻颤的肥皂泡，反射出蓝光，然后变绿、变红，再变成橘黄色，白色；成白色之后，肥皂泡就要爆了。

> 塔楼高树，不死不活，它的每一面上都有八百扇窗户。扶垛自地面绽出，笔直上冲，在空中缠绕并不交结。金字塔上楼层横陈。墙面形成一个半圆或如桉树枝干般绵延。巨大的桥栱俯撑在地面上。还有墨色的铁塔，粗壮如树的钢缆。一列阳台在令人晕眩的空旷上盘旋，连带着那些个直角，利刃、锋芒和晦暗无光的圆盘……球场上裂隙处处，宛若没有眼睑的眼球。

现代大都市里常见的建筑景观——摩天大楼、玻璃幕墙、广场、阳台、柏油路、立交桥、高压线塔，如果在一个干练的房地产开发商看来，可能是银行卡上一串长长的数字；在一个有作为的地方官看来，就是他骄人的政绩；在脑满肠肥的富贵闲人看来，那就是他的销金库与安乐窝；在一个进城打工渴望拥有自己的一席之地的穷人看来，那就是他一个遥远而又美好的梦幻……而在勒克莱齐奥这个有家不归、四处漂泊、自命为流浪者的小说家看来，它们却成了可悲的"脆弱而沉重的肥皂泡"，成了可怖的"利刃与锋芒"，成了阴森的"晦暗无光的圆盘"，成了怪诞的"没有眼睑的眼睛"。若果我们只是站在市场的、政府的位置，站在所谓"大众的"位置上看勒克莱齐奥的小说，他的这些文学就注定的不可理喻的。杰出的文学家总是能够跳出当下的常规，摆脱众人的成见，扫尽浮尘，将自己的笔触深入到世事人心秘不可测的深处。正如诺贝尔文学奖的授奖辞中指出的，勒克莱齐奥的可贵之处，就在于他"对当代文明掩盖下的人性的积极探索。"而"大都市"正是当代文明的一个典型象征。一般人或许只看到大城市给现代人带来的舒适、方便、快捷，带来的尊崇、夸饰与荣耀，并试图把它当做历史大踏步前进的证据，而勒克莱齐奥却敏感地看到大城市掩盖、压抑、摧残、窒息的人性、人的天性、人的本真性、人的自然性，其中包括现代人与故乡、祖宗、童年的血脉的断裂，现代人与人之间亲情、友爱、互助、和谐关系的泯灭。

在 2008 年度诺贝尔文学奖授予勒克莱齐奥之前，中国曾将自己筹办的一个奖项——"21 世纪年度最佳外国小说奖"颁给了他的《乌拉尼亚》一书。这一举措，应该说是为中国的文学评论界、翻译出版界挣得了高分。尤其是在授奖辞中，中国的评论家表达了与诺贝尔文学奖相似的见识：他"不断地述说着反抗现代社会，不懈追求自然原始生活状态的论题。小说中的主人公对现代文明提出了诉讼，与消费社会展开战争，通过逃离城市，穿越沙漠，踏上另一边的旅行，如星星一般自由流浪，在现实中创造出一个想象的国度，在现代文明之外的大地上找到了一个天堂，一个理想的乌托邦。"在我看来，这里集中阐释的也是勒克莱齐奥一系列作品中蕴含的生态批评的精神。勒克莱齐奥被认为是一位超现实主义的小说家，在我看来，他也是一位极富生态精神的文学家，他的作品也完全可以纳入到"生态文学"的领域中来。

法国是超现实主义的根据地，勒克莱齐奥承袭了超现实主义的文学创作传统是完全可以理解的。

第一次世界大战后，由布勒东（André Breton）等人掀起的超现实主义的文艺思潮，实则是一场文学艺术领域反叛西方传统文化思想的运动，它的核心是对以理性主义为核心的西方社会的价值理念、生存理念、审美意识进行全方位的颠覆，并渴望创造一种根植于作家心灵深处的不同于以往的文学表达方式。

布勒东的出现,差不多就预示了一个文学新时代的揭晓,他因此受到现代哲学家福柯的推崇:"某种意义上,他是我们的歌德。"

从骨子里说,当代生态文学精神,在对西方理性主义、对现代物质主义的反思与批评上与超现实主义是一脉相承的。从当下地球人类的状况看,文学上的生态主义也必然是超现实主义,不管他运用的是新奇怪诞的创作手法还是古老质朴的创作手法。

而现实是如此的庞大、坚强、雄厚,任何敢于正视、反思、怀疑、动摇、超越它的人都必将受到它的排斥、打击,至少是冷漠、孤立。当年的布勒东深知这一点,于是他率先把自己放在了"不受欢迎"的位置上来,他说:"垂死的赫拉克利特、皮埃尔·德吕内、萨德、谷穗上空刮过的旋风、大食蚁兽等都不受欢迎,我最大的愿望就是能够成为这个不受欢迎的家族中的一员。"布勒东一意孤行,在他的有生之年最终果然遭遇"众叛亲离",死后坟墓上只放着一只花圈,讣告上只有一句话:"我在寻找时代的黄金。"在那个众人眼中满是黄金的时代,他看上去全是粪土。勒克莱齐奥活着的时候竟然获此殊荣,他的命运或许比布勒东好一些。但获奖只是一种偶然,一个意外。正如熟悉他的人所说的,他也像他的诸多作品中的人物一样,厌恶都市的喧哗、向往原始的质朴,不跟市场走,不跟风气走,是一个能够静心静气独立思考的人。生活中,他自我放逐,四处流浪,是一个"孤僻的世界公民",是一个"类似于梭罗的隐居者"。这个从事文学创造的人似乎总是在与人类中的大多数拧着劲儿,"当人类疯狂的时候,他是清醒的;当所谓的人类是清醒的时候,他其实是疯狂的"。在当前这个日趋全球化的时代,这样做无疑是"自绝于人民",需要极大的勇气与自信的。

大约是霍克海默说过,在如今这个高度文明的现代社会,反叛者、异端者已经不再会蒙受中世纪时牢狱、苦役、火刑、绞刑的威胁,现代社会对于它的"异教徒"多半是漠然视之,将他驱之边缘,赶出局外,成为一个无声无息的"多余人"。仅此,已足以让那些渴望以文章传世,在生时便博取盛名的文化人心虚腿软，接受招安。

如果你希望很快热起来、火起来、红起来，比起以往的时代，可能又多了许多捷径、许多平台或高台。由高科技支配的铺天盖地的"公共媒介"，如报刊、电台、网络、广告以及五花八门的"海选"与"大赛"，经由它们高效的包装与炒作，保准可以让你瞬间成名、一夜暴富，让你走出边缘，走进中心，成为聚光灯下的明星，成为众多"粉丝"追捧的宠儿，成为时代的成功者，成为合乎当下读者或观众口味的抢手货，同时也成为文化资本市场的摇钱树。我们的一些大牌评论家不是已经在点拨我们日益没落的文学："只有当文学被媒介关注、成为公共事件甚至新闻事件之后，才会受到公众的关注，才能摆脱所谓的边缘化命运。""文学必得成为公共媒介事件、新闻事件，才能引起公众（也包括大多说批评家）的兴趣，这已经是一个不争的事实。"按照这一逻辑，如果把诺贝尔文学奖交给中国的评论家们操作，最后入选的很可能是木子美，或芙蓉姐姐——如果这位姐姐也写诗的话。

其实，早已经有人建议，应当把我们的文学交付媒体人、文化商经营，他们才是我们这个时代的精英。这无疑是非常具有鼓动力的，因为现实的确是这样：坚守精神的独立自由、坚持文化的反思批判，就不能不承受冷落与孤独，要么被挤向边缘，要么自己落荒而逃，像勒克莱齐奥那样四处漂泊流浪。假如你不能忍受这种寂寞，你要成为文学的明星，你就不能不投靠"公共媒介"，皈依操纵"公共媒介"的某些行政威权和资本大亨，将自己的精神与人格上的独立自主当作人质，换取当下成功的光辉。这种精神生活中的网罗，随着电子网络的普及，已经变得密不透风，越来越少有人能够逸出网外。勒克莱齐奥毕竟是幸运的，这还应当感谢瑞典的诺贝尔文学奖为我们这个时代网开一面，让些许真正的文学得以露出头角。更多的"勒克莱齐奥"，即那些所谓的"隐居者""流浪者""倒行逆施者""孤僻的世界公民"恐怕不会有如此幸运，他们将注定困守幽室或老死荒野，难为世人所知。其实勒克莱齐奥自己对于当下的文学也是绝望的，他多次强调，"当代文学是绝望的文学"，但他并不以这种绝望中止了自己的文学探索，也许，只有这种对于当下（包括当下的公共传媒）彻底决绝的态度和意志，才可能萌生出新的文学生机，这其中便包含了舍生取义的悲壮。由此来看，勒克莱齐奥的文学创作的意义是颇为隆重、庄严的。对此再回头来看看我们的舆论界，你可以不赞同勒克莱奇奥文学道路的选择，你可以不接受他的创作手法的实验，但你不能够对这样一个人如此轻巧地加以否定。那些脱口而出的轻蔑与嘲讽，只能暴露出评判者自己的浮躁与轻狂。

勒克莱齐奥的"世界情怀"与"超现实主义"以及他独特的表现手法可能会在中国读者中造成一定的障碍，尽管获了诺贝尔文学奖，他的作品也许仍然难以在中国畅销，这些都不能成为我们小觑这位作家的理由，就勒克莱齐奥获奖与中国舆论界的反映这一事态本身，仍然值得我们认真思考。

改革开放 30 年后，中国与西方社会在科学技术与经济发展方面的差距已经在逐步缩小，某些方面甚至是越来越接近。然而在人文精神方面，在人文学科的深入探讨方面，我们与西方的距离甚至进一步拉开了。从勒克莱齐奥这位西方主流文化的叛逆者获奖，说明西方人文学界对自己传统文化的反思仍在日益深入、日益明朗；西方社会总有一些思想者在持续不断地审视、矫正自己的前进方向，像早年的卢梭、尼采，像晚近的福柯、德里达，像文学界的萨特、索尔任尼琴。我们的这里的理论家、批评家却仍然在西方现代社会"科学化""市场化""大众化"的老路上亦步亦趋。当西方现代社会开始转弯时，我们仍在照直前进，这将使我们在新世纪失去调整自己、从而健康、蓬勃发展的机会。

最后，再说说"学院派"。在中国的学术界，"学院派"似乎并不是一个多么光彩的命名。新中国建立以来，人文学科中的学院派长期蒙受打击和压抑，先是败给了由政治威权强化了的"工农兵"，现在则又要面对"公共传媒"支撑下的"大众化"。目前，高等教育机构中的人文学科的处境已经越来越生计维艰，大学校长中已经没有几个人像当年的蔡元培那样，能将人文学科与自然科学一碗水端平。在人文学科领域，且不说二十世纪三十年代的风光不再，八十年代的余绪也已经奄奄一息。回头再看看文学理论批评界这次对于勒克莱齐奥的认真严肃的评价,不过仅仅局限于屈指可数的几位法国文学研究的精英,如吴岳添、许钧、董强、袁筱一等。他们之间多半还师出同门。他们与这位拥有"世界情怀"的大作家都曾有过亲密接触,然而他们的评论似乎仍然没有走出学术的圈子,没有能进入"大众化"的渠道,更没有能够成为"公共媒介事件",甚至还远不如当年徐志摩们在国内迎纳泰戈尔时的轰动,尽管那时也曾受到某些反对力量的抵制。

这究竟是谁的悲哀呢?

(张守海博士对此文写作曾做出贡献)

(《文艺争鸣》2009 年第 1 期)

佛教与生态

——兼谈庐山万杉寺的生态因缘

中国以环境保护为核心的生态运动,目前正处于前所未有的高潮之中。而宗教,尤其是佛教,新时期以来随着改革开放的进程正日益活跃起来,如今已经成为一支拥有广泛群众基础的社会力量。那么,这支潜流涌动的宗教力量与举世关注的生态运动之间有何关系,能否在中国的发展战略中发挥积极的推助作用,无疑是值得深入探讨的。

国外学术界几乎一致认为宗教活动的复苏与生态运动的兴起存在着内在的、必然的联系。自然的重新神圣化与宗教的渐进人间化双向互动,使得生态与宗教相互走近。50 年前,生态学还仍然局限在自然科学的框架内,对于神学避之唯恐不远;神学家中几乎无人知晓生态学是什么东西。如今,像世界绿色和平组织就不无偏激地认定"生态"也是"宗教";同时,许多宗教组织直接介入生态运动,为环境保护做出突出贡献。

在世界上现存的各种宗教中,影响最大且与生态观念最能够融会贯通的,或许就是中国的佛教。我自己在这方面的专业知识不足,只能浅显地谈谈以下几个方面。

佛教与大自然之间存在着原发性的关系

佛教史记载，佛祖悉达多最初便是在旷野中修炼并进入禅定的。与他同修的是大自然中的树林、河流、鸟雀以及草丛里的昆虫、泥土里的虫蚁，那实际上就是生态学里讲"地球生物圈"。佛祖悉达多的得道成佛的过程，也是在大自然的怀抱中完成的。而得道的验证，就是他将自己与天地万物融为了一体。一行禅师在《故道白云》一书中写道：成佛的悉达多"可以辨察到当时他身体内存在着无数众生。这包括了有机物和无机物、矿物、草苔、昆虫、动物和人等。他也察视到其他所有众生就是他自己……他看见自己体内的每一个细胞都蕴藏着天地万物，而且跨越过去，现在和未来。"①这段话也可以理解为法力无边的佛祖其实就是宇宙的化身。

生态学的第一法则即：世界是一个运转着的有机整体，万物之间存在着生生不息的普遍联系，从日月、星辰、风雨、雷电、山川、河流、森林、土地，到包括人类在内的一切有生之物：动物、植物、微生物，都是这个整体中合理存在的一部分，都拥有自己的价值和意义，都拥有自身存在的权利。最终，它们只服从那个统一的宇宙精神。恰恰在这个"根本大法"上，佛教与生态基本观念是一致的。佛陀在世时，曾经用一只碗开示信徒：碗里盛满了水，水倒出去后碗里还有什么？有空气。仅仅是空气吗？佛祖说我们还应该看到这只碗里有制陶用的水和泥土、柴草与火焰、有令草木生长的风雪雨露，有制陶匠人的心思与技艺。佛祖说："比丘们，这碗并不能独立存在。它在这里是有赖所有其他非碗的存在物，如泥土、水、或、空气、陶匠等所致的。一切法也如是。每一

---

① ［越南］一行禅师：《故道白云》，线装书局 2007 年版，第 65 页。

法都与其他法相互而存。"①即使一片树叶，其中也蕴含着太阳、月亮、星辰的光芒，蕴含着空气、泥土、时间、空间与心识，蕴含着整个宇宙！

得道后的佛陀教导他身边的信众：我们不但是人类，我们还是稻米、水果、河流、空气，我们存在于这个互缘而生、相依相存的生命共同体中，这是一个生生灭灭、循环不息的共同体，这个共同体养护了我们，我们与众生也为这个共同体做出了自己的奉献。佛祖的这些开示，充满了现代生态学中"有机整体论"的意蕴，他说的这个生命共同体，应该就是地球生物系统。

生态学的精神向度是佛法辛勤耕耘的心田

从上个世纪中期，生态学开始了它的人文转向，其中一个重要标志，就是将人类的心灵与人类的精神作为重要变量纳入生态学研究领域。现代人终于看到并承认，地球生态陷入严重危机，是由于人类关于自然的观念出现了偏差，从而导致人类的生活理念、价值尺度出现了偏差。

现代人总是认为美好的社会是建立在物质生活高度富裕之中的，总是以占有更多的物质来构筑自身的安全，而忽视了精神的安全与健康，因此导致新世纪成了一个精神病症大流行的世纪。一如贝塔朗菲指出的：人类社会中的许多麻烦、许多失控、许多灾难、许多困境，更多是由于人类精神层面中"符号系统"的紊乱与迷失引发的，"我们已经征服了世界，但是却在征途的某个地方失去了灵魂。"②

海德格尔在谈到地球面临的生态危机时，首先强调的也是人类遭遇的精神危机："现代社会的本质是由非神化、由上帝和神灵从世上消失所决定的，地

---

① ［越南］一行禅师：《故道白云》，线装书局 2007 年版，第 245 页。
② ［奥］路德维希·冯·贝塔朗菲：《人的系统观》，华夏出版社 1989 年版，第 19 页。

球由此变成一颗迷失的星球",而人则被"从大地上连根拔起","丢失了自己的精神家园"。①

著名环保学家、美国前任副总统戈尔指出：全球性的环境危机不过是人类内在危机的外在表现，即精神危机。环境的污染源自精神的污染，"大地上的雾霾源于人们心灵中的雾霾"。现代社会生态状况的严重失衡，不但表现在自然生态的失衡，还表现在文化生态、精神生态的失衡。

生态问题，不单单是一个技术问题或科学管理问题，更是一个伦理问题、哲学问题、信仰问题、教育问题。针对日益严峻的环境破坏与生态危机，技术上的改进、管理上的加强固然有一定的效用，但在根本上起作用的，还应是改变现代人的价值观念、生活理念，改善现代人的精神与心灵的状态。戈尔将其称为"精神环保"，我则将其视为"精神生态"，这与佛教界近年来推重的"心灵环保"是一致的。随着"人类纪"的到来，人类的精神已经成为地球生态系统中的一个重要的变量，精神生态已成为地球生态系统中的一个重要的组成部分。

从根本上说，改善环境在人而不在物，在于人们内心世界的一念之差，要在人类自身的修心养性上下大工夫。佛法辛勤耕耘的是人类的"心田"。佛祖一行在王舍城南郊对一位富裕的农场主说：我们耕作的是人们的心田，"我们把信念的种子播在至诚的心田上。我们的犁是细心专注，而我们的水牛就是精进的修行，我们的收成则是爱心和了解"。

1993年8月，美国芝加哥召开的世界宗教大会《宣言》指出："宗教可以提供单靠经济计划、政治纲领或法律条款不能得到的东西：即内在取向的改变，整个心态的改变，人的心灵的改变。"②佛教注重的是人的精神领域的修炼，人的观念的转变，"前念迷即凡夫，后念悟即佛"。修心养性，对于佛教尤其是佛

① 转引自[德]冈特·绍伊博尔德：《海德格尔分析新时代的科技》，中国社会科学出版社1993年版，第195页。
② 孔汉思、库舍尔编：《全球伦理——世界宗教议会宣言》，四川人民出版社1997年版，第13页。

教中的禅宗来说是不二法门："达摩东来，直指人心。明心见性，见性成佛"。《维摩诘经》中指引的道路是"众生心净则佛土净"。"心净"是"佛土净"的先决条件。

对此，虚云大师曾有许多简明透彻的开示："转移天心，消弭灾祸，应从转移人心做起，从人类道德做起，人人能履行五戒十善，正心修身，仁爱信义，才可转移天心"，"苦海无边，回头是岸"，由迷得觉、自重自爱，才能化除戾气，归于至善。[①] 大师明确无疑地指出：佛是治疗众生心病的良医；佛法乃善法，与世间一切善法实无差别。生态养护也是人间的善法，佛法中的"戒定慧"如果换成精神生态中的说法，那就是：戒除不良生活方式、坚定健康人生理念、开发生存大智慧、营造人与自然和谐共处的美好空间。

"菩提只向心觅，何劳向外求玄"，可以说佛学就是心灵学，就是导引心灵走向健康圆满的心灵学。

佛教的因缘果报类似生态循环中的因果链

佛教哲学的重要理论基石是"缘起论"，即"万法依因缘而生灭"，因果相续，有业必报，亦即人们常说的"种瓜得瓜，种豆得豆"，恶有恶报，善有善报；谁种下仇恨，谁自己遭殃。佛陀曾现身说法，前生当他还是一个孩子的时候，曾恶作剧第在一条捕捞上岸的大鱼头上敲击三下，来世就患上了头痛病。现代人对其他物种的伤害可远不止敲几下鱼头，像现代肉食生产企业对于流水线上饲养的"肉牛""肉鸡"的虐待之烈远-远超过了以往的屠宰户。而人类同时也就遭遇到以往从不曾遇见的"疯牛病"和"禽流感"。人类为了舌尖上那点快感而滥杀穿山甲、果子狸等野生动物，很快就遭受到"非典"的报应。自业

---

① 虚云著，纪华传编：《禅修入门》，江苏文艺出版社 2010 年版，第 167 页。

自得果,众生皆如是,佛经中讲的"业力不失,有业必报"在生态学的领域同样得到了印证。

佛法中的时间观并非牛顿物理学中直线型的、单向度的,而是轮回循环、周而复始的,各种因素生灭演替、环环相扣,其中机缘往往神出鬼没、幽微莫测。在新近建立的学科"复杂哲学"中,世界的复杂性远非自作聪明的现代人类所能洞察的,"北京城里的一只蝴蝶扇动一下翅膀,美国的波士顿就可能降下一场暴风雨"。现代人最初享受汽车工业带来的便捷时,万万想不到地球会因此升温、海水因此暴涨、滨海的城市人或变鱼鳖!现代人开始享受空调、冰箱的舒适方便时,也万万想不到南极上空会出现大面积的臭氧空洞,人类皮肤癌、白内障的患病率将大大提升。不难看出,在生态系统内,也总是人在做、天在看,祸福依因缘而生灭,善恶依因缘而果报的。在生态学领域,人们也应当克己自律,遵循生态伦理道德,多行善以促进生态系统的良性循环;少作恶,避免生态系统的恶性循环。

佛教倡导众生平等与生态伦理并行不悖

《坛经》说:"一切众生,悉有佛性";《涅槃经》说:"以佛性等故,视众生无有差别";"广大慈悲,万物平等。"这是佛教的基本教义。

佛教所讲的众生为六凡四圣:鬼、地狱、畜生、阿修罗、人、天、声闻、缘觉、菩萨、佛。人只是其中一个环节。佛陀曾告诫他的信众:在我为人之前,我曾经生为泥土、石块、植物、鸟雀、和其他动物。我或许就是那棵鸡蛋花树,也许你们当中有人就是那只苍鹭、那只螃蟹或小虾。佛学视一切生物均为平等,都拥有生存的权利,就如同大海中的鱼虾蛟龙,全都享受海洋的滋养。方立天教授曾指出:"在佛教哲学中,人不是宇宙的主人,不处在宇宙的中心地位,人的上面有天和其他更高的圣界,人属于凡界,如果行为不良,还将堕入更加恶劣的环境中。"①

如果说"生死轮回"是"众生平等"的逻辑前提，那么，"养生护生"则是"众生平等"的实践行为。《大智度论》卷十三说：诸罪当中，杀罪最重；诸功德中，不杀第一。尊重生命、珍惜生命，是佛家的根本观念。"戒杀"则成为佛教徒必须严格遵循的第一戒律，"放生"则成为修行的莫大善举。由弘一法师题跋、丰子恺居士绘图的《护生画集》，已经成为中国佛教界的经典。丰子恺在谈到他创作这部画集时曾说，夜间常常有千禽百兽走进他的梦境，欢喜鼓舞，为他提供许多创作的灵感。

佛教的"众生平等"观念为当代生态保护运动提供了精神层面上的支撑。

著名伦理学家、哲学家、神学家、诺贝尔和平奖获得者史怀泽被爱因斯坦称作"我们这个世纪的最伟大的人物"，他所主张的"敬畏生命"的生态伦理思想与佛教的"众生平等"观念异曲同工。

史怀泽指出："过去的伦理学原则是不完整的，因为它认为伦理只涉及人对人的行为。实际上，伦理与人对所有存在于他的范围之内的生命的行为有关。只有当人认为所有生命，包括人的生命和一切生物的生命都是神圣的时候，他才是伦理的。"②史怀泽还曾说过："有道德的人不打碎阳光下的冰晶，不摘树上的绿叶、不折断花枝，走路时小心谨慎以免踩死昆虫。"那是一种"精神的礼节"和"宇宙的风度"。其实，这也是任何一位潜心修行的佛教徒的理解与风度，也应当是生态跋扈运动中每一个人应当具备的品德和风度。

大自然中的一草一木，都有它独特和奥秘和魅力，有它自己的逻辑和道理。著名生物学家法布尔说："即便是那些隐藏在污泥草丛中的小小的昆虫，它也是一个小生命，也有它的思想，足以带领我们触及到最高深、最动人的课题，并把我们引到一个如诗如画的神奇境界里。"③在众生平等的意义上敬畏

①　方立天：《佛教哲学》，中国人民大学出版社 2006 年版，第 79 页。
②　[法] 史怀泽：《敬畏生命》，上海社会科学院出版社 1995 年版，第 9 页。
③　[法] 勒格罗：《敬畏生命——法布尔传》，作家出版社 1999 年版，第 1 页。

生命,不但具有生态伦理学的意义,还应具有精神生态的意义,它使人作为行动的生物与世界建立起精神关系,那是在漫天雾霾中亮起的一盏精神的明灯。

"低物质损耗的高品位生活"也是佛教徒的生活取向

面对全球性的生态危机,世界上许多地方都在倡导过"简约"的生活,即在尽可能减少物质消费的情况下过一种舒适方便的生活。

我们在多年前曾经建议现代人应选择一种"低物质损耗的高品位生活",与上述"简约生活"不同的是,我们在主张"低物质消费"的同时,更注重"精神生活"的丰富与健全。

我们在论证这一命题时,曾以僧人的日常生活为例:衣,不过三件;食,粗茶淡饭,一律素食;住,随遇而安,茅屋、草庵、岩洞、树下皆可安身;行,"芒鞋斗笠一头陀"。这种"苦行",僧人之所以能够忍受、乐于忍受,是因为他们有自己的精神追求、信仰的力量。

西方消费主义的生活模式向着全世界的迅速普及,已经给生态造成沉重的负担与全方位的破坏。一是巨量的冗余消费正在迅速耗尽地球宝贵的自然资源,制造出有史以来最严重的自然生态灾难;二是高消费引发的生产竞争、市场竞争、金融竞争,包括人与人、企业与企业、国家与国家之间的竞争,已经在人与人、国与国、民族与民族之间注入"仇恨的福音",败坏了人类的社会生态;三是物质主义、消费主义致使现代人类精神萎缩、心灵干涸、"精神能量"日益贫瘠,生活中的诗意荡然无存,生活品位在日益低俗化。

由此看来,选择"俭朴生活",不仅仅是选择了"低碳生活",节约地球上的自然资源。同时还涉及人际关系、人与人之间和谐共处的社会生态,涉及个人内在心灵的充实、高尚与美好。

丰子恺居士曾经以弘一法师为例加以解说:"人生"犹如三层楼:一是物

质生活,二是精神生活,三是灵魂生活。物质生活就是衣食;精神生活是学术文艺;灵魂生活就是宗教。住第一层的人,看重的是物质生活,锦衣玉食,荣华富贵,子孙满堂。上二层楼的人,淡泊名利,专心学术,寄情山水,追求的是生活中的自由和诗意。一心攀登三层楼的是宗教徒,他们放弃一切物质生活的享受,探求灵魂的来源、宇宙的根本、人生的终极意义。丰子恺自己是住二层楼的人,弘一法师是三层楼上的典范。

一个人的一生是否活得有价值、有意义,并不以他消耗的物质财富为依据。佛陀曾经开导一位养尊处优而百无聊赖的富商子弟:"如果生活得简单健康,而不被余年贪求所奴役,你是可以体验到生命的奇妙美好的。你向四周观望吧,你可以看到树木在薄雾里吗? 它们不是很美丽吗? 月亮星星、山河大地、阳光鸟语和淙淙山泉,都是宇宙间可提供无穷快乐的现象。"①绿色学术经典《瓦尔登湖》的作者梭罗曾经用他的话语方式表达过相似的意思:"多余的财富只能够买多余的东西,人的灵魂必需的东西,是不需要花钱买的。"

佛教中的"净土思想"展现了当代人的生态愿景

净土,即佛国清净国土。释迦牟尼佛的伟大的本愿就在于净化人间,将娑婆秽土转化为清净国土。佛经中提到的有十方无量净土,如弥陀净土、药师净土、华藏净土、维摩净土、弥勒净土等。其中广为流行的是弥勒净土。在《弥勒菩萨本愿经》中,弥勒菩萨曾立下弘大誓愿:令国中人民绝无污垢瑕秽,国土异常清净,人民丰衣足食,生活安宁幸福。在这片国土上,空气清新洁净,天空风和日丽,水源清冽甜美,树木茂密繁盛,花草鲜艳芬芳,鸟兽繁衍兴旺,众生三业清净皆行十善,人与天地万物达成高度和谐。净土思想经庐山东林寺慧

---

① [越南] 一行禅师:《故道白云》,线装书局 2007 年版,第 83 页。

远大师的倡导与力行，已经成为中国佛教信仰影响最深远的宗门。

佛经中推崇的这方净土，相比我们当今置身的这个大地污水漫漫，天空毒雾腾腾，人心欲火炎炎的社会，显然是一个美丽的生态愿景！

愈演愈烈的生态危机以超出人类意愿的方式逼迫人们做出一个重大选择：人类已经进入了一个新的历史时期，一个新的文明阶段，生物学的世界观将取代物理学的世界观，从而创造一种新的社会范式。英国学者珀利特设想，生态学观点的"绿色范式"将取代工业主义的"灰色范式"，非物质主义的、崇尚精神的、整体化的生态理念将取代物质主义的、单一化的、简约化的人类中心；人与自然和谐相处的生态观念将取代控制自然的技术主义。这种生态范式的新生活，或许就是"佛家净土"的现实版。

佛教天台宗、华严宗、净土宗、禅宗都把"圆融"视为佛法中的最高理趣。圆者，整体上的周流遍布；融者，各种关系之间的融和通融。圆融即多元统一体内的谐调与平衡，也就是天地神人之间和谐共处，这显然也是生态学的理想境界。

上求下化、重在实践是佛教与生态共同的行为准则

"上求下化"是大乘佛教的常用语，即'上求菩提、下化众生'，在上是求得个人精神上的开悟，见性成佛；在下是身体力行、弘扬佛法、化导众生以利天地万物。

佛教设下种种严格的戒律，便是出于对信徒的"知行合一"的要求。以我的理解，所谓"修行"就是对于佛学的进修研习加上对于佛理的弘扬践行。

从佛祖释迦牟尼不但是佛法的开创者，同时也是一位践行者。他在自证得道后，率领他的僧团含辛茹苦、摩顶放踵走遍五印大地，深入社会底层，关心民众疾苦，平息尘世纷争、化度亿万众生。上至王公贵族，下至掏粪工、杀人

犯、麻风病人,甚至大象、蟒蛇都曾蒙受他的恩泽。佛祖总是以自己的实际行动为人间营造一个和平圆融的世界。当年地藏王菩萨立下宏愿:"地狱不空,誓不成佛",同样是要以自己的实际行动拯救世人于水火。

生态学也不仅仅是一种知识理论、一门学问,生态学具有强烈的实践性,在生态危机日益严峻的当下社会,这种实践性显得更加紧迫。佛学与生态学都不能停留在"坐而论道"的层面上,它们全都要求人们努力践行的。真正改善地球的生态状况,也还是要从每一个人的日常生活实践做起。

阿尔·戈尔指出美国人每人每年释放的二氧化碳平均量为 6.8 吨,为地球上大气升温造成巨大负面影响。因此,解救地球生态困境要从每一个人做起,并为美国人的日常环保制定出 35 条措施,从"少吃肉食""少开汽车"到"自带水杯""不浪费纸张""尽量购买二手货"等等,这似乎也可以视为"现代人的日常戒律"了。

据弘一法师讲述,他的师父印光大师一生最喜自作劳动之事,80 岁时还坚持每日自己扫地、洗衣。饮食极为节俭,早饭一大碗白粥,吃完还要"以舌舔碗至极净",最后还要"以开水注碗中,涤荡残余,旋即咽下"。大师的所作所为,堪比当今生态模范。

到了 20 世纪下半叶,保护环境,维护生态安全已经成为世界上许多佛教组织的重要践行方式。

在日本,由池田大作担任会长的"日莲正宗创价学会"(简称"创价学会"),就把尊重生命、保护环境列入自己的教义,还在南美洲成立了亚马逊生态研究中心,为当地原始雨林的生态养护提供直接的援助。

台湾法鼓山圣严法师在 1992 年正式将佛法修炼与生态养护结为一体,并将其化解为"心灵环保""礼仪环保""生活环保""自然环保"四个可以操作的层面,诸如植树造林、净滩净山、垃圾分类、资源回收、不用一次性餐具,不用化学洗涤剂,收养流浪动物、厨房垃圾堆肥等活动,有效地将佛法与生态意识转化为具体的社会实践行动。

2013 年以来，在中国贵州弥勒道场所在地梵净山，也曾经多次举办生态文明与佛教文化论坛，并制定了以社会和谐发展为核心的十二条"梵净山共识"。

综上所述，在世界性的生态危机严重威胁到人类生存的今天，佛教是能够为缓解这一危机做出独特贡献的。而生态学的观念也必将为弘扬佛法、扩展佛教的影响力充实新的内涵。

下边简要说一说万杉寺与生态的特殊缘分。

万杉寺位于江西省风光秀丽的庐山南麓，东邻五老峰，西望香炉峰，北倚庆云峰，南临鄱阳湖，三面环山，一面临水，山色空蒙，林木蓊郁。寺院历史悠久，万杉寺始建于南梁时期，作为庐山五大丛林之一，距今已有一千五百年历史。自古以来，高僧大德辈出，法统相续相沿。如今，经能行大法师安住维持，殿堂重建、梵音大振、僧伽日众、古刹中兴，声名远播。

从我们第一次走进万杉寺，凭直觉就感到这是一座佛光祥瑞的道场，一所静思潜修的丛林，一座生态气场十分浓郁的寺院。就佛教与生态的关系而言，万杉寺除了拥有上述那些共性之外，这座寺院与生态的关系还具有自己显著的特色。

第一点，就是"树木"。

与众不同，万杉寺的寺名中就有"树"，树是大超和尚手植的，寺名是宋代仁宗皇帝钦赐的。万杉寺名副其实，寺内至今还有一片杉、竹混交的森林，还存活着两株千年古树。能行法师重建万杉寺后赓续祖师家法，率一应僧徒信众，在寺里寺外又种下千万株水杉、红豆杉、银杏、南竹、罗汉松。如果站在远处望去，秀峰下的万杉寺掩映在一望无际的林海中，就像漂浮在绿色云海里的一座蓬莱仙岛。

森林、树木的生态意义是不言而喻的：防止水土流失、调节空气成分、荫庇鸟兽昆虫栖居、滋养不同物种生长、取悦人的耳目、净滤人的心灵。一片森林乃至一棵大树，就能够构成一个生物场、一个生态系统。

森林与树木同时又蕴含了丰富的宗教精神，在佛教史上具有超凡入圣的意义。佛祖悉达多就是在尼连禅河河畔森林中一棵巨大的毕钵罗树(又称菩提树)下修行并得道的。他从一片树叶悟出:泥土、水分、热力、云彩、阳光时间、空间和心识全都同时存藏在这片树叶里,整个宇宙都存在于那片树叶之内,那树叶的实相简直就是一个奥妙的奇迹!一行禅师在《佛陀传》中写道:这棵巨大的毕钵罗树就是佛陀修行道上的兄弟!毕钵罗树,也就是菩提树,从此被视为"觉醒的树","菩提树"与"佛陀"同源,成为开悟的佐证。

万杉寺内,有树木,有僧伽,有万杉之林,有千年道场,生态与佛法因缘相聚。万杉寺完全有可能继承佛祖法统,成为当代生态文明与佛教文化和谐共生的典范。

第二点,即"女性"。

《金刚经》说"无我相,无人相",男本非男,女本非女,本来清净,佛性一如。我想,这种无差别境界应该是悟道后的最高境界。但在信徒们修行的过程中,还是会有性别的差异,会关注到女性的存在的。

在当前蓬勃开展的世界性的生态运动中,女性被赋予崇高的、特殊的意义。善良、仁慈、温和、宽容、柔弱而又睿智的女性被视为大自然的天生盟友。从西方国家看来,当下在捍卫生态安全、保护环境健康的群众运动中,女性们总是走在最前列。

宗教界如何看待女性的位置呢?从佛祖悉达多出家、修炼的过程中,我们可以清楚地看到对他精神上、实践上起到推助作用的多半是女性,如他的姨母也是继母乔达弥王后、他的妻子耶输陀罗,都对他的出家修行付出深深的爱心与无私的赞助。最初,在他因苦修而身疲力竭、生命垂危时,是村子里一位叫善生的十三岁少女尊奉母命用牛乳、糕饼、莲子救活了他。令人遗憾的倒是悉达多身边的男性,比如他的父亲、叔父,都对他的出家修行表现过不解与不满,甚至阻挠。而若干年后,他的继母乔达弥王后带领50名女性经远途跋涉也来到佛陀身边,坚定地要求出家为尼。再看看当下我们身边,皈依佛门的信众,女性占据了大多数。这是否因为女性的心地更为柔软仁慈,因此也更接近佛性呢!

女性与生态,在万杉寺这座女众伽蓝中再度交集,使这座千年古刹又增添几分生态文化的亮色。女众的万杉寺或许有可能对当下的生态文明建设做出更多的奉献。

(苏州大学张平教授为此文写作做出贡献)

(《中州大学学报》2018年第1期)

卷
三

生态学与文艺学

——与余谋昌先生的对话

余谋昌（中国社会科学研究员资深研究员、中国环境伦理学研究会理事长）：我们好久没有联系了，但我常常想念你，关注你的学术成果，好在你按期寄来《精神生态通讯》，对你的现状多少有些了解。祝贺你总是快步前进，成果累累！我因有事未能参加青岛召开的"生态文明视野中的美学与文学"国际学术研讨会。会后，曾繁仁教授一定要我为会议论文集提交文章，说实在话，在这个领域我是外行，希望能够就此与你交换一下意见。

鲁枢元：余老师，谢谢您长期以来对我的关心。记得很早以前我就曾经给您说过，我是学文学的，又是"文革"期间毕业的大学生，缺乏严格的学术训练，哲学的根基更是薄弱，对于目前我所从事的生态文艺学研究来说，总是力不从心。您是中国生态哲学研究的首席哲学家，在和您直接接触以前，我就拜读过您的一些著作，从中受益颇深。

您也许想象不到，生态文艺学，还有曾繁仁老师倡导的生态美学，在中国的文艺理论界遭遇的阻力大着呢！因此，我很想借助您的力量，从哲学的意义、生态学的意义上为生态文艺学寻求合法的根据，这不但对于我们这些研究者是一种有力的支持,对于这门学科的建设来说,更是具有指导意义。

余谋昌:你说,生态文艺学、生态美学,在文艺理论界遭遇的阻力大着呢!这是可以理解的,因为这是文艺学理论范式转换;生态哲学所面对的形势也是这样。因而大可不必着急。

生态文艺学是一门新的学科。生态学是关于生物与其环境相互关系的科学;文艺学是关于文学和艺术现象及其规律的研究。前者是自然科学;后者属人文学科。文学,我国魏晋南北朝时期,将文学分为韵文和散文,已经出现文学繁荣的局面;艺术也有久远的历史,所谓"艺术之兴,由来尚矣。"(《晋书》)。"生态学"则是一门新的学科,它从 1886 年由德国科学家海克尔提出,至今才一百多年的历史,它传入我国的时间更要晚得多。

传统科学和哲学把统一的世界分为人类社会和自然界,自然科学与人文科学、科学与文艺分离和对立,各自沿着自己的道路发展。长期以来,人们没有用任何连词把"生态学"与"文艺学"联系起来,当然也没有提出"生态文艺学"问题。

自然科学与社会科学、科学精神与人文精神、科学与艺术的长期的分离和对立,产生了非常严重的不良后果。大家知道,20 世纪科学技术取得一系列突破性的重大成就,世界实现工业化和现代化。但是,它并没有带来世界和平与安宁,没有带来人民的安康和幸福,没有带来良好健全的生态环境和生态安全。科学技术作为巨大力量的运用,创造了十分巨大的财富,但是主要财富只为极少数人所拥有,大多数人并没有得到多大的实惠;它推动经济迅速发展,但造成严重的环境问题。因为科学及其应用缺乏人文精神的约束,常常变成一种不道德的力量。它的大多数成就,是以损害多数人的利益为代价、以损害自然环境和资源为代价取得的。它不仅导致贫富差距扩大和矛盾尖锐化,而且导致全球性的环境污染和生态破坏,出现人类生存的重重危机。

鲁枢元：如果从培根说起，现代科学的应用从一开始似乎就缺乏人文精神的约束。培根，这位"现代科学之父"，同时又是伊丽莎白王朝的大法官、掌玺人，他本人就不能算是一个拥有至高道德精神的人。就连为他的论说文集撰写绪论的作者也说："就智力方面说，培根是伟大的；就道德方面说，他是很弱的"，他一生曾做过不少昧丧良心的事。培根对待自然的态度是掠取、利用，他也把这种态度投射到人与人的关系之上。将科学看作"纯客观"的领域，把它与人的精神领域、道德领域剥离开来，似乎已经成为科学的传统习惯，这种习惯直到爱因斯坦时代，在开始引起科学家们的反思。但在全球市场化的今天，在金钱、利润与良知、良心之间，科学技术仍然选择的是利润和金钱。因此，科学技术与人文精神之间的冲突总是难以避免的。

余谋昌：培根是英国伟大的科学家，是现代实验科学和实验归纳法的创始人；也是伟大的哲学家。他认为真正的哲学应具有"实践性"的品格，这是完全正确的。他的思想对世界的影响与他的道德境界有没有关系，我没有研究过，但他作为把人类中心主义从理论推向实践的伟大思想家，他的关于运用科学的力量统治自然的思想，"知识就是力量"的名言，推动了全世界的工业化和现代化建设，但是当今的全球性问题，包括全球性的环境污染、生态破坏、资源短缺，也是同他的思想有关的。他认为，在人与自然的对立中，人类为了统治自然需要认识自然、了解自然，科学的真正目标是了解自然的奥秘，从而找到一种征服自然的途径。他说："说到人类要对万物建立自己的帝国，那就全靠方术和科学了。因为若不服从自然，我们就不能支配自然。"在培根哲学影响下，形成人与自然、科学与道德分离和对立的传统，科学成为人类支配和统治自然的重要力量。

人类社会为什么在取得伟大成就的同时，却又陷入生存的重重困境之中？这是同自然科学与社会科学的分离和对立是有关的。因为科学技术缺乏人文关怀和道德约束，便会成为掠夺自然的工具，成为"有钱人的玩具"。

美国著名物理学家戴森说:"为什么我会认为美国科学社群,要对都市社会与公众的道德沉沦负责任呢?当然不全是我们的责任,可是我们该负的责任,其实比我们大多数愿意承担的更多。我们有责任,因为我们实验室输出的产品,一面倒成为有钱人的玩具,很少顾及穷人的基本需要。我们坐视政府和大学的实验室,成为中产阶级的福利措施,同时利用我们的发明所制造的科技产物,又夺走了穷人的工作。我们变成了受教育、拥有电脑的富人与没有电脑、贫穷的文盲之间鸿沟日益扩大的帮凶。我们扶植成立了一个后工业化社会,却没有给失学青年合法的谋生凭借。我们协助贫富不均由国家规模扩大到国际规模,因为科技扩散到全球后,弱势国家嗷嗷待哺,强势国家则愈来愈富。""如果经济上的不公仍然尖锐,科学继续为有钱人制作玩具,那么公众对科学的愤怒愈演愈烈,忌恨愈加深沉,我们也不会对此感到意外。不管我们对社会的罪恶是否感到歉疚,为防止这种愤恨于未然,科学社群应当多多投资在那些可使各阶层百姓都能同蒙其利的计划上。全世界都一样,美国尤其应该觉悟,要将更多的科学资源用在刀口上,朝着对各地小老百姓有益的科技创造方向前进。"

出路何在?在寻求这种不良后果的哲学解释时,人们求助于生态学,因为生态学强调生物与环境、人与自然相互作用的整体性观点,把生态学作为自然科学与社会科学的桥梁,用生态学的观点思考问题,提出科学技术与伦理道德、科学技术与文学艺术相结合的观点。1969年,美国波斯顿出版了一本书名为《颠覆性的科学》的著名的论文集,它认为"生态学涉及人类的最终极的义务",首次把"生态学"与"人类道德"联系起来,提出生态伦理学问题。接着,学者们主张科学精神与人文精神的结合,科学需要人文关怀,需要用人文精神约束科学技术的力量及其应用,从而把生态学与政治、经济、文化的一系列科学联系起来,出现了生态哲学,生态社会学,生态政治学,生态文化学,生态经济学,生态文艺学,生态美学,生态法学,等等。

美国环境哲学家麦茜特说:"生态学已经成了一门颠覆性的科学。"

这里所谓"颠覆"是一种范式转换。这是自然的。因为从一个时代到另一个新时代，人类生存方式必然发生变化，从而所有科学范式会随之发生变化。现在在世界范围内，人类社会从工业文明时代，向生态文明时代发展，人类的生产方式、生活方式、思维方式和科学模式发生变化，这是必然的。这时，正是生态学和生态学思维，提供了一种新的思考问题方法，从而使生态学成为颠覆性的科学。

鲁枢元：就依我们以往的文艺学理论而言：文学艺术是显示社会生活的反映，那么，人类社会生活在 20 世纪后期发生的这种"颠覆"，也必然会在文学艺术创作种表现出来。实际上，自 20 世纪 60 年代以来，以美国女作家雷切尔·卡森的《寂静的春天》为先声的"环境文学"已经取得了持续不断的发展。各个地区的叫法不同，如日本叫"公害文学"、美国叫"荒野文学"、中国台湾叫"自然写作"，国内普遍的叫法是"环境文学"。自 80 年代中期以来，散见于文坛的表现"生态"题材的小说、诗歌、散文、戏剧、报告文学、电视专题片、音乐、摄影、漫画等文艺作品，已经形成一股势不可挡的潮流。

余谋昌：环境文学的出现是生态文艺学的先声。文学是艺术的重要领域，传统的说法称"文学是人学"，文学以人类的生存和发展、爱情和死亡为永恒的主题。历代文学艺术家，用种种艺术形式塑造了无数不朽的艺术形象，成为人类文化宝库的重要方面。这些艺术形象总是直接或间接地以人为主题，以人为尺度，以人为目标的。

环境文学作为一种新的文学形式，是以人与自然的关系为主题，甚至自然也可以成为文学表现的主体。依据生态学思维，人类活动除了有人的目标外，还有自然保护和环境保护的目标。我国作家张韧指出：环境文学不仅是新的文学形式，而且是人的思维方式变革，因为第一，它打破了将文学视为一种题材的狭隘观念，其思维结构的核心是全人类意识和"地球村"意识；第二，它的热点不限于人与人之间的关系，而由社会人际关系转向对人与自然关系的关注,这是当代文学的一场历史大转折;第三,由人征服自然转向保护自然,在重新调整人与自然关系的过程中,需要一种环境道德思维。

生态文艺学是一门新的学科。它用生态学的观点审视和探讨文学和艺术现象与规律。你在 2000 年出版的《生态文艺学》一书,透过生态学的视野、运用生态学的基本理论对文学艺术现象进行系统的考察,并就文学艺术与自然生态、文学艺术家的个体发育、文艺创作的能量和动力、文艺欣赏中的信息交流、文艺作品中人与自然的主题、文学艺术的地域色彩与艺术物种的赓续、文学艺术之精神生态价值的开发、文艺批评的生态学尺度、文学艺术史的生态演替等问题进行了别开生面的探讨,确实为当代文学艺术研究开拓了一片新天地。

鲁枢元:说起来真是惭愧,我的那本书其实写得很仓促,知识上、学理上的准备全都不足,比较充足的倒是我对于生态危机的紧迫感,尤其是对于日益恶化的精神生态状况的忧虑。说得严重些,我倒真是出于忧愤而写作,书中的情绪色彩很浓重,甚至不无偏激之处。对此我不后悔,因为我以前的许多文章差不多也都是"即兴"之作,我曾自诩为那是"我的生命之树上自然生发出的枝桠"。但作为学问,作为一门学科的建设,总还是应当力求翔实、周到,遵循学术的法则,建立在坚实的理论基础上。我希望,我在以后的日子里,在尘埃落定后,能够仔细地修订我在仓促间写下的那些文字。因此,我就特别渴望得到您的指教。

余谋昌:是的,在当今困境重围的时候,我们需要忧患意识;需要爱,对人的爱,对生命和自然界的爱;需要联系实际研究问题。

关于生态文艺学,它的出现和存在是不是必要的?让我们首先来探讨一下关于生态文艺学合法性的哲学论证。

我是非常看重你开创的"精神生态"研究的。世界不止是自然存在和社会存在,更不是自然存在和社会存在的分离和对立地存在;现实的世界存在,除了自然存在和社会存在,还有精神存在,而且三者是不可分割的,世界是自然存在、社会存在和精神存相互作用的统一整体;自然生态、社会生态和精神生态三者是不可分割的,地球生态是三者相互作用统一的动态过程,世界是"自然—社会—精神"统一的有机整体。因而,我们需要从自然存在、社会存在和精神存在的相互作用,以及自然生态、社会生态和精神生态的相互作用去理解世界和认识世界。应当说这是一种新的世界观,一种生态哲学世界观。

三百多年来,占主导地位的世界观是牛顿-笛卡尔哲学。它是物质与思维、人与自然二元的分离和对立,以及人与自然主客二分的分析性思维。它的主要观点是;

(1)关于世界存在的本体论的看法是二元论的,心—物二元,物质—思维二元,人—自然二元,主体—客体二元,科学精神—人文精神二元,世界进程是"二元"之分离和对立;世界是一台机器,它没有生命,没有目的,没有精神。它强调人与自然的本质区别,认为只有人是主体,人独立于自然界,而不是自然界的一部分;自然界独立于人,它单独存在是不以人的意志为转移的。因而,它否认地球是一个生命整体,否认人与自然关系的相互联系、相互作用、相互依赖、相互制约这样的重要的性质。

(2)认识论是还原主义的消极的反映论。它在把世界预设为一台机器时,认为这台机器可以还原为它的基本构件,在人与自然的二元对立中,强调自然事物独立于人的客观性,认为它是不以人的意志为转移的,人对世界的认识是消极地对事物的反映。它的认识论的预设是:感觉材料是分立的,人对世界的认识,只有把事物还原为它的各种部件,并分别地认识这些部件,人对世界的认识才是可能的。

(3)它的方法论是分析主义的。它主张部分决定整体而不是整体决定部分,因而认识"以最简单最一般的(规定)开始,让我们发现的每一条真理作为帮助我们寻找其他真理的规则。"(笛卡尔)"因为对每一件事,最好的理解是从结构上理解。因为就像钟表或一些小机件一样,轮子的质料、形状和运动除了把它拆开,查看它的各部分,便不能得到很好的了解。"(霍布斯)其实,事物是整体决定部分,而不是反过来;而且,事物的结构和过程比较,过程比结构更重要。

这种哲学以人与自然的主—客二元对立为特征。它在探讨世界的本源时,或者强调客观性,把不包含人类因素的纯自然作为哲学本体,从自然出发建立有关纯自然本体的自然观;或者强调主观性,把不包含自然因素的人和精神作为哲学本体,从人出发建立有关纯社会本体的历史观。而且,这种自然观和历史观,又是分立的。它导致人与自然、社会科学与自然科学、科学与道德、科学精神与人文精神的分离和对立。

这种哲学是人类认识的伟大成就。它指导工业化的发展,导致人类社会繁荣。但是,现在它已经达到它的高峰,随着它固有的问题突现出来,已经开始走下坡路了。因为它的人与自然主客二分和对立的范式,已经远离现实世界的真理。现实的世界不是这样的。追求自然、社会和精神的统一需要新的哲学。生态哲学可能是这样的哲学。它的本体论预设是:世界是"人—社会—自然"复合生态系统,它有生命,有目的,有精神,是"自然—社会—精神"的生命统一整体。

也就是说,生态哲学的存在论,是自然—社会—精神统一的存在论。它以人与自然关系为基本问题,以自然、社会和精神统一为研究方向。它在观察世界、解释世界和改造世界时,不是单纯以社会或人类精神为尺度,也不是单纯以自然为尺度,而是以人与自然的关系为尺度,以自然、社会、精神的统一为尺度。虽然在人与自然关系的哲学研究中,在分析人与自然的关系时,也常常把现实世界分为人的世界和自然界,物质世界和精神世界,但是不是把它们割裂开来,而是作为统一世界的一部分进行研究。也就是说,依据整体性观点,既从人考察自然界,又从自然界考察人。

鲁枢元:您的这一论述让我很受鼓舞,也促生了我的学术自信。因为在不久前我为《文学评论》撰写的一篇关于汉字"风"的文章,就是希望通过对于

"风"的语义场的分析,揭示"风"在其自然层面、社会层面、艺术层面、人格层面的丰富意蕴。也可以说,"风"的语义场就是一个"人—社会—自然"的复合生态系统。中国古代传统文化是一种更富于有机性、整体性的文化,因而也就更切近生态哲学。

余谋昌:你的那篇大作非常精彩,"风"的语义场分析很有意义,我赞同你的观点。正如你所说,汉字体现了中华民族的精神,你从"风"字的分析指出了汉字中的生命原则,指出了汉语言文字的有机整体性以及它的普遍联系相互作用的性质。这是中华民族的最重要、最优秀的遗产之一。我一直在想,由于中国文字的统一,由于这种统一被始终继承下来,这可能就是中国作为大国没有分裂的重要原因,就是中华文明没有中断的重要原因,真是幸运呀!从钱玄同开始,主张用拼音文字代替方块字,至今仍然有人甚至有高层人物持这种主张。幸好它没有得逞。简化汉字虽然有一定的好处,但也损失了许多宝贵的东西,比如"风"字没有了虫,"爱"字没有了心,等等。不能再简化下去了。你以"风"字为例指出,一旦现代汉语中"风"仅只作为自然现象,只作为人的外在的对象物,而不与国家、社会、伦理、艺术等发生联系,便失去了它内在的生机,失去了它丰蕴的人文意义,便从而失去了它往昔强劲的文化张力。汉字的这一遭遇已经成了现代社会的普遍现象。这大约就是某些人鼓吹的所谓的"哲学进步"吧!

生态学世界观认为,人和自然作为统一的世界,两者是不可分割的:一方面人作用于自然,改变自然,使自然界人化——在这里社会起决定作用;另一方面自然界作用于人,人学习自然界的"智慧",提高人的素质和人的本质力量,使人自然化——在这里自然环境起决定作用。这两方面是相互关联的,世界是这两种相互作用的统一。

生态哲学从人与自然的关系看世界,它的主要观点是:

(1)人与自然有本质区别。在生命组织层次的演化序列中,人具有精神,是意识的和心理的、社会的和文化的存在,处于生物金字塔的顶端,在生态系统中,人不是一般动物"消费者",而是生态系统"调控者"。

（2）不能过分强调这种区别,不能把这种区别作绝对化的和抽象的理解。人、社会和自然构成有机统一整体,它是不可分割的,把统一的世界区分为自然界和社会只具有相对意义。它们之间的相互联系、相互作用和相互渗透,比它们之间的相互区别更重要。

（3）通常认为,人与自然是同时并存,这是不正确的。它们不是同时并存,而是相互作用。

（4）通常认为,自然界只是人和社会的外部条件,这也是不正确的。它实际上是"人—社会—自然"系统的内在机制,要重视自然界对人和社会发展的重要作用。

因此,生态哲学认为,需要调整我们的历史观,建立新的历史观。这种历史观不是关于纯粹社会历史发展的观点,自然因素参与了历史的创造,获得了社会历史的尺度,因而我们的历史观应该是包含自然因素的历史观。日本学者梅掉忠夫著《文明的生态史观》一书,他认为,应重视自然环境和生态条件对历史进程的重要作用,因而我们的历史观应该是"文明的生态史观"。

鲁枢元：我看后期的汤因比也是这种观点,整个人类历史的书写,不能抛开人类的"大地母亲",不能抛开"地球生物圈"。他说："就把自己看作宇宙的中心这一点而言,人类在道德上和理智上都正在铸成大错。"他将自己的一部叙事体的"世界历史"命名为《人类与大地母亲》,书中写道："生物圈的各种成分是相互依赖的,人类也和生物圈中的所有的成分一样,依赖于他与生物圈其他部分的关系。在思维法则中,一个人可以把自己与其他人相区别,与生物圈的其他部分相区别,与物质和精神的其他部分相区别。但是人性,包括人的意识和良心,正如人的肉体一样,也是存在于生物圈中的。我们从未见过任何单个的人或人类可以超越他在生物圈中的生命而存在。"最近,我正在关注,那种将人类社会与自然相隔离的历史观甚至还影响到中国文学史的书写,这是非常背离中国文学史的实际存在的。

余谋昌:这种思维模式应该已经到了终结的时候了。现实的人与自然的关系,一方面是在具体的社会历史发展中,以一定的社会形式,并借助这种社会形式进行和实现的。这是一种社会历史的联系。另一方面,这种关系又是在具体的自然环境中,通过人类劳动这种中介,以改变和利用自然的形式进行和实现的。这又是一种自然历史的联系。这就是说,社会的发展包含自然因素;同时,自然界参与社会历史的创造,社会和自然相互依赖、相互作用和相互渗透。这是一种开放的哲学。它有助于自然科学与社会科学以及人文学科的统一。依据这样的哲学,生态学与文艺学的结合,建立统一的生态文艺学不但是可能的,也是完全必要的。这是生态文艺学合法性的哲学论证。

鲁枢元:生态文艺学合法性是否还需要别的学科的论证? 是不是可以谈谈生态学,你说,生态学是一门颠覆性的科学。

余谋昌:我们来探讨一下生态文艺学合法性的生态学论证。

生态学是关于地球之美的科学。生态学研究地球之美的性质、意义及其起源,探索自然生态美的各种关系,以及自然生态美的价值。从生态学的视野看,生命创造了地球之美,追求美、鉴赏美是生命的本性或生命的本能。它告诉我们,自然生态美是客观存在的,这不仅对于世界的存在是必要的;而且对于人类的存在也是必要的。我们在欣赏和利用生态美的同时,要保护生态美,创造更多的生态美。

(1)大自然创造了美,即自然之美。

世界进程从无机的自然,到生物的自然,到人类社会的自然;世界之美及其创造,从自然之美,到生态之美,到社会的自然之美。

自然之美。它是地质运动过程的创造。地理景观的形态结构,地壳岩石的地质剖面,矿物晶体整齐划一,浩瀚海洋的汹涌的波涛,万顷碧波的林海,莽莽苍苍的长江大河,雄伟壮丽的高山峻岭,千变万化的气候气象,千姿百态动物和植物,大自然的鬼斧神工,创造了无限的自然美景。

生态之美。它是地球生物的创造。大自然创造了生物,生物创造了地球适宜生命和人生存的条件。现在,地球上生物物种已被记录在案的有一百多万种,实际生存的在一亿种以上。所有生物个体、生物种群和生物群落以及生态系统,它们千变万化,多种多样,千奇百怪,这是生态美。它们之间的关系,它们的生存、繁衍,有无限的丰富性和多样性,无穷的奥秘,这也是生态美;各种生态过程,生物与环境的关系,生物对环境的适应等,都是在充满矛盾冲突和对立斗争的动态的环境舞台上展开的,各种因素相互作用、相互依赖,相互渗透,相互转化,在辩证运动中形成自然平衡、这无疑也呈现为不同姿态的生态美。

社会的地球之美。它是人类社会实践的创造。地质学家说,现在地球已经进入一个新的地质时代——"人类世"时代。因为今天人类栖居的地球,已经不再是原来的纯粹自然的地球,而是人类活动特别是工业化改变了的地球,是人类学的地球,是社会的地球。人类在自然生态的基础上,建设了各种各样的人工生态系统,如城市生态系统、乡村生态系统、农田生态系统、林业生态系统、牧业生态系统,各种公园和休闲生态系统等等;以及人类创造的社会关系、精神生活和文学艺术,等等。这是人类创造的社会的地球之美。

(2) 追求美鉴赏美是生命的本性。

审美、创造美和利用美,是人类和其他生物的特性,或者可以说是生命的本能。

所有生物物种,为了生存和繁衍,发展出完美的结构和行为特征。花儿向蜜蜂展示美丽的花朵,鸟儿用美的歌声,或美丽的羽毛向异性展示美,大多数动物为了吸引异性,总是把自己打扮得光鲜亮丽,甚至窝儿都要造得整整齐齐、漂漂亮亮,所有生物都以创造美、展示美和追求美的生活。

审美、创造美和利用美当然也是人类的特性。人的生活和生存不能没有美。美是人类生活的基本需求,对美的追求和创造是人类与生俱来的,是人类的存在方式和生活方式。人类创造美、鉴赏美和利用美的活动是从人类产生开始的。我国考古发掘发现许多有非常高艺术水平的珍品,如河南新石器时代(仰韶文化时期)的彩陶罐,有复杂的纹饰,有的点缀美丽的鸟纹、鱼纹、蛙纹、犬羊图形、人形纹等,是非常精美的艺术品。它们都是直接反映和表现人与自然关系,是表现自然美的。直到如今,人类在创造某些物质产品时,如各种食品、服装、工具、仪表乃至道路、建筑,不仅要求有用,而且要求美;美,丰富了人类物质生活和精神生活,成为人类不可或缺的追求。

(3) 大自然为人类追求美提供服务。

人不仅直接地以某种精美的天然矿石,如天然金刚石、天然金块和天然矿石晶体作为审美对象,而且创办"国家地质公园""国家地质博物馆",各种各样的主题公园;人们也利用地层剖面的矿物学特征、地表岩体形成的奇峰异状和雄伟壮观、地下喀斯特溶洞千奇百怪的自然景观等作为赏美的对象。它们使众多参观者留连忘返,从中得到美的体验和审美情趣。大自然是人类获得快乐的重要渠道。人们欣赏自然与欣赏艺术品不同,欣赏艺术品不用所有的感官,但欣赏大自然要用人的所有感官。美国著名哲学家罗尔斯顿认为,在美的欣赏方面,西方人主要欣赏艺术品,东方人既欣赏艺术品又欣赏大自然。人的欣赏体验只有在自然界中才达到最佳状态。因此,在审美领域我们其实更需要自然美。

鲁枢元:您对"自然美"的热烈赞颂体现了一位生态哲学家的美学观。这使我想到了黑格尔。他在他的《美学》中极力贬抑"自然美",甚至否定"自然美"的存在。

他在其《美学》一书的开张明义中就武断地界定:美学的对象就是美的艺术,美学的含义就是艺术哲学,如此,我们便把自然美开除了!黑格尔这样做显然并不是为了研究的方便而为自己界定一个学科的范围,他将自然美开除于美学之外出自他的基本哲学观念,即:"只有心灵才是真实的,只有心灵才涵盖一切","艺术美高于自然美。因为艺术美是由心灵产生和再生的美",这就是说,自然是一个与人对立概念,自然本身并不具备美的内涵,自然只有被人的意识化之后才拥有美的资质,美的核心在于人,在于高踞于自然之上的人的意识。显然,黑格尔的这一判断遵循的依然是欧洲启蒙运动的基本路线。

从哲学史进行反思,法兰克福学派的创始人之一阿多尔诺(Theodor Adorno),把"自然美的消失"归罪于康德、席勒、黑格尔一流的哲学家、美学家,认为正是他们高扬的人本思潮排斥、摒弃了自然美。其中表现得最为蛮横的,就是黑格尔。

阿多尔诺在对启蒙运动的工具理性进行批判时曾经指出:现代人对于自然的轻蔑与对于人工产品的推崇是一致的,现代人对于自然美鉴赏的漠视与对于自然物实用的热衷是一致的。正是工业文明与自然的冲突,导致了自然美从人类视野中的消失。他希望从实践的观点,通过对人与自然的全部关系以及人对自然拥有的整体经验的考察中,恢复自然在审美领域中的地位。他指出,人与自然的关系存在着三个不同的层面:一、自然作为认知的对象,自然成了自然科学;二、自然作为实用的对象,自然成了生产资料;三、自然作为审美的对象,自然成了"文化风景",成了艺术,甚至成了艺术作品的楷模。由于现代社会遗漏了人与自然之间的审美关系,仅仅把自然当作生产资料与科学把握的对象,现代社会便成了一个残缺不全的社会。实际上,对自然的严重的审美危机,在今天已经成为一种相当普遍的现象。当代人试图借助旅游、探险、露营、野炊走出这一危机,遗憾的是在更多情况下反而加倍地损伤了自然。

余谋昌:人的美学观点与他的哲学观点是一致的。

值得注意的是,人类鉴赏美,创造美和利用美,但是有时又破坏美、创造丑。长期以来,依据物质第一主义的价值观,人们滋长了对自然物质的无限贪欲,为了填不完的贪欲,以从自然取得更多为自己的对策,以致常常以掠夺、滥用、浪费和破坏自然资源为代价利用自然，在许多地方破坏了自然美景，出现严重的环境污染、生态破坏和资源短缺的生态危机，处处出现环境衰败的丑恶景象。同样，在精神文化领域，在创造美的同时也创造丑，总是有人宣扬反动文化、没落文化和腐朽文化。

生态文艺学研究，一方面要为保护自然美和生态美服务，为创造更多的美，为健全人们的精神生态服务；另一方面，要反对破坏美和创造丑的种种丑恶行为，以有助于调节这些不良行为，有助于我们在利用地球之美的同时，保护地球之美，创建和谐美好的人类社会。

鲁枢元：那么，我们应当怎样建设中国的生态文艺学呢？

余谋昌：记得你在《生态文艺学》一书中曾经提出文学艺术的"走出"与"回归"的问题。我理解，"走出"是走出文艺学与生态学的分离和对立；"回归"是文学艺术走进生态学领域，走进自然，回归中华民族的文化传统。

中国生态文艺学作为中国文化，它的建设必须扎根于中华文化的土壤之中，为中国文化服务，它才是有生命力的。文化具有继承性和连续性。中国文化有深厚的底蕴，虽然古代没有生态文艺学，但是古代思想家，关注宇宙与人生，有丰富深刻的关于人与生命、人与自然的关系的生态学思想，以及人与自然和谐发展的深刻论述，即古典形态的生态文艺学思想。这方面，中国传统文化的高度包容性、稳定性和继承性及其历史之悠久、丰富、深刻是非常突出的，完全可以作为生态文艺学思想之根。

俄国学者弗拉基米尔·波波夫说："中国是为数不多的没有失去自己历史根源的最古老的文明之一。"俄国汉学家叶尔马科夫说："中国文明的独特性在于继承性。这是一根不断的红线。它将古老与现实联接起来，为子子孙孙保留着数千年历史的特征，建立起智慧的宝库，并通过历史折射未来。"我国的生态文艺学研究应当深深地植根于中国的民族文化之中，立足于中国，为中国人民服务。这就需要一根从古至今不间断的"红线"——人与自然和谐发展的红线,以便把历史与现实联接起来。张晧教授《中国文艺生态思想研究》一书,对我国儒学、道学和佛学的文艺生态思想已有很好的论述。

英国著名科学史家李约瑟(Joseph Needham)说:"无论如何,儒家和道家至今仍构成中国思想的背景,并且在今后很长时间内仍将如此。"尤其是道家思想,"《道德经》中悖论式的'无欲'的话的体现,生而不有,为而不恃,长而不宰。中国人性格中有许多最吸引人的因素都来源于道家思想。中国如果没有道家思想,就会像是一棵某些深根已经烂掉了的大树。"道家学者崇尚"道法自然"的哲学,行"无为"之道,追求人与自然和谐的生活理想。在阐述人类应当具有的理想生活时,道家贡献了丰富深刻的生态美学思想。应当说,这是建设现代生态文艺学的宝贵的学术资源。

我们相信,深深扎根于中国文化土壤中的中国生态文艺学茁壮成长,这是完全可以期待的。

(《渤海大学学报》2007 年第 6 期)

生态批评的对象与尺度

众所公认,刚刚过去的 20 世纪是一个文学艺术批评理论极为繁荣的时期,有人统计过,在 20 世纪产生过一定影响的批评理论就有百种之多,诸如:现实主义、形式主义、心理主义、结构主义、象征主义、实用主义、表现主义、未来主义、荒诞主义、新批评、新写实、新理性……

通观以上这些广为流播、影响深远的批评流派,其批评的视野内有阶级政治、生产劳动、科学技术、意识形态;有语言、符号、形式、结构、文本、文体;甚至还可以收容进读者、观众、市场、传媒,却唯独罕见"自然"。无论是在"社会生活"中,还是在"人的心灵"中,还是在"艺术的结构"中,"自然"均付阙如。

不错,在这些流派出现之前,曾经有过以丹纳为代表的"自然主义批评",但丹纳很快就成了人们嘲笑的对象,他的学说被认为是一种"陈旧的""过时的"理论。后来,又曾出现过过托马斯·门罗的"新自然主义"。遗憾的是门罗与丹纳一样,都在赞美"自然"的同时,又把"自然"关进实证主义、实用主义、科学主义的牢笼里面,显得笨手笨脚、自相矛盾,反而成了人们嘲弄"自然主义"的把柄。在我们以往的文艺学教科书中,"自然主义",几乎成了一个贬义的术语。

人们对"自然主义文学批评"的冷淡,恐怕多半出自人们对"自然"的漠视。相反,"新批评派"们对文本、文体、技巧的"科学"设定,却成了人们争相效仿的楷模,其原因正如丹尼尔·贝尔指出的,在工业社会强势力量的诱导下,艺术也变得如同高新技术一般。在科学技术耀眼炫目的光芒下,曾经容光焕发的"大自然"在现代文学艺术家的目光中早已黯淡下来。

到了20世纪后期,随着人类面临的生存困境日益紧迫,纷纷扬扬的"纯粹文学批评"渐渐尘埃落定,文学批评开始走出"批评的实验室",重新走进现实世界。文学艺术批评的兴趣开始从对文本修辞性的解读,转移到对人以及人类社会的文化冲突、生存困境的阐释学解释上。在这样的情势下,"女性主义批评""后殖民主义批评"以及稍后一些的生态批评便应运而生。

就当前地球生态系统中已经展现出的种种生态冲突而言,它所波及生活面的广阔性、涉及问题的复杂性、对于人类精神文化领域影响的深刻性、以及它所引发的种族冲突的尖锐性,可能不亚于历史上曾经发生过的所有冲突和纷争。

西方发达国家的文化界已经看到了这一点,并开始在其文学艺术作品中有了触目惊心的反映。但是,我国的文学艺术界对于生态问题的反应却缺乏应有的热情和力度。这似乎有悖于我们关心重大题材、关注激烈冲突的传统。面对国内一些人筹建生态美学、生态文艺学以及开展生态批评的尝试,积极赞同者寡,冷嘲热讽者众。

我一直在想,原因何在?

也许正如一些理论家指出的:90年代以来是一个"个人化""私人化"写作的时代,一个"无名的时代"。南极的臭氧空洞、北极的冰山消融、黄河的常年断流、地球的温室效应远没有看看"美女作家"细致入微地描绘"上床体验"有趣,也没有听听隐匿了真名实姓之后在"网上聊天"的调侃逗趣来得生动。于是,"生态"作为一个庞大而又沉重的话题,作为一个时代的"大叙事",反而不再能够引起文学的注意。

也许，是由于人们对"文学是人学"这个著名命题狭窄的理解局限了创作与批评的视野，在作家、批评家的心目中，人类是"社会生活"的中心、世界的中心、地球的中心，文学的使命只是推动以政治、经济为中心的人类社会的发展，"自然"的存在尚不具备独立的价值和本质的意义，仍然不过是边缘的边缘。

也许，我们的作家、批评家近年来已经被现代科技的巨大成功所慑服，已经被日益兴隆的商品经济所驯化，已经为日渐安乐舒适的物质生活所陶醉，自动放弃了对于自然的仰慕、对于田园的向往、对于"返乡"之路的追寻，放弃了文学艺术中一个源远流长的古老传统。也许，对于"生态"这个有机开放的大系统来说，我们的文学教授们对一贯钟爱的符号学、叙事学、结构主义、文本理论显得有些力不从心、有些难以把握，一时还无法做到批评话语的转换。

我想来想去，仍然不得要领。

在社会人群中，关于"生态"的呼声越来越高——"21世纪是生态世纪"、"后现代是生态学时代"。而中国的文学创作界至今仍然置身于生态运动之外。如若进一步考察"文学"与"生态"关系的冷漠，我觉得除了文学方面的原因外，恐怕还有生态学自身存在的某些局限，以及人们对于生态学学科发展认识的不足。

地球已经进入它的另一个发展时期——"人类纪"，对于"人类纪"的地球生态系统来说，那个由人类的意识和观念构成的"精神圈"已经在发挥着关键作用。然而，不幸也在于此，现代工业文明超速发展的三百年，给地球的精神圈遗留下过多的空洞和裂隙、偏执和扭曲，给我们这个看似繁荣昌盛的时代酿下种种严重的生态危机与精神病症。修补地球精神圈，是当代文学艺术的神圣使命。

文艺学的视野在拓展，生态学的视野在拓展，文艺学与生态学的交汇处，那就是文学艺术的生态批评视野。开阔文学艺术的视野，在于观念的拓展和转变。

首先是哲学观念的拓展和转变。

曾繁仁先生在论及生态美学之所以难以被人接受时指出：那是因为人类中心的世界观已经统治人类很多年，尤其是西方，从古希腊时期就已经确立了"人是万物的尺度"、确定了"人为自然立法"；而美学学科的产生与发展又是以西方根深蒂固的人类中心主义哲学为基础的。要想让人们承认生态美学的地位，就必须首先纠正人类中心哲学的偏颇，确立"生态中心"的地位。这无疑是一场世界观的拓展。他说：

> 生态中心主义的实在观与价值观就是深层生态学。它的产生其实就是一场生态革命。正如著名的"绿色和平哲学"所阐述的那样：这个简单的字眼"生态学"，却代表了一个革命性的观念，与哥白尼的天体革命一样，具有重大的突破意义……因此，生态中心主义哲学观或深层生态学的产生是对传统哲学观与价值观基本范式的一种颠覆。①

其次，是生态学观念的拓展与转变。

其实，早在 20 世纪 40 年代，不管那些治学严谨的生态学专家们是否情愿，生态学就已经走出了"生物学""自然科学"的狭窄领域，开始走进文化学、人类学、社会学乃至哲学、神学、伦理学、政治经济学中来。到了 1962 年，更由于美国那位文笔优美的女记者雷切尔尔·卡森的《寂静的春天》一书的出版，生态学已经渗透到文学艺术中来，深入到一般文学读者的心目当中来。

生态学的"人文转向"，使人与自然的许多观念发生了变化，生态学的学科范围和学术内涵也开始受到重新审视。自然，不只是对象，人其实就在自然之中，是自然中的一个链环；自然不仅是山川河流草木鸟兽，人，也是自然。组成我们身体的基本元素与组成山川河流草木鸟兽的元素是一样的，我们的遗传基因与猴子、狒狒、黑猩猩的遗传基因 95% 以上都是相同的，我们的呼吸连通

---

① 参见曾繁仁：《生态存在论美学论稿》，吉林人民出版社 2003 年版，第 17—21 页。

着大自然的风风雨雨,我们的血脉连通着大自然中的江河湖海。环境,不只是外物,人也并不总是环境的中心,人也是其他生物的"环境"。生态学研究的对象并不只是自然生态,还应当包含社会生态、精神生态。

我倾向于认为,相对于农业时代活力论的神学世界观与工业时代机械论的物理学世界观,整体论的生态学世界观是一种新的世界观。或者说这是一种后现代的世界观。在对待自然与环境的态度上,这种世界观与以往的世界观就存在有严重的差别甚至对立。生态理论已经不再是一种学术观点,它已经成为一种新的价值观点,伦理观念;生态学已经不仅是一门知识性的学问,它有可能取代原来的物理学而成为一个崭新时代的世界观、宇宙观,一种新的生存观念,一种既古老又清新的审美观念。

再就是文学观念以及生态批评观念的拓展与转变。

文学总是离不开语言。语言现象同时也是生命现象。语言的危机就是文学的危机,也是人类生态的危机。语言的简约化酿成当代精神生活的贫瘠化、日常生活风格的粗鄙化,从而招致审美情趣和艺术创造的败落,结果必然是现代社会结构性的生态失衡。

"环境文学",指的是什么样的文学,作为一个概念,还很不准确。一个与此最接近的提法,是台湾的"自然写作",又叫"自然书写"。最近,我看到台湾学者吴明益为"自然书写"界定了 6 个特点:1. 作品的主要元素(题材)是"自然";2. 以观察、记录、发现等"非虚构"的经验为目的;3. 重视知性理解和知识的普及;4. 注重个人的叙述方式;5. 是文学与科学的严格结合;6. 拥有觉醒了的环保意识。[1] 我个人认为,这是一个最贴近"环境文学"的界定。然而,这又是一个十分狭窄的界定。按照这个界定,中国古代文学中只有郦道元的《水经注》和《徐霞客游记》才是环境文学;大陆当代文坛上也只有徐刚的《守望家园》系列才符合这个标准。台湾要稍多一些,如刘克襄的"观鸟系列"、王

---

① 参见吴明益:《以书写解放自然》,大安出版社(中国台湾)2004 年版,第 19—25 页。

家祥的"荒野系列"等,又全都接近于以往所说的报告文学。

作为一种文类或文体,这样的界定是必要的,这些作品的创作也是成功的。当前,即使从数量上讲,此类作品的创作也还远远不够。面对波澜壮阔的生态运动,面对日益深刻丰蕴的生态观念,作为一种文学观念或文学思潮又未免太封闭、太狭隘了。它把更多的作家和诗人关在了环境文学的大门之外(在座的大部分作家都很难说是环境文学作家)。

从现代生态学的视野看,"环境文学"中的那个"环境"一词,也是值得重新推敲的。因为,不单山川河流、草木鸟兽是人的环境,人也同样是山川河流草木鸟兽的环境,山川河流草木鸟兽也可以成为主体,山川河流草木鸟兽与人是互为主体的。为什么猛兽猛禽绝迹了?为什么淮河珠江变得臭不可闻,因为人类损害了它们的生存环境!人们只想到在城市里边种草、种树绿化自己的环境,甚至把一些生长了几百年的大树从深山搬移到城市,可谁又想过那棵被移栽在马路边、楼群里的树是多么的难受?有一个人想到了,而且对树充满了同情与哀怜,那就是云南诗人于坚,他在他的诗中写了一棵树在城市中的孤独、屈辱、悲哀与绝望。于坚是一个真正拥有生态意识的诗人。

在我看来,文学不只是一种题材、一种认知、一种方法、一种文体,它更是一种姿态和行为,一种体贴和眷恋,一种精神和信仰。而环境意识、生态意识作为一种观念、一种信仰、一种情绪,是可以贯穿、渗透在一切文学创作与文学现象之中的。生态文艺学研究的对象,不应仅仅着眼于文学作品的题材,局限于"环境文学""自然写作""公害文学"的狭小范围内。概而言之,迄今为止的文学所表现的无外乎人类在社会中、在地球上的生存状态,都是可以运用一种生态学的眼光加以透视、加以研究的。从中国古代的《诗经》,到古代希腊的神话;从曹雪芹的《红楼梦》,到托尔斯泰的《战争与和平》;从印度的泰戈尔到日本的川端康成;一直到中国当代文坛上的巴金、王蒙、张承志、莫言、王安忆、韩少功、张炜、阿来,无不可以运用生态学的批评尺度加以权衡评判。我现在着重思考的,是如何让文学普遍接受一种生态观念,让生态批评能够面对整个文学现象。

最后,还有社会发展进步与和谐社会的观念。

单单凭靠国内生产总值的指标作为衡量社会进步与发展的尺度的做法,已经受到越来越多的人们的质疑。衡定一个社会综合发展的方案已经试行出台,按照新的尺度,作为世界首富美国排名并不靠前。这一点似乎无须多费口舌;问题在于什么样的社会才算和谐社会。

我想,和谐的社会起码应当包含这样三个层面的和谐:一、人与自然的和谐;二、人与人之间的和谐;三、人与自己的和谐,即身与心的和谐。

人与自然的和谐,不用多说了。如前所说,我们只要时时想到人也是自然的一部分;而自然也可以成为主体,也可以拥有自己的内在价值。少一些人类的自高自大,多一点对自然的敬畏和尊重,人与自然就可以多一些和谐。

人与人的和谐,在中国古代体现为"礼让",这在强调进取与竞争的现代社会是很难做到的。最简单的,我所生活的苏州,本来是一个文明悠久的礼让之邦,现在可好,无论是电梯、公交车,谁也不会让谁,年轻人不让年老人,男人不让女人,学生也决不让老师。大家都急于快进一步。问题也许就出在这个"快进一步"上,如果我们"进步"稍慢一些,也许和谐就会多一些,"上楼"反而会快些。

人与自己的和谐,更难从道理上说清楚。有一个现成的例子,就是施蛰存。按他自己的说法,20世纪30年代当作家,40年代当教授,50年代当右派,60年代当"牛鬼蛇神",70年代在五七干校当学员,80年代是退休教师,90年代成了出土文物,一生当中不但没有进步,反而一再退步,然而他却能做到"宠辱不惊,看庭前花开花落;去留无意,望天上云卷云舒"。他从来不吃保健品,竟也活到100岁。他是个学者,也是个作家,读书、写作是他的本分。有人出版、有人叫好时,他写;没有人出版,没有人问津时,他仍旧写。写作于他,就像"树要开花",是生命的本分,是再也自然不过的事。在中国古典文化中,把那些活出高境界的人叫做"神仙",翻一翻老庄的书、道家的书,什么叫"神仙"?"神仙"其实就是那些活得自自然然的人,与自然能够融为一体的人。这当然也是一种生态,一种精神的生存状态。

建立和谐社会,尤其是这三重意义上的和谐,不是一件容易的事。但这应事人类社会健康发展的唯一途径,也应当是文学的使命。以前我们说"文学是人学"固然不错,但文学还应当是"人与自然的关系学",人类的生态学。最近,我一直在想:人们议论纷纷的文学危机、文学终结,或许在更深的层面上是和现代社会面临的生命的危机、自然的终结联系在一起的。

在当今时代,我认为,一个作家,不管你是不是从事具体的环境文学的写作,你只有从深层确立了生态观念,才能真正处理好人与自然的关系,一个人的"自身"与"自心"的关系,才能创造出更高意义的文学,才能为创建和谐的人类社会做出一份特有的贡献。

近年来,围绕着"精神—生态—文艺"问题,我进行了一些思考,同时也试图为生态批评寻求一些可资参考的尺度。我所能够想到的,大约有以下十点,期望求得学界更多朋友的共识:

(1)自然万物之间存在着普遍的联系,大自然是一个有机统一的整体,有着它自己运动演替的方向。从日月、星辰、风雨、雷电、山川、河流、森林、土地,到包括人类在内的一切有生之物:动物、植物、微生物,都是这个整体中合理存在的一部分,都拥有自己的价值和意义,都拥有自身存在的权利。最终,它们只服从那个统一的宇宙精神。

(2)人类是地球生物圈内进化阶梯上提升得最高的生物,或许仍旧可以宣称"人是万物之灵",但这只能意味着人类对于维护自然在整体上的和谐、完美担当着更多的责任。"人与自然"的问题是人类的"元问题",在时间上先于其他所有问题,在空间上笼罩其他所有问题,人类如何对待这一问题,不但决定了人类社会的性质,同时也决定了人类在某一时期的精神状况,甚至生理状况。遗憾的是人们对这一性命攸关的"元问题",至今仍然不愿正视。

（3）人类目前面临的和即将面临的巨大的生态灾难，完全是人类自己一手造成的。当前世界的生态恶化通常并非自然现象，而是与当代人的生存抉择、价值偏爱、认知模式、伦理观念、文明取向、社会理想密切相关。自然领域发生的危机，有其人文领域的深刻根源。生态问题，不单单是一个技术问题或科学管理问题，更是一个伦理问题、哲学问题、信仰问题、教育问题，同时也是一个诗学的、美学的问题。

（4）不能忽视人的自然性，人与自然的一体性。人类依然是自然之子，大地依然是文学艺术创作的源泉。按照马克思的说法，现代社会中自然的衰败与人性的异化是同时展开的。人与自然的冲突不仅伤害了自然，同时也伤害了人类赖以栖息的家园，伤害了人类原本质朴的心。呵护自然，同时也是守护我们自己的心灵。如果我们不能以同情的、友爱的、审美的目光守护一块绿地、一泓溪水、一片蓝天，我们也就不能守护心中那片圣洁的真诚、那片葱茏的诗意。

（5）绝不能把"全球化"单单看作"全球经济一体化"，更不能为了"全球经济一体化"继续破坏"全球生态一体化"。现代社会生态状况的严重失衡，不但表现在自然生态的失衡，还表现在文化生态、精神生态的失衡。人类社会的健康发展不能放纵资本和市场的运行，还必须有高于资本和市场的"绝对需要""最高使命"，那就是地球生态系统的安全与完整。文学艺术既不能一味听命于权力的操弄，也不应当一味听命于资本和市场的支配，而应当在自然与社会、物质与精神、资本与人性的"二元对立"中发挥自己独具的调节制衡作用。

（6）人类的精神，是人性中一心向着完善、完美、亲近、和谐的意绪和憧憬，它不仅仅是"理智的""理性的"，甚至也不只局限于人的意识，它同时还是宇宙间一种真实存在，是自然的法则、生命的意向。随着"人类纪"的到来，人类的精神已经成为地球生态系统中的一个重要的变量，精神生态已成为地球生态系统中的一个重要的组成部分。艺术的价值在于它的精神的价值，真正的艺术精神应认同于生态精神。艺术的生存，或曰诗意的生存，是一种"低消耗的高层次生活"，是人类有可能选择的最优越、最可行的生存方式。

（7）生态批评忧患中不丧失信念，悲凉中不放弃抗争，绝路上不停止寻觅，志在"重建宏大叙事，再造深度模式"，这是一种理想主义的文艺批评。正如一些西方学者指出的，世界性的生态危机，其实就是工业时代社会发展理念的危机，这种发展理念如今正在某些发展国家疯长、泛滥。我们首先需要学习的，倒是西方这些学者对于主流意识、强势文化的反思精神和批判精神。在纠正西方文化的倾斜时，深入发掘中国传统文化中的生态精神，建设富有民族特色的生态美学、生态文艺学不但是必要的，而且也是完全可能的。

（8）生态批评又是一种更看重内涵的文艺批评，它绝不只是一些概念、规则、结构、模式，它更是一种姿态、一种情感、一种体贴和良心、一种信仰和憧憬。美国生态史学家林恩·怀特曾说："我们可以感觉到我们与一条冰川、一粒亚原子微粒或一块螺旋状星云之间的友好情谊。"被爱因斯坦称作"我们这个世纪的最伟大的人物"的史怀泽也曾说过："有道德的人不打碎阳光下的冰晶，不摘树上的绿叶、不折断花枝，走路时小心谨慎以免踩死昆虫。"那是一种"精神的礼节"和"宇宙的风度"。这也应当是生态批评家们应当具备的品德和风度。当你看到大象的牙齿被偷猎者从大象的口唇内血淋淋地剥离下来的时候，你就不该再去欣赏象牙雕刻的形式美。

（9）与生态批评结为紧邻的，该是女性批评、后殖民批评。当然，生态批评并不排斥包括形式主义批评在内的其他各种类型的文艺批评，因为生态学的一个基本原则就是"多元共存"。生态文艺批评反对的只是粗暴的工具主义和贪婪的功利主义，那是因为它们同时也是生态精神的腐蚀剂，是一种窒息人类审美发现与艺术创生的化学毒剂。

（10）梭罗曾经建议，我们不但要在课堂的语法教科书上学习语言，还应该向天空与大地、向田野和森林学习语言。生态时代的批评理论应当拥有自己的话语形态，即绿色学术话语。叙事、讲故事也可以成为一种"研究话语"、一种"犀利"的、"动人"的"学术话语"。绿色学术话语充满了主观视角、自我体验、个人情愫、瞬间感悟、奇妙想象,案例的举证常常多于概念的解析,事件的陈述优于逻辑的推演、情景的渲染胜过明确的判断。在生态时代,彻底疗救"理论灰色弊病"、促使学术的绿化的时机已经到来!

文学本身并不只是一个封闭的文本,它更是一个活动的过程,是文学创造主体在一定环境中的活动过程。文学活动自身就是一个"生态系统",与文本批评、社会批评、心理批评相比,生态学批评完全应该拥有自己的一个席位,一个不容小觑的席位。其实,熟悉世界文坛发展动态的人们不难看出,20世纪80年代之后崛起的女性文学批评、后殖民文学批评、民族的地域的文化批评已经染上了浓重的生态学色彩。到了上个世纪之末,"生态文艺批评"在西方一些发达国家已经成为新的热点。

我衷心希望我国文学界,首先是文学批评界、文艺理论界,能够改变对于生态问题的冷漠态度。

(《学术月刊》2001年第1期,发表时标题为《文学艺术批评的生态学视野》)

文学是人学的再探讨

——在生态文艺学的语境中

"文学是人学"，这是华东师范大学教授钱谷融先生在 1957 年发表的一篇文章的中心论题。这篇文章一发表，便在中国文坛引发一场轩然大波，钱谷融先生也因此受到全国性的批判。近半个世纪过去，时事沉浮、几经沧桑，"文学是人学"的主张不但没有被扼杀掉，反而在中国文坛上产生了广泛的影响，并在中国一代又一代的诗人、作家心中扎下根来。至今，"文学是人学"仍然是一面醒目的旗帜，飘扬在中国文坛上空。

在以往浊浪排空的险恶政治环境中，"文学是人学"的提出表现了中国一代学人勇敢、坦诚、灵慧的文学良知。

在当今所谓"市场经济"富贵升平的景象中，"文学是人学"的观念依然透递出中国文化人执着、沉静、清纯的文学信守。

随着生态运动的日益普及，随着生态学时代的渐渐迫近，也许有人会发出询问：文学是人学，那么文学与自然的关系又是什么呢？自然在文学中是否有自己的独立存在的价值？自然是否永远只能作为作品中人物活动的背景和人物情绪的载体？文学家除了"人"的立场之外是否还可能有一个"自然"的立场？

1957 年，当钱谷融先生的《论"文学是人学"》一文发表时，美国女记者雷切尔·卡森引发社会生态学争论的重要著作尚未问世，罗尔斯顿的"环境伦理学"还要再等 30 年才能诞生。所以，我们不能要求钱先生在他的这篇文章中加进"生态学"的内容。但这并不等于说"文学是人学"这个命题以及钱先生对这个命题的阐发就不会与当前的生态运动发生潜在的理论上的纠葛，或者是同一轨道上的呼应，或者是不同断层里的错位。正因为"文学是人学"的理论主张有着如此重大、持久的影响，所以，我们这里想拿它作为一个例证，放在生态文艺学的语境中，重新探讨一下它固有的内涵以及有无可能对它做出的某些补正。

重读《论"文学是人学"》，我感到作者终其全篇反复强调的是：文学创作不能把写人当作手段，当作反映某种"本质""规律"或反映某种"现实""生活"的工具。写人就是写人，写人本身就是目的，写人的目的就是让人们自己从作家描写刻画的人物形象身上"了解自己"，从而激励自己、提高自己、丰富自己、完善自己。文学就是这样一门由人写人、同时又感染人、同化人的艺术。

至于如何在文学作品中写好人，作者主要从两个方面进行了阐发：

一、伟大的人道主义精神对于一个作家来说是至关重要的，这是从事文学创作的基本准则。要写好人，作家一定要坚持"把人当作人"。这对自己而言是要能够维护自己人格的独立自主；对他人而言则是知道尊重人、同情人。难能可贵的是要拥有一种"深厚纯真的感情"、一颗自然清新的"赤子之心"。

二、写好人物的真谛在于写出丰富具体的人性、写出活生生的、独特的个性。要从真实的人性出发，而不能从抽象的理念出发，不能把人物当傀儡，不能把"典型人物"当作"某一社会历史现象本质"的图解。

通过层层辨析，作者最后得出这样两个结论：（一）人性大于包括阶级性在内的人民性；（二）人道主义原则高于包括现实主义在内的文学创作原则。

从这篇文章的总体倾向上看，作者对现代生活中占主导地位的崇尚"本质"、迷信"规律"、推重"概念"的理性主义专断深表怀疑,对于把文学作品中的"人物"以及现实中的"人"当作工具和手段看待的工具理性尤为反感。也许是出自作者酷爱自然和自由的天性,使他对现代工业社会的思维模式表现出"先天式"的反叛。

至于"人道主义""人性论",从严格的理论意义上讲,当然属于欧洲文艺复兴运动、启蒙运动的思想成果,并且已经成为现代社会的精神支柱。"文学是人学"的题解,显然从中借助了诸多理论依据,从而证实了钱谷融的人道主义立场与托尔斯泰、易卜生、巴尔扎克、狄更斯血脉上的连贯性。不过,文学中的"人道主义"并不仅仅局限于启蒙思想,正如钱先生在文章中说明的:

> 人道主义精神,人道主义理想,却是从古以来一直活在人们的心里,一直流行、传播在人们的口头、笔下的。我们无论从东方的孔子、墨子,还是从西方的苏格拉底、柏拉图等人的言论著作中,都可以发现这种精神,这种理想。虽然随着时代、社会等等条件的不同,人道主义的内容也时时有所变动,有所损益,但我们还是可以从其中找出一点共同的东西来的,那就是:把人当作人。①

在这个"广袤"的人道主义原野上,其实人们各自都曾找到过自己认同的某一点,培根找到的是"人是控制驾御自然的万物之灵",卢梭找到的是"回归自然,才是人的本性",孟德斯鸠找到的是"法律面前人人平等",萨特找到的是"以人类的相互依存对付资本主义的恶性竞争",马尔库塞人道主义理想则是建立一种"无抑制的人类文明"。

钱谷融先生找到的是"把人当作人"。这更多的是在抗拒"人的异化",抗拒把人"化"作"本质""概念""规律""图式""傀儡""齿轮""螺丝钉",抗拒把

---

① 钱谷融:《艺术·人·真诚》,华东师范大学出版社 1995 年版,第 81 页。

人"化"做理念和工具。这既是抗拒现实政治生活中的极"左"路线,也是在抗拒社会现代化进程中那个大一统的"元叙事"。

按照刘小枫的说法,中国的"现代化"进程从"康梁变法"就已经开始,不但"五四运动",包括"文化大革命"都是富有中国特色的"现代化运动"。[①] 对照利奥塔的后现代学说:"后现代是对元叙事的怀疑","后现代总是隐含在现代之中的",我们是否可以说钱谷融先生的这一"人学思想",也正是一位饱含人文情思的中国学者,对于中国式的"现代化运动"的反思呢?

至于"文学是人学"命题中的"人性论"内涵,似乎还要复杂些。

正如舍勒说的:在 20 世纪,人比以往任何时候都更成问题。几乎每一个成点气候的哲学派别,都要在"人是什么"这块学术领地上挖掘一番,以致把它弄成了一片扑朔迷离。

到了 20 世纪,笛卡儿的关于"我思固我在——人是理性的机器"的人的观念已经成为众矢之的。弗洛伊德的精神分析心理学认定非理性的本能冲动对于人的行为方式、人格结构的重大意义。与此相似,卡尔·巴特(Karl Barth)在神学领域强调人的与生俱来的"原罪",他也认为仅靠理性永远接近不了上帝、也永远拯救不了自己。萨特则否定了人的预设的本质,人只能各自选择自己、设计自己、创造自己,人是一个存在过程。结构主义的学者,如列维·斯特劳斯,进一步将"人性""人的本质"这些概念存在的必要性也否定了,人不过是能够使用语言的动物,人的存在不过是一些语法、句式的堆积。社会学家欧文·戈夫曼由此演绎出"人生就是运用包括语言在内的各种符号进行表演","人性是个大骗子"。作为解构主义代表人物的福柯更是耸人听闻地宣布:"人的概念已经土崩瓦解","人已经死去","人将像画在沙滩上的画一样被抹去"。

钱谷融先生对"人性"的理解似乎与上述主张都不相同。他在这篇文章中

---

① 参见刘小枫:《现代性社会理论绪论》,上海三联书店 1998 年版,第 381 页,第 387 页。

也并没有特别强调"人是社会关系的总和"以及"大写的人"这些在当时社会上特别流行的字眼,他所一再强调的"人性"却是一个颇带"自然主义"意味的说法:"赤子之心",亦即"童心",他把它解释为一种"深厚纯真""醇厚真挚"的情性。

最初,老子在《道德经》中讲:"常德不离,复归于婴儿",又以"沌沌兮,如婴儿之未孩"形容得道之状态,这可以看作"童心说"的滥觞。

中国古代力倡"童心说"的是明代思想家李贽,他说,童心就是"本心"或"初心",亦即"赤子之心";就是"真心",诚挚无伪之心、坦荡无碍之心;又是"纯心",纯正质朴之心,未经世事污染之心。这是一种不会算计、不会策划、不会操作、也不会竞争的心。

在西方现代文学史中推重"童心"的诗人,有我们前面提到过的英国湖畔派诗人华兹华斯,他更多地是从人与自然的关系上肯定童心的:婴儿、儿童由于没有受到世俗思想的熏染,更多地葆有"神圣之灵性",比之成年人就更容易领悟宇宙间不朽的信息,更容易接近自然中真实的生命。

钱谷融先生一生评人论文始终坚持的标准,概而言之,也就是这个天真诚挚的"赤子之心"。纵览他的文集,经常可以看到他用这样一些字眼赞美他所喜欢的作家、作品:"志行高洁""自然真率""直抒胸臆,不假雕饰""喁喁独语,自吐心曲"(这简直就是摇篮中的婴儿的常态——鲁注)、"清新秀丽,一尘不染""素淡雅洁,超然脱俗""清水出芙蓉,天然去雕饰"等等。

究其底里,是因为评论者本人就拥有一片"赤子之心"。

"赤子之心"作为文学批评的标准,比起结构主义文本学、解构主义叙事学的那些繁文缛节来要简洁、单纯得多。但这简洁、单纯却要比那繁难、复杂更为难得,不过,这已经是一个超越了认识论和知识学的话题。"赤子之心"属于情性的天地,它的简洁单纯就像一片澄澈明净的湖水,恰恰因了它的简洁单纯才可以映照出流变的天光云影、隐约的青山红树,以及纷扰的大千世界、幽微的心灵秘境。试若不信,那就请读一读钱先生自己的评论著述

《〈雷雨〉人物谈》。

把赤子之心作为人性论的内涵，将会受到许多当代哲学理论的诘难。赤子之心，也许只是中国古代哲人为人性设置下的一种理想境界，一种人性的乌托邦。即使这样，它也不失为一种独具东方色彩的人性论。舍勒把人性设置为一种"向着上帝飞升的意向"，这与中国的先哲把人性认作"向着自然回归的心灵"看似截然对立，实则异曲同工，无论"上天"或是"入地"，其目标都是做一个与天地共通、共生的人，一个更"是其所是"的人。

关于"文学是人学"的命题被评述到这里，已经不难发现这与当前风行东西方的"生态精神"颇多吻合之处。"赤子之心"象征着人性的回归，意味着向着自然的返璞归真。况且，在涉及人性与自然的关系时，钱谷融先生在文章中也曾明确地写下了这样的话：一旦拥有了"赤子之心"，就会使"我们对人、对自然界更加接近"。①

不过，在通读全文之后，我们还是发现了两处与当前生态运动的主张、与作者在文章中的基本立意不尽协调的文字。

一处是作者在批评自然主义的文学创作方法时说："自然主义者则是把人当作地球上的生物之一，当作一种具有一切'原始感情'——即兽性——的动物来看待的。因而是用蔑视人、仇恨人的反人道主义的态度来描写人、对待人的。"②前一句的表述并没有错怪自然主义；问题在于后一句，给人以将"人性"与"兽性"截然对立起来的感觉。依照当下生态伦理学的观点，地球上人类之外的其他生物，包括"野兽"在内，都处于同一个地球生态系统之中，人与它们是相依相存的，它们的内在价值也应当得到承认。况且，在人身上除了社会性、文化性、精神性之外，也还有生物性的存在。其实，钱先生怎么会不知道，在现实生活中、在文学作品中，有些人身上的缺点和毛病真是比动物还严重；

① 钱谷融：《艺术·人·真诚》，华东师范大学出版社 1995 年版，第 78 页。
② 同上书，第 86 页。

而有些动物在某些方面,也可能拥有一颗"赤子之心",比如,深为钱先生所喜爱的俄罗斯作家屠格涅夫小说中的那条名叫"木木"的狗。

另一处文字:"高尔基心目中的'人',是'生活的主人',是'伟大的创造者',是能够征服第一自然而创造'第二自然'的人。"①半个世纪过去了,现在看来,"人"这个伟大的创造者对"第一自然"的征服已经造成如此多的生态灾难;而它所创造出来的"第二自然"又给人的心灵生活带来如此多的损伤。在20世纪50年代的中国,这注定是钱谷融先生无法料到的。当时的中国人全都被一种建设祖国、改天换地的热情鼓舞着,问题,只是后来"发展"出来的。这两段文字或许都是由于当时苏联文艺理论的影响。

《论"文学是人学"》一文的立意在于纠正当时的文学创作界发生在"人物描写"方面的一些错误倾向,这在很大程度上属于文学创作方法的探讨。但是,文章的实际意义却远远超出了创作方法的讨论,并且已经触及文学本体论的核心。文章的影响还不止于此。不只在文学界的圈子里,即使在略知一些文学知识的大众中,"文学是人学"差不多也已经成了一个"文学是什么"的简捷的答案。

前引两处文字,从生态学的角度当然也可以批评作者在某种程度上受到了"人类中心"思想的影响。但是,把钱谷融一贯的文艺思想连贯起来看,我们不难发现,在他那里"人"与"艺术"几乎总是融为一体的,在他的艺术本体论中,"真正的人"与"真正的艺术"同质同构。这些思想集中地表现在他的《关于文艺特征的断想》一文中。这首先在于他坚持把文学艺术现象看作"生命现象",这不但表现为艺术本身拥有生命的活力,而且还表现为艺术必须把它遇到的一切对象全"当作有生命的东西"。为此,他在引证了歌德关于艺术与自然的谈话之后进一步解释说:

---

① 钱谷融:《艺术·人·真诚》,华东师范大学出版社1995年版,第91页。

真正的艺术作品和真正的大自然的作品一样，都是有生命的……同生活之树一样是常青的。

只有艺术才是自然的最称职的解释者，因为只有艺术才能把握着自然的生命。

自然与艺术原是一对欢喜冤家。它们是你中有我，我中有你，心心相印，息息相通，……艺术家从自然那里所得到的体会，原是艺术家自己灌注到自然身上去的；自然从艺术家那里得到的赞美，原是自然本身从艺术家心底召唤起来的。譬如李白的诗句："相看两不厌，只有敬亭山。"①

现在看来，钱谷融先生的这些论述，显然又都是精辟的"生态文艺学"的识见。在钱先生那里，人道与天道、艺术与自然为何能够如此自然地相互渗透在一起，在我看来，依然是得之于他那身体力行、一以贯之、并且颇具自然色彩的人性论。

于是，恰恰由于生态学时代的到来、由于现代人的精神生态成了如此严重的问题，钱谷融先生的"赤子之心"的人性论、文学论才不但不会成为"过时的"理论，反而将闪现出异样的光彩。

如果我们不相信"把人当作物"的时代最后一定能够战胜"把人当作人"的时代，那么，由钱谷融先生阐发的这一"文学是人学"的理论就将注定是常青的。

（《文艺报》2000 年 10 月 24 日）

---

① 钱谷融：《艺术·人·真诚》，华东师范大学出版社 1995 年版，第 167—168 页。

关于文学与社会进步的反思

在现代汉语词典中，"进步"绝对是一个铁定的褒义词。别人不说，我自己从上小学到读大学乃至参加工作若干年后，关键时刻的自我鉴定上总少不了一句"要求进步"。在我们一些权威的文学史教科书中，"进步"与否也往往成为衡量一位作家、一部作品高下优劣的首要条件。"进步"在我们心目中成了一条不证自明的真理。

不料想，在世界范围内，在社会高速发展进步若干年后，人们渐渐发现"社会进步"已经连带出太多的问题。政治问题、经济问题、道德问题、生态问题堆积如山，已经让进步举步维艰，很难持续下去。于是"进步"开始成为哲学、社会学、历史学反思质疑的对象。至于文学与社会进步的关系，也变得比我们以往认定的要复杂得多。大约在十多年前，王元化先生在对"五四"新文化运动进行反思时就曾指出，"五四"时期思想界的一大失误即尊奉"庸俗进化论"的观念，"以'进步'的名义，'求新'的崇尚，去破坏摧毁优秀文化传统的存在，同时也取消其他被他们认为不进步、不理性、不新潮的声音。"这种所谓的"激进主义"思潮，也正是在我们的国土上长期蔓延、愈演愈烈的极左思潮的根源。①

一个多少有点"吊诡"意味的问题已经摆在我们面前：一心渴求"进步"的人们究竟能否获得真正的进步，正有待于我们对"进步"作"退一步"的思考。

一、 进步观念的出身与成型

这里我们借用福柯"系谱学"的研究方法，探寻一下"进步观念"的谱系，即它的出身、发生和成型过程。

英国历史学家约翰·伯里（John Bagnell Bury，前译伯瑞）于1920年写过一本厚厚的书：《进步的观念》，对"进步观念"的发展史进行了详细梳理。伯里本人是信奉"进步论"的，对进步论的家底身世了如指掌、视为珍宝。

在他看来，进步论的出现其实很晚，萌生于公元16世纪末17世纪初，是启蒙时代的产物。在这之前，历史学界占据主流地位和压倒优势的反而是"退步论"，人类社会中一些最伟大的思想家的历史观都是倾向于"退步论"的。如柏拉图、亚里士多德，他们都相信在人类社会早期曾经存在一个"单纯质朴、天真自在的黄金时代"，而人类社会后来的发展全是对这个美好时代的背离，历史的发展是人类一再堕落而又力挽堕落的过程，这和《圣经》里表述的历史观也是大体一致的。在我看来，持这种"退步论"历史观的古代圣贤中，显然还应当包括中国的孔子、孟子、老子、庄子们，他们心目中的黄金时代是夏禹、商汤、周文王的三代盛世。孔子以"兴灭继绝"为己任，他心目中的理想人格是先他五百年的周公；孟子主张"遵先王之法"，处处以尧舜为楷模。老子、庄子是更加彻底的倒退派，甚至主张"绝圣弃智""绝仁弃义""绝巧弃利"，回归到"圣人"之前的素朴混沌状态，复返于生命之初的婴儿状态。

---

① 转引自胡晓明：《王元化画传》，上海文艺出版社1999年版，第206页。

彻底摧毁这种"历史退步论"的,是欧洲启蒙运动的两位先驱人物培根和笛卡儿。培根提出"知识就是力量",科学技术是"满足人类物质便利和舒适"的工具。笛卡儿则宣告人对于自然的独立地位和支配地位,人的理性是至高无上的,是认识自然、控制自然、开发自然的力量源泉。按照约翰·伯里的说法:正是在培根、笛卡儿的"精神氛围中","一种关于进步的理论即将成形"。① 此后,孟德斯鸠试图将自然科学的理论应用到社会现实的研究中去,设定人使一切存在获得意义,人的利益高于一切。黑格尔则以"绝对精神"的演进为人类社会绘制出一个封闭的进步系统;费希特指出人的欲望是没有尽头的,发展的目标是永不可企及的,因此进步永远不会停止。达尔文生物进化论面世后,很快被嫁接到人类社会领域。此前牛顿物理学中的时间观,恰恰为人类历史进步论提供了一种线型的、匀质的、无限的时空模型,"进步论"似乎因此奠定了科学基础。透过以上论证,伯里指出:"在过去的四十年里,几乎每个开化了的国家都为社会提供了大量著述,其中无限进步被普遍认为是一条自明之理。"在该书的结尾,伯里回顾道:进步观念一直与现代科学的发展与理性主义的张扬相关联,也与民主政治的斗争相关联。

站在启蒙主义的立场上,伯瑞里得完全正确。中国的事实也可以印证这一点,中国也正是在它的"过去四十年"——1880 年到 1920 年间"开化"的,"五四"运动是一个标志。而"五四"的旗帜上书写的正是"科学"与"民主",而这也成了中国那个时期以来"无限进步论"滚滚向前的原动力。至此,"进步论"无论是在西方或是在东方都已经定型。1924 年中国哲学家冯友兰先生在他的《人生哲学》一书中,专列了"进步派——笛卡尔、培根、费希特"一章,并将"进步主义"概括为:"人与天然,两相对峙,而人可以其智力,战胜天然也。"②

---

① [英] 约翰·伯瑞:《进步的观念》,上海三联书店 2005 年版,第 242 页。
② 冯友兰:《三松堂全集》第二卷,河南人民出版社 2001 年版,第 132 页。

通过上述对于"进步论"出身、家世、生成过程的盘查,便可以发现"人与自然的二元对立""人类中心""理性至上""以科技手段开发自然""以更多的物质消费营造人间幸福"是进步观念的主导思想。

这种"进步观念"的一个绝对指标是"经济的增长"。因此,长期以来各个国家都是把国内生产总值作为衡量社会发展进步的尺度,全都相信经济的持续发展,国民收入的逐年递增,消费水平的不断提升,将给国民带来越来越多的幸福。这一进步观念不但在三百多年来确保了西方发达国家无可替代的优越地位,确保了资本主义制度最富成效的竞争实力,同时也对经济落后的国家产生了强大的诱惑力和号召力。当年毛泽东主席制定的"大跃进"式的社会主义建设总路线,也是出于这种快速进步的愿望,"钢、煤、粮、棉"四大元帅一起"升帐",十五年内"超英赶美"。

二、 进步论遭遇多方质疑

从18世纪初算起人类社会高速发展三百年后,人们渐渐发现,这种发展进步带给人间的并非全都是福音,同时还有偏失、灾难、祸患,还有一时看不清楚的恶兆和噩梦。

20世纪连续两次世界大战,暴露了工业文明时代人性的畸变,在奥斯威辛集中营的毒气库和广岛原子弹爆炸的废墟上,是超高效、大规模的生命毁灭。伴随着"科技"的发展,却很难看到人性的进步。近年来愈演愈烈的地域间贫富差异的扩大、民族冲突的升温、恐怖组织的蔓延更增加了人们对进步怀疑的理由。况且还有人提出,即使工业的发展、技术的进步、产品的丰富,消费的增多,也并没有使国民个人的幸福感得到相应的提升,没有使国民的生活质量得到切实的改善,在许多方面反而下降了。

给这种"进步论"更响亮地敲起警钟的,是地球上接踵而至的生态灾难和日益逼近的生态危机。且不说地下的矿藏和地上的物种是有限的,包括空气、水源甚至阳光在内的这些地球资源也都是有限的,在一个有限的空间里追求无限的发展,岂不是一场自欺欺人的美梦!

"进步论"在走红近三百年后,"进步"的初衷似乎已经大部分落空。在今天的社会学界和历史学界,"进步论"渐渐失去了大半信誉,进步论者也已经失去了往昔的气势和风采。

实际上,"进步论"从产生伊始就不断受到质疑和反思、批评和抵制。

18世纪法国哲学家卢梭可以看作反对"进步论"的一位旗手,他断定"社会发展是一个巨大错误;人类越是远离纯朴的原始状态,其命运就越是不幸;文明在根本上是堕落的。"正如尚杰教授指出的:"卢梭从另一角度揭示了其他启蒙学者不曾看到的东西:人类文明在创造财富和舒适的同时,必然要失去另外的东西,而且是永远地失去了。"[①]启蒙主义思想家卢梭从一开始就看到了"启蒙"产生的负面效果,这使他成为超越了一般启蒙理念的思想家,一位以反启蒙面貌出现的启蒙者。

在卢梭之后,再次对现代文明进步论发起攻击的是法兰克福学派的思想家们。其中与卢梭的"原始主义倾向"较为接近的是本雅明。本雅明以散发着诗人激情的语言指责:进步的概念在历史的线性进程中使用是一种误用,误用了牛顿物理学的时间观。启蒙的"进步"是对本源的背叛与破坏,因而是盲进,是背离,带给人们的是灾难,是地狱。现代化进程留给历史的只是一座座废墟。他的名言是:"本源就是目标,复归也是救赎。"马尔库塞则用同样尖刻的语言指责道:"进步的加速似乎与不自由的加剧联系在一起。在整个工业文明世界,人对人的统治,无论在规模上还是在效率上,都日益加强……集中营、大屠杀、世界大战和原子弹这些东西都不是向'野蛮状态的倒退',而是现代科

---

① 尚杰:《启蒙时代的法国哲学》,凤凰出版社2005年版,第263页。

学技术和统治成就的必然结果。"①在法兰克福学派思想家的批判下,由科学技术和工业生产决定的社会进步论已经成为一种"现代神话",甚至是一种充满虚伪性与欺骗性的神话。

一波未平,一波又起。继法兰克福学派的批判之后,"进步论"又开始受到后现代思潮的冲击。据旅居美国的学者王治河先生论证,实际上存在着两种不同的"后现代":一是否定性的、解构性的后现代,以福柯、德里达为代表;一是建设性(建构性)的后现代,以罗蒂、柯布、格里芬为代表。前者关注人与人的关系,人与语言、文化的关系,为破解现代话语的宏大叙事不遗余力;后者更关注人与自然、精神与生态的关系,为全球生态运动提供了重要思想资源。两种"后现代"在对待启蒙运动以来的进步论的态度上却都是批判的、否定的。

格里芬的语调是沉稳的:"'进步的神话'到底意味着什么?它是否意味着这样一个假设:一种把过去的绝大部分事物都当作迷信而加以抛弃、并一味地想通过对自然的技术统治来增加人们的物质享受的文化,能够带来一个和平、幸福和道德高尚的世界?果真那样的话,那么,进步的理想也就被证明是一个贬义的神话。"②

福柯在否定"历史进步论"时要激烈、尖刻得多。他认为,历史并不存在终极目的,更不存在黑格尔式的普遍理性进步史。"历史连续性"的概念只是一种人类中心论话语的推断,历史更不是一曲关于进步的赞歌,而现在所发生的并不一定比过去发生的更好、更先进、更好理解。在他看来,现代社会中貌似科学的企业管理,只不过是早先"监狱纪律"的普遍推广而已。

有趣的是,启蒙话语中的"进步观念"本来是力求以"科学"为依据的,后来,在科学内部也开始了对于这种"进步观念"的拆解与颠覆。

在爱因斯坦发现物理学的相对论之后,人们同时也发现"进步"所依托的

---

① [美] 马尔库塞:《审美之维》,生活·读书·新知三联书店 1989 年版,第 19 页。
② [美] 大卫·格里芬:《后现代精神》,中央编译出版社 1998 年版,第 25 页。

"时间"，并不是绝对的、直线的、匀称的、无限的。与此相反，新的时间概念却可以是相对的、扭曲的、非匀称的、甚至中止在某一点（黑洞）。爱因斯坦在晚年常发出如此感叹："人类对于无尽止进步的信心，仅在五十年以前还是那么广泛地流传着，现在却好像已经完全消失了。"①

近年来科学界隆重推出的"复杂性"理论，似乎又为科技进步、社会进步套上了一副难以解套的"绊脚索"，使进步变得更加举步维艰。复杂性理论提出一种"九头怪效应"的法则：传说中的这个妖怪在被砍下一只头颅时便会长出另一只头颅，甚至更多的头颅。"进步本身使我们越来越深地陷入困境。因为每一个问题地解决都将导致新问题的出现，就像九头怪那样难以根除。"而且尤其麻烦的是，在我们砍下这只头颅时，还不知另一只头颅从哪里出现，这只头颅又将给我们带来哪些风险。伴随着社会进步，问题在不断增殖，管理在不断膨胀，而风险也在不断提升。复杂性理论的推断是悲观的，它认为在进步的道路上，"哪里通向正确的步骤数目增加一倍，哪里事情出错的可能性也会相应地增加一倍。"②剪不断，理还乱，科学技术给人以聪明，结果聪明反被聪明误。人类处理更大复杂系统的能力终有一天会达到极限，所有人造系统可能由于某一偶发诱因的出现在自然面前失效，其结果将是不堪设想的。

至于解决的办法，复杂性理论的发现者似乎也没有什么积极的筹措，能够提出的忠告：一是适当约束我们一心进步的热望，向自然的限制适当妥协，乃至必要的退缩；二是认识自己的局限，承认理性的困境，承认我们知识的不完善性，"无知"有时反而也是一种"自我防护"。③说到这里，我觉得这"复杂性理论"简直像是朝着古代中国老子倡导的"朴治"与"弃智"的方向运作了。

---

① ［美］爱因斯坦：《爱因斯坦文集》第三卷，商务印书馆1979年版，第325页。
② ［美］雷舍尔：《复杂性——一种哲学概观》，上海科技教育出版社2007年版，第213页。
③ 同上书，第223页。

三、 浪漫主义作为欧洲现代化进程的促退派

英语 romantic 一词,源于南欧一些古罗马省份的罗曼系语言,是多种方言与拉丁语的混合,罗曼系语言曾是当地许多民谣与传奇故事的载体。勃兰兑斯(Gerog Brandes)在他的《十九世纪文学主流》一书中界定浪漫主义的涵义时,首先强调"浪漫主义本质上只不过是文学中地方色彩的勇猛的辩护士",是颇有见地的,他的这一论断不意间为浪漫主义对抗统一理性与普遍法则埋下了伏笔。

勃兰兑斯对浪漫主义进一步详加阐释时指出:浪漫主义者赞颂中世纪,抨击假古典主义,抨击把所有时代和民族加以现代化的千篇一律的作法,他们尊崇地方色彩、异国情调、远古生活。在谈到 19 世纪欧洲的浪漫主义作家时,勃兰兑斯对他们的"退步论"的社会观念并无好感,他一一指出:柯勒律治(Samuel T. Coleridge)"对启蒙时代的哲学原理提出了全面的抗议";华兹华斯(William Wordsworth)"对现代的文明轻易否定,认为这种文明和道德格格不入",他以乡下人自居,作品里"呈现给读者的却是某种近乎停滞的宁静的乡间生活……纯地方性乡土之恋。"德国诗人荷尔德林(Friedrich Hölderlin)则"渴望从当时人为的社会结构中逃出来,逃向自然去……重新找到永恒的自然","他为一去不复反的事物所苦","他的整个写作活动便只能是对于失去的希腊的眷恋不舍的悲悼"。在谈到德国也是整个欧洲的浪漫主义文学先驱施莱格尔(Karl W. F. Schlegel)时,勃兰兑斯一连用了九个"退回"和"后退"表达他的愤懑:"退回艺术天才的随心所欲""退回到游手好闲""退回到单纯享受的植物化""退回到知觉的信仰""退回到极乐世界的原人状态"等等。①

---

① ［丹麦］勃兰兑斯:《十九世纪文学主流》(第二册),人民文学出版社 1981 年版,第 68 页。

勃兰兑斯自己信奉实证主义、科学主义，是一位追随欧洲现代化进程的进步论者，《十九世纪文学主流》一书又是写在两次世界大战之前的资本主义兴旺时期，因此，在他看来，十九世纪的文学思潮竟大半是"反动"的，即逆工业化、现代化潮流而动。他在历数了欧洲浪漫主义的种种"倒行逆施"后，立场鲜明地表示："我们坚决不朝后退，我们一定要向前进！"

也许由于时代的局限，这位杰出的文学评论家却没有进一步探讨：这些诗人、小说家尽管如此"反动"，却为什么又留下如此精美动人的作品（这也是勃兰兑斯所承认的）。他更没有深入追究：此类"反动"而又"优秀"的文学家，究竟为什么会与时代的大潮发生如此严重的冲突。

就这一话题"接着说"下去的，是浪漫主义策源地德国的两位思想家本雅明和马尔库塞。此时，两次世界大战相继展开，资本主义社会的内在矛盾暴露无遗，关于现代社会进程的反思也由此正式拉开大幕。这两位思想家由于对"浪漫主义"的重新定位与高度评价，被人称作"伟大的浪漫主义者"。

在他们看来，浪漫主义文学与现代社会之间的冲突，主要是"美学法则"与"工业社会法则"的格格不入。比如，关于"自然"的美学地位，在本雅明看来，"自然美学是艺术美学的基础"，工业化的自然是对自然美的破坏，其特征是一元化文化的乏味和一切自然人文历史语境的丧失，因此它抵牾美学体验。荒野的自然产生了崇高美，而工业化的原则把自然变成了一片美学的荒原。过了若干年后，本雅明的这一论断在美国生态批评家雷切尔·卡森的《寂静的春天》一书中得到了确证。马尔库塞更多关注的是社会现实，他认为，十九世纪以来，大多数文学艺术家尤其是那些浪漫主义诗人，都对经济和文化生活中日益加剧的机械化、市场化持批判立场，因为"工业化和机械化是一个对精神价值毁灭和使之边缘化的进程。"正如华兹华斯在他的诗篇中吟咏的：这个伟大的民族已被什么东西控驭，宝剑换成了账簿，教育在追逐财富，高尚情思日渐衰微，蝇营狗苟，心劳日拙，这世界真叫人难以思忖，"苍天！我宁愿做一吮吸陈旧教条的异教徒！"于是，这些人为了捍卫他们的社会理想与艺术理想，不得不与资产阶级的物质主义、工具理性全面决裂，并因此背上了"逆历史潮流而动"的坏名声。

勃兰兑斯尽管也看到了欧洲浪漫主义文学在艺术成就方面的光辉业绩，尽管他在总结法国的浪漫主义运动时也曾指出："浪漫主义曾经几乎在每个文学部门使风格赋有新的活力，曾经在艺术范围内带来了从未梦想过的题材"，但他对这些文学家在时代大潮中表现出的"倒退""反动"的姿态仍然缺少恰当的评估。①

随着工业社会种种危机的日益呈现，文学对现代社会进步论的抵制，对现代工业文明的评判，就越来越显示出其"积极性""革命性"与"超越性"的一面。在本雅明看来，科学的进步、经济的增长并不等于社会的进步、人类文明的进步。与此相反，这种单一的进步力量更像从天堂里逆向吹来的"一场风暴"，"它以进步的名义把堕落后的人类带向离天堂越来越远的去处，风暴所经之地留下的是一片废墟——现代性的废墟。"②在他看来，真正的进步观念首先是一种批判意识，而在这种批判中，对于往昔的回忆，对于前资本主义文化的怀恋，即那些被斥责为落后倒退的"返乡"意识，恰恰可以成为"为将来战斗的武器"。马尔库塞同样强调，"真正的乌托邦植根于对于过去的记取中"，"艺术遵从的法则，不是去听从现存现实原则的法则，而是否定现存的法则"，这种否定既是对现实原则的扬弃，也是对它的超越。一旦对过去的追忆成为变革现实的"始发力量"，这种浪漫主义的追忆也就拥有了革命的含义。③

本雅明、马尔库塞都被视为"西方马克思主义者"，在他们看来，曾经被人加上"反动"恶谥的"浪漫主义"，与马克思主义的精神实质并不矛盾，起码与他们信奉的马克思主义并不矛盾。

---

① ［丹麦］勃兰兑斯：《十九世纪文学主流》第二册，人民文学出版社 1981 年版，第 223 页。
② 郭军等编：《论瓦尔特·本雅明》，吉林人民出版社 2003 年版，第 257 页。
③ 参见［美］马尔库塞：《审美之维》，生活·读书·新知三联书店 1989 年版，第 256 页。

至此，我们可以大致归纳一下，起始于近代欧洲的浪漫主义文学的涵义。简单地说，这是一种与启蒙运动的思维定向、价值取向唱反调的文学，一种与方兴未艾的现代工业社会反其道而行的文学。这一时期的浪漫主义文学表现的主要思想倾向是：重精神，轻物质；重情感，轻理智；厌恶工业文明，珍惜生存的诗意；崇尚自然心灵，敌视现代科技；背对现实，追忆往昔；热衷于回归乡土、回归民间、回归自然、回归传统，其作品的情调往往是悲悯的、感伤的，且多采取想象的、夸张的、幻化的乃至神秘的创作方法。

　　相对于"时代进步"，这种思潮显然是一种退步的乃至反动的阻滞力。然而，我们不能不看到，就是此类"退步文学"却在世界文学史上留下光辉灿烂的一页。并且，这一逆现代化而动的文学思潮在一百多年之后，反而成为种种"后现代文学艺术"的先兆；在 21 世纪伊始，这一热衷于回归的文学思潮又为文学艺术的生态批评提供了宝贵资源。

　　这里我尚且无力为浪漫主义文学绘制一张周全的谱系，但有一点可以断定：从欧洲的卢梭、荷尔德林、施莱格尔、华兹华斯、柯勒律治、雪莱、雨果、乔治·桑、梅里美、罗曼·罗兰、屠格涅夫、陀思妥耶夫斯基，到美国的梭罗、惠特曼、哈代，印度的泰戈尔，日本的川端康成，都是浪漫主义的中坚。至于晚近一些被冠以"现代派""先锋派"的各色作家，如艾略特、里尔克、卡夫卡、普鲁斯特、福克纳、马尔克斯等，似乎也都不难寻出他们与 19 世纪浪漫主义的血缘关系。如果说 19 世纪以来的世界文学史中，浪漫主义的家族占据了半壁江山，恐亦不算为过。

　　现在我们来看一看中国的情况。

　　中国的现代化进程比起欧洲要迟到近二百年，西方启蒙思想在中国知识界系统传播，已是 19 世纪末、20 世纪初了。与西方一样，中国现代化运动一开始，便也受到思想界、文化界一些人程度不同的怀疑、反对和抵制。据美国学者艾恺在《世界范围内的反现代化思潮》一书介绍，其时中国反现代化学者的典型人物是辜鸿铭、梁漱溟、张君劢，以及后期的梁启超。也许还应加上章太炎、王国维。至于文学创作界的代表人物,则可以推举出沈从文。遗憾的是这些人在中国现代思想史中得到的评价往往是一贬再贬,远不如他们的欧洲同行。

就文学创作而言,在对抗现代化浪潮中立场最为显著、成就最为突出的是沈从文,而他的命运也就因此更加悲惨。沈从文的创作思想与19世纪初欧洲浪漫主义思潮相似,而与"五四"时代盛行的启蒙理性、科学精神相背离。他挑剔现代进步,留恋往昔的"抒情诗气氛";守望农业文明,耻与现代都市人为伍;沉湎田园视景,钟情山野自然;追思往古神圣,呼唤原始野性,与那个时代的"进步作家"相比,沈从文无疑是一位"保守"的、"落后"的、"退步"的、甚至多少有些"反动"的作家。在新中国成立之后的三十年中,沈从文一直被冷落,被当作文学史上一个保守、愚昧、落后、倒退的典型。20世纪80年代后期,随着国门大开,海外关于沈从文研究的成果大量涌入。对沈从文文学成就研究的成果之多、评价之高,一时间颇让国内学界目瞪口呆:"沈从文是中国现代文学中最伟大的印象主义者","沈从文的一流作品也是中国小说的一流作品","沈从文是中国现代文学史上少有的几位伟大作家之一","沈从文的文学成就虽然不能与莎士比亚、巴尔扎克相比,但完全可以与华兹华斯、福楼拜、普鲁斯特、福克纳并列"。若不是去世,沈从文还将成为诺贝尔文学奖的候选人。对于这一世界罕见的、近于荒谬的文坛公案,中国的文学评论、文学理论、文艺政策、文学史书写是否也该做出一些更深刻的反思呢?

四、 重议文学的社会功用

现在让我们回到"文学反映社会生活""文学的社会作用"这样一些传统话题上来。对于这两个已经遗落在当下文学理论视野之外的"陈旧话题",其实没有人能做出截然否定的回答。人们之所以对其表示不同程度的厌倦,依照马尔库塞的说法，只是以前的主流文论对其做出了太多机械论的、教条式的解答。

马尔库塞认为，文学与社会生活的关系不能简单地纳入经济基础决定上层建筑的框架内，不能要求文学艺术总是直接地反映现实生活、反映现实主流生活、反映现实主流生活中的革命生活，即所谓"社会的进步"。文学与社会生活、与社会进步的关系比我们知道的要复杂得多。文学艺术的社会潜能"仅仅存在于它自身的审美之维"，而文学的审美之维的基本属性是"人性的普遍性"、"人与自然的神秘关系"、"作品的整体性——包括对过去事物的眷恋"。"艺术同实践的关系毋庸置疑是间接的、存在中介以及充满曲折的。"[①]马尔库塞与他的法兰克福同事们坚信，美与善总是统一的，充分拥有了审美属性的优秀文学作品，或多或少、或早或晚都会对社会发生良好的效应；而那些直接指向某项政治目的急于"立竿见影"的文学作品，反而不能有效地发挥其社会功用。这似乎又是一种"文学的吊诡"，拼命要推动社会进步的文学反而没有起到真正的推动作用，甚至还有可能把社会推到了意想不到的泥潭之中；而那些充满"危机意识"全力批判现实，一心幻想退归本源的文学，却会不经意间站在了历史的前沿。本雅明曾经这样评论波德莱尔，马尔库塞又这样评论爱伦·坡、瓦雷里、普鲁斯特，认为他们的作品对社会产生的影响要比那些说教式、直接服务于政治的文学作品更深沉、更久远些，这就是审美的超越。

纵观人类社会近三百年的现代史，显然并非总是"直线进步""普遍进步"的。应该说在"现代化"的进程中，人类作为整体性的存在有得有失。得到的是物质上的富裕和享乐，失去的是精神的高尚与丰满；得到的是一个捷便的人造生存空间，失去的是清新美好的自然，同时失去的还有生活中的诗意与宁静平和的心态。目前这种"进步"仍在"提速"，并在"全球化"的名义下以更快的速度向世界各地蔓延，即使希望减缓一些速度也不能够。英国当代享有盛誉

---

① ［美］马尔库塞：《审美之维》，生活·读书·新知三联书店1989年版，第239页。

的社会学家吉登斯将这样一个我们深陷其中的社会命名为"失控的世界",高效益伴随着高风险,最终的结果全都无法预料。他说"现代社会变成了一头难以驾驭的猛兽",这一切全都与"启蒙思想家们的期望南辕北辙",至于是关于现代社会的设计有误,还是操作有误,也还没有人能说个清楚明白。①

在这样的情况下,你怎么能够证实文学家们是否"如实"地反映了现实生活,是否"积极"地发挥了文学的社会作用了呢?

有一种能够超越于现存工业社会法则之上的法则,那就是审美的法则。而这一法则恰恰就是不遵循任何法则的文学艺术家自由的个性、就是扎根于神圣大自然中的文学艺术家的淳朴天性,就是深潜于历史积淀之中、融渗于天地万物之中的文学艺术家的隐秘心灵。凭着这样的天性和心灵,优秀的诗人、作家成了一个时代、一个社会最灵敏的神经,使他们能在不甚自觉的情况下探测出时代潮流之下暗藏的危机、百年风云过后将要萌发的时代病症。这样的作家、这样的文学看似有悖于时代主流,却往往可以对高速运转的社会生活起到一种"制衡"作用,一种不经意的"制衡"。卢梭、梭罗、荷尔德林、惠特曼、陀思妥耶夫斯基、泰戈尔、本雅明还有沈从文,就是这样的作家。在他们置身的那个时代,他们往往显得有些格格不入,有些倒行逆施,往往被同代人漠视乃至鄙弃。印度的泰戈尔在1924年春天访华时,由于对"西方物质主义文明"大加挞伐,对中国的"古老文化传统"大加赞颂,惹得中国当时"进步文学界"人士一致反感,甚至有人在他演说的现场散发传单,立马要将他遣送老家。

历史学家许倬云在"五四"运动70周年前夕曾经指出: 20世纪初的中国知识界面对的实际上是"两种文化的僵化",其一是中国本土民族文化发展到清朝末年已经僵化;其二是西方的现代化突飞猛进三百年后"也正面临僵化的趋势",甚至已经出现某些"恶化"。② 当时中国追求进步的斗士型知识分子并

① ［英］吉登斯:《现代性的后果》,译林出版社2000年版,第133页。
② 参见许倬云:《中国古代文化的特质》,新星出版社2006年版,第62页。

没有意识到这一点，而坚持"乡下人"身份定位、持文化守成主义的沈从文却无师自通地抵制了这后一种"僵化"，并且以自己的一系列作品进行了抗争，无形中给那时的进步热泼了一瓢冷水，为社会的向前发展预设下一些反思的空间。遗憾的是中国知识界的主流在一个相当长的时期内没有形成这种反思意识，不但自己一往无前，也绝不允许有人阻挡"时代的进步"。回头再看看欧洲18、19世纪浪漫主义文学，卢梭、华兹华斯、施莱格尔、荷尔德林等人的所作所为，不但获得了更多的宽容，甚至还被褒奖为现代性的第一次反思，资本主义兴盛时期的一次自我反省、自我批判、自我对抗，是资本主义社会内部在精神领域生长出来的一种朝气蓬勃的生命活力，一种制度内的协调、制衡机制。

以西方的社会发展史为鉴，以我们自己的经验教训为鉴，反思文学与社会进步的关系，重估"退步论"文学的社会功能，并不是毫无意义的。

首先需要肯定的是，在当前的世界格局中对于一个长期处于贫穷落后的国家来说，发展和进步的诉求有着充分理由。当今世界上越是经济落后的国家越是对发展进步充满了渴望，这也是完全可以理解的。落后就要挨打。而且因为落后，以前已经挨了许多打。这个世界并不公平，也不仁慈，并且常常是只讲实力、只讲势利，而不讲道义的。虽然如此，我们仍然不能不看到，尽管制度不同，工业化、城市化、高科技化、全球市场化带给一个民族一个国家的问题往往是相似的。日益严峻的生态危机差不多已经成了限制发展规模、减缓发展速度的一道无可回避的门槛。"退耕还林""退牧还草"都是退，地球上的自然资源是有限的，"退一步""慢一点"常常是必要的，适当的退缩才能够保证生态安全。

人类社会的发展不能没有制衡的力量，尤其当这个社会在高速运转或深度转型的时候。半个世纪前中国的那场"大跃进"因为不允许"促退派"的存在，不允许有人给"大跃进"泼冷水，结果给神州大地招致来惨祸，仅仅两年过后中华民族便为此付出了千万条人命的代价。

社会制衡可以依靠不同的措施和手段。而文学艺术的制衡作用由于其自身的属性往往被忽视了。文学艺术的社会制衡作用较之政治的、经济的、法律的、军事的制衡要"柔弱"得多,它更多的是一种精神和意向、情感和想象上的制衡。它没有行政命令的威严,没有经济制裁的刚硬,更没有军事打击的严酷。用沈从文的话说,那只是一种书呆子式"即景生情",某种个人情绪的排遣。你可以听,也可以不听,可以当回事,也可以不当回事,一切都是自发的,自由的,自然的。对于文学家自己来说,它可能是一种心理调节,对于喜欢它的读者来说,自然也会受到情绪上的感染,情绪上的沆瀣一气,从而化作一种心理意向、一种精神力量,一种温情、柔弱而又柔韧的力量,从而对社会的进程发生某些微妙的影响。切不可低估了文学的"弱效应",这种情绪与精神上的制衡虽然柔弱,却可以在一个相当长的历史阶段里,对一个民族的健康成长发挥不可替代与不可估量的作用。

(《文艺争鸣》2008 年第 5 期)

自然之维：中国文学史书写的生态视阈

　　"自然"在中华民族的思想史中拥有崇高地位。然而，中国人在书写自己民族的文学史时，却放弃了自己的民族立场和思想传统。中国文学史的百年书写，依赖的是对一种"现代社会发展模式"的认同：走出自然，改造自然，意味着文学的发展和进步；顺应自然，返归自然，则意味着文学的消极乃至反动。文学价值与意识形态的成见形成显著的落差。随着"人类纪"的到来，人与自然的关系比以往任何时代都更紧迫、更严峻地摆在我们面前。文学现象以及文学的历史，同样应当在这个统领全局的视阈内重新审视。文学不但是人学，同时也应当是人与自然的关系学、人类的生态学。文学史的书写也应当体现出人与自然的关系史。文学与自然曾经一道蒙难，也将一道复苏。

一、 中国文学史书写中的百年遗漏

　　中国古代学术研究中并没有严格意义上的文学史著述，只是在一些史书中附设的"儒林传""文苑传""文选""文章志"中记载了一些与文学史相关的素材。中国人自己撰写本国的文学史,是从20世纪初(1904年)开始的。据统计,一百年来出版的各类中国文学史著竟达一千多部,算得上一门"显学"了。

我在进行我的生态文艺学研究时曾浏览了多部中国文学史,我突然发现,"自然"的位置在这些文学史中几乎全被忽略乃至放弃了。从生态批评的视野看,这显然是一个遗漏,对于中国文学史的书写来说,可能是一个重大的失误。最初的文学史编写,如林传甲、黄人、刘师培、王梦曾、谢无量等人编写的中国文学史,基本上还停留在对于作家、作品的罗列介绍,体例不一,内容驳杂,水准不高。然而,在这些早期文学史著中,我们尚且可以看到"自然"的迹象;待到后来,文学史的书写渐渐完备、成熟了,"自然"却变得更不足道,即使偶尔出现,或者仅只作为文学表现的题材,或者竟至成了消极的、有待于克服或战胜的对象。比如,有的文学史著中:讲文学起源于"劳动",而劳动就是向自然开战。讲"神话"是文学的最初样式,而神话反映的就是人类与自然界作斗争的坚强意志。"女娲补天","反映了我国原始人对自然作斗争的无比伟大的力量"。"后羿射日",歌颂了劳动英雄,赞美了优良的生产工具。"夸父追日",则更是表达了人类征服自然的决心。

与此同时,大量表现人与自然相依相生的神话被排斥于文学史的书写之外,而对于选取的这部分神话则又做出过于简单、随意的解读。比如,据叶舒宪先生的认真考据,夸父并非与大自然较量的烈士,"夸父追日"恰恰表达的是以阴逐阳、和阴入阳的"道"的循环运动,是我们的祖先对这一自然规律的认同。① 又如,老子与庄子的美学思想对于中国古代文学发展的影响显然大于荀子与王充,但在一些权威的文学史著中,老、庄占据的篇幅却不及荀、王的一半,至于对他们的评价,更是表现出立场鲜明的褒和贬。

① 叶舒宪:《中国神话哲学》,中国社会科学出版社1992年版,第139页。

老、庄因其主张天人合一、天人合德、参赞化育、顺应自然而常常被指责为消极悲观、反动迷信；荀、王则因其倡导天人之分、戡天制天、理物骋能、人定胜天而总是被颂扬为无神论的英勇战士、伟大的唯物主义思想家。

为什么会出现这样的情况呢？

我发现，所谓成熟的中国文学史书写，原本依赖于对一种"现代社会发展模式"的认同：社会的进步决定于生产力的发展——那主要是人对自然界的挑战与开发，人类与自然成为两个截然对立的存在。因而，文学的发展便意味着文学如何走出自然。走出自然，改造自然，意味着文学的发展和进步；顺应自然，返归自然，则意味着文学的消极乃至反动。于是，文学的价值与社会意识形态的成见在诸多文学史的书写中常常形成显著的落差，这就是我所要解释的第二个问题。

二、 中国文学史书写依据的是西方现代工业社会思维模式

于20世纪初启动的中国文学史的书写，所依据的显然并非中华民族自己的传统文化思想，而是西方现代工业社会的主导思想。中国人在书写自己民族的文学史时，放弃了自己民族文学中固有的思想传统和民族立场。应当说这与近百年来中国社会发展的总体动向密切相关。正如戴燕在其《文学史的权力》一书中指出的："中国文学史的编写，与近代中国努力在新的世界格局里探索新的定位，正好同步。"[①]

遗憾的是，历史为中国人走向世界选择了一个非常糟糕的时机——当中国刚刚开始打开国门的时候，中华民族自己的道统已经衰微，面对的是一个强大、高傲而又蛮横的西方世界；当中国的知识界开始瞻望西方时，自己却已经

---

① 戴燕：《文学史的权力》，北京大学出版社2002年版，前言第2页。

失去了起码的自信。于是便造成了这样的境况：中国对西方的倾慕、追随、学习、模仿竟是以西方对中国的鄙薄、拒斥为前提的；而中国接受西方现代文明的前提，则是首先必须拔除自己的文明之根。五四运动前后，中国一批民主革命的先驱，严复、鲁迅、胡适、陈独秀以及钱玄同等人或多或少都曾介入过这场"自我拔根运动"。现在有人讲，中国人如果在康熙大帝或乾隆年间就改革开放，那么现在称霸全球的就不会是美国了。世上没有后悔药！再说，当霸主也不是什么好事。

五四文化革命以后，中国在很大程度上拔除掉了自己的民族文化之根，移栽进来的是"科学"与"民主"，是辩证唯物主义与历史唯物主义，是同时夹杂了"实证主义""物质主义""功利主义""科学主义""二元对立的思维模式""直线的、决定论的社会发展观念"等西方现代思想。五四文化革命运动中，中国文学史书写的主流，是以胡适为代表的"科学实证"路线。"白话文学""平民文学"背后是西方现代社会的"科学""民主"。在胡适看来，科学技术的进步决定了社会文明的进步，语言是文学的工具，语言的进步决定了文学的进步，白话取代文言是语言的进步，因而也就是文学的进步。我发现，以往我们虽然大规模地批判过胡适，但胡适的文艺思想在许多方面与毛泽东的文艺思想是很接近的：胡适主张"白话文学"与"平民文学"，类乎毛泽东主张的"喜闻乐见""大众化"。于是，在胡适的文学史书写中，李商隐、严羽成了文学的罪人，而城市工商业渐趋发达的明清白话小说就成了中国古代文学进步的顶峰。

中华人民共和国建立之后，文学史的书写在科学实证的基础上则又强化了阶级斗争的学说和唯物、唯心两条思想路线斗争的学说。《水浒传》成了农民起义的教科书，《红楼梦》成了阶级斗争的形象画卷，至于对每一位作家的评价，首先要判明他的阶级出身和政治立场，及其对于推动社会进步发挥的作用。比如写到陶渊明，就说他的优点是不与统治阶级同流合污，还亲自参加劳动；缺点则是乐天知命、顺应自然，得过且过，放弃了积极改造社会的理想。至此，"自然"在中国古代文学史中已经彻底失去了正面存在的理由。

三、 自然在中国传统文化精神中的特殊地位和意义

首先请教大家一个问题：一个民族的文学艺术与一个民族的传统文化精神之间的关系是什么，一个民族的文学史的书写，要不要依据或突出这个民族传统的文化精神？这个问题的答案或许不是必然的，我也没有完全想透彻，但我倾向于肯定的回答。让我暂且假定：如果说一个民族的文学历史的书写必须切合这个民族文学的特质，必须植根于这个民族的精神文化的土壤之中，必须以这个民族特有的宇宙观、存在论、价值取向、审美偏爱为依据的话，那么，世界上其他国家的文学史的书写或许可以忽略"自然"这一维度，惟独中国文学史的书写绝对不能无视于"自然"的存在。这是因为较之西方，"自然"在中国古代哲学思想中含有截然不同的意义，在中国文学演替的历史中曾经拥有至高无上的地位。

在人类文明之初，中国人与古希腊人关于"自然"的认识也许有一个共同的原点：比如，泰勒斯(Thales，前624—前574)把自然比作"母牛"，老子则把自然比作"玄牝"——巨大而奇妙的母体，自然被视为生机与活力的化身。但在西方，自柏拉图、亚里士多德之后，自然渐渐被从人的世界中分离出来，成为相对于人类社会的另一个世界，一个所谓的"客观世界"。尤其是到了近代，在西方的主流哲学家如培根、笛卡儿、牛顿的著作中，自然已经被彻底物质化、实体化，成为一架遵循所谓客观规律运转的机器，成为人类理智认识的对象，成为人类从中谋取福利的外在资源。在西方工业社会的主导思想领域里，人与自然是对立的，人是自然的主宰，是世界的中心。在中国的历史长河中，人们关于自然的观念，尽管中间也曾有着不同学派的分

歧,但就其主流而言,却始终没有背弃那个最初的原点,始终把自然看作一个包括人类在内的、独立的、完整的、拥有自己心灵的生命体,一个充满活力的、可以化生万物的、至高无上的母体。人与自然(天地)之间不但没有截然的界限,反而总是声气相感、血脉融通的。大家下去可以翻阅一下刘勰的《文心雕龙》,此书开张明义的"原道篇"中就反复论述了这样的自然观与文学观:文学之道乃自然之道:天、地、人三位一体;日月、山川、文章三位一体;形声、文采、心灵,三位一体;"天地之辉光"、"生民之耳目"、"夫子之辞令"亦同为一体。宇宙自然、社会人生、文学艺术原本是一个浑然有机、活力充盈、大化流行、生生不息的整体。

以往,我们站在西方概念形而上学的视野中,总是倾向于把此类思维模式看作"原始思维模式",看作是低级的、落后的、幼稚的、甚至愚昧的思维模式,现在看来,尤其是从当前生态运动的视野看来,这种思维反倒更接近于怀特海、贝塔朗菲的有机整体论和系统论的哲学,更接近现代人的生态型世界观。刘勰在《文心雕龙》里展现的这种文学观念,不但符合中国古代文学活动的实际,而且完全符合当前西方学术界刚刚兴起的生态批评的理念和精神。遗憾的是我们的文学史家、文艺理论家反倒轻易地拒绝了祖宗的这份珍贵的遗产。如游国恩先生主编的《中国文学史》就简单地把《原道篇》的主导思想判定为"唯心主义""神秘主义"。[1] 周振甫先生在对《原道篇》进行注释时,断然批评刘勰不该把作为"客观存在的自然"与作为"意识形态的文学"混为一谈,坚定地在"人"与"自然"之间筑起一道边界森严的壁垒。[2] 这里我们不该过多地苛求个人的正谬,这也许就是一种集体意志、社会性强迫对于个人学术活动的无形钳制。

---

[1] 游国恩等主编:《中国文学史》,人民文学出版社 1963 年版,第 315 页。
[2] 周振甫:《文心雕龙注释》,人民文学出版社 1981 年版,第 9 页。

四、 中国文学史书写中的两个异类

不过,即使在大一统的文学史书写中,也曾出现过自行其事、无视既定规则的少数异类。

我看到的,有两个人,一个是大陆诗人林庚。

1947 年,林庚在厦门大学任教时曾出版过一部《中国文学史》。该书丢开当时学术界的成规,从自己内心的真切感受出发,认定中国文学是诗性的、女性的、田园的、和谐的、中庸的,这与中国的象形文字与农业生产密切相关;著者以"诗性逻辑"为准绳,以生命不同成长期比照文学史阶段的划分,把唐代诗人王维奉为中国文学艺术的巅峰,全书文字清新自然,充满了生命气息和个性风采。但由于他没有遵循中国文学史书写的成规与常态,尽管在教学中受到热烈的欢迎,却仍被指责为是在"写诗"而不是"写史",是一个莫名其妙的"怪胎"。遗憾的是,新中国成立后,林庚被调入北京大学,渐渐放弃了自己的学术立场,经几度修改,他的《中国文学史》已经完全合乎教育部对中国文学史教学大纲的要求,却很难再看到学者自己的理论个性了。①

另一个,是漂泊海外的文化浪人胡兰成。

胡兰成于 1977 年在台湾出版了《中国文学史话》一书,这倒是一部彻头彻尾从中国传统文化入手,以中国的自然哲学为坐标的文学史。该书开张明义,认为:"文学之道,道法自然",并以"自然"为核心,为中国文学史的书写拟定"五项基本原则":

　　(一) 大自然是有意志、有灵气的;

---

① 参见陈国球:《文学史书写形态与文化政治》,北京大学出版社 2004 年版,第 4 章。

（二）大自然有阴阳变化；

（三）大自然是有限、无限的统一；

（四）大自然是合理性与偶然性的统一；

（五）大自然是循环的、周而复始的，大自然的发展变化是非线性的。①

在胡兰成看来，自然的法则也是文学的法则，民族的文化程度、文学的精神高度，全看其对待自然的态度。真正的文学，都应该能够与自然"素面相见"。② 科学、宗教都不能领会大自然深处的奥妙，惟有文学，惟有中国文学。在这部《中国文学史话》中，胡兰成一不看好西方，不但没有追捧西方之意，反而有民族自大之嫌，他认定中国的月亮（指唐诗中的）最好；欧洲的、美国的"月亮"全都不是东西（欧洲的月亮指贝多芬的《月光曲》中的月亮；美国的月亮指阿波罗号登月舱看到的月亮）；二不看好现代。认为文学无必然的进步。自然就是神，离自然最近、即离神最近，才是最好的文学；古人离自然最近，古人的文学最好。《诗经》展现了天地人的威严，比起楚辞、汉赋具有更高的文学品位。

众所周知，胡兰成个人品行不端、政治操守有污，但如果不因人废言的话，他的这部《中国文学史话》，尽管浮光掠影、散乱无章，尽管不乏意气用事、夸夸其谈，仍应该说是中国文学史书写中的一个卓尔不凡的个案，比我们许多堂而皇之的高头讲章显得要有个性与生气。

至于是什么原因成就了他的这部书，我曾经反复思量过：是其才子情性、敏锐的艺术体验力、感悟力？还是因为他亡命日本时接受了大数学家冈洁、大物理学家汤村秀树的新的宇宙意识（那也是哥本哈根的量子物理学家们的宇

① 胡兰成：《中国文学史话》，上海社会科学出版社 2004 年版，第 3—4 页。
② 同上书，第 20 页。

宙意识)？也许,还竟是由于他当"汉奸"的遭际,政治生活的出局、漂泊流亡的生涯使他入不了主流,只能晾在边缘看世界,因而便能够运用一种较为单纯、自然的眼光看文学?

五、 中国文学史书写的视阈有必要进一步拓宽

"人类的历史就是人类改造自然、战胜自然的历史;人类社会进步的程度决定于人类对自然开发利用的程度"——人类社会的这一发展模式已经受到了质疑！在日益波及全球的生态危机面前,这一发展模式更是面临强大的挑战。那么,文学史的书写原则是否也应当做相应的调整呢? 社会生产力的发展、阶级斗争的更迭当然可以作为评判文学史的尺度和标准;但不应当是唯一的标准;不能因此遗漏自然的尺度,更不能将其与自然对立起来。

这里,我还想特别提醒诸位,20 世纪 60 年代之后,西方的学术思想流向也已经出现了新的格局:现代性反思、工具理性的反思以及对于概念形而上学传统的扬弃,尤其是整体性、过程性哲学的复兴以及生态思潮的活跃,使得中西间学术对话的地位已经悄悄发生了变化,中国传统的学术话语已经拥有了更为主动、更为切实的精神活力。用张祥龙博士的话说:山不转水转,"曾经注定是天生侏儒的中国思想传统",已渐渐"变得大有来头、富有深意了"。①

在这样的情势下,继王晓明教授等人在上个世纪提出的"重写文学史"之后,文学史恐怕要面临再次"重写"了。上一次的"重写"是突破阶级政治的意识形态框架;这一次则是超越时代的局限,开辟人类历史的新天地。即对启蒙理性开创的工业时代(现代社会)的世界观、历史观加以深刻反思,以生态学的

---

① 张祥龙:《从现象学到孔夫子》,商务印书馆 2001 年版,序言第 8 页。

视野重新审视人类的文学活动,以人与自然的关系为主线,书写出新的文学史。

其实,面临改写的不仅是文学史,更不仅是中国文学史,也许,还有整个人类历史的书写、整个世界历史的书写。联合国科教文组织编写的《当代学术通观》中指出:历史学研究长期以来陷入历史的惰性,"历史学只满足于依靠继承下来的资本,继续使用陈旧的机器……提供老牌的传统产品。"历来作为历史学科主体的人类,只不过是宇宙物种的一部分。"从生物学家的角度来看,历史和生物都是一个连续统一体的组成部分。历史时间完全是生物时间的延续,或者说是'极点'。"而人类历史学与生物学之间"所开拓的整个新领域是至今几乎尚未开始探索过的新领域"。[①]

在人类历史的书写中引进自然维度,英国历史学家汤因比是一个先例。他晚年撰写的巨著——一部叙事体的世界历史,就是以"人类与大地母亲"命名的。在当代严重的生态灾难面前,这本书中充满了忏悔意识与反思精神:人类"就把自己看作宇宙中心这一点而言,他在道德上和理智上都正在铸成大错。"[②]老子《道德经》中的生态伦理、生态智慧得到了汤因比的认同和礼赞。人文与自然不再是两个毫不相干的领域,也不再是两个绝对对立的领域,而是被一道纳入一个共生、融通的"生物圈"内。书写历史的平台,应当就是这个包容了人与万物的生物圈。

所谓"道德经",上篇的"道",讲的是"自然",是"宇宙图像";下篇的"德",讲的是"人事",是人类活动的社会准则。一部《道德经》讲的就是"自然与人"这个涵盖了地球生物圈的元问题!一幅"太极图",像极了从太空看到的地球的形象!

近年来,历史学者大卫·克里斯蒂安(David Christian),提出"大历史学",

---

① 联合国科教文组织编:《当代学术通观》(人文科学卷),上海人民出版社 2004 年版,第 343—344 页。

② [英]汤因比:《人类与大地母亲》,上海人民出版社 2001 年版,第 16—17 页。

强调：要把握一些通行于宇宙万物的线索，打通自然史与人文史的史观，把人类历史和自然史串起来，把人类重新安置到生物圈、生态系统、地球、宇宙中，从而为今天的人们提供一个坐标，来判定自己的位置。

一个偶然的机会，克里斯蒂安的"大历史学说"引起比尔·盖茨高度认同与激烈赞赏，他认为这种一反旧习的历史观应该让每个人都知道。于是，他邀请克里斯蒂安与他会面，当场决定自掏腰包，给他一大笔经费，让他在全美国的高中开设"大历史"课程。同时还雇用一批工程师，打造"大历史计划"网站。目前，已经有1200所美国中学、200多所澳大利亚中学以及英国、荷兰等地的学校开设这门课程。

不久前，40来岁的以色列学者尤瓦尔·赫拉利（Yuval Noah Harari）的《人类简史：从动物到上帝》一书风靡全球，究其原因，也是因为他改换了一种眼光看待人类的历史，将人类学、生态学、基因学这些学科知识运用到历史学的书写中，呈现出焕然一新的面目。

我们的文学理论界似乎尚未注意到一个来自国际学术界的最新判断：地球已经进入它的另一个发展时期——"人类纪"。自工业革命以来，人类对于自然环境的影响力已经超过了大自然本身的活动力量，人类正在快速地改变着这个星球的物理、化学和生物特征。如今，人类面临的将是人类自己引发的全球性的环境动荡和生态危机。

在"人类纪"，人与自然的关系比以往任何时代都更紧迫、更严峻、更真切、更无可回避地摆在我们的面前。与以往人们所熟知的"寒武纪""泥盆纪""侏罗纪""白垩纪"不同，"人类纪"不再是单一的地质学术语，它已经涵盖了地球上人类社会与自然环境交互关联的各个方面，包容了地球上不同国家、不同种族共同面对的经济、政治、安全、教育、文化、信仰的全部问题。当然也包括文学艺术问题。文学现象以及文学的历史，同样应当在"人类纪"这个统领全局的视阈内重新审视、深入思考。

钱谷融先生早年提出的"文学是人学"的命题不能简单否定。但要真正地理解人,理解人类社会,就必须更深刻地理解人与自然的关系;文学是人学,同时也应当是人与自然的关系学,是人类的生态学。为此,我曾请教过钱先生,老先生同意我的看法,这在他的《闲斋书简》中有详细记述。①

我们应当重振文学中的自然之维,那也是文学生命的最柔韧的生命力。在日益壮阔的生态运动的感召下,我们有足够的信心宣告:文学与自然曾经一道蒙难,也将一道复苏!

(《文学评论》2017 年第 1 期)

---

① 钱谷融:《闲斋书简》,华东师范大学出版社 2004 年版,第 123—126 页。

海德格尔的自然哲学与诗歌灵性

　　黑格尔在其逻辑学基础之上建构的精神现象进化的阶梯,如今几乎不再有人相信,然而,他的关于诗的起源的说法,始终给我留下深刻的印象。他说:"诗的用语产生于一个民族的早期,当时语言还没有形成,正是要通过诗才能获得真正的发展。"①单从字面上看,这话似乎自相矛盾,其实却寓意深刻,那就是说,诗的用语产生在人类拥有语言之前,在人类还没有学会说话的时候,就已经拥有了诗的灵性。一是诗的发生是如此古老,发生在人类文明之初,发生在人类还没有语言文字尚且处于"自然状态"的原始时代。其次,尚且不具备语言形式的诗只能是一种情绪,一种冲动,一种混沌的意欲,一种朦胧的意向,一股原始的尚且没有分化的心灵之流,即人类心灵情性的原始自然状态。黑格尔在其《美学》一书中论及诗的部分,再三指出,诗是感性的、个体的、单整的、浑一的、单纯的、不经意的、未经分化的、生气灌注的精神现象,是一种尚且没有脱离人类自然状态的原初的精神现象,黑格尔对于诗的把握可谓得其"真义"。

---

① [德]黑格尔:《美学》第三卷(下册),商务印书馆 1980 年版,第 65 页。

尽管如此,诗在黑格尔理性主义的精神现象进化阶梯上仍然处于低级阶段,原因竟又是因为"诗"更紧密地贴近了自然。黑格尔在对于诗的理解与对待诗的态度上多少与柏拉图有些相似,柏拉图曾经指出最好的诗产生于诗人的迷狂状态,这的确道出了诗歌创作的真谛,然而柏拉图并没有给诗以及诗人更高的评价,甚至把诗看作对于理性的干扰,甚至还要把诗人赶出他的理想国。黑格尔作为古典哲学集大成的人物,终也不能跳出逻辑与理性的藩篱,跳不出那个时代的局限。

　　西方理性主义、概念形而上思维的文化框架似乎并不适宜那种本真意义上的诗的生长,更利于生产出繁多而又强大的科学和技术。而中国的那种始终坚持天人合一、敬畏天地、忠恕体物、抱朴怀素的自然观,则又不利于科学和技术的发展,倒是提供了诗歌生长发育的深厚土壤。尽管李约瑟博士为中国古代科学技术全力辩护,以现代标准看,仍掩饰不了中国古代科学技术的简陋与寒碜。至于诗歌,从公元前11世纪开始算起,《诗经》三百篇而下,由秦汉至三国两晋南北朝,再至唐宋元明清,诗赋词曲如今妥善留存下来的恐不下十万首(唐诗五万首,宋词两万首,清词两万首以及宋诗、清诗),民歌、民谣更是不计其数,就其数量之大而言,世界上无任何一个民族可比。就其诗性而言,多为抒情或即景生情之作,按黑格尔的说法,抒情诗与史诗、戏剧诗相比是与民歌更贴近的诗,是"直接出自深心的自发的自然音调",这话说得依然不错。黑格尔的偏见在于他站在其理性主义的立场上,反而认为这些与自然贴得更近的诗,由于缺乏"艺术的自觉"和"艺术的知解力"而显得格调不高,甚至说与产生史诗与戏剧诗的民族相比,那些停留下民歌与抒情诗水准的民族,只是些"半粗鲁半野蛮的民族"。[①] 至此,黑格尔由理性主义而导致的独断主义、西方中心主义、欧罗巴种族优越论的面目已暴露无遗。在我们看来恰恰相反,中国古代文论中的"童心说""性灵说"其核心就是讲求本真与自然,主张诗歌创作

---

① ［德］黑格尔:《美学》第三卷(下册),商务印书馆1980年版,第204页。

应当"发乎自然","沛然自胸中流出","自道所欲言",真率地表达个人在天地世事间的感受。而黑格尔偏爱的那些渗入更多理性和知解力的史诗、戏剧诗，在叙事化、情节化、程序化、意义化的过程中，由于削弱了自然的属性，反而显得灵性不足。如此看来，黑格尔虽然撰写了《美学》的煌煌巨著，但他绝不是一位诗人，也不是一位真正能够进入诗学堂奥的诗歌评论家。究其原因，是他所操持的逻辑形而上的理性主义立场不合于自然之道，因此也不合于诗之性灵，在以黑格尔包括康德在内为代表的美学传统中从来都只是把美看作人的感知性活动，人的意识决定了美的存在，自然总是处于外在的从属的地位。黑格尔尤其强调审美活动的理性内涵，同时坚决贬低、排斥自然美的存在。这显然与他那"二元对立""人类中心"的哲学观是一致的。

与西方不同，中国自古以来绵延数千年的审美观念却始终被包孕于自然之内，流化于天地万物之间。《礼记》曰："乐者，天地之和也。""大乐与天地同和。""夫歌者，直己而陈德也。动己而天地应焉，星辰理焉，万物育焉。"(《礼记·乐记》)庄子曰："天地有大美而不言，四时有明法而不议，万物有成理而不说。圣人者，原天地之美而达万物之理。"(《庄子·外篇·知北游》)中国的哲学也总是充盈着诗意，中国古代的圣人，在做思想家以及政治家的同时，还必须是一位置身于天地自然之中的诗人、艺术家。《文心雕龙》开篇明义，对此有精湛的论述：

> 文之为德也大矣，与天地并生者何哉！夫玄黄色杂，方圆体分，日月叠璧，以垂丽天之象；山川焕绮，以铺理地之形；此盖道之文也。仰观吐曜，俯察含章，高卑定位，故两仪既生矣；惟人参之，性灵所钟，是谓三才。为五行之秀，人实天地之心生，心生而言立，言立而文明，自然之道也。
>
> (《文心雕龙·原道篇》)

对于这段话的理解，徐复观先生曾表示与黄季刚先生意见不同，黄先生以

"道"为自然,徐先生以"道"为人事。在我看来,这在中国古代学术思想视域中并不矛盾,"天道""人道"实为一体,人道应从天道中自然溢出,根底还在自然,为文之道,当然也是如此。文学出自六经,六经根于天道,仍不过如此。对于中华民族古文化来说,崇无返本的道家是树根,贵有务实的儒家是树干,那灿若星空的诗赋词曲就是一树万紫千红的繁花,全都是那一先天地万物而生的"道"的化生,是生长于天地自然的大化流行之中的。非要在儒道之间划出截然的界限,无疑将大树砍为两段,只能是学术的偏执。与西方不同,纵观中国古代的诗歌理论,虽众说纷纭,却始终不离"道法自然"这一本源,中国古代的"自然哲学"与"审美理论"、与诗的性灵始终保持着高度一致。

在西方,随着工业化的进程的加速,现代社会高速发展酿下的环境灾难与伦理缺失日益加剧,开始引起思想界的极度不安,思想界开始重新审视人与自然的关系、人与人的关系、人与自我的关系。由文艺复兴时期以来构筑的以理性主义为核心、以人类中心为出发点的自然观念体系渐渐发生显著的变化。这集中表现在生命哲学、批判哲学、存在主义哲学、现象学哲学学者的思考中,也表现在晚近的生态哲学家对以往主流意识形态的颠覆性批判中。诗以及诗人与自然的关系也因此得到重新的评估,诗意以及诗意地生存才又重新在思想界得到高度关注。像爱默生就认为朴实的村野生活比都市生活更有意义,"大自然给我们的感悟比城市中的沙龙要有意义得多",自然之光可以直射我们的心灵,滋养、丰富着我们的精神。[①] 与爱默生同时代的梭罗进而身体力行,独自一人提一把斧头在瓦尔登湖边的山林中盖起一间小屋,与自然保持亲密接触,在大自然的怀抱里他撰写了《瓦尔登湖》一书,这本书后来竟成了自然派诗人与生态主义者的"圣经"。梭罗在书中写道:

　　太阳,风雨,夏天,冬天,——大自然的不可描写的纯洁和恩惠,他们

---

① ［美］爱默生:《心灵的感悟》,当代世界出版社 2002 年版,第 18 页。

永远提供这么多的康健,这么多的快乐! 对我们人类这样地同情,如果有人为了正当的原因悲痛,那大自然也会受到感动,太阳黯淡了,风像活人一样悲叹,云端里落下泪雨,树木到仲夏脱下叶子,披上丧服。难道我不该与土地息息相通吗? 我自己不也是一部分绿叶与青菜的泥土吗?①

这位 19 世纪美国作家的言论与中国古代"天人合一""民胞物与"的自然哲学不是已经十分接近了吗?

马尔库塞曾表达过这样的观点:在对待自然的态度上,"审美的法则"与"工业化的法则"实际上不相容的,工业化的法则是宰制自然、剽掠自然;审美的法则是尊重自然、亲和自然,包括尊重、亲和审美体验中的人的自然,即淳朴本真的天性。马尔库塞曾拿与诗歌最为接近的人类之爱做比方:"我们可以比较一下在草地上做爱与在汽车里做爱、恋人们在郊外漫步和在曼哈顿大街漫步的不同。在前者的情况下,环境分担并引起性亢奋,而且势必被赋予爱欲特征。这样,力比多便越出直接的性感应区,这是一个不受压抑的升华过程。与此相对,机械化的环境却阻止力比多自我超越。""由于降低爱欲能力而加强性欲能力,技术社会限制着升华的领域。同时它也降低了升华的需要。"②套用一下马尔库塞的比喻,在汽车里作诗当然也要比在草地上作诗困难地多,在汽车里读诗当然也要比在草地上读诗乏味得多。比马尔库塞时代还要糟糕的是,当代人,尤其是当代的青年人,无论是在汽车里还是在草地上,都已经不再读诗。因为随着电子科技的进一步发展,人脑的电脑化过程也已经启动,人的身体的自然性将从纵深处进一步消解、物化,人的生命之中的诗的灵性日益枯竭,精神领域中的诗性之光(那同时也是自然之光)日趋暗淡,我认为这才是"文学终结"的真正原因。如果作为人的灵性的诗情、诗意真的从人类现代生

① 〔美〕亨利·梭罗:《瓦尔登湖》,吉林人民出版社 1997 年版,第 130 页。
② 〔美〕马尔库塞:《单向度的人》,上海译文出版社 1989 年版,第 68 页。

活中干涸泯灭，那么终结的、死亡的恐怕就不仅是诗与文学，还应该包括人类这个地球上特有的物种。即使不会全部从地球上消失，起码也已死去了一半！在现代日常生活中消费主义大潮裹挟下的人们，看似活得聪明伶俐、恣意汪洋，其实早已危机四伏、朝不保夕了！

现代社会发展至今天，自然的蒙难与诗歌的噩运已殃及人类肉体与精神的存在，这股时代洪流来势汹汹，几不可阻挡。而晚年的马丁·海德格尔则成了西方思想界力挽狂澜的旗手。他一方面努力揭示自然在现代社会颓败的根源，一方面试图在一个技术占统治地位的世界里如何让文学艺术担负起精神救护的重任。正如尚杰先生指出的：海德格尔晚年向艺术领域的转变震动了学术界，它不仅使哲学增添了情趣，而且扭转了哲学研究的方向。[1] 也就是从那时起，"自然的观念"与"诗意的栖居"再度成了哲学思考的重大课题，人们甚至渴望由此为迷失前程的现代社会、现代人类寻获一条再生之路。而在哲学家海德格尔在为人类探索拯救之路时，给他以无限启迪与巨大助力的，却是一位诗人，德国浪漫主义诗人荷尔德林，这也象征着在古希腊哲学之后，哲学再度与诗歌结盟。

海德格尔一反过往的西方哲学传统，站在存在主义现象学的立场上对自然、对诗、对自然与诗的关系做出新的阐释。他的这一转向，使他的哲学飘逸出东方诗哲的韵味。海德格尔本人也的确做出很大的努力，希望从中国古代道家的自然哲学中汲取精神的营养，并由此改变了中西学术交流的格局。

海德格尔首先要做的，是将现代工业社会把自然当作与人类对立的客观存在，当作自然物、自然资源的强大定势中解救出来。在他那里，自然被哲学化为"存在"。"存在"既不是培根们所指的"物"，也不是黑格尔所指的"理"，自然的真义深隐在天地万物的下面，是一种不可言传的奥秘，是一个作为本源

---

① 尚杰：《归隐之路——20 世纪法国哲学的踪迹》，江苏人民出版社 2002 年版，第 62 页。

而存在的虚无,是一种神性的存在。这里的神不是基督不是上帝(早在青年时代他就与天主教决裂),或许更接近古希腊史前神话中的创世诸神,如果非要命名,可以称为"自然之神"。以张祥龙教授的阐释,海德格尔所谓的"神"性,倒是更接近老庄哲学中的"道"性。"神",或曰"道",在自然的最深潜幽暗之处,即那种无以言论、无以知解却完美存在的无限。被现代性思维肢解物化了数百年的自然,在海德格尔这里被复活了,被复魅了。这样的自然,又是被他视为"天、地、神、人(有死者)"的四重整体,这是一个有机整体,是世界原始统一的本真存在。相对于现代技术社会的自然观而言,海德格尔的自然观反而与中国古代传统文化中"域中有四大"、"人法天,天法地,地法道,道法自然"的观念更接近了。人与自然一体,现代人类损伤了自然,无疑是自毁家园,也必将毁了自身。

在海德格尔看来,本真存在的诗,并不就是那已被语言、格律形式化的文本。真正的诗存在于语言成型之前的那个原始统一体的深渊之中,那是一种"寂静的钟声",一种"无声的宏响",一种语言的无言状态。正因为是"大音",所以才"希声",真正的诗情、诗意、诗思、诗的性灵全部存在于"无言"的空旷之中。诗的语言先于概念、先于逻辑,先于理智,甚至先于语言(即前边黑格尔曾经领悟到的),这样的语言与天地同在,是"真语言"或曰语言的本真状态。张祥龙教授将此归纳为:"真正的诗不止于诗人个人灵感的结晶,也绝不止于传统意义上的语言的艺术。它是天地神人、过去未来相交相缘所放射出来的最灿烂的光明。"[①]中国古代诗人似乎天生就懂得此中玄妙,"不著一字,尽得风流"(司空图),"言有尽而意无穷"(严羽),"欲得诗语妙,无厌空且静"(苏轼),"物外传心,空中造色""墨气四射,四表无穷""既无轮廓,亦无系理""诗文至此,只存一片神光,更无形迹矣"(王夫之)。在中国古代文论中,自然、人心、语言、诗歌之间是一个整体,唐代诗人李商隐就曾说过:"人禀五行之秀,备

---

① 叶秀山、王树人主编:《西方哲学史》(第七卷上册),凤凰出版社 2005 年版,第 558 页。

七情之动,必有咏叹,以通性灵。"(《献相国京兆公启》)诗人的性灵、语言的奥妙,诗歌的意境与自然万物的底蕴是浑然无间的,全都归宗于那个作为世界本源的"道"。

在本体论的意义上,诗的语言原本就是自然的语言,是彰显天地之道的语言,海德格尔将其称为"道说"。"道说(Sagen)和说(Sprechen)不是一回事。某人能说,滔滔不绝地说,但概无道说。相反,某人沉默,他不说,但却能在不说中道说许多。"①惟有诗才是表达这种"道说"的可行路径。而诗人就是自然生活着的人,同时又是自然的代言人,所谓"诗意的栖居"其实就是贴近自然的生存,也是天地神光普照下的生存。

海德格尔认为,"现代技术之本质是与现代形而上学之本质相统一的",②由现代形而上学助推的现代技术的最高成就是数字化的计算,这种背离自然本源、背弃诗意生存的现代社会发展观念已经将人类引导上怎样的境遇,海德格尔于 1955 年 10 月 30 日在其家乡梅斯基尔希举行的作曲家孔拉丁·科劳泽诞辰 175 周年纪念会上讲演时,曾对其做出如下描述:一切都掉入规划和计算、组织和自动化企业的强制之中,计算性思维权衡前途更为远大而同时更为廉价的多种可能性,计算性思维从不停息,唆使人不停地投机。隐藏在现代技术中的力量决定了人与存在者的关系,它统治了整个地球,自然变成了人类唯一又巨大的加油站,变成了现代技术工业的能源,生命开始被掌握在化学家手中,科学技术将随意改造生命机体,生命科学对人的生命的侵袭其意义已远远超过广岛上空爆炸的原子弹。甚至,人类已经开始离开大地向宇宙进军。我们今天看到的电影电视技术、交通和特殊飞行技术,通讯技术,医疗技术,食品技术,也许仅仅是一个粗糙的开始阶段。技术的发展将越来越快且势不可挡,技术设备的自动化越来越高,人的位置越来越狭窄,人们承受的束缚和压力则

---

① 孙周兴选编:《海德格尔选集》(下册),上海三联书店 1996 年版,第 1132 页。
② 同上书,第 885 页。

越来越重,层出不穷的技术革命可能会更加束缚人、蛊惑人,令人眼花缭乱进而丧心病狂。在此类计算性规划与操作高效运转的同时,将会是总体的无思状态,结果,人将否定和抛弃自己最本真的东西,即沉思默想的生命本质。海德格尔沉痛地指出:如今人已经被逐出自己生命的故乡,人的"根基持存性"已经受到致命的威胁。更可怕的是"根基持存性的丧失不仅是由外部的形势和命运所造成的,并且也不仅是由于人的疏忽和肤浅的生活方式。根基持存性的丧失来自我们所有人都生于其中的这个时代的精神。"①

今天,距离海德格尔所说这番话,已经半个多世纪过去,这种足以拔掉我们生命之根的"计算性思维"不但没有丝毫减弱,而且随着微电子工业、网络技术的普及,还在迅速向社会生活以及人类精神生活的各个方面进袭。君不见,"数字化"管理已经在我们中国高等教育、包括人文学科的教学研究领域布下天罗地网,那些密密麻麻的数字与表格,足以无情地切断每个人与天地自然稍有亲密的任何联系,即使在著名大学的文学系教授们身上,也很难再寻找到丝毫的诗意!

"但哪里有危险,哪里就生成着拯救",这是海德格尔时常引用的诗句。现代工业社会最大的受害者是谁?一,地球上的自然;二,人心中的诗意。按照海德格尔的说法,拯救的希望也正在这里:回归自然的意愿与诗意栖居的向往。而二者的关系又是如此亲密,真正的诗歌(也包括一切葆有诗性灵的文学艺术)不能不生长发育在自然的怀抱中;而自然,也惟独在诗的语言和意境中才能躲避被宰割被攻掠的灾祸,才能完善完美地存在。而诗人,真正的诗人就不得不充任自然与诗意之间的"神灵使者"。

如此,我们就可以理解,在海德格尔后期的哲学生涯中,面对现代工业社会中的"自然的衰败"与"诗情的枯竭",为何选择了诗人荷尔德林。

在《荷尔德林诗的阐释》一书中,海德格尔自己曾经作出解释:为什么选

---

① 孙周兴选编:《海德格尔选集》(下册),上海三联书店 1996 年版,第 1235 页。

择荷尔德林,而没有选择荷马、维吉尔、但丁、莎士比亚、歌德,按说这些诗人的作品同样能够揭示诗的本质。海德格尔认为,正是由于荷尔德林的诗作见证了人与大地、与自然亲密的归属关系,作为诗人,他又能自然地避开"存在者对存在威胁的危险",使语言成为人们回归世界本源、拥有天地万物的宝贵财富,惟有这样的语言才可以使人置身于存在的静穆澄明之境。这样的语言注定只能是诗的语言,像黑格尔说出的那个警句一样,海德格尔也强调:"是诗本身才使语言成为可能""诗乃是一个历史性民族的原语言(Ursprache)"而"人类此在在其根本上就是'诗意的'"。人们在诗中"道说",运用语言而又不伤害自然,用海德格尔的话说这其实又是"最危险的活动"(因为自然是如此容易受到伤害!),而诗让人聚拢在自然的根基上,"人在其中……达乎那种无限的安宁",诗又是"最清白无邪的事业。"①荷尔德林曾写下这样的诗句:

> 自然的轻柔怀抱培育诗人们,
>
> 强大圣美的自然,它无所不在,令人惊叹,
>
> 但决非任何主宰。

对此,海德格尔做出了详细的阐释,他说:"这三句诗的内在运动朝向'自然'一词,并于其中展开。""自然在一切现实之物中在场着。自然在场于人类劳作和民族命运中,在日月星辰和诸神中,但也在岩石、植物和动物中,也在河流和气候中。自然之无所不在'令人惊叹'。"②"自然拥抱着诗人们。诗人们被吸摄入自然之拥抱中了。这种吸摄把诗人们置入其本质的基本特征中。这样一种置入就是培育。这种培育铸就了诗人们的命运。"③在这些论述中,海德格尔自己也已经摆脱了传统哲学用语,摆脱了概念形而上的思维模式,与荷

---

① 参见[德]海德格尔:《荷尔德林诗的阐释》,商务印书馆 2002 年版,第 46 页,第 47 页。

② 同上书,第 60 页。

③ 同上书,第 62 页。

尔德林一道走进诗的境界、走进温馨而圣美的自然。

在现代社会人类生存遭遇到重重危机与道道凶险之际，为了矫正人类历史的走向，为了拯救大地与人心，海德格尔寄望于诗，寄望于以诗为精义、为核心的文学艺术，且最终选择了荷尔德林，他说，这是因为荷尔德林是一位本真的、为自然柔情拥抱的诗人，因而又是一位"诗人中的诗人"。

海德格尔称颂荷尔德林的这些赞词，不同样可以赋予中国古代那位同样是由自然化身的陶渊明身上吗？尽管海德格尔可能完全不知道，在古老的东方，在一千六百年前中国的土地上，就已经诞生了这样一位诗人——诗人中的诗人，就已经飘荡、绵延着这样一位由自然与诗篇化生的灵魂！

海德格尔辞世也已经三十余年，自然环境的恶化，人类精神的沦落比起30年前有过之无不及，惟一令人还抱有一线希望的，依然是"哪里有危险，哪里就有拯救"这样一条律令。21世纪伊始，守望精神，保护自然的生态运动已波及全球，在这样的背景与形式下，中国人有义务向世界推出自己的诗人陶渊明。

2008年秋天，在北京召开的"超越梭罗：对自然的文学反应国际学术研讨会"上，清华大学学者王宁先生与我在开幕式的致辞中不约而同地讲到了陶渊明，引起与会国外学者的浓厚兴趣。会下休息时，一位来自大洋彼岸金发碧眼的中年女学者特意走到我跟前，请我告诉她"陶渊明"三个汉字如何写。我写在了她的本子上，并告诉她："渊"意味着深谷大洞深邃幽暗，"明"是日月朗照明亮洞开，一隐一显、一阴一阳包容了大自然中的一切。而"陶"是陶冶的意思，那就让我们以梭罗、荷尔德林、陶渊明这样的诗人为榜样，陶冶我们的世界，陶冶我们的人生吧！

（《文艺理论研究》2009 年第 2 期）

环境文学·生态观念·和谐社会

——在中国环境文化促进会"环境文学与和谐社会学术研讨会"的演讲

"环境文学",指的是什么样的文学,作为一个概念,还很不准确。与此最接近的提法,是台湾的"自然写作",又叫"自然书写"。最近,我看到台湾学者吴明益为"自然书写"界定了 6 个特点:1. 作品的主要元素(题材)是"自然";2. 以观察、记录、发现等"非虚构"的经验为目的;3. 重视知性理解和知识的普及;4. 注重个人的叙述方式;5. 是文学与科学的严格结合;6. 拥有觉醒了的环保意识。

我个人认为,这是一个最贴近"环境文学"的界定。

然而,这又是一个十分狭窄的界定。按照这个界定,中国古代文学中只有郦道元的《水经注》和《徐霞客游记》才是环境文学;大陆当代文坛上也只有徐刚的《守望家园》系列才符合这个标准。台湾要稍多一些,如刘克襄的"观鸟系列"、王家祥的"荒野系列",全都接近于以往所说的报告文学。

作为一种文类或文体,这样的界定是必要的,这些作品的创作也是成功的。当前,即使从数量上讲,此类作品的创作也还远远不够。

但面对波澜壮阔的生态运动,面对日益深刻丰蕴的生态观念,作为一种文学观念或文学思潮又未免太封闭、太狭隘了。它把更多的作家和诗人关在了环境文学的大门之外(在座的大部分作家都很难说是环境文学作家)。

在我看来,文学不只是一种题材、一种认知、一种方法、一种文体,它更是一种姿态和行为,一种体贴和眷恋,一种精神和信仰。而环境意识、生态意识作为一种观念、一种信仰、一种情绪,是可以贯穿、渗透在一切文学创作与文学现象之中的。

我现在着重思考的,是如何让文学普遍接受一种生态观念,让生态批评能够面对整个文学现象。

关于生态观念,我倾向于认为,相对于农业时代活力论的神学世界观与工业时代机械论的物理学世界观,整体论的生态学世界观是一种新的世界观。或者说这是一种后现代的世界观。

在对待自然与环境的态度上,这种世界观与以往的世界观就存在有严重的差别甚至对立。

比如"环境文学"中的那个"环境"。从现代生态学的视野看,不单山川河流、草木鸟兽是人的环境,人也是山川河流草木鸟兽的环境,山川河流草木鸟兽也可以成为主体,山川河流草木鸟兽与人是互为主体的。为什么猛兽猛禽绝迹了?为什么淮河珠江变得臭不可闻,因为人类损害了它们的生存环境!人们只想到在城市里边种草、种树绿化自己的环境,甚至把一些生长了几百年的大树从深山搬移到城市,可谁又想过那棵被移栽在马路边、楼群里的树是多么的难受?有一个人想到了,而且对树充满了同情与哀怜,那就是云南诗人于坚,他在他的诗中写了一棵树在城市中的孤独、屈辱、悲哀与绝望。于坚是一个真正拥有生态意识的诗人。

又如:自然。自然不仅是山川河流草木鸟兽,人,也是自然。组成我们身体的基本元素与组成山川河流草木鸟兽的元素是一样的,我们的遗传基因与猴子、狒狒、黑猩猩的遗传基因 90% 以上都是相同的,我们的呼吸连通着大自然的风风雨雨,我们的血脉连通着大自然中的江河湖海。在我们的汉语词汇中,刮风下雨的风、世风民风的风、高风亮节的风、风骚风流的风、感冒伤风的风都是一个"风",无论是自然、社会、人生,全都建立在中国古代生态文化精神——"气"的现象学与整体论的基础之上。

文学总是离不开语言。语言现象同时也是生命现象。语言的危机就是文学的危机,也是人类生态的危机。

当前汉语言的危机,表现为语言的日益"简约化"与技术化,语言与生命有机体的剥离,以及人们对语言的审美感知能力的丧失。一个突出的小例子,不知大家是否注意到,不知从什么时候开始,在我们的一些庄重的报刊杂志上、甚至中央电视台的节目里,"眼球"取代了"眼睛",成了一个风行的字眼。比如:"吸引了许多人的目光",不再说"目光",而是说"吸引了众多的眼球";"展开了争夺观众的大战",不再说"观众",而一定要说成"争夺眼球的大战"。中央电视台有一个栏目的片头便是满台的"眼球"乱蹦。"眼睛"为什么率先在传媒界那里变成了"眼球",显然与信息市场的"收视率""发行量"以及"票房价值"有关,比起"眼神"与"目光"来,"眼球"统计起来当然要方便得多。方便固然方便,生命的美感却丧失殆尽,以前我们曾经对着自己心爱的女孩说"你的眼睛像月亮",现在我们只能说"你的眼球像月亮"——不,月亮也已经变成了"月球",我们只好说"你的眼球像月球"了。

语言的简约化酿成当代精神生活的贫瘠化、日常生活风格的粗鄙化,从而招致审美情趣和艺术创造的败落,结果必然是现代社会结构性的生态失衡。

我想,和谐的社会应当包含三个层面的和谐:一、人与自然的和谐;二、人与人之间的和谐;三、人与自己的和谐,即身与心的和谐。

人与自然的和谐,不用多说了。如前所说,我们只要时时想到人也是自然的一部分;而自然也可以成为主体,也可以拥有自己的内在价值。少一些人类的自高自大,多一点对自然的敬畏和尊重,人与自然就可以多一些和谐。

人与人的和谐,在中国古代体现为"礼让",这在强调进取与竞争的现代社会是很难做到的。最简单的，我所在的苏州，本来是一个文明悠久的礼让之邦，现在可好，无论是电梯、公交车，谁也不会让谁，年轻人不让年老人，男人不让女人，学生也决不让老师。大家都急于快进一步。问题也许就出在这个"快进一步"上，如果我们"进步"稍慢一些，也许和谐就会多一些。不信的话，你可以在电梯口边做一下实验。

人与自己的和谐，更难从道理上说清楚。有一个现成的例子，就是施蛰存。按他自己的说法，20世纪30年代当作家，40年代当教授，50年代当右派，60年代当牛鬼蛇神，70年代在五七干校当学员，80年代是退休教师，90年代成了出土文物，一生当中不但没有进步，反而一再退步，然而他却能做到"宠辱不惊，看庭前花开花落；去留无意，望天上云卷云舒"，从来不吃保健品，竟也活到100岁。他是个学者，也是个作家，读书、写作是他的本分。有人出版、有人叫好时，他写；没有人出版，没有人问津时，他仍旧写。写作于他，就像"树要开花"，是生命的本分，是再也自然不过的事。在中国古典文化中，把那些活出高境界的人叫做"神仙"，翻一翻老庄的书、道家的书，什么叫"神仙"？"神仙"其实就是那些活得自自然然的人，与自然能够融为一体的人。这当然也是一种生态，一种精神的生存状态。

建立和谐社会，尤其是这三重意义上的和谐，不是一件容易的事。但这应事人类社会健康发展的唯一途径，也应当是文学的使命。以前我们说"文学是人学"固然不错，但文学更应当是"人与自然的关系学"，人类的生态学。最近，我一直在想：人们议论纷纷的文学危机、文学终结，或许在更深的层面上是和现代社会面临的生命的危机、自然的终结联系在一起的。

在当今时代，我认为，一个作家，不管你是不是从事具体的环境文学的写作，你只有从深层确立了生态观念，才能真正处理好人与自然的关系，创造出更高意义的文学，才能为创建和谐的人类社会做出自己的贡献。

2005年9月21日

文学能够为人与生物圈的和谐做些什么

——纪念《人与生物圈》杂志创刊 25 周年

从文学理论来说，"文学是人学"；从生态学常识讲，"生物圈是生物体与其生存环境的整体关系"。照此推论：人是生物体，作为人学的文学注定与生物圈有着密不可分的关系。

但要具体说清楚文学与生物圈的关系，并不简单。

生物圈（biosphere）：地球上生命活动所依赖的物质及其生成物集中存在的空间。包括整个水圈、大气圈、土壤圈、岩石圈的上层（风化层）。"上穷碧落下黄泉"，其范围包括地表以上 23 公里的高空，地表以下 12 公里的地层。

生物圈即地球生态系统，最初由奥地利地质学家修斯于 1875 年提出，长期以来一直被局限于自然生态研究的范围内。随着人类的生产和社会活动对地球物理与生化状况的影响愈来愈大，人们渐渐意识到，地球上除了由大气、水源、岩石、土壤以及其他生物构成的"自然生态系统"之外，还存在着一个由人类的政治、军事、经济、科技、法制、教育等活动构成的"社会生态系统"，有人将其称作"社会圈"，正是这个以人类活动为核心的社会圈，对地球的生物圈带来日益严重的损害与威胁。

如果进一步追究，人的经济活动、政治行为终归是由人的思想、观念、心态、爱好决定的，这就是说在人的政治经济活动之上，还有人的情感、道德、信仰、理想、审美、幻想的存在，这是一个心灵性的、精神性的存在，悬浮在地球生物圈的上空，更不容易把握，有人把它称作地球的"精神圈"，属于地球生物圈内的精神生态系统。

文学艺术就属于这一领域。

比起地球上其他生物，人类生态序位的构成要复杂得多，它融合了地球生物圈中自然、社会、精神三个层面，贯通了"自然生态""社会生态""精神生态"三个相互区别又相互联系的系统。

生态学家曾将地球生物圈中的生物按照营养级位顺序排列一个"生态金字塔"（ecological pyramid），位于这座金字塔顶端的是人类。[①] 而人类的文学艺术活动又漂浮在人的经济政治活动之上，像一片白云、一缕清风。这也就是恩格斯在《路德维希·费尔巴哈和德国古典哲学的终结》一书中所说的"更高地悬浮于空中的意识形态领域"。

这不能理解为诗歌、音乐、绘画就一定比食物、饮料、空气更为高贵，就像不能说狮子、老虎、人类比泥土、森林、昆虫更为高贵一样。恰恰相反，文学艺术更接近人的最早的自然本能，人类在还不会说话的时候就已经会唱歌，在还不熟练直立行走时就已经会跳舞，在还没有文字的时候就已经会画画。诗歌、音乐、美术，既是人类生命进化史中的一个"原点"，由于这个"原点"拥有的精神属性，又使它与反思、信仰一样，成为人类活动史中的制高点。

我在上世纪 80 年代最初跨入中国学术界时，专业是从事文学艺术的心理学研究，遵循的是"文学是人学"的原则。随着知识视野的开放，渐渐发现人类的生存状况出现了许多问题。就在这时我读到国际生态研究机构罗马

---

① 参见［美］J. M. 莫兰、M. D. 摩根、J. H. 威斯麦：《环境科学导论》，海洋出版社 1987 年版，第 11 页。

俱乐部的一系列报告:《深渊在前》《增长的极限》《人类处在转折点上》等,心灵受到巨大震撼,对罗马俱乐部的创建者、企业家出身的生态批评家佩切伊产生了无限敬仰之情。罗马俱乐部在人类史上首次对工业革命的生态负效应提出严重警告,在唤醒人类的生态意识,激发人们的社会责任感方面,功绩卓著。1987年秋天我被中国作家协会派往意大利访问交流,利用这个机会,我访问了位于罗马"猞猁学院"的罗马俱乐部总部,那时佩切伊去世不久,我与驻会的国际生态文化界的三位学者进行了亲切友好的会谈。大约从这时,我已经开始关注到全球生态问题。后来,我出版的一部生态散文集就取名《猞猁言说》。猞猁,是一种目光警觉、行动敏捷的动物,也可以视为生态批评的象征。

由于我是作为一个文艺学学者介入当代生态学领域与环保运动的,所以,我关注的重点始终是"人类的精神"在"地球生物圈"中的地位、影响和价值。

1995年11月,海峡两岸作家、评论家在山东举办"人与大自然——生态文学研讨会",大陆方面的召集人是前文化部长王蒙先生,台湾方面是齐邦媛先生,国家环保局局长曲格平先生莅临大会,两岸著名作家云集威海,我被邀请参加。我在会上做了题为《生态困境中的精神变量与"精神污染"》的演讲。记得这次研讨会上台湾作家关于环境保护与生态文学的演讲质量要高于大陆作家,这是因为台湾地区的现代化进程比大陆早了一步,面对的生态灾难也就先来了一步。而那时大陆的经济起飞才刚刚启动,经济发展是硬道理,以至于一位宁夏的大作家竟然发出"请到我们那里污染"的豪言壮语!大陆方面参会的也有生态养护的先知先觉作家,如黄宗英女士,早在1983年就发表了以西藏高原森林生态观测站站长徐凤翔为题材的报告文学《小木屋》;此后她又在中央电视台12集大型纪录片《望长城》中担纲主持人,全面介绍了长城与当今自然生态及人类迁徙变化的历史关系。黄宗英的这两部作品在世界生态保护领域都引起强烈反响。

2000年,我的《生态文艺学》出版,长期作为大专院校的教科书,并荣获国家图书奖。曲格平先生在为这套丛书撰写的《序言》中曾指出：

> 在生态文明建设中，生态文化观念起着某种先导作用。
>
> 人的生态与人的心态密切相关，生态问题的解决首先有赖于人类生态观和价值观的取向。[①]

为了继承并发扬中国传统文化中的生命理念与生态价值观，我花费多年时间撰写的《陶渊明的幽灵》一书出版，我的用心是：期待中国伟大诗人陶渊明的文学精神能够在这个天空毒雾腾腾、大地污水漫漫、人类欲火炎炎的时代，重新为世人点燃青灯一盏，照亮我们心头的自然，回归自由美好生活的本源。有幸的是这本书得到读书界的认可，不但荣获"鲁迅文学奖"，还翻译成英文在西方出版。

与此同时，我积极参与《人与生物圈》杂志组织的"井冈山""梵净山"等自然保护区的多项实践活动，并成为这本杂志忠实的读者与撰稿人。

2015 年，"联合国教科文组织人与生物圈计划"中国委员会第六届委员会成立，我有幸荣任委员，并且是 49 位委员中唯一一位"文学界"的代表。当我接过委员会主席许智宏先生颁发的聘书时，深深感到这是一份殷殷的信任与重重的责任！为了落实这一重任，我在我当下供职的黄河科技学院成立了"生态文化研究中心"，在加强与国际生态文化界交流的同时，先后在山东、河南、江西、四川、广东、海南、青海、甘肃、新疆等地开展田野考察、举办学术讲演，尽自己的能力推广生态精神与生态观念。

最近，许智宏主席在为我编纂的《生态文化资源库——人类纪的精神宝典》一书撰写的序言中，亲切地把我唤作"自己人"，对我从事的研究工作予以充分的肯定，这对我无疑是有力的鼓励与鞭策。

[①] 鲁枢元：《生态文艺学》，陕西人民教育出版社 2000 年版，序言，第 2 页。

2015—2025 人与生物圈计划提出以下愿景：人类认识到彼此共同的未来及自身与地球之间的相互作用，以负责任的方式投身于建设与生物圈和谐共处的繁荣社会。为了实现这一愿景，战略规划倡导尊重各种文化价值观，通过参与式对话、知识共享及环境教育，完善人类福祉、达到人与自然的和谐统一。

遵照这一战略规划，文学能够为人与地球生物圈的和谐共存、健康发展做些什么呢？

文学作为更高地悬浮在社会物质生活之上的精神领域，它不可能像垃圾分类、废品回收、污水治理、绿化植树、大气监测、能源更新那样，对改善生态状况产生立竿见影的效应。文学是要通过审美的渠道，用质朴的天性、纯真的情怀、超前的意识、浓郁的爱心、坚韧的责任感袪除社会成见、健全人的心灵，进而帮助人们树立一种与自然和谐相处的生存方式。

鉴此，文学对于改善人与地球生物圈的关系可能会在以下三个层面发挥作用：

（一）发挥文学的社会批判作用，及时揭示由于人类的失误对生物圈造成的严重损伤。在这方面美国女作家雷切尔·卡森的《寂静的春天》一书是一个典型的例子。上世纪 50 年代，卡森突破重重阻力，用生动的文笔、大量的事实揭露了美国的化肥与农药生产对生物链的破坏、对人类生存环境毒化，从而引发全社会的关注。该书被誉为"世界环境保护运动的里程碑"。美国政府环境保护署就是在这本书感召下成立的。还有人说：美国的环保运动是和这位女作家的书一起到来的。2010 年，中国摄影艺术家王久良拍摄、制作的环保电视纪录片《垃圾围城》，以醒目的影像、警策的话语向人们呈现了垃圾包围北京的严重态势，揭示了物质主义、消费主义如何糟践了地球生物圈。不但让广大百姓接受一堂生动的环保教育课，同时还引起国家领导人的重视，促使政府垃圾处理政策的密集出台。

（二）发挥文学的讴歌属性，为大自然仗义执言、为维护地球生物圈稳定、为点赞蓬勃开展的环保运动歌功颂德。这方面的代表人物我们可以举出被称作"大地伦理学之父"的美国生态作家利奥波德,他在1948年出版的随笔集《沙乡年鉴》,被誉为"绿色圣经"。在这本书中,他第一次用文学的优美的笔法宣扬了"生命整体主义":"土地不光是土壤,它还包括了气候、水、动物和植物。人则是这个共同体的平等一员"。① 学界对他的评论是:那些往往被普通人忽略的事务,通过作家那深邃、敏感的眼睛与耳朵,立时变得绚丽多彩、栩栩如生。利奥波德正是运用这种想象力提出了一种用以衡量人与自然关系的新尺度。② 在我国,著名女作家黄宗英为当代生态学家、西藏高原生态研究所创建人徐凤翔扎根林海、拓荒高原的光辉事迹撰写的报告文学《小木屋》,曾一度风靡全国,感动了亿万读者。台湾作家刘克襄被人称作"自然观察解说员",他一生体贴自然、深入旷野、探访山林,围绕鸟类与野狗创作二十余部脍炙人口的生态文学作品,在民众中有效地普及了生态精神。

(三)运用文学的方式,展现一种人与自然"天人合一"的生存境界,召唤在社会发展进步道路上迷失已久的人类重新回归本源、和谐地融入地球生物圈。文学艺术可以让诗歌、审美也成为人的生存方式,即"诗意地栖居在大地上"。如果说前边两点是文学"外向性"的宣传教育功能,这一点则是文学对人类自我心灵世界的滋润和养育。对此,中国古代思想家、文学家庄周有过精妙的论说;中国古代伟大诗人陶渊明、美国当代诗人斯奈德(Gary Snyder)都有着完美的实践。梭罗的长篇生态散文《瓦尔登湖》如今在中国已经发行了45种不同的版本,其影响之广泛超过任何一种当代文学作品。

这里我特别想说一说美国当代女作家特丽·威廉斯(Terry Tempest Williams)那本被誉为美国自然文学"经典之作"的《心灵的慰藉》,作者将自己家族的经历与美国西部大盐湖水系的起落以及湖畔各种鸟类的命运有机地联系在一起,用一种独特的写作方式将人与自然之间生死与共的处境展示在人

---

① [美]奥尔多·利奥波德:《沙乡年鉴》,吉林人民出版社1997年版,第233页。
② 同上书,237页。

们面前。特里说她写这本书"是为了给自己铺一条回家的路"。这本书多年前由生态文学研究专家程虹教授翻译成中文出版，在国内读者中产生强烈的反响。2017 年特丽夫妇到中国来，我们曾有过一次愉快的聚会。特丽的丈夫布鲁克(Brooke)是生态诗人，我开玩笑给他起了个中国名字"鲁布柯"，他非常高兴，说"那我们就是兄弟了!"

多年来我一直在寻求一种人类在地球生物圈中"低物质能量的高品位的生活"？这种生活不仅是"低碳"的，还应该是"高雅"的。因为低碳，所以能够维护地球生物圈的稳定与平衡;因为高雅，所以符合人性的丰富与优美。这样的生活有益于人类与生物圈的友好共处。我想来想去，这样的生活应当是文学的、艺术的、审美的、诗意的，像中国伟大诗人陶渊明那样：诗意地栖居在大地上。

(《人与生物圈》杂志 2019 年第 6 期)

乌鸦的叫声

——关于海南国际旅游岛的生态建言

生态批评常常被人称作颠覆性的学科。颠覆什么,颠覆工业时代以来许多被人们认作绝对真理的观念,比如"科技无敌""人定胜天""城市让生活更美好""社会总是发展进步的"之类。因此,生态批评常被人们视为乌鸦的叫声,让人听得很不耐烦。

我明白这一点,这里先为自己叫上两声,该是为自己多年从事生态批评的哀鸣。

1994 年我登上海南岛留在海南大学工作,不久便成立了"精神生态研究所",继之筹办《精神生态通讯》,后来迁往苏州大学,组建"生态批评研究中心",至今已经十六年。十六年里,我作为一个生态批评阵线的"卒子",应当说恪尽自己的职守,从未消停过。然而,从整体看,中国的生态状况比起十六年前更加糟糕,天空与大地进一步污染,城市与乡村危象迭生,不但自然生态系统漏洞百出,人的精神道德水准也日渐沦落。从生态批评的意义上看,无论

---

* 本文是在海南省创建"国际旅游岛"之际,有关部门向作者的约稿,终未被采用。

我们的国民经济是在多么迅速地增长，总体上算一算账，我们已经输掉太多。编印了十年之久的《精神生态通讯》，也终于在今年春天寿终正寝。反思过往的岁月，我不得不承认：我只能是一个失败者。

国务院决定在海南省筹建国际旅游岛，不但引起全岛上下一片欢腾，甚至在全国范围内也激发起连锁反应，海南经济立马呈现出飞速发展的态势。对此，我的忧虑远过于欢喜。

海南省筹建国际旅游岛，凭借的什么？

答案是显而易见的，凭借的无疑是洁净的天、清爽的风、丰沛的江河、茂密的植被、辽阔的大海、绮丽的沙滩、苍茫的处女山脉、神秘的原始雨林，以及繁多的热带物种、原本质朴的部族人群等。一句话，凭借的是它的天生丽质，是其近乎完美的自然生态系统。这是我们辽阔国土上任何一个地方都无法取代的唯一一块现实的"伊甸园"。

然而，人类社会的发展必然会造成自然界的损伤，甚至人类文明至今所取的成就，多半是以牺牲自然为代价的，这不是什么理论，而是既成的事实。手头有一本清末民初美国传教士看海南的书，书中记述的情境距今也就是短短五十年：各种各样的蕨类植物寄生在高大的乔木上像是巨大的鸟巢，路边丛林中的热带兰花和野生茉莉随处可见，番荔枝、番石榴、面包果、菠萝蜜遍布各个村落，食肉性植物毛毡苔对小昆虫表现出旺盛的食欲；喜鹊、渡鸦、鹦鹉、鸬鹚、秃鹳十分活跃，戴胜鸟挺着它那艳丽的扇形羽冠高视阔步，有时竟迈进教会的庭院里；羚羊、岩鹿、野猪、狐狸不时会骚扰农民的庄稼和家禽，南部山区很容易看到猴子，深山里机智的猎人会捕捉到飞鼠、蟒蛇、穿山甲，捕获的猎物在部族里人人有份，体现出原始共产主义的遗风。[①] 这种万物相竞、生机蓬勃的自然景象，如今已经很难看到

---

① 参见美国长老教会海南岛教会团：《棕榈之岛——海南概况》(1919)，王祥译，南海出版公司 2001 年版，第14—17 页。

当然，我并不主张让人类退回茹毛饮血的原始时代，实际上这也是不可能的。但人类面对自己已经走过来的数千年的文明史，是否也已经到了应该深刻反思的时候？哪些是出于人类社会发展的需要不得不向自然索取的，哪些是可以节制、替代、再生的。而且对于这些索取的态度也很重要，是心安理得、无所顾忌；还是心存感激，心怀敬畏。理想的状态应当是作为地球高等生物的人类充分发挥自己才能与智慧，利用大自然自我创化的能力，实现经济生活、文化生活的收支平衡，这就叫社会生态的和谐，也就是我们的政府竭力倡导的和谐社会。

十多年前，"生态"不但在一般民众心目中还是一个冷僻的字眼，即使在学术界，除了某些专业领域，对于大多数学者来说也还是一个陌生的学科。现在可好，在各种信息传播渠道、商品流通渠道，"生态"已经成为一个近乎熟烂的用语，大至卖楼盘、卖汽车、卖旅游，小至卖衬衫、卖裤头、卖青菜、卖包子、卖卫生巾、卖尿不湿，全都贴上了"生态"的标签。原本是为了节制经济无度发展、调控消费奢侈化膨胀的"生态文明"，如今却成了刺激经济发展、拉动消费飙升的手段！这就像那支"飞去来"的棒子，绕了一圈后，竟又打回自己头上！

建设"生态文明社会"就已经被纳入我们的大政方针。但纸上写的、口里喊的是一回事，各个地方具体做的、实际发生的往往是另一回事。大量发生的事实说明，这种对于"生态文明"与"生态建设"的滥用、盗用，不但在一般民众的日常社会生活中成了屡见不鲜的现象，更严重、也更危险的是，在许多地方，也成了政府与企业制定规划、实施操作的误区。官员要政绩，商人要利润，都在打生态的主意。甚至国外资本也瞅准了这块"肥肉"，得着机会，便凑上来狠狠地啃上一口！打着"生态文明"与"生态建设"的旗号，干着破坏"生态文明"与"生态建设"的勾当，不但造成巨额的资金流失，同时还酿成新的生态灾难。据某报刊最近披露的资料，新世纪以来，打造世界一流的"生态城"已经在中国蔚然成风，如上海的东滩生态城、天津的中新生态城、唐山的曹妃甸生态城、北京的门头沟生态城、河北省的万庄生态城等等。动则数十上百平方公里的土地、数百上千亿的资金,官员们过了把政绩辉煌瘾,投资商赚了个钵满盆溢,留下的却是一个无法持续运转的人造生态残骸!

上述地区多半财大气粗,海南省很难效仿,更难与之争锋。

庆幸的是,哪怕已经长期遭到损伤,较之上述地区,海南岛至今仍然算得上一座"生态岛",不必再花费亿万资财打造"生态",迫切需要的只是守护、养护好现有的生态。这其实绝非一件容易的事。

于是,我这里为海南建设国际旅游岛的第一点建言就是:避开大规模而保持最低限度的城市基本建设与旅游设施建设,尤其是要杜绝大跃进式的建设,而是脚踏实地,建一个成就一个。官员不要强求虚妄的政绩,商人不应掠取昧心的资财。不然的话,上述建设即使遍地开花、威武雄壮,达标一流,而生态状况急剧恶化,所谓"国际旅游"失去了海南的本色,到头来仍是竹篮子打水一场空。

第二点,在如今的技术条件下,诸如道路、通讯、商店、宾馆、剧院、展厅等基本建设的硬件几乎是手到擒来,难的是软件,是服务、管理,是人的素质,乃至人的道德观念、审美情趣、人文情怀。对于海南来说,更有"生态养护理念"的普遍推广。这是要切实仰仗教育的力量的。我有时会对我们近30年的社会变革绩效产生怀疑,理由很简单:任何国家成功的社会改革都是从教育做起的,而我们的教育局面如此不堪,社会改革又会好到哪里!

第三点,我以为,"国际旅游岛"在国际上产生的文化效应应该大于经济效应,起码应该同等重要。不应当指望靠这个产业一夜暴富,反倒应当细水长流。这样的话,能否呈报中央,在一定阶段允许海南的 GDP 发展速度较之全国放慢一些。当年我尚在海南工作时,一次上面来人征求意见,我曾谈了这个想法:海南这个"特区"不能只是经济意义上的,更应是生态意义上的,因此应不同于深圳特区。对于海南岛来说,"发展不一定总是硬道理",硬道理还应包括"生态养护",养护好生态反倒有可能成为海南的"后发优势"。为了维护海南岛这块中国唯一的热带生态宝地,中央是否可以减缓海南省的经济发展指标。得到的只是众人轻蔑的笑声,但我至今对自己的这条建议坚信不疑。

这方面的建言还可以提出三点、五点,只是前面我已经说过,此乃"乌鸦的叫声",属于报忧不报喜,叫唤多了更惹人生厌,那么就此打住。

最后再说一句:如今我们的主流媒体,到处都是喜鹊的欢唱,有这么几声乌鸦叫,也不至于伤了大局。况且,从生态学生物圈的系统原理看,也是不能把乌鸦赶出丛林之外的。

2010 年 12 月 5 日

生态文艺学研究的观念与方法
——在山东大学文艺美学基地的讲演

早先,俄国哲学家别尔嘉耶夫(Nicolas Berdyaev)的一番夫子自道曾给我留下深刻的印象。他说他缺乏古希腊哲学重理性、重思辨的传统,与一切学院派的东西也很疏远,他也不擅于用推理的、逻辑的、分析的方法论证自己的思想,他更多的是凭借生命的直觉,通过个体的感受来感知时代的精神性、文化性的危机,并由此开展自己的研究与写作。与别尔嘉耶夫类似的还有舍勒和西美尔,他们的治学思路让我感到十分投契。大约 60 岁后,我开始鼓吹自己从事学术研究的一点经验,曾经在不少地方讲过,即:**性情先于知识,观念重于方法**。

关于"性情先于知识"

学习,进而是学术研究,最根本的起点是兴趣,即愿意做、乐于做,自发、自愿,乐此不疲。新鲜,好奇,探究,钻研,发现,创新——再加上表述,这就是学术研究的全过程。其中,个人的兴趣是最重要的。兴趣支配着选择,选什么不选什么,决定于每个人独自的心理结构,其中包含着自己的天性、人格,即通常所说的"性情"。

从心理学的意义上讲,"性情"的构成有两方面的内涵:

一是,遗传的,所谓遗传基因,属于天然的。遗传的因素是强大的,我想一个人不仅会继承了上一代、上两代父母、祖父母的基因,上几十、几百代的祖宗的基因也会在一个人身上留下痕迹。甚至,人类的远祖的基因也会在个人身上遗留下来。500万年的人类进化史对于地球50亿年的历史来说也不过一瞬间!据说,人类的基因有95%以上与猿猴是相同的。

佛教更厉害,佛祖不是站在地球上说话的,而是站在宇宙间说话的。佛说发生在一个人身上的"因果"关系,"假使经百劫 所作业不亡"。我大致算了一下:百劫,按"小劫"算,一劫4百万年,百劫就是4亿年,这就是说4亿年前你的祖先的行为方式至今也还会影响到你!四亿年前我们的祖先是什么样呢?那时为泥盆纪,占据地球的生物是巨鲨、巨蜥、巨型蜈蚣,都是些欲望膨胀、贪婪凶猛、六亲不认的家伙!这些家伙的基因不还在当今那些贪官污吏身上显现着吗?

人生来就不是一块白板,你的大脑在你还没有从母腹中出来时就已经被遗传基刻下了种种印记与符号。这是杰出的心理学家古斯塔夫·荣格的学说,别忘了,荣格同时又是尊奉佛教的!

除了生理性的遗传,重要的还有社会性遗传、文化性遗传,即家庭、环境与学校教育有形无形的臻陶与熏染。教育心理学家说,一个人在5岁之前就已经打好了人格的底稿!弗洛伊德认为儿童的独自的心理结构是在婴幼儿时期与环境冲突的无意识中形成的。当下,对婴儿人的教育,更是在母腹中就已经开始了!童年记忆、创伤记忆,因人而异,千差万别。

以上所说,我的用意是强调:每个人都是与众不同的、独具性情的、独立自主的个体。找到最适合自己的学术领域、治学方向,不但关系到事业的成败,也关系到自己生命的价值。

对于治学来说,知识,即前人积累的经验无疑是必不可缺的。但你面对的知识却是一片"公海",一片浩瀚的、共有的海洋。"弱水三千我取一瓢",你取哪一瓢?我的经验是遵从自己的兴趣、意愿,忍着字计的性子,选取能和自己的心灵发生共鸣、产生互动的那些。

这就是"性情先于知识"!

我在文艺学研究领域做下的这点事,应该说得之于"跨学科"研究。开始是跨界心理学、语言学,后来是生态学。跨学科,就要读更多的书。对我而言多半是凭兴趣,读"杂书"。许多书仅限于浏览,不求甚解。我自诩为:"读杂书,开天眼",天眼一开,界限全无;天眼一开,异径突现。所谓"开天眼",那其实不过是心理学中说的"直觉"与"顿悟",是人的自然天性,是人人都具备的普遍心理机能。问题出在,我们的这一天性被从小接受的概念、形而上思维模式教育遮蔽了,只相信概念、逻辑,只相信专业知识,不肯相信自己的情感与直觉。

不少谈论跨学科的人说过:如果你不具备这些学科的充足的理论知识与严格的技能训练,你就不具备跨越的资格,就是"无票乘车"。这固然有一定道理。学科与学科之间的确存在一定的界面,但并非一堵冰冷坚硬的墙壁,而应是一片可以散步或漫游的谷地。文艺学作为人文学科,与其他学科之间的这片谷地,总还是要更开阔些,是可以先上车后补票的。

说一个我自己的例子。

去年,美国的"中美后现代发展研究院"院长菲利普·克莱顿(Philip Clayton)一行来黄科院生态文化研究中心,他们信奉的是怀特海的有机过程哲学。我对这些美国学者讲:我并不曾在过程哲学上下过功夫,但我在二十多年前就曾经读怀特海的《科学与近代世界》读得如痴如醉!具体时间是1990年7月16日夜11时零5分,地点是在京广线的火车上,我读怀特海的《科学与近代世界》,老式的火车车厢里挥汗如雨,而我读怀特海读得如痴如醉(有书中的"眉批"为证)。这比中国老一代学者如胡适、张申府、贺麟、方东美结识怀特海并亲聆教诲已经晚了半个多世纪。但在我的同龄学者中,尤其是从事文艺学研究的学者中,我接触怀特海怕算是比较早的。

怀特海哲学的意义在于给走进迷途的现代人提供一种新的世界观,宣告一个与自然、与人的天性更为和谐的社会即将来临。怀特海在 20 世纪初预见性地提醒人们警觉的那些问题,全都关系着人类社会的根基与发展方向。如今,这些问题不但依然存在,甚至愈演愈烈了。

于是,怀特海的《科学与近代世界》自然而然地便成了我撰写《生态文艺学》一书的动因与出发点。这本出版于 18 年前的书,开章明义便引用了怀特海的语录,后边又撰写了以"怀特海的社会生态学预见"为标题的专节。表达了我对怀特海深切的崇敬与爱戴。在中国,有"半部论语治天下"的说法。对于我来说,怀特海的一本《科学与近代世界》,也许可以支撑我后半生的学术生涯。(那也是我指导的历届研究生的必读书)

说到这里,我必须尽快声明:我天生是一个感性的、直觉的、情绪性的人,不是一个善于运用概念形而上思考与写作的人。怀特海的哲学名著《过程与实在》对于我来说类乎"天书"! 直到上初中,我的数学还两门不及格! 对于以"数学""逻辑学"为基础的怀特海的思辨哲学体系,我这一辈子恐怕也读不进去了。今年春天,我在美国西部的克莱蒙大学城见到了 93 岁的美国人文科学院院士小约翰・柯布。柯老是怀特海的嫡传弟子,他的亲老师是怀特海的高足。在柯老家中,我把我的短处与苦处讲给了柯布老人,老人倒是爽快,他说换上他他就不读了!

倒也是,从天性上说我就不具备从事哲学研究尤其是数理哲学研究的素养,如果勉强自己一辈子搞下去,皓首穷经,终难成事! 倒是怀特海哲学海洋中的这"一瓢水"切实地滋润了我!

关于"观念重于方法"

文艺理论界与我同时代的许多学人,不少是从 20 世纪 80 年代初的"方法热"中起步的,似乎是那些由西方引进的各类"研究方法"成就了这些评论家、理论家。现在想来,并不完全如此。刘再复先生当时就曾明确指出,方法热缘于思维空间的拓展,首先是对于某些思维定势的超越,对于诸多固有文化观念的突破,那也是知识分子对于自身"精神蜕变"的开悟。

这就是说,为"方法热"提供能量的还应是观念的变更。

仍然以我为例:上世纪 70 至 80 年代,我经历了一次由"阶级论"向"人性论"的观念上的转换,曾以自己是一个人道主义者而豪情满怀(人类呀,我爱你!)相信人类中心,相信人类的利益至高无上,相信"文学是人学"(钱谷融先生倡导的"文学是人学"并不排斥文学与自然的血脉关系,因为他更强调人的"赤子之心",即人的天然属性。我曾有专文论及。)在这一观念的指引下,我并非十分自觉地采取了"心理学"的方法研究文学艺术现象,在文坛上很是热闹了一阵子!

到了上世纪 80 年代末、90 年代初,随着经济高速发展、消费迅速升级,自然生态系统濒临崩溃,我发现人类作为天地间的一个物种太自私、太过于珍爱自己,总是把自己无度的欲望建立在对自然的掠夺上,以及对于同类、同族中弱势群体的盘剥上,有时竟显得那么鲜廉寡耻!对照饱受创伤的自然万物,人类在我心目中已不再显得那么可爱,反而有些可恶、可悲,其中也包括对我自己某些行为的懊恼。我突然明白,人类作为一个整体也是会犯错误的,而且犯下的是难以挽回的错误。正是这种观念的转变,使我不由自主地步入生态学的学科领域,试图运用生态学的知识、理论与方法阐释文学现象、分析当代文学面临的问题。

要知道,30 年前要想在国内书店找到一本生态学的书与 40 年前要想找一本心理学的书,全都一样困难。我自己的外文阅读能力不过关,我是在知识准备、技能训练几乎一片空白的时候迈进了这些领域。因此,我敢说我的"跨学科"始于"转念间","转念"即"观念转变",最初并不在于知识、方法、技能,而就在于那个"一念之差"。

其实,"观念"也是构成个体心灵的一部分,是学问的灵魂。音乐界讲究

"歌唱要走心",要用心灵唱,仅仅凭借技巧和方法是不足的。

我自己并不刻意注重方法,我的《超越语言》出版后,国内有著名专家评论说是"符号学"的研究方法,我还不太理解。我尊崇老子的说法:"大象无形、大音希声","无法之法为乎上法"。有趣的是,我自己在《生态文艺学》一书中讲到的生态系统"三分法",即地球人类生态系统的三个层面:自然生态、社会生态和精神生态,却被许多同学拿去当作一个方便好使的方法,甚至成为一个模式,一个论文写作的套路。

有朋友在网上很容易地就查到40多篇博士、硕士论文的写作采用了我的"三分法"的模式。

论文作者所在的学校有郑州大学、苏州大学、安徽大学、厦门大学、辽宁大学、广西大学、云南大学、宁波大学、山东师范大学、天津师范大学、曲阜师范大学、浙江师范大学、西北师范大学、华中师范大学、江西师范大学、湖南师范大学、西南交通大学、长春理工大学、华北电力大学、哈尔滨工程大学等等;写作的对象有狄更斯、劳伦斯、哈代、德莱塞、赛珍珠、索尔·贝娄、玛格丽特、福克纳、乔治·奥威尔、伯内特的小说,美籍阿富汗作家卡勒德·胡塞尼《群山回唱》……叶芝、叶赛宁、布莱克的诗歌,阿瑟·米勒的剧本,还有中国古代经典《淮南子》、中国当代绘画、山东作家张炜的小说和散文等。这么多的青年学子关注生态批评,这么多的同学读了我的书并且表示认同,我当然很感动;但同时我也有些忧虑:自然生态、社会生态、精神生态的三分法与硕士论文结构的三段论法很是吻合,正是由于"方便好使",反倒可能会约束了深入钻研。任何一种方法总有它的局限性。这是不能不提醒诸位留意的。

绿色学术的话语形态

学术研究固然是要以"人类知识的统一性"、"自然界的协调性"为整体背景的，但也绝不应排斥阐释者个人的"实际生存状态"和书写者"天然的言语技艺"。我曾经在给《上海文化》主编夏锦乾先生的信里发了一通牢骚：如今的学术性刊物对于文章的体制、范例、格式、甚至风格的限制愈来愈严格，将作者的手足和大脑卡得死死的，这甚至已经成为一种全国一律的"法定制度"。人文学科，哲学、历史、文学、艺术以及其他各种各样的文化研究，其话语表达的体制、方式、风格应当是不同的。至于在生态研究领域，更应该有另一种符合生态的"绿色学术话语"。

"概念清晰"、"推理周延"、"论证客观"、"结构匀称"，先归纳，后演绎；先分析，再结论；从现象到本质务求科学，不得有丝毫的模糊。这些"国标"的严格规定，是否就一定应该作为学术著述铁定的通则？我越来越感到，在生态学辐射到的一些学术领域，并不如此。像梭罗的《瓦尔登湖》、法布尔的《昆虫记》、雷切尔·卡森的《寂静的春天》、利奥波特的《沙乡年鉴》、洛夫洛克的《盖娅：地球生命的新视野》，马古利斯的《生物共生的行星》、刘易斯·托马斯的《脆弱的物种》、戈尔的《濒临失衡的地球》，以及媒体生态学家尼尔·波斯曼的《童年的消失》《娱乐至死》等等，这些影响深远的著作，显示的完全是另一种学术境界、话语风貌。

在这些著述中，充满了主观视角、自我体验、个人情愫、瞬间感悟、奇妙想象，案例的举证多于概念的解析，事件的陈述优于逻辑的推演、情景的渲染胜过明确的判断，随机的点评超越了旁征博引的考据。这些看似不规范的学术著作，既深潜于经验王国的核心，又徜徉于理性思维的疆域，全都成了生态文化研究领域公认的"学术经典"，即我这里所说的"绿色学术"经典。

对此，美国杰出的生态批评家斯考特·斯洛维克将其命名为"叙事学术"（narrative scholarship）。他认为这是生态批评家常用的写作方略，即用陈述、叙事，来替代通常的文论写作。这与中国古代哲学经典《庄子》、《淮南子》的文体、写作方略是十分相似的。

斯洛维克是一位独标性灵的学者、教授。他主张写作不仅要依靠头脑，还要发自肺腑,要将"个人化故事叙述"与"学术性分析推理"结合起来。在他看来,忽略了个人动机,忽略了个体学者从事学术研究的内驱力,这种研究就是有缺陷的。他的结论是:一、叙事、讲故事也可以成为一种"研究话语"、一种"学术话语",而且是一种"犀利"的、"动人"的"学术话语";二、这种学术话语,是生态批评家"常用的写作方略",一种更贴近研究对象的话语形态。

斯洛维克在撰写他的《走出去思考》一书时,显然也是遵循了他提出的"叙述学术"这一原则的。但这种倡导在当下的中国却很难行得通。如果我们大学文科的博士、硕士论文全都比照"叙述学术"去写,在论文中大讲自己的故事,如何能够通得过导师的审核!导师的学术论文如果揉进个人的哀乐与文学的联想,又怎能通得过学术机构、学术期刊死死把守的关口!不应排斥正统的学术论文写作范式;但也应该允许学术话语的多样性尝试。人类语言不能仅仅划定在语言学专家的规则里,在已经来临的生态时代,我们不妨听一听梭罗的建议:**我们不但要在课堂的语法教科书上学习语言,还应该向天空与大地、向田野和森林学习语言**。"绿色学术"的话语形态,应该是一种后现代的学术话语形态。其内涵与表现方式究竟如何,还有待于深入探索。

以上,我从性情、观念、方法、表述四个方面谈了谈我在从事生态批评、生态文艺学研究过程中的体会。这只是我个人的点滴经验,每个人都是一个独立自主的个体,都应该有自己的偏爱与选择,我今天的演讲仅只供同学们参考。

谢谢诸位!

2018 年 11 月 23 日

20 世纪中国生态文艺学研究概况

——应徐中玉先生约稿

生态文艺学是选取现代生态学的视野对文学艺术现象进行观察、分析、批评、研究的一门学科,其侧重点在于探讨文学艺术与自然的关系。文学艺术中的生态思想源远流长,生态文艺学作为一门学科,则始于 20 世纪 90 年代的美国。它同时也是继女性批评、后殖民批评之后的一种新的理论思潮与批评方法,是日益严峻的生态困境、日益高涨的生态运动在文学艺术领域的反映。

在中国历代文论史中蕴藏着丰富的生态文艺思想,遗憾的是被近百年来的现代化思潮长期遮蔽了。尽管如此,20 世纪以来,在杜亚泉、刘师培、熊十力、冯友兰、金岳霖、方东美、牟宗三以及杜维明等人的论著中,仍然可以见出中华民族的生态文化传统一脉相袭。而在宗白华、丰子恺、徐复观的美学、文艺学著述中,在徐迟翻译并作序的自然文学名著《瓦尔登湖》中,更可以看出他们所抱持的生态情怀。

中国当代较为明确的生态文学创作与生态文学批评的开展,台湾地区要

---

*　本文论及的范围仅限于生态文艺学研究,时间止于 2000 年。

略早于大陆。从 20 世纪 70 年代起步,已经涌现出以刘克襄、马以工、韩韩、心岱、洪素丽为首的一批"自然书写"者。随之,如陈映真、罗门、蒋勋等著名作家、诗人、学者开始撰写生态文学批评的文章,在社会上产生显著的影响。值得一提的还有胡兰成的《中国文学史话》,该书坚持以"自然"为尺度权衡中国文学,虽然用语较为偏激,却不乏真知灼见。

此外,德国学者顾彬(Wolfgang Kubin)的《中国文学中的自然观之发展》(1985)一书中关于中西自然观的比较分析,亦多有创见。

中国大陆当代文学理论界对于生态批评、生态文艺学的关注,初见于 20 世纪 80 年代一些报刊文章。如赵鑫珊:《生态学与文学艺术》(《读书》1983 年第 4 期),李庆西:《大自然的人格主题:关于近年小说创作中的人类生态学意识与一种美学情致》(《上海文学》1985 年第 10 期),於可训的《关于人的生态、心态及其他》(《奔流》1986 年第 5 期),司马云杰:《论文艺生态学研究》(《文学评论家》1986 年第 3 期),张松魁:《文艺生态学——一门孕育中的新学科》(《艺术广角》1987 年第 4 期),夏中义:《文学生态最优化的逻辑起点》(《艺术广角》1988 年第 1 期),高翔:《刘勰的文艺生态学思想》(《沈阳师范学院学报》1989 年第 4 期)、《黑格尔的文艺生态学思想初探》(《宁夏社会科学》1989 年第 6 期)等。上述文章的议题与观点都比较分散,可以看作呼唤这一学科诞生的先声。

20 世纪 90 年代以来,季羡林先生对中国传统文化精神中"天人合一"的命题再三做出新解,指出:"天,我认为指的是大自然;人,就是我们人类。人类最重要的任务是处理好人与大自然的关系,否则人类前途的发展就会遇到困难,甚至存在不下去。"(《东西方文化议论集》上册,经济日报出版社 1997 版)这一提法对中国的文艺美学界产生了重大影响。曾繁仁先生在这一思想感召下,提出以人与自然的生态审美关系为基本出发点,创建"生态美学"的想法。他认为,应在广泛吸收东西方文艺美学理论有价值成分的前提下,将生态美学观奠定在马克思的唯物实践存在论的哲学基础之上,由美的单纯认识论考察转移到存在论考察之中。

此外,还有郭因的"绿色美学"研究。他于1987年正式提出绿色文化与绿色美学概念,1988年创建安徽省绿色文化与绿色美学学会,是较早关注生态文化的内地学者。他的基本观点是"美化两个世界",即人类的客观世界和主观世界;"追求三大和谐",即人与自然、人与人、人自身的三大动态和谐;"走绿色道路,奔红色目标",即保护生态环境与自然资源,按照人民的合理需要,建设绿色社会主义。由于他的学说涉及经济学、政治学、伦理学、教育学以及传媒、旅游、饮食、保健诸多领域,并不专门针对文艺学,这里不再复述。

20世纪90年代之后,中国国内生态问题日益严重,且蔓延到社会生活的各个方面。原本作为自然科学的生态学日益转向人文领域,国内关于生态哲学、生态美学、生态伦理学、生态人类学的研究渐渐增多,生态文学的创作也渐渐活跃起来,生态文艺学的探讨也随之日益深入。

1995年10月,由曲格平、王蒙主持,国家环保总局、中国作家协会联合主办的"人与自然"环境文学国际研讨会在山东威海召开。陈映真、刘克襄等人详细介绍了台湾地区自20世纪80年代以来"自然写作"与生态批评的历史与现状;陈映真宣读的论文《台湾文学中的环境意识》(后发表于《联合报1996年1月6日—9日》),引起与会学者的强烈反响。相比之下,与会多数中国作家的生态意识还比较薄弱。

1999年10月,由作家韩少功主持,海南省作家协会在海口召开了"生态与文学国际研讨会",美国杜克大学教授阿里夫·德里克、法国科学研究中心研究员安妮·居里安以及中国作家李陀、黄平、戴锦华等人发表演说。

2000年10月由鲁枢元主持,在海口召开了"精神生态理论研讨会",国内学者张志扬、柳树滋、陈家琪、耿占春等就人文精神与自然生态的关系做相关发言。

以上会议对于推动我国环境文学创作实践以及批评实践的开展、对于促进生态文艺学学科建设都起到一定推动作用。

此外,由海南省社会科学规划办、海南大学精神神态研究所于 1999 年 1 月创办的内部交流刊物《精神生态通讯》,是国内唯一一份以推动生态批评与生态文艺学建设为主旨的刊物,由于形制简陋,至今已持续编印 10 年,在学术界产生了良好影响。

截至 2000 年之前,国内生态文艺学研究已大致呈现出三个不同方面的取向。

一、在生态哲学的启示下,把文学艺术活动置于"自然—社会—文化"这个人类生态大系统之中,以生态思维对文艺的本体特性、生态本源、生态功能和生成规律进行全面的考察,力求建构一种能够体现生态综合精神和生态价值观念的文艺观。这一取向特别注意现代社会的连续性,注意发掘马克思主义的生态哲学内涵,对马克思的"自然向人生成"的学说做出生态学的解释,从而提出了生成本体论、人本生态观的新理念。曾永成的《文艺的绿色之思——文艺生态学引论》(2000. 北京)一书是这一研究取向的代表作,该书还具体探讨了文艺审美活动的生态功能、社会主义市场经济与文艺生态等问题。

二、立足于人类文明的转型,从时代的精神状况出发,运用生态学的世界观对自然与人的关系进行重新审视。认为自然生态的恶化有其深刻的人文领域的根源,与现代社会中人的生存抉择、价值偏爱、认知模式、文明取向、社会理想密切相关。重整破碎的自然与重建衰败的人文精神是一致的,文学不但是人学,同时也是人与自然的关系学、人类的精神生态学。鲁枢元的在 20 世纪 90 年代发表的一系列论文及 90 年代末完成的专著《生态文艺学》集中体现了这一研究取向。该书下卷还具体探讨了"文学艺术家的生态位"、"文学艺术的地域色彩与群落生态"、"文学史的生态演替"等问题。相近取向的还有李文波的《大地诗学——生态文学研究绪论》(2000)一书,只是书中"反人类中心"的态度显得更激烈一些。

三、重视从中国古代文论中发掘东方生态文艺思想,在现代生态学理论的映照下,追溯中国文化传统中的自然精神,以图在现代性反思中构建中国人自己的生态诗学。其中较早发表的文章,有高翔关于魏晋南北朝、明代的文艺生态思想的研究;王启忠、江溶等人关于中国古代小说生态文化意识、山水诗审美意义的研究。20 世纪 90 年代后期,张晧对此则进行了系统研究,他关于《文心雕龙》本原生态论、杜诗生态世界、《二十四诗品》生态诗学的研究则集中收录在他稍后出版的《中国文艺生态思想研究》(2002)一书中。王先霈在为该书撰写的序言中强调,"自然生态与精神生态的互动",应是中国生态文艺学建设的重要课题。

20 世纪后期,生态文艺学、生态美学研究的深入开展,也启动了中国的生态批评。一些学者开始尝试运用生态学的观念评论沈从文、韩少功、张炜、徐刚、苇岸等人的创作实践。

总之,我国的生态文艺学建设在 20 世纪的最后 20 年已经启动,并取得初步成效。这一文艺思潮在中国国内的兴起并非完全依靠西方的输入,而在很大程度上是在中国本土传统文化底蕴的基础上自发萌生的,而且与西方生态批评的兴起大抵同步。不足之处是视野还不够开阔,生态学术资源有待于深入开发,与国外相关学术界的联系、与中国当代生态文学创作实践的联系都有待加强。

令人欣喜的是,在新旧世纪之交,一批散布于国内不同地区的青年学者已经开始以矫健的姿态步入生态文艺学建设领域。如王诺、王晓华、程虹、赵白生、韦清琦、程相占、胡志红、刘蓓、宋丽丽、王耘、汪树东、王茜等,他们思想敏锐、勇于开拓,其中不少人曾访学欧美,拥有跨学科比较研究的优势。由于他们的加入,同时也是由于地球生态形势的愈加严峻,国人生态意识的进一步觉醒,我国生态文艺学的学科建设将会很快走向成熟。

(《文艺理论研究》2008 年第 6 期)

卷
四

生态文化的视野

——《生态文化研究资源库》绪论

对于人类来说，人与自然是一个"元问题"，一个初始的、本源的、深邃的、宏阔的、首要的问题，在时间上先于其他所有问题，在空间上笼罩其他所有问题，它的存在是其他一切问题存在的根本，它的解决将导致其他问题的最终解决。人类如何对待这一问题，不但决定了人类社会历史的进展、人类社会的政治经济状况，同时也界定了人类在某一时期的文化状况、精神状况，甚至还影响到人类作为自然中一员的生理状况、身体状况。所谓生态文化学，即面对这一元问题，研究人类与天地自然、与其生存环境之间关系的学科。

在中国古代，老子的《道德经》，其中"道经"说自然，"德经"言人事，一部《道德经》可以看作是对"自然与人"这个元问题的独特微妙的解答，于是至今被视为中西文化流通领域的经典。

在西方，早年的马克思曾把"人与自然"的问题看作"历史之谜"，他认为这一谜底的最终解答就是自然与人之间矛盾的"真正解决"，那就是理想中的共产主义社会。他说：

这种共产主义，作为完成了的自然主义，等于人道主义，而作为完成了的人道主义，等于自然主义，它是人和自然界之间、人和人之间的矛盾的真正解决，是存在和本质、对象化和自我确证、自由和必然、个体和类之间的斗争的真正解决。它是历史之谜的解答，而且知道自己就是这种解答。①

早在上个世纪，正当工业时代仍在蒸蒸日上的时候，恩格斯就曾经指出：

我们不要过分陶醉于我们对自然界的胜利。对于每一次这样的胜利，自然界都报复了我们。每一次胜利，在第一步都确实取得了我们预期的结果，但是在第二步和第三步却有了完全不同的、出乎预料的影响，常常把第一个结果取消了。②

马克思则更尖锐地指出：

在我们这个时代，每一种事物好像都包含有自己的反面。我们看到……技术的胜利，似乎是以道德的败坏为代价换来的。随着人类日益控制自然，个人却似乎愈益成为别人的奴隶或自身卑劣行为的奴隶。甚至科学的纯洁光辉仿佛也只能在愚昧无知的黑暗背景上闪耀。我们的一切发现和进步，似乎结果是使物质力量具有理智生命，而人的生命则化为愚钝的物质力量。③

恩格斯与马克思分别从"自然的有机完整"与"人性的健康发展"这两个

---

① ［德］马克思：《一八四四年经济学哲学手稿》，人民出版社 1985 年版，第 77 页。
② 《马克思恩格斯全集》第 23 卷，人民出版社 1956 年版，第 519 页。
③ 《马克思恩格斯选集》第 2 卷，人民出版社 1976 年版，第 79 页。

十分重要的方面权衡工业时代的利弊，围绕"人与自然"这一"元问题"，及时向现代人提出严厉警告。

警告归警告，在马克思、恩格斯去世后的一百多年里，包括将马克思主义奉为指导思想的国度在内，这一元问题甚至也没有得到足够的重视，反而愈演愈烈、渐渐酿成危及地球健康运转、人类正常生活的"大问题"：资源枯竭、耕地缩小、人口剧增、物种锐减、垃圾围城、雾霾弥天、森林与草场退化、水体与大气污染、臭氧外逸、酸雨成灾、地球升温、气候异常、怪病突起等等。"衣食男女"乃人类生存、延续的自然属性，在人类社会高速发展许多年后的今天却都成为严重的问题：呼吸不到新鲜空气，饮用不到干净的水源，看似精美的食物隐藏着致命的毒素，环境荷尔蒙泛滥引发人体内分泌紊乱，造成发育障碍、生殖异常、性别倒错、畸胎增多、母乳减少、男性精子数量下降、女性生殖系统病变上升。日益严重的环境灾难、生态危机频频向人们敲响警钟、亮出黄牌，人类却显得捉襟现肘、一筹莫展。

数年前颇受质疑的"全球变暖"问题，如今已经得到公认。2017 年，斯坦福大学气候科学家诺亚·迪福博夫（Noah Diffenbaugh）在《美国国家科学院刊》发表文章指出：可靠观察数据证实，气候变化已经增加了世界上超过 80% 的地表区域破纪录的高温。到了今年夏天，北极圈传来噩耗，那里的气温竟然升至 32 摄氏度，浮冰大面积融化，已经在北极圈生存了 60 万年的北极熊濒临灭绝危险。与此同时，南太平洋也发来警报，由于地球升温、海平面上升，岛国图瓦卢即将成为第一个陆沉大洋的国家，接下来的又将是谁呢！

生态危机不仅表现在人与自然的层面，同时还表现在社会层面，即人与人的关系层面。

法兰克福学派的创始人之一霍克海默曾经指出："自然界作为人类操纵和控制的一个领域这一新概念，是与人自身作为统治对象的观念相似的"，"人对自然工具性的操纵不可避免地产生人与人之间的关系"。工业时代，控制与统治大自然的那种力量实际上也在控制统治着广大人民群众，"启蒙在这里是和资产阶级思想统一的",工具理性已经化为资产阶级的意识形态。当代学者查尔斯·哈珀认为,正是这种意识形态营造出现代工业社会的"主导社会范式":经济增长压倒一切;对科学和高技术的信念是有利可图;以市场调节生产;为追求财富最大化敢冒最大风险;人人只关注个人的、当下的需求与幸福;倡导快速、便捷的生活方式;生产与消费的增长永无极限,科学进步与技术发明可以解决社会发展中的一切问题;强调竞争与民主,强调专业与效率,强调等级制度与组织控制。在 20 世纪中晚期渐渐实现的"全球化",不过是"全球市场化"、"资本主义在全球的制度化"、资本在全球"狩猎""套利"的自由化。在人类社会的这一看似新鲜的发展阶段,经济在高速发展,各个国家之间的竞争也愈演愈烈,各个地区之间的矛盾冲突普遍加剧;财富在迅速增长,贫富之间的差距也在急剧扩大,社会各阶层之间的愤懑与怨恨在迅速积累;多数民众的物质生活水平似乎已经得到相对的提升,但生活压力与不满情绪也随之增加。这个看似繁荣富强的现代社会,其实比起以往的传统社会却显得更加动荡与脆弱。

"资本"作为征服全球的现代战神,这次使用的武器不再是当年拿破仑、希特勒的"铁与火",而是"消费主义的人生价值观"。温和而舒适,然而,也更彻底。由全球化推进的狂热的全球性消费浪潮,正以自由落体的加速度消解掉地球亿万年来集聚下的不可再生的自然资源,同时也销蚀掉人类社会千百年来赖以维系的文化精神与传统美德。马克斯·舍勒通过对"资本主义精神"的分析,指出这个"仅仅依靠外力去征服其他的人和物,去征服自然和宇宙"的外向型、功利型的现代社会,也片面地培养造就了现代人"善于经济"、"精于算计"的人格。宗教般的神圣化、心灵化的境界遭到蔑视,个人的精神生活变得异常贫乏,人的"意志能量"不再"向上"仰望,而是"向下"、向着永远填不满的物欲之壑"猛扑过去"。这时,一心攻掠外物的"猛士",其实已经普遍沦为为外物拘禁的"奴隶"。

当今社会已进入所谓"信息时代",人类发明了集成电路、激光电缆、基因改造工程,发明了电脑、网络、机器人。遗憾的是新的科学技术,新的管理手段尚未能有效地缓解环境问题和资源问题,科学技术与人类社会的矛盾冲突却有可能在一个更深邃、更细密的领域展开。当下,先进的科学技术正以它的巨大威力渗透到人类个体的道德领域、情绪领域和精神领域,并力图以自己的法则和逻辑对人类的内心精神生活实施严格的、精确的、整齐划一的操作和经营。当科学技术日趋精密复杂时,给人类带来的生态危机,很可能是一种人类内部的、精神空间里危机。随着集成电路、激光电缆、生物工程的开发,电脑、网络、机器人、器官移植、试管婴儿、再造基因、克隆生命等微电子产品、生化产品正滚滚涌进人们的日常生活,与此同时,"人的物化""人的类化""人的单一化""人的表浅化""意义的丧失""深度的丧失""道德感的丧失""历史感的丧失""交往能力的丧失""爱的能力的丧失""审美创造能力的丧失"也在日益加剧。这是一种精神生态学意义上的危机,如同海德格尔警告的那样;在原子弹、氢弹毁灭掉人类之前,人类很可能在精神领域已经先毁灭掉自己。

种种征兆已经出现。比如,精神病的发病率一直在随着社会的富裕程度看涨,据统计,我国精神病的发病率在 20 世纪 50 年代为 2.8‰,80 年代上升到 10.54‰,90 年代为 13.47‰,到了 2017 年,国家卫生计生委公布的调查显示,我国精神心理疾病患病率竟已高达 17.5%!统计的尺度或许并不一致,但上升的趋势是毫无疑问的。统计还表明,城市的精神疾病发病率要高于农村,大型现代都市如上海、广州、台北要高于一般城镇,而经济发达的国家,比如美国、日本则又高于经济落后的地区。这是否真的应验了弗洛姆的一句话:"在精神上,现代人比以往病得更厉害"。

波及全球的生态运动发展至今天,人们越来越清晰地看到,生态危机不但存在于人与自然的关系中,也存在于人与人交往的关系中,同时也存在于人与自己内在属性的守护中。自然生态、社会生态、精神生态是地球生态系统中有机联系的三个层面。"生态学"已远远不仅是一门学问、一门学科,而成为一套完整的观念系统，成为一个包容了生命与环境、人类与自然、社会与宇宙、精神与物质的世界观，成为一个现代工业社会之后的新的文化体系、新的文明样态。

所谓生态文化，是泛指一种生态学世界观指导下的文化现象。具体说来，生态文化建立在人类与自然共属一个有机整体生态系统的认识论基础上，把在人与自然之间建立和谐共生的良好关系作为最高价值；人类社会的福祉应该建立在与自然万物共生、共享的前提之下；人类并非自然的主人，人类的一切行为都应对地球生物圈的健康运转、为整个生物链的平衡演进负责。

生态文化被视为继工业文化之后的一种新兴文化，是对工业文化的反省、批判与扬弃。因此也被视为是现代文化之后的"后现代文化"，在许多方面表现出对于现代工业文化的对抗乃至颠覆。但作为一种文化思想、文化精神，却是早已存在的，尤其存在于工业社会之前的采集渔猎社会、农牧社会的文化传统中。因此，从古代社会以及不同民族的传统文化中发掘人与自然相处的生存智慧与哲学考量，也就成了建设当代生态文化的重要内涵。

由全球性生态危机促生的生态思潮、生态运动已经迅速扩展到世界的各个角落，生态文化研究也已经迅速覆盖了时代生活的政治、经济、科技、教育、宗教、法律、性别、伦理、文学艺术诸多领域，波及人们的物质生活、情感生活、精神生活的各个层面。"自然"与"人文"之间的纠葛，原本是一个渊源悠久的历史问题，自从人类在地球上出现的那一天就已经出现了。人类对它的刻意的思索，也一定十分久远，留下的付诸文字记载的思索，也已经有数千年的积淀。面对当下的生态现实，整理这份精神遗产，挖掘世界上各个民族累积的生态智慧，应当是一件有意义的事。我们编纂这部书的目的，就是出于这样的尝试。为此，我们从古今中外的典籍中选摘了550多位哲人、学者的近3000则言论，希望以此展现出自然与人文关系的繁复画面，展现出生态文化沿革的历史轨迹。

生态文化思想史： 中西自然观的衍变

在远古时代,在人类文明的源头,东西方人类对自然的看法与态度其实并没有太多的差异,比如,古希腊的泰勒斯把自然比作"母牛",中国的老子把自然比作"玄牝",都倾向于把自然看作一个有机也有灵的整体,一个同时包容了人类自己在内的混沌化一的整体,一个充满活力、饱含生机、拥有着自己的意志和情感的整体,当然,那也是一个充满神秘和魅力令人尊敬又令人畏惧的整体。

中华民族的文献对此的记述较为丰富,也较为系统,从《尚书》《周易》《礼记》,到《老子》《论语》《庄子》,几乎所有先秦典籍中都弥漫着对于天人关系的描述。其中最有代表性的当属老子的一段话:"有物混成,先天地生。寂兮寥兮,独立而不改,周行而不殆,可以为天地母。吾不知其名,强字之曰道,强为之名曰大。大曰逝,逝曰远,远曰反。故道大,天大,地大,人亦大。域中有四大,而人居其一焉。人法地,地法天,天法道,道法自然。"[①]在中国古代思想中,自然与人文的一体化是毋庸置疑的,人的身体是自然的一部分,"此人所以参天地而应阴阳也";人性与兽心之间并没有截然的界限,即"人未必无兽心,禽兽未必无人心";人间政事与自然天时是相互感应的,即"观乎天文,以察时变;观乎人文,以化成天下"、"圣人治致太平,皆求天地中和之气";即使人类的文学艺术活动,也注定是与天地自然"并生"的:"文之为德也大矣,与天地并生者何哉……人实天地之心生,心生而言立,言立而文明,自然之道也。"至于"天人合一""民胞物与"的说法,也是在深厚的民族文化积淀中概括出来的,并非董仲舒、张载的个人发明

---

① 老子:《道德经》,第二十五章。

比起中国相同历史时期的典籍,西方在苏格拉底之前关于自然与人文的文字记载要稀缺一些。但仅从那些断简残篇中仍然可以看出,那也是一种有机整体的宇宙观。比如,那时的学者都在追寻宇宙统一的本源,泰勒斯认为是"水",把代表大水的海神夫妇看成创世的父母;阿那克西曼尼认为是"气","气的凝聚和稀释造成万物","气使我们结成整体,整个世界也是一样";赫拉克利特则认为是"火",世界就是一团"永恒的火",一团不停地转化流变着的火。而芝诺还把自然与人的德行联系起来,认为"按照自然而生活,这就是按照德性而生活",这与老子《道德经》中的倡导就非常接近了。

西方思想界在苏格拉底之后,"学者"变成了"智者",哲学的核心问题也由对宇宙自然本原的探讨变为对于人世间道德伦理、科学知识的研究。在柏拉图那里,实在的自然界与精神中的理念世界已经成了两个相互分离、相互对立的世界,物质与精神、身体与灵魂、本质与现象、形式与内容、个性与共性二元对立的思维模式已初步形成。亚里士多德则进一步在形而上学、形式逻辑、科学分类诸领域为西方的理性主义、科学主义思想奠定了牢固的基础。到了近代,西方的主流哲学家如培根、笛卡儿等人的著作中,自然已经被彻底的物质化、实体化,成为人类之外、与人类相对立的一个"客观世界",一种为人类提供福利的资源,一架遵循所谓客观规律运转的机器,人类的福利就建立在理性对自然的抗争上。而人类则是世界的中心,是自然的主宰,对自然拥有绝对的权力。即使在黑格尔的哲学中,自然也只是一种"外在的"东西,"是作为他在形式中的理念产生出来的",是绝对精神的物质外壳,是人类理智认识的对象,甚至"只是知性处置的尸体"。

在西方,自启蒙运动和工业革命以来,由于自然与人文的分裂与对立,由于理性主义哲学、科学技术至上思想的指引,加上以数量计算为基础的市场运作,使西方社会现代化的进程飞速发展,国家的经济水平、国民的福利事业都迅速提升到世界领先地位,其科学进步、社会繁荣、国力强盛均被看作人类幸福生活的样板,成为世人倾慕、效仿的对象。

但是，人们似乎并没有想到，西方社会的飞速发展却是以对大自然的无度攻掠为前提的，地球自然生态的衰败与现代人精神生态的沦落，使现代化付出了过于惨重的代价。

在中国，尽管中间也有着不同学派的分歧，但就其主流而言，远古时代关于自然的观念，在两千多年的历史长河中却始终延续下来。中国传统文化没有背弃那个"天人合一"原点，只是在固有的原点上不断地复述着、阐释着。然而，中国人对于"自然—人文"同一性的坚守，却使中国社会长时期地处于发展缓慢、原地徘徊的状态，终至被当作"愚昧落后"的典型。

直到19世纪末，当西方国家以坚船利炮的强权手段敲开古老中国的大门，个别先进的中国人才意识到"科学"、"技术"威力的强大，才开始放弃自己祖宗的文化精神遗产，向西方寻求"真理"，要像西方人那样"倡人权""尊理性""兴科学"，以人胜天。陈独秀的言论可谓最具代表性："自英之达尔文持生物进化之说，谓人类非由神造，其后递相推演，生存竞争优胜劣败之格言，昭垂于人类，人类争籁智灵，以人胜天，以学理构成原则，自造其祸福，自导其知行，神圣不易之宗风，任命听天之惰性，吐弃无遗，而欧罗巴之物力人功，于焉大进。""国人而欲脱蒙昧时代，羞为浅化之民也，则急起直追，当以科学与人权并重。"[1]自"五四运动"以来，尽管政权有所更迭，走西方社会发展的道路，努力实现"工业化"、"现代化"，始终都被定为国家发展的大计方针。其间也有表示怀疑的，如早年的辜鸿铭、杜亚泉、张君劢、熊十力，却当即被划入保守派、反动派的行列，陷入莫名的尴尬与深深的困惑之中。

又为现代中国人意料不到的是：就当中国人在西方社会的发展道路上意气风发、奋起直追的时候，西方人却已开始反省自己。早在19世纪中叶，西方思想界的一些先知先觉就开启了对于工具理性的批判，对于现代性的反思，对于工业时代科学技术的重新审视。其中，当然也包括对于西方自然观的反思。

---

① 陈独秀：《独秀文存》，安徽人民出版社1987年版，第8—9页。

百年来的哲学反思,造就了一大批卓越的西方思想家:梭罗、尼采、西美尔、怀特海、舍勒、史怀泽、斯宾格勒、利奥波德、霍克海默、海德格尔、马尔库塞、贝塔朗菲、拉兹洛、柯布、罗尔斯顿、格里芬、莫尔特曼等;在这反思的队伍中甚至还包括一批伟大的科学家:爱因斯坦、波尔、海森伯、莫诺等。西方现代生态运动也正是在这些反思型思想家的启迪下渐渐推向高潮,从卡森的《寂静的春天》问世,到洛夫洛克与马古利斯的"盖娅假说"的提出,在西方的人文世界中"自然"才又渐渐恢复其崇高的地位。

我们的这部"资源库"中占据分量最大的,一是中国古代部分,一是西方现、当代部分。应该说,这并非编纂者的主观意志,而是完全符合生态思想史的固有事实。

从我们收集到的资料可以看出,在这一反思过程中,不少西方学者一反往昔的轻蔑与高傲,开始以认真严肃的态度钻研中国文化,开始对中国古代圣哲表达由衷的敬意,开始从中国传统文化中学习如何与自然和谐相处。如普里戈金指出:"中国文明对人类、社会与自然之间的关系有着深刻的理解。近代科学的奠基人之一莱布尼兹,也因其对中国的冥想而著称,他把中国想象为文化成就和知识成就的真正典范","中国的思想对于那些想扩大西方科学的范围和意义的哲学家和科学家来说,始终是个启迪的源泉。"①李约瑟则认为"老子是世界上最懂自然的人","道家在中国文化中,至今还是生气蓬勃的"。②李约瑟在读过《庄子·在宥》后竟激动地说:"请记住,当今人类所了解的有关土壤保护、自然保护的知识和人类所拥有的一切关于自然和应用科学之间的正确关系的经验,都包含在《庄子》的这个章节中,这一章,和庄子所写的其他文字一样,看起来是如此深刻、如此富有预见性。"③

相反,中国现代思想界对于自然的思考反而冷落下来,对于现代社会的反

---

① [比]普里戈金、[法]斯唐热:《从混沌到有序:人与自然的新对话》,上海译文出版社1987年版,第1页。
② [英]李约瑟:《中国古代科学思想史》,江西人民出版社1999年版,第187页。
③ J. Needham, *Science and Civilization in China*, Cambridge: Cambridge University Press, 1956, P. 98, 9.

思也要比西方迟了许多。在中国大陆，对这些问题的研究表现在梁漱溟、熊十力、冯友兰、金岳霖、贺麟等人前期的著作里。对于现代工业社会做出更多的批判研究的，是身居海外的一批"当代新儒家"，如钱穆、方东美、牟宗三、唐君毅等。最初阶段，"当代新儒家"的意图在于通过对中华民族历史悠久的人文传统，尤其是儒家伦理情怀的发扬光大，来弥补、救治西方现代主义在精神领域和道德领域酿下的种种漏洞和弊端，他们的学术视野基本上还停留在社会学与人道主义的范围内。甚至在某些时候，新儒家还被现代社会"俘获"，用来为现代企业的经营管理充当谋士。只是到了近 20 年，随着生态运动的高涨，"当代新儒家"接应时代的吁求，开始发掘中国传统文化中的"自然哲学"，开始发掘中国传统文化中"自然—人文一体化"的世界观，并把"天人合一"观念的提出看作儒家对于全人类的重大贡献，从而为解救地球生态危机提供一份宝贵的学术资源。哈佛大学教授杜维明先生把这一现象称作"新儒家人文主义的生态转向"，他语重心长地指出："重新使儒家的天人合一观焕发活力，将为公共知识分子提供灵感的源泉，使他们能够建构新的世界观和人生观。新儒家生态转向对于中国精神的自我认同具有重大意义，因为它敦促中国重新发现自己的灵魂，对全球共同体可持续发展的未来也有深刻的意义。"[1]为了人类的绵延长存，无论在理论还是实践上，都必须从根本上转变人与自然的关系，重返人类精神的本源，为现代世界人类的发展重新定向。

直线社会进步论：人类自造的神话

所谓"直线社会进步论"，即认定人类社会的历史就像走在一条大路上，尽管会有曲折，但大的方向总是向前发展的，一步更比一步好，而且注定只会越

---

① ［美］杜维明：《对话与创新》，广西师范大学出版社 2005 年版，第 217 页。

来越好。在这种意义上，"直线社会进步论"又叫"无限发展进步论"，我们中的大多数人，从小就受到这样的教育，对于这种论调是从不怀疑的。在以往的中国，曾经有过一些"社会进步论"的反对者，但随着社会现代化进程的快速推进，进步论似乎已经取得铁定的胜利。然而，面对地球人类遭遇到的生态困境，这种进步论开始受到严重挑战。

首先感到困惑的是爱因斯坦，他说："人类对于无止境进步的信心，仅在五十年以前还是那么广泛地流传着，现在却好像已经完全消失了。"①这也许是因为，在爱因斯坦的时空里根本就没有"直线"的存在。

德国当代哲学家施佩曼来华讲学时曾详细分析过生态运动对无限进步论的批判："关于必然而无限的进步的神话已经死亡"，"今天，进步的局限性已为人们所认识。在欧洲，人们听到这个词时，无论如何也不会再欣喜若狂了。"生态运动"首先唤起了一种普遍意识：许多进步都是有代价的，而这个代价往往过高了。"施佩曼又进而提出"单数意义的进步"、"负数意义的进步"的概念，在他看来，"只有复数意义上的进步，只有医学的进步、遏制犯罪的进步、核技术的进步、一个国家教育水准的进步、当然也有刑讯手段完善化的进步。单数意义上的进步禁止任何一种进步的反思与异议，同这种意识形态性概念不同，复数意义上的进步需要论证。我们必须追问，某种特定的进步都有哪些代价，我们是否愿意付出这些代价。我们必须追问，我们是以哪种物质上或精神上的退步为代价换取这种或那种进步的。关于单数意义上的必然性进步的神话死亡之后，我们将重新赢得被那种神话摧毁了的自由，赢得我们现存条件下具体抉择自己何所欲、何所不欲的自由。"②

这其实是一个浅显的道理——世界上没有白吃的午餐，任何一种受益都必付出代价。正如我们在前文中述及恩格斯很早就提醒过我们的："我们不要

---

① 《爱因斯坦文集》(第三卷)，商务印书馆 1979 年版，第 320 页。
② ［德］施佩曼：《现代的终结?》，载《世界哲学》2005 年第 2 期。

过分陶醉于我们人类对自然界的胜利。对于每一次这样的胜利,自然界都对我们进行报复。"当代世界性的生态危机已经荡尽人类的盲目乐观主义气氛,人类在自己的社会进程中唯一可能做到的是"选择":希图得到什么,将为此愿意放弃什么。然而,即使在这样一个问题面前,人们似乎并没有搞清楚自己究竟需要的是什么,人们费尽气力从自然界残酷榨取的东西,其实不一定就是人们所必需的;而人们在有意无意中放弃的,反倒可能是人们最珍贵的。很早以前爱默生就做过这样的评判:"文明人制造了马车,但他的双脚却渐渐丧失了力量。他有了拐杖,肌肉也就松弛无力了。他有了一块精致的瑞士表,但他失去了通过太阳准确地辨别出时间的技能。他有了格林威治的天文手册,当他需要什么信息的时候,他能准确地从中查到,但生活在喧嚣城市中的人连天上的星星都认不出来了。本是极生动的日子,对他来说只不过是一张张纸罢了。我们是不是可以提出这样的问题:机械提供的便利是不是可以说是另一种阻碍? 追求文雅是不是使我们丧失了生命的某些原动力?"①在当前这个"消费时代",人们"消费"的已经远远不是爱默生时代的"马车""手杖""手表",而是"汽车""冰箱""高铁""游艇",以及恒温的别墅、庞大的超市……但又有谁全面盘算过当代人究竟丧失了那些呢? 难道一台名贵的轿车比自己的"生命原动力"更重要吗?

这样的貌似冠冕堂皇的"进步",往往包藏着人性中许多不良的东西,如贪婪、虚荣、极端的享乐主义与利己主义等。早年,我国的哲学家金岳霖先生对此也曾发出过深沉的感叹:"如果我们能够有超然的态度,那么我们会因在努力发现人性中使我们赞叹不已的优良品行方面一无所获而感到莫大的遗憾。但是即便把我们自己限制在人类历史方面,我们所知道的关于进步的一切也显然并不完全是积极方面的。"②

① [美] 爱默生:《心灵的感悟》,当代世界出版社 2002 年版,第 48 页。
② 金岳霖:《道、自然与人》,生活·读书·新知三联书店 2005 年版,第 102 页。

以往的社会是否一定不如现在的社会,克莱夫·贝尔的回答是否定的:"有很多理由使人不相信进步能够持续不断,也有的是理由认为目前人们叫做文明社会的这些社会比人类早已达到过的最高水平低得多。至于人类社会将来有没有可能再次达到或超过那个水平,还看不出有什么证据。"①清末民初学者尚秉和回忆早年道路时写道:"余幼时自正定应举赴京师,行官道六百余里,两旁古柳参天,绿荫幕地,策蹇而行,可数里不见烈日。柳荫下卖茶卖酒卖饼饵者,络绎不绝。疲则憩,热则乘凉,渴饮饥食唯所欲,虽远行而有闲逸之趣。"如果从技术与速度的标准看,现代的铁路、高速公路已经比清代的官道先进百倍、千倍;但若是从"诗意"的角度看,这清代的官道似乎要更"理想",更令人向往。同样的理由,马克思在比较奴隶制、农奴制、资本主义制度时曾说过类似的话:"西西里岛的古代诗人忒俄克里托斯和莫斯赫曾经歌颂了他们同时代人——牧人奴隶的田园诗式的生活;毫无疑问,这是美丽的、富有诗意的幻想。但是能不能找到一个现代诗人,敢于歌颂今天西西里岛'自由'劳动者的田园诗式的生活呢? 如果这个岛的农民能够在哪怕是罗马对分租佃制的沉重条件下耕种自己的小块土地,难道他们不会感到幸福吗? 这就是资本主义制度所造成的结果:自由人在怀念过去的奴隶制!"②这样说来,现代工业社会的人们常常怀念农业时代的田园生活就不仅是一种"消极的浪漫",那其实也有着历史的真实依据。还有学者提出"工业化不是国家发展的唯一方式"这样的判断,其理由是:"这个世界的非工业化国家并不是欠发达,而只是与工业化国家发展的方式不同。因此,今天,它们的技术贡献较小。但它们因此也较少地与大自然分割,就是说,更接近于那种完整的自然状态,使它们在克服分割状态后具有更高的更新世界的能力。今天世界各国人民以其拥有的一切手段企图实现的工业化,从长期来说,是以世界市场剥夺了工业化国家的生存基

---

① [英]克莱夫·贝尔:《文明》,商务印书馆1990年版,第153页。
② 《马克思恩格斯全集》第22卷,人民出版社1965年版,第558页。

础。从生态角度看,这是不可理喻的,在许多国家是不必要的。如果没有工业化,它们的生存也能得到保障。这从世界的高度看是可以接受的。"①

由社会进步暴露出的问题,尤其是由于人类一手造成的生态灾难,不但使人们对"进步"本身丧失信心,也使不少人进而对人类中心、人类至高无上的地位发出质疑。

"盖娅假说"的倡导者之一马古利斯指出,在生物系统内,人类实际上并没有什么值得骄傲的地位——"我们需要诚实。我们需要从我们的种系特殊性的狂妄自大中解放出来。没有证据说明是被'选'出来的。我们不是专为其他的生物制造出来的独一无二的物种。我们也不因为我们数量众多、力量强大、充满威胁而最重要。我们顽固的特殊物种错觉以直立的哺乳动物杂种外形掩盖了我们的真实地位。""人类不是生命的中心,任何其他什么物种也不是。人类甚至并不靠近生命的中心。我们只是这个古老的巨大整体中的一个新近的迅速生长的部分。"②没有什么科学证据能够说明人类是"地球生物进化的最终胜利者",也没有任何理由可以断定人类会比恐龙在地球上繁衍生存的时间更长。

生态哲学家萨克塞(Hans Sachsse)担心,人类也许会走入进化的死胡同,"人在知识上和道德上能够做到既掌握技术而又不受其诱惑吗?迅速的发展和不断增长的复杂性都使我们难以具有通观全面的能力,目前的辅助手段和权力会诱使人去滥用它们,对自然的利用必然是极端的人本主义。谁说我们不会像我们之前的许多物种那样处于进化的死胡同中?不正是我们的能力变得越来越危险了吗?"③

历史学家汤因比则指出:"人类就其实际的目的而言,自从旧石器时代中期以来,就已经成为自然环境的主人。自那以来,人类仅有的危险——但这些

① [德]迪德里齐等:《全球资本主义的终结:新的历史蓝图》,人民文学出版社2001年版,第34页。
② [美]林恩·马古利斯:《生物共生的行星》,上海科技出版社1999年版,第96页。
③ [德]萨克塞:《生态哲学》,东方出版社1991年版,第52页。

是致命的危险——只是来自人类自身。"他预言:"据我们人类学家所说,非洲黑人有着对上帝和上帝与人的关系的本质的、出乎意料的纯洁而抽象的概念。他们可能给人类以一个新的开端。"①那也许是因为非洲黑人比起那些"文明的"欧洲人、北美人更尊重自然、更亲近自然。

总之,直线的、无限制的社会进步论已经遭遇到大自然的干预。大自然已经向为所欲为的人类频频出示"黄牌",如果人类继续执迷不悟,不能改弦更张、善自为之,人类就有被地球生物圈迅速淘汰出局的危险。

理性主义与科学技术: 原来是柄双刃剑

对于理性主义和科学技术的分析批判,是现代性反思的一个重要组成部分,而这一批判同时与生态运动也有着密切关系。

理性是人类自身的一种属性,它表现为一种能力,即人类在推理、演绎、归纳、计算方面显示出的能力,又被称作理性能力。柏拉图对人类心灵进行了三重分解,一是理性,二是情绪,三是欲望,理性居于最高贵的地位,为上帝所赋予。亚里士多德进而强调理性就是人的思辨能力,是人类幸福生活的源泉,是人区别于动物的主要标志。在欧洲近代的启蒙运动中,理性的力量分别为培根的实践理性、笛卡儿的思辨理性进一步强化,后为康德哲学综合化、系统化,渐渐发展为理性主义,并且从此成为欧洲哲学的主流,甚至启蒙时代也同时被称作理性时代。在中英两国专家共同编著的《西方哲学辞典》中,对于理性主义做出了这样的解释:理性主义认为理性是人的最高认识官能,它与宗教信仰、道德情感以及其他非理性的心理活动相对立;理性主义把数学当作知识的模型,认为哲学方法应与数学方法一致;它还赞赏公

---

① [英]汤因比:《文明经受着考验》,浙江人民出版社1988年版,第139页。

理化方法,相信绝对真理的存在;理性主义力图构筑一个以理性为原则的自然科学体系,并把这些原则扩展运用到一切人文学科中来,建立一种普遍的世界知识。在这样一种理性主义哲学的指引下,西方人凭借理性以及由理性衍生的科学技术征服了自然,在经济、政治、军事各领域全都取得举世瞩目的成就,西方社会发生了天翻地覆的变化,理性主义以及科学技术也由此取得了神圣不可侵犯的地位。

理性主义开始背时并遭受批判是在19世纪与20世纪之交,最初的发难者是尼采,相继而来的有狄尔泰、柏格森、怀特海、胡塞尔、海德格尔,以及心理学界的弗洛伊德、荣格。究其原因,则是理性主义割裂了人的完整性、世界的完整性,因而遮蔽了世界的真实性,就像怀特海指出的那样:人类身上本来存在着两种性质不同而又密切相关的力量,一种表现为宗教的虔诚、道德的完善、审美的玄思、艺术的感悟,另一种表现为逻辑的推理、精确的计算、严格的控制、有效的操作,而理性主义把人性片面地发展了;科学技术则在充分满足人们的物质欲望的同时削弱了人的精神的丰富性与自主性,强化了人的机械性与可控性,也为社会的全面控制打开方便之门。理性主义的极度张扬造成了西方现代社会快速发展中失去平衡,从而酿下严重的人性危机、道德危机,包括社会的价值危机、信仰危机,酿下两次世界大战的巨大灾难。直到这时人们才发现,那光芒四射的理性主义与其衍生的科学技术原来是一柄冷酷无情的双刃剑,它在给予你许多的同时也让你丧失许多。

随后,人们又发现,失去的还有自然以及作为自然的人;在这一系列严重的灾难中,还包括了已经全方位铺开、且更加难以摆脱的生态危机。

科学认识其实是一种难以进行自我认识的认识,它注定需要哲学的开导,还需要伦理学的权衡。舍勒的解释是:"人类实验和技术方面的进步,把人类孤立起来,使他与最切近的生存环境相隔离,割断他与生活的联系,切断他与万物之源联结的纽带,这无异于是要大大限制他的眼界,甚至于窒息他的内心生活;这就和割断他与大自然的联系一样其害无穷。"①被爱因斯坦赞颂为质朴的、伟大的史怀泽,在复述了《庄子》中"抱瓮老人"的故事后,感慨地说:"这位园丁在公元前 5 世纪所感到的危险,正以其全部严重性出现在我们之中。我们周围许多人的命运就是从事机械化的劳动","人心机械化了,就失去了赤子之心"。②

　　法国著名的社会心理学家、生态思想家莫斯科维奇在其《还自然之魅》一书中对理性主义笼罩下的"全控社会"做出如下描述:"我们这个社会现在达到了如此完美的程度,使存在的所有方面都理性化,不断吞并人类生命和自然的新领域,令我们惊奇不已……我们的经验表明,每个人都落入了'全控社会'(société totale)的大网。""全控社会可能直接或间接地具有各种形式,完成因生活而出现的各种功能,从食品到娱乐,从性爱到友谊,从出生到死亡,表现出无可比拟的统计精度和扼杀一切反叛的狂热。许多为我们所用并令我们骄傲的美好事物,在全控社会中都归入陋习和怪行的范畴。"③另一位法国当代著名学者莫兰将单一的理性化看作思想的简化,"简化范式打开了所有通往操纵之门,我坚信一切简化认识都是残缺的,所以也是破坏性的,一旦被转化为行动,尤其是转化为政治行动,它就表现为操纵,压迫,表现为对现实的摧残。简化思想是科学中的野蛮行为,是我们文明中所特有的野蛮行为。"④现代人对于自然犯下的错误,其中一个至为关键的出发点便是把自然简化,比如,将一座森林简化为可以计算的立方木材,将一条河流简化成可以测量的水力、电力,将一头黄牛简化成多少千克牛肉或蛋白质,将一个人的大脑简化成可以按程序运转的机器。而凡是不能简化、量化的,便被统统略去。说到这里,我不能不提到我们的高等教育,也正在蒙受着"科学管理"、"量化管理"的困扰,作

---

① ［德］舍勒:《资本主义的未来》,生活·读书·新知三联书店 1997 年版,第 234 页。
② ［法］史怀泽:《敬畏生命》,上海社会科学院出版社 1995 年版,第 34 页。
③ ［法］塞尔日·莫斯科维奇:《还自然之魅》,生活·读书·新知三联书店 2005 年版,第 106 页。
④ ［法］埃德加·莫兰:《方法:天然之天性》,北京大学出版社 2002 年版,第 422 页。

为一名文学教授，以往曾被要求充当一台大型机器上的齿轮、螺丝钉，现在正被简化为电脑硬盘里的一张表格、一串数字。其实，当理性完全失去感情的温馨与正义的光辉时，理性也已经降格了，已经不再成其为理性，已经沦变为智能与算计，甚至狡诈、奸猾。牟宗三先生就曾痛心地说："现代人只有狡猾，没有文化，只有理智，没有理性。"

作为人类理性能力象征的科学技术并非万能的，在大自然面前它终究有着不可逾越的局限，正如本书选录的克莱顿的一句名言："清醒一点吧。人可以制造船只却不可能制造海洋；人可以制造飞机却不可能制造天空。你的实际能力比你的梦想要小得多。"①如今，我们的日常生活空间已经变成人造的高科技的空间，我们的周围充满了人的机巧和智慧，但是我们还是应该听一听大地哲学家利奥波德的告诫：一种所谓高水准的生活，"是否值得以牺牲自然的、野外的和无拘束的东西为代价。对我们这些少数人来说，能有机会看到大雁要比看电视更为重要，能有机会看到一朵白头翁花就如同自由地谈话一样，是一种不可剥夺的权利。"我们不能忘记，在理性之外还有天性，在人工之外还有天然，那可能还是一种更高的权利和价值。

其实，理性与科学本身是没有错的，错在我们对待理性与科学的态度。而真正伟大的科学家又一定是一个充满人文情怀的、趋于完善的人，反倒是他们，常常能够对理性与科学持有清醒冷静的态度，对自然表达足够的谦恭与敬畏。如玻尔就曾这样表白："至于说到和本能相比的理性，注意到一件事实乃是绝顶重要的，那就是……概念的使用，不但在很大程度上抑制着本能生活，而且，甚至大部分都和遗传本能的体现处于互斥的互补关系之中。在利用自然界的可能性来维持生命和传宗接代方面，低等动物有比人高明的地方；这种令人惊异的优越性，的确常常在下述事实中得到真实的解释：在动物方面，我们找不到上述那种有意识的思维。同样，所谓未开化民族有

① Michael Crichton, *Jurassic Park*, New York：Alfred A. Knopf, 1990, P. 39. 张维译。

一种在森林或沙漠中自谋生活的可惊的本领;这种本领虽然在比较开化的社会中已经表面上不存在了,但是在我们任何一个人中偶然还会重现出来;这种本领可能证实一个结论:这种功夫只有当并不依靠概念思维时才是可能的,而概念思维本身则是适应于对文化发展具有头等重要性的更加多样化的一些目的的。"①对照玻尔的话,我们也许应当把我们的哲学头脑返回到柏拉图与亚里士多德之前,让人的理性与人的情性并重,让人的智能与本能互补,让科学与美学同步,让技术与艺术融会,让数字生长出诗意,让人性与大自然中其他物种的属性相互沟通,那么,人类在地球上的生活也许就会变得更安全些、更美好些。

绿色政治经济学: 重新审视人类社会的基本建构

美国俄勒冈大学社会学教授、当代西方马克思主义生态学理论的代表人物约翰·贝拉米·福斯特直截了当地指出:就生态的可持续而言,如今作为地球人类争相效仿的资本主义社会体制是一个失败的体制。"资本主义解决生态问题的最终方法是技术性的,因为对资本主义体系内部进行根本性的改变是有限度的。但资本主义发展模式造成了对生态环境的广泛破坏,这是资本主义制度的贪婪性所决定的,在自然资源利用上的任何技术改进,其作用的发挥均将被这种贪婪的发展模式所淹没。""资本主义的社会代谢日益与自然代谢相脱离,导致了自然循环和过程的断裂。结果就导致了对自然赋予的、调控社会生产的规律——它维持了自然环境——的违反,从而造成了更进一步的生态危机。""在资本主义制度下,对自然资源的垄断常常导致公共财富在私人财富的膨胀过程中遭到破坏。因此,为少数人利益而进行的资本积累常常

---

① [丹麦] 玻尔:《尼耳斯·玻尔哲学文选》,商务印书馆1999年版,第132页。

与整个社会财富的减少结伴而行。"①

著名后现代思想家小约翰·柯布认为,正是主流经济学加速了生物圈的崩溃:"主流经济学理论没有给生产共同体的人类关系留下一席之地,也忽视了非人类世界的权益,只是把它作为满足人类需要的资源。因此,受这种经济鼓励的经济发展破坏了成千上万的人类共同体并加速了生物圈的崩溃也就不足为怪了。"②他进一步指出:"世界正在被不断增长的集权化和自治的金融系统所控制,前景尤其令人沮丧。因为这个金融系统破坏了人类的共同体并把财富和权力从多数人那里转移到少数人手中,所以它既是极不民主的,也是对任何创造性地回应生态危机的机会的深度破坏。"③

美国"中美后现代发展研究院"院长菲利普·克莱顿博士则指责:"资本主义作为一种经济哲学,一直是破坏环境的罪魁祸首。美国人错误地相信'人人应该获其所赚',从而放任富者益富,穷者益穷。最富有的人和公司已经得到许可,他们有权获取和消费其可以支付的一切。可悲的是,这种态度是'美国制造'的最危险和最具有破坏性的产品。今天,这个星球上的人们已经认识到,正是由于那1%最富有人的自私,正在迅速导致其余99%的人不再适于居住在这个星球上。"④

女性生态主义批评家卡洛琳·麦茜特(Carolyn Merchant)在她的《自然之死》一书中站在妇女运动的立场上指出:市场经济的竞争与侵略破坏了地球的原始属性,已经给自然社会带来深重的灾难,"古代将自然等同于一个哺育着的母亲,这个等同将妇女史与环境及生态变迁史联系了起来。女性的地球位于有机宇宙论的中央,这个宇宙论却被'科学革命'和近代早期欧洲兴起的市场取向的文化所渐渐破坏。生态运动重新唤起了与前现代的有机世界史相

---

① [美]约翰·福斯特:《二十一世纪的马克思生态学》,《马克思主义与现实》2010年第3期。

② 丁立群等主编:《中国过程研究》第三辑,黑龙江大学出版社2011年版,第25页。

③ 同上书,第31页。

④ [美]克莱顿、海因泽克:《有机马克思主义》,人民出版社2015年版,序言第6页。

联系的价值和概念的兴趣。"①

更为糟糕的是，借助电子高科技迅速发展起来的互联网，按说倒是有可能在平等互助的意义上成为地球人类的公共资源、公共财富，成为人们相互交流的新的公共空间，从而造福于全人类的。但实际展现出来的却是另一种情景：就像美国当初取消了自由土地制度一样，互联网很快被一些财阀"圈隔"为其公司统治支配的空间，将公共财富有效地私有化和垄断化，建立起庞大的商业市场。信息本来像空气和水，是一种公共财富，一种共有资源，如今在资本主义经营的模式下，竟变成私人王国的"珍稀物品"。

按照福斯特的说法：人类正被逼进一个"数字封建主义的世界"，"在这个世界中，少数庞大的超大型公司统治着所有的私人活动的空间。广告业将得到所有的机会去开发利用这一系统，而任何有意义的想要保护人们隐私的想法和打算都不得不被舍弃。""互联网本身具有公平公正性，它制定了自己的规则，并具有促进社会和经济改革的能力，可是一旦它的命运落入政策制定者以及资助他们的那些公司的手中，那么网络就失去了实现变革的力量。"他说，资本主义是这一世界的幕后推手的话，这是资本主义必然要达到的目标。② 由此也可以看出所谓的"社会发展进步"，不过是资本主义哲学为现代工业社会蒙上的一层迷人的面纱。

也正是由于互联网技术的迅速发展，促生了跨国公司在世界各地营销套利，开创了经济、金融全球化的新时代，与此同时，环境污染、生态灾难也迅速向世界各地推进，一些发达国家的繁荣富强造成另一些民族国家的生态崩溃。生态的持续恶化已经加剧了世界上阶级与阶级、国家与国家、民族与民族、地区与地区、乡村与城市之间的差异与对立。生态危机与经济危机、政治危机甚至军事危机都有着密切的互动关系，就连美国的情报部门也担心，因生态问题

---

① ［美］麦茜特：《自然之死》，吉林人民出版社1999年版，第2页。
② ［美］R. W.麦克切斯尼，约翰·福斯特：《互联网与资本主义的邪恶联姻》，《国外理论动态》2012年第3—4期。

引发的社会问题不久将会超过恐怖主义。强国对弱小国家的剥夺,强国与强国之间的博弈,使得环境问题成为一个世界性的政治难题,国际政治遂变得更为复杂,环境外交即将上升到首要位置,温室气体排放、水资源短缺、捕鱼权及能源政策将在国际外交中扮演至关重要的角色。正如著名环境科学家诺曼·迈尔斯(Norman Myers)揭示的:"国际社会和环境威胁已不得不同登一个舞台。新的景象代表了国际关系的一种剧变。比如,在一个各种污染物质,无论是酸雨还是温室气体,并不承认国界线的世界上,没有一个国家现在能够自行其是,独善其身。这是自从四百年前民族国家出现以来给民族国家体系带来的最大变化。因此,那些手中握着政策操纵杆的人需要牢牢地把握一系列新的因素。"①

中国作为世界上最大的发展中国家,当然不可能脱离全球化的市场经济,因此也就不可能无视资本主义市场经济的游戏法则。况且,中国社会原有的政治经济建构框架,也是在启蒙理性的时代精神普照下形成的,即建立在牛顿物理学、笛卡尔哲学、达尔文生物进化论的知识系统之中的。

关于人类社会的基本建构,在我国2001出版的《哲学大辞典》中是这样解释的:人类社会的构成好比一座建筑物,划分为经济基础与上层建筑两个部分。经济基础,主要指人类的物质生产活动,包涵生产力、生产关系、生产方式三方面的因素。其中生产力包括1.生产对象,主要是作为自然资源的森林、矿山、原野、江河;2.劳动者,从事生产劳动的人;3.生产资料,即用来控制、改造、征服自然的工具和同自然作斗争的物质装备水平、技术操作手段。生产关系则是指生产过程中人与人的关系,主要是生产资料所有制、劳动成果的分配原则与交换原则。生产方式即斯大林指出的"人类生存所必须的生产资料的谋得方式"。概而言之,人类社会这座大厦的基础即物质财富的生产与产品的分配。至于这座大厦的上层建筑,主要是人们的政治活动,即受经济利益支配

---

① [美] N.迈尔斯:《最终的安全:政治稳定的环境基础》,上海译文出版社2001年版,第223页。

的不同阶级、不同国家、不同民族的人群之间斗争与协调，集中表现在政党、军事、外交、法律等领域。

《哲学大辞典》中的以上表述，也代表了多年来我们关于人类社会基本建构的认识与理解，这些认识与理解同时也在支配着人们的实践与行动。如今，从生态学的视角看来，这一结构框架中显然忽视了"自然界"的地位与价值，仅仅把自然视为人类开发、征服、占有的对象，视为人类消费、享受的永不枯竭的源泉，这种对待自然的态度与笛卡尔-牛顿的知识系统、思维模式是完全一致的。

当一条道路难以为继时，新的时代也许就要开启，旅美学者王治河、樊美筠博士称之为"第二次启蒙"，并出版了专著详加论述。

营造适应生态时代需求的绿色政治、绿色经济，首先是要变更人们的思维模式，尤其是经济学的范式。一个引人瞩目的提法是：经济学要从"理财学"的模式转换为"家政学"。

美国著名的生态经济学家赫尔曼·达利（Herman E. Daly）与小约翰·柯布共同出版的《21世纪生态经济学》一书中写道："**理财学**把市场从共同体中抽离出来并寻求无限的增长。当必须承认市场增长并不总是会对共同体的福利有贡献时，它就会做出一些临时的调整，但仍继续为市场的增长效力。这是用交换价值来衡量的。家政学是从共同体的总需要的角度来看待市场的。它发现市场在执行某些功能（特别是资源配置）上是一个很出色的工具。它也看到市场是危险的。管理共同体从而（长期来看）增加所有成员的使用价值，要求市场保持适度的规模以作出积极的贡献，同时尽量减少它的有害后果。对共同体经济学来说，最优规模问题是最重要的。"①德国当代学者梅勒在其《生态现象学》中也曾指出：生态学是人类的家政学，同时也是大地的自然家政学，人的家政与生态学不可分离地紧密交缠在一起。简言之，"理财学"就是把

① ［美］赫尔曼·达利，小约翰·柯布：《21世纪生态经济学》，中央编译出版社2015年版，第163页。

金钱的增殖视为唯一的目的,赚了还要赚,赚钱可以不择手段,金钱的指标等于幸福的指标。而"家政学"却是把一个大家庭的各个方面打理好,成为一个健康、和谐、幸福、持续生长的共同体,要把人类大家庭置于自然的大环境中,与自然保持高度的和谐。这就是说家政学实际上已经化身为将国家治理与环境保护融为一体的"绿色政治学"。

如今,"绿色GDP"的概念渐渐深入人心,自然界自身的价值在国民经济生产的统计核算中得到承认、受到重视。于是就有了"青山绿水也是金山银山"的说法。中国科学院资深院士刘东生先生早在多年前就颇具前瞻性地指出,生态环境的价值是完全可以估算的,一棵五十年的大树产生的氧气、吸收的有毒气体、防止大气污染的作用、增加土地肥沃的作用、土壤水分含量的作用,以及为鸟类和兽类提供繁殖场所等功用加起来,其生态效益是19.6美元。而我国神农架保护区五十年以上的树有50万株,这样算来,神农架这个地区就其自然资源本身来说,生态效益可以大于100亿美元,相当于2003年整个上海市的GDP总值!

农民、农村、农业是受现代工业化浪潮冲击最严重的领域,近年来涌现的许多生态环保界著名人士,多半都对"三农"问题投入更多的关注,有些人本身就是农业学科的专家。美国农业部国际农业局官员莱斯特·布朗(Lester R. Brown),就曾针对世界性的生态危机提出转换现代社会政治经济范式的著名建议,他把计划中的新的社会模式称作"B模式",其中两块政策性的基石:一是属于财经方面的,降低所得税,加重碳排放税,将大气污染的代价纳入化石燃料的价格,以此抑制自然资源的滥采、环境污染的蔓延;二是属于政治军事方面的,对安全重新定义,各个国家政府要把生态安全放在第一位,减少军费开支、增大植树造林、土壤保持、水源修复、教育普及、妇幼保健的资金。但从目前的世界局势看,布朗的"B计划"还很难付诸实施。

但是,关于拯救生态危机的想象并非没有意义。杰出的生态诗人加里·斯奈德曾呼吁:必须设法把生活在地球同一生物圈中的其他的"民众"——爬行的蜥蜴、站立的北极熊、飞翔的大雁、游动的座头鲸乃至扎根于土地中的树木,都应该被邀请到政府部门或众议院、参议院中。这似乎是诗人的呓语,诗人试图要表达的是:各个生物都应该拥有对地球生态安危发表意见的权利。

在当下的政治经济体制中,消费主义的生活模式向着全世界迅速普及,已经给地球自然生态带来沉重的负担与严重破坏。概而言之,以"生产—消费"为轴心的社会发展理念酿成的苦果有三:一是,巨量的冗余消费正在迅速耗尽地球宝贵的自然资源,制造出有史以来最严重的生态灾难;二是,如怀特海所言:高消费引发的生产竞争、市场竞争、金融竞争,包括人与人、企业与企业、国家与国家之间的竞争,已经在人与人、国与国、民族与民族之间注入"仇恨的福音";三是,物质主义、消费主义致使现代人类精神萎缩、心灵干涸。在新旧世纪之交,西方的思想家史华慈(Benjamin Schwartz)、中国的思想家王元化都对"脱缰野马般失控的消费主义与物质主义"表现出深深的忧虑,"消费主义造成的精神真空将席卷整个人间世界","这个世界不再令人着迷"。

那么,什么才是有意义的、美妙的、能够让人"着迷"的生活呢?我认为那是一种"低物质消耗的高品位生活"。《论语》中有孔夫子的两段精彩语录:"一箪食,一瓢饮,在陋巷,人不堪其忧,回也不改其乐。贤哉,回也!"[1]"暮春者,春服既成,冠者五六人,童子六七人,浴乎沂,风乎舞雩,咏而归。夫子喟然叹曰:'吾与点也'。"[2]孔夫子赞扬学生颜回与曾点的这两段话,生动体现了孔子的人类社会生活理想:过俭朴的生活,追求心灵内在的充实与愉悦;亲近自然,从审美中发现人生的真谛。前一句讲的是"低物质消耗",后一句讲的是"高品位生活"。"低物质消耗",即如今倡导的"低碳生活";而"高品

---

① 《论语》,张燕婴译注,中华书局2015年版,第75页。
② 同上。

位"，则是指超越物质与金钱之上的生活内涵，一种有情、有思、有艺术感受、有哲学思考的生活，即诗意地栖居在大地上。借鉴以往不同民族生态文明中的生存智慧，深刻反思人类自启蒙运动、工业革命以来的政治史、经济史，从根本上改变我们的生活理念、生存方式，才是走出日益险恶的生态危机的可靠路径。

生态解困： 期待一场精神领域的革命

在波及全球的生态危机中，有一个显而易见而又未被充分关注的现象是：在自然生态系统蒙受严重损伤的同时，人们的精神状态也在随之恶化。雅斯贝斯把它叫做"技术进步中的精神萎缩"，"信念的普遍丧失，可以说是技术机器世界的控诉。人所取得的惊人进步使他能够在很大的程度上支配自然，赋予物质世界以符合自己意愿的形式。但是，这些进步不仅有人口的巨大增长相伴随，而且有无数人的精神萎缩相伴随，而谁也无法要求这些人对他们的生活的起源和进程的现实负起责任。"①贝塔朗菲把它看作人类精神世界中"符号系统"的迷狂与紊乱。比利时的生态学教授保罗·迪维诺明确地将其称作"精神污染"，"在现代社会中，精神污染成了越来越严重的问题……"②戈尔则毫不犹疑地断言："环境危机就是精神危机"③。

日渐深入的生态危机已经提供了充分的征兆，地球上人类社会中的生态失衡、环境污染正在不知不觉地向着人类的心灵世界、精神世界迅速蔓延。当人们肆无忌惮地伤害自然时，也伤害了自己的同情心；当城市的地面被一一硬化的时候，城市里的人心也已经变得又冷又硬；当一个人把自然当作算计、控

---

① ［德］雅斯贝斯：《时代的精神状况》，上海译文出版社1997年版，第130页。
② ［比利时］保罗·迪维诺：《生态学概论》，科学出版社1987年版，第333页。
③ ［美］阿尔·戈尔：《濒临失衡的地球：生态与人类精神》，中央编译出版社1997年版，第2页。

制、支配的物质对象时，也会把他人当作对象来算计、控制、支配，也会被他人当作算计、控制、支配的对象，人与人之间的温情与道义也就荡然不存。

问题还不止于此，向大自然进军的过程造就了一种精明而自私、贪婪而务实的人格。继而，这些心肠冷酷、头脑精明的人将会给自然施加更大的伤害，人与自然都将陷入万劫不复的恶性循环之中。

科学的管理与高新的技术是否可以拯救这一危机呢，恐怕很难从根本上解决问题。比如，有不少人把改善人们的精神状况以及人与人之间的情感交流寄托在先进的"信息工程"上。从某些方面看，可能产生了某些积极效应；但从另外一些方面看，已经发生过多的负效应。正如德国学者波斯纳指出的：信息社会从方便人们之间的交流出发，却带来更多的"符号污染"，"那些符号过程的初衷是为了使人际交往更加便利，但自相矛盾的是，最终恰恰是它们阻碍了人际交往"，使我们的生活变得更加复杂和困难。① 日本学者尾关周二认为，电子媒体在提高信息传递的速度与数量方面的确取得了惊人的成就，但人工符号环境的膨胀却进一步破坏了人与自然的一体感，使人失去了与自然的深刻的内在联系，使人的精神变得枯竭起来。他说："电子媒体给信息通信带来质和量的飞跃，使人类主体的社会性和共同性得以发展，但它是抽象的、常常被异化的方式，同时又增加了人工符号环境。因此，如此下去，人与自然、人与人之间的活生生的感性的、身体的联系反倒会变得淡化。不以这种活生生的人的自然发展为根基，而是使之萎缩、淡化，这样的信息通信的发展无论怎样把人的社会性、共同性以多种形式扩大到地球规模上，它也只能是失去人的主体性的、被异化的'社会性、共同性'的扩大……"②

当下地球上严峻的生态困境，本来就是由于人类历史上某种观念的偏差造成的，解铃还须系铃人——真正有效地解决地球上的生态问题，还必须从人

---

① ［德］罗兰·波斯纳：《符号污染：对符号生态学的思考》，《国外社会科学》2004 年第 4 期。
② ［日］尾关周二：《共生的理想》，中央编译出版社 1996 年版，第 83 页。

类自身寻找原因，尤其是从人类内在的精神深处找原因。对此，汤因比一针见血地指出："我也认为要根治现代社会的弊病，只能依靠来自人的内心世界的精神革命。社会的弊病不是靠组织机构的变革就能治愈的。这种尝试都是浮皮搔痒的……唯一有效的治愈方法最终还是精神上的。社会的任何组织或制度也都是以某种哲学或宗教为基础的，由于这种精神基础的不同，一个组织既可以向善的方向发展，也可以向恶的方向发展。"①

拉兹洛对于如何走出生态困境、如何走向人类社会的未来持有不同寻常的见解，他的出发点也是要在人类的内部世界发动一场革命："人类面临着一个严峻却得不到广泛认识的问题，即决定人类存亡的不是外部极限，而是内在限度；不是地球的有限性或脆弱导致的物质极限，而是人和社会内在的心理、文化尤其是政治的局限。""世界上许多问题是由外部极限引起的，但根子却在内在限度。世界上几乎没有什么问题不是因人而起，几乎没有什么问题不可以通过改善人的行为得到解决。就连物质和生态问题，其最根本的原因也是人的眼光和价值观的内部限制……我们苦苦思索，想要改变地球上的一切，惟独没想过改变我们自己。"②

至于如何从内部改变我们自己，世界各国的学者提出各自不同的建议。

罗尔斯顿希望从整体上改变人们的价值观念入手，建立一种新的伦理观念，即以大地为道德基础的伦理学。他要求人们重新面对荒野，恢复大地与人类的亲情关系，认可荒野与人类精神之间所包含的发生学的意义。"在历史上是荒野产生了我，而且现在荒野代表的生态过程也还在造就着我。想到我们遗传上的根，这是一个极有价值的体验，而荒野正能迫使我们想到这一点。"他甚至说，一切肉体（包括我的肉体）都是青草，一切肉体都是风，"荒野是一个伟大的生命之源，我们都是由它产生出来的。这生命之源不仅产生了我们人

---

① ［英］汤因比、［日］池田大作：《展望二十一世纪》，国际文化出版公司1985年版，第149页。
② ［美］拉兹洛：《人类的内在限度》，社会科学文献出版社2004年版，第3页，第5页。

类，而且还在其他生命形式中流动。无论是在体验、心理还是生物的层次，人类与其他生物体之间都存在着很大的相似。"①基于这样的哲学观念，罗尔斯顿呼吁在"整体生命系统中的多种生命形式"之间建立一种"情感生态学"，因为他坚信，不但生态学也是诉诸情感的，在任何一种伟大的当代思想的后面，都"往往有着某种与环境相连的关怀"。

戈尔则提出"需要培育一种崭新的'精神上的环保主义'"，他的理由是："我们对这一世界的体验方式是由一种内在的生态规律来控制的，这种生态规律把感觉、情绪、思维以及抉择同我们自身之外的各种力量联系起来。我们透过多种镜头来看待自身的诸种经验，这些镜头集中并扭曲我们通过感官获得的信息。但现在这一生态规律就要彻底失去平衡，这是由于科学和技术革命的变革所积累起来的影响正在潜移默化地摧毁我们对自身以及我们对生活目的的认识。"②我理解他的意思是要维护地球生态系统的平衡，首先是要协调人类自身精神生态的平衡，改善人类生存的精神状态，重新恢复人与自然的精神纽带，进而把人类精神作为一个重要的调节因素引入地球生物圈中，使自然与人文保持健康的、良好的互动关系。

国外学术界几乎一致认为宗教活动的复苏与生态运动的兴起存在着内在的、必然的联系。自然的"复魅"与重新神圣化与宗教的人间化双向互动，使得生态与宗教相互走近。怀特海的有机过程哲学被认作现代生态运动的思想指南，而怀特海就曾说过"有机哲学似乎更接近于印度或中国的某些思想特征，而不是像西亚或欧洲的思想特征。"他的再传弟子小约翰·柯布则更明白地阐发了这一思想，并导致他对中国佛教的高度评价："佛教对实在有一种深度哲理的见解，也有坚定的精神戒律。我了解到，深深吸引我的过程哲学，更接近佛教思维而不是西方思维。"③他还说基督教应该向佛教学习。

---

① ［美］霍尔姆斯·罗尔斯顿：《哲学走向荒野》，吉林人民出版社 2000 年版，第 212 页，第 214 页。
② ［美］阿尔·戈尔：《濒临失衡的地球：生态与人类精神》，中央编译出版社 1997 年版，第 209 页。
③ ［美］小约翰·柯布：《柯布自传》，华文出版社 2018 年版，第 141 页。

中国以环境保护为核心的生态运动,目前正处于前所未有的高潮之中。而宗教,尤其是佛教,新时期以来随着改革开放的进程正日益活跃起来,如今已经成为一支拥有广泛群众基础的社会力量。关于生态与佛教的关系,大体可以归纳为以下六个方面:一、佛教与大自然之间存在着原发性的关系。佛教史记载,佛祖悉达多最初便是在旷野中修炼并进入禅定的。与他同修的是大自然中的树林、河流、鸟雀以及草丛里的昆虫、泥土里的虫蚁,那实际上就是生态学里讲"地球生物圈"。佛祖悉达多的得道成佛的过程,也是在大自然的怀抱中完成的。而得道的验证,就是他将自己与天地万物融为了一体。得道后的佛陀教导他身边的信众:我们不但是人类,我们还是稻米、水果、河流、空气,我们存在于这个互缘而生、相依相存的生命共同体中,这是一个生生灭灭、循环不息的共同体,这个共同体养护了我们,我们与众生也为这个共同体做出了自己的奉献。佛祖的这些开示,充满了现代生态学中"有机整体论"的意蕴,他说的这个生命共同体,应该就是地球生物系统。二、生态学的精神向度是佛法辛勤耕耘的心田。生态问题,不单单是一个技术问题或科学管理问题,更是一个伦理问题、哲学问题、信仰问题、教育问题。戈尔推崇的"精神环保"与佛教界近年来推重的"心灵环保"是一致的。对此,虚云大师曾有开示:"转移天心,消弭灾祸,应从转移人心做起,从人类道德做起,人人能履行五戒十善,正心修身,仁爱信义,才可转移天心"。佛法中的"戒定慧"如果换成精神生态学的说法,那就是:戒除不良生活方式、坚定健康人生理念、开发生存大智慧、营造人与自然和谐共处的美好空间。三、佛教的因缘果报类似生态循环中的因果链。佛教哲学的重要理论基石是"缘起论",即"万法依因缘而生灭",因果相续,有业必报,亦即人们常说的"种瓜得瓜,种豆得豆"。现代人为了舌尖上那点快感而滥杀野生动物,很快就遭受到"非典"的报应。自业自得果,众生皆如是,佛经中讲的"业力不失,有业必报"在生态学的领域同样得到了印证。四、佛教倡导众生平等与生态伦理并行不悖。《坛经》说:"一切众生,悉有佛性";《涅槃经》说:"以佛性等故,视众生无有差别";"广大慈悲,万物平等。"这是佛教的基本教义。如果说"生死轮回"是"众生平等"的逻辑前提,那么,"养生护生"则是"众生平等"的实践行为。由弘一法师题跋、丰子恺居士绘图的《护生画集》,已经成为中国佛教界的经典。佛教的"众生平等"观念为当代生态保护运动提供了精神层面上的支撑。五、"低物质损耗的高品位生活"也是佛教徒的生活取向。面对全球性的生态危机,世界上许多地方都在倡导过"简约"的生活,即在尽可能减少物质消费的情况下过一种舒适方便的生活。僧人的日常生活:衣,不过三件;食,粗茶淡饭,一律素食;住,随遇而安,茅屋、草庵、岩洞、树下皆可安身;行,"芒鞋斗笠一头陀"。这种"苦行",僧人之所以能够忍受、乐于忍受,是因为他们有自己的精神追求、信仰的力量。选择"俭朴生活",不仅仅是选择了"低碳生活",节约地球上的自然资源,同时还涉及人际关系、人与人之间和谐共处的社会生态,涉及个人内在心灵的充实、高尚与美好。六、上求下化、重在实践是佛教与生态共同的行为准则。"上求菩提、下化众生",在上是求得个人精神上的开悟,见性成佛;在下是身体力行、弘扬佛法、化导众生以利天地万物。所谓"修行"就是对于佛学的进修研习加上对于佛理的弘扬践行。生态学也不仅仅是一种知识理论、一门学问,生态学具有强烈的实践性,在生态危机日益严峻的当下社会,这种实践性显得更加紧迫。真正改善地球的生态状况,也还是要从每一个人的日常生活实践做起。

综上所述,在世界性的生态危机严重威胁到人类生存的今天,佛教是能够为缓解这一危机做出独特贡献的。而生态学的观念也必将为弘扬佛法、扩展佛教的影响力充实新的内涵。

除了宗教,在人类的精神活动领域还有一个不可忽视的向度,那就是文学艺术。如果诗可以看作一切艺术的核心,那么诗歌的兴衰,可以说明艺术在一个时代的一般命运。在以往的时代,无论东方还是西方,诗人都拥有崇高的地位,甚至被喻为"无冕之王";诗歌则被赋予了"动天地而泣鬼神、和四时而育万物"的力量,尤其是古代中国,简直就是一个诗的国度。现在,无论是西方还是东方,不但诗歌已经被远远地边缘化,文学也已经被有些人宣告终结。以往时代的文学艺术之所以具有恢弘的力量,那是因为它是与天地宇宙共生一体的。用刘勰的话说:"文之为德也大矣,与天地并生者何哉!"人"实天地之心","心生而言立,言立而文明,自然之道也。"用舍勒的话说:诗人是"最深切地根植于地球和自然的幽深处的人,产生所有自然现象的'原生的自然'中的人。"文学的力量亦即人的精神力量原本是植根于天地自然之中的。所以,当天地自然蒙受贬抑、伤害、羞辱、遗弃的时候,文学艺术也就失去了它的根本,也就必然衰败枯萎下去。爱因斯坦曾对此发出深沉的叹息:那无可忍受的生态灾难熄灭了艺术的纯真声音。

现代工业社会已经剥夺了人对自然界的直接体验,使人们远离事物的原生态。正如美国当代环境学家杰里·曼德(Jerry Mander)所说:"自然环境大多已为人工环境取代。从视觉、听觉、触觉、味觉、嗅觉等诸多角度来看,我们所体验和理解的世界都已经被人类加工处理过了。我们对世界的体验再也称不上是直接或者本源的了,而是间接的。""当我们居住于城市中,人与地球的直接体验就无从谈起了。事实上,所有的体验可以说都是间接的。水泥地覆盖住了一切原本可从土壤里生长出来的生物;建筑物遮住了自然美景;我们的饮用水是从水龙头里流出来,而不是来自溪流或蓝天;所有植被也被人类的思维所局限、被人类按其品味任意改变;野生动物消失殆尽、多石地带不见了踪影、花开花落的反复循环也不复存在。甚至连昼夜也无区分。"①

这样的生活现实,无论是对于诗歌的创造者还是鉴赏者,都是致命的,因为诗歌已经失去了它的生命之根。也有人把信息时代的电子艺术、数码艺术

---

① Jerry Mander, "The Walling of Awareness", 1978, in Lorraine Anderson, Scott Slovic and John P. O'Grady, eds., *Literature and the Environment: A Reader on Nature and Culture*, Addison - Wesley Educational Publishers Inc., 1999, P. 207. 张春美译。

看作艺术工程的重建。曼德则认为重建的已经不是艺术,起码已经不是原来在我们自己的生命之中生根发芽的文学艺术,"因此,不管是谁操纵着重建的过程,不管是谁成功地向其他人重新定义了现实并创造出了人类经验及知识的整个世界,我们都将受其支配。我们的经验局限于他们的创造,这成了他们控制我们的基础。"①马尔库塞曾拿与诗歌最为接近的人类之爱做比方:"我们可以比较一下在草地上做爱与在汽车里做爱、恋人们在郊外漫步和在曼哈顿大街漫步的不同。在前者的情况下,环境分担并引起性亢奋,而且势必被赋予爱欲特征。这样,力比多便越出直接的性感应区,这是一个不受压抑的升华过程。与此相对,机械化的环境却阻止力比多自我超越。由于在扩大满足爱欲的领域方面受到强制,力比多超越狭隘性行为的能力和'多样性'变得愈来愈少,而狭隘的性行为则得到加强。""由于降低爱欲能力而加强性欲能力,技术社会限制着升华的领域。同时它也降低了对升华的需要。"②套用一下马尔库塞的比喻,在汽车里做诗当然也要比在马背上做诗困难得多,在汽车里读诗当然也要比在园林里读诗乏味得多。

除了做诗和读诗的人,还有作为诗性载体的语言。

美国著名生态诗人、批评家斯奈德说:语言是具有"生物属性"的,最好的语言是一种"野生的语言","普通的好文章就像一座花园,在那里,经过锄草和精细的栽培,其生长的正是你所想要的。你收获的即是你种植的,所谓种瓜得瓜,种豆得豆。然而真正的好文章却不受花园篱笆的约束。它也许是一排豆角,但也可能是几株罂粟花、野豌豆、大百合、美洲茶,以及一些飞进来的小鸟儿和黄蜂。这儿更具多样性,更有趣味,更不可预测,也包含了更深广得多

---

① Jerry Mander, "The Walling of Awareness", 1978, in Lorraine Anderson, Scott Slovic and John P. O'Grady, eds., *Literature and the Environment: A Reader on Nature and Culture*, Addison - Wesley Educational Publishers Inc., 1999, P. 214 页. 张春美译。

② [美] 马尔库塞:《单向度的人》,上海译文出版社 1989 年版,第 68 页。

的智力活动。它与关于语言和想象的荒野的连接,给了它力量。"①斯奈德的话生动深刻,但是,当在人们的生活空间里连一片旷野、连一种野生动物也寻觅不到的时候,我们又往那里去寻找一种"野生语言"呢!

詹姆逊(Frdrick Jameson,又译詹明信、杰姆逊)对工业时代的语言如何被污染、如何失去活力有着更为精彩的论述:"在一个不断大众化的社会,有了报纸,语言也不断标准化,便出现了工业化城市中日常语言的贬值,农民曾经有过很丰富的语言,传统的贵族语言也是很丰富的,而进入了工业化城市之后,语言不再是有机的、活跃而富有生命的,语言也可以成批地生产,就像机器一样,出现了工业化语言。因此那些写晦涩、艰深的诗的诗人,其实是在试图改变这种贬了值的语言,力图恢复语言早已失去了活力。在小说界也一样,福楼拜已经发现语言被污染了,他发现我们根本无法找到最直接的表达法,我们的头脑塞满了五花八门的程式化的语言。逐渐地,当我们自己以为是在表达自己的感情时,我们只不过是在使用这些陈词滥调罢了。"②

文学艺术遭遇到的,实际上也是一场生态灾难。文学批评应当挺身而出为自然辩护,那同时也是对社会正义的维护。在国外关于生态批评的研究中,不少人发现生态批评与女性批评具有天然的联系,实为天然盟友。关于女性与自然的关系,西美尔曾经指出:"在女人身上,物种性的东西与个体性的东西是共生的。如果说,女人比男人更紧密、更深刻地同自然幽暗的原初根据(Urgrund)联系在一起,女人最本质、最富个体性的东西同样比男人更强烈地扎根于最自然、最普遍的保障类型统一的功能。"③科拉德认为,生态学就是一门"母性的学科","假如要发掘研究环境危机问题的话,就意味着要开始了解

① Gary Snyder, *"Language Goes Two Ways"*, in Laurence Coupe ed. , *Green Studies Reader: From Romanticism to Ecocriticism*, Routledge, 2000, P. 129 - 130. 韦清琦译。
② [美] 弗雷德里克·杰姆逊:《后现代主义与文化理论》,北京大学出版社 1997 年版,第 177 页。
③ [德] 西美尔:《时尚的哲学》,文化艺术出版社 2001 年版,第 84 页。

女性和自然界之间的联系对于社会公正和政治目标来说到底有多根本、多重要。"由于女性与那些被称作"未开化民族"的殖民地人民都是这个时代的弱势群体，于是，生态批评也必然与"后殖民批评"成为同一战壕中的战友。"生态批评"、"女性批评"、"后殖民批评"都应当属于后现代时期的文学批评，都应当为改善这个时代的精神状况做出贡献。

在这个精神气息异常稀薄的时代，原本已经有待拯救的文学艺术，是否还可能成为拯救者呢？回答应当是肯定的，生态领域尤其如此。21世纪初，时代的格局已经悄悄发生了某些变化，现代史中的战无不胜者有可能成为被挑战的对象，而今日的待拯救者，比如自然生态与文学艺术则有可能担负起救助的使命。在人类社会的那个最初的"原点"，诗歌、艺术曾经就是人类的生长、繁衍、创造、自娱、憧憬、期盼，就是人类生活本身，就是吹拂在天地神人之间的和风，就是灌注在自然万物之中的灵气，就是人生的"绝对使命""最高存在"。人类曾经与诗歌、艺术一道成长发育，凭借着诗歌与艺术栖居于天地自然之中而不是凌驾于天地自然之上或对峙于天地自然之外。我们完全可以期待，在下一个新的历史纪元中文学艺术在救治自身的同时将救治世界，在完善世界的同时将完善自身。

生态时代与人类纪：人类文明史的新阶段

愈演愈烈的生态危机逼迫人们不得不做出一个重大选择：人类将进入一个与以往不同的新的历史时期，一个新的文明阶段，那就是生态学时代。

最初做出这一判断的是奥地利学者、系统论的创始人路德维希·冯·贝塔朗菲，他在20世纪50年代就宣告：由文艺复兴和启蒙运动开创的西方文明已经完成自己的使命，它的伟大创造周期已告结束。新的文明，将是一种生存的智慧，一种生态学意义上的文明。生物学的世界观正在取代物理学的世界观。"19世纪的世界观是物理学的世界观……同时它也为非物理学领域——生命有机体、精神和人类社会提供了概念模型。但在今天，所有的学科都牵涉到'整体'、'组织'或'格式塔'这些概念表征的问题，而这些概念在生物学领域中都有它们的根基。""从这个意义上说，生物学对现代世界观的形成做出了根本性的贡献。"①对于这一"新的世界观"，拉兹洛则运用近乎诗歌的语言赞颂道："一个互相联系的整个系统的世界既非天真的乌托邦，也不仅是抽象的遐想；它是当代自然和人文科学的前沿出现的整体观点，并为在艺术和文学，在深刻的宗教和精神经验，在涌现出来的替代的新生文化中前卫的观点所预期和完成。它对我们的生活和未来的重要性再怎么强调也不过分。这个观点不仅能帮助我们解决正在渗透到生活的日益增多的方面的意义危机。在传统的以及现代的世界观已无力对我们的世界和我们在其中的地位提供一种自洽的和使人信服的想象的情况下，它也能作为一幅大尺度图像帮助我们找出到达第三个千年破晓时等待我们的复杂而互相依赖，然而潜能和前途极大的世界之路。"②他认为，这是人类史上继"农业革命"、"工业革命"之后的"第三次真正的革命"，即将来临的时代是一个"人类生态学的时代"。

英国学者珀利特还曾为新的社会范式做出设想，希望以生态学观点的"绿色范式"取代工业主义的"灰色范式"，以非物质主义的、崇尚精神的、整体化的生态中心取代物质主义的、类化的、简约化的人类中心；以发展的持续性、科学和技术的选择性及生活质量的提高取代对于经济增长和国民生产总值的片面追求，取代技术决定论及消费主义的生活方式；以与自然和谐相处的生态学观念取代控制自然的环境主义。

20世纪60年代末，由英国大气学家詹姆斯·洛夫洛克和美国生物学家马

---

① ［奥］路德维希·冯·贝塔朗菲：《生命问题：现代生物学思想评价》，商务印书馆1999年版，第1页。
② ［美］拉兹洛：《布达佩斯俱乐部全球问题最新报告》，社会科学文献出版社2004年版，第106页。

古利斯共同提出的"盖娅假说",渐渐成为学术界承认的事实,盖亚学说指出长期以来人们对地球的错误认识、错误态度,进一步确定了人在地球生态系统中的地位和责任,从而为人类进入生态时代提供了重组的依据。

与此学说相呼应,一些拥有宏观视野的自然科学家在新世纪伊始提出了另一说法:地球已经进入了它的新的地质年代——"人类纪"。做出这一判断的两位科学家一位是诺贝尔奖得主保罗·克鲁岑,一位是地壳与生物圈研究国际计划领导人、兼国际全球环境变化人文因素计划(IHDP)执行主任威尔·斯特芬。克鲁岑指出:人们一直认为我们生活的这个地质时期应称为"全新世","历经了漫长的地质时期之后,目前的地球已经进入一个全新的发展时期——'人类纪'。与之前相比,这个时期,人类的活动显示出了巨大的影响作用,并不亚于大自然本身的活动,现在的人类,正在以惊人的力量改变着我们所居住星球,其中最为引人注目的'成就'就是已导致气候变化。科学家们已经认识到,人类需要建立一种与地球现状相适应的新的生活方式和发展模式,一个健康稳定的环境不仅是我们所需要的,也是我们的子孙后代所需要的。"①克鲁岑把"人类纪"的肇始确定在 1784 年,因为在那一年瓦特发明了蒸汽机,从而快速推进了人类社会工业化的进程。从那时以来,人类似乎已经掌握了神话中"天神"拥有的巨大威力,可以把江河截流,可以让海洋升高,可以叫陆地下沉,可以把高山夷平,可以使日月无光,可以让狮子大象、狼虫虎豹一一消失,可以将机器变成人、将男人变为女人、老鼠身上长出人的耳朵……这一切都证实了自工业革命以来二百多年里,人类对地球的影响能力已经不亚于小行星撞击地球、恐龙大灭绝遭遇的自然力。

果真是这样吗?我们不妨以人类在金融领域的活动为例:当代庞大无比、无孔不入的世界经济的金融系统,在互联网的支撑下,从世界银行大厦到各个地区的股票交易所,从遍布街头的 ATM 到几乎人手一个的"支付宝",其

---

① 《克鲁岑北大谈环保与社会发展》,《科学时报》2005 年 4 月 14 日。

在地球上的密集程度如同布满人体的血管、毛细血管。切不要仅仅认为这些血管内日夜不息流淌着的只是无声无息的货币、单纯清澈的数字,实际上它流动的就是"物质",或曰"物流"。流动的是钢铁、水泥、木材、橡胶、塑料,是酰胺、萘酚、戊二酮、多溴联苯、丙烯酸甲酯,实际上流动着的是碳、氢、硫、氮、氧……当这些东西经过人为的操纵充塞了地球的机体时,就必然改变了地球固有的化学状态、物理状态、生物学状态。地球的命运不再由自然掌控,大权已经落入人类的手中,人类如何作为将影响地球万物的生死存亡,正是这样,人类不得不担负起维护整个地球生态状况的职责,我想这就是"人类纪"的真实含义。

与以往人们所熟知的"寒武纪""泥盆纪""侏罗纪""白垩纪"……相比,"人类纪"本该是一个地质学的术语,然而在今天,"人类纪"已经涵盖了地球上人类社会与自然环境交互关联的各个方面,包容了地球上不同国家、不同种族共同面对的经济、政治、安全、教育、文化、信仰的全部问题。"人类纪"时代人类的每一项重大活动,都将引发全球环境与国际社会的剧烈震荡。"人类纪"已经远不仅是一个地质科学概念,同时也成了一个人文学科概念,一个跨越了人文与自然多学科概念,一个全体地球人类都必须密切关注的整体性概念。从这个意义上说,"人类纪"也是"全球化",一种整体性的"全球化",一种充盈着浓郁生态意味的"全球化",一种全体地球人类都必须平等面对的"全球化"。

近年来世界各国不断有顶级科学家联名建议正式宣布地球进入"人类纪"(亦作"人类世"),我国杰出地质学专家刘东生院士对此持积极赞赏态度,他生前曾经指出:人类的活动,尤其是工业革命后的人类的活动,已经成了一种地质营力。在传统的地质学那儿,人是不包括在地质营力里的。而克鲁岑的这个概念则把人包括了进来,人也是一种地质营力,而且在瓦特发明蒸汽机以后,人已经成了一种主导的力量。我本人很欣赏克鲁岑的提法。人类世的提出是鉴于当前环境的恶化,并承认人类活动的重要性,而不仅仅是划分一个新的地质时期。①

　　根据历史的经验，当时代处于机制性的变革时，国民教育总是会成为成败的关键。农业时代兴起之初如此；工业时代启动之时亦如此。如今，人们已经站在生态时代与"人类纪"的大门前，而生态教育则严重欠缺，许多年前利奥波德就指出："事实上，较高的教育似乎还在微妙地躲避着生态学的概念。对生态学的了解并不来源于带生态学标签的课程……但无论标签是什么，生态学的教育似是欠缺的。"②这种状况急需改变。

　　生态运动既然是观念的变革，生态世界观的教育就应当放在生态教育的首要地位。简单地说，生态世界观的基本要素就是系统整体的观念、普遍联系的观念、相互作用的观念、活动过程的观念、平衡和谐的观念；尤其在人与自然的关系上，生态世界观扬弃并超越了培根-牛顿-笛卡儿的二元对立模式，强调人与自然的一体化，人类不可无视于生态法则为所欲为。沃斯特通过对于生态思想史的研究提醒人们，要注意区分"田园生态学"与"帝国生态学"两种不同趋向的生态观：田园生态观是由吉尔伯特·怀特为代表的观点，倡导人们过一种简单和谐的生活，目的在于使他们恢复到一种与其他有机体和平共存的状态。帝国生态观，人们一般都认为是以卡罗勒斯·林奈为代表的，其目的是要通过理性的实践和艰苦的劳动建立人对自然的统治。它们都讲生态，价值取向则完全相反。这里我倒愿意提醒人们特别关注一下中国传统的自然哲学，包括以往长期遭到忽视和排挤的"道法自然""天人合一""物与民胞""交泰和会"的观念。作为后现代的生态学时代不但可以而且应该向前现代的传统社会学习更多的生存智慧。

　　生态运动不仅是观念的变革，同时也还是生命的自我体认，主动地把个人有限的生命之根深扎在大地上、自然中，深扎在天地宇宙间，做一个根深叶茂、

---

①　《人类世之反思——访刘东生院士》，《科学文化评论》2004 第 2 期。
②　［美］奥尔多·利奥波德：《沙乡年鉴》，吉林人民出版社 1997 年版，第 213 页。

花枝招展的人。按照我国哲学家贺麟的说法,不识人生真面目,只缘身在人生中。要想真正了解人生,必须深入无人之境,即深入到自然中去。按照法国思想家西蒙娜·薇依(Simone Weil)的说法:"把身体的生命节奏同世界的节奏相结合,时时地感受这种结合,感受物质的永恒的交流,正是通过这种交流人与世界融合。"①这是让人的灵魂以整个宇宙为身体,把身体的节奏同世界的节奏融合起来。或许这就是冯友兰先生念念不忘的"天地境界"。而现代人拥有的天地空间越来越狭窄了,天空、大地被钢筋水泥大楼层层围堵、隔离,被先进的信息技术复制、虚拟,人们从孩童时代就失去了与泥土、山野、阳光、风雨的感性的接触,被成年累月地灌输大批量的知识、图像、理论、数字,其实,这对于知识的真正获得、对于人才的生长发育都是十分不利的。萨义德说:知识分子要学着与土地生活,而不是靠土地生活。我们的教育已经长久地忘记了自然,贯彻生态教育的第一步,就应当是把我们的孩子们放到土地上、带回山野中。

以往,教育学科的基础课中总是少不了心理学。如今,在开展生态教育时我们也不应忽视心理学的作用。在生态心理学方面,荣格的一些说法也许能够给我们许多启示。在他看来,个人的灵魂总是从属于一个精神的世界体系的,而那些在亿万年生物进化史、人类进化史过程中积淀而成的"原型"和"原始意象"才是人类灵魂的源泉,那是人类生存的"深层生态系统",人的意识、包括科学技术在内的理性的知识和手段,只不过是人类精神的一部分,而且是晚近出现的那些部分。我们的教育不能只看到"流"而忘记了"源",不可断裂了我们与自然之间的精神纽带。在我们国内,心理美学家滕守尧先生曾对生态教育进行了悉心研究。他认为,我们的教育心理学忽视自然生态的表现之一就是忽略了人们心理中的那个"深层生态系统","尽管这种'原型'或'深层生态系统'如此重要,以往的教育却严重地忽视了它,要么是用一种残酷的奖

① 〔法〕西蒙娜·薇依:《重负与神思》,中国人民大学出版社2003年版,第144页。

惩制度压制它和摧残它,要么是对它漠然而不顾。……如果说人的意识部分基本上是按照二元对立的模式运行的,集体无意识部分就是按照二元对话的模式运行的。片面开发意识的结果,使得与意识有关的理性和计算能力相对发达,'集体无意识'以及与这种无意识有关的直觉与想象能力却因此而萎缩。其实,在传统社会中,破坏这种原型的不仅是学校,整个社会都是如此。……当一个人违背自己深层生态系统规律不得不与社会中占主导地位的行为密码保持一种'共谋关系'(而不是共生和互生关系)时,这种折磨就成为致命的。糟糕的是,由于在一般情况下这种密码总是有利于二元对立中占主导的一极(如有利于教师和父母而不利于孩子,有利于男人而不利于女人),凡是符合主导者利益的,就被说成正确和道德的,反之即为不道德、不正确。奖惩手法正是在这样的背景下出现的。社会主导者为了维护自己的利益,对符合自己标准的行为予以奖励,对不符合自己标准的言行予以严厉惩罚。其结果是严重摧残了人的本性。这与当今工业化农业中滥用杀虫剂和除草剂的原理是一样的。后者破坏了自然生态,前者破坏了人的精神生态。二者造成的破坏都是触目惊心的。"[1]

　　遗憾的是,电子化、网络化介入现代社会教育后,教育又糟糕地滑进"娱乐化"的陷阱,著名的后现代媒体文化批评家波兹曼教授(Neil M. Postman)指出:电视对教育哲学的主要贡献是它提出了教学和娱乐不可分的理念。但是,"从来没有人说过或暗示过,只有当教育成为娱乐时,学习才能最有效、最持久、最真实。教育哲学家们认为获得知识是一件困难的事情,因为其中必然有各种约束的介入。他们认为学习是要付出代价的,耐力和汗水必不可少;个人的兴趣要让位于集体的利益……西塞罗说过,教育的目的是让学生们摆脱现实的奴役,而现在的年轻人正竭力作着相反的努力——为了适应现实而改

---

[1]　滕守尧:《艺术与创生》,陕西师范大学出版社 2002 年版,第 37 页。

变自己。"①科技主义加上功利主义诱导,我们的教育仍在与生态教育背道而驰,这也足以见出现代经济社会的阻力是何等的强大!

教育是科学,不是商业投机;教育实际上更接近艺术创造,而不是晋身名利场的敲门砖;教育应当更亲近自然,而不是远离自然;教育应当立足于人的自然天性的养护,而不是对其砍伐摧残;这应当是生态时代教育的基本原则。而要真正改变地球生态的恶劣状况,就必须造就一代富有生态精神的人,创造出新的生态型的生存模式,这应是人类在"人类纪"发挥良好作用的前提。

以上六个方面阐述,涉及自然生态、社会生态、精神生态、生态时代、生态文化史诸多领域及生态政治、生态经济、生态伦理、生态教育、生态批评各个方面,这些只是我们在收集整理资料过程中的点滴体会,远远不能涵盖本书涉及的全部内容。况且即使针对同一个问题,书中收录的众多学者的观点也不尽一致,甚至截然相反;而我们对资料的分析理更会挟带某些偏见。这篇绪论只能谨供参考。相信读者的阅读鉴别力,会做出自己的选择和判断。

人与自然的问题,或曰生态问题,是人类面对的元问题,古今中外的学者相关的话语几如辽阔的草原、茂密的丛林,我们编纂的这部"资源库"只不过是从中采撷几片草叶、几枝花朵。具体到某一位学者,也依然是一株独立支持的大树,我们从中也只能捡拾一枝,这样做如能起到一点"索引"作用,引起继续阅读的兴趣,那就是对我们最高的酬报了。

我们读书不多,加上自己的偏好,书中的遗漏一定很多,理解也会有误,还望读者多多指教,以便日后改进。

2018 年 10 月 2 日

---

① [美]尼尔·波兹曼:《娱乐至死:童年的消逝》,广西师范大学出版社 2009 年版,第 125 页。

附录：

用现代意识重铸中外文化的"绿色观念"

《生态文化研究资源库》序言

许智宏

（中国科学院院士、北京大学前任校长、中国人与生物圈国家委员会主席）

鲁枢元教授的专业是文艺学，长期从事文艺学跨学科研究，在生态文艺、生态文化诸领域有许多开拓性成果。从上世纪 80 年代末，他就开始关注生态环境以及精神生态问题，在中国当代文艺理论界算是最早涉及这一领域的先觉者。

2000 年，鲁教授在"生态"与"文艺"的交叉点上，推出了他的《生态文艺学》。书中从生态学的视野诗意地表述了他对文学艺术的感悟：文学艺术既根植于大地，又仰望着天空，它始终追求的是一种圆满、充盈的生命形式，一个真实、独特、富有创造活力的个体，文学艺术是地球生态系统中天地神人和谐相处、健康发育的楷模。

2006 年，鲁教授承担了国家社科基金项目《自然在中国文学中的地位及其演替》的研究。经过六年之久的艰苦探讨，他找到了一个能够在"人与自然"、"文学与自然"这两个问题上贯穿整个中国文学史的案例，那就是诗人陶渊明"物我相宜"的生存方式。《陶渊明的幽灵》作为项目优秀成果出版之后，荣获中国文学界最高奖项"鲁迅文学奖"，随后被译成英文，并在享有盛誉的德国施普林格出版社（Springer）出版并向全球发行，推进了生态文明建设过程中，中西方之间的文化交流。

鲁枢元长达近三十年研究探讨，坚持把"人与自然"这一问题视为人类社会的"元问题"，并渐渐从文学领域扩展到文化领域，已经在海内外学术界产生了一定的影响。

更值得赞扬的是，鲁教授在忙于生态文艺学教学、科研的同时，还积极投入生态环境保护、生态教育宣传的事业之中，并一直关注着联合国教科文组织"人与生物圈计划"在中国的实施。"人与生物圈计划"是1971年针对全球面临的人口、资源、环境问题，在联合国教科文组织第十六届大会上发起的一项政府间的科学计划，该计划旨在为改善人类与其生存环境之间的相互关系，促进可持续发展提供科学基础。该计划所创建的世界生物圈保护区网络是一个由各国生物圈保护区组成的网络平台。它鼓励通过参与式对话和经验交流、保护生物多样性和文化多样性、尊重各种文化价值观、提升社会应对气候变化的能力、促进人与自然的和谐统一。目前已有122个国家共686个保护区经申报评审通过，加入了这一网络。其中我国有34个成员。在这一过程中，中国人与生物圈国家委员会于1993年建立了中国生物圈保护区网络，现在已有177个保护区成员。

我们在中国实施该计划的过程中，越来越清楚地认识到：生态问题不仅是一个科学问题、技术问题，也是一个社会问题、文化问题。有鉴于此，2012年以来中国人与生物圈国家委员会便邀请鲁教授参与多项调研与考察活动。如江西井冈山、贵州梵净山等世界生物圈保护区的科学与文化综合田野考察活动。鲁教授还充分发挥其专业所长，为中国人与生物圈国家委员会的生态科普期刊《人与生物圈》撰写了多篇专题文章，呈现出他对自然与人文、科技与社会、生态与心态、传统与现代诸多发人深省的思考与见解。在第六届中国人与生物圈国家委员会的组建过程中，鲁枢元被推荐为专家委员，成为历届委员会中第一个文学界委员。当时我还为他颁发了聘书，从此，鲁教授便以"自己人"的身份，率领他的团队更加积极地投入到人与生物圈计划的事业中来。

2016年，在秘鲁首都利马召开的"联合国教科文组织第四届世界生物圈保护区大会"指出,世界生物圈保护区网络的任务是确保环境、经济、社会、文化和精神的可持续性发展;保护并发展生态和文化多样性;促进人类对人与自然的相互作用的了解,发展和整合包括科学在内的各种知识;增进管理复杂社会生态系统的全球能力;促进环境教育,推行具有环境、经济、社会、精神、文化和政治意义的传播战略,以此建设与生物圈和谐共处的繁荣社会,确保生态系统造福于人类。这与我国政府近年来强调的加强文化自信、构筑中国精神、努力推进生态文明建设,加快形成绿色生产方式、绿色生活方式的理政方针是完全一致的。

在这一宏观时代背景下,鲁教授凭其数十年的学术积累,以其敏感的学术知觉,组织起身边的青年科研人员,历时多年编纂完成了百余万字的《生态文化资源库——人类纪的精神宝典》(暂定名)。编者在其主导思想上不仅视生态学为一门系统的知识与理论,更重要的是把它视为一种观念,一种新时代的世界观。本书广泛涉及生态哲学、生态美学、生态伦理学、生态史学、生态文艺学、生态宗教学、生态语言学、传媒生态学以及生态政治、生态经济、生态教育诸多领域,编者从古今中外浩如烟海的学术之林中萃集了近 600 位学者的3 000 余则生态言论,既尊重大师的独立学说,又关注常人的非常之论,以确保本书的权威性、经典性和使用价值、普及价值。

西方社会由于现代化起步早、发展快、程度高,因此对生态问题的关注也早,阐述相对也比较深刻。该书收录了诸如伊壁鸠鲁、马克思、恩格斯、甘地、斯宾诺莎、怀特海、史怀泽、爱因斯坦、德日进、利奥波德、舍勒、荣格、西美尔、海德格尔、马尔库塞、汤因比、贝塔朗菲、海森伯、佩切伊、雷切尔·卡森、康芒纳、罗尔斯顿、洛夫洛克、马古利斯等大师级的精辟言论。中国因为拥有漫长的、持续的农业社会,因而在其传统文化中充盈着许多宝贵的生态精神,不但呈现在《周易》《礼记》《诗经》《论语》《老子》《庄子》这些典籍以及古代文化名人的子集中,即便在现代中国,诸如杜亚泉、熊十力、梁漱溟、冯友兰、金岳霖、沈从文、宗白华、方东美、汤用彤、牟宗三、梁从诫、杜维明也有许多倡导天人和谐、维护地球生态的言论,该书也择其精要收录进来。

总而观之,本书是用现代意识重铸中外文化中的"绿色观念",书中既有古代中外圣贤克勤克俭的清纯生态生活的多角度思考,也有现代东西方学人关于环保低碳的睿智见解。这既是一部生态文明、生态文化的工具书,又堪称一部精思荟萃、高论迭出的学术宝典。我想,读者从中不难倾听到千百年来人类文明中最动人的生态话语。

编纂这样一部大型生态文化研究参考资料,在国内具有开创性。此书即将出版面世之际,我期待鲁元枢教授领衔编纂的这部力作,能够得到"人与生物圈"内外更多读者的关注,以其持续的跨界影响力彰显其独特的生态价值,对于生态文明建设将产生积极的现实意义和深远的学术影响。

(《中国社会科学报》2021 年 5 月 1 日)

汉字"风"与中国古代生态文化精神

引　题

　　一个民族的语言文字,与一个民族文化精神之间的密切关系,曾经受到许多语言学家、人类学家乃至哲学家的关注。

　　较早一些,威廉·冯·洪堡特(Wilhelm Von Humboldt)曾把语言看作"民族精神的外在表现",认为"民族的语言即民族的精神,民族的精神即民族的语言,二者同一的程度超过了人们的任何想象。"①晚近一些,后期的维特根斯坦(Ludwig Wittgenstein)则强调"语言就是构成了我们整个生命和生活形式的组成部分",就是"人类存在的文化模式和基本状态"。② 我国著名语言学家罗常培先生在其《语言与文化》一书的结语中指出:"社会的现象,由经济生活到全部社会意识,都沉淀在语言里面","从语言所反映出来的文化因素显然对于文

---

① 　[德]洪堡特:《论人类语言结构的差异及其对人类精神发展的影响》,商务印书馆1999年版,第52页。
② 　江怡:《维特根斯坦———一种后哲学文化》,社会文献出版社1998年版,第99页。

化本身的透视有很大帮助。"①

语言与文化的对应关系是显而易见的,文化研究的一个重要基础是对于语言奥秘的探索。

我不知道世界上众多民族的语言文字中,有没有这样的个案:仅仅一个字,一个词汇,便能够集中体现出这一民族的"生存状态""生活形式""文化模式",并近乎全面地展现这一民族的传统文化精神风貌。

如果要从我们的汉语言文字中寻找这样一个字,那么,我愿意推举出"风"。

"风",在现代汉语中是一个常用字,又是汉语言中一个历史悠久的基本词。同时,它又是一个拥有旺盛"生殖能力"的"根词",在它的"主根"上繁衍滋生了大量重要的汉语词汇,商务印书馆 1983 年版的《辞源》收录了以"风"字打头的条目(尚不包括另外以"风"为词素的条目,下同)168 个;上海辞书出版社 1979 年版的《词海》为 204 个(含增补)。稍加审视便可以发现,由这一"风"字辐射的语义场,几乎充盈在炎黄子孙日常生活的各个领域,几乎贯穿了中华民族传统文化的所有层面。

一

按照维特根斯坦的说法,语言的运用、语言的活动或曰语言的实践、语言的游戏,总是体现了人们在世界中的存在状态及其对于世界的解释态度。拥有古老文明的中华民族,在其漫长的历史活动中,创造性地发明并使用了"风"这一汉字,并在其丰富的语言实践活动中自然而然地赋予了"风"字以繁多的衍生义、派生义、象征义、假借义、隐喻义,从而形成了一个由"风"字构成的语

① 罗培常:《语言与文化》,北京出版社 2004 年版,第 108、109 页。

义网络,一个活力充盈、生机益然的"语义场"。

语义场(semantic field),指由若干义素相关的词语组成的系统。这是由当代德国语言学家约斯特·特里尔(Jost Trier)和他的学生里奥·魏斯格贝尔(Leo Weisgerber)共同阐发的一种理论。他们不再把一个词语看作孤立的事物,而是将其放在一个更大的整体结构中、放在一个普遍相关的系统中加以考查,一个词语的意义只有在其语义场中才能充分呈现出来。根据这一理论,汉语文化圈中含有"风"的义素的众多词语无疑已经构成了一个空间庞大的语义场。与此同时,"风"也被赋予了无比丰富的精神文化内涵。那么,这个语义场的内部构成如何,它又曾对中华民族的历史发挥了怎样的作用,值得我们深入探讨。

具体说来,在中华民族历时久远的生存空间中,汉字"风"的语义场大体呈现在这样几个层面上:

(一) 自然层面

在中国古代,"风"的本义与现代的通常用法大体一致,指一种常见的"天气现象",即刮风下雨的"风"、风吹日晒的"风"。

殷商卜辞中许多关于风的记载,表明我们的古人对风的习性在那时就已经有了全面的把握。如:风有空间性,即所谓"八方之风";风有时节性,即所谓"四季之风"。不同方向、不同季节的风的性质不同,对植物和动物生长的盛衰、损益也大为不同。中国古代社会作为一个早熟的农业社会,对于自然界的风有着悉心周到的观察、揣摩和理解。《康熙字典》中就曾收录了许多用来区分不同性状的风的文字,如形容小风的"飈"、形容微风的"飀"、形容缓风的"飂"、形容高风的"飁",以及形容不同风声的"飙""飕""飔"等。可以说,殷商时代黄河流域的一个"土民"对于风的敏感程度,无疑要远远胜过当代上海商住大楼写字间的"白领"。

古人解释这种自然现象的成因与现代也颇为相近,即"气"在天地间的流动。《庄子·齐物论》中说"大块噫气,其名曰风",宋玉《风赋》中说"夫风者,天地之气也"。《淮南子·天文训》中进一步解释说:"气偏聚一方,积聚多重,流而为风。"当然,在先秦时代的中国古人看来,"风"并不只是"气"的流动,"天之偏气,怒而为风"——它同时也是"天"的情绪和意志。"风"字又常常与其他词素结合,用来描绘自然界种种奇妙不一的景观,如:"风雨""风云""风霜""风雪""风浪""风沙"等等。《诗·郑风》中的"风雨如晦,鸡鸣不已",唐代高适的名句"大漠风沙里,长城雨雪边",皆是在其本义上使用"风"字的。

与西方的基督教文化传统不同,在中国古代传统文化中,人与自然原本就是一体化的,人是由天地自然孕育化生而成的,"天出其精,地出其形,合此以为人"(《管子·内业》)。因此,大地上、天空中的"风",也同样会以某种方式存在于人体之内,人体内的"风"与天地间的"风"可以相互交流、相互感应,因此"天"与"人"在这样一个基础层面上也是整合为一的。人的身体生理状况必然要受到"风"的影响。这是中国传统文化别开生面的创举,并成为"中医学"重要的理论支柱。《黄帝内经》曰:"天有八风,经有五风。"(《素问卷一·金匮真言论》)"人以天地之气生,四时之法成。"(《素问卷八·宝命全形论》)中医经络学说所谓的"风池""风市""风门""风府",都是人体中真实存在的"穴位"。人体中的"九窍、五脏、十二节,皆通于天气",人体之气与天地之气密切相关,人的身体中的"气脉"与"天气""地气"之间的冲突、失调,是造成各种疾病的根本原因,中医谓之"伤风""中风"——或"风湿""风疹""风痹",或"疠风""瘈风""癞风"。而传统中医学中设立的"风科",就是治疗因"风"而起的一些疾病的专科。

(二) 社会层面

与现代工业社会不同,在漫长的农业社会中,自然界中的"风",对于国计民生的作用是至关重要的,风的方向、时节、强弱、干湿不同,直接影响着农业生产,影响着年成的丰欠和年景的吉凶。看一看甲骨文的大量记载,不难发现

"风"和"雨"对于那个时代的意义,差不多就等于"石油"和"煤炭"对于现代工业社会的作用,直接关系到社会的稳定和动荡、战争与和平。

在中国,从三皇五帝到唐宋明清,"风调雨顺"即意味着"物阜民丰""安居乐业""盛世太平"。即所谓"太平之世,风不摇条"、"出号令,合民心,则祥风至"。于是,一个地域、一个时期的价值取向、道德崇尚、文化习俗、审美偏好竟也全都和"风"联系在了一起,成了"风"的衍生物,被称作"世风""时风""士风""民风""风俗""风情""风土""风气""风化""风尚";甚至,一个朝代的国家法度、朝廷纲纪、民众心态、政府吏治也都被笼罩在"风"字头下,如"风宪""风裁""风纪""风教"等。自然界的"风"便因此拥有了社会学、政治学的意蕴。史载,秦汉以降,帝王巡行,"车驾出入,相风前引",那作为仪仗前导的"相风",即类似如今"风向仪"的物件,由此也可以见出"风"对于中国封建王朝的意义。

在中国古代,由于"风"与朝廷的休戚、社会的盛衰、家族的成败、人生的否泰有着如此密切而又精微的关联,故而,在那个以"神学知识系统"为主导的时代,"风"自然被赋予了神秘的含义,成了冥冥之中宇宙的主宰借以诏告人类的神秘信息,并且由此造就了一批操"风"为职业的"社会工作者",拓展出一些以"风"为研究对象的专业学问、专门技术,那就是"风角"与"风水"。前者大盛于汉唐,后者至今仍流布不衰。

关于"风角",隋代曾有《风角要占》、《风角要候》、《风角鸟情》刊行,李淳风的《乙巳占》中有详细的解释:"风者,是天地之号令,阴阳之所使,发示休咎,动彰神教。《周礼·春官》保章氏十有二风,察天地之私,命乖别之妖祥。由此而观,即风声以探祸福,由来尚矣。"①《唐开元占经·卷九十一》中记载,有经验的占风者可以从风的来向、强弱、燥湿、清浊、寒热、声响、明晦辨认出所谓"祥风""灾风""魁惑风""惨刻风""刀兵将至风""政化失明风"等。对风的

---

① 转引自李镜池:《周易探源》,中华书局 1978 年版,第 384 页。

观察研究,几乎成了社会政治的预测系统。

"风水",古代又称作"堪舆"。晋代郭璞在其《葬书》中说:"气乘风则散,界水为止。古人聚之使不散,行之使有止,故为之风水。"在中国古代人看来,"风"和"水"是人类生存最为重要的因素,居住环境周围的"风"和"水"对于人的生理、心理乃至家庭生活、家族命运将产生直接的影响,甚至认为这种影响还可以通过葬地作用于亡故之人的尸体和灵魂,进而作用于亡故之人的子孙后代。"风",通过这一渠道,再度与人世间的祸福、安危建立了有机的联系。

若作进一步的探究还会发现,在人们的实际日常生活中,自然景观与世事人生一旦进入"风"的语义场,往往又是交感互生、氤氲一气的。原本用来描绘自然景观的一些词汇,比如,"风云""风烟""风雨""风浪""风波""风潮""风雷""风暴"并不仅仅指风中的云烟、风中的雷雨、风中的浪潮,"九州生气恃风雷,万马齐喑究可哀"——同时还象征了社会的震荡和变革;"风尘""风霜"也不单指风中的灰尘和霜雪,还指人生的困窘与艰辛;"风光"也并不只是自然界中的风和阳光,还常常用来形容人事上的得意与显赫;《红楼梦》中说一个女孩儿"如今长大了,渐知风月",这里的"风月"就不再是风和月亮,而意味着发生在男女间隐秘的性事——在中国的传统社会里,此类男女间的幽会多半发生在月白风清的夜间,于是天地气象也就衍变成了两性情事。

(三) 艺术层面

"风"与音乐歌舞、文学艺术的联系,在中国古代历时亦十分久远。

最为显著的例子,是《诗经》中"国风"的命名。刘勰在《文心雕龙》中指出:"诗总六艺,风冠其首,斯乃化感之本源,志气之符契也。"(《文心雕龙·风骨第二十八》)对此,钱钟书先生阐释说:"言其作用,'风'者,风谏也,风教也。言其本源,'风'者,土风也,风谣也。今语所谓地方民歌也。言其体制,风咏也,风诵也,系乎喉舌唇吻,今语所谓口头歌唱文学也……'风'之一字而于《诗》之渊源体用包举囊括。"①你看,一个看似寻常的"风"字,竟成了《诗经》这部中国文学开山经典的首脑与灵魂。由《诗经》中的《国风》与《楚辞》中的《离骚》共同合成的"风骚"一词,在中国竟成为"文学艺术"和"文学才华"的代名词。

至于"风"与音乐的关系,已故复旦大学教授蒋孔阳先生曾进行过精湛的研究。他在《阴阳五行与春秋时的音乐美学思想》一文中指出,"风"与音乐最初的结缘,表现在两个方面:一是"风"的物质载体方面。自然界中"声"的发出总是与"风"的活动有关,《庄子·内篇·齐物论》写道:"山陵之畏佳,大木百围之窍穴,似鼻,似口,似耳,似枅,似圈,似臼,似洼者,似污者。激者、謞者、叱者、吸者、叫者、譹者、宎者、咬者,前者唱于而随者唱喁,泠风则小和,飘风则大和,厉风济则众窍为虚。"这里列举的被庄子称作"天籁""地籁"的声响,无不是风动外物的结果。对此,明代宋应星的《论气》一书也曾指出,乐器的发声和歌唱的发声都和"气"的流动——"风"的作用相关,即所谓"以气轧形","两气相轧而成声者,风是也。"②二是"风"的文化内涵方面。一个地域、一个时期的音乐歌舞集中体现了彼时彼地的风土、风俗、风尚、风情,故将其称作"风","风"便成了一个地区"民歌""民谣"的代名词;"采风"就是对一个地区民歌、民谣、民谚、民俗的收集整理。在谈到音乐、歌谣的功能时,蒋孔阳先生分析了先秦时代的"省风说"与"宣气说"。中国古代所说的"省风",一是农业生产层面上的,即官方委任专员对自然界的风力、风向、季节、气候进行观察,以指导农事的开展;一是社会心理层面上的,即统治者设立一定的机构通过对民间歌谣乐舞的采集考察,以把握民众的思想情绪、需求愿望。即所谓"歌谣文理,与世推移,风动于上,而波震于下者"。据《左传》、《国语》等史书记载,古代的乐

---

① 钱钟书:《管锥编》(第一册),中华书局 1979 年版,第 58—59 页。
② 参见戴念祖:《中国声学史》,河北教育出版社 1994 年版,第 73 页,第 74 页。

官如夔、瞽和虞幕者又都是善于听辨风声、观察天时的"气象学家"。"宣气"，应是在"省风"基础上进行的。一是疏通调和天地间的阴阳寒暑之气，一是宣解疏导民心民情中积淀郁结的正邪哀乐之气，其前提仍是"天人感应"的中国古代哲学思想。[①] 由于天地与民心是相互感应的，所以二者可以同时进行。"省风"，既是省自然之风，又是省社会之风；"宣气"，既是宣天地之气，又是宣人间之气，在中国古代美学中，天地自然与世事人生总是存在于一个有机完整的系统之中的。音乐歌舞、文学艺术便成为"省风""宣气"的重要渠道，既能通天地自然之"风气"，又能通世事人心之"风气"，甚至还能接通个人身体中的生理之"风气"、病理之"风气"，一如刘勰所说："吐纳文艺，务在节宣，清和其心，调畅其气……逍遥以针劳，谈笑以药倦。"(《文心雕龙·养气第四十二》)

"风"的语义场辐射到音乐、歌舞、诗词、绘画的诸多领域之后，便衍生出许多"风"字头的文艺学和美学的词汇，如"风雅""风致""风趣""风韵""风骨""风格"等等。唐代文论家司空图的《二十四诗品》中，以"风"喻诗处凡12见，如："长风""天风""海风""清风""蕙风""连风""风日""风云"等。在中国，"风"几乎成了历代文人最倾心偏爱的字眼之一。

(四) 人格层面

在以张扬个人的独立人格与精神自由为时代特色的魏晋南北朝，以"风"表述人物性情、品德、胸襟、才智等人格心理内涵的话语方式，几乎成了一种充塞整个知识界、文化界的审美偏好。此类例证，在《世说新语》、《昭明文选》等典籍中可谓比比皆是。如："风概简正，允作雅人"、"风仪伟长，不轻举止"、"风仪秀整，美于谈论"、"风神高迈，容仪俊爽"、"风标锋颖，才义辩济"、"风格峻峭，啸傲偃塞"、"风姿端雅，容止可观"、"风情率悟，过于所望"、"风度简旷，

---

① 参见蒋孔阳：《美学艺术论集》中《阴阳五行与春秋时的音乐美学思想》一文，江西人民出版社1988年版。

器识朗拔"、"风德雅重,深达危乱"、"风趣高奇,志托夷远"、"风操凝峻,才鉴清远"、"风宇条畅,神识沉敏"、"风鉴澄爽,文藻宏丽"……括而言之,后世标榜为"魏晋风度",在中国古代思想史上留下色彩绚丽的一页。

中国古代哲学思想认为,"风"是既可以存在于个人的身体之外,又可以存在于个人的身体之中的,被分别称作"外气"和"内气"。存在于体外的"风",即作为人的生存环境的天气、地气、风土、风俗、风化、风尚;存在于体内的"风",即作为人的生命主体的生气、精气、神气、脏腑之气、营卫之气。《汉书·魏相传》中所说:"八风之序立,万民之性成",讲的就是作为"风土"的外气对于人性的影响。在胡朴安编著的《中华全国风俗志》中,我们随处可以见到"风土"决定"人性"的例子。如山西代州"山高风烈,地无平原,民则质直朴野,鄙啬勇悍";①江苏镇江"土风质而厚,民闲故土力耕稼。士风淳而直,士习诗书敦简素";②在论及浙江宁波的鄞县、慈谿、奉化等县邑时则曰"鄞之风散缓,其俗迂阔而善妒。慈之风矫厉,其俗尚文而善党。奉之风鸷键,其俗负气而矜高。定之风脆弱,其俗习劳而寡营。象之风朴直,其俗好竞而服义。"③而嵇康所说:"元气陶铄,众生禀焉,赋受有多少,故才性有昏明"(《嵇康集·明胆论》),则是作为"精神"本原的内气对于人的心灵的作用。"养吾浩然之气",目的即在于培养自己的"凝峻的风操""高迈的风神""雅重的风德""率悟的风情""澄爽的风鉴"。内气、外气的交互作用,对一个人的气质、性情、格调、气度、神态、仪表将产生决定性的影响。中国江南的"风土",东晋偏安的"世风",加上一代士大夫自我的"养气修身",甚至不惜辅以饮酒、服药、炼丹、打坐,终于造就了中国史册中独立特行的"魏晋风度"。

由上述对"风"的语义的各个层面的简要分析,我们不难看出,在中国古代文化中,风调雨顺的风、世风民风的风、风骚风流的风、高风亮节的风、风水望

---

① 胡朴安:《中华全国风俗志》,上海书店 1986 年版,上编卷一,第 73 页。
② 同上书,上编卷二,第 12 页。
③ 同上书,上编卷二,第 26 页。

气的风、感冒伤风的风……归根结底都是那个古老汉字"风"的衍生物,"风"的语义场辐射到了中国古代哲学、农学、医学、社会学、伦理学、心理学、文艺学、风水学(现代人则谓之"生态建筑学")的各个领域,将人类主体与其生存环境、将人类生存的各个方面融会贯通为一个和谐统一、生气充盈的系统。中华民族古典文化高度的有机性、整合性,由此可窥一斑。

二

在中国数以万计的汉字中,为什么恰恰是这个"风"字能够如此通体完整而又生动形象地涵盖了中华文明的各个方面,这是值得我们进一步思考的。

首先,让我们从字源学的角度考察一下"风"字的来历。

出乎意料,弄清"风"字的本源要比我们预先想象的困难得多。古代汉语中表示自然界各类存在物的汉字,一般说来都是直观、便捷的。如"日""月""水""火""山""川""云""雨""雪""雹""雷""电",无论是在甲骨文、钟鼎文里,还是汉简、魏碑中,甚至在现代的汉字书写中,都还明确无误地保留了"象形""会意"的痕迹。而"风"字的造字依据,至今却还是一团疑云。

许慎在《说文解字》中把"風"定为形声字,"虫"形、"凡"声,理由是"風动虫生,故虫八日而化",[①]把"风"与"虫"视为一种确定的因果关系,颇有些含混其词、牵强附会,令人难以信服。19世纪末,殷墟甲骨文的考古发掘,进一步证实了许慎这一判断的局限。

甲骨文中记录了许多"风"字,其中主要有三种书体: 𤳥、𩙸、凡。

"𤳥"(《小屯·殷墟文字乙编》四五四八),即"鳳",被当作依声托事的通

---

① 许慎:《说文解字》,中华书局1983年版,第284页。

假字而作"风";①也有人认为是以鳳鸟摇曳的尾羽意会风的存在,应当说这都是颇有道理的。

"䨖"(《铁云藏龟拾遗》七·九),为"风"无疑。但通常解释为形声字,"䨊"为形,"凵"为声,倒是有些令人费解了。"凤"、"风"本就已经是同音通假,何必再附加一个"凡"的声符,这样的解释显然不足以服人。看来,问题的关键在于对"凵"作出进一步的解释。

"凵",在甲骨文中亦作"风",如:"又用凵(凡)为风。如《拾》七·一一'……凵(风)若'"(《铁云藏龟拾遗拾》七·一一)。②"凵"通常又被解读为"凡"。而"凡",在许慎的《说文解字》中被解释为"括",总括的意思;郭沫若解释为"槃"的象形文字,即"盘",虽不无道理,但似乎全都与"风"无关。也有人试图将"凵"往"风"字上靠,并根据"近取诸身"的造字原则解释为"屁",读音如"蓬"。理由是"凵"为人体中"屁眼"的象形,③其想象不可谓不丰富,只是距离甲骨文中大量使用"风"字时祈天敬神的语境相去甚远。据甲骨文记载,"祭风"是殷人大规模的、经常性的典礼,动辄就要以"三羊"、"三豚"乃至"九犬"作牺牲。(见《殷墟书契续编》二·一五·三;《库方二氏藏甲骨卜辞》九九二)对于殷人来说,"风"不仅是自然现象,也是由上天执掌的一种神圣的权柄。我这里也倾向于把"凵"解作"风"的象形字,但不是"屁眼",而是两道壁立的物体间(如两座山峰间、两道河岸间、两堵墙壁间等)气体的运动。如果考虑到甲骨文中"川"作"川";"州"作"洲";"三"作"气"的造字原则,"凵"作为"风"的原始字形,并不是不可能的。附带说一下,在后世草书中,"几"(毛泽东)、"凨"(费新我)字的写法倒是与甲骨文中的"凵"颇有一脉相承的意味。如果此说可以成立,那么"风"与"气"在原始字形的构造上就拥有许多相似的地方,"风"不过是与

---

① 吴浩坤、潘悠:《中国甲骨学史》,上海人民出版社 1985 年版,第 104 页。

② 沈之瑜:《甲骨文讲疏》,上海书店出版社 2002 年版,第 311 页。又见王延林编著:《常用古文字字典》,上海书画出版社 1987 年版,第 682 页。

③ 唐汉:《汉字与日月天地》,书海出版社 2003 年版,第 67 页。

地面平行运动的"气",而"气"也就是向上升腾的"风","风"和"气"不过是一而二、二而一的东西。原始文字"风"的内涵与中国古代哲学思想关于"气"的精义也就一致起来。

据已故历史学家孙作云先生考订,在中国远古时代,"风"又是东方一个以"风"为种姓的氏族,其祖先为太皞即伏羲氏,其图腾为凤鸟。他还进一步推断,传说中的风神"飞廉",其实就是"太皞",那是中华民族始祖黄帝的老师。而"飞廉"以及"凤鸾"则又不过是"风"字的古代读音,这读音又不过是对于风——某种长尾大鸟——起飞时"扑啦啦""扑棱棱"扇动空气的声音的模拟。孙作云先生的这番富有灵悟的考订,显然与殷墟甲骨文中以"鳳"通"风"的用法是完全吻合的。它也许还证实这样一层意思:在中国远古文明中,"风"的自然含义与它的图腾含义(即精神含义)总是密不可分的。[①]

其次,我们再从古代哲学的领域,考察一下"风"的内涵。

在有文字记载的历史以来,"风"在中国古代文化中起到如此融会贯通的作用,应与中国古代以"气"为核心的哲学思想密切相关。

日本汉学家、哲学教授小野泽精一主编的《气的思想——中国自然观和人的观念的发展》一书,在系统探究"气的哲学"时首先从"风"与"气"的关系入手,可谓独具慧眼。其论证也是从甲骨文开始的:"气概念的原型,可以在殷代甲骨卜辞中所见的'风'和'土'中求得。那时已经有把风、土作为和气的思想相关联之物来论述的研究了","风最易体验得知气的变化"。"气,是在给予生物尤其是农作物的生成以变化的风的类比中诱导出的概念"。从实质上不妨说"风是气的异名"。该书甚至得出这样的结论:

> 如要在殷代探求遍满于天地之间,变化着,起着作用,与生命现象有

---

① 参见孙作云:《中国古代神话传说研究》(下),第468—481页。

关的气概念的原型,可以认为,那就是风。①

如若要把话说得更严谨些,还应当加上一句:"气",正是从大量存在的风的现象中归纳出的一个哲学术语,而气的术语的出现则又将风的各种存在纳入一个混沦充盈的宇宙图景之中。也许可以说,"风的语义场"的底蕴实则是"气的现象学"。

在中国先秦哲学中,"气",是天地万物的本原。老子曰:"万物负阴而抱阳,冲气以为和。"庄子曰:"通天下一气耳"(《庄子·知北游》),《易经》曰:"精气为物",又曰"天地氤氲,万物化醇"(《易经·系辞下》),皆认为"气"是构成宇宙万物的基质。"气"分清浊,轻清者化而为天,重浊者凝而为地。地有五行:金木水火土,皆是地气的结晶;天有六气:阴阳风雨晦明,皆是天气的幻化。此后,气生万物的思想始终是贯穿中国哲学思想的一条主线,如"天地成于元气"(道藏本:《鹖冠子·泰录》),"天地合气,万物自生"(王充:《论衡·自然》),"太虚不能无气,气不能不聚而为万物"(张载:《正蒙太和篇》),"气,物之原也"、"元气……造化之元机也"(王廷相:《慎言》),"万物之生,皆本元气"(康有为:《大同书·壬部·去类界爱众生》)。在中国古代哲学中,"气生万物",生出的不仅是自然界的万物万象,这里的万物也包括人与人的社会。"人之生,气之聚也"(《庄子·知北游》),"天德施,地德化,人德义。天气上,地气下,人气在其间。"(董仲舒:《春秋繁露·人副天数第五十六》)"天地人本同一元气,分为三体。"(《太平经·丁部十五》)中国的医学讲"理气安神",中国的农民讲"节气岁时",中国的政治家讲"气数气运",中国的宗教家讲"行气服气",中国的文艺理论家则讲"省风宣气""文以气为主"……于是,气的存在普遍地渗透、贯穿在中国人的一切行为与活动中,从人的生理活动、心理活

---

① 〔日〕小野泽精一主编:《气的思想——中国自然观和人的观念的发展》,上海人民出版社 1990 年版,第24页。

动、社会活动、信仰活动到审美活动；从人的本能行为、生产行为、道德行为、宗教行为到艺术行为。在中国古代的宇宙本体论中，"气"是一个绝对存在，弥漫性的存在，相当于老子所说的"道"。于是，气的存在也就像道一样，是"恍兮惚兮，窈兮冥兮""微妙玄通，深不可识"的。其细无内、其大无外，"迎之不见其首，随之不见其后"，视之不见、听之不闻、搏之不得，是无形、无声、无可名状的。"气"是孕育着万物的"混沌"，同时又是"万物"化生之前的"虚无"——一种类似现代西方存在主义现象学意味的虚无。

"风"虽然也是气的产物，但与世间万物相比，"风"与"气"的关系却更直接、更密切。"大块噫气，其名曰风"，"风者，天地之气也"，"风，放也，气放散也"（刘熙：《释名》），《易经》中八卦总括的八种自然现象——乾天、坤地、坎水、离火、震雷、艮山、兑泽、巽风，也只有"风"最能够体现"气"的属性。"气聚一方，流而为风"，说明"风"就是流动衍化着的气，而"气"也就是静止凝聚着的风。正因为风与气的这种超出一般的关系，才使"风"成为气的表征，成为气在现有世界周行不殆的"替身"。于是，在"气"的一元化宇宙观的支撑下，中华民族汉语言发展史中便形成了"风"的广袤、繁富的语义场。如果套用一下西方现象学哲学的术语，"气"就像是海德格尔那个玄之又玄的"在"（Sein），一个原始的、唯一的、隐秘的存在；而"风"则是"存在者"（das Seiende），即"在"在现世与现时的异彩纷呈的现身。

至于"风"为什么能够形成这样一个规模宏大、张力充盈的语义场，为什么能够全面渗透到中华民族生存的整体系统中，我想，这还应该和"风"的另外一些特性有关，即"风"本身就具备了一个高级复杂系统要求的诸多资质。

一般系统论的创始人贝塔朗菲认为，系统就是相互作用的诸要素的综合体。系统具有整体性、多层面性、活动性。系统是宇宙万物普遍的存在方式，有简单的系统，也有复杂的系统；有封闭的系统，更有开放的系统；有无机系统，也有有机系统。生命系统是复杂、有机、开放的系统，而包括人类活动在内的地球生态系统是迄今为止人们所知道的最为复杂的系统。我国著名生态学家牛文元在其《生态系统基础》一文中指出：

> 生态系统中的要素自身之间或与环境之间，不断地进行着物质、能量和信息的交换……通常以"流"的形式贯穿于其中，既维系着系统与环境的关系，又维系着系统内部各个要素之间的关系，形成一个动态的、呈等级的、可以实行反馈的相对独立体系。[1]

一个生态系统的构成是物质、能量、信息的交换流动。汉字"风"的语义场中的"风"，不但是自然界的一种物质，如春风、秋风、风雨、风浪中的"风"，即自然界流动的空气；也是一种物理性、生理性的力或心理性、精神性的能量，如风力、风动、风发、风蚀、中风、伤风、风采、风神。非常巧合的是，"风"在汉语言中甚至还往往呈现出强烈的"信息性"，如风声、风头、风示、风闻、风行、风从、风言风语、风吹草动、风声鹤唳、雷厉风行，无不意味着信息的发布、传递、与接受。《论语·颜渊第十二》曰："君子之德，风；小人之德，草。草上之风，必偃。"《周易·易传》中对于巽卦的解释也是这个意思："随风，巽。君子以申命行事"，君子申命如风，百姓遵命如草，草随风动，这里的"风"无疑也是一种传递中的信息。宋代以来，人们认为一年中不同时节不同品种的花期，都有一种风来预先报道花开的信息，这就是"二十四番花信风"的说法。陆游《剑南诗稿·十五·游前山》一诗中，便有"屦声惊雉起，风信报梅开"的句子。此外，也还有"麦信风""鸟信风"的说法，"风"的信息性资质不言自明。

对照当代生态学家的理论，回顾一下"风"语义场，我们就会发现："风"的语义场实际上也是这样一个流动的、循环的、多层面的"生态系统"。一个浓缩了中华民族生存大智慧的生态系统，一个展现了中华古代文明辉煌景观的生态系统。

---

[1]　马世骏主编：《现代生态学透视》，科学出版社1990年版，第11页。

三

下边,让我们继续探讨一下重提"风"的语义场的现实意义。

当代语言哲学认为,语言问题中实际上包含了人与世界的关系以及人对世界的态度。对此,洪堡特早已深刻指出,语言,甚至一个字、一个词的使用,对于一个民族、一个民族生活的时代来说,绝不是一件小事情,他说:

> 在一个民族所形成的语言里,从人们对世界的看法(Weltansicht)中产生出了最合理、最直观的词,而这些词又以最纯粹的方式重新表达了人们的世界观,并且依靠其完善的形式而能够极为灵便地参与思想的每一组合,那么,这一语言只要还稍微保存着自身的生命原则,就一定会在每个人身上唤醒朝着同一方向起作用的同一精神力量。所以,这样的语言或者与之相似的语言在历史上的出现必定会在人类发展进程中,并且正是在人类发展最高级、最美妙的创造活动中为一个重要的时期奠定基础。①

"风"作为汉语言中的一个常用词,其语义场生动地表达了中国古代这样一种世界观:自然的、生命的、社会的、人性的、人类共同精神的及人类个体人格的各个方面,构成一个生机盎然、活力充盈的统一体。在这个统一体内,自然法则与社会准则同一,人类主体与自然万物共存,人间道德与天地节律相应,人性内涵与宇宙原理互通。这是一个质朴浑沦、和谐圆融的统一体。

---

① [德]洪堡特:《论人类语言结构的差异及其对人类精神发展的影响》,商务印书馆1999年版,第50页。

关于"风"（以及与"风"相关的"气""声"）在天地自然、道德人伦、音乐歌舞、生理病理诸方面的互通互动、共存共生作用，西汉文学家刘向的《说苑》一书中曾有许多生动的描述：

> 土弊则草木不长，水烦则鱼鳖不大，气衰则生物不遂，世乱则礼慝而乐淫。

> 发以声音，文以琴瑟，动以干戚，饰以羽旄，从以箫管，奋至德之光，动四气之和，以著万物之理。是故清明象天，广大象地，终始象四时，周旋象风雨。五色成文而不乱，八风从律而不奸，百度得数而有常。小大相成，终始相生，唱和清浊，代相为经。故乐行而伦清。耳目聪明，血气和平，移风易俗，天下皆宁。

> 乐者，德之风……故君子以礼正外，以乐正内。内须臾离乐，则邪气生矣；外须臾离礼，则慢行起矣。故古者天子诸侯听钟声未尝离于庭，卿大夫听琴瑟未尝离于前，所以养正心而灭淫气也。乐之动于内，使人易道而好良；乐之动于外，使人温恭而文雅。雅颂之声动人，而正气应之；和成容好之声动人，而和气应之；粗厉猛贲之声动人，而怒气应之；郑卫之声动人，而淫气应之。是以君子慎其所以动人也。①

上述古代华夏民族生存的奇妙图景，颇具现代生态学的意味。"风"的语义场实际上已经展现为一个有效运转的生态系统，一个以"气"为生命基质、为内在能量、为信息源头的生态系统。

进入现代社会以来，这种原始的统一和谐状态已经不复存在，代之而起

---

① 刘向：《说苑·修文》。

的是人与自然、人身与人心、人的物质世界与精神世界的分离与对立,这一时代的转换,在人类的语言中首先清楚地表现出来。现代汉语言中的"风",无论其内在含义还是其与世界的关系,都已经发生了巨大的变化。"风"不再与国家兴亡、社会盛衰、家族成败、人生否泰发生什么必然的关联,"风"也不再是伦理道德、文学艺术的动因与表征,风水、风角被视为巫术迷信,省风宣气也不再作为政府规定的制度,国民经济的规划不会再考虑风的方向与干湿,生活在空调房间里的现代人对于风的四季变化早已丧失了敏感,文化人的风操、风神、风仪、风韵也远远没有职称、职位来得重要。在现代中国文化中,"风"的语义场已经逐渐衰变、塌陷,失去了往昔强劲的、普遍的张力。

略加考察即可发现,汉字"风"的语义场塌陷的根本原因是由于中国"气"哲学的退化和衰落。而"气"哲学的衰落,则是由于"气"的范畴被逐渐离析、精简、紧缩的结果,被逐渐还原化、实体化、物质化的结果。

在先秦哲学中,气,既是一种精微玄妙的物质,又是一种浩瀚磅礴的能量,同时还是一种柔韧绵延的生机,一种轻灵迅捷的信息。气是宇宙本体的一统根源,是一种包孕着意志和目的的活力,是一种创化不已的精神,是一个谐调着自然、社会、人生、鬼神的有机体系。东汉、唐宋以来,在王充、柳宗元、刘禹锡那里,气的实体化、客体化已经初露端倪。明代的王廷相断定"气"为"实有之物,口可以吸而入,手可以摇而得"(《答何柏斋造化论》),已经接近现代物理学中所讲的"气体"。

中国学术界彻底抛弃传统文化中的"气"范畴、全面接受近代物理学中的"气体"概念,应该说是由清代晚期曾经留学英国的严复完成的。他在其《名学浅说》一书中果断、彻底地清除了中国传统文化中关于气的种种模糊的、含混的、错综复杂的、交相渗透的、互为辉映的含义,并将其统统斥之为"老儒们"荒诞不经的"梦呓"。之后,他将"气"确切地规定为一种"其重可以称,其动可以觉"的物质状态,其纯净者如氢气、氧气、氮气,不纯者如空气、水蒸气、碳酸气等。在这位中国近代资产阶级启蒙思想家那里，中国古代哲学中的"气"终于被西方现代物理学中的"气体"或"空气"所替代，"风"于是也仅仅成了"空气的流动"，"风"被从天、地、神、人的大系统中割裂出来、剥离出来，被从数千年文化的繁衍化生中还原出来，成了外在于人的一种自然现象，成了外在于人的精神活动的一种物理现象。

相对于古汉语中的"气"和"风"，"空气"是一个现代科学概念，"空气动力学"是一种现代科学理论。现代人正是在这样的概念和理论的指导下，把"气"和"风"全都当作任由自己操作、利用的资源或工具，进而制造出"蒸汽机""内燃机""空气压缩机""空气分离机""喷气式飞机"——包括"喷气式战斗机""喷气式轰炸机"等，并因此迅速改变了整个地球人类的社会形态和生活方式，即常言所说的"社会进步"。于是，空气对气的取代，空气动力学对风的取代也就被人们当然地看作"思想的进步"、甚至"哲学的进步"。①

这样的结论怕是过于简单了。

语义的歧变，实质则是两种世界观的置换。

中国古代汉语言中"气"和"风"表述的是一种人类文化黎明时期"活力论世界观"；而"气体"与"空气动力学"表述的则是一种在西方近代由培根、牛顿开创的"机械论世界观"。通常总是认为，由前者向后者的过度是人类历史的进步，而实际情况却要复杂得多。前者虽然原始、混沌、暧昧，却把世界、把人与自然看作一个交融互生的有机体；后者虽然科学、客观、明晰，却把人与自然、人身与人心间离开来，在把人和人面对的世界数量化、实证化的同时也大大简约化了。前者虽然"落后"，却也曾经以"完善"、"灵便"的方式参与了人类历史的营造，甚至为"中华帝国""最高级"、"最美妙"、"最重要"的历史时期"奠定基础"，并使中华文明绵延发展数千年。后者虽然"先进"，虽然开创了人类历史的"新时代"，给人类带来丰盛的物质财富和

---

① 曾振宇：《中国气论哲学研究》，山东大学出版社 2001 年版，第 365 页。

极度的舒适方便,却也严重地破坏了自然环境,严重地损伤了人类健康、和谐的精神生态,使人类在区区三百年里便遭遇到种种生存的危机,使地球生态系统面临整体崩溃的危险。

如今,在这种种灾难性后果面前,工业革命以来那种乐观主义的、直线进步的历史发展观已经受到严厉的挑战。面对 20 世纪西方社会蒙受的种种耻辱和灾难,怀特海曾痛心地指出:"我们这一个时代所产生的滔天罪恶是我们的祖先所不能想象的。"①佩切伊的罗马俱乐部在其《增长的极限》一书中疾呼:人类已经走上一条与其自然生命相冲突的危险之路。汤因比则向全人类发出警告:人们必须改弦更张,"放弃现在的目标,接受相反的观念"。② 正是在这样背景之下,"现代性反思",成了 20 世纪以来西方哲学界的一股强劲的洪流。

按照贝塔朗菲的说法,"活力论的世界观"、"机械论的世界观"都是一定历史阶段的产物,它们分别建立在神学知识系统与物理学知识系统之上,都有着自身的不可避免的局限。自 20 世纪 50 年代以来,一种新的世界观渐渐在人类生存危机的困惑中浮出水面,那就是"有机整体论的世界观",而正是生物学、生态学的知识系统对这一新的世界观的形成做出了"根本性的贡献"。③

也许正是在这样的意义上,西方的不少学者又把"现代之后"的这个尚不明了的时代称作"生态学时代"。与强调差异、对立、冲突的机械论时代不同,生态学时代强调的是综合、平衡、和谐。相对于培根式的科学,当代生态学则被称作"反叛性的科学";④相对于活力论时代,生态学时代则是一次"否定之否定",在哲学观念的深层,当代有机整体论与古代东方的活力论有

---

① ［英］怀特海:《科学与近代世界》,商务印书馆 1959 年版,第 195 页。
② ［英］汤因比:《人类与大地母亲》,上海人民出版社 2001 年版,第 17 页。
③ ［奥］路德维希·冯·贝塔朗菲:《生命问题:现代生物学思想评价》,商务印书馆 1999 年版,序言·第 1—2 页。
④ ［德］梅勒:《生态现象学》,《世界哲学》2004 年第 4 期。

着更为密切承继性。而由"风"的语义场所代表的中国古代文明,其高度的有机性、整合性、生生不息的绵延性,充溢着浓郁的生态文化精神,正可以作为人们创建后现代社会的一种思想资源。从这个意义上说,季羡林先生认为21世纪是东方文化重现辉煌的时代,应该说是颇具哲学反思目光的,不该受到某些人的冷嘲热讽。

20世纪哲学反思的特征又突出地表现为语言学的反思,语言成了探讨当代哲学问题的出发点和支撑点,即所谓"哲学的语言学转向"。各种流派的哲学尽管立场观点、价值取向千差万别,却都把注意力集中到人类的语言问题之上。与罗素、卡尔纳普的分析哲学不同,海德格尔的存在论现象学哲学认为,现代社会危机的根源之一,就是人类的语言脱离了其生命存在的原始根基,这根基就是作为自然的象征的"大地"。海德格尔认为,在本源的意义上词语并不就是概念,语法并不就是逻辑。"词语,犹如花朵",既是人的口中开放的花朵,也是大地向着天空绽放的花朵;①语言是存在的家,是"天、地、神、人"四方集聚之所,是人在大地上的诗意栖居。"大块噫气,其名曰风"——如同"风"是大地的呼吸一样,"语言"也是大地上流动的风,是大地的呼吸。

古汉语中的"风"或"气",并不是一些确切明晰的概念,但却是一团活力充盈的生机;不是一条逻辑谨严的链环,而是一道浸漫奔涌的河流;不是一种从现象中抽取本质的理论,而是理论诞生之前生活的原始形态;甚至不是现代意义上的思想,而是思想成型之前的思(即海德格尔的 denken)。它们更不是一种能够客观实证的科学,但它们几近于诗,几近于充满物象和意象、意向和憧憬、感悟和情绪、象征和隐喻的诗。

将"气"变成"气体"或"空气",将"风"变成"空气动力学"中的一个概念,是现代社会对汉语言的做出的简约化、实证化、专业化、固定化的处理,

---

① 参见[德] 海德格尔:《在通向语言的途中》,商务印书馆1997年版,第200页,第202页。

即所谓科学化的处理。经过这番处理，"气"和"风"的语义虽然被高度明晰了，却被抽去其固有的生机、被挤榨去其原本的诗意。与此相似的蜕变还有："天"变成了"天空"或"天气"，"大地"变成了"土地"或"地球"，"月亮"变成了"月球"，"星星"变成了"星球"，乃至"眼睛"也变成了"眼球"。在这一蜕变中，语言的审美属性显然受到压制——以往，如果对着一位姑娘说"你的眼睛像月亮"，那就是诗，就是美；如今要说"你的眼球像月球"，诗和美将荡然无存。怀特海曾经指责：工业社会最初的那些"贤明"们，如培根、牛顿、笛卡儿，"对于美学在一个民族的生命中具有的意义，也全都是睁眼瞎子。"①较之单纯的"气体"、"气体的流动"，"风"的语义场则是一个富有活力与生机的审美系统，其中已经包孕了存在论生态美学的最初的萌芽。

新近，随着"数码时代"的到来，语言的简约化、专业化趋势愈演愈烈，汉语言中出现大量洋文字母的缩写：WTO、GDP、DNA、NBA、GPT、CI、CT、IC、CD、DC、DV、VCD、DVD……距离汉语言的本源愈来愈远。在技术社会里，简约化的语词可以被便捷有效地实用、被大量高速地复制，然而却愈来愈丧失了语言的自然属性，丧失了语言的精神生殖力，丧失了语言中的审美属性与盎然诗意。德里达评价这一语言现象时说：思辩概念的形成过程是语言逐渐失去其隐喻功能的过程，就像硬币渐渐磨损了上面的头像，光秃秃的什么也没有剩下。②

如果单单是语言的问题，人们或许尚可泰然处之；严重的是，语言的每一震荡总是关联到人与人的世界。语言与自然的割裂催促了人与自然的疏离，语言的功能性偏执导致人类社会生活的失衡，语言的简约化酿成当代生活风格的粗鄙化，语言的干涸造成现代人精神世界的萎缩，语言的衰变招致审美情趣和艺术创造的败落、语言的塌陷甚至还加速了生态系统的崩溃。

---

① ［英］怀特海：《科学与近代世界》，商务印书馆1959年版，第195页。
② 参见尚杰：《归隐之路》，江苏人民出版社2002年版，第171页。

如此种种,即现代人面临的日趋严重的整体性生态危机。

生态和谐是一种审美的和谐,较之概念的和谐、逻辑的和谐那是一种更高级的和谐,更理想化的和谐,更人性化的和谐。当代生态美学肩负的一个艰巨而又神圣的任务,就是重新整合人与自然的一体化、弥合技术科学给语言造成的分裂与疏离,滋润极端的理性主义给人性造成的枯萎与贫瘠,从而拯救现代社会的生存危机。鉴此,充满生态文化意味和审美文化情趣的汉字"风"的语义场,也许会成为一个有益的参照、有趣的启示。

(《文学评论》2005 年第 2 期)

聊斋志异的生态文化解读

引　语

　　蒲学研究的规模虽然不及红学,但也已经硕果累累、蔚为大观。以往,对于《聊斋志异》的解读与评论多放在社会政治层面,强调作品的人民性、阶级性、斗争性、进步性。如:蒲松龄借助花妖鬼狐故事反映了封建统治者的专横跋扈、揭露了封建官僚制度的贪腐邪恶、抨击了封建科举制度的荒谬与残酷。同时,也表达了人民群众的愤怒心情与复仇心理,歌颂了人民群众反对封建礼教、追求理想爱情的美好愿望。这些研究成果,即使今天看来仍然拥有不可小觑的现实意义。

　　但一部伟大的文学作品不是一道奥数竞赛题,最好的答案并非只有一个,而总是拥有与生俱来的难以穷尽的可阐释性。我希望做一下尝试,能否换一种观念,换一个视野,换一套知识体系,在人与生物圈的视野内、运用生态文化的目光,对这部中国古代文学经典做出再阐释。

　　两位当代著名小说家对《聊斋志异》的评论,格外激起我的共鸣,一位是莫言,一位是阎连科,他们都是当代文坛翘楚,同时又都是《聊斋》的忠实读者、蒲松龄的追慕者。

莫言荣获诺贝奖之后,满世界讲《聊斋志异》,他说,对他影响最大的不是西方的马尔克斯,而是家乡的蒲松龄。几百年前,蒲松龄写出这样一部光辉著作,将人类与大自然建立起联系。《聊斋志异》提倡爱护生物,人类不要妄自尊大,在大自然中人跟动物本是平等的。莫言还说《聊斋志异》是一部提倡妇女解放的作品,小说中塑造了很多自由奔放的女性形象,他的《红高粱》中"我奶奶"这个形象,就是因为看了《聊斋志异》才有了灵感。

近年来,阎连科的小说不胫而走,美国、英国、澳大利亚、日本、韩国、越南、法国、意大利、西班牙、挪威、瑞典、丹麦都有他的读者,而他却称自己是蒲松龄的崇拜者,《聊斋志异》是他最景仰的伟大作品,希望自己这辈子也能够写出一部《聊斋》来。阎连科断言,《聊斋志异》的伟大在于写"乡土",乡村与土地是这部伟大经典最广袤的土壤,几乎所有聊斋中的经典故事都离不开乡村的荒野、茅舍、明月、蓬蒿。书中支撑起整体建构的那些狐狸、鬼怪和异物,皆来自大地与林野。就连书中刻画的阴曹地府,也仍然是在乡村的土层下面。

这些年来,我的大部分精力在关注生态文学与生态文化,在我看来,两位大作家从蒲松龄的《聊斋志异》中接受的,实则是一种中国传统文化中绵延不绝的生态精神。

阎连科的讲述触及世界生态运动中的核心:"人与大地的关系","生灵万物与大地的关系",《聊斋志异》中充满大地伦理学的精义。莫言对《聊斋》的阐释触及当代生态运动中的两个重大命题:"非人类中心"与"女性生态批评"。他同时还得出一个结论:蒲松龄是一位古代环保主义者。莫言、阎连科两位作家都出生在农村的贫寒之家,自幼割草放牛、拾柴种地,养育他们的是大中原的山川土地,他们与蒲松龄是血脉相连的。

蒲松龄,是一位扎根于乡野民间、生长于皇天后土之中的杰出文化人;

《聊斋志异》是一部写在天地大屏幕上的煌煌巨著,书中卷帙繁密、深沉蕴藉、感天动地的人类与其他动植物悲欢交集、生死与共的故事,正是中华民族传统生态文化菁华的艺术呈现！一部《聊斋》,不但是属于人类的,也是属于大地田园的,属于生灵万物的。

《文心雕龙》:"文之为德也大矣,与天地并生者何哉！"《聊斋志异》的伟大,是因为它是与天地并生的精神之花,是蒲松龄的"生态精神"绽开的文学奇葩。

通观全书,《聊斋志异》中的生态精神约略表现在以下几个方面:天地与我并生,万物与我为一,人类与天地万物是一个有机整体;万物有灵,禽兽可以拥有仁心,人类有时也会丧失天良;善待万物,并不单以人类的价值尺度衡量万物存在;钟情荒野、扎根乡土、守护人类质朴、本真、善良的天性;尊重女性,视女性与自然为一体,赞美女性的独立、自由。

蒲松龄并没有生态哲学中那种"非人类中心"的观念,却总是站在"宽容、厚道"的立场上善待其他物种;他也不具备现代生态女性主义的理念,却能够以"温和、柔软、博爱"的心肠与女性相知相交;他从不曾像利奥波德那样对"大地伦理学"做出过周到的论证,但他深知乡土与田园是他安身立命的根基,也是生灵万物相依共存的家园。他在文学创作中运用娴熟的"神话思维",也为现代生态运动中"复魅"的呼喊添加了历史的回响。

扎根田野的"乡先生"

中国历史上每逢改朝换代,总是为各类人物纷呈提供了宽阔平台,十七世纪中期的明清易代也是如此。就明朝一方而言,有史可法、郑成功、张煌言这样英勇抗击异族入侵的民族英雄;有黄宗羲、顾炎武、颜元、魏禧在时局危困之际独立门户、建树学派的思想家;还有忠于旧主不与新朝合作的知识界精英,如泰州士子许元拒绝剃发易服,被新政权捉拿归案,剥衣用刑时发现其身上竟纹有"生为明人、死为明鬼、无愧本朝"的字样。蒲松龄与上述英雄豪杰、思想精英相比,他似乎显得很平凡,甚至还有些世俗。然而,最终他还是在中华民族的精神文化史上占据辉煌的一席之地。

蒲松龄,生于1640年6月5日,卒于1715年2月25日。济南府淄川人,字留仙,一字剑臣,别号柳泉居士,自称异史氏,世称聊斋先生。有明一代,蒲氏家族世居淄川,以耕读传家。松龄的高祖、曾祖曾经得中秀才,他的祖父、父亲饱读诗书、满腹经纶却始终未能跨进科举制度的最低门槛。松龄兄弟四人,他排行老三,还有一个妹妹。时值皇朝鼎革、社会板荡、战乱频仍,又逢连年水旱灾荒,田亩歉收,这个人口众多的家庭已陷入困顿之中。松龄兄弟们无钱延师入学,只能在家中由老爹开蒙授课。

在如此艰难的条件下,蒲松龄十八岁那年在县、府、道三级会考中以三个第一名得中秀才。德高望重的主考官施润章对蒲松龄的文章极为欣赏,赞为"空中闻异香,下笔如有神"、"观书如月,运笔如风",足以见出蒲松龄天资卓越、根器不凡。

"朝为田舍郎,暮登天子堂",对于一位农家子弟是多么大的诱惑!此时的蒲松龄意气风发、踌躇满志,与乡间几位年龄相仿、志气相投的好友结"郢中诗社",终日吟诗作赋、读经会文、制艺拟表,"相期矫首跃龙津",似乎举人、进士已经指日可待。然而,好事也就到此为止。

蒲松龄25岁时,两位嫂嫂搅家不贤导致弟兄分家,松龄受到不公待遇,仅分得几亩薄田、三间敝屋、一些破旧农具、家具,生活陷入极端贫困。松龄为了养家糊口,选择了坐馆授徒的教书生涯,束脩尚且不足以养家,还不时要靠卖文补给。妻子勤俭持家,纺纱织布经常通宵达旦。更让他受挫的是此后数十年内,年年备考、逢场应试竟然全都名落孙山。冀博一第,终困场屋,"十年尘土梦,百事与心违",心底苍凉,由此可见。

在那个时代,科考落第的平民知识分子,在被断绝了仕途之后,能够选择的谋生之道有：经商做买卖，官衙做幕僚，悬壶做医生，设帐课徒做教师，另外也有为僧、为道、占卜、扶乩、相面、测字、看风水的，这在当时都属于正当营生。

大多数人的选择是在民间私塾做教书先生，时谓"乡先生"。乡先生，语出《仪礼》："奠挚见于君，遂以挚见于乡大夫、乡先生。"①乡先生原指告老还乡的官员以及在乡间私塾任教的文化人，宋代以后就专指乡间私塾教师，既不是官办学府教职人员，也不是书院里的经师、教习，说白了就是"乡村民办小学教师"。

由于古时农村文化人少，更由于统治者倡导尊师重教，"乡先生"不但或多或少有一份体面的经济收入，社会地位要比现在的"乡村民办小学教师"高出许多，平日受人尊重，死后还能够在乡里社庙中享受祭祀。

蒲松龄得中秀才后，除了在好友、宝应县知县孙蕙那里做过一年的幕僚，曾先后在淄川城郊王家、高家、沈家坐馆教书多年，四十岁上受聘于西鋪村望族毕家做西席，至七十一岁辞职居家，教书生涯前后达四十余年，称得上资深"乡先生"。

西鋪村的东家毕际有为清初拔贡，官至江南通州知州，父亲毕自岩乃明末户部尚书。毕家对蒲松龄很尊重，待他亦宾亦友，课堂就设在绰然堂，常年就读的有七、八个年龄不一的子弟。

此时的蒲松龄，家中已经有四个儿子、一个女儿，孙子辈也陆续出生。尽管毕家待他友善，但他一人在外，常年不能与家人团聚，难免凄清孤寂。更让他难过的是，终年教授别人家的子弟，自己的孩子却荒废了学业。他曾写诗给儿孙表达自己悔愧无奈的心情："我为糊口耘人田，任尔娇惰实堪怜。几时能储十石粟，与尔共读蓬窗前。"要求不高，却到老也未能实现。直到七

---

① （汉）郑玄注；（清）张尔岐句读；朗文行校点；方向东审订：《国学典藏仪礼》，上海古籍出版社 2016 年版，第 13 页。

十岁前,仍旧迎风凌霜往返于百里山道上。

　　与许多明代遗老遗少不同,蒲松龄并没有强烈的民族意识。无论是朱家皇帝掌权,还是爱新觉罗氏入主中原,体制还是那个体制,他只是一个普通百姓,向往的是天下太平、国泰民安。康熙二十三年,蒲松龄四十五岁,教书的同时,仍在勉力赶场应考。从个人的本位出发,他渴望通过科举改变自己以及家庭的命运,不排除对于出人头地、荣华富贵的追求,也不排除他为时政效力、一展宏图的意愿。《蒲松龄集》中,存有大量为科举应试拟写的奏章样本,多为表忠颂圣、献计献策的文字:"皇帝陛下德迈尧勋,功高禹绩"①,不过是些哄最高统治者开心的套话、空话。

　　尽管蒲松龄为进阶仕途付出如此多的气力,却仍然一无所获。依照他的才华,或许已经超过许多高中的举人、进士。他没有得到赏识,或许与科场黑暗、考官贪腐有关,一如他在小说中时时揭露的。平心而论并不尽然,即使在那个时代,考场也不全是一团漆黑,考官中也不是没有伯乐,进阶的生员中也还是有不少真才实学的干才,可惜蒲松龄没有遇到这样的机会。可怜的蒲先生不但自己科场失意,他一生教过的学生,包括自己家的子侄,连举人也不曾出过一个,这不得不让他更加郁闷与愤慨。这一切似乎只能归结到"命"!

　　蒲夫人是认命的,也深知丈夫的分量。当蒲公五十岁过后仍要赶考时,夫人劝他:"君勿复尔! 倘命应通显,今已台阁矣。"②即:先生不要再去应试了,如果命里该有,您早就当上部长、总理了!

　　文人憎命达,不平则鸣,何况蒲松龄对于文学有着天生的挚爱。他青年时代就热衷于文学创作,只不过那时还寄厚望于科举,将时文、八股文作为分内的正经,将文学创作视为"酒茗"之类的偏好。随着举业受挫,这副业却

---

① （清）蒲松龄著,路大荒整理:《蒲松龄集》(第一卷),上海古籍出版社 1986 年版,第 349 页。
② 路大荒:《蒲松龄年谱》,齐鲁书社 1980 年版,第 76 页。

日益产生不可抗拒的魔力，"遄飞逸兴，狂固难辞；永托旷怀，痴且不讳"①，对于文学的痴迷，让他整天陷入情天恨海、魂牵梦绕、神与物游、恍惚迷离的创作心境中，就像一条在江湖中漫游的鱼，距离那"龙门"只能越来越远了。

"我有迷魂招不得，雄鸡一唱天下白"②，四十岁上《聊斋志异》已经初具形制，在社会上不翼而飞，一部享誉世界的文学名著呼之欲出。莫言曾经对此写诗赞叹："一部聊斋传千古，十万进士化尘埃"。从历史角度看，蒲松龄一生科场不得意，反倒是上天成就了他。写出《聊斋志异》的蒲松龄，已经不是一般的乡先生，既不是学究先生、冬烘先生，也不是道学先生、理学先生，而是一位文学先生，一位除了教书课徒还关注世情、关注人心、热心乡治、关爱民生的乡先生！

知其父者莫如其子，蒲松龄的长子蒲箬曾对《聊斋志异》一书作出如下评价：

> 《志异》八卷，渔搜闻见，抒写襟怀，积数年而成，总以为学士大夫之针砭；而犹恨不如晨钟暮鼓，可以破村农之迷，而大醒市媪之梦也；又演为通俗杂曲，使街衢里巷之中，见者歌，闻者亦泣，其救世婆心，直将使男之雅者、俗者，女之悍者、妒者，尽举而陶于一编之中。呜呼！意良苦矣！③

这里说的很明白，《聊斋志异》并不是专为揭露、批判官场而作，作者更多的用心是面向底层，向"村农""市媪"普及文化、彰显伦理、提升情怀。为此，作者不惜另下功夫，将自己的许多文言小说改写成"俚俗杂曲"。

蒲松龄与《聊斋志异》，皆是属于乡土的。

---

① （清）蒲松龄：《聊斋志异》，上海古籍出版社 2010 年版，第 1 页。
② 喻朝刚，张连第等主编：《中国古代诗歌辞典》，四川人民出版社 1989 年版，第 919 页。
③ 朱一玄编：《〈聊斋志异〉资料汇编》，南开大学出版社 2002 年版，第 283 页。

从《蒲松龄集》中收集的文献看,蒲松龄除了创作《聊斋志异》,还为一方乡土做了大量有益于改良生产、改善民生、开发民智、净化民风的事情。如编纂《农桑经》《药祟书》《家政编》《婚嫁全书》《日用俗字》《省身语录》《循良政要》等乡村生产、乡民生活的实用书籍,从稼穑养殖、汤头歌诀到炼铜冶铁、脱坯烧窑无所不包。同时他编写了许多唱本、俚曲,如《墙头记》《姑妇曲》《穷汉次》《磨难曲》等,寓教于乐,亲力亲为,取得良好效果。蒲松龄的言行深得家乡民众的尊崇与信任,"凡族中桑枣鹅鸭之事,皆愿得其一言以判曲直,……虽有村无赖刚愎不仁,亦不敢自执己见,以相詝謨。"①

按照费孝通先生在《乡土中国》书中的说法,中国传统社会是乡土性的,"乡土"的关键字是"土",土的基本义就是"泥土",农民就像是田野的庄稼,半截身是扎在泥土中的。蒲松龄作为一位资深乡先生,他能够与底层民众同呼吸、共患难、休戚与共、同舟共济,不惜"滚一身泥巴",这"泥土性"最终也成了他文学生命的基因、《聊斋志异》的命脉。

康熙五十四年,蒲松龄七十六岁。这年的春节,他自卜不吉,仍亲自带领儿孙到祖坟祭奠,由此感染风寒,患病在床仍手不释卷。晨起盥漱,稀粥两餐,解手仍坚持自己走到百步开外的茅厕,不肯牵累他人。早春二月十二日的黄昏,独坐窗前溘然去世。

这哪里像是一位诗人、作家?分明就是一位庄户老汉!

令人惊异的是,蒲松龄竟然还留下一幅七十四岁时的写真画像。画作出自江南名画家朱湘鳞之手,纵轴绢本,上有蒲公亲笔题款,为蒲公所认可。

蒲公在题款中评价自己"尔貌则寝,尔躯则修"②,援引的是《晋书》中的典故,说的是西晋时代临淄同乡、由《三都赋》引发"洛阳纸贵"的著名文学家左思:"貌寝,口讷,而辞藻壮丽。""寝"是面貌丑陋。从画像看,蒲公自道

---

① 朱一玄编:《〈聊斋志异〉资料汇编》,南开大学出版社 2002 年版,第 284 页。
② 同上书,第 275 页。

丑陋显然是自谦,而辞藻之壮丽应不亚于左思。

我看蒲公画像:庄稼人的相貌:体格健壮硬朗、相貌朴实厚道;文化人的慧心:思绪灵动绵长、情怀蕴藉深沉。至于那身曾经让蒲公渴慕过的官服顶戴,此时已被先生笑指为"世俗装"。先生在画像的题款上还特别交代清楚,穿上它留影,不过是家人的提议,实非自己的本心,希望百世后人不要因此嘲笑他。临终前的自白,表明了这位扎根于乡间泥土中的乡先生,最终与功名利禄的决绝。

荒野情结: 盘桓心头的青林黑塞

《聊斋志异》书成,蒲松龄似乎并没有表现出多少喜悦之情,反而在短短的《自序》里写下这样几行凄凉、痛切的文字:"嗟乎!惊霜寒雀,抱树无温;吊月秋虫,偎阑自热。知我者,其在青林黑塞间乎!"①渐入老境的蒲松龄把自己比作霜天寒林中的鸟雀,比作秋夜残月下的虫蚁,生命如逝水,一生力作无力刊行。未来的知己又在哪里?或许在"青林黑塞"中。

"青林黑塞",出自杜甫怀念身在远方李白的一首诗:"魂来枫林青,魂返关塞黑"②。友人身处幽幽山林、漠漠边塞之中,表达了一种苍凉、沉郁的情感,一种如同荒野般无边无际的思绪。蒲松龄在这里以寒林鸟雀、秋夜虫蚁的自喻,也很容易让我们产生置身荒野的感受。

蒲松龄一生对于荒野情有独钟。而立之年,前往江苏宝应县老友孙蕙处应幕,离家六十里路过青石关,曾有诗纪行:

---

① (清)蒲松龄:《聊斋志异》,上海古籍出版社 2010 年版,第 1 页。
② 莫砺锋、童强撰:《杜甫诗选》,商务印书馆 2018 年版,第 134 页。

身在瓮盎中，仰看飞鸟度。

南山北山云，千株万株树。

但见山中人，不见山中路。

樵者指以柯，扪萝自兹去。

挽辔眺来处，茫茫积翠雾。①

诗中刻画的便是一幅浓郁的"青林黑塞"情境。

细审之，不难发现《聊斋》中的许多故事中的主人公的本尊除了野鬼、妖狐之外，多为鱼龙、虎狼、大象、獐鹿、蟒蛇、猿猴、龟鳖、鼠兔，以及螳螂、蜂蝶、蟋蟀、蜘蛛，所有这些也都是来自山野的生灵。小说中故事发生的环境，也多是旷野疏林、荒村颓寺、老宅废墟、古墓野坟。

老辈人说：凶年长好树。人类蒙难之际往往是大自然的狂欢。"国破山河在，城春草木深"，草木深，野生动物自然也就多起来。蒲松龄早年生活的环境应更甚于此。明清换代，江山易主，多年战乱之后，原本的村落田园也大多变成人烟稀少、狐兔出没的荒原。与兄长们分家后，蒲松龄只分得村头三间"场屋"，且四壁皆无，晨曦晚霞、朝云夕雾、星斗银汉、荒草烟树，尽可一收眼底。垂暮之年，他在悼念亡妻时还曾回忆当时的境况："时仅生大男箬，携子伏匿匿之径，闻虿然者而喜焉。一庭中触雨潇潇，遇风喁喁，遭雷霆震震谖谖。狼夜入则坿鸡惊鸣，圈豕骇窜。儿不知愁，眠早熟，绩火荧荧，待曙而已。"②其居家环境，竟与《聊斋》故事中鬼魂游荡、妖狐显迹的旷野相差无几。

蒲翁在毕大官人家坐馆时起居、课徒三十多年的石隐园，本就是一个荒草埋径、杂花生树、乱石堆叠、风清月冷的林子。他曾在《咏石隐园》诗中描

---

① （清）蒲松龄著、路大荒编：《蒲松龄集》（第一卷），上海古籍出版社 1986 年版，第 459 页。
② 朱一玄：《〈聊斋志异〉资料汇编》，南开大学出版社 2002 年版，第 277 页。

述荒原的景象："红点疏篱绿满园，武陵丘壑汉时村。春风入槛花魂冷，午昼开窗树色昏。书舍藤萝常抱壁，山亭虎豹日当门。萧萧松竹盈三径，石上阴浓坐不温。"①其中虽有诗人的渲染，荒凉野旷的气息仍扑面而来。

蒲翁坐馆的西埔村距离蒲家庄六十多里地，按照规矩每年的五节：清明节、端午节、中秋节、寒衣节、春节均为休假日，可以返家探望，每次往返则跋山涉水一百数十里。《蒲松龄集》中留下了许多题为"奂山道上"的记述，有时是莺歌燕舞、马蹄飘香的春明景和；有时是暮色苍茫、星月阑珊的古道西风；有时则是暮雨潇潇、归雁南飞的青林黑塞："暮雨寒山路欲穷，河梁渺渺见飞鸿。锦鞭雾湿秋原黑，银汉星流野烧红。"②甚至有时还会遇上"霹雳裂谷"、"飓风拔树"的突发极端天气。

蒲松龄的生活是流动的、循环的，游走、求索于天地的交错与变换中。"晴空一鹤排云上，便有诗情到碧霄"。荒野的景象，往往能够激发人的诗情画意。荒野，为何如此深入人心？

被誉为荒野哲学之父的罗尔斯顿教授指出：

> 荒野是一个伟大的生命之源，我们都是由它产生出来的。这生命之源不仅产生了我们人类，而且还在其他生命形式中流动。无论是在体验、心理还是生物的层次，人类与其他生物体之间都存在着很大的相似。③

这就是说，荒野是人类的生命之根、心灵之源，是深藏于人类精神深处的意象与情结。他还说，荒野乃人类经验最重要的"源"：

---

① （清）蒲松龄著、路大荒编：《蒲松龄集》（第二卷），上海古籍出版社1986年版，第515页。
② （清）蒲松龄著、路大荒编：《蒲松龄集》（第三卷），上海古籍出版社1986年版，第555页。
③ ［美］霍尔姆斯·罗尔斯顿：《哲学走向荒野》，吉林人民出版社2000年版，第214页。

当荒野使观照者获得审美体验时,它承载着一种价值,但荒野还通过其进化过程与生态联系将价值赋予了观照者。有意识地欣赏荒野价值的能力是一种高级价值,而这种价值在人类那里得到前所未有的体现。①

类似于中国古代陶渊明的美国当代诗人加里·斯奈德呼唤:"诗人要成为荒野自然的代言人。"②

三百多年前的蒲松龄,就已经是荒野自然的代理人,为山野鸟兽昆虫代言,为荒原林木花草代言,为大地自然万物代言。这位活着的时候看似寻常的乡村塾师,因为一部《聊斋志异》享誉人间,与青林、黑塞共存宇内。

《聊斋志异》问世后,评论的文字便接踵而来,其中透递出某些"生态精神"的,反倒是乾隆年间青柯亭初刻本的总编纂余蓉裳的那篇序言。这篇序言首先渲染了他读《聊斋》时的野旷心境:"郡斋多古木奇石,时当秋飙怒号,景物晦霭,狐鼠昼跳,枭獍夜嗥。把卷坐斗室中,青灯映映,已不待展读而阴森之气偪人毛发。"接下来抒发他读《聊斋》的心得:"嗟夫!世固有服声被色,俨然人类,叩其所藏,有鬼蜮之不足比而豺虎之难与方者。""不得已而涉想于杳冥荒怪之域,以为异类有情,或者尚堪晤对;鬼谋虽远,庶其警彼贪淫。"③那意思是说:人类并不比其他生物优秀,倒是那些被视为异类的荒野中的精灵,反而拥有更多的人的天性。蓉裳先生是诗人又是画家,才子心性放荡不羁,他能够独具慧眼地看出《聊斋》的真意与蒲翁的良苦用心。

有研究者指出:蒲松龄的一生,始终在"入仕"、"在野"之间纠结、挣扎。具体表现是屡屡科考屡屡落第,不甘在野而在野终生。从个人的天性、旨趣、情怀来说他热爱诗词歌赋文学创作,尤其热衷于"搜神"、"谈鬼",并悉

① [美]霍尔姆斯·罗尔斯顿:《哲学走向荒野》,吉林人民出版社2000年版,第213页。
② 参见鲁枢元主编:《生态文化研究资源库》(下卷),哈尔滨出版社2021年版,第780页。
③ 朱一玄:《〈聊斋志异〉资料汇编》,南开大学出版社2002年版,第478—479页。

心搜罗、集腋成裘、蔚为大观;从功名利禄、光宗耀祖的实际利益考虑,他又不得不皓首穷经、揣摩圣意、炮制味如嚼蜡的八股文。

有人说,他正是因为心系荒野,才终究进不了仕途。有人说,以他的学识才华如果集中全力面向科场,举人、进士恐怕早已收拢囊中!回头看去,唐宋元明清历代出了多少举人、进士,甚至榜眼、状元,而能够创作出《聊斋》这部旷世杰作的作家,只有蒲松龄一人。说到底,又还是"青林黑塞"的荒野成就了他。

是非成败命注定,青山依旧在,几度夕阳红。

万物有灵,天地与我并生

《聊斋志异》中写人类之外的生物,似乎并不比人类少。粗略浏览一下,便可以发现植物中有松、柏、槐、榆、杨、柳、桃、杏、梅、竹、牡丹、菊花、荷花、海棠以及蓬蒿、薜萝、苔藓、荇藻;动物中有狐狸、白兔、狮子、大象、老虎、黄犬、灰狼、香獐、猿猴、蟒蛇、青蛙、老鼠、龟鳖、白鳍豚、扬子鳄以及鹳雀、仙鹤、乌鸦、蜜蜂、蝴蝶、蜘蛛、螳螂、蝗虫、蝎子、蚰蜒等等。如果用一句生态学的专业术语形容,那就是"书中的生物量很充足"。

由此看来,蒲松龄并不是一个坚定的人类中心主义者。可能马上就有人质疑:错了,蒲松龄写这些动物、植物只不过借物喻人,只不过借助这些动物、植物来表现人的性情、品格、行为、动机,演绎人类社会的故事,归根结底仍旧不过是写人。这说法不无道理,这也是以往许多专家惯常做出的解释。其根据,是西方美学理论中的"移情说":比如写诗赞颂一棵松树坚贞不屈的高风亮节,不过是把诗人自己认定的高风亮节"移入"松树身上,然后展示给别人欣赏,同时自我欣赏。自然界的松树,只不过是人类的意识与感情的载体。这也是美学与文学理论中典型的"人类中心主义"。

《聊斋》中描写的这些鸟兽虫鱼、奇花异卉果然与其自身的属性没有关系吗？一些明眼人还是看出：蒲松龄笔下的许多动物、植物在幻化为人形时，仍然保存有某些自身的天性：香獐化身少女给人治病时，药物就是自身的麝香；老鼠化为身姿纤细的女性时，依旧像鼠类一样习惯于囤积收藏粮食；蜜蜂化身公主，仍然是腰细声细；鹦鹉变成女孩，照样能言善辩……这就是说蒲松龄在塑造这些人类主人翁形象时，仍然保留并巧妙地融合进这些动植物自身的天然属性。这就不止于"移情说"了，而是证明了移情的对象物也在显示着自身的生物属性。或者说，正是这些属性，为作品中的艺术形象增添了许多色彩。

我们还可以将问题进一步探讨下去：这些人类之外的物种，是否具有与人类相似的智慧、情感、品格、性情？是否拥有人类所拥有的灵性呢？

在人类历史的早期，在所谓的"野蛮人"那里，"万物有灵"反而是人们共识。人类学家通过田野考察发现，在某些原始部落里，人们猎取少量的野生动物是为了生存，食用捕获的野牛、麋鹿时一定要为牠们的灵魂举办祈祷仪式，虔诚地向牠们表示感谢。

在中国远古时代的传说中，人与兽的界线并不严格。中华民族受人膜拜的祖先，几乎全都是一副半人半兽的模样：盘古是"龙首蛇身"，女娲是"人面蛇身"，伏羲是"牛首人身"，皋陶是"人面鸟喙"，炎帝是女娲氏之女与神龙交感所生，而炎帝生下的女儿则多半是鸟的化身，大的叫白鹊，小的叫精卫，也就是那个"衔木填海"的红爪子小鸟。舜帝时代的大法官皋陶，其业务助理是一只名叫"獬豸"的独角怪羊。尧帝时"击石为乐"，引来百兽齐舞；舜帝时"箫韶九成"，招致"凤凰来仪"。大禹的本相是一头"熊"，大禹的太太是一只九尾狐狸。

在古代，人与兽的关系比起后世要亲密得多。列子曾经指出：禽兽之智有自然与人童者，……牝牡相偶，母子相亲，避平依险，违寒就温；居则有群，行则有列；小者居中，壮者居外；饮则相携，食则鸣群。……太古神圣之人，备知万物情态,悉解异类音声。会而聚之,训而受之,同于人民。故先会鬼神魑魅,次达八方人民,末聚禽兽虫蛾,言血气之类心智不殊远也。①

在列子看来,"禽兽虫蛾"在自然天性、生存方式、相处关系的方方面面与人类都有着相同、相通之处,人类与其他物种不但可以友好相处、共同成长,甚至还可以与其他物种进行"语言"层面上的交流,达成共识。人类与其他物种关系的破裂并一步步恶化,只是人类社会后继发展的结果。

为什么我们的古人会拥有这样的见解,那是因为中国古代哲学总是把人类与自然万物视为一个有机统一的整体,即:天人合一。在中国古人的宇宙图像中,"列星随旋,日月递照,四时代御,阴阳大化,风雨博施。万物各得其和以生,各得其养以成。"②"天地与我并生,而万物与我为一"③,人类与包括动物、植物、微生物在内的其他物种拥有共同的"母体",来自同一个源头。

"道生一,一生二,二生三,三生万物。万物负阴而抱阳,冲气以为和。"④中国古代首席哲学家老子的这段话告诉人们:天地间的万物犹如同一棵生命之树上结出的果实,所有物种相依相存同处于一个有机和谐的系统中,人不能孤立于其他物种之外。

道家的这一思想,同样也体现在佛教的教义里,叫做"互缘而生"、"万物平等"、"众生皆有佛性"。佛教史记载,佛祖悉达多最初便是在旷野中修炼并进入禅定的。与他同修的是大自然中的树林、河流、鸟雀以及草丛里的昆虫、泥土里的虫蚁。得道后的佛陀教导他身边的信众:我们不但是人类,我们同时还是无数众生,是山川、河流、空气、动物、植物,这是一个众生互缘而生、万物相依相存的生命共同体。此后,中国哲学史上记述的"民胞物与"

---

① (晋)张湛注;(唐)卢重玄解;(唐)殷敬顺、(宋)陈景元释文;陈明校点:《列子》,上海古籍出版社 2014 年版,第 71 页。

② (战国)荀况著;(唐)杨倞注;耿芸标校:《荀子》,上海古籍出版社 2014 年版,第 199 页。

③ (清)王先谦集解;方勇导读整理:《庄子》上海古籍出版社 2009 年版,第 20 页。

④ 老子:《道德经》,第四十二章。

的名言,文学史上传颂的"梅妻鹤子"的佳话,也都体现了人类与其他物种亲密相处的文化精神。《聊斋志异》正是植根于这样的文化传统之中,呈现出"天地并生、万物为一"的恢弘气象。

"万物有灵"的依据,是"万物为一",是世界的有机整体性。谁能想到,这一古老的东方文化精神在 21 世纪竟然又成了世界生态环保运动的思想旗帜。生态学的第一法则即:世界是一个运转着的有机整体,万物之间存在着生生不息的普遍联系,从日月、星辰、风雨、雷电、山川、河流、森林、土地,到包括人类在内的动物、植物、微生物、一切有生之物,都是这个整体中合理存在的一部分,都拥有自己的价值和意义,都拥有自身存在的权利,共同为地球生态系统健康、和谐的运转承担责任、做出奉献。

长期以来,人类那种自高自大、自我中心、唯我独尊的世界观,不但给地球生态、给其他物种带来无穷无尽的灾难,其实也严重地损伤了自己。而且这种伤害最不幸的是"内伤",即心灵世界、精神世界的伤害。

江南女作家叶弥说:对待生命应该一视同仁。我在和植物、动物接触的过程中,努力了解自然,听懂自然的语言。事实表明,这样对身心有益,置身自然,人也会变得单纯、美好。所谓"天人合一",大概就是这样。叶弥常年收留流浪狗、流浪猫。她不但深谙人性,同时也深谙兽性,起码是狗性与猫性……能与万物亲近并沟通的作家,显然上升到更高的层次,已经超越人道主义范畴进驻天地境界。正如被爱因斯坦称为当代"圣人"的阿尔贝特·史怀泽所说:"人赋予其存在以意义的唯一可能性在于,他把自己对世界的自然关系提升为一种精神关系。"①

《聊斋志异》中蕴含着充盈的"万物有灵"精神。读《聊斋志异》,注定将有益于我们与自然万物建立起精神层面的关系,在这个伦理道德江河日下的年头,做一个质朴平和、真诚善良的人,这才是人的真正的"存在意义"。

---

① 〔法〕史怀泽:《敬畏生命》,上海社会科学院出版社 1995 年版,第 129 页。

山野精灵： 为女性造像

蒲松龄并不是当下意义上的"女性主义者"，《聊斋志异》不时会表现出一些男权思想，但也不难看出他对女性的同情与尊重、倾慕与赞美。诗人、作家的天性又总能使他深入女性的内心做"换位思考"，蒲松龄实在是封建时代女性们难得的一位"闺蜜"！

如何塑造女性形象，对于一部文学作品来说至关重要。

蒲松龄的《聊斋志异》，写了大量女性，形象饱满的估计不少于百位。与中国古代文学四大名著相比，不但数量占优势，文学品位与审美价值同样占有优势。

罗贯中的《三国演义》：女性在中国历史上本来就少有地位，《三国演义》中能够留下深刻印象的女性也就两位：一是孙权的妹妹孙尚香；一是王允的义女貂蝉。尚香被哥哥拿来做诱饵，钓刘备上钩。不料阴谋搞砸了，弄假成真，赔了夫人又折兵，好端端一位国色天香白白成了政治阴谋的牺牲品。貂蝉，被汉朝末代皇帝的权臣王允收为义女，随后便利用她的美色、利用吕布将军的好色，巧施美人计加连环计，杀了另一位权臣董卓。这两位女性都不过是这架庞大战争机器中的小零件，是男人们相互缠斗、绞杀的工具。

施耐庵的《水浒传》中的女性比起《三国演义》多出几位，而且多半还是蒲松龄的乡党山东姑娘。这里的女性约略可以分成两类：一类是杀人的：猎户解珍、解宝的表姐"母大虫"顾大嫂；开黑店卖人肉包子的孙二娘；乡镇联防队女队长扈三娘。其中最光彩的当属扈三娘，武艺超群，英姿飒爽，但女中豪杰最终还是被梁山泊的最高领导当作人情送给下属一位矮个子头目。另一类是被杀的：被小叔子武二郎杀掉的潘金莲；被丈夫宋江杀掉的阎婆惜；被丈夫杨雄伙同朋友弄到翠屏山杀掉的潘巧云。男人们杀她们就如同杀鸡、屠狗一般，杀得很血腥、很龌龊、很难看。被杀的理由则是偷情、通奸、告密、谋害亲夫。站在男人的立场都是罪在不赦。她们死了，灵魂还被泼上污水。

吴承恩的《西游记》中的女性，有一点倒是与《聊斋志异》中的许多女性相似：她们都不是人世间普通的女子，而是山间野物，动物或植物的化身。吴承恩称之为"兽孽禽魔"；蒲松龄称之为"狐鬼花妖"。《西游记》中的"女性"妖魔有老鼠精、兔子精、蝎子精、蜘蛛精、白骨精，一律都是害人精。"金猴奋起千钧棒，玉宇澄清万里埃"，仿佛只有将她们彻底消灭，人类世界才能够舒心、太平。

《红楼梦》是女儿国，曹雪芹是为女性造像的高手、妙手，自然不能与罗贯中、施耐庵之流的大男子主义者同日而语。但《聊斋》中的女性与《红楼梦》中的女性仍然可有一番比量，就审美价值与艺术魅力而言，可说是风光不同、各有千秋。只是历来为曹先生站台、背书的人太多，林黛玉几成国人的口头禅；而民众对于蒲先生的关注尚且远远不足，对他笔下那些"狐狸精"的蕴涵还缺少更多发掘。依我看，曹、蒲二人起码在三个方面显示出为女性造像的不同：作者身份、叙述视角、人物的活动环境。

先说身份。曹雪芹本为皇亲国戚，自幼生长于诗书簪缨之族、钟鸣鼎食之家，虽然后来家道败落，穷到喝稀饭就咸菜的地步，但瘦死的骆驼不倒架，贵族的清节与傲骨仍在，下笔著文依然透递出宫掖与庙堂氛围。蒲松龄祖上曾有人做官，官不大，况且已是三代以前的往事。他自己有段时间也曾为官场的朋友做幕僚，当过文案秘书，接触过一些形形色色的地方官绅。通观其一生，他的主业只是开馆课徒，凭着微薄的束脩勉强维持一家温饱。身份的不同，选取的女性描写对象自然也不同。在曹雪芹，多为仕女、名媛、宝眷、命妇。在蒲松龄，则只能是村姑、民女、舞姬、娼妓、大户仆妇、小家碧玉。

其次是视角。曹雪芹与蒲松龄都是具有"女性主义"倾向的古代作家，他们尽力为中国农业时代的女性唱赞歌，但选取的视角有所不同。农村民办小学教师的身份，几乎注定蒲松龄在创作他笔下的这些女性形象时自然地选取

"平视"的视角,那些鬼狐花妖看似离奇古怪,写起来其实如同他自己的左邻右舍、亲戚朋友,不外乎陈年旧事、家长里短、道听途说、闲言碎语。读者的感觉,这些孤魂、野鬼、花妖、树妖、狐狸精,不但不可怕,反而就像少年时代的同桌、青年时代的初恋、出租屋里的情人、邻村的大姐小妹一样可亲可爱。落魄的贵公子曹雪芹,遥想当年花前月下、灯红酒绿中的姐姐、妹妹、丫鬟、侍女,"千红一哭"、"万艳同悲",锦绣年华犹如镜花水月,统化作一声深沉的叹息,曹雪芹的视角是一种由上而下的"俯视"。当代人读《红楼梦》,宝钗、黛玉、紫鹃、鸳鸯令人感动,总归是戏曲、影视中的人物,你大概不会把她们当作自己的姐妹和女佣。

更为不同的还是人物活动的环境。《红楼梦》中人物活动的环境是一个封闭的空间,一个看似美丽高雅的人造空间——"大观园"。一位乡下过来打秋风的刘姥姥,进了大观园竟如同天外来客,顿时成了众人围观的稀罕物。这个大观园虽然富丽豪华,究其实质也还是一座严严实实的大笼子,即伟大诗人陶渊明避之唯恐不及的所谓"樊笼"。大观园里的年轻女性很少与外界发生关系,个性美女晴雯姑娘后来倒是走出了"樊笼",不幸那也成了她的末日与死期。外界女孩贸然闯进大观园也很危险。桀骜不驯、宁折不弯的尤三姐不情愿地被塞进这个大笼子里,未几便被一群"臭男人"揉搓至死。细品之,可爱的黛玉姑娘如若不是进了大观园,或许还不至于小小年纪便呕心沥血、命丧黄泉。

在生态学理论看来,一个封闭的系统对于生命的存活是绝对不利的,尤其是不利于高级生命的健康存活。稀树草原上的野生大象可以活上六七十岁,动物园里圈养的大象一般只能活上三十年。

再看《聊斋志异》,小说家蒲松龄笔下女性们活动的环境许多都是开放型的,从庭院巷陌、市井村落到山野丛林、江河湖海,甚至"上穷碧落下黄泉",从阴曹地府到天庭凌霄。那些少艾与娇娃,往往凭借其本尊源自"青林黑塞"的法力与野性,便获得跋山涉水、上天入地的自由。这中间便有不甘为娼的狐女

"鸦头"、爱花成癖的鬼女"婴宁"、生死不渝的牡丹花仙"香玉"、隐居深山的翩翩、知恩必报的獐女"花姑子",她们往往能够死里逃生、死而复生、不死长生,其顽强的生命力一如旷野中生生不息的精灵。

女性,是文学批评的重要话题。女性主义文学批评,志在破除男性的强权,弥合男性、女性之间的二元对立,在上个世纪已经形成一股强劲的文学思潮。如今,女性又成为生态批评的话题。女性生态批评家们认为:在女人身上,其天性——即所谓物种的属性与个体的属性是有机共生的。女性的灵魂更契合大地,拥有与自然统一体牢不可破的关系。曹雪芹将女性视为"水",蒲松龄将女性幻化为草木鸟兽,无意中都促使弱势的女性与大自然结盟。

综上所述,仅就文学创作中的女性造像而言,无论从审美观念、艺术魅力,还是以前沿生态批评理论的价值尺度衡量,《聊斋志异》显然均高于《水浒传》《西游记》《三国演义》。相对于《红楼梦》中那些已经成为文学经典的女性形象,《聊斋志异》中的女性造像显然持存有更开阔的阐释空间。或许在形象的复杂、细腻、丰满以及思想的深刻上仍有差距,这往往也是短篇小说与长篇小说之间的差别。但就形象的鲜明生动、个性的别致超拔以及她们与天地自然的有机关联来说,《聊斋志异》中的女性形象实在还有太多的可圈可点处。

当下的人类社会想要变得更好一些,长期占据主导地位的男性首先要变得好一些;理想的社会是将男性与女性融入同一个相互尊重、相互扶持、互补互生、互为主体的有机生命共同体中。男女的和谐,是阴阳、乾坤的和谐,当然也是世界的和谐。

家园意识: 为乡土代言

乡村,是旷野与城市之间的缓冲地段,它既是人类活动的场域,又是大自然的留守地,其中蕴藏着质朴的人性与蓬勃的生机。良好的乡村生态维系着人类与自然之间微妙的平衡,维系着人类理智与情感、认知与信仰之间微妙的协调。罗尔斯顿认为,在城市、乡村与荒野这三种环境中,乡村扮演着引导人们思考文化与自然问题的重要角色。

乡村的土地,要比钢筋水泥建构的城市蕴藏着更多的魅力。生态心理学家莫斯科维奇曾从精神的向度描述乡村的自然:这是一种模糊而神秘的东西,充满了各种藏身于树林中、潭水下的神明和精灵。星辰与动物都拥有魂魄,它们与人类相处,或好,或坏。

对照蒲松龄的《聊斋志异》,我们便可以看到莫斯科维奇珍视的那些"神明"和"精灵",同样存在于齐鲁大地的山丘、溪流、星夜、霜林、老宅、废墟、野坟、祠堂里,存在于狐兔出没、鬼魂游走的原野里。

蒲松龄的文学创作,显然是继承了《楚辞》《山海经》《搜神记》以及魏晋时代志怪、志异的神话思维方式。蒲松龄对于青林黑塞、鬼狐花妖的一往情深,可以视为站在乡土的立场上对自然的呼唤,对野性的呼唤。

作家阎连科最近在一篇文章中深深叹息:乡土把聊斋给弄丢了!他说:

少年我走过的每一条乡间小路上,都盛开着聊斋暗艳的花朵并叽叽砰砰响出聊斋那神秘的寂鸣与惊悚。后来我离开那儿了,聊斋不知是被我丢在了荒野和檐下,还是它随着我的离开到了都市后,被一点一滴地从口袋掏出来,作为都市繁华的记忆路标扔在了路道上。而当我熟悉了都市的街道和生活后,也就无暇去把扔掉的聊斋捡拾回来了。

聊斋被我弄丢了。

聊斋被我和我相类似的所有人,共同携手弄丢了,如不约而同的无意识,把记忆抹杀在了没有形式的必然里。①

---

① 阎连科:《乡土把聊斋丢到哪儿了?》,《小说评论》2022 年第 3 期。

乡土与乡土的情绪记忆里没有了聊斋,没有聊斋的乡土还算得上乡土吗?乡土与乡土里的聊斋被现代人弄丢了,被现代化的进程弄丢了。何止是弄丢,是糟践了。

　　乡土聊斋意味着大地的精魅与秘奥。乡土聊斋的丢失体现为工业时代、商业社会对世界的"祛魅"。由启蒙运动发轫的"祛魅",一方面祛除了千万年来沉积在人类心中的所谓愚昧和迷信;同时也祛除了人性中长期守护的信仰与敬畏。现代人变得越来越狂妄自大,越来越工于算计,越来越机灵、聪明,也越来越不讲操守、不讲信誉。如今已经又有人在呼唤"时代的复魅"(reenchantment of the world),当然,"复魅"并不是要人们重新回到人类原初的蒙昧状态,"复魅"的切实目的在于打破人与自然之间的人为界限,把人与自然重新整合起来,把自然放到一个与人血脉相关的位置上去。如此"复魅",是对人与自然破裂关系的精神修复,已成为呼唤生态时代的先声。蒲松龄的《聊斋志异》中呈现的这一魅力充盈的文学境界,将由于生态时代的到来被赋予新的含义。

　　回归乡土,也是回归自然,回归人的本心、本性,事关地球人类今后的前途与命运。我国当代生态美学家曾繁仁教授将回归乡土视为"家园意识"的再度萌发,他说:

　　　　"家园意识"不仅包含着人与自然生态的关系,而且蕴含着更为深刻的、本真的人之诗意地栖居的存在真意。……"家园意识"的本源性使之成为人类文学艺术千古以来的"母题"。我国作为农业大国,历代文化与文学作品中都贯穿着强烈的"家园意识"。总的来说,"家园意识"在浅层次上有维护人类生存家园、保护环境之意。珍惜并保护我们已经变得十分恶劣的地球家园,是当今人类的共同责任;而从深层次上看,"家园意识"更加意味着人的本真存在的回归与解放,即人要通过悬搁与超越之路,使心灵与精神回归到本真的存在与澄明之中。①

"家园意识"是一种审美的终极关怀,是从宏阔的宇宙整体与长远的人类未来出发的一种将关爱自然与关爱人类相结合的生态审美的境界。

《聊斋志异》不在四大名著之列,但也享有"名著"的声望,与四大名著都不相同,《聊斋志异》纵览、谱写的是乡土,是地球上万物共生的家园。

为什么蒲松龄少壮年纪却不愿意留在经济繁荣的淮扬官场分一杯羹？不到一年就匆匆返回蒲家庄,甘愿做一位清贫的乡先生。这一切都源自蒲松龄对于乡村生活深厚的感情,对于乡土的热爱。蒲松龄热爱乡土却又不舍科举进阶,终年在农家院操劳的妻子反倒看穿了世俗偏见,劝他说:山林自有乐地,何必常年忍受那种精神折磨！蒲太太说的"山林",也是就"乡土"。

秦汉以来的中国"乡土社会",是由底层的"乡民"、上层的"乡绅"以及浮沉于二者之间的"乡先生"三部分成员构成。蒲松龄这位乡间知识分子,既是劳作于畎亩沟垅间的"田舍郎",又是常驻豪绅府第的塾馆教师。他下接地气,对底层乡民的辛劳与困窘、欢乐与苦痛有着切身体验;上承天风,熟读儒家经典、深研中华精神文化、悉察王朝统治的运作与操控。可以说他的生命活动全方位地覆盖了淄川乡土。谱写乡土文化,蒲松龄可谓不二人选。乡土,对于蒲松龄如水之于鱼,正是这一特殊身份,成就了中国历史上这位为乡土立言的伟大文学家。

本文说到的乡土社会,几近于农业社会。所谓"乡土"与现代意义上的"农村"并不完全等同。古代的农村与城市并不那么界限分明,城市里边有农户,乡镇之中有市井。看看《清明上河图》,出来城门便是林野农舍;进得城来依然是手推肩挑、牛牵驴曳,北宋京都开封并不拒斥山野草民下榻谋生！直到我小时候,开封城内的城墙里边还有人开荒种地、张网捕鱼,城郊的街衢也有

---

① 曾繁仁:《生态美学导论》,商务印书馆 2010 年版,第 325—335 页。

不少的油坊、粮行、饭馆、客栈。

对于传统的中国人来说，乡村不仅仅只是生产粮食的地方，它还是中华民族文化的源头、精神故乡。村头的一棵古树、街边的一口老井，都凝结着几代人的情绪记忆。镇上的一座小庙、一座牌坊，关乎一方百姓的精神寄托。一座美好宜居的村落里，溪流纵横的田野、有机轮作的耕地、林中放养的牛羊、狐狸藏身的山丘、松鸡栖息的沼泽、鲤鱼嬉戏的河流以及院落内的鸭鹅梨枣、疏篱菊花，都流淌着民族文化的血脉。

传统乡村生活是多元的、丰富多彩的、物质生活与精神生活并重。春播秋收、昼耕夜绩、渔猎放牧、坐铺行商、设帐课徒、节庆盛典、社戏庙会、婚丧嫁娶、弄璋弄瓦，这些在《聊斋志异》以及蒲松龄其他的诗文中全都有生动的表现。现代城市生活看似繁花似锦、光怪陆离，其功能则是齐一的：赚钱。当下，被捆绑在流水线、被封闭在写字间里的蓝领、白领，其幸福指数并不一定比《聊斋》里的娇娜、婴宁、王六郎、马二混、奚三郎们更高。

蒲松龄的《聊斋志异》以500篇的恢弘体制，以细腻、生动、多姿多彩、婉转自如的文笔，描绘了古代中国以大中原为核心的山川大地、乡村市井、飞鸟走兽、士农工商、阴曹阳世、科场官场，抒写下日常生活中发生的兴衰福祸、生离死别、因缘际会、喜怒哀乐。他于青林黑塞、昏灯萧斋之下呕心沥血为大地万物发声，为乡土民众代言，扶弱抑强、惩恶扬善、识忠辨奸、倡廉斥贪、祛邪守正、解困纾难，展露灵魂深处的秘奥，探求人性本真的内涵，描绘出一幅幅乡土生活中不同阶层、不同个体的生动画面。

《聊斋志异》堪称往昔乡土社会的一部百科全书。建设性的后现代应该继承前现代的优良传统，新农村建设可以从传统文化中的乡土意识汲取精神营养。乡土，象征着人与自然的和谐相处；返乡，便意味着反身地球生态系统。

（《汉语言文学研究》2022年第3期）

关于中西方生态文化思想的通信

　　张嘉如(美国纽约市立大学布鲁克林学院教授)：中国传统的辩证思想如
何能够解决生态危机？张红军老师的文章的一个命题是,鲁老师(和其他生态
学者如曾繁仁老师)认为,中国古代的辩证思想和本源思想可以解决生态危机
问题。中国古代和西方的辩证思想异同在哪里？为什么要凸显中国古代的辩
证思想？为什么中国的辩证思维可以解决生态危机问题？这些问题,目前我
正在寻找答案。如果红军老师命题无误,西方学者会很有兴趣学习的。

　　他也提到"本源"思想。我从禅宗的角度可以稍微理解为什么此本源思想
可以解决生态危机。至于辩证思维这一块,我还不太清楚,原因在于它与西方
有何异同？如果一样的话,那么中国的辩证思维又有何独到之处？如果不同,
它如何看待生态危机问题？

　　您不用花太多时间回复,若能指出哪一本书(或文章)的章节让我看,就
可以。

　　鲁枢元：我似乎不曾讲过"古代辩证思想",关于这个问题,恐怕还须红军
教授自己来阐释。

辩证法属黑格尔哲学的核心，我和曾老师更看重的是存在论。我还特别看重怀特海的有机过程哲学，这在我的《生态文艺学》一书中有专节论及。

张嘉如：您说没提过"古代辩证思想"，我当然就不会在文章里提到。我一直以为辩证思想是典型的西方思维，和《易经》或阴阳哲学里的二元互动是非常不同的，后者本质上不算是辩证，而是一个"有机能量流动说"（我自己胡扯出来的词）。

您说："我还特看重怀特海的有机过程哲学，这在我的《生态文艺学》一书中有专节论及。"那么，中国哲学（除了陶渊明的道家诗意的存在之外），还有哪些影响了您的生态文艺学观？我真心希望我的这篇文章能够介绍您在1980、1990年代对中国生态人文领域的贡献。除了比较文学的视野（如提及怀特海的有机过程哲学对您的影响），我想让西方学者知道中国古代智慧如何影响、重塑当代文人的文学观和哲学观。

西方生态批评家在读我们的文章时，对西方的东西如何影响我们并不感兴趣。他们想学习中国人独特的思维，可以帮助他们思考如何解救当代生态危机问题。

鲁枢元：我用了一天时间思考并回答您的问题——关于中国古代哲学对我学术生涯的影响。您提出的这一问题，逼迫我对自己以往治学的历程做一个回顾与思考，这对我来说很有益处，但也不无困难。困难在于：按照西方学界的通常看法，中国古代就没有"哲学"，而我又从来缺少正规的学术训练，做学问的随意性很大，也不擅长西方学界正统的"概念逻辑思维"。

在中国当代学界，我是个不入主流的人。

好在我热爱读书，而且多是"杂书"。即使中国古代没有西方人所谓的"哲学"（我是不同意这种说法的），总也还有丰富的"思想"与"智慧"吧！侯外庐、赵纪彬诸位先贤撰著的多卷本《中国思想通史》，也可以说是一部中国哲学通史,就是我早年的启蒙读物。

我在前期从事文艺心理学研究、后期从事生态文艺学研究的过程中,主要是受中国古代"道家哲学"影响较多。比如"宇宙观",我认同老子说的"万物生于有,有生于无"。这个"无",大有讲究,并非什么都没有,而是"空无一有"中的"涵容万有",是"无限",是"无极",是"小而无内,大而无外",是难以用语言表达的,"道可道非常道"。这个"无",有点类似海德格尔存在论哲学中的"在"。这样,早在20世纪80年代,我接触到爱因斯坦的相对论,尤其是玻尔、海森伯的量子物理学后,就很容易将其与中国古代的宇宙论联系起来。据说,玻尔也很热衷于老子的宇宙图景,对中国的"太极图"极感兴趣。

我在研究文艺心理学时,尤其是在研究文学语言时,将这种外在的宇宙图景运用到人的心灵世界,即人的"内宇宙",也曾促使我产生诸多灵感。具体可参见我在1990年出版的《超越语言》一书。2002年我在《文艺研究》第5期上发表的《生态批评的知识空间》一文中,也曾论及古代的、现代的、后现代的宇宙观。

正是这样,我就不再把牛顿物理学的时空观以及笛卡尔的"理性主义""本质论"当作绝对真理。而这些正是现代工业社会的存在基础,也是当代生态灾难的源头。我反而更看重"前现代的思想遗存"与"后现代的思想萌芽"联手,以救治200多年来的现代社会酿下的生态灾难。这是我始终坚持的一个治学的思路。

在道家哲学中,人与自然、与天地万物是存在于一个有机整体之中的,即"道大,天大,地大,人亦大。域中有四大,而人居其一焉。人法地,地法天,天法道,道法自然",不但"天人合一",而且天人之间还可以相互"感应"。人和自然是在同一个系统之中的,这个系统又是运动变化着的,这就很类似现代生态学的"生态系统"。我在我的那篇《汉字"风"的语义场与中国古代生态文化精神》中,就试图将"风的语义场"解释成一个张力充盈的生态系统。

老子的道家思想,根子在更早的《易经》中。《周易》源于自然,源于大自然生生不息的循环运动变化。变化的能量和动力是"阴阳"两极的周而复始，循环运动的物质和轨迹是"五行"金木水火土的相克相生。"生生之谓易"是中国古代哲学思想的核心。这里的"生"，是"生命""生长"，也是"生存""生活"。一方面体现了生命个体的生长发育、生命群体的化生繁衍，同时也包含有生命个体与生存环境之间的相互关系，即人与自然的关系。从这层意义上讲，有人说中国古代哲学就是生态学，也不是没有道理的。李约瑟博士把中国古代哲学称为"有机的自然主义"，也是顺理成章的。

朱熹说的"天即人，人即天"，天心即人心，天心、人心皆以仁为心。仁者，"在天则蔼然生物之心，在人则爱人利物之心，包四德而贯四端者也"。人心顺应了天心，人类社会就清明昌盛；人心背离了天心，社会就纷争堕落。我的前期研究对象是文学艺术，"文心"，即刘勰《文心雕龙》所指的"文心"，侧重于个体人的人心，后期的研究对象是生态文化，可以说是侧重于天心、自然之心、生物圈的心。就刘勰而言，"文心""人心""天心"三者之间是重叠的、相互关联的。您或许已经留意，我的生态文艺学研究，包括随之而来的对于生态文化的关注，都是在前期文艺心理学研究的基础上进行的。我在面对"天心"即"自然"时，不忘"人心"，不忘人的精神，即人的生存理念、价值取向。最终得出的结论是：要改善现代社会中自然生态的状况，首先，或曰从根本上要改变人类自身的精神状况，这也就是我强调的"精神生态"。

这当然与具体社会、具体时代背景下作为个体人的观念、行为有关。《易经》在生命个体层面上的具体应用，则体现为中国的"中医学"。"中医学"里的身心是一体的，不但强调医病，也强调医心，心理健康才是身体健康的根本。中医学不仅强调身心是一体的，而且强调人的身心与其存在的环境也是一体的，与其家族的历史也是一体的。1985年，我在一篇文章中曾为"中医学"概括出以下几点现代哲学的含义："现象学的学科形态""系统论的整体观念""直觉意会的思维方法"，以及范畴与概念的组合、论著的主观风格等方面，这些曾为我的文艺学心理学科建设提供许多启示，现在看来依然可以运用到生态文艺学研究中来。(注意：中医学讲"辨证论治"，又称"辨证施治"，其中的"辨证"是不同于"辩证法"中的"辩证"的，不是同一个词。)

中国古代的历史哲学思想，如儒家、道家的某些对待历史的态度都对我产生过某些影响。儒家、道家都不是"社会发展进步论者"，他们都认为社会的最好的境界在很早以前，其理由是那时的人们更贴近自然，自然是"神"，能够更贴近"神"的社会当然是幸运的。这恰恰与欧洲早期的浪漫主义思潮是一致的，对此，我的《陶渊明的幽灵》一书中有较多的论述。此前我曾发表过一篇题为《关于文学与社会进步的反思》的文章，记得好像《新华文摘》也转载了。当然，我并不认为美好的"伊甸园"是一个真实的存在，但也并不存在一个总是"进步"的社会发展规律。纵观人类历史，有些地方是进步了，比如科学技术；有些地方没有进步，比如人的伦理道德；有些地方显然是退步了、堕落了，那就是地球的生态！

我出生在中国腹地一个古老城市的底层社会，就生活哲学来说，也更多地坚守了传统的道德伦理。比如，做人要"诚信"，待人要"友善"；做人要重视内心的丰富、内在的涵养，"藏愚守拙""被褐怀玉""重于外者而内拙"，不让"心为形役"；生活中要能够"见素抱朴""知白守黑""清净自守""忧道不忧贫"。有时我会对朋友自我炫耀："我生活能力很强，对物质生活的需求很少。"我的生态理想是："低物质损耗下的高品位生活。"这里的"高品位"，指的是"拥有丰富的、内在的精神内涵的生活"，也是"充满诗意的生活"。

俗话说的"水往低处流，人往高处走"，在我看来是违背自然的，人也应当像水一样往"低处走"才好，这就是老子《道德经》一书中说的"水善利万物而不争"，善处下也。"处下"，即降低自己的身段，虚怀待人、待物，也是和谐社会必需的。其实按照道家哲学，"有无相生，难易相成，长短相形，高下相倾，""曲则全，枉则直，洼则盈，敝则新，少则得，多则惑"，高与低、上与下、得与失都是相辅相成的，"夫唯不争，故天下莫能与之争"。在这里不存在"二元对立"，这显然也是生态哲学的认识论。这些内在的生活伦理、生活哲学，或许也是我之所以选择生态文化研究的内在原因。

可以说,我在整个青少年时代接受的教育都是中国传统型的,"老庄哲学"与"孔孟之道"是我的精神基因,就像我的黑头发、黄皮肤一样。但我赶上一个开放的时代,当我一开始接触西方世界的哲人、哲思,就发现其中的某些人似乎早就在那里等候着我,他们也已在久久地张望着东方、张望着古老的中国。这其中就有:卢梭、海德格尔、舍勒、西美尔、梭罗、怀特海、荣格、玻尔、贝塔朗菲、德日进、利奥波德、汤因比、柯布、罗尔斯顿、斯洛维克、塔克等等。其中有些人已经作古,有些人依然健在,而且我有机会与他们握手言欢,我发现即使中间横隔着语言的大山,我与他们的沟通并非过于艰难,这就叫做"心有灵犀一点通"!

我是幸运的。

嘉如,您提出的问题很大,匆忙作答,我不知是否已经说清楚。此信中提到的一些文章,在网上不难查到,您可以参考。我年事已高,一生治学虽然乐此不疲,但成就甚微,况且已经到了收尾时期,再进一步也难。

张嘉如:非常感恩您这么费心思地回答我的问题,也谢谢提供相关资料,这样大大帮助了我的写作过程。

也许哪一天我对您和曾老师的研究(尤其是对西方哲学的部分)熟稔了,我可以用英文写一本书来详加介绍。我对海德格尔的哲学理解得很少。西方生态批评学者因为他与纳粹的关系,往往把他边缘化,所以提到他时,政治正确上多半以负面的评价来对待,至少,在提到他时必须提到他和纳粹的关系。这也是中西方的不同之处。所以我在提到他对中国生态批评、美学的影响时,也必须面对这个在西方学术界非常敏感的问题。

现在开始写关于您的章节。昨天把您寄给我的与刘海燕的对话读完了。对您的成长过程以及学术的传承有了比较清楚的概念。我早期也对荣格心理学、坎伯的神话诠释有兴趣,直到看到荣格说东方的直观是走火入魔的时刻,我就不再对他感兴趣了。

我想重写这一篇文章,比较完整谈您(也扩大到包括曾繁仁老师的生态美学)的研究。我觉得一篇把你们两位介绍到西方的文字是很有意义的事情,尤其谈到您近年来做的东西(万衫寺和梵净山),让西方学者知道您的生态批评和生态社区营造的参与。

现在在读您的《生态批评的空间》,对您的知识量非常佩服。

有两个问题想跟您厘清一下:

(1)海德格尔对老子及中国文化的研究,您是从哪里得知?据我所知,海德格尔与日本东京学派学者(禅宗)有直接交流,但我不知道他与中国传统哲学思想的关系。我想在文章里提及。若有引用书目就更好。我问过德国生态批评学者,他说他没听说过海德格尔受到中国哲学影响的事实。

(2)中国环境历史学者得出一个结论:中国的环境破坏在汉朝以前就非常严重,老庄学说其实是一个对自然破坏的反动,并非中国人的民族天性比西方人更亲近自然,也并不是马克思学说进入后中国人丧失天人合一的本性,把对自然的破坏推到极端。我想知道您如何回应这样的批评。

第二个问题我觉得很重要,因为在提出陶渊明、老庄精神时,我们必须回应环境历史学家的反驳。我上封信提到的环境历史学者是伊懋可,书名是《大象的退却》,第十章。他对陶渊明以及中国人对自然的态度是负面的看法。我想听听您(作为陶渊明专家)如何回应他的"生态批评"(分别对陶渊明和谢灵运)的评价。

鲁枢元:我去了一趟日本,今晚才回到苏州。你三次来信中提到的问题,我很感兴趣,我可以作出较为周详的回答。等我稍微静一静心,再给你写信。

张嘉如:很高兴您对这些问题有兴趣。我这几年一直在思考:"为什么农业起家的中国人对自然的态度(如天人合一、道法自然等),这些传统的具有生态内涵的东西没有办法抵挡现代化与历史进程(现代化、经济发展、环境破坏等)为什么在资本主义物质诱惑下这么不堪一击?为什么现在中国的污染这么严重?"也许这只是少数精英的论述,无法代表大多数人对自然的态度(人类中心主义)。当然,许多年轻人已经开始意识到精神的必要性。我只是觉得在当前中国环境污染这么严重的时刻,我发现我很难说服西方学者(甚至我自己)认同中国的自然观可以为目前环境危机提出一个解决的途径。

我知道这个问题很复杂。还有许多比较细节的部分的子问题我就不多麻烦您。也许您的陶渊明一书里有解答。我这星期会开始读。

鲁枢元:难得您对我的学术思考花费如此多的气力,我很感动!

你提出的某些知识性问题倒还好回答,其中一些学术评价、社会走向问题很严峻,也是我的心结,很难得出完满的结论。综合此前的几封来函,我梳理出以下六个问题并尝试着加以回答:

一、早期也曾对荣格心理学、坎伯的神话诠释有兴趣,直到看到荣格说东方的直观是走火入魔的时刻,我就不再对他感兴趣了。

荣格尽管是学术大师,也不是每一句话、每一个观点都正确。就整体看,荣格的学术倾向以及他为人的风格,与东方哲思都比较接近。他的文学心理思想有时也走极端,但我仍然喜欢,包括他的"复魅"倾向。以前我在课堂上曾讲过:弗洛伊德是"现代主义"(理性主义、决定论),荣格是属于后现代的。

二、谈谈您近年来对万衫寺和梵净山的关注,让西方学者知道您的生态批评对生态社区营造的参与。

我做的这些仅仅是开始,很不够。精力与人手都不足。但这两个地方(你所说的社区),都是绝佳的。

近年来我常常走访万衫寺,这是一处清净、高洁、大慈大悲的女众道场,我希望能够倾力辅助寺院住持能行大法师实现营造"生态寺院"的愿心。7月22—24日,我将陪同美国过程哲学研究院的几位学者到万衫寺来,与大法师进行学术交流。至于我对这两处社区的具体关注,你可以参考我已经发表的两篇文章:《生态视野中的梵净山弥勒道场与傩信仰》《佛教与生态》。[①]

三、海德格尔对老子及中国文化的研究,您是从哪里得知的?

我在《陶渊明的幽灵》一书中第二章曾谈到这个问题。我认为海德格尔的后期哲学拥有丰富的生态意蕴。此前,中国社会科学院哲学所有一位留德的青年学者宋祖良,为此写过一本专著:《拯救地球和人类的未来——海德格尔后期哲学思想》(中国社会科学出版社,1993 年版)。我的生态思想颇受此书影响。而此书被当时中国学界的某些人认为是浅陋之见(当时中国哲学界还在漠视生态)。不知何故,祖良先生盛年时竟自我了断了生命,每次提起都让我难过。

海德格尔是个颇有争议的人,连他最亲近的学生也不肯原谅纳粹时期他犯下的罪过。我将其归为读书人误入“政途”,是决计要蒙辱的。但这并不否定他的某些深刻的学术观念。就像鲁迅的弟弟周作人当过汉奸,他的散文仍然是公认的极品。

至于海德格尔与中国古代哲学的关系,是不容忽视的,且资料甚多。我在《陶渊明的幽灵》第 82 页提到当年海德格尔与中国留学生萧师毅合作翻译老子《道德经》的事,萧师毅本人有长篇回忆文章(见附件),我在台湾曾遇到中大的一位教授,他说与萧师毅曾经同事。

我书中引用的莱因哈德·梅依的《海德格尔与东亚思想》一书中,也曾说到海德格尔与中国哲学的关系;另有中国当代哲学家张祥龙先生的文章,对此也有论证,我都将其放在了附件里,供您参考。

四、关于某位中国环境历史学者对中国古代生态哲学的负面评价问题。

我不知道这是哪位“中国环境历史学者”?

“中国的环境破坏在汉朝以前就非常严重”,要看是与什么对象相比较?

---

① 两篇文章都已经收入本书中。

如果是与同时代的北美洲相比,那时的北美洲还是一片荒原、原始的自然,汉朝中原的环境破坏当然要严重得多,但这样的比较有意义吗?如果是与当下的中国、当下的美国相比,不要说汉朝,看一看一百多年前清朝末年的《老残游记》,山东泰山附近还常有老虎出没。我在吉林长白山下,一位老人告诉我,他年轻时,院子后边的山林里就能看到老虎。京剧《林海雪原》中"打虎上山"的唱段也证实了这些。如今,踏遍中国国土,哪里还有老虎的踪影!

环境的严重破坏,当然也不能说是马克思主义造成的;世界性的生态恶化是随着"工业化""现代化"的脚步纷至沓来,这是常识。对于英国,是在"伦敦毒雾"时代;对于日本,是"脱亚入欧"之后;对于中国台湾,始于日本殖民时期;严重的环境破坏对于中国大陆,则是在"改革开放、经济起飞"之际。

我小时候,即 20 世纪 50 年代,我家在开封市(那可是当年省会城市啊)居住的那条小街,不但有蝼蛄、蟋蟀、蝴蝶、蜻蜓,还可以见到黄鹂、画眉、刺猬和蛇,甚至黄鼬、狗獾。现在这些全都没有了,小街正在被拆迁,即将完全销毁于城市现代化的进程中。

将环境危机与现代性、现代化联系起来,这才是一个问题,才是一个拥有现实意义的问题!

至于东方与西方谁更亲近自然?不好一概而论。

我是认为东方(中国、印度、日本)更亲近自然的。原因之一,在于思维方式。西方从古希腊时代就已经萌芽了一种"理性的""抽象的""概念的""逻各斯"的思维方式,这种思维方式容易使人与自然间隔起来、对立起来,容易将人置于自然之上进而认识自然、掌控自然、开发自然、掠夺自然。所以,在西方,亚里士多德最终走向笛卡尔,走向牛顿,走向工业社会、现代社会,这并不意外。而中国不行,从老子、庄子无论如何也走不出个培根、牛顿、爱迪生来!东方式的思维是一种模糊的、直觉的、不脱离感性因此也就与自然融为一团的混沌型思维,这样的思维方式容易产生诗歌,却很难发展起科学,于是中国就成了诗的国度;《庄子》一书说是古代哲学,更像是寓言故事。中国要实现现代化,还必须并入西方哲学思维的轨道,不必只是马克思主义,还有黑格尔的大逻辑、小逻辑、达尔文的进化论、亚当·斯密、李嘉图的经济学。

原因之二,在于社会现代化的进程。西方社会的现代化进程从文艺复兴时代算起已经数百年,而中国几千年来长期驻留在农业社会:"土里刨食儿""靠天吃饭",所以必须怀着对"天空"与"大地"的崇拜与敬畏之心;西方科学技术凭的是人自己的智慧、技能,信奉的是人的理性,所以容易以人类自己为主体、为中心。这也是显而易见的。

是的,中国早就已经有人(如荀子、王充)提出"天人相分""制天命而用之"的思想,但一直不入主流;只是到了历史唯物主义、社会进步论传入现代中国后,这些观点才火了一阵,王充更是被哄抬为"辩证唯物主义"的古代学者代表,也恰恰是因为这些投合了现代性思维的门径。

五、关于环境历史学者伊懋可在《大象的退却》一书中,对陶渊明的负面评价问题。

我还没有看过他的书。

不过,您看看我的《陶》书第4章第4、5、6节,就会发现,在近代,随着启蒙理念渐渐传入中国,随着中国人对现代工业社会的步步趋近,对陶渊明的批判也就愈来愈强烈。日本有一位叫冈村繁的大学者,批判起陶渊明来更是不遗余力,陶渊明差不多成了一个消极保守、言行不一的反面人物,竟至让我得出在现代中国"陶渊明的精神也已经死去"的结论。

关于陶渊明与谢灵运的比较,《陶》书第197页(纸本),有过一大段论述,你或可参考。无论"人品""文品",谢比起陶都要低不止一个档次!

六、关于"为什么农业起家的中国人对自然的态度没有办法抵挡现代化与历史进程中的环境破坏"等相关话题。

世界性的现代化进程犹如一台超大马力、超大体量的隆隆战车,自其在欧洲启动以来,一直所向披靡、百战百胜!古老的中华帝国曾经顽固地抵制过(鸦片战争、甲午战争、义和团运动),皆以惨败告终。

中国社会科学院资深研究员蒙培元先生出版的《人与自然》一书,将中国古代文明概括为"生态文明",有一定的道理。

如今,希望以"生态文明"遏制这台战车的运行,有一定的合理性,但是否能够成功,我自己是悲观的,我接触的一些西方学者反倒比我乐观。说下个世纪是中国哲学的天下,有些言过了,我不太相信。说下个世纪是中西思想相融合的时代,东方精神将为生态时代的演进贡献自己的价值,此话当不会有误。

我将陶渊明视为中国古代"自然主义的"思想家与践行者,并致力于在国际论坛上积极加以推介。正如我在《陶》书"题记"中声明的:希望它能够为营造人类的下一个新的社会模式——"生态社会"产生积极的效应。总还是应该得到同情的吧?

但一个陶渊明就可以改变世界吗?或者,一个梭罗就可以改变现代人的生存方式吗?或许不能。但你看到人们对于梭罗、陶渊明的渐渐认可,总觉得还是有一丝希望在。况且,根据中国传统伦理学的说法:难能可贵,难行能行才可贵,知其不可而为之,正是人的精神之所在。

陶渊明以及中国古代的自然观,当然存在着自身的局限。历史长河不会倒流,即使流错了方向也不会再倒流过去。我们现在要做的工作是"温故而知新",借鉴古代人的生存智慧,"调整""矫正"时代的走向。这也正是我在《陶》书结尾引用的列奥·施特劳斯的话:"当人类走到现代性的尽头,实际上就必然会回到'古代人'在一开始就面临的问题。"

您说:"我很难说服西方学者(甚至我自己)认同中国的自然观可以为目前环境危机提出一个解决的途径。"如果把这句话改为:"中国的自然观可以为解救目前环境危机提出一些可供思考的途径。"您是否同意呢?

关于您提出的这个问题,大约是前年,乐黛云先生为她主编的《跨文化对话》向我约稿,我写了一篇《新维度、新路向》的长文,也寄你一阅,你从中不难看出我的疑虑与彷徨。①

　　以上只是我临下笔时的一些想法,仅供你参考,并希望得到你的批评指正。

（据鲁枢元与张嘉如往返电子邮件整理,见《中州大学学报》2019 年第 1 期）

---

① 　与这篇文章相关的讲话,也已经收入本书中,见《生态社会能否成为一种期待》。

低物质消耗的高品位生活

——在华夏文明与世界文明论坛的演讲

　　人类作为一个整体,也会犯错误。犯很大的错误。近三百年来人类犯下的错误,酿成了今日全球性的生态危机,这与西方工业革命以来确立的消费主义的社会理念、生活实践密切相关。

　　消费主义的生活模式向着全世界的迅速普及,已经给地球自然生态带来沉重的负担与严重破坏。此前,英国学者尼克·瓦茨(Nick Watts)拍摄的一部纪录片《人类地球生活史》,生动地展示了现代人日常消费中的大量图像与数字,令人触目惊心! 在这一世界性的消费大潮中,我们中国也不例外。据可靠统计数字标明:中国在 2011—2013 年三年内消费的水泥达到 60 亿吨,是美国整个 20 世纪一百年消费的总和。这和房地产业的高速发展相关。当然我自己也在其中。三十年前我们家 4 口人住 23 平方米的房子(人均不足 6 平方米),如今两口人住不止 120 平方米的房子(人均超过 60 平方米),增加 10 倍。但生活的幸福感估计不会达到 10 倍。

　　尼克·瓦茨的纪录片中没有涉及的问题是:现代人在消耗了巨量的物质与财富的同时,人类社会的情感生活、道德生活、精神生活并没有得到相应的

提升,反倒引发许多严重的问题。概而言之,以"生产—消费"为轴心的社会发展理念酿成的苦果有三:

一是,巨量的冗余消费正在迅速耗尽地球宝贵的自然资源,制造出有史以来最严重的生态灾难;

二是,如怀特海所言:高消费引发的生产竞争、市场竞争、金融竞争,包括人与人、企业与企业、国家与国家之间的竞争,已经在人与人、国与国、民族与民族之间注入"仇恨的福音";

三是,物质主义、消费主义致使现代人类精神萎缩、心灵干涸。

正如法国思想家德日进指出的:当人类在拼命消耗宇宙间的"物理能"时,人类自身内在的"精神能量"却日益贫瘠,生活中的诗意荡然无存,生活品位在日益低俗化。看似繁花似锦的现代都市生活其实已经漏洞百出、难以为继了!在新旧世纪之交,西方的思想家史华慈、中国的思想家王元化都对"脱缰野马般失控的消费主义与物质主义"表现出深深的忧虑,"消费主义造成的精神真空将席卷整个人间世界"。在他们的生命弥留之际,几乎同时发声:"这个世界不再令人着迷"。那么,什么才是有趣的、有意义的、美妙的、能够让人"着迷"的生活呢?这里我来摘引《论语》中孔夫子的两段语录:

> 一箪食,一瓢饮,在陋巷,人不堪其忧,回也不改其乐。贤哉,回也!

> 暮春者,春服既成,冠者五六人,童子六七人,浴乎沂,风乎舞雩,咏而归。夫子喟然叹曰:"吾与点也。"

孔夫子赞扬学生颜回与曾点的这两段话,生动体现了孔子的人类社会生活理想:过俭朴的生活,追求心灵内在的充实与愉悦;亲近自然,从审美中发现人生的真谛。这其实就是一种"低物质消耗的高品位生活"。前一句讲的是

"低物质消耗"，后一句讲的是"高品位生活"。

　　"低物质消耗"，即如今倡导的"低碳生活"；而"高品位"，则是指超越物质与金钱之上的生活内涵，一种有情、有思、有信仰、有艺术感受、有哲学思考的生活，即诗意地栖居在大地上。诗人、画家、丰子恺居士曾经以弘一法师为例加以解说："人生"犹如三层楼，一是物质生活，二是精神生活，三是灵魂生活。物质生活就是衣食；精神生活是学术文艺；灵魂生活就是宗教。住第一层的人，看重的是物质生活，锦衣玉食，荣华富贵，子孙满堂。上二层楼的人，淡泊名利，专心学术，寄情山水，追求的是生活中的自由和诗意。一心攀登三层楼的是宗教徒，他们放弃一切物质生活的享受，探求灵魂的来源、宇宙的根本、人生的终极意义。丰子恺自己是住二层楼的人，弘一法师则已经登上第三层楼，他们都是"低物质消耗的高品位生活"的典范。

　　一个人的一生是否活得有价值、有意义，并不以他消耗的物质财富为依据。佛陀曾经开导一位养尊处优而百无聊赖的富商子弟："如果生活得简单健康，而不被余年贪求所奴役，你是可以体验到生命的奇妙美好的。你向四周观望吧，你可以看到树木在薄雾里吗？它们不是很美丽吗？月亮星星、山河大地、阳光鸟语和淙淙山泉，都是宇宙间可提供无穷快乐的现象。"僧人的日常生活是俭朴甚至清苦的：衣不过三件；食乃粗茶淡饭；住则随遇而安；行，"芒鞋斗笠一头陀"。这种"苦行"，僧人之所以能够忍受、乐于忍受，是因为他们有自己的精神追求、信仰的力量。绿色学术经典《瓦尔登湖》的作者梭罗曾经用他的话语方式表达过相似的意思："多余的财富只能够买多余的东西，人的灵魂必需的东西，是不需要花钱买的。"

　　生态危机就是人类的生存危机。危机到了如此的地步，遗憾的是至今仍然像先知生态思想家利奥波德指责过的：我们的教育还在自以为是地躲避着生态学。如何促使人类社会在一条平稳、健康、祥和的道路上持续发展,已经成为思想界、教育界的当务之急。借鉴以往不同民族生态文明中的生存智慧,深刻反思人类自启蒙运动、工业革命以来的生活史,从根本上改变我们的生活理念、生存方式,才是走出日益险恶的生态危机的可靠路径。

2017 年 8 月 17 日

日常生活审美化与审美日常生活化

近年来,中国美学、文艺学界似乎已经形成一个群体,一些学术实力雄厚的中青年学者,顺应当今社会生活发展的滚滚洪流,隆重推出一种被命名为"审美日常生活化"的理论,已经产生了越来越强烈的反响。

《文艺争鸣》2003年第6期以显著的位置发表了一组文章,集中阐发了这一理论的核心主张:"审美日常生活化"的提出,是一场"深刻的美学革命","一种新的日常生活的伦理",在这一美学革命中,文化产业将取代文化事业,传媒人、广告人、投资人、经纪人将取代传统的人文知识分子,成为"新型知识分子",成为我们时代生活的设计师与领路人。"技术前所未有地在人的日常审美领域获得了自己的美学话语权","商业与市场将完成对文学艺术的收编"。一般说来,"审美日常生活化"的倡导者们尽量谨慎地回避直接谈论其学说的价值取向,但又明白无误地将"审美的日常生活化"看作一种随着时代的进步而进步的"新的美学原则"的崛起,认定它"将把我们推向一个全新的社会",那将是在技术与市场基础上的美学重建,乃至人类社会秩序的重新组建。①

---

① 参见《文艺争鸣》2003年第6期,第6—15页,王德胜、陶东风、金元浦的文章。

对于这一美学的、文艺学的主张，我一直存有一些不同的看法，在学术会议上也曾与其中一些学者仓促交流过意见，这里，我想进一步陈述一下我的观点，同时就教于大家。

首先，为"审美日常生活化"正一下名。

《文艺争鸣》发表的这组关于日常生活审美化的文章，有一个共同的特点，就是将"日常生活的审美化"完全等同于"审美的日常生活化"，而在我看来，二者虽然有密切的联系，但在审美指向、价值取向上则又是迥然不同的。甚至，就像"物的人化"与"人的物化"一样，几乎是南辕北辙的。

让我举一个粗浅的也许是较为大众化的例子——"炸油条"：

"炸油条"是一件日常生活，但并非不能走进"审美"的领域。如果一位炸油条的小贩有那么一刻全神贯注地炸他的油条，一心一意地和面、扯面、拨动着油条在滚烫的油锅里变形、变色，把一根根油条都炸得色、香、味俱全，让所有吃到他的油条的人都心满意足，甚至他自己也被自己的"作品"所感动，从内心深处产生一种不可遏止的愉悦，辛苦的劳作也就会变得轻松起来，平庸的生活也会变得美好起来。那么，在我看来这"炸油条"也已经进入了审美的境界，这就是"日常生活的审美化"。

还是一根油条，一根普通的油条，如果我们运用艺术手段进行一番策划、制作，将它精心包装起来——就像当前我们通常在商品市场上看到的那样：包上一只精致的纸盒，彩印上精美的图像——竟或是康定斯基、马蒂斯的杰作，再印上富于想象、略带夸张、言辞铿锵、几近诗歌的广告文字——比如"曹雪芹或巴尔扎克曾经用于早餐并激发了创作灵感的油条"，在设点兜售的时候，最好选用姿色姣美的年轻女性，同时播放中国民乐《丰收锣鼓》或贝多芬的《欢乐颂》作为背景音乐，那油条也许会吸引更多的视听，立马畅销起来。我认为，这才是"审美的日常生活化"。

在我看来，"审美的日常生活化"，是技术对审美的操纵，功利对情欲的利用，是感官享乐对精神愉悦的替补。而"日常生活的审美化"，则是技术层面向艺术层面的过度,是精心操作向自由王国的迈进,是功利实用的劳作向本真澄明的生存之境的提升。二者的不同在于,一是精神生活对物质生活的依附;一是物质生活向精神生活的升华。这样说并不否定二者之间的有机联系,但其价值的指向毕竟还是不同的。

以上是我理解的"审美的日常生活化"。

有的文章作者倾向于把"审美的日常生活化"严格地界定为一个由西方社会学家迈克·费瑟斯通(Mike Featherstone)命名的专有概念,一个美学用语的舶来品,有其特定的语境,与中国社会当下的审美状况"毫无关系"。照此说法,那么我们就可以缄口不言了。但更多的学者认为,"审美的日常生活化"问题同时也成了一个现实的中国问题,"美不在虚无缥缈间,美就在女士婀娜的线条中,诗意就在楼盘销售的广告间,美渗透到衣食住行的方方面面",审美活动与日常生活的界限模糊乃至消失了,借助大众传播、文化工业等,审美普及了,不再是贵族阶级的专利,也不再局限于音乐厅和美术馆等和日常生活隔离的高雅艺术场所,它就发生在我们的生活空间中,如百货商场、主题乐园、度假胜地等;发生在对自己身体进行美化的美容院、健身房等场所。照此判断,我们的讨论就可以继续下去了。

在我看来,"审美日常生活化"论者以上陈述的种种现象,基本上仍然属于审美活动的实用化、市场化问题。在现代社会中,正如上述学者们讲到的,它突出地表现在"广告、流行歌曲、时装、电视连续剧,乃至环境设计、城市规划、居室装修",以及"音乐厅、美容院、咖啡馆、健身房"等行业。这些行业的存在,在某个层面上、某种程度上满足了这个社会广大民众的审美需要与日常生活的需要,这本是无可厚非的。况且,人类审美意识最初时的萌生,就已经掺进了实用的、功利的目的。① 既

---

① 从人类的文化发展史上看,在漫长的农业社会里,审美不但曾经走进日常生活,甚至还曾经造就过一定规模的"文化市场",即类似于今天那些休闲、娱乐、健身等消费场所的酒楼、茶肆、书场、庙会、勾栏、戏院、武馆、妓院。就艺术消费而言,明清市井中的俗曲时调"桂枝儿""八角鼓""马头调"略等于时下的流行歌曲;苏州古代园林的"环境设计",显然已把唐诗宋词里的审美意境在"房地产开发"中发挥运用到了极致;明代的文震亨、李渔谈起"居室"与"器玩"来,其审美趣味并不比当今哪一家装修公司的老板差,他们撰著的《长物志》《闲情偶寄》,也可以看作"审美日常生活化"的普及读本。

然一个社会的民众拥有这方面的消费的需求，甚至是势力强大、经久不衰的需求，那么，审美的生活化、文学的大众化、艺术的商业化、文化的产业化都具有它的合理、合法性，需要有强有力的实业家去经营它，也需要有相应的理论家对它做出独自的解释与阐发。

"审美日常生活化"论者撰文的目的，显然并不在于争取审美日常生活化的合理性，而是希望确立这种技术化的、功利化的、实用化、市场化的美学理论的绝对话语权力，并把它看作是"全球化时代"的到来对以往美学历史的终结，甚至是对以往的人文历史的终结。

与以往的时代相比，人类社会的确已经发生了巨大的变化，即"转型"与"再转型"，学术探讨的话语背景也发生了巨大的变化。当前人文学科领域中任何一个略具现实意义的课题的探讨，大约都不能回避"全球化"与"技术化"、"市场化"这样一个宏大的时代背景。"审美日常生活化"论者，其立论的当下语境也正是"全球化"或"后现代"，其学说内在的关键词也正是"技术"和"市场"。恰恰这些问题上，以及在对待这些问题的态度上，无论是在中国或是在"技术化"、"市场化"、"全球化"已经遥遥领先的西方，其争论都还是方兴未艾。因此，在当下的中国学术界，展开关于"审美日常生活化"的讨论，应当是很有意义的。

技术在人类的生存空间以及审美活动中究竟应当占据何种地位？文学艺术向市场的妥协和依附将付出哪些代价？全球化是否已经成了无法选择的既定模式？这场"深刻的美学革命"中是否还忽略了哪些深刻的东西？关于这些问题，国内外学术界其实已经有过许多的相同或不同的论述，这里，我只能谈一谈自己的一些粗浅看法，或许会给这场讨论制造一点冲突，增添一些气氛。

（一）关于技术化：价值在技术进步中颠覆

在"审美日常生活化"论者看来，引发这场美学革命的动力是"技术"，是现代高科技含量的科学技术，如电子、数字、网络的图像制作技术，复制技术，传播技术等。正如一位文章作者揭示的："在我们时代，人在日常生活过程中的视觉感受范围、程度、效果等，已经不仅仅取决于人的眼睛本身的自然能力，而是越来越受到一定技术力量的控制——看什么、不看什么或怎么看，是由所看对象的技术构成因素来决定的。因此，对于视像的生产来说，它在多大程度上、多大范围内实现自己的实际效果，往往也直接同其对于技术的有效利用联系在一起……如果说，视像的生产强化了当代技术对于人的日常生活的介入，那么，通过视像的生产，当代技术前所未有地在人的日常审美领域获得了自己的审美话语权。"①这里的判断基本上合乎当前审美生活化的实际。

但是，如果这股强大的技术力量并不全是那么美妙、善意，甚至还带有某些负面的影响，甚至还携带着不同程度的促狭、阴邪和险恶呢？综观以往的科技发展史，技术曾经给人类带来那么多的福祉，那么多的便捷、舒适和享乐，技术也曾给创造发明了它的人们酿造出那么多的麻烦、伤害和灾难（例子就不用多举了吧？比如火药、农药、原子弹，以及网络、克隆、转基因）。那么，由技术推动并引导的这场"美学革命"也许就不那么让人乐观了。

人类在进入现代社会后，随着科学技术的飞速发展，人们对科学技术的反思与批判相应也在日益高涨；当然，科学技术也没有因为遭遇到批判而停止了自己的发展。但最初呈现的问题（包括中国的那位"抱瓮老人"关于"功利机巧必忘夫人之心"的忧虑）一个也没有解决，反而愈演愈烈，因此，批判也就仍然没有失去意义。

最初的批判，例如斯宾格勒、雅斯贝斯以及霍克海默、阿多尔诺等人，倾向与把技术看作由人类把握、支配的工具和手段，技术的弊病在于它把自然当作了与人对立的存在，可以凭借工具任意掠夺、改造的对象。随着技术的节节胜利、人们对于技术的认同，人也把自身当作了工具和手段，把别人当作剥夺和

---

① 《文艺争鸣》2003 年第 6 期，第 7—8 页。

掠取的对象,这就是人的"异化",也就是那位中国老人所说的"有机事必有机心",那也成了世界败坏的根源。

更为深刻的批判来自海德格尔。他把审视的目光对准现代社会中"技术的本质",在他看来,技术不仅仅是人类达到目的的手段和工具,技术还体现为人与自然之间真实存在着的一种"关系法则"。在现代社会里,人们并不总是能够控制他所发明的技术,更多的时候人反而陷入了技术的"框架"之中,技术控制了人。在高速发达的现代技术面前,人进一步沦落,成了工具的工具。

法国当代思想家埃德加·莫兰则进一步分析了造成"技术控制了现代人"的原因,那时因为"人的认识论已经被技术化",技术因此变成了以合理性自居的、无意识的、被普遍化了的认识论的支柱。① 技术的本性是"操纵"和"摆布","我们随着技术的发展发明了新的和十分微妙的操纵的方式,在这种操纵方式中对事物的操纵同时需要人类接受操纵技术的奴役。"② 还不止是"认识论",莫兰说微电子技术、数字与网络技术已经为我们的社会建造了一个"神经系统","这个神经系统与我们身体上用来控制我们细胞的神经系统同样灵敏"③。那其实就是说,技术不但控制了我们的认识论,同样也控制了我们整个的神经系统,控制了我们的视觉、听觉,控制了我们的趣味和爱好,控制了包括我们用来审美在内的一切知觉和情绪。莫兰说,现代技术已经成了一个"怪物",这个怪物怪就怪在它就是我们自身的一部分,而我们也是它身体的一部分,人,以被征服的方式与技术"一体化"了。

莫兰的结论,与我们上边摘引的"审美日常生活化"论者的表述其实是完全一致的,不过是"技术与人的一体化"被置换成"审美技术与日常生活"的一体化。二者之间所不同的,仅只是对此做出的价值判断及所持的态度。"审美

---

① [法] 埃德加·莫兰:《复杂思想:自觉的科学》,北京大学出版社 2001 年版,第 79 页,第 83 页。
② 同上书,第 81 页。
③ 同上书,第 85 页。

日常生活化"论者欢呼这是"一场深刻的生活革命"、"一种新的日常生活伦理"的诞生;而在海德格尔、莫兰们看来,在技术的全面控制中,人可能变得毫无保障,人可能"在虚无中被击得粉碎";①这"不仅是一个思辨的问题,而且是一个对于人类的前途生死攸关的问题。"②

同样看到了"技术对人的控制",对此做出的价值判断竟如此不同。

人们的价值观念怎么会呈现出了如此巨大的相悖?我再一次想起了马克斯·舍勒的《价值的颠覆》。

舍勒在他的前期现象学研究中,曾经围绕信仰、哲学、科学三者之间地位的消长、关系的变化进行了多方面的剖析,从而得出了这样的结论:在古代,"哲学"是"信仰"的婢女,同时却又是"科学"的女皇。作为婢女和作为女皇都是哲学的荣誉。"经过一段漫长的时间,哲学由作为信仰的'自觉自愿的婢女'渐渐地变成了信仰的潜越者,并同时成为科学的婢女"。③ 在古希腊时期,信仰代表着绝对价值、终极真理,哲学是关于世界的基本的解释,科学只不过是关于具体事物的证实。自文艺复兴运动和启蒙运动以来,随着科学在实证、实用领域的节节胜利,尤其在技术应用领域的胜利,信仰开始被指责为一种虚妄,上帝被宣布为已经死去,尘世中"现兑现"的及时享乐取代了宗教中对于来世幸福的许诺,哲学——无疑也应当包括美学——抛弃旧主迎合新贵转而为科学技术的统治寻求合理性的依据。舍勒断定这是一次严重的价值取向的"颠倒":

> 哲学与信仰和科学之间的新型关系颠到了欧洲精神形态曾经达到的真正关系,这种颠倒既深入彻底,又影响广远。

① [荷兰] 舒尔曼:《科技时代与人类未来》,东方出版社 1995 年版,第 112 页。
② [法] 埃德加·莫兰:《复杂思想:自觉的科学》,北京大学出版社 2001 年版,第 86 页。
③ [德] 舍勒:《价值的颠覆》,生活·读书·新知三联书店 1997 年版,第 298 页。

使哲学成为一种与信仰为敌,甚至要取代信仰的"世俗智慧"(文艺
复兴)和越来越成为不是这种、便是那种科学(如几何学、数学、心理学
等)的低贱的奴隶和妓女,这样两种过程是同时进行的……只有作为信仰
的"自觉自愿的婢女",哲学才能保持住作为一切科学的女皇的尊严;如果
哲学胆敢充任信仰的主人,那么它必须成为"一切科学"的婢女,甚至奴隶
和妓女。①

在舍勒看来,这个"颠覆"过程,还同时表现在道德领域、制度领域、历史领
域以及艺术领域。在一个以"效率"和"进步"为尺度的社会环境里,体现不出
"效率"的哲学和展示不出"进步"的宗教都沦为被冷落被淘汰之列,只有不断
生产出大量物质财富与不断更新换代的科学以及技术,才有资格坐上"皇帝"
的宝座。

站在舍勒的立场上看,这种因科学技术进步引发的"审美日常生活化",不
但不是人类的进步,恰恰是人类价值的一次令人忧虑的颠覆。

(二) 关于市场:"看不见的手"究竟是谁的手

"审美日常生活化"论者认为,人类已经进入了一个消费时代,"消费成了
一切社会归类的基础,也成了一切文化艺术活动的基础",人们消费时装、消费
别墅、消费汽车、消费明星、消费化妆品,人们同时也在消费广告、消费图像、消
费品派、消费符号,"艺术活动日益深入地市场化、商业化与产业化","审美日
常生活化"的进程就是依靠市场化推动的。这部分学者认为,审美的日常生活
化,是由于人民大众日益增长的审美需求决定的,这种审美需求源于"人们对

---

① [德] 舍勒:《价值的颠覆》,生活·读书·新知三联书店 1997 年版,第 298 页,第 299 页。

个体欲望的满足"。欲望—消费—市场—产业化，构建起一个顺理成章的逻辑链条。"个人的欲望"、"身体里的享乐天性"成了这现代文化产业流水线的动力。因"消费"引发的"身体的快感"，这种"快感"几乎成了一种"瘾嗜"，既"征服"了人们对于实际需要的判断，也有效地阻断了快感向着诗意的升华。于是，"消费型的快乐美学"也就成了我们时代的"感性特征"，成了足以对抗"康德理性主义、道德主义美学"的"新的美学原则"。

以上关于当前社会审美现象的表述，大体是符合实际的，但是，却有着进一步深究的空间和必要。比如，究竟谁是那只"操控和拨弄"着审美日常化、艺术产业化的"无形的手"？究竟是一部分人的需要，还是大众的需要，还是市场开拓、资本增殖的需要？

在我看来，人的需要，尤其是人的物质性的需要，其实是有一定的限度的，或者说应当有一定限度的。人的精神需要，并不总是以消耗大量的物质资源为代价的。在现代社会中，花样翻新、层出不穷的商品似乎在不断地满足着大众日益增长的需求；其实，只要看一看每天电视上汹涌而来、气吞山河的广告，就不难感觉到：那看似永无止境的"大众的需求"恰恰是市场的需要，日益增长的欲望多半是产业制造出来的。在商店里甚至我们的家庭里，除了拥有大量用过就扔的一次性商品（包括那富含艺术与审美质地的包装）外，还有不少是不买也可以，买了也无用的"冗余性商品"，"购买"，已经不是出于实际的需要，"购买"的固有意义已经不复存在，"购买"行为本身已经成为一种快感，一种类似于"抽烟""酗酒"的"瘾嗜"。此时，大众实际上完全是由广告、商品、市场控制的，是由广告商、传媒人、经纪人、管理者、投资人控制的。如若进一步追索，在这一切的后面，则是一套精心算计、精确运转、久经考验、百试不爽的资本的经营体系、金融的运作法则、货币的实用数学。在这个欲望交织着迷乱、快乐交织着疯狂的现代消费社会中，所谓大众的确是"感性"的，然而却是被操纵、被拨弄的；操纵、拨弄着这一切的"金融"与"货币"，即那只"看不见的无形之手"，则是绝对理性的。埃德

加·莫兰在谈到现代社会技术对人的控制时说过的一段话,也许可以用来说明市场对大众的控制:

> 控制意味着被控制的对象总是以为他在为自己的目的工作而不知道事实上他是在为控制他的人的目的效力。因此羊群的首领——一头公羊,以为它一直在控制着它引导的羊群,而实际上它是在服从着牧羊人的意志,而最终来说是服从着**屠宰场的逻辑**。①

这种"屠宰场的逻辑",作为一种工具理性和商业智慧,比起康德的审美理性与诗性智慧来,已经失去了许多温情与友善,而变得更坚硬、更冰冷了。用 F. 布罗代尔的话说,这是一种现代休闲娱乐产业"硬造出来的文化"。②

(三) 关于生态: 那也是精神与情怀

"审美日常生活化"论者指出:"文化的转向又一次把'生活'作为文化拉回美学与文艺学的视域。它所关注的是全球化、视觉、图像、媒介、传播、性别、新历史、后现代、后殖民、文化研究、时尚、身体甚至经济、技术和产业。"③新的审美原则关注的视域,几乎包笼了当下时代生活的各个方面,然而却惟独遗漏了"生态",这不能不让人感到深深的遗憾。或许,这和"审美日常生活化"论者所选择的"消费主义"立场有着必然的联系。岂不知,我们的美学家们向人们推荐的那些新型的"审美消费文化",如汽车文化、居室文化、旅游文化、度假文化、超市文化……同样是需要大量自然资源来支撑的,在我们这个人口众多

---

① [法] 埃德加·莫兰:《复杂思想: 自觉的科学》,北京大学出版社 2001 年版,第 80 页。
② [法] 布罗代尔:《资本主义的动力》,生活·读书·新知三联书店 1997 年版,第 102 页。
③ 《文艺争鸣》2003 年第 6 期,第 14 页。

而自然资源严重匮乏的国家,更不能忽略了这一点。

人类日常生活的消费,几乎注定要以自然资源的消耗为代价。就是这样一个浅显的道理,人们竟是在遭遇到严重的生态危机之后才明白的。比如,在当代社会以6%的速度发展国民经济的同时,自然界的淡水生态系统却在以6%的速度失去;当人们获得了五花八门的娱乐方式时,生命基本需要的空气与水源却成为严重的问题。那些精明的工业社会的主宰者开始反省:"市场上一味的有利可图"在人类社会发展中却是"不可持续"的。简单地说,这样的经营也已经违背了资本运营的"会计原则"。

有一本题为《自然资本论》的书,①书的作者是西方的企业家、总经理,他们正是出于对严重损耗的自然生态状况的忧虑,建议把原先被人们忽略的自然因素、环境因素打入生产运营的成本核算,所有生产者与消费者都还必须向自然支付一笔额外的补偿。他们还精心设计了种种"科学的"、"技术的"方案,如"以商品的租用制取代现行的商品销售体制","以洗衣公司取代一家一台洗衣机",还有,"向蜘蛛学习生产纤维、向鲍鱼学习生产陶瓷、向硅藻学习生产玻璃"等,试图以此节约"自然资本"的投入,维护生态环境的安全。无论这些措施是否切合实际,这些企业家们的用心都是令人感动的。

与此同时,我还读到另一本书,题目是《精神经济》,②作者是我国的一位经济学博士、江苏省政府办公厅的一位年轻官员。本书作者表明,早在18年前,当他还在读大学三年级时,就已经看到了"影视业""广告业""畅销书""主题公园""文化娱乐业"丰盈的货币价值,提出了"精神经济""精神资本""泛精神产品""产品泛精神化"等概念,并系统地提出"精神生产产业化"的设想。同时他还上书党和政府,建议"尽快实现精神生产事业单位的企业化","加快

---

① [美]保罗·霍肯等:《自然资本论》,上海科学普及出版社2000年版。
② 李向民:《精神经济》,新华出版社1999年版。

培养适应新的精神经济时代要求的新型专门人才","鼓励艺术家以其成果和其他无形资产折价入股,直接参与企业经营和分配,形成精神生产的激励机制"等等。他的这些"消费文化""消费艺术""消费精神"的商业思想,较之迈克·费瑟斯通的后现代的"审美日常生活化",应该说是我们中国本土的原创,庶几可以看作本土"审美日常生活化"的先驱。

然而,对照两本书的主旨:一是在认真劝说技术、资本、市场向自然和生态做出积极的让步;另一则是全力诱导艺术、审美与文化向市场、货币屈膝臣服。当西方的资本家已经意识到"生态"的"绝对价值"与"最终意义"的时候,我们的理论家却还在把技术和市场看作战无不胜、攻无不克的法宝。况且,我们的技术和市场基本上还是粗放型的,据有关部门统计,我们国民经济增长率的75%是依靠资源与环境的超额投入为代价的,对于我们的社会发展来说,潜伏的生态危机更不容忽视。

自然与生态当然不只是资源和资本,它同时还必然蕴涵着一个时代的人的情感、伦理、信仰、精神。时下,当人类的生命安全受到某些"怪病"的威胁时,人们不是从自身寻找原因,更不愿矫正自己的生存理念和生活方式,而是归咎于那些孤苦无助、已经落入人类严格掌控之中的动物身上,动辄杀死、烧死成百上千万只的牛、羊、鸡、鸭,现在又轮到了果子狸与某些候鸟身上。仿佛这些都不是活生生的生命,只不过是超级市场里的一种"货品"。伟大的阿尔贝特·史怀泽曾经郑重指出,"同情动物是真正人道的天然要素",[1]"由于敬畏生命的伦理学,我们与宇宙建立了一种精神关系。我们由此而体验到内心生活,给予我们创造一种精神的、伦理的、文化的一致和能力,这种文化将使我们以一种比过去更高的方式生存和活动于世。"[2]现代社会对于动物以及人类之外的其他物种的蹂躏与虐杀,已经远远超过以往的任何时代,仅此一点,所

---

[1] [法] 史怀泽:《敬畏生命》,上海社会科学院出版社1995年版,第2页。
[2] 同上书,第8页。

谓的"人类文明的进步",也该大大地打一个折扣。在 A. 史怀泽看来,这不但不是"文明的进步",甚至还是一场"文化灾难"。其原因就在于我们社会的"物质文化的发展"超过了"精神文化的发展",精神陷入对于物质的过度"依赖","现代人已不再有思考和实现一切进步理想的压力。他已对现实做出了广泛的妥协和过分顺从……他实际上已不再相信仍然是文化本质的个人和人类的精神和伦理的进步。"①

现代社会的生态问题是一面镜子,它逼真地反映出,包括"知识精英"在内的现代人对日渐衰微的"精神"和"伦理"已经失去信心。我们无意顽固地与"技术""市场""实用""享乐"为敌,我们担忧的只是"无视于伦理的技术","遗忘了人性的市场","抛弃了理想的实用主义","背离了精神取向的快乐主义"。当一个社会普遍失去了对于生命的同情、失去了对于自然的敬畏、失去了对于生态环境的责任、失去了对于进步与发展的反思、失去了对于现实的超越与憧憬时,那还不是一场真正的"文化灾难"吗?

传统的"审美精神型"的文化艺术应当说是更容易与自然相处的,就像李白的诗歌、歌德的诗歌、曹雪芹的短篇小说、托尔斯泰的长篇小说以及齐白石、张大千的国画、柯罗、凡·高的油画更容易与太阳、月亮、山川、河流、花鸟、虫鱼、白桦林、向日葵友好相处一样。人们在日常生活中创造、欣赏这些审美文化时,无须消耗很多自然资源的就可以获得一定的愉悦与享受。如今可好,连这些也要全部打进文化产业,纳入市场运转,攀比市场利润,那么,自然与生态的最后的一块充满活力与柔情的"生境"也将被现代工业社会"硬化"起来了。

"把精神变作文化,把文化变作产品,把产品变作金钱"——这条精神文化的生产流水线的存在与发展无可厚非。但这并不是一个社会精神文化活动的全部内容,我们还应当"叩其两端":一端是精神创造的源头,那还应当是民族

① ［法］史怀泽:《敬畏生命》,上海社会科学院出版社 1995 年版,第 50 页。

与个人的质朴蕴藉的心灵；一端是精神生产的收益，那不只是会计账目上的一串数字，还应当是人性的丰富与提升。如果精神生产的机能仅仅限于"高科技的制作"，如果精神消费的目的仅仅限于"身体的享乐"，如果精神市场的核算仅仅限于"货币的增殖"，如果经济利益的攫取总是凌驾于精神境界的提升，那么，所谓"人类的末日"恐怕真的也就不远了。而且，那还是爱因斯坦曾经警告过的那种"末日"：人类还没有灭亡，但人心已经死去。

（四）关于全球化：并非清一色的话题

"审美日常生活化"论者一再表明，这一论题提出的话语背景是"全球化"以及中国面对"全球化"的社会转型。"日常生活的审美化以及审美活动日常生活化是在当代全球化的市场条件下通过产业化和高新技术实现的"，飞速发展的高科技是"全球化"的动力，全球统一的市场则是"全球化"的主要表现形式。"全球化"是大势所趋，是人间正道，是历史必然，包括文学艺术在内的人类文化"如果不与高新技术与经济的革命性突破相结合，就会被飞速发展的现实世界淘汰出局"。① 因此，文学艺术的技术化、产业化、市场化也就成了文学艺术发展的唯一出路。

当前，无论是中国还是世界的其他地方，由高科技推动的市场化都在以波澜壮阔、气吞山河的声势迅速推进着。我们的美学、文艺学当然不能无视于这一严峻的现实；但在如此严峻的现实面前，我们更不应当放弃多方面的思索与寻觅。

首先，全球化究竟是怎么一回事？是不是就是全球齐一化，就像当年我们的毛泽东主席在他诗歌中向往的"环球同此凉热"？如果真有那么一天，地球

---

① 《文艺争鸣》2003 年第 6 期，第 15 页。

的南极、北极与赤道都是一样的平均温度,那么地球生态系统反倒一天也难以运转了。

其次,作为人们的一种善良的愿望,"全球化"不但由来已久,而且立意众多,并非一个清一色的话题。

早年由马克思提出的"全世界无产者联合起来"、"让红旗插遍五洲四海"的共产主义学说,无疑也应当是一种"全球化"的理论。那是一种突出无产阶级政治的全球化理论,我们不妨称作"红色的全球化理论"。

现在的以科技、资本、市场为推动力的全球化,其实早从哥伦布发现新大陆、麦哲伦环球之行,从白种人到美洲、非洲屠戮黑种人、红种人,从英美殖民者凭借着坚船利炮向中国兜售鸦片以攫取白银,从日本人积极筹备"大东亚共荣圈"时就已经开始启动了。与"红色"的革命全球化相应,我们可以称其为"白色的全球化理论"。目前所向披靡、风行于世的,正是这种性质的全球化理论。那位美国籍的日本裔学者福山更是认为,除了垄断的资本与自由的市场,人类社会再也无路可走,这就是"历史的终结"。

活跃于当代欧洲社会的英国政治经济学家吉登斯则远没福山那么乐观,他既看到了西方现代资本主义社会体制的"高效益",同时也看到了它岌岌可危的"高风险"。为了规避这些潜伏着的风险,吉登斯聪明地希望把社会主义运动的某些经验教训整合到资本的运营机制中来,希望以活化传统、反思现代、关注生态、尊重个性来润滑技术与资本对人的控制与操纵。因此,有人把吉登斯的理论称作"粉红色的全球化理论"。

按照詹姆逊的说法,"全球化"也就是"后现代",那么,拉兹洛的"生态后现代理论"与格里芬的"建设性后现代理论"则是一种与上述理论都不相同的"全球化理论"。他们主张在现代社会之后建立一个明智的、灵活的、既利于地球生态系统的养护,又利于人类社会全面发展的世界新秩序,"后现代是一个生态学时代"。在这个新的时代里,人们对财富的凶猛角逐将受到遏止,人们将"把对人的福祉的特别关注与生态的考虑融为一体","不再让人类从属于机器,不再让社会的、道德的、审美的、生态的考虑从属于经济利益"。① 于是,有人又把这种理论称作"绿色的全球化理论"。

除了上述红色、白色、粉红色、绿色的全球化理论外,甚至有人戏称还存在一种"黑色的全球化理论",那就是正在向着全球蔓延"恐怖主义"。

全球化的道路并非一条。"天若有情天亦老,人间正道唯市场",难免有武断之嫌。包括文学艺术在内的人类的审美活动是否注定要全盘听命于资本与市场的摆布、调遣,也应还有商讨与选择的空间。

比较周全的对策是,在张扬"审美的日常生活化"的同时,也别遗弃了"日常生活的审美化"。人世上,毕竟还有不能上市、不能卖钱的东西。况且,"日常生活"的意义也并不全在视听与口腹的享乐。审美的技术化、实用化、市场化、产业化只应是一个健全社会的审美活动的一个方面,一个较为易于控制、操作的方面。审美对于每个人来说,毕竟还是一种复杂隐秘、精妙神奇的心灵活动、情感活动,一种内在的、自足的、本真意义上的生存状态,一种不断超越自身的精神提升。大约不会有人否认,后一种意义上的审美活动早在科学技术仍然十分落后的时代,早在资本市场非常不成熟的社会里就已经生根发芽、开花结果,而且结出了至今难以逾越的丰硕而又美好的人类精神果实。

我并不反对包括文学艺术在内的审美活动去搭载技术与市场的时代列车,但我更不愿现代社会的人们在审美与文学艺术活动中放弃精神的守望;我不赞成审美对市场的一味妥协与臣服,我更希望看到一种与人类精神、与自然生态保持和谐的审美原则,一种"诗性的智慧",能够渗透到科学的领域、技术的领域、产业的领域,甚至市场的领域、资本的领域,让审美的原则在我们的日常生活乃至时代生活中发挥指导作用、支配作用。

---

① [美]大卫·格里芬:《后现代精神》,中央编译出版社1998年版,第3页。

这看上去更像一个乌托邦,一个审美化了的生态乌托邦。在强大的现实面前,这又是一个多么脆弱与渺茫的梦幻。

但是,如果一个时代连文学和审美都失去了梦幻和想象,那么,这个时代还能算是正常的吗?

(《文艺争鸣》2004 年第 3 期)

价值选择与审美理念

——关于"日常生活审美论"的再思考

  《文艺争鸣》2003年第6期发表了王德胜、金元浦、陶东风等教授的一组关于"日常生活审美化"的文章,拜读之后,颇有些抵触情绪,便一反常态地主动发难,写了一篇万把字的文章,寄给了《文艺争鸣》编辑部,这就是发表在2004年第3期上的《评所谓"新的美学原则"的崛起》一文。

  这标题很有些"霸气",文章登出后,把我自己吓了一跳。

  文章寄出时,我使用的标题原本是"日常生活审美化与审美日常生活化",后来,责任编辑朱竞女士来电话说过于平稳、平淡了些,我接受了她的建议,将标题更改为《拒绝妥协——兼谈日常生活审美论的价值取向》,朱竞女士认为很好。至于"妥协"还是不"妥协",那只是自己的一种姿态,不至于伤害了讨论的对方。文章发表后最终使用的标题,却是我没有想到的。况且,那口气与以往文坛猛烈批判我的朋友孙绍振先生时极为相似,这使我很"窝心",也很懊恼,当即便给金元浦、陶东风、王德胜三位教授写信道歉,我不愿意除了对问题的讨论之外,在感情上对对方造成任何伤害。这里,就文章的标题,我再次公开请求三位教授谅解。回头再想一想,办刊物也不容易,尤其是办一份学术性的争鸣刊物,希望争辩双方能够"火爆"地捉对厮杀起来,多几分看点,其用心良苦也是应该得到理解的吧。

东风、元浦、德胜在各自的学术领域都已作出了突出的贡献,他们虽然比我年轻一些,却为我素所敬重。近日看到他们发表的一些"反批评"的文章,尤其是德胜教授的《为"新的美学原则"辩护》一文,我也在反问自己:莫非我已经老了?我想起,早年我那白发外婆从乡下来到城里看女儿,在我们那个四合院里怎么也住不惯,住不到三天,就要返回她那贫寒、简陋的黄泥茅屋;而几天前,我到深圳女儿家,在这对"艺术白领"精致的现代公寓里,其生活节奏、生活方式却让我一天也难以忍受。我想,我真的已经老了。当代的一个流行口号是"与时俱进",一家报纸上的标题更形象——"坐在汽车里,奔向现代化"。而我近年来写下的那些东西,从海德格尔到舍勒、西美尔、到庄子、老子,差不多总是向后看,像一个"倒骑在毛驴上的张果老",实在不合时宜。

坦而言之,我的那篇文章,与其说是与三位学者争论,毋宁说是我自己的一个交代,并以此消解一下自己心中的块垒。然而我仍然不能说服自己顺从时代的大潮,不能完全赞同德胜们提出的"新的美学原则"中的许多观点。

在"美学"领域,德胜们是真正的专家,我自知思辨能力为先天性缺失,对于"美学"一贯心存敬畏,更少有深入的研究。现在既然自己逞能"鸭子上架",便不得不再"理论"几句,进一步袒露一下自己内心的一些想法。

一、 关于新的审美原则与技术力量

从德胜教授的文章中不难看出,其新的审美原则的主要支撑是新时代的"技术力量"。是的,技术不但可以是新的审美原则的支撑力量,也可以是一个新的社会、新的时代的支撑力量，比如，从石斧到铁斧，从畜力到电力，从齿轮、螺丝钉到激光、因特网。新的技术还会创造出新的审美文化，如电影、电视、卡拉 OK、电子游戏。尽管如此，我以为技术的进步仍然并不等于社会的进步与文化的进步，在审美的领域更是如此。

眼下正置中秋节，如今月饼的制作、包装、营销技术比起曹雪芹时代不知高明多少倍，然而，月饼中的文化内涵恐怕要比大观园里稀少多了。（原谅我概念思维能力太差，总是要说些"油条""月饼"之类。）

再以教育为例。近十年来，我们国家的教育处处呈现出一片新气象：新校区里的新楼铺天盖地，新院系里的新专业层出不穷，新学期里新的学生在成几何倍数地增加，甚至新的管理制度还在不断翻新，然而，较之以往，我们的教育质量是否取得了同样的进步呢？只能说，有些方面进步了，有些方面没有进步，尤其是人文精神方面。于是，教育界的有识之士时常还会深情地怀念起蔡元培时代的"老北大"、战火之中颠沛流离的"西南联大"。

技术的进步是直线的，社会的进步、文化的进步却不是那么单纯，某些方面可能前进了，某些方面也可能没有进步，甚至退化了、衰败了，那并不都是历史的必然，也许是由于人类选择的贻误带来的缺憾与无奈。

就审美文化而言，人类以往在某些领域取得的成就甚至就是一座峰巅，作为一种精神创造的极致，不能重复、不可逾越，似乎它只能被后人"膜拜"。比如，蒲松龄先生在他那间陋室里以毛笔草纸撰写下的《聊斋志异》，你可以把它印刷成精美的"连环画"，可以把它制作成精巧的"卡通光碟"，在我看来，无论是印刷图像或电子图像都依然无法逾越蒲松龄先生那些汉语言文字中蕴涵的审美精神。

我并不否认新的技术条件下会创生出一些新的审美理念、新的艺术样式。如美国动画片《怪物史瑞克》、日本卡通片《千与千寻》，受到了千百万观众的欣赏，我自己也看得兴致盎然。但细心品味，这些由现代技术精心制作的电子产品中，真正感人的力量似乎又是一种人性中古老、悠远的东西，那是人类几十万年、几百万年进化过程中积淀下来的东西,甚至是地球生物界几千万年演化生成的东西。对于一个民族、一个时代的审美文化来说,技术是一种力量,但终非决定性的力量,况且,也并非总是发挥积极作用的力量。现代工业社会把技术的力量抬高到伦理、信仰、哲学的思考之上,即舍勒所说的"价值的颠覆"。这一颠覆,在我看来是导致现代社会诸多病症的根源;在德胜教授看来,则是"客观的""必然的",因而"也是必要的"。这大约就是我与德胜教授的分歧所在,德胜教授的"新美学",也许该称作一种"技术美学",即技术力量占据主导地位的美学。

说到这里,反思德胜教授指称我为"劳动美学观",我觉得那是他的误读。我在前文中张扬的"炸油条美学",并非指炸油条的劳作或技术,而是指炸油条行为之上那种内在的、自足的情绪活动与精神活动。说我"唯心",庶几无差,劳动和技术是靠不上的。

二、 关于市场消费与审美快乐

记得在我的那篇文章中曾表示了对"过度消费"即"冗余消费"的担忧。在我的另外一些文字中,我也曾多次表示了对"消费社会"的担忧乃至谴责:当下都市生活中的这种超出实际需要的"购买"与"消费",一是耗费了地球的有限的资源,二是加剧了已经泛滥的垃圾灾难。此外,过度的消费即奢侈,还可能侵蚀了人们清洁健康的精神生态。我的这种理念当然是可以讨论的。

然而,德胜教授在《为"新的美学原则"辩护》一文中对此作出的辩护却让我产生了新的诧异。

他先是说:"如果仅仅出于'实际的需要',审美就不可能发生。人类审美本身就是一种超出了'实际需要'的快乐追求。"这话当然不错,我们以往非常熟悉的许多美学教科书中就是这样讲的，这也是为日常生活中大量审美现象证实了的。但接下来他又说："因此，当代社会生活中，超出'实际需要'的'购买'行为本身成为审美的快乐滋生地，也不是非法的——这不是一个伦理事实，而是构成为一种审美的事实。"紧接着他又援引他在《视像与快感》一文中的一段话说："原本作为日常生活的实际消费活动其实已从整个过程中退出，而转向了眼睛的快乐、视觉的流畅，以及由此产生的日常生活的满足感。人们流连忘返于这样的场所，由于既不需要任何实际的理由，也**无须任何实际的经济支出**，因而可以'无目的'而'合'享乐目的。"于是，审美与消费便因此建立一种良好的互动关系，"过度消费"不仅不是反伦理的，"而且成为一种新的日常生活伦理、新的美学现实。"

德胜教授的这段论述不能不使我产生以下疑点："冗余消费"或曰"过度消费"具有怎样的合法性。我以为这要看是什么"法"，是作为公民行为准则的宪法还是商业运营中的"销售法"，对于前者来说是允许的，因为你花的是你自己的钱；对于后者来说是受到鼓励乃至奖励的，随便到哪条商业街上都可以感受到。对于"生态法"来说，过度的消费却是应该受到监控和制止的。遗憾的是，这样的"生态法"目前尚不存在。

"审美的事实"与"伦理的事实"并非无关，在生态领域更是如此。一件美丽的裘皮大衣，如果它是从一些猞猁或雪豹身体上活活剥制下来的，那么，对于一个有良知的审美者来说，它的"眼睛的快乐""视觉的流畅"以及"日常生活的满足感"就会大大地打一个折扣。

德胜教授也许会解释说，这里的所谓"过度消费"并非"实际的消费"，比如，在超市里我可以"只逛不买"，只饱眼福而不掏钱包，只要"审美的快乐"而不做任何"实际的经济支出"。这似乎是可行的，因为我们这些穷教授以及穷教授的太太们都有过这方面的"审美体验"，超市的老板也不会因为你一次、两次没有购买他的货品而将你驱逐出境，因为他寄望于"您下次再来"。不过，这些"超市"绝不是老板们为了你的"审美快乐"开办的，如果人人、次次都不付诸"实际的经济支出",那么,不管多么有爱心的老板也都将关上那"超市"的大门,审美与消费的"互动"也就到此为止。在"超市"里,"审美快乐的孪生地"终究不是白吃的午餐。德胜教授的康德美学在商业社会的大老板那里,还显得过于天真、直率了些。

对于"审美的事实"来说,我以为倒也还有"白吃的午餐"。那便是"高天的浮云""幽谷的流水""松间的清风""秋夜的朗月",那便是"两个黄鹂鸣翠柳,一行白鹭上青天","日出江花红胜火,春来江水绿如蓝"……可惜的是这些审美的天然资源,已经被现代工业技术的"负面效应"和市场经济的无度开发污染殆尽、流失殆尽。沉醉于"现世生活快乐"的当代人对于这些"隔世"的"审美事实",也已经越来越疏远、越来越隔膜了。

然而,我还在憧憬、还在祈祷能够有一种"低物质损耗的高品位生活"普降人间。

三、 关于理性的霸权与感性的扩张

所谓"理性",在我看来严格意义上只能是一个西方哲学中的术语,它根植于柏拉图的"绝对理念"和前柏拉图的"逻各斯",在牛顿-笛卡儿的哲学体系中得到完备的阐释,并由此成为西方工业社会三百年来兴旺发达的主要思想依据。在汉语言文化中似乎还没有一个与此完全同义的字眼,即使宋明理学中的"理",也与这个"理性"有着重大的区别。

这里,我们不妨丢开学理的考据,姑且来一番就事论事。

德胜教授为新的审美原则设定的一个重要的学术背景,是摆脱"理性的霸权",寻求感性的满足。即他在文章中所说的:许多人常常陷于理性至上的观念,不愿同时顾及人类感性利益的满足、快乐欲望的满足。

且不说这一判断多少也还有些理性与感性二元对立的意味,仅从我们国家实际发生的社会现象看,问题也还要复杂得多。

从逻辑的设置上看,在"新的审美原则"诞生之前,我们国家应该存在着一个严重的"理性压抑"或"理性霸权"时代。在这一点上,我也可以说是有所同感的,如:没完没了的"思想改造"、持续不断的"政治批判"、不容置疑的"最高指示"以及文化领域的"全面专政"等,这些霸权式的理性的确压抑了人们感性利益的满足,压抑了人的个性的自由发展。但一旦社会生活中又接踵闹腾出红卫兵、红宝书、语录歌、忠字舞、早请示、晚汇报、架飞机、戴高帽时,究竟是理性的压抑还是感性的眩惑,恐怕就很难分辨得清了。

至于当前,其实不用德胜教授太费气力地为日常社会生活确立"追求感性享乐"的合法性,对于"感性快乐享受"的追求已经成为绝大多数人群心神向往的奋斗目标。其中,有贫困的乡村农民为争取基本生存条件的"雪中送炭";也有大都市中的富裕阶层为追慕更加豪富生活的"锦上添花"。与 20 年前相比,中国的社会生活的确已经发生了天地悬殊的变化。这一变化,用德胜教授的话说便是"人的感性生存权利的实现",是"抵御过往的制度化理性权力"的结果。

这一结论仍然有些似是而非。因为在我看来,抵御了"过往的"制度化理性权力,并非抵御了所有"制度化的理性权力"。因为,当下的人们在领取这份或多或少的"感性享受"时,终不得不接受当代"市场经济"与"货币体制"的管束和制约,而当代公司里的外籍领班,其手段威武严苛绝不比当年街道居委会里的小脚主任们稍有逊色。我读西美尔的书的一个最大的收获,就是明白了市场是理性的、货币是理性的,现代的"世界贸易组织"和"世界货币组织"都不是普救众生的浪漫故事,而是一些人高度理性化算计、运筹的产物。君不见,所谓"经济实力",已经成了当代世界的最高霸权。"新自由主义"的理论家提出的让"跨国公司"取代"民族国家"的设想,不过是让一种"理性权力"替换另一种"理性权力"而已。

由此看来,要将理性与感性清晰地剥离开来,不管是我还是德胜教授,都难。比如德胜教授文章中说起的"一部分人先富起来",自阶级社会以来，无论是理性占上风还是感性占上风,都早已经实现过。困难的是"让所有人都富起来",全都获得"享乐的生活",那恐怕光凭"感性"还不行,还必须引进一种强有力的观念或理念,或资本主义的,或社会主义的,或其他什么主义的。在"理性"与"感性"的历史性对峙之后,如果说还有一种整合二者为一体的更高的境界,在我看来那也许就是一种圆融了人类与自然的"生态精神"。

四、 关于强大的现实与理想主义

德胜教授在他这篇文章结尾时对我发出的一段劝慰,可谓语重心长,却令我无限感伤。他说:

> 面对"日常生活审美化"现象及其问题,美学需要的是能够解释问题的现实立场和态度,而不是某种理想主义的精神自慰。否则,"一个审美化了的生态乌托邦",在强大的现实面前,也只能是"一个多么脆弱与渺茫的梦幻"。

在当前我们的这个社会里,难道连美学、文学艺术也都不得不变得如此"现实"了吗?即使在审美和艺术创造领域,也已经不肯为"理想主义"留下一块容身之地了吗?

是的,"客观现实"的确是强大的。在大学的课堂上,我讲弗洛伊德、讲海德格尔、讲荣格、讲格式塔,讲人性的底蕴,讲精神的结构,讲诗意的栖居,讲大音希声、大象希形,讲言有尽而意无穷……近年来便时常会受到青年学子的质问:学这些有什么用呢?我差不多总是无言以对,因为我既不能为他们将来的职业选择提供可靠的许诺，更不能为他们现实的"感性利益的满足"增添些须的保障。更有趣的是，在一次"生态文艺学"的启始课上，我坦白地对选修这门课的学生说，你们听了这门课程之后，有可能削弱你们挣钱的欲望并因而减少你们过富裕生活的机会，你们不妨慎重地考虑。结果，第二次上课时果然便少了十多个学生。对此，我并不丧气，我知道你不能让所有人都去追求那种缥缈的诗意和结不出客观现实成果的理想。令我感伤的是，在"强大的客观现实"面前，我们的美学教授也变得如此客观起来、现实起来。

我至今仍然不明白，文学界为何如此厌恶、警惕、排斥"理想主义"和"乌托邦"，为什么非要把它和一个时期的政治捆绑在一起，甚至认定那是灾难的魁首、罪恶的渊薮。前些年，我曾经撰写过一篇题为《乌托邦之思》的长文，这里就不再絮叨了。

我持有疑问的还有，美学、诗学、文艺学究竟能够解决多少人类社会中的"客观实际问题"，不能解决实际社会问题的美学就注定没有意义吗。卢梭"回归自然"的呼吁，丝毫也未能劝阻一百年来人们背离自然、攻掠自然的步伐；里尔克"寻根故乡"的诗歌更阻挡不了如火如荼的移民热潮；泰戈尔对现代工业社会发表的近乎刻毒的诅咒，也没有能够削减他的国家、他的人民奔向现代化的热情。无论是他们的论说还是讴歌，期盼或是抗争，对于"强大的客观现实"来说，似乎都是脆弱的、无力的。文学，对于他们来说也许不过就是一种软弱无力的"精神自慰"，一种虚渺的梦幻。然而，五十年过去了，一百年过去了，甚至一千年过去了，多少现实的、感性的、消费的、享乐的东西都成了过眼云烟，而那些原本柔弱的、缥缈的个人"梦幻"却代代传递下来，至今依然缭绕、弥散在许多人的心头。从这一点看来，这种脆弱和渺茫则又是宏大与柔韧的，我曾经把它命名为"恢弘的弱效应"，这大约也正是人类精神的一种属性。一辈子刚强勇猛的日本导演黑泽明，老了老了又一口气拍摄了柔肠百结的《八个梦》，深情地追忆起儿时故乡渐入渺茫的狐狸和桃花、水车和彩虹，那也许正是"精神的回归"。

在世界的文学史上，卢梭、里尔克、泰戈尔、黑泽明们毕竟还算是一些成功者；现实生活中"精神追求的失败者"不知要比成功者多上多少倍，历史上并没有留下他们的姓名，他们默默的活着又悄无声息地消失，但他们也应该是人类精神长河中的传承者。在人类精神的天平上，更是不好以成败论英雄的。"知其不可而不为"，是现实智者的态度；"知其不可而为之"才是精神使徒们的行径。

说到这里，已经该尽快打住了。关于"审美理念"的种种争辩，也许还可以论证下去。不过，话说到这里，大约人们都已经可以明白，分歧的根源恐怕还在于生存价值的选择，正如怀特海说过的："所有最终的理由都是根据价值的目的说出的。"

价值的选择，并非由今日始，更不会因今日止。真实的生活总是有缺陷的生活，任何选择都不是十全十美的。

选择，并不总是选取，同时也意味着搁置与放弃。人不能什么都要，明智的选择还应当是主动的放弃。"茅草屋"虽然简陋寒碜，但是"节约能源"；"四合院"虽然陈旧过时，但是"亲合邻里"；现代的"豪宅、别墅"尽管已经成为现世人们渴求、仰望的"感性生活目标"，怕也不是无可挑剔的。至于二百年后人类将怎样生活，也许由于科学技术的发达，那时已经把一部分"先富起来的人"送上了另一个星球；也许由于生态危机的挤迫，人们在曼哈顿大街上又重新吆喝起牛车、马车来。

当然，所谓选择，并不是人们随意的，那必然是在一定历史条件下、一定生存背景之中的选择。现在说不准的，未来都具备一定的可能性，我们首先还是应当选择一种谨慎的态度。

最后，我想再说明一点：这里我对"新的美学原则"所作出批评，我不敢说就是对王德胜教授以及其他学者的"原意"的批评，我批评的只能是我对其原意的读解，其中仍然避免不了掺杂一些我的误读、误解。况且，这篇东西写定于旅途之中,材料的征引上更会留下一些错漏之处。我只是希望,我的这些所谓的批评文字,能够为诸位学者建树他们的"新的美学原则"提供一些或正或反的参考意见。

(《文艺争鸣》2004 年第 6 期)

文化生态与生态文化

——兼谈消费文化、城市文化与美学的生活化转向

新世纪十年以来,中国的文艺理论界先是掀起"文化"热,后来又渐渐冒出"生态"热,两股热潮尚未消退,谈论"文化生态"似乎又成了一个热门话题,想一想,倒也顺理成章。

哲学界有人认为,人类文化与地球生态始终是一对无法和解的矛盾。对此,我半信半疑,站在地球生态的立场上想一想,人类有史以来的文化的确存在不少问题,那些曾经威武雄壮、灿烂辉煌的文化,都曾对地球生态带来不同程度的威胁与损害。于是。我对于文艺理论界一些学者努力倡导的那些文化学说,就总是满腹疑虑。在那场波及全国的日常生活审美化讨论中,我写过两篇文章,作为"反方"的角色便被定格下来。

目前,日常生活审美化不但被认作新的美学原则,而且又被上升为美学的时代性的转向,即美学生活化、"生活美学"的兴起已经成为时代的潮流。其根据是感性主义的美学正在取代理性主义的美学,功利性的美学正在取代非功利性的美学,大众美学正在取代精英美学,过日子的美学正在取代书斋里的美学等等。还有人认为,这一切都意味着美学在走向进步,走向光明的未来。

我一再声明自己不曾从事专门的美学研究,对于国内一些美学家倡导的这种美学转向或新的美学原则也缺乏深入的探讨,仍处于学习领会的阶段,但我决不轻视美学在营造理想社会形态时肩负的重大责任,只是问题要复杂得多,不能把西方的某些美学理论套用到中国的现实生活中来。因为在我看来,目前的中国社会真的是一个史无前例、并世无双、负荷沉重而又发展迅猛的社会,有它自己独特的文化累积,历史路径,社会构架,时代错位以及蓄意的或无奈的选择。就美学领域而言,中国的审美文化传统与西方不同,不但不是理性主义的,其主流反而是感性的、感悟的、唯情的、会心的,即使到了现代,宗白华、朱光潜们也都没有全盘照纳康德的理性主义美学。中国的这种"感性的"传统审美文化,在许多情况下却又是非功利的、超功利的,如在中国美学史上影响巨大的老庄美学,则又和康德的审美无目的、非功利遥相呼应,却又比康德早了两千年。从中国的文化历史看,少有西方那样的美学专家及美学专著,但在中国人的日常生活中却从来不乏审美的实际应用,从苏州那些达官贵人的华美园林到北京平民百姓的素朴四合院,从宋代市井那些下里巴人的瓦子、勾栏,到明代那些被当代美学家赞不绝口的桌椅板凳,日常生活中无不透递出审美的意趣。至于平民化与大众化,在中国文化史上的确存在着与贵族化、精英化之间的鸿沟,但在现阶段中国社会文化生活中,"深入生活""表现生活""为人民大众服务""上山下乡""走与工农兵结合的道路"却一直是最高领导人和决策者的良苦用心,遗憾的是经过全民大规模的"科学实验",并未催生出多少可以向人夸示的当代文化,反而表露出许多反常与怪异来。所以,面对中国这样的历史和现状,运用任何一种西方美学的理论框架,恐怕都难以做出透彻的解析,确切的结论更不易得出。

　　有一点我认为是可以肯定的,那就是中国眼下的确出现了与以往大不相同的审美景象,在民众的日常生活中似乎从来没有出现过这么多被粘贴上美的标签的事物,中国的国民似乎还从来没有像现在这么热衷于美化自己的身体、美化自己的居所,稍不留神,我们就会一脚踏进审美的汪洋大海中:从拔地而起的高楼大厦到日新月异的汽车造型,从国家精心组织的规模浩大的会展、会演到中小学生们没完没了的生日派对,从无孔不入的商业广告到擦肩而过的时装女郎,从光怪陆离的游乐场所到包装精美的糕点饮料。"装修"与"整容"分别属于美化环境与美化身体,如今都成了最赚钱的文化产业。在这样的情况下,当代一些博学的美学家开始走出书斋,转向对于日常生活审美现象的观察与研究,表现出与20世纪50年代、60年代围绕美学基本原理展开的"书斋式"研讨的不同姿态,说是美学生活化、美学研究出现了时代转向亦无不可。问题仍在于如何看待这一时代的转向,学理上的分歧,往往还是价值观念上的差异、学术立场的错位。有两种极端的选择:是与时俱进、推波助澜、张开双臂欢呼这种审美新事物;还是瞻前顾后、裹足不前、对新出现的审美转向充满怀疑与恐惧?反视我自己,我无法否认我只能属于后者。

最近,一些学者开始将"美学范式的生活论转向"推展到"文化生态"的视野之下,希望从地域差异、传承演变、群落认同和文化空间等各种因素的联系中考察当代中国文化的特殊性问题,我认为这是一个有益的建议。[①] 一个时代的审美活动以及与其相关的美学研究毕竟不能脱离这个时代的文化生态。

在我看来,如果说现代中国人置身其中的自然生态欠债累累、危机重重,文化生态其实也远不理想。

近百年来,"五四"新文化运动曾一度扫荡中国传统"旧文化"、引进西方"先进文化",只是旧文化尚未细加甄别,新文化尚未扎下根来,连绵的战火便在中国大地燃烧了近半个世纪,在国、共两党长时期对峙的过程中,文化格局也不能不显得断裂破碎。在国统区的大城市里,中国的传统文化在苟延残喘、西方的现代文明在缓慢渗透,一群清苦执着的学者、教授尚在勉力维系着一丝文化脉息;在共产党占领的农村革命根据地,一种富于中国特色的革命政治文化在陕北的山沟沟里诞生,并显示出强劲的生命活力。随着政权的更替,新中

---

① 高小康:《生活论美学与文化生态学美学》,《文艺争鸣》2010年第21期。

国民众的文化认同遂一边倒向这一革命政治文化，一些思想头脑仍然留在"旧社会"的文化人，或被历次政治运动剥夺了继续从事文化研究的职能；或被彻底改造为适应这一革命政治文化需要的"新人"。应当说，这一革命政治文化对于共产党团结大众、打击敌人、夺取政权、巩固政权是发挥了巨大作用的，但日后也就显露出它的局限性。一是它要求文化绝对地服从政治、服务于政治；再就是它过于苛求文化的政治纯洁度，高度警惕异己文化的侵入，因而表现出强烈的排他性。从根本上讲，正是这些固有的局限性渐渐酿成持续十年、为害惨烈的"无产阶级文化大革命"，其结果正如大家公认的：文化大革命革了中国文化的命。其中被彻底革掉的是这样两种文化：传统文化与精英文化，而这两种文化的精神内蕴则是我们民族的道德底线与生存良知。

20 世纪 80 年代以来，在"拨乱反正"的旗帜下，这种以阶级斗争为纲、为现实政治服务的文化路线被纠正，代之而起的硬道理是发展经济、市场竞争，包括文学艺术在内的文化事业由为政治服务转而为发展经济服务。有一个在各级地方政府普遍倡导的口号"文化搭台，经济唱戏"，很能说明中国新时期文化遭逢的境遇。于是，电影电视、音乐舞蹈、文学戏剧、美术雕塑一概进入市场竞争，教育、体育、医疗、卫生等文化事业单位更成了上演经济大戏的舞台，甚至传承千载的佛教圣地、禅宗古刹也忙着要集股上市了！凡是与市场营销直接挂钩、容易产生经济效益、容易展现官员政绩的"文化"，都会迅速崛起；否则，不是被排斥，便是被忽略。在当前中国，并不存在丹尼尔·贝尔在其《资本主义文化矛盾》一书中所描述的文化与经济、文化与政治之间的冲突与抵触，文化事业的运作始终被高度集中的政治管理、高速提升的经济效益严密纳入同一轨道。加之当代中国文化久已丧失传统文化与精英文化的根基，所以，政策一旦开放，文化的功利化、娱乐化、市场化便如开闸放水，一泻千里，几乎没有受到任何阻力，似乎也用不着美学家们再去费心开导。

如果说在世纪转换的当口，中国人的审美意向同时发生了重大转变，或许那也只是从一种革命政治的审美文化转向市场经济的审美文化。相对于当年的阶级斗争、路线斗争文化,也可以说这一转变更贴近了人民大众的日常生活,审美日常生活化了。那么何谓美好生活？在当下国人的心目中,美好生活就是城市生活、高消费生活,于是消费文化、城市文化便成了时代文化潮流的主导、先进文化的典范,这两种相互强化的文化力量,实际上就是日常生活审美化的起跑线与助推器。但问题并不止于此,在日常生活审美化或美学生活化的后面,总有一只操纵着社会经济生产与消费的无形之手,那就是在中国日益做大的资本市场,这只手并不总是善良美好,反而常常把世间美好的事物包括审美文化以及那些一厢情愿的美学家、一心要让政绩漂亮的政府官员玩弄于自己的股掌之间。而消费文化、城市文化正是资本市场上下其手的最佳竞技场。

健全的文化生态应是由各种文化因素有机生成的文化网络,其中必然要包容那些相克相生的不同文化"物种"：物质文化,精神文化,科技文化,宗教文化,大众文化,精英文化,功利文化,超功利文化,消费文化,非消费文化,都市文化,田园文化……任何一种文化的缺失,都将带来文化网络的破损、文化生态的失衡,甚至酿成文化生态灾难。如今的文化生态危机,在我看来,恰恰是物质文化、科技文化、消费文化、城市文化的唯我独尊、急剧膨胀造成的。

费瑟斯通的《消费文化与后现代主义》一书,曾被我们国内倡导日常生活审美化的学者视为经典。我读此书的第一感觉是：费瑟斯通集中论述的"消费文化"仍然是在"资本主义的生产与市场"这一框架中展开的,只不过他在"物质产品"消费、"社会身份"消费的层面之上,更突显了"身体刺激""情感快乐"方面的消费,即所谓"审美快感的消费"。[①] 将感觉与心绪制作成商品消费,该是一种更彻底的消费主义。在资本主义社会机制相当成熟、完善的欧洲,尤其是英国,费瑟斯通关于消费文化的论述充满了自信与乐观;然而,从全

---

① ［英］迈克·费瑟斯通：《消费文化与后现代主义》,译林出版社 2000 年版,第 18 页。

球范围看,尤其是从中国的文化生成空间看,这个问题却显得非常复杂,而且不能不让人忧虑重重。像中国这样一个历来以清贫、节俭为美德的国度,如今一跃而成为地球上首位"奢侈消费的新型帝国",北京、上海在城市消费成本上均名列世界前茅,这无论如何并非吉兆,更不能看作正常现象。如果从地球生态的角度看,地球人类如果全都以此等消费为最美好的文化取向,那么地球生态系统的全盘崩溃势必将提前降临。

2006年秋天,在河南大学召集的"中英开封论坛"的研讨会上,我曾对费瑟斯通先生所倡导的消费文化提出质疑:就在消费意识与消费文化迅速向全球普及的同时,另一些"东西"也在迅速地覆盖全球,那就是大气污染、水体污染、资源枯竭、物种锐减、气候反常、怪病蔓延以及随之而来的民族冲突的升级、贫富差距的扩大、道德底线的失落、精神气质的沉沦、社会动荡的加剧。当然,我并不认为这全是费瑟斯通的消费理论带来的结果,我只是说,在探讨当下人类消费问题时,也应当同时关注到地球的生态状况。遗憾的是,在国内、国外的消费文化理论著述中,这样的关注并不多。因此我建议在《消费文化与后现代主义》这本杰出的著作之后,还应当有一部《生态文化与后现代主义》的书。像消费可以成为文化、文化也可以用来日常消费一样,生态也可以成为文化,文化也可以为地球的生态的养护做出贡献。

关于城市文化,我也存在着类似的疑虑。

就在这个暑假期间,美国长岛大学荣誉哲学教授、前任国际美学学会主席阿诺德·伯林特教授在北京世界美学大会闭幕之后,应我的邀请到苏州来。他是享有世界盛誉的环境美学家,尤其在人造环境领域有许多专门的、精湛的研究。在苏州的几天时间里,我除了陪同他考察了苏州园林、苏州旧城传统民居,还特意谈到城市文化、城市环境的审美化。

据统计,一百年前,人类的90%生活在农村的田野上,一百年后可能会有90%以上的人生活在城市中。城市化是人类的现实状况,也是人类社会现代化的象征,还被确立为人类继续发展进步的目标。近三十年来,中国在城市化道路上跑步前进,由 80 年代的 23%,到 90 年代的 35%,计划在十年内达到 50%,2050 年达到 70% 以上。到 21 世纪末,或许就将实现全球城市化。人们要过好日子,似乎非城市化莫属。但城市生活无疑又是地球物质与能源高度、快速损耗的人造机构,全球城市化也是全球生态足迹化,必将透支地球能够提供的生态资源。就中国目前的情况看,城市化不但已经给生态带来不少负面影响,同时还引发诸多社会不安定的因素,土地买卖、房屋拆迁、房价居高不下成了官员腐败、民众怨恨、社会动荡的根源。社会的进步是否注定人类要抛弃整个农业文明,抛弃曾经那么美好的田园文化?

伯林特教授也认为"多数情况下,城市化并非明智选择的结果",而是被诸多不良因素驱使的,如资本争夺、贸易扩张、国家的霸权主义、民众的享乐主义等。但他仍然认为全球城市化与全球市场化、全球资本化是同步的,因此,"城市化"是人类社会不可逆转的大趋势,人们别无选择。他自己所从事的工作,是改善人与自然的关系,尽量促使"现代城市"这个"工业机器模式"的大怪物,向着"生态系统模式化城市"转换,让城市更人性化,更符合生态观念,像苏州古代园林就是在城市生活中保存自然价值的良好方式。对于我的田园情结,伯林特冠之于"诗歌浪漫主义",他说他自己年轻时也曾浪漫过。我私下判断,伯林特毕竟是一个美国人,一个务实的、乐观的美国人。

伯林特的环境美学趋向于实用研究,他坚定地认为:艺术与审美将在超越"工业机器模式的城市化"、建设"生态系统城市模式化"的进程中发挥巨大作用。甚至,通过审美设计,纷乱的城市交通也可以变成"人类的现代芭蕾舞蹈"。作为一个从事审美与艺术教育工作的教师,我从理论上当然乐于认同这一观点。但面对城市化的现实,我不能不感到悲观。在强大的政治、经济、军事面前,艺术与审美永远处于弱势。目前我所看到的城市环境审美领域天天发生的事实,更多的不是艺术与审美在改变城市,反而是那种极度物质主义的、极度消费主义的东西在改造艺术家与一般民众的审美感知、审美体验、审美鉴赏力。这样的例子多不胜举。比如在苏州,也还存在着一些朱自清散文中描绘的"荷塘月色",但此类审美文化已经很难吸引城市人的眼球；而金鸡湖畔那座规模宏伟、耗资巨大的电子激光五彩音乐喷泉（不但喷水，还喷火，同时燃放焰火），每到双休日的夜晚，火光、烟雾笼罩姑苏城外半边天，观者如堵如潮，遂成为苏州工业开发园区一道耀眼的景观。就审美体验来说，前者更精致，后者更粗俗；就生态养护而言，前者生态损耗极少，后者生态支付巨大。然而，在苏州，后者已经赢得千万人的审美认同，尤其是已经完全俘获年轻一代的审美注意，而这绝非一个"孤证"。我担心，最终的结果可能是：审美艺术不但没有整治好城市，反而在现代城市经济、政治功能干预下被改造得失去本真的意义，失去生态的、人性的内涵，被同化到日益物化的现代都市文化之中，在城市日常生活中制造大量的"艺术垃圾"，进一步污染人们的视觉与听觉。像"荷塘月色"那样的自然风光，虽然更容易与人的审美感知相融合，而且生态足迹也会大大缩小，但由于与现代城市承担的政治经济、消费盈利功能相冲突，也不符合市场经济的会计原理，因此就会被那只"无形的手"轻易抹去——除非你把荷塘里的星光月色也当做商品纳入资本运行的轨道，那样的话又必然掉进商业化的陷阱。

对此，伯林特的解释是，审美不仅仅是对艺术的欣赏理论，而是关于感知能力的理论（aesthetics as the theory of sensibility）。现代社会的一些做法错误地利用了人类的知觉。他说这是对感觉能力的强行征用（co-optation of sensibility）。比如在许多城市广告中往往强行征用了人们的精神与情感、道德与尊严，以满足其商业意图，同时也就贬低了这些内涵。他说："我觉得现在所发生的一切就是'对感觉能力的强行征用'，感知美的能力被利用来做广告，或利用来制定对人的控制策略，将人转变成消费者，使得任何东西都必须服从一种消费逻辑。"（潘华琴博士据谈话录音整理）伯林特还曾指出："事实上，在市场主导的社会里，没有人民和市民的概念，而只有消费者。这种机制在市场经济下运行，不是根据需要而是源于欲望。这种机制擅用文化时尚和社会运动，并将它们转换成社会控制的工具。政治集团运用这一机制来获得并操控政治权力,经济利益集团运用它来影响消费行为和增加利润。"①显然,伯林特对于资本介入审美,也是不乏警惕之心的。比起伯林特,我仍是一个悲观主义者。在我看来伯林特的环境美学在改良城市环境的某些具体问题上的确可以发挥建设性的作用,但如果希望审美能够在城市中最终战胜强大的资本市场,那就有些类似于堂·吉诃德与风车之间的较量了,起码当前如此。

最近时常看到著名历史学家许倬云先生对当前中国文化生态发表看法,殷切的语气抑制不住内心的悲凉。他指出,中国文化的危机就在于"文化利用大量的资源,在表面上形成一个花团锦簇的世界","中国文化到了今天已经是只剩皮毛,不见血肉,当然也没有灵魂"。"许多学究以繁琐来文饰浅薄,以表面的口号文饰没有内涵。从改革开放到今天,中国没有在这一部分精神的境界、文化的境界上放下力气。"②谈到国民面临的生态状况,他说:"中国最大的危机是很快就要变成不能过日子的地方了,大多数河流都被污染,土地因为使用不当出现沙土化或者水土流失,我们很快就要面临生态的困难。可能到了某个时候,我们无可住之处,无可喝之水,甚至无干净空气,这个危机是极为严重的,政府必须要面对和处理它,我们老百姓也不能以歌颂盛世来麻醉自己。"此类生态困窘当然不是中国独有,但中国的问题尤其严重,"我们最好的产粮区土地现在变成了水泥覆盖的市区、道路和建筑物,江南一带本来是粮产丰富的粮仓,现在几乎不产什么粮食,要靠别处,甚至外国,运粮供应了。"至于一般民众内在的精神生态,同样令人心情沉重。"那就是大家都拼命赚钱,精神生活上相当空虚,不知道为什么活,也不知道大家应该共同遵守的标准和尺度在哪里。……过去一百年里,中国不断地丢失自己固有的价值观念,在吸收外面传进来不同价值观念时却又往往不能真正理解。我们现在的价值观念是个真空。"③许倬云先生的这些谈话其实也已经涉及本文标题所列"文化生态"与

---

① 摘自伯林特寄赠本文作者的文章:The Aesthetic Politics of Environment,梅雨恬译。

② 《许倬云谈话录》,广西师范大学出版社 2010 年版,第 127 页、第 130 页。

③ 《历史学家许倬云谈"2020,中国新十年"》,凤凰网、正义网联合访谈,2009 年 12 月 16 日·南京。

"生态文化"两个方面,话说得不怎么好听,但"忠言逆耳",应引起我们的警醒。

最后,我只想再重复一句:我们的文化生态已经严重失衡,如今若是谈论文化生态的健全发展,就再也不能忽视生态文化的存在了!

(《文艺争鸣》2010年第21期)

附录:

鲁枢元在"挑战全球知识——2006年中英开封论坛"上发言要点

挑战消费文化:鲁枢元认为,费瑟斯通无疑是对中国学术界产生重大影响的外国学者之一。他的《消费文化与后现代主义》一书,几乎被我们文艺理论界的许多同行奉为"圣经"。费瑟斯通是一位坚定的后现代主义者,他认为由文艺复兴、启蒙运动、工业革命开创的那个时代正在发生根本性的变化,那个时代赖以立足的整个知识系统——包括它的统一理性、普遍价值、时空观念和社会历史观念以及文化习俗、审美范式都正在接受严厉的审视。在这样一个背景下,费瑟斯通发起的对于固有的全球知识系统的挑战,不但气势恢弘,而且势在必行。

鲁枢元的发言重点则是从两个方面向消费文化提出挑战:

第一,消费社会不能为生态解困。以往那种工业生产型的现代社会已经造成了严重的、全球性的生态危机,那么,以消费,尤其是以消费文化为轴心的后现代社会,是否有可能减缓、挽回地球生态的进一步恶化呢?为了减缓地球对于人类社会的负荷,我们能否设想一种"低物质能量的高品位生活模式",以文化的、诗意的、艺术的、审美的生活旨趣取代现代人对于物质生活的过度的依赖？如果后现代的人们真的实现了以数码、符号、信息、图像的消费取代了对于地球有限的物质资源的消费,那么,人类面临的生态困境是否就可以迎刃而解了？

从中国当下的情况看,在我们这样一个仍然没有摆脱贫困的国家里,所谓"后现代"的消费已经来势汹汹,从移动电话、网络游戏、大型超市,到私家汽车、豪华别墅、洗浴中心、高尔夫球场、出国旅游……这些"炫耀性、挥霍性的消费文化"正沿着凡勃伦(Veblen)指出的"炫耀消费向下渗透模式",迅速扩展到大众的日常生活中。可惜的是,这些含有丰富文化性的消费,并不仅仅是一些数码、符号、信息、图像,最终都还是要凭借地球的宝贵资源来结账的。

第二,消费文化不能涵纳有意义的文化。炫耀文化以及消费文化对资本与市场具有高度的依赖性,而那些纯属个人的情绪、意向、憧憬、梦幻却很难像货币一样在市场流通,而这些属于个人潜意识的、心灵深处的东西,对于一个民族文化的生成与积淀却具有重大意义。从另一方面讲,那些在文化市场上红极一时、备受大众欢迎、给企业带来丰厚利润的产品,从文化的意义上讲并不一定具备优良的品质,甚至还可能是伪劣产品。资本与市场的运营可以及时生产出成功的消费文化、炫耀文化产品,而有意义的文化的生成并不全都能够纳入资本与市场的运营之中。

（摘自周敏:《挑战全球知识——2006 年中英开封论坛综述》,载《哲学动态》2007 年第 6 期;《河南大学学报》2007 年第 4 期）

消费文化与生态文化
——邂逅迈克·费瑟斯通

　　金秋九月,在开封我的母校河南大学举办的"'挑战全球知识'中英论坛"
上,我见到了英国著名社会学家迈克·费瑟斯通,一位颀长、清俊、风姿飒爽的
先生。

　　在21世纪初,迈克·费瑟斯通先生无疑是对中国学术界产生重大影响的
外国学者之一,他的《消费文化与后现代主义》一书,几乎被我们文艺理论界的
许多同行奉为"圣经"。我也曾在多年以前买过他的这本书,但当时并没有挤
出时间仔细阅读,甚至在我仓促介入国内"审美日常生活化"讨论并与人争得
不可开交的时候,竟也没有再去看看费瑟斯通的这本书。只是在开封会议之
前,知道要见到这位大学者,我才又把这本书找出来,逐章逐句地拜读一遍。
这时,我才明白,我们国内张扬"消费文化""审美日常生活化""美学新原则"
的学界才俊们的学术资源、立论基础原来都来自费瑟斯通的这部大作。看来,
我潜在的"对头"应该是这位英国学者。

　　然而,在开封举办的这次论坛,其议题却与"审美日常生活化"几乎无关。
目前,费瑟斯通正在以恢弘的全球视野组织一项庞大艰巨的学术工程:挑战

全球知识,重新描绘人类文化的知识图谱。他认为由文艺复兴、启蒙运动、工业革命开创的那个时代正在发生根本性的变化,那个时代赖以立足的整个知识系统——包括它的统一理性、普遍价值、时空观念和社会历史观念以及文化习俗、审美范式都正在接受严厉的审视。对于费瑟斯通的这一判断,我是完全能够认同的而且认为是势在必行的。近年来我发表的许多文章中也在极力论证"人类知识系统的更替""人类知识空间的位移",以及随之开始的"文学批评与文学理论的时代性转移"。(见《生态批评的知识空间》)但是,我从费瑟斯通的这本书中感受到,在做出这一判断的出发点及展开方向上,我与他却存在着分歧,而且似乎还是根本意义上的分歧。

费瑟斯通在其书中予以高度评价的"消费文化",显然是在"资本主义生产"这一框架中进行的,其支撑点,仍然是科学技术与市场经济。在这一点上,费瑟斯通的"后现代主义"与"现代主义"之间其实存在着更为亲近的血统。在他看来,后现代社会与现代社会不同的只是:科技是更高的科技,市场是更大的市场,生产由原来的生产物质变为生产文化,主导产品由原来的钢铁、机械、粮食、布匹变成数码、符号、图像、幻象,艺术与生活的界限因此而消失,文化资本将取代工业资本,文化的消费在很大程度上取代了物质消费,文化传媒人、影像制作人将取代老牌资本家、文化生产的企业家将成为新的社会生活的主宰。或者,更概括的提法是"生产型的资本主义"将为"消费型的资本主义"取代。消费,尤其是炫耀型的消费以及适度的铺张、有节制的挥霍就成了后现代社会的一个最为显突的标志。如果我的复述不错的话,这样的后现代社会似乎只是现代社会发展的极致,是资本主义工业社会发展的"高级阶段"。

在资本主义社会机制相当成熟、完善的欧洲,尤其是英国,费瑟斯通关于消费文化的论述充满了自信与乐观。"生产型资本主义"向"消费型资本主义"的过渡,的确使资本主义的经济再度走上令人羡慕的繁荣。然而,从全球范围看,这个问题却显得异常复杂而沉重。这是因为:在消费意识与消费文化普及全球的同时,在数码、符号、图像乘载着激光、无线电波迅速对全球覆盖的同时，另一些"东西"也在迅速地覆盖全球，那就是大气污染、水体污染、资源枯竭、物种锐减、气候反常、怪病蔓延以及随之而来的民族冲突的加剧、贫富差距的扩大、道德底线的失落、精神气质的沉沦。这显然也是一种全球化，环境污染的全球化、生态危机的全球化。面对这些划时代的灾难，"消费文化"恐怕是难辞其咎的。在消费文化之外，还应当倡导另一种文化，那就是"生态文化"。

然而，这次涉及人类知识大更新的中英论坛的议题中，却仍然没有明确显示有关生态的内容。而在我看来，生态视阈恰恰是改写人类知识图谱的一个至关重要的方面。

我有三个方面的问题向诸位请教。

一、消费社会与生态解困

以往那种工业生产型的现代社会已经造成了严重的、全球性的生态危机，那么，以消费，尤其是以消费文化为轴心的后现代社会，是否有可能减缓、挽回地球生态的进一步恶化呢？

费瑟斯通告诉人们："消费文化"所指称的是这样一种文化现象：商品的购买与消费这种原本是物质性的经济行为，现在已被不断弥散的文化影像（通过广告、商品陈列与促销）所调和、冲淡，而商品记号与符号方面的消费，反倒成了满足消费的主要源泉。由于人们对商品的消费不仅是其使用价值，而主要是消费它们的形象，即从形象中获取各种各样的情感体验和社会想象。比如独具匠心的广告就能把罗曼蒂克、欲望、美、成功与舒适生活等等各种意象附着于肥皂、洗衣机、酒类饮料品等平庸的消费品之上。文化产品与商品的供给、需求、资本积累、竞争及垄断等市场原则一起，运作于生活方式领域之中，成为经济统领下的社会文化景观。生活将变得富足而有趣。

我也曾经设想过一种"低物质能量的高品位生活模式",希望以文化的、诗意的、艺术的、审美的生活旨趣取代现代人对于物质生活的过度的依赖。（见《开发精神生态资源》）这与费瑟斯通先生倡导的文化消费以及审美的日常生活化似乎有着相似之处。如果后现代的人们真的实现了以数码、符号、信息、图像的消费取代了对于地球有限的物质资源的消费，那么，人类面临的生态困境也许会好转。

事实并不如此简单。从中国当下的情况看，在我们这样一个仍然没有摆脱贫困的国家里，所谓"后现代"的消费已经来势汹汹，从移动电话、网络游戏、大型超市，到私家汽车、豪华别墅、名牌服饰、高尔夫球场、跨国旅游……这些"炫耀性、挥霍性的消费文化"正沿着凡勃伦（Veblen）指出的"炫耀消费向下渗透模式"，迅速扩展到大众的日常生活中。可惜的是，这些含有丰富文化性的消费，并不仅仅是一些数码、符号、信息、图像，最终都还是要凭借地球的宝贵资源来结账的。举一个"包装"方面的小例子，在以往的"生产时代"，一个茶叶盒在一个家庭里可以用上 10 年；而在"消费时代"，同一个家庭一年时间会扔掉 10 个材质不一、设计精美的茶叶盒。现在的垃圾主要成分已经不是厨房的菜根果皮、鸡骨鱼刺，而是光怪陆离的"艺术垃圾"和"文化垃圾"，其分量也在与日俱增。

据最新消息报道，自 20 世纪 60 年代以来，人类对自然资源的消耗量仍然在直线飙升。60 年代人类每年对自然资源的需求相当于地球每年再生能力的 70%，80 年代则出现持平。随后，人类需求开始逐步增加，到了 2000年，人类对自然资源的消耗量已经达到 120%。预计到 2050 年，这一数字将升至 200%——这就是说人类在一年内消耗掉的自然资源，需要有两个地球提供才行。然而，人们从哪里才能获得另一个地球呢！近二十年来，中国多方位地采纳了西方社会的发展理念，包括西方当代的消费理念，甚至也包括费瑟斯通提出的"消费文化"的理念。底层的穷人一旦富贵起来，比起"老贵族"们的消费心态膨胀更快。近年来中国的变化是惊人的，据中新社

2006 年 7 月 28 日报道,世界最大的人力资源管理咨询机构"美国美世公司"当天早晨公布的一项全球城市生活消费成本最新调查,在全球 144 座城市中,北京名列第 14 位,上海排名第 20 位,远远超过了美国首都华盛顿,也超过了纽约和伦敦。"美国美世公司"当天早晨公布的一项调查表明,北京、上海在城市消费成本上甚至超过了美国首都华盛顿,"中国将要成为奢侈消费的新型帝国"。而这个即将成型的"消费帝国",可是一个拥有 13 亿人口的庞然大物! 即使中国大众通过努力能够攀上欧美国家中产阶级的消费水平,地球能够承受得了吗?

二、 文化生成与市场运作

炫耀文化以及消费文化对资本与市场具有高度的依赖性,而那些纯属个人的情绪、意向、憧憬、梦幻却很难像货币一样在市场流通,而这些属于个人潜意识的、心灵深处的东西,对于一个民族文化的生成与积淀却具有重大意义。从另一方面讲,那些在文化市场上红极一时、备受大众欢迎、给企业带来丰厚利润的产品,从文化的意义上讲并不一定具备优良的品质,甚至还可能是伪劣产品。更为常见的是,资本与市场的运营可以及时生产出成功的消费文化、炫耀文化产品,而有意义的文化的生成并不全都能够纳入资本与市场的运营之中。

应该看到,除了炫耀性的文化,还有内敛性的文化;除了消费欲望的文化,还有养护精神的文化;除了拿到市场上零售批发的文化,还有不计功利为人类的精神生活默默做出奉献的文化。如果把所有文化全都按码标价交给市场运营,对于人类文化将会造成严重灾难。一个健全的社会,固然应当提供炫耀性的文化产品以满足部分人的需要,但同时也应当保护文化生成过程中不能纳入市场运营、不能获得丰厚利润的东西,其中既包括一个民族古老的文化基因遗存,也包括一个社会新生的精神文化萌芽,包括人类生存其中的自然景观文化。

三、 人类纪与全球化

地质生物学界做出的一个最新判断:地球已经进入它的另一个发展时期——"人类纪"。做出这一判断的是两位科学家:一位是诺贝尔奖得主保罗·克鲁岑,一位是地壳与生物圈研究国际计划领导人、兼国际全球环境变化人文因素计划(IHDP)执行主任威尔·斯特芬。在他们看来,自工业革命以来,人类对于自然环境的影响力已经渐渐超过了大自然本身的活动力量。人类单凭自己的力量,就可以快速地改变着这个星球的物理、化学和生物特征。在这样的情况下,人类反而应当更加自审自律,对于自己提出的每一重要理论、每一重大实践,都应考虑其对地球生态状况的影响。

与以往人们所熟知的"寒武纪""侏罗纪""白垩纪"不同,"人类纪"已经不再仅仅是一个地质学的术语。以往人们认为的只是属于人类社会的问题,如经济、政治、安全、教育、文化、信仰等,现在已经全都波及自然界,渗透了生态学的色彩。近三百年来现代工业社会中形成的种种观念,由于与生态原则相违背,正在受到颠覆与扬弃。正是在这样的意义上,拉兹洛认为"后现代是生态学时代"。当然,还有詹姆逊的那个判断:后现代就是全球化。我想如果把两者结合起来,那么就可以说:"人类纪就是后现代,就是生态时代的全球化"。我之所以如此热衷于"人类纪"这个新的语汇,是因为它可以把"全球化"、"后现代"、"生态学时代"这些关键词完满地整合起来。

我想,我们在探讨全球化、后现代的知识问题的时候,无论如何也不能忽视"生态知识空间"的存在。养护包括人类在内的地球生物圈,促使人与自然以及人与人之间和谐相处,这也可以成为一种文化,即生态文化。我们在谈论

"消费文化"的时候,我们也不能忘记了"生态文化"。相对于力促经济飞速发展的消费文化,生态文化似乎像是一种保守型的文化,其实,进取与保守只是社会发展的不同姿态,"欲速则不达"、"以退为进"则往往体现出生存的大智慧。中国的传统文化,更多的是一种养护型文化或曰生态型文化,你可以说这是一种保守型的文化,但如果看到这种文化确保了人口超多的中华民族在一块并不丰饶的土地上持续生长繁育了数千年,你还会轻率地否定它吗?

新的世界知识系统的建构,其中应当包括关于人类与地球生态方面的内容。在费瑟斯通先生的《消费文化与后现代主义》这本杰出的著作之后,还应当有一部《生态文化与后现代主义》的书。像消费可以成为文化、文化也可以用来日常消费一样,生态也可以成为文化,文化也可以为地球的生态养护做出贡献。

2006 年 9 月 20 日

绿色学术的话语形态

一、 中国当下学术文章写作与发表的状况

关于这个问题，学界的发声已经很多，而且意见大多趋向一致，多为负面的批评意见，不用我来多说。这里，我只是为了引出我的这篇文章的核心议题，略做铺垫。

近年来国家有关部门对学术论文的写作制定了一系列严格的、统一的、不厌其详的标准，对剽窃、抄袭等不良行为提出种种检测技术与惩处条例，然而学术界的不正之风不但没有得到有效的遏制，反而更加猖獗。学术刊物的商业化经营越来越兴旺，互联网上开办的许多学术文章销售公司，门类齐全、中规中矩、私人订制、老少无欺，代写包发表，一条龙生产，按照发表刊物的等级收费，生意十分兴隆。

于是，当下学术文章写作与发表便呈现出这样的状况：一方面是学术不端的邪气甚嚣尘上，一方面是学术文章与学术期刊的面貌却显得愈加"端正肃严"。学术文章的发表对于文章的体例、风格、形式、用语的要求越来越严格；

甚至连题目、前言、摘要、关键词、引言、标题、注释的字数、字体都有明确的规范，而学术文章的学术水准却越来越低下。数以万计的学术文章从外表看比起以往任何时候都更像是学术文章，却越来越缺乏学术水准。就像一个人，只要穿上西装、扎上领带、蹬上皮鞋、戴上礼帽与白手套，就一定成为"绅士"了！或者说一个人如果不西装革履就不能成为一个绅士。

如此就可以证明学术的进步？

纵观中外学术史，两千年前的学术文章不是这样，一百年前的不是这样，20世纪80年代中国的学术论文也不完全是这样。

在中国，比起20世纪80年代的刊物，比如《读书》杂志，如今的许多学术期刊看上去是如此"严谨"与"端正"，但其学术影响哪一本能比得上范用、沈昌文主事时那本"极不规范的"《读书》杂志？

如今的学术性刊物对于文章的体制、范例、格式，甚至风格的限制愈来愈严格，已经成为一种全国一律的"法定制度"。而我们的一些年轻编辑，似乎也已经丧失了鉴别文章内涵的直觉，只把对于文章体制、格式的审定当作全部能耐。

适度的"规范"当然有其合理性，但"规范"不能成为束缚思想与情意的"牢笼"。

抛开那些学术行政主管部门制定的官样文章里的说法，所谓理论文章、评论文章、学术论文、一般论文，所谓学术文章、学术随笔、学术对话、学术札记之间的界限实际上并不是很清楚的。一篇札记或随笔的学术含量，不一定就少于一篇洋洋洒洒上万字的"学术论文"。我们的"学术刊物"是以学术含量为标志，还是以文章的形制、样式为取舍呢？一本学术性的杂志，能否在发表一些峨冠博带、正襟危坐的"学术论文""科学论文"的同时，也发表一些"学术随笔""学术对话""学术评论""学者访谈""读书札记"。

此外，学术的门类是如此之多，其差异是如此之大，学术文章的写作与发表为什么就一定要"千人一面"，套进同一框架里呢？不能把写作自然科学论文的套路用在社会科学中来，更不能套用到人文学科中来。即便同是人文学科，哲学、历史、文学、艺术以及其他各种各样的文化研究，其话语表达的体例、方式、风格也都是不同的。即便同属自然科学，物理学不同于生物学，建筑学也不同于医疗学。

不久前，我曾经给国内的一家刊物投稿。这家刊物以"传播生态思想，弘扬生态文化"为编辑理念，关注生态哲学、生态经济学、生态人类学、生态史学、生态文艺学、生态社会学等领域的研究成果，以刊登海内外生态学跨学科研究的多样成果为己任。设置的专题研究栏目有《文化地理》《生态经济》《绿色传统》《生态批评》《自然悦读》等。办刊的宗旨很富有时代特色，主编又是我多年的朋友。而我有意突破当下学术文章写作体制的这篇文章，毫不意外地被退了回来。主编朋友认真地给我写了回信，信中说："非常理解您对学术文章文体写作的看法，但还是要与您商量，是不是可以说：论文写作与评论写作还不完全是一回事？评论写作可以如您所指出的那样有多种写法，但论文写作是有明确规范的。我们办学术刊物，要严格遵照国家学术期刊的统一标准。中华人民共和国国家标准 UDC001.81、GB7713—87 号文件对学术论文有明确的规范，强调学术性、科学性、创造性、理论性，学术论文发表要求由题名、作者、摘要、关键词、正文、参考文献等部分组成，其中正文部分应包括论点、论据、论证过程和结论。您传来的文章，有自己的学术思考，但不合学术论文规范，在送审时会有麻烦。"而我同时推荐的另一篇文章，是我的在读博士生遵照现行"明确规范""统一标准"写成的，便被爽快地接受下来。我非常理解这位主编朋友的难处，她面对的是体制内一堵几乎不可逾越的高墙，我给她出的这道难题简直就是有意刁难，事后我悔愧不已。

一个人到了我现在的年龄，或许已经有了回顾过往的"资格"。收到我的这位主编朋友的来信后，我想起差不多二十年前我写的一本文集《精神守望》，其中的文章多是讲述我对"精神生态"的思考，我手写我心，对于文体没有过多的考虑。该书出版后，钱谷融在《文汇读书周报》刊文推荐说："这既是一本抒发性灵的优美散文,又是一本具有深邃思想的学术著作。"先生的评语自有他的偏爱。但在先生看来,"优美散文"与"学术著作"是完全可以合二为一的,这不能不是一个重要的启示。①但这一启示终归不会被我们的科研主管部门接纳。

我还想起十年前我的另一本文集出版前的纠结,我曾在该书的《后记》中写下自己的苦恼:鉴于现在的大学制定的科研管理规则,只有"专著"才被算作"科研成果",而论文集是不行的(虽然文集中的文章都曾在《文艺研究》《文学评论》《学术月刊》《文艺理论研究》《文艺争鸣》《人文杂志》《光明日报》《文艺报》《社会科学报》等报刊发表)。这规定似乎没有什么道理,但我还是接受了一些好心人的建议,尽量把它做成"专著"的模样。我已经用不着"评职称",也无意"报奖项",完全可以不理会这些规定。但我终究未能跳出"管理规则"的约束。

从我的本心来说,我只愿意把所谓的"治学"当作自己诗意的日常生活,视为一种特定的、持续的心境或精神状态,一种对于研究对象的悉心体贴与无端眷恋,一种心灵的开合与洞悉,并最终在文字中展现我的那些特定的"心境"。我期待我的这些"心境"能够与更多的人的"心境"融会贯通起来,哪怕只有一点点,这对我来说也是难能可贵的。

我知道我不能心悦诚服地接受那些法定的"学术规范"。

二、 生态时代是否存在一种"绿色学术"

按照亚当·斯密与马克思的说法,现代学科的分类是由工业社会的劳动分工促成的,幕后的推手是生产的效益与资本的利润。以理性主义为核心的

---

① 《钱谷融谈〈精神守望〉》,《文汇读书周报》1999 年 1 月 2 日。

现代科学技术变成了工业社会政治经济发展的基石,现代科学技术所依赖的概念思维、逻辑分析、严格的学科界限、清晰的专业分工也就成了这个时代崇尚的认知方式与思维方式。现代社会通用的学术规范,无疑也是在这一时代背景之下建立起来的。

自西方启蒙运动以来,在科技革命巨大成功的刺激下,"科学主义"之风吹遍学术界的各个领域。不仅自然科学、社会科学要"科学化",而且"科学化"也成了哲学、历史学、心理学、文艺学、美学的努力方向。自然科学学术论文的书写方式也就成了所有学术文章书写的模板。"概念清晰""推理周延""论点正确""论据确凿""论证客观""结构匀称""语言简洁",先归纳,后演绎;先分析,再结论,务求科学,不得有丝毫的模糊。学术论著的写作被视为一个高度理性的、从现象到本质的概念形而上运思过程,一个个体语言学科化的操作过程。

现代社会的学术形态,不过是牛顿物理学与笛卡尔理性主义哲学世界观固化而成的一种书写习惯。

此前,我曾在文章中(《生态批评的知识空间》)指出:在牛顿的物理学知识系统中,人和自然都不过是一种物质和能量,一种按照一定法则和定律运转的装置或器械。这些法则和定律就是"物之理",对于这些法则定律的归纳和论证就是"科学"。人是富有理性的动物,唯有人可以认识、证实、把握这些法则和定律,首先是自然界的法则和定律,并进而利用其征服自然为人类造福。在这一知识系统中,即使是活生生的人,也必须服从严格的科学定律。知识与价值无关,知识的客观性是科学的唯一保证。"科学"就是实证,经验的实证或逻辑的实证,科学成了判定知识真伪的法官";理性"成了获取知识,同时也营造福利的工具,甚至成了人性的全部内容。

但是,到了20世纪中期,人类社会历史的天幕渐渐发生根本性的转换。一种被称作"生态学世界观"的知识系统开始替补牛顿、笛卡尔式的"物理学世界观"。

按照贝塔朗菲的说法,生物学的知识系统是在 20 世纪中期逐渐形成并完善起来的,物理学机械论的世界观由此受到严重挑战:原先所谓的"客观世界"突然拥有了自己的"目的性"和"主动性",原先所谓的铁定的"科学定律"在一个生物系统内几乎变成了"自由的选择";原先所谓的"纯粹结构"在一个生物有机体那里其实也是有历史、有意志甚至拥有自己的"评价能力"的;原先所谓主、客体的对立其实是一个系统内的相依相存;原先所谓的科学领域的"可逆性""重复性"在生物学领域几乎全成了"一个独特的事件""一次性的创造"。传统物理学中实证的、数量化的方法在新的生物学、生态学面前不再是唯一有效的。于是,"有机性"进入了现代物理学,"精神"进入了生物学,"人的良心"进入了生态系统。生态学界提出的"盖娅假说"甚至认为地球拥有一个"生理性的身体"。贝塔朗菲断定":生物规律比物理规律更具有普遍性。"①那么,我们就不应当继续使用物理学的"科学"定则来规约生物学、生态学的知识系统。

跨越了 20 世纪的生物学家埃德加·莫兰认为人类不能只有"技术的面孔""理性的面孔","应该在人类的面孔上也看到神话、节庆、舞蹈、歌唱、痴迷、爱情、死亡、放纵……",应当建立一门"人与大自然的普遍科学",这门科学应当同时包容文化领域与精神领域的问题。②

理性主义的思维方式原本就是酿成今日生态灾难的祸首之一,面对日益严重的生态危困,学术界难道还不应当做出认真的反思吗?生态时代也应该拥有适应自己时代的学术形态,拥有区别于先前的物理学时代的学术观念、学术感悟、学术体验、学术话语、学术风格——一种新型的"绿色学术形态"。

很早以前,歌德在其诗剧《浮士德》中曾经写下"一切理论都是灰色的,唯生命之树常青"的格言。这位伟大的诗人兼思想家已经洞悉到他所置身的那

---

① [奥] 路德维希·冯·贝塔朗菲:《生命问题:现代生物学思想评价》,商务印书馆 1999 年版,第 202 页。
② [法] 埃德加·莫兰:《迷失的范式:人性研究》,北京大学出版社 1999 年版,第 180 页。

个时代的"理论的弊病"。如今,在以"生命""生命活动"以及"生命与生命之间的关系"为研究对象的生态学领域,其学术形态也必然应该是"青枝绿叶"的"生命体",其话语形态也应该更贴近生命,更具"朝气与活力"。在生态时代,彻底疗救"理论灰色弊病"的时机已经到来!

即使退一步看,生态学领域也有一条共识的道理:物种的多样性才是一个系统稳定发展、持续生长的保障。在学术研究、学术著述的领域,是否也应该如此?是否也可以多几条写作的路径,多几种学术文章的形态呢?

鉴于当下中国学界日益贫瘠与荒漠的学术生态,促使学术的绿化,促进绿色学术的养育,更多了一层现实的意义!

三、 绿色学术的话语形态

"概念清晰""推理周延""论证客观""结构匀称",先归纳,后演绎;先分析,再结论;从现象到本质务求科学,不得有丝毫的模糊。这些"国标"的严格规定,是否就一定应该作为学术著述铁定的通则?我越来越感到,在生态学辐射到的一些学术领域,并不如此。

像梭罗的《瓦尔登湖》、法布尔的《昆虫记》、缪尔的《我们的国家公园》、雷切尔·卡森的《寂静的春天》、利奥波特的《沙乡年鉴》、史怀泽的《敬畏生命》、洛夫洛克的《盖娅:地球生命的新视野》、马古利斯的《生物共生的行星》、麦茜特的《自然之死》、戈尔的《濒临失衡的地球》以及刘易斯·托马斯的《脆弱的物种》《细胞生命的礼赞》,这些影响深远的著作,显示的完全是另一种学术境界、学术风貌。在这些著述中,充满了主观视角、自我体验、个人情愫、瞬间感悟、奇妙想象,案例的举证多于概念的解析,事件的陈述优于逻辑的推演,情景的渲染胜过明确的判断,随机的点评超越了旁征博引的考据。这些看似不规范的学术著作,既深潜于经验王国的核心,又徜徉于理性思维的疆域,全都成了生态文化研究领域公认的"学术经典",即我这里所说的"绿色学术"经典。

首都经济贸易大学教授程虹教授长期从事生态文学批评理论研究,我看到她的书里谈到一个说法:"叙事学术"。她说这个说法最初是由美国内华达大学的斯科特·斯洛维克教授提出的,是指"通过讲述故事给文学批评注入活力","清晰易懂的故事叙述可以产生最中肯、最动人的学术话语"。[①] 程虹教授对于"叙事学术"这一学术形态显然持赞赏态度,我很同意她的看法。

斯洛维克是我比较熟悉的一位西方学者,我的一位青年朋友韦清琦教授是研究斯洛维克的专家,我曾就此向他请教。清琦回信说,这个 narrative scholarship(叙事学术),当初就是他翻译的,比较拗口,其实指的是生态批评家常用的写作方略,即用叙述、叙事,来替代通常的文论写作,与"叙事学"并不一样,没有特别高深的地方。或许正是因为不"特别高深",才被我们喜欢"故作高深"的学界专家忽略了。清琦教授说没有什么特别高深的道理,但在我看来,它可能在启迪一个新时代学术研究的话语方式,即生态时代的绿色学术话语。这个为生态批评理论家们钟情的"叙事学术"虽不高深,但在我看来,与中国古代先贤庄子《南华经》的文体、写作方略却是十分相似的。说《南华经》既是文学经典又是哲学经典,大概不会有争议。

接到清琦教授的来函,我再次查证了斯洛维克的书。斯洛维克在他的这本书中写道:

> 当我在 1994 年前后首次使用"叙事学术"一语来描述我在生态批评写作上的尝试时,我是希望以叙事或者"故事"为手段,将我的批评或理论评述置于生活经验领域内。

> 与透彻的解说相结合的故事叙述,能够产生最有魅力、最犀利的学术

---

① 程虹:《美国自然文学三十讲》,外语教学与研究出版社 2013 年版,前言 ii。

话语。我们不能让自己的学术研究退化为一种干枯的、知识分子的高级
游戏,毫无活色生香可言,根本脱离了实际经验。①

斯洛维克主张写作不仅要依靠头脑,还要发自肺腑,将个人化故事叙述与
学术性分析结合起来。在他看来,忽略了个人动机,忽略了个体学者开展研究
的内驱力,这种研究就是有缺陷的,就是空洞的。"叙述学术"可以将情感和理
性完美地结合起来,因而具备了双倍的审美说服力。

随后,清琦又为我补充他新近发现的一则资料:"土著原生文化与西方文化
的一个重要差别是:西方文明世界对于自然的知识是'表象'(representational)
的,而土著文化对自然界的知识是'具象'(presentational)的。"②对此,他的解
释是,"表象"对客观世界是一种间接的,借助符号的指涉;而"具象"则是直面
世界的,与世界有着更亲近的距离甚或零距离,那是面对世界的一种图像化的
描述。会心的读者自然会从这感性的语言下边触摸到那个理性的内核。生态
批评写作话语广泛采用的"叙事学术",同样也是一种更倾向于"具象"化的话语
形态,是与生态学研究对象更贴近的一种写作方略,是现代学术的返璞归真。

综上所述,可以得出这样的结论:一、叙事、讲故事也可以成为一种"研究
话语",一种"学术话语",而且是一种"犀利"的、"动人"的"学术话语";二、这
种学术话语,是生态批评家"常用的写作方略",一种更贴近研究对象的话语
形态。

下边,我来列举两个关于"绿色学术"的个案。

一个是法布尔(Jean - Henri Casimir Fabre)撰写的《昆虫记》。法布尔是法
国一位享有世界声誉的昆虫学家、动物行为学家,其学术地位毋庸置疑。而奠
定其崇高学术地位的著作就是十卷大部头的《昆虫记》。这部书一版再版,先

① [美] 斯洛维克:《走出去思考》,北京大学出版社 2010 年版,第 29 页,第 247 页。

② Laurie Anne Whitt, Mere Roberts, Waerete Norman, and Vicki Grieves, "Indigenous Perspectives", Dale
Jamiesoned. A Companion to Environmental Philosophy, Malden, MA: Blackwell, 2001, p. 3.

后被翻译成五十多种文字,直到百年之后还会在读书界引发一次又一次的轰动。

《昆虫记》既是一部见解精湛的学术著作,又是一部引人入胜的散文随笔集。在法布尔生活的时代,法国学术界昆虫研究作为一门专业"昆虫学",在大学讲坛、国家科学院历来有着一套严格的研究方法,研究的成果往往是一串串枯燥的数字、表格、曲线,一串串艰涩的术语、法则、概念。法布尔的研究方法则与此截然不同,他是靠自己和自己的孩子,在野外环境中,对自然生存状态下的昆虫进行细心反复的观察、比较、想象、思考,从而写出了一篇篇细致鲜活、生动感人的优美文章。法布尔的《昆虫记》中研究的是"生命的活态""生命的过程""生命与环境之间的有机联系""生命与生命之间的密切交往",书中洋溢着作者对生命的尊重与热爱,书中的言语又始终灌注着作者生命的汁液与心灵的气脉。这样富含生机的"绿色学术",反倒使法布尔成了他的那个时代的一个"异数"。

法布尔在他的学术生涯中,始终不得不对抗着一种强大势力,即"科学"的僵硬与专制。法布尔活着的时候,常常受到"学院派科学权威"们的斥责,他的这些著述被认为缺乏"科学"的严谨与庄重。对此,法布尔曾站在"虫子们"和"普通人"的立场上毫不妥协地予以反击:

> 你们是剖开虫子们的肚子,我却是活着研究它们;你们把虫子当作令人恐惧或令人怜悯的东西,而我却让人们能够爱它;你们是在一种扭拽切剁的车间里操作,我则是在蓝天之下,听着蝉鸣音乐从事观察;你们是强行将细胞和原生质置于化学反应剂之中,我是在各种本能表现最突出的时候探究本能;你们倾心灌注的是死亡,我悉心观察的是生命。①

---

① [法]法布尔:《昆虫记》,作家出版社 1998 年版,第 9 页。

法布尔学术撰著的法则是:"哲学家一般的思,美术家一般的看,文学家一般的感受与抒写。"《昆虫记》不仅是一部研究昆虫的科学巨著,同时也是一部讴歌生命的宏伟诗篇,法布尔也由此获得了"昆虫荷马"的桂冠。

当下,生态文明教育日益普及,在付出惨重的生态代价之后,人们开始领悟到,人类并不是一个孤立的存在,地球上的所有生命,包括"蜘蛛""蜜蜂""蝎子""象鼻虫"在内,都在同一个紧密联系的系统之中,一切生命都应当得到尊重。在这样的情势下,《昆虫记》的生态学意义自然就更加显突出来,法布尔称得上是一位生态运动的"先知先觉","绿色学术"的"身体力行"者。

另一个案例,是当下依然在世的詹姆斯·洛夫洛克。这是一位毕业于哈佛大学的大气化学家,曾供职于美国宇航局的行星探索计划,英语世界里所说的"硬科学家"(hard scientists)。这位高寿老人是地球生态忠诚无畏的捍卫者,是"盖娅学说"的最早的创建者,是世界生态学界公认的大师。他于1979年问世的《盖娅:地球生命的新视野》(*Gaia: A New Vision of Life on earth*)无疑是现代生态学研究领域的一部经典之作。然而,这部学术经典,同样并非按照传统正规的学术著作的范式撰写的。

由于特殊的工作岗位,洛夫洛克得以像一个"美术家"那样看到悬浮在太空中被大气包孕着的那个色彩优雅的地球,一个整体显现在视野中的地球。于是,写作的冲动便在1965年一天的某个下午"突然闯进脑海"。

洛夫洛克承认,开始写作此书时相关的知识准备不足,他相信科学研究也并不只需要概念、数字与公式,"也需要诗意和情感"。他把这部书看作是自己写给"一位身份还不明确的情人的一封长信"。[①] "我是作为讲故事的人进行写作的,并且在阐述科学的同时。辅以诗歌和神话的形式"。[②]

《盖娅:地球生命的新视野》一书出版后,洛夫洛克收到一些同行"硬科学

---

① [英]拉伍洛克:《盖娅:地球生命的新视野》,上海人民出版社2007年版,第10页。
② 同上书,第5页。

家"的批评,认为它只不过是一个关于希腊女神的寓言故事,对于严谨的专家来说,这类"整体性的思想家"无疑是愚昧的、笨拙的。

20 年过去了,随着生态运动的蓬勃发展,"盖娅假设"渐渐变成"盖娅学说",越来越被更多的人接纳,《盖娅:地球生命的新视野》一书的"学术经典"地位再无人否认。

洛夫洛克,还应该加上与他同时提出"盖娅假设"的个性倔强的女生态学者林恩·马古利斯,他们研究的对象与研究方法,其实已经超越了现代经典科学的思路与范式。洛夫洛克就曾解释,"对地球整体性的观察",使他"意外地与后现代世界保持和谐一致"。[1] 这种"整体性的研究",恰恰也正是新时代生态学研究的核心与关键。针对新涌现的"绿色观念""绿色行为""绿色政治""绿色经济""绿色伦理""绿色教育""绿色美学""绿色文学",是否也应该催生一种"绿色学术"——一种与启蒙运动以来的学术形态不尽相同的学术?

我天生是一个感性的、直觉的、情绪化的人,不是一个善于运用概念形而上思考与写作的人,这对于我在大学里的教职显然是不利的。然而,歪打正着,这却使我在生态学的人文转向中自然而然地亲近了"绿色写作"。我在《陶渊明的幽灵》的《后记》中坦言:"以当下公认的学术专著衡量,这部书稿显得很有些不够规范。比如文体的样式不够统一,叙述的条理不够清晰,章节之间的比例不很平衡,语言操作的散文化倾向常常使得概念界定不严谨,逻辑推导不严密,甚至有些支离破碎等等。"

对此,我做出以下辩解:在这部书稿的写作过程中,我受到书中涉及的两位哲人的写作观念的启示。一位是卢梭,他说:"我一点也不想使文体统一,想起什么就写什么,随着心情无所顾忌地加以改变。对每一件事我都毫不做作,毫不勉强,也不因写得驳杂而担心……我的文笔自然而多变化,时而简洁时而

---

① [英]拉伍洛克:《盖娅:地球生命的新视野》,上海人民出版社 2007 年版,第 7 页。

冗长,时而理智时而疯狂,时而庄重时而欢快,它是构成我的历史的一部分。"①另一位是德里达,他蓄意将传统学术话语范式加以解构,决意将"单声道"变为"多声道",由"溯源式"变为"开发式",由对于同一的追求变为对差异的编织,不再以统一结构、求证本义为重,而是抓住碎片尽情发挥,变客观评价为话语创新。

现在看来还应该加上一位苏珊·桑塔格。这位后现代文艺理论家反对中规中矩的"阐释",张扬身体性的"体验",学术性的著作不应排斥源自内在自然的"私人化激情"。

我当然学不来德里达,学不来桑塔格,也模仿不了卢梭,结果可能把自己弄成四不像,理论不像理论,学术不像学术。我能够做的只是放纵一下自己的文体,把书写看作自己作为个体生命留下的一点点印痕,其中不乏"叙述学术"的踪迹。

斯洛维克在撰写《走出去思考》时,显然也是遵循了他提出的"叙述学术"这一原则的。他在与中文译者韦清琦对话时还特意提出:"我希望读你所翻译的《走出去思考》的读者能受到启示,重新思考他们对于学术写作与文学写作之间的关系的评判……所谓'叙事学术'的写作方式,实则为一种合乎逻辑的策略,用以探索文本体验、世界万事之间的联系。"②这便给生活在中国学术语境之中的韦教授提出了一个大大的难题:如果我们大学文科的博士、硕士论文全都比照"叙事学术"去写,如何能够通得过导师的审核!导师的学术论文如果糅进个人的哀乐与文学的联想,又怎能通得过学术机构死死把守的关口!不得不做出的抉择是:要么困顿牢笼,要么改变规则。

是学术文章还是文学作品,在以往的时代并不是一个问题,比如司马迁的《史记》。现在的历史学学位论文如果再来一篇类似《鸿门宴》的"史迁体",首

① [法]卢梭:《忏悔录》(下册),商务印书馆 1986 年版,第 820 页。
② [美]斯洛维克:《走出去思考》,北京大学出版社 2010 年版,第 246—247 页。

先就通不过国标 UDC001.81、GB7713—87 号文件的明文规定。岂不知历史学的学科形态如今也已经发生了变化,比如,美国"新史学"的代表人物海登·怀特(Hayden White)就强调,"研究历史著作最有效的方法应特别注重其文学性的一面"①,在历史撰写中,"诗化—修辞话语"比"科学—逻辑话语"更为必需,更具魅力。后现代似乎又抄回前现代,中国司马迁的《史记》不早已如此吗!

回顾本文开头揭示的学术乱象,当前我们的学术研究领域缺少的不是那些强制性的"法规"与"条文",而是学术研究主体的独立个性与学术话语的自由风格,而这些才是最难复制与批量生产的。比起种种法定的检测技术与惩处条例,这才是杜绝种种"学术造假"的不二法门!

"绿色学术"的话语形态,应该是一种后现代的学术话语形态。其内涵与表现方式究竟如何,还有待于深入探索,本文只能浮光掠影地谈到这里。

(《文艺争鸣》2016 年第 10 期,刘晗博士对此文写作曾有贡献)

---

① [美] 怀特:《旧事重提:历史编撰是艺术还是科学》,《书写历史》(第 1 辑),上海三联书店 2003 年版,第 19 页。

数字化风险与修辞空间的拓展

　　翻阅近年来的报纸杂志，我突然感觉到，现在的人们谈论"网络"几乎与中世纪的人们谈论"上帝"一样频繁，由"网络"许诺给人们的"未来世界"，比"上帝"许诺给信徒的"天堂世界"甚至还要美妙。

　　对此，我一直心存疑虑。

　　不久前我看到一则消息，美国的企业主每年仅从电子邮件的营业额中就捞取了上千亿的美元，微软公司总裁比尔·盖茨已经为个人挣得了万亿家产，诱惑得年近耄耋的英国女皇老太太也炒作起"网络公司"的股票生意。中国当下由电视与网络携手打造的"超女"旋风，也已经让投资者卷去漫天纷飞的钞票。至此我多少有些明白，这网络式的上帝、未来学的天堂，恐怕就是这些电脑大亨们蓄意制造出来的神话。

　　我们并不否认计算机、网络通讯给现代社会带来的方便，甚至我们还可以承认这是继蒸汽机、内燃机、电动机出现之后，社会经济生活的又一次革命。尽管这样，它们也不应该成为主宰人类命运的上帝，与此相关性的"数字化"的未来也不会成为人类社会的天堂。相反，"网络化"与"数字化"引出的弊端已经令人不可小觑，人类社会因此而潜埋下的危险，更不能不让人忧虑。

容易看得到的是那些"小玩闹"似的捣乱,诸如某个少年"黑客"拆解了美国五角大楼的信息密码,某个电子嬉皮士往一家超市的网站扔进大量垃圾,某个年迈的"色狼"在网上施放烟幕网住了十五岁的花季少女,某个窃贼在网上撬开你的"钱包"。这些姑且不论,任何事物都会有它的一些负面的东西。

还有一些已经让电子软件制作权威感到棘手、并因而产生了态度犹豫的"隐忧",可能会闯出天大的乱子。因特网专家、美国政府顾问埃丝特·戴森女士说:"利用因特网的人的权力已经超过了他们的政府,想控制因特网发展的人,也是试图管理全世界的人。"①这个试图管理全世界而又有手段管理全世界的人如果是一个希特勒、东条英机式的人物呢,——据说,在网络时代做一个希特勒式的人物要比钢铁时代容易得多。那么,第三次世界大战就注定将是另一种结局。就连美国总统顾问委员会主席之一、著名计算机专家比尔·乔伊也心事重重地说:"我历来认为,制造出更加可靠、具有多种用途的软件将会使世界更加安全。如果我意识到将会出现相反的结果,那么我在道德上就有义务停止这方面的研究。我现在可以想象这一天将会到来。"②乔伊个人的研究或许可以停止,已经被打开的潘多拉的魔盒会那么轻易地被合上吗? 这些可能出现的乱子尽管是要命的,但由于它只是一种"可能",我们仍可以暂且搁置不议。

更深层的危害,可能将是针对"人性的存在"以及"人生的意义"这些领域展开的。即计算机在人类传统文化进程中造成的断裂、在人的精神世界引发的震荡。

继海德格尔之后对"技术哲学"曾进行深入探究的赫尔曼·迈耶尔指出"最大的危险是通过技术帝国主义,人们被剥夺了他们的个性、自由、人性","现代技术不可避免地导致'意义的危机'",与这种技术相伴随的,将是人的

---

① [德]《经济周刊》2000 年 2 月号文章:《因特网给世界经济带来变革》。
② [美]《有线》杂志,2000 年 4 月号。

传统的丧失。①

由西方现代科学技术掀起的声浪日益高涨的"计算机统治""数字化生存",在我看来很可能是自亚里士多德以来一直推进的理性与感性相剥离、逻辑与想象相排斥、认识与情绪相对峙、人与自然相对立的思维模式、行为模式的极端表现。从那时到现在,也许已经接近最后决战的时刻。

从目前看,稳操胜券的似乎是"数字"与"计算机",最后的战果是数字的逻辑形式取代人的真实的感性的生存,而且是一种巧妙的取代;计算机操纵的电脑支配绝大多数地球人类的生活、编制人生的意义,而且是模拟"艺术的"编制。实际上是由跨国资本发动和推进的这场"时代变革",即使在那些贫穷落后的发展国家中也诱发了普遍的乐观情绪,人们都在渴望着网上购物的便利,等待着网上旅游的乐趣,祈盼着网上交友、恋爱、结婚的幸福,向往着早一天住进天堂般、仙境般由电脑操纵的"电子小屋",所有这一切显得比当年的宗教信徒还要虔诚。一些高智商的软件编制专家向信徒们许诺,不久的将来,数字网络和微型电子装置将覆盖整个地球,一切人、一切物都将通过网络连接在一起,人类将住进另一个由网络制造的时间和空间,学校将不存在、教室将不存在、舞台将不存在、钢琴将不存在、画布将不存在,一切有体积有重量的东西都不存在。你只在网络上就能看到老师、找到朋友、读到小说、欣赏到舞蹈和戏剧,如果你高兴的话,也可以亲自画出油画、弹出钢琴,当然,那都不再是实体,而是一些由数字操纵的电子束制作出的光线、声响、色彩,一个虚拟的世界。

电脑专家们只是闭口不谈,在这样一个虚拟的世界里,人生还会是真实的吗?人性还会是实在的吗?况且,这还是一个由他人通过软件程序编制安排下的一个虚拟!

面对电脑专家设置的这个数字化的虚拟世界,我在这里更愿意强调一下

---

① 转引自[荷兰]舒尔曼:《科技时代与人类未来》,东方出版社1995年版,第142页,第146页。

文学艺术的感性的魅力，文学作品、艺术作品、艺术创造活动与人、与自然的亲密关系。

王维、李白的诗歌，不只是一些字符，一些语义和语法，它们还是中国独特的象形文字，它们还是王维、李白独特的阅历、微妙的体验、鲜明的个性、饱满的情绪；它们最好应当用湘妃竹作杆、鸡狼毛作锋的毛笔，用松木油烟作墨、用端溪之石作砚、用王羲之的行草书法书写在洁白柔韧的宣纸上，再钤上以寿山石治印、以朱砂粉作泥的篆章，这庶几才能够看作王维、李白的诗。

以此类推，画油画，一定要画在亚麻织成的质朴的布面上；画国画，最好用那些由植物或矿物制作成的颜料，如：花青、藤黄、石绿、朱砂、胭脂、孔雀蓝、罗兰紫；唱"信天游"，最好是站在陕北黄土高原秋日的蓝天、白云下；泥塑，就一定要弄上两手的黏黏的泥水；木刻，就一定要看到刀下"噌噌"的木屑；烧陶，就一定要亲手把泥坯送进燃烧着的炉窑；打铁，就要挥起臂膀抡起大锤在砧子上砸个火花四溅！

这时，人们不再会满足于"电子小屋"荧屏上给你制作的光画、声画。这时人们需要的是一种切实的、感性的、情绪的、亲历的、整体的、浑然的、从大脑皮层到手指尖、脚后跟全方位的体验。这时，艺术作为人的一种生命本真的活动，才显示出它救治文明偏颇、人性干涸的无穷魅力。在面临"计算机"、"数字化"带来的新的风险和灾难的当下社会，唯一可以救助人类的，恐怕就是人类天性中蕴含的这种审美的冲动和文学艺术的创造精神了。

人类的思维曾经在原始的幽晦不明的状态中持续了许多万年。后来，思维便在语言的层面上出现了第一次岔道：一条道路的路牌上标写着"心灵性""情绪性""意象性""游移性""模糊性""直觉性"；另一条道路的路牌上则铭刻着"实证性""概念性""稳定性""确切性""逻辑性"。一是艺术思维的语言，一是科学思维的语言。人类进入现代社会以后，由于科学技术给人类社会带来无尽的物质的享受与方便，科学技术的行为方式也日益增值、倍受人们推崇，而人类的艺术潜能、艺术冲动、艺术欲求渐渐被当作原始落后的东西受到冷遇。"计算机""网络化""数字化",只是大大推动了人类社会在这条单行道上疾驰的速度。一切危险都是由此埋下的。

许多人希望在这条标识着"科学技术"的单行道上跑得快些、更快些,问题或许就会解决。这未免有莽撞之嫌,欧洲有句成语说"人越是在迷路的时候跑得就越快"。况且,整个人类、自然的命运是不好拿来给"科学"做尝试的。

我同意荷兰学者舒尔曼(Egbert Schuurman)在《科技朝代与人类未来》一书中的建议:

> 除非人们普遍允许他们的精神繁荣的利益取得优先于物质繁荣的利益的地位,否则所有将被提出来用以防止计算机统治的措施都不会有任何真正的效果。①

文学艺术是"精神繁荣"中最容易显示成效的一个方面,高扬"文学艺术"的精神价值,也许是我们规避"计算机统治"、"数字化风险"、从而"化险为夷"的智慧的选择。艺术,也许比数字更有价值。

这里,我想重申一下我十年前在我的《超越语言》一书中的基本观点,并结合我国修辞学界近年来所取得的突破性成果,探讨一下文学言语活动对于打破理性主义的牢笼、对于规避现代社会的"数字化风险",乃至协调现代人精神生态的平衡可能发挥的积极作用。

1990 年,我的《超越语言》一书刚刚出版,在一次会议上,一位资深的语言学家、年长于我的先生说,这是一本讲修辞的书。这位先生的话,是带着肯定口气的,但我听了以后,却不以为然。为什么?因为在我的印象里,"修辞"只是一种说话、写作的技术、技巧,"信言不美,美言不信",说话、写作过于讲究文辞的修饰,总给人一种"咬文嚼字""巧言令色"的嫌疑。

---

① [荷兰] 舒尔曼:《科技时代与人类未来》,东方出版社 1995 年版,第 378 页。

这其中当然有我的偏见,以及我对修辞学认识的不足。

但过往的修辞学总是把自己局限在"方法论"的范畴,恐怕也是一个事实。在大学教育中,我自己被反复灌输的一种语言学的基本观念就是:语言是一种"工具",一种"思维的工具",一种"交际的工具",一种"推进社会斗争和发展的工具"。① 而"修辞",不过是使用这一工具的方法、技巧乃至规则、格式。如果说文学创作也不过就是这样一个"修辞"的过程,这与我当时从事的文艺心理学研究颇不相容,那一时期,我正在猛烈地攻击文艺学中的工具论。所以,当这位语言学家认为我的这本书是一部修辞学著作时,我内心并没有接受。后来由于种种原因,我也未能在这一领域继续研究下去。

最近,有缘接触了国内语言学界、修辞学界一些专家、学者,仔细地聆听了他们的见解,拜读了他们的一些研究成果,方才发现我国的修辞学研究已经揭开新的一页。修辞学关注的领域被迅速开拓,研究方法在急剧更新,修辞学研究的前景呈现出一片光明的气象。

如宗廷虎先生指出:修辞学研究不但要重视静态的形式分析,更不能忽视动态的运用研究;不仅要着眼于"表达修辞",还要注重"情境修辞"、"接受修辞",注重探讨言语交流的全过程;修辞学要高度重视与文学、美学、心理学、传播学、社会学的跨学科研究,同时为促进这些学科的发展提供动力。② 王世杰先生则希望在修辞学研究中打通物理世界、文化世界、心理世界、语言世界的界限,通过考察人类语言活动在物理世界、文化世界、心理世界中的效果,探求修辞学的理论体系。③

谭学纯、朱玲二位教授在其《广义修辞学》一书中,对把修辞学长期拘禁在技巧层面表示不满,并致力于开拓修辞学的学术空间。谭、朱二教授在广泛吸收现代哲学、现代心理学、文化人类学以及文艺美学的基础上,提出了"修辞功

---

① 参见《辞海》"语言"条目,上海辞书出版社 1978 年版。
② 参见《宗廷虎修辞论集》,"汉语修辞学 20 年的回顾与展望"一文,吉林教育出版社 2003 年版,第 252 页。
③ 参见王希杰:《修辞学通论》,南京大学出版社 1996 年版,第 76 页。

能三层面"的系统理论,主张是在话语建构方式上探求"修辞技巧",在文本建构层面上确立"修辞诗学",在人的精神建构层面上上升到"修辞哲学"的高度。① 他们的这一宏阔的理论视野,使我顿时产生了"他乡与知音"的感觉。

言语的空间,同时也就是修辞的空间。在《超越语言》一书中,我始终坚持的一个看法就是:语言学研究的空间必须拓宽。为此,我也曾提出过"三层面"的说法,从文学言语生成过程的角度,将言语的空间划分为三个层面:潜语言、常语言、超语言。

我的关于言语空间的理论依据,主要是法国现象学美学家米盖尔·杜夫海纳(Mikel Dufrenne)的一句话:**当语言在创造行为中被使用时,它已经不再是语言或者还不是语言。**②

这句话,与文艺学有关,也与语言学有关,它使我禁不住要追问下去:在文学艺术的创造过程中,当语言还不是语言的时候它是什么?当语言不再是语言的时候它又是什么?

从我自己的知识结构出发,我只能运用我当时比较熟悉的一些心理学知识、中国古代文论知识、西方美学知识,尤其是一些经典作家的实际的创作经验来探讨它。

语言的下边是什么?

一个最权威的说法是:结构。从乔姆斯基(Noam Chomsky)到皮亚杰(Jean Piaget)都是这样讲的,尽管他们对结构的理解有很大的不同。

我不能满足这种过于理性的解释,结构下边是什么呢?

法国女作家萨洛特(Nathalie Sarraute)结合自己的感受回答:

> 那是一团数不尽的感觉、形象、感情、回忆、冲动、任何内心语言也表

---

① 参见谭学纯、朱玲:《广义修辞学》,安徽教育出版社 2002 年版,第二章。
② [法]杜夫海纳:《美学与哲学》,中国社会科学出版社 1985 年版,第 109 页。

达不了的潜伏的小动作,它们拥挤在意识的门口组成了一个个密集的群体,突然冒出来,又立即解体,以另一种方式组合起来,以另一种方式再度出现,而同时,词语的不间断的河流继续在我们身上流动,仿佛纸带从电传打字机的开口处哗哗地流出一样。①

这显然表明,语言下边是詹姆斯(William James)所说的那股"意识流"。而这些意识流的内涵,在我看来不外乎弗洛伊德所说的"潜意识"、荣格所说的"原始心理积淀"、"集体无意识"。

海德格尔称之为"寂静的钟声"、"无声的宏响"。

我用了中国古代哲学中的一个词汇表达这一心理状态:"絪缊"或"氤氲"。

我认为这是文学话语生成的底蕴,是文学言语在人类活动史中埋藏深远的根须,在话语形式上它更接近于鲁利亚(Alexander Romanovich Luria)所说的"内部语言"。② 这是一种没有经过有意识化装修饰、加工整理的语言,有些语言学把它叫做"前语言""次语言",我把它叫做"裸语言"。这一层面上如果也存在着"修辞"活动的话,那应是在无意识中进行的,或可谓之"内修辞""潜修辞""瞬间修辞"。

语言的上边是什么?

如果说语言的下面是人类种族的、个体的、无意识心理的积淀,是一个悠远、幽暗的深渊的话,那么,语言的上面则是一个天光与云影共徘徊的空间,一个精神创造的天空。

说它是"天空",我是受到了波兰现象学美学家英伽登(Roman Ingarden)的启示。他认为,从语言学的角度,一部文学作品的构成可以划分为语音、语

---

① 见《文艺理论译丛》,中国文联出版公司1983年版,第330页。
② [俄]鲁利亚:《神经语言学》,北京大学出版社1987年版,第6页。

义、再现的客体、图式化世界四个层面，但在这些层面之上，还会在阅读过程中生成一个更高的层面，这是一个能够呈现出诸如"崇高""光明""宁静"、"神圣""超凡"等意味、意境的层面，一个难以解说、难以分析的"形而上"的层面。

这个层面使我很容易地联想到中国古代文论中的"神韵说"，好的文学语言应当是——"文已尽而意无穷"（钟嵘语）、"不著一字，尽得风流"（司空图），"墨气四射，四表无穷，无字处皆其意也""诗文至此，只存一片神光，更无形迹矣"（王夫之语）。

意识到这个层面的还有符号学美学家卡西尔（Ernst Cassirer），他曾经指出：语词在诗的世界中将抛弃全部的实在性和实效性，"它们变作一道光，一团明亮的以太气，精神在其中无拘无束、无牵无挂地活动着。"①其用语颇类"神韵说"。

"神韵"，这种"空中造色，物外传心"，"空无一有，涵盖万有"的奇妙的语言生成物，使我联想到格式塔心理学中的"格式塔质"——那是一种由主、客体共创的"心理场"。

阿恩海姆（Rudolf Arnheim）曾经把格式塔心理学成功地运用到视觉艺术领域，尤其是现代派的美术领域；我想，它也应当适用于文学语言，尤其适合于中国的诗歌语言。

杜夫海纳把这个层面上的语言现象概括为"超语言"，实际上是一种"语言后效"，一种由语词组合而生成的"言语场"，我把它叫做"场语言"。

"上穷碧落下黄泉"，在经过这番"上下求索"之后，我们再来看语言的那一中间层面，在"天堂"之下、"地狱"之上，是"人间"，也就是我们平日说话、读写使用的常规语言，即凭借一些确定的代码、通过一些通用的法则、表达一定的意义的日常语言。我们可以把它叫做"常语言"。这个层面上的语言，既不像它之上的一片"神光"，也不像它之下的一团"混沌"，而是一个力求条理清

---

① ［德］卡西尔：《语言与神话》，生活·读书·新知三联书店 1988 年版，第 115 页。

晰的逻辑链环。如果把前边两个层面的言语状态称作"言语场"和"言语流"，那么这个层面的言语状态应当是"言语链"。

这就是我的关于言语活动"三层面"的说法。

在《美学与哲学》一书中，杜夫海纳曾从符号学的意义上划分了人类语言的三层面：

> 分类的中央是语言学的领域。语言，它是意义的最佳场合，人们可以这样给它下定义：它使我们能够利用代码传递信息；在语言中，信息与代码是互相依存的，也可以说是平等的。
>
> 在中央之外，有两个极端：
>
> 一端是次语言学领域，它包括所有尚未具有意义的系统，其中当然有能指、指号或信号，但它们还有待分辨，而不十分有待于理解；有代码，但没有信息；意义被还原为消息（information）。
>
> 另一端是超语言学领域，在这个领域里，系统是超意义的，它们能使我们传达信息，但没有代码，或者说代码越是不严格，信息就越是含糊不清；意义于是成为表现。①

可以说，人类的言语活动贯穿在人类生存的各个层面，从生物性层面，到社会性层面，到精神性层面。语言，不仅仅是人们进行社会性交流的工具和手段，语言还是人的生命存在的家园，人的精神遨游的空间，是人类存在的原始基点、进化顶点。

对于人类的生物进化史、文化发展史来说，语言就像是一匹五彩缤纷、贯穿始终的绸缎。

长期以来，人类的语言恰恰被人类中的一些语言学家割裂了。他们只从

---

① ［法］杜夫海纳：《美学与哲学》，中国社会科学出版社1985年版，第79页。

这匹无边无际的"绸缎"中截取了中间的一段——截取了最方便、最实用、最易于观察、最易于分析、最易于操作控制的一段。

生命深处的那团"氤氲",心灵高空的那片神韵,被屏除在语言学关注的范围之外,"次语言""超语言"全都被当作"非语言",语言学研究的空间受到了严格的局限。即使在"常规语言"的范围内,正统的语言学家还在进一步追求一种理性化、科学化、技术化了的"纯语言"。

在将"科学技术"奉为圭臬的现代工业社会中,理性化、科学化、技术化同时也成了语言学研究的目标,似乎"科学的语言学家"才是真正的语言学家、最好的语言学家。杰出的美国语言学家布卢姆菲尔德(Leonard Bloomfield)百年辞世后,语言学界在悼词中对他颂扬道:"毫无疑问,布卢姆菲尔德的最伟大的贡献在于使语言研究成为一门科学。"

即使在日常语言的层面上,正统的语言学家也只接受能够纳入科学框架的那一部分。语言学研究的空间再一次被缩小了。语言,由人的整体性、内在性的存在,变成了人的工具,仅仅供人操作利用的工具。而修辞,在如此科学化的语言学研究中就更加成为一种技巧和手段,甚至被设置为一些固定的操作的模式、效仿的格式。

问题当然不是从布卢姆菲尔德开始的,他也许只是一个结果。

亚里士多德应该说是将人类语言工具化的第一位系统的理论家。他是从提取语言的逻辑性开始的,逻辑是理性的思维,是获取知识的工具,正确而有效的语言应当是符合逻辑的语言。因此,亚里士多德的逻辑学著作又被称作《工具论》,在亚里士多德那里,语言被逻辑化了,工具化了,《工具论》其实也是他的语言学。

欧洲工业时代的思想先驱培根则把他的逻辑学著作命名为《新工具》,新的工具,其实就是逻辑的科学化,那也是思维的科学化,语言的科学化。科学被完全投放进实用的范畴,成了征服自然、利用自然的工具。而语言,则变成了工具的工具。

亚里士多德与培根的逻辑学思想，在包括布卢姆菲尔德在内的后来的语言学家中得到了最有成效的贯彻。正如美国当代语言学家西梅奥尼（Daniel Simeoni）指出的：

> 语言科学中的主导性范式，迄今为止一直是逻辑世界。不管是在语义学中，还是在语法和句法学中，或是在音位学中，其研究向来都是分析的、构成性的，或者干脆说是具有操作可行性的。①

我并不排斥、更不否认人类的语言是人类用以认识外部世界、沟通人际关系、解决社会冲突的工具和手段。我在这里希望强调的是：人类的语言不仅仅是一种工具和手段，它还应当包含更为丰富的"人性"的内涵。

语言，是地球上人类这一物种的显著标志之一，人正是因为有了语言，才清楚地与其他生物划清了界限。甚至还有一些语言学家通过考古发现断定，人类由猿类的进化，非洲古猿400毫升的大脑最终演变成现代智人1350毫升的大脑，应当归功于人类的言语实践，"脑量的增加更可能是语言进化的结果"，"语言造就了现代人"。②

尽管如此，也不能把理性和手段看作语言的全部内涵，不能像 N. 乔姆斯基那样把人类语言与自然对立起来、看作超自然的先验的图式或理念（但乔氏在政治立场上反对帝国主义的姿态令我深深地敬佩）。人类毕竟仍然是地球生态系统中的一种生物，人类语言毕竟还是"自然选择"的产物，它不仅与人类清明的理性密切相关，还始终与人类的身体、情感、意志、意向密切相关，与人类种族进化史中全部生物性、心理性、文化性、社会性的积淀、记忆密切相关，甚至还与人类生活其中的地域、天候等自然环境密切相关。

---

① ［美］西梅奥尼：《语言程序和元语言迷惑》，见马克·第亚尼编著：《非物质社会：后工业世界的设计、文化与技术》，四川人民出版社1998年版，第179页。

② 转引自理查德·利基：《人类的起源》，上海科学技术出版社1995年版，第94—95页。

为"人性"所规定的人类生存本来是具有两重性的：一方面人类是万物之灵，拥有认识、改造自然的理性和手段；另一方面，人类又是自然界众多物种中的一种，是地球生态系统中的一个有机组成部分，人类与自然依然骨肉相依、血脉相连。

但在工业社会持续发展的三百多年中，人类被征服自然的节节胜利冲昏了头脑，人们只记住了第一点而忘记了第二点。于是，被人类当作万能工具的科学技术在为人类谋取众多福利的同时，也在人与自然的血肉关系中砍下深深的一刀，乃至酿下了今天的令人触目惊心的生态灾难。

二次世界大战之后，在关于"现代性"的反思中，长期以来备受推崇的"理性"、"科学"、"技术"受到重新的审视和批判。20 世纪 60 年代以来迅速崛起的生态运动，进一步教会人们摆脱"二元对立"的思维方式，运用一种整体观的、有机论的眼光看待自然和世界以及自然、世界和人的关系。

这种时代的视野，无疑也会扩及语言学研究中来。一些敏感的语言学家开始面对人的整体生存，关注到"科学主义"、"技术理性"之外的语言学研究空间，人类语言再度与人类整体存在相提并论。

比如，语言学家 J. 里昂斯在 1981 年就曾指出：

> "语言是什么"这个问题可以与"生存是什么"相比，有人认为在深奥的程度上，前者绝不低于后者，而生存的定义是界定和统一生物科学的先决条件。①

于是，人的眼神、手势、面部表情、触觉、嗅觉、味以及口哨、鼓点，甚至海豚的"语言"、黑猩猩的"语言"、鸢尾花的"语言"都走进了语言学研究的领地。逻辑分析对于"自然语言"的有效性受到挑战，西梅奥尼说：那些看似混沌、模

---

① ［英］克里斯特尔：《剑桥语言百科全书》，中国社会科学出版社 1995 年版，第 608 页。

糊、错落、甚至自相矛盾的"自然话语",在实质上是与艺术一样的,它们都是"自明"的。

我在西梅奥尼的文章中看到了与我在我的《超越语言》一书中类似的观点,他说:"要想更好地理解语言活动进行时的潜伏的和最基本的机制,最好的办法是从一些基于非正统的结构,如心理意象,甚至是视觉幻象,而得出奇异的假设开始。"①这也许就会得上弗洛伊德、荣格的心理学。

西梅奥尼还说:"存在着一种对待语言问题的格式塔研究方式,这种方式与以往年代中占压倒地位的笛卡儿方式完全不同。"②语言学必须面对人类的生存状态、人的系统的、整体存在——自然的、社会的、精神的;深入到人性的深渊、人性的云天,这显然已经具备了人类生态学的意味。

看来,以逻辑分析为主导范式的语言学在面对审美与艺术创造时,多半是无能为力的。深谙逻辑哲学的维特根斯坦曾经说过,艺术的领域,审美的领域并不遵循科学的、数学的规则,甚至也不遵循"正确性"规则,"即使一切可能的科学问题都能解答,我们的生命问题还是仍然没有触及到。"③美、伦理、认识和幸福的生活属于"神秘",科学,包括数理逻辑在内不能说明它们,他们是显示自身。

这恰恰证实了杜夫海纳的判断:"**艺术似乎是超语言学的最佳代表**。"

在多年来被科学主义语言学摒弃的次语言、超语言的层面,可能隐藏着文艺学与语言学最大的奥秘。那么,包括修辞学在内的语言学要想切中审美与艺术创造的真义,就必须拓展自己的视野、改变自己的思路。这样的话,对于艺术活动的"超语言学"研究不只是为文艺学、也必将是为语言学开辟一片新的天地。

---

① [美] 西梅奥尼:《语言程序和元语言迷惑》,见马克·第亚尼编著:《非物质社会:后工业世界的设计、文化与技术》,四川人民出版社 1998 年版,第 182 页。
② 同上书,第 185 页。
③ [奥] 维特根斯坦:《逻辑哲学论》,商务印书馆 1962 年版,第 97 页。

要在自然语言、艺术语言的模糊性、易变性、情境性与语言学的确定性、通用性之间寻找一条出路，是困难的。用西梅奥尼的话说："那要比'走钢丝'更困难。"他又说——也许，只有"文学"庶几可以做到。我在《超越语言》一书中也曾对文学语言寄以这样的厚望，因为："一个杰出的文学家像一位高超绝伦的骑手那样，可以同时跨在两匹奔驰的马上。"①人工智能、人工语言要想跨越目前的初级发展阶段，也许还须从研究文学艺术创造中的言语活动做起。

当代语言学向着艺术空间的开放，其意义也许还不仅在于语言学和文艺学，可能还会涉及后工业社会中精神生态的平衡与健全。

真正的艺术精神是工具理性极端化、人性异化、生态恶化的解毒剂。

这里，我只是表明一个真诚的期待，期待着新世纪的修辞学也能够拓展到人类生态学的领域中来，那将有利于当代社会中精神生态的平衡与健康发展。

在真正的艺术活动中，同时也包括在广义的修辞活动中，地球生态系统中久已割裂的"自然与人心""物质与精神""感性与理性""科学与艺术""情感与技术""生意(金钱)与诗意"，甚至"语言与言语""左脑与右脑"有可能会在一个更高的演化阶梯上协调起来，融和起来。

人同时实现了"高度的物质富有"与"高度的精神富有"，那或许就是马克思憧憬的人类最为理想的社会。

（《福建师范大学学报》2004 年第 3 期）

---

① 鲁枢元：《超越语言》，中国社会科学出版社 1994 年版，第 188 页。

ChatGPT 之后如何做学术

　　临近 2022 年岁末，一项新的科学技术横空出世，不多时便波及整个世界，关注的民众迅速增至几亿、几十亿！它就是人工智能 ChatGPT。据宣传报道，ChatGPT 是美国研发的一种人工智能技术驱动的自然语言处理工具，一种用于处理序列数据的模型，拥有语言理解和文本生成能力，它会通过连接大量的语料库来训练模型，其中包括与真实世界的对话。因此这个 ChatGPT 便具备了上知天文下知地理中通人事并与人类进行互动交流的能力。

　　据说，这个 ChatGPT 可以代替人力资源运用到经贸、金融、物流、客服、规划、招商、咨询、监管、交通、治安、自动识别、无人驾驶、医药制作以及教学科研、命题作文、课外辅导各个领域。它效率极高、门槛极低、操作便当，几分钟内便可以撰写一篇学术论文，还可以创造出一个现实中并不存在的"真实"的人。

　　它简直就像那盏阿拉丁神灯，给每个人配置一个无所不能又随时听从召唤的神祇。ChatGPT 遂成为现代社会历史上增长最快的科技产品。

　　科技精英们在为自己推出的辉煌成果兴奋不已。

商业巨头在算计这项最新科技的推广将赚取多少利润。

高等院校的研究生对自己的研究工作、论文写作即将受到的推助充满期待。

写字楼里以文字与话语操作为职业的白领、金领却为即将被 ChatGPT 抢掉饭碗忧心忡忡。

美国口衔天宪、手握重权的现任总统乔治·拜登面对一个与他相貌举止雷同,嗓音语速、眼神口型全都一模一样,却在唱着异国小曲的"拜登"大惊失色。

2023 年 11 月 17 日,ChatGPT 的母公司 OpenAI 创始人奥尔特曼(Sam Altman)突遭解雇被踢出局,原因是董事会的一些成员担心 ChatGPT 技术将会威胁到人类自身的安全;诡异的是仅仅 5 天之后,奥尔特曼再度"复辟",反将董事会解散重组!原因是公司的出资人与设计师们都不能容忍任何人挡了自己的财路。

未知的风险、尖锐的冲突引起人们对 ChatGPT 安全性的争议。

英国首相里希·苏纳克在全球首届人工智能安全峰会结束后发表直播讲话:ChatGPT 将带给我们新的知识、新的经济增长机遇、人类能力的加强,但也带来了新的风险和忧虑。ChatGPT 降临人间之后的世界不会再是以往的世界,没有什么比它更能够改变我们的生活了!

别人的世界、别人的生活,我们知之不多,难以介入,也难以置喙。这里我想说一说我们置身其中的学术界以及与学术研究密切相关的教育界,在 ChatGPT 风行之后,我们将如何应对?它将会给我们带来哪些方便与助益,又会带来哪些弊端与恶果。

那么,首先让我们探讨一下 ChatGPT 这位横空出世的神圣究竟有何能耐?它能够做些什么,它不能够做的是什么。

简单地说,ChatGPT 的工作原理是:大数据统计学,加上预测修正程序,再加超高速的运算速度。

相对于我们做学问、写论文，ChatGPT 能够做的是掌握大量资料。大到什么程度？他几乎拥有你在国家图书馆、世界图书馆里能够查询到的所有词典与各种百科全书上的条目，以及时时刻刻不断涌现的新的文章、数据、新闻、报道，不但有中文的，还有英文的、德文的、法文的等等，并承包翻译。

至于快到什么程度？记得早年我带研究生时规定每个人一周要读十本书，从中找出并摘录下自己需要的东西，这个标准不能算低。然而，对于 ChatGPT 来说这却是小菜一碟，你只要输入一个关键词，成千上万本书中的相关资料与数据便会在分分钟内提取出来供你使用，一页书都不用翻。

更神奇的是，ChatGPT 有自己的一个"预测修正程序"，能够按照一定的程序编码来揣测、应对你提出的问题，代替你对这一问题的辨析、分析、理解、认识、解答，最终为你组织一篇中规中矩的论文。对于 ChatGPT 来说，它几乎能够解答一切你能够想到的问题；它也完全能够写出思路清晰、逻辑周延、标准规范的学术论文。

世界上的事总是祸福相依。如果运用得好的话，ChatGPT 的出现对于我们当下的教育工作、科研活动将会起到有益的推助作用，开拓研究者的学术视野，提升研究成果的效益。就像一切工具一样，如果一旦对其陷入盲目性、依赖性，反倒为其掌控，也将会带来许多意想不到的负面作用。

在我当下供职的大学里，图书馆、教学楼的过道里，整天可以看到学生们手捧一本教科书或一本试题集，面对墙壁坐在一张矮凳上，面无表情、两眼痴呆、双唇蠕动苦苦背记标准答案。读书学习成了极苦的差事，但这又是"鲤鱼跳龙门"必备的硬功夫！对于备考的学生来说，ChatGPT 的陪读、陪练将使得刷题、应试变得容易一些、轻松一些。

在一些网络平台上，经常可以看到"代写论文"的广告，甚至提供从开题、撰写到发表一条龙服务，款到交货，价格不菲，论文写作成了一门兴隆的生意。这虽然有违学术良心，但发表论文确实是当下学人晋升职称阶梯上绕不过去的一道坎，说它是"敲门砖"，含金量并不低。对于一位急于晋升职称的学者来说,ChatGPT"代写"的质量要比那些杂牌枪手高得多,而且花费无几。

ChatGPT能够替代的恰恰是当前"小镇做题家"与"论文写手"们辛辛苦苦在做的事。它"助攻"的恰恰是我们的教育与科研当下最受诟病的,也是国内许多有识之士开始反思的,即"应试教育"与"唯论文考核"。

中国学生最会考试,中国学者发表的论文数量世界第一,中国的教育水准与科研成就仍然赶不上西方发达国家,尤其是在高科技的创新研发方面。中国的教育体系看重的是知识的累积与传授,中国的科研考核看重的是论文发表的数量,而不是人的学习兴趣的培养与科研创造能力的开发。令人遗憾的是,"兴趣的培养"、"创造力的开发"作为学生或学者个体的、内在的心理要素,恰恰又是ChatGPT不能做、想做也做不到的。

人文学界认为ChatGPT的功能可能被商界、科技界夸大了。哲学家赵汀阳最近接连发表文章,从认识发生学的角度对ChatGPT工作的原理及性能做出分析,在他看来:作为人工智能的GPT仍然不过只是一个认知的工具,本身并不具备"主体性",而"主体性始终是一个创造者而不仅仅是认识者;主体性的要义不仅在于认识自己,更在于创造自己;从根本上说,主体性不是一个知识论概念,而是一个存在论概念。"①没有相对独立、自由的主体,所谓兴趣与创造就无从谈起。

他进一步指出:

> 人工智能惊人知识量来自人类的大量"喂食",以及人工智能自我训练和互动学习的不断迭代。通过这些方式,人工智能可以获得人类所不及的巨大数据量,并在理论容量上获得人类全部知识。此外,通过与人类进行互动学习,人工智能将来有望接近于"全知",但达到"全能"则非常

① 赵汀阳:《替人工智能着想》,《哲学动态》2023年第7期。

困难，因为这需要更加复杂的神经网络设计，即使是保洁员的简单劳动也需要无比复杂的神经网络设计，因此通用人工智能的实现尚需时日。实现"全能"所需要的智能复杂度远高于"全知"，这可能意味着存在某个深刻的智能问题。虽然尚不能确定这个问题是什么，但似乎提示了一种思路，即收集一切知识的博学能力和无漏记忆的"活字典"能力并不需要高智能，也不意味着高智能。①

说穿了 ChatGPT 不过是一个"高分低能儿"，掌握超巨量的知识使它在考试中获得"高分"，实际上并不具备发明、创新的能力。它的能耐全靠人类对它的"投喂"，相当于"填鸭式教学"中被大量投喂、消化力又特强的那只"鸭子"。

现代心理学的常识告诉我们，"能"与"知"不同，"知"凭借机械的条件反射即"刺激—反应"就可以完成。而"能"，属于创造性领域，创造的前提是独立的、自由的、丰富的、在时代精神感召下不断成长发育的"主体"，即一个同时拥有理性与感性、智力与情性、欲望与道德、信仰与憧憬的鲜活的个体。一切创造活动都是在这一主体内孕育、生发的，就像草要发芽、树要开花一样。也如同女人生孩子，由一个成熟的主体诞生一个新的主体，一个新的生命。现代科学可以"认知"构成人体的一切元素及功能，但仍不能制造出一个活人，甚至一颗有生命的鸡蛋。创造实际上又是一种超越，是数量累积之上新质的涌现，仅仅数量的累积并不具备创新的意义，论文发表数量世界第一，并不代表科研水准世界第一。至于那些"枪手代写"的论文、论著，只能算是学术垃圾。

上世纪 80 年代的新思潮退潮之后，教育界、学术界对于统一性、规范性、科学性的强调日益增强。教科书要统一编写，考试题有标准答案，论文的选

---

① 赵汀阳：《GPT 推进哲学问题了吗》，《探索与争鸣》2023 年第 3 期。

题、论证、话语方式、文章的格式都有一整套细则，甚至连引文的有无、引文的数量都有明确的规定。这些看似在"不断进步、不断提升"的东西，其实都是最容易被人工智能取代的。而人工智能在知识的累积与传授上比人类不知要强大多少倍，冷眼旁观的人士警告：人工智能的普及将使中国的教育优势荡然无存。对此我们可以不予认可，但不能不做出预防。

更糟糕的还不是这些所谓的"优势"被人工智能取代，而是在一片乐观氛围中被进一步强化。如果官僚主义、形式主义的头脑与高科技的手段双管齐下，将与世界竞争的法宝全押在人工智能的普及与推广上，那必将导致学术研究主体进一步萎缩，广大学者的创造性进一步泯灭。

在文学创作界，作家王安忆、余华曾经迎着 ChatGPT 强劲的风头举办过一次对话，他们自豪地宣称人工智能对于他们经营的小说写作不起作用。他们认为 ChatGPT 是按照已有的常理常规运作的，而真实的生活往往并不按照常理常规出牌。作家只能从自己内心对于真实生活的切身感受出发进行写作，而人工智能并没有自己的"肉身"，这是作家打败 GPT 的唯一途径。作家并不是正确无误的人，他会有种种偏执、歧见、妄想、变态，这些为"常理"所不容、所摒弃的东西，反倒往往是成就伟大作家的要素。优秀的文学作品也有败笔，最聪明的人脑也会犯错误，但这恰恰是活着的人脑的本真状态，是人的真实主体性的具体显现，也是文学作品最真实、最可贵之处。经过精确计算的 ChatGPT 可能达到看似"完美"的程度，最终则不过是一只"学舌的鹦鹉"，自己说些什么它自己是不知道的，对自己的所说所做并无"切身"感受。它的所有聪明才智都是被一些高智商的专家、技师们精心算计出来的，自己并不具有主体性。

哲学家赵汀阳对作家们这一说法深表赞同，他在文章中指出："目前，人工智能还没有'自己的'语言，它不认识它说出的话，只理解那些话的底层数据关联，因此人工智能其实并没有说话，它只是表达了数据关联。""在这个意义上，GPT 还没有创造性，它的艺术或文学作品虽然技术精良，但其艺术品质是平庸的。创造性有着逻辑或数学无法表达的品质,这一点似乎说明了人工智能难以发生创造性,因为人工智能的本质是数学和逻辑。"①

在哲学家、文艺学家这些人文学者看来,这个凭借大数据统计学—预测修正程序—超高运算速度装备起来的"神圣",只是一个貌似全能、权威、所向无敌却缺少独立个性、缺少创造能力的平常之辈。

如今,教育与教学管理的细则越来越精密,学术性刊物对于文章的体制、范例、格式、甚至风格的限制愈来愈严格,这些看似严谨、规范、精致、统一的尺度,这些无休无止的考试、考核、考评、评估,实际上是把教育与学术研究定位在一个相对肤浅、平庸的水准之上,而这些东西是最容易为 ChatGPT 所取代的。

值得引起我们高度警惕的是,在全球化境遇中,在高科技支配下,在市场化诱导下,某些规范化的学术体制、功利化的学术管理、形式主义的宣传报道,只会制造一种虚假的学术繁荣。而这一判断正在成为不幸的现实。据国际著名学术出版集团施普林格报道,2023 年全球被撤回的论文数量超过一万篇,创历史新高,且多半来自中国。其旗下的期刊《肿瘤生物学》(Tumor Biology)撤回的 107 篇论文,其作者竟然全部来自中国,涉及 119 家高校和医院,撤稿的原因多是实验造假、数据造假、同行作弊、代写代投。在我们国内学术界似乎潜伏着不少"论文工厂",本人就曾不止一次收到莫名的电话:承包学术论文的写作与发表,明码标价,按时交货,诚信无欺。ChatGPT 高效、广谱的超级运作能力,正可以为此类"论文工厂"提供优质服务,从而进一步击溃我们的学术道德堤防,这是我们不能不提高警惕的。

在人工智能铺天盖地汹涌来潮之际,一位诚实、认真、自重的学者如何做学术?这一问题已经比以往更加迫切地提交到我们面前。

学术研究固然是要以"基本的学术训练"与"人类知识的统一性"为整体

---

① 赵汀阳:《GPT 推进哲学问题了吗》,《探索与争鸣》2023 年第 3 期。

背景的,但研究主体个人的"实际生存状态"和书写者"天赋的言语技能"对于人文学者来说更为重要。古人所谓"争名于朝、争利于市、争智于孤",学者要做"智者"就不能不心存静气、耐得孤独、恪守自己内心那一方净土。这仍然不过是坚守自己的主体性,这是尖端的人工智能至今仍然不具备的,是人工智能不能取代的。

科学研究与文艺创作看似是界限分明的两个不同领域,实则都在追求一个目标,那就是创造性;都离不开直觉、感悟、想象这些源自个体情性之中的心理功能。尤其在人文学科领域,我始终相信性情先于知识,观念重于方法,主体的内在超越心态是最重要的。

对于人文学科、精神学科的研究来说,信息与资料的收集、知识和数据的占有固然非常重要,但并非决定因素。更重要的是研究主体的心性与情怀、体验与感悟。早年我在研究现代心理学史时就曾发现,一个心理学流派的理论特色不但与那一时代的思想导向相关,而且往往与那一学派创始人与众不同的气质、性情、感知方式、行为风格有着密切联系。比如构造主义心理学的机械论色彩与铁钦纳的勤奋而又呆板的个性;机能主义心理学的开放性、实用性与威廉·詹姆斯灵活、务实的个人风格;早期精神分析心理学的决定论、独断论风格与弗洛伊德偏执、专断的威权心态;分析心理学的神秘主义色彩与荣格怀疑主义、浪漫主义的情调,无不如此。

对于人文学科研究来说(也许还包括自然科学、社会科学),研究主体还必须进入一种特定的心境,即特定的研究状态。这是一种对于研究对象的悉心体贴与无端眷恋,一种情绪的缠绕与沉溺,一种发自生命深处的"思"的状态。研究者的个体生命与学术研究中的"沉思""冥思""玄思"纠葛在一起,成为一种特殊的、持续的生命状态。王国维形容说是"为伊消得人憔悴",鲁迅说是"如怨鬼缠身"。这是一种纯粹个人的体验,而对于 ChatGPT 而言则是无从谈起的。

对于享乐至上、娱乐至死的消费社会的公民来说,此类"痛苦"的个人体验是不需要的，是避之唯恐不远的。已经有网民欢呼：不久的将来每人平均将拥有 10 个人形机器人为你服务、供你消费、供你使唤，科幻正在成真，生命将被改写。

古老的成语"不吃苦中苦，难为人上人"，已经被绝大多数人鄙视、遗弃。绝大多数人或许并没有觉察，"人上人"依然存在，如今的"人上人"就是占人类总量极少数的科技原理发明者、网络程序编制者与市场营销寡头，亿万大众都将成为他们圈养并定期投喂的消费者。此后，不但巨量财富将集中在这极少数人中，聪明才智也将集中在这些人身上，而民众的弱智化进程将进一步加剧。人工智能的确在改变人类的生存状态，是福是祸尚难以厘清。对于稍为清醒一些的头脑来说，到来的应该不会全都是甜美的福祉。

还是以人文学科为例。

文学创作或学术研究的这个绵延持续的过程，对于作家或研究者来说往往是艰难的、纠结的、抑郁的、苦闷的，但同时又是冲动的、兴奋的、狂欢的。正如王安忆们所说的，这也是写作本身的乐趣，这种过程是无法替代的。这个过程对于作家、艺术家、学者、科学家来说就是一种价值，一种珍贵的人生价值；对于任何一个鲜活的生命来说，这也是真实人生的常态。而这些通过"个人活着的肉身"方能获得的感受与体验，对于人工智能来说则是无感的，甚至是不存在的。

但也还是有人期待，总有那么一天，也许就在不远的将来，科学进一步发展，技术进一步提升，终将会使人工智能具有像人类一样的主体性，一样的情绪与智力，一样的素质与能力，一样的独立与自主。如果真是这样的话，问题就不再是一个纯粹的科学技术问题，必然成为一个更加严峻的哲学问题、社会学问题、伦理学问题。对此，哲学家赵汀阳做出了这样的判断：

> 尽管人工智能尚未突破奇点，但将要划时代地全面改变世界，这是一
> 定的。人工智能的可能后果很多，已有大量讨论，比如会导致劳动、手艺、

经验、博学的贬值，最终导致人的废物化；人工智能加持的元宇宙或许会导致真实世界和人际关系的贬值，最终导致生活的意义消散（dissipation）；更深刻的问题是存在论的危机，万一人工智能变成新主体，世界就会成为多物种主体的世界，人类单方面做主的历史就终结了。①

这就是说，当人工智能最终取得胜利的那一天，地球上的人类便不能够自主了，他要面对一个与他一样强大的掌控者、竞争者，一个与现代人一样缺乏伦理道德感的异类群体，这只能说就是人类的末日。

飞速发展的科学技术，可能会促使这一天早日到来。我尚且不愿意相信事态真的会糟糕到这一步，但最坏的结局或许是存在的。

前不久，我到豫西三门峡市参观庙底沟仰韶文化遗址，博物馆门前一片三面环水、一面临壑的台地，白云悠悠，阳光朗照，绿树成荫，芳草萋萋，清风徐来，鸟雀时鸣。我在这块土地上徘徊许久：就是在这块曾经是荒野的土地上，我们的祖先仅仅靠几块打磨过的石头、一盆日夜不息的炭火，加上一些泥巴烧制的陶罐、树枝编成的筐篓，竟然生养蕃息持续上千年！

如今，拥有摩天大楼、高速公路、无人机、宇宙飞船、核武器、生化武器、电子计算机、远程导弹、人工智能、转基因生物技术的现代人是否还能够稳稳妥妥持续一千年、五百年，已经成为一个迫在眉睫的问题。

以往，我们常常喜欢用"一天等于20年"来形容社会的发展进步。如果按照"一天等于20年"的发展速度换算，人类今后的五百年就等于往昔的十八万两千五百年。按照当下乐观主义者的判断，ChatGPT成为一个与人类一样的"主体"并开始与人类分庭抗礼、"争霸世界"，恐怕要不了五百年！难道那就是人类的末日？

看来前景并不美妙。

---

①　赵汀阳：《跨主体性》，生活·读书·新知三联书店2003年版，第375—376页。

有人将此视为技术文明发展水平与制度文明发展的失调；

有人将其视为科技发展与精神提升的失衡。

我们为什么不能冷静地想一想，我们是否真的需要这样的发展速度，是否真的需要这样的发展！

中华首席哲学家老子有言：祸莫大于不知足，咎莫大于欲得，故知足之足常足矣。(《道德经》,第四十六章)

中国古代格言："进一步山高水险,退一步海阔天空。"

中国民间俚语：古人乘牛车走向末日，今人乘高铁走向末日。

ChatGPT 横空出世后,不但政界、商界、科学界在思考以后的日子怎么过。事关人类命运、世界前景,ChatGPT 的前世今生、现下未来,无疑也应当作为我们学术研究的对象,并对此做出一个人文学者的反思与前瞻。

2024 年 1 月 28 日,完稿于海南岛滨海华庭

(《东吴学术》2024 年第 2 期)

卷

五

开启"启蒙之蒙"

——与王治河、樊美筠对话第二次启蒙

1637 年,笛卡尔写了一本书《方法论》,从而创建了现代性思维模式;小约翰·柯布说:1925 年,怀特海写了一本流传很广的书《科学与现代世界》(*Science and the modern world*,中文版译为《科学与近代世界》),书中认为"现代性思维模式不再适合于当今时代",并暗示自己的思想适用于现代之后的事物。大卫·格里芬继承怀特海的传统并发展出一种"建设性的后现代主义"①。两本书,三百年,分别开启了两个时代。

一

早在 20 世纪初,怀特海就曾在他的这本书中针对现代社会存在的诸多问

---

① 参见欧阳康:《建设性的后现代主义与全球化——访美国后现代思想家小约翰·柯布》,《世界哲学》2002 年第 3 期。

题,表达了深深的忧虑。

比如,"科学沙文主义"。怀特海指出:科学并不永远是对的,宗教并不永远是错的;就各自的对象而言,"科学所从事的是观察某些控制物理现象的一般条件,而宗教则是完全沉浸于道德与美学的玄思中"①,一是求真;一是求善、求美,二者不相上下。

比如,"专业化"。怀特海站在有机整体论的立场上指出,专业化的做法"在未来的世界中则将对公众贻害无穷","每一个专业都将进步,但它却只能在自己那一个角落里进步","社会的专化职能可以完成得更好、进步得更快,但总的方向却发生了迷乱。细节上的进步只能增加由于调度不当而产生的危险。"②

比如,竞争的恶果。怀特海斥责道:"在过去三个世代中,完全把注意力导向了生存竞争这一面。于是就产生了特别严重的灾难。19世纪的口号就是生存竞争、竞争、阶级斗争、国与国之间的商业竞争、武装斗争等等。生存竞争已经注到仇恨的福音中去了。"③

比如,发展的可持续性。怀特海从对于有机体生存状态的研究得出结论:"一切意义取决于持续。持续就是在时间过程中保持价值的达成态。持续的东西是自身固有模式的同一。持续需要有利的条件。整个科学的问题就是环绕着持续机体的问题。"④"持续"并不仅仅是发展的手段和措施,而是自然界和人类社会自身固有的本真之义。

比如,教育的偏执。怀特海认为,把教育目的规定在"培养专门家"及"实用人才"上,这样的教育必然偏重于"知识的分析"与"公式的求证",由"抽象的概念"到更多的"抽象的概念"。怀特海建议教育应当注意到某一知识在特

---

① 〔英〕怀特海:《科学与近代世界》,商务印书馆1959年版,第177页。

② 同上书,第188页,第189页。

③ 同上书,第197页。

④ 同上书,第186页。

定情境中的意义,教育要重视人的感性的、直觉的能力的培养。他说:"在伊甸乐园中,亚当看见动物的时候,并不能指出它的名字来。但在我们的传统体系中,儿童倒先知道动物的名字,然后才看见动物。"①

比如,"世界一体化"。在怀特海所处的那个时代,世界经济一体化的迹象还没有清晰地显露出来,他却已经在提醒世人:"划一的福音也几乎是同样危险的。国家与民族彼此之间的差异,对于保持高度发展的条件是必要的。"②

怀特海还特别关注现代人的精神问题,并由此关注到审美与文学艺术领域。他认为现代人的精神萎缩源自"一切有关社会组织的思想都用物质的东西或资本来表明。终极的价值被排斥了"。"艺术的创造性"与"环境的新颖性""灵魂的持续性""精神的永恒性"总是一致的。"为灵魂增添自我达成的恒定的丰富内容",这是艺术和审美的天职③。

面对现代社会这样一个强大有力而又难以控制的体系,怀特海同时也在寻求着走出困境的途径和挽救颓势的办法,他把希望寄托在一个"伟大的社会"的降临。

将近一个世纪过去,由启蒙理性指引下的现代社会仍在世界的各个角落迅猛拓展,怀特海所期待的"伟大社会"仍面临凶险的难产。

一位哲人曾说:过于强烈的光亮不仅使眼睛迷乱,也会吞噬掉一切自行显示者,制造出比幽暗更普遍的黑暗。启蒙理性的悲剧也正在这里。过去三百年里,笛卡尔式的启蒙理性之光已经使人类陷入"整体的无明状态",启蒙的结果竟制造出弥塞天地的"启蒙之蒙"。我们居住的这个星球上愈演愈烈的生态危机证实,现代人已经陷入日益困窘的生存怪圈。

王治河、樊美筠新近推出的力作《第二次启蒙》,其笔锋所向即"开启'启蒙之蒙'"。书中受理了为启蒙理性障蔽的工业、农业、商业、科学、技术、教育、

---

① [英] 怀特海:《科学与近代世界》,商务印书馆 1959 年版,第 190 页。
② 同上书,第 198 页。
③ 同上书,第 194 页,第 193 页。

民主、自由、人权、性别、法律、道德，以及文化艺术诸多方面的问题，并悉心构划了改弦更张的蓝图。在这本书中，他们把怀特海奉为"建设性后现代哲学的奠基人"①，实际上，《第二次启蒙》也是对怀特海《科学与近代世界》一书中建设性后现代精神的扩展、深化与落实。其中既有他们在美国克莱蒙特后现代研究中心十年专心治学的心得，更有他们对中国当下现代化坎坷进程的切身体验。

二

启蒙运动在中国，至今也还是历史界的一团迷雾，同时又是现实社会中一个充满争议的焦点。

在中国历史学界，有人认为中国的启蒙运动发轫于"中国本土资本主义萌芽期"，明代万历年间的何心隐（1517—1579）、李卓吾（1527—1602）已被赋予反抗封建、破除迷信、注重经济民生、倡导社会平等、呼吁个性解放、开启市井愚蒙的启蒙思想家称号②，比欧洲的培根（1561—1626）、笛卡尔（1596—1690）还要早若干年。但更多人认为，中国的启蒙运动肇始于清末民初，即"五四"运动前后，是对西方启蒙理念（理性主义、人道主义、科学、民主、工业化、城市化等）的引进与实施。《第二次启蒙》针对的前"启蒙"，显然是后者。这些作为"舶来品"的启蒙理念，一旦融入中国现实政治，受各种意识形态的左右，遂又呈现出错综复杂的局面。

"启蒙"，如今仍是当下中国社会政治界、思想界乃至文学艺术界一个显突而又沉重的话题，充满了意见分歧。

---

① 王治河、樊美筠：《第二次启蒙》，北京大学出版社 2011 年版，第 29 页。
② 参见侯外庐：《中国思想通史》第 4 卷（下册），人民出版社 1960 年版，第 23、24 章。

一种观点认为，中国在 20 世纪 20 年代、80 年代曾经开展过两次"启蒙运动"，但都不成功，封建专制势力根深蒂固，目前亟需坚持启蒙原教旨的普世理念，下定决心、不怕牺牲、排除万难将启蒙运动进行到底，把中国建设成一个像西方（具体说是像美国）那样的科学繁盛、经济富强、民主自由的现代型国家。具体的目标是经济工业化，社会城市化，政治全球化。在这些问题上，中国思想界的左派、右派、正统派反倒几乎都是一致的。一度被视为异端的哲学家李泽厚，由于固守人的实践力量与现代理性的力量，预设出"经济发展—个人自由—社会公正—政治民主"的中国现代化路径，反而受到主流意识形态的认同与接纳。

另一种观点认为，西方那种以工业化、现代化为指归的正统启蒙理念已经危机四伏、陷阱重重，甚至已经开始走向反面；从社会实践看，正统的启蒙理念对地球的自然生态、人类的生存环境、人类情感与精神领域以及不同民族与国家之间的和谐共处，造成难以弥补的伤害。人们应当正视现实、接受教训，从根本上改变自己的世界观，启动一次针对此前启蒙理念的启蒙，在前进中建设一个新时代。在"五四"精神哺育下成长起来的王元化先生，从 90 年代开始了对于"启蒙"乃至"新启蒙"的深度反思。"科技""市场""物质主义""消费主义"之类的"普世理念"，在晚年的王元化这里成了"需要反省其负面性的对象"，这使他超越了正统的启蒙理念，站在了当代中国思想界的制高点。有趣的是，曾经担任过中共上海市委宣传部长的王元化，此时反而被视为中国思想界的异端。

这第二种观点，也是王治河、樊美筠新著《第二次启蒙》一书所持的立场。

目前在中国思想界占据主流地位的，显然是第一种观点。倡导这一思想的多是着眼于人类社会现实功利的经济精英与政治精英，他们对于中国社会的发展进程发挥着"执导"作用。主张第二种观点的，在对于社会问题思考的同时往往引进了"自然"的维度，他们多是站在有机哲学与地球生态系统立场上的思想家、批评家，他们的视野更恢宏，目光更深邃，头脑更清醒，心胸更开阔。只是，在汹涌澎湃的现代化浪潮冲击下，目前还显得势单力薄。在当下的中国更是如此。幸运的是一些有识之士已经敏锐地意识到第二次启蒙巨大的潜在价值,90 高龄的著名国学家、北京大学教授汤一介先生在为《第二次启蒙》撰写的序言中指出：当今中国一批中西兼通的学者正在努力为即将来临的建设性后现代社会做出贡献,他们试图通过整合中国传统文化与建设性后现代主义哲学,促使中国顺利走向第二次启蒙的后现代社会。

读王治河、樊美筠的《第二次启蒙》,我感到相对于第一次启蒙中卢梭设计的人与人之间的"社会契约",第二次启蒙努力的方向则是"人与自然签约",即法国环境哲学家米歇尔·塞尔(Michel Serres)指出的：人类必须放弃过去的无视自然的社会契约,建立与自然相互协调共生的"自然契约"(lecontrat naturel)①。《第二次启蒙》一书中也强调："整合人与自然的有机整体关系,是克服现代人无根浮萍状态的根本之道"②。这就是说,"建设性后现代主义者"同时又是坚定的"生态主义者",甚至还是"深层生态运动的支持者"。他们实施的是对现代文明的宇宙观、价值观的彻底反思,对人与自然关系的彻底反思,他们还将对人与自然的关系重新作出伦理的、法律的阐释,从而彻底改变人类自身的生存方式,建构与以往不同的生活模式,这当然是一个宏大而又艰巨的构想。怀特海的哲学,尤其是他的《科学与现代世界》一书,为这一新契约的制定提供了哲学前提。而王治河夫妇的这部书,或可看做为这一契约精心勾画的具体蓝图。

三

启蒙重在精神取向的转换,观念的转换,心灵的感悟,内在情性的养育。

---

① 转引自〔日〕田中裕：《怀特海——有机哲学》,河北教育出版社 2001 年版,第 145 页。
② 王治河、樊美筠：《第二次启蒙》,北京大学出版社 2011 年版,第 95 页。

令人沮丧的是,包括心灵、情性与观念在内的现代人的精神世界,均在第一次启蒙的强光照耀下被物化了,被硬化了。变革需要哲学,当下连哲学也已经被弄得灰头土脸。这就为第二次启蒙设置了几乎难以逾越的障碍。第二次启蒙要想突破重围取得进展,就必须重振哲学的声誉,重新确立自己的出发点。

　　无论是西方或是中国,在原初的启蒙思想家那里,现代社会与前现代社会的关系总是对立的,此前的社会形态都是黑暗、落后的,应当无条件地予以摒弃;先进的西方与落后的东方总是对抗的,东方民族应该放弃自己的传统文化,全盘接受先进的西方文明。王治河以及他的克莱蒙特建设性后现代研究中心的同事们一反成见,他们坚信在建设后现代社会的第二次启蒙运动中,必须借助两个方面的力量:一是前现代社会历史演替过程中人与自然和谐相处的生态文化;一是东方的,尤其是中国的自然主义哲学传统中的生存智慧。后现代如何对待前现代,西方如何看待东方,事关地球人类今后的命运。

　　在这样两个位于出发点的预设前提上,第二次启蒙旗帜鲜明,与第一次启蒙截然相对。

　　如何看待前现代社会?前现代社会,比如欧洲的中世纪与中国古代社会,是否就全然一团蒙昧、一片昏暗?这恐怕不过是启蒙主义历史观作出的偏执、利己的解释。在更多时候,启蒙时代之前的历史被启蒙主义的思想家有意涂黑、甚至妖魔化了。

　　怀特海不相信绝对的社会进步论,他曾经含蓄地指出,农业社会不比工业社会更不可爱,而"我们这一时代所产生的滔天罪恶是我们的祖先所不能想象的。现在社会所处的状况甚至还不如完全毁灭的好","未来的恶果已经从很多方面诊断出来了。"[1]日本学者田中裕在阐释怀特海的有机论哲学时提出普遍相依性原理(universal relativity):"所有活动性存在,都是在其他活动性存在内部的","我们要与前代、后代共存","既要继承和保护前代的价值遗产,又

---

[1]　王治河、樊美筠:《第二次启蒙》,北京大学出版社 2011 年版,第 195 页。

应负责保证并维持后代的创造生活和价值选择的可能性。"①格里芬则明确指出："后现代则是向一种真正的精神的回归，这种精神吸收了前现代精神的某些成分。"②王治河、樊美筠在其《第二次启蒙》中彻底抛弃了第一次启蒙的"线性思维"的顽症："大部分人认为中国应该先实行现代化，然后再来讲后现代化，好像历史发展一定是前现代、现代、后现代。所以我一直在讲后现代主要不是个时间概念，它是对建立在机械的齐一化思维基础上的现代性的抵抗，是一种多元开放的有机思维方式。"③

至于如何看待东方民族的传统文化，与如何看待前现代的历史是密切相关的。回顾一下中国百年来的现代化进程，中国最初的一批启蒙者，即作为中华民族救亡图存的那些仁人志士，他们与西方的关系既是师徒关系，又是敌对关系，即所谓"师夷以制夷"，如同童话里说的"老虎要向猫学艺"。与中国早期的那些启蒙主义先驱一致否定自己的文化传统相反，怀特海在《科学与现代世界》一书开章明义地写道："中国的文明是世界上自古以来最伟大的文明。"其后，他还曾一再表达对中国古代哲学思想的赞美，认为他的过程哲学更贴近中国文化。柯布在为《第二次启蒙》撰写的序言中接过怀特海的话说："科学进一步发展所需之基本世界观与其说接近第一次启蒙之世界观，不如说更接近于古典的中国思维。"④中国古代道家哲学元典将"混沌"视为无上境界，将"生生"视为永恒道理，那或许也可以认作初始阶段的有机过程哲学。"物与民胞""天人合一"说的是"有机"，"大化流行""委运化迁"讲的是"过程"。正因为如此，在第二次启蒙中，中国思想界已经取得与西方后现代主义对话的基础，中国学者中如王治河，已经成为建设性后现代阵营中的重要成员，并时时受到他的西方伙伴们的真诚夸赞。

---

① ［日］田中裕：《怀特海——有机哲学》，河北教育出版社 2001 年版，第 146 页。
② ［美］大卫·格里芬：《后现代精神》，中央编译出版社 1998 年版，第 3 页。
③ 王治河、樊美筠：《第二次启蒙》，北京大学出版社 2011 年版，第 457 页。
④ 同上书，第 11 页。

至于说在"实现后现代转向进程中,中国将扮演独一无二的领袖角色"①,那可能是出于柯布、格里芬对于中国的偏爱,或鼓励。我更赞同王治河的说法:"如果说,第一次启蒙是西方文明的独奏的话,那么第二次启蒙则是中西文明合奏的交响乐,他并非要用中国文明取代西方文明,而是强调中西文明的互补并茂。"②

四

在中国,王治河、樊美筠的"第二次启蒙",既不同于 19 世纪末以"五四运动"为标志的第一次启蒙,也不同于 20 世纪 80 年代以"拨乱反正"为旗帜的"新启蒙"。尽管他们在自己的行文中尽量避免使用"颠覆""革命"这样一些高调语汇,但我总感到他们仍然是在谋求彻底改变现代人持守的各种观念、全力撬动现代社会赖以存在的整个根基,从而建设一个与以往远不相同的新时代。对于他们反复强调的"重建",我的理解:部分建筑材料仍可以使用,但先前的"基础"需要从根本上清理,原有的"架构"也必须重新设计。比起那些肆无忌惮的解构性后现代思想家,他们还将挑起一副再造"宏大叙事"的重担,其面临的困难与险阻可想而知。

如果说当下中国举国上下尚在致力于农业社会向工业社会的转型,《第二次启蒙》要做的却是由工业文明向生态文明的转型。对于当下中国改革激进派趋之若鹜的"理性""科学""民主""自由""人权""法制""市场""教育"等普世价值原理,《第二次启蒙》一书站在有机过程论哲学与生态整体主义世界观的立场上,一一列举了他们的疏漏与弊端,同时还一一规划了矫枉与补救的

---

① 王治河、樊美筠:《第二次启蒙》,北京大学出版社 2011 年版,第 209 页。
② 同上书,第 214 页。

路径。从二位作者的精神气质上，我们甚至可以看到第一次启蒙运动先驱者的某些品格，如卢梭的知觉敏锐，心地善良，浪漫情性，诗化文体；圣西门的鸟瞰时代，无私无畏，精心筹划，献身精神。而他们实际上的历史担当也丝毫不比他们的前辈轻松。

客观地讲，第一次启蒙在当下中国尚远未完成，中国主流思想界关于现代化的诠释，甚至还停留在怀特海之前，如：对科学技术的迷信；对专业化的钟情；对发展速度的追捧；对量化管理的倚重等等。往昔之"蒙"尚未有效开启，资本的残酷本性与权力的极度集中相合谋，已经在黑幕中又催生许多新的腐恶。第二次启蒙在中国面临的境遇更加复杂，启蒙者的道路更加艰难。恩格斯当年赞赏启蒙者的话，或许也可以用到第二次启蒙者身上："他们不承认任何外界权威，……宗教、自然观、社会、国家制度，一切都受到了最无情的批判；一切都必须在理性的法庭面前为自己的存在作辩护或者放弃存在的权利。"①这里只需把"理性的法庭"变为"建设性后现代的法庭"。

怀特海哲学的意义在于给走进迷途的现代人提供一种新的世界观。这种哲学的力量在于与新兴的量子物理学结盟、与古老的东方智慧联姻，为地球人类开辟一片充满希望的新视域。这是一片充满灵光的精神空间，也是一片充满绿意的生态领域。精神与生态，是启蒙理性与工业社会为害最烈的两个领域，或许这也正是现代人死里逃生的一道出口。

作为一个文艺学教师，我对于"精神生态"的关注并走上这一领域的研究之路，也应是从这一时期开始的。

怀特海在他的这本书中讲到文学艺术史中的许多现象与人物：希腊神话、达·芬奇、莎士比亚、塞万提斯、弥尔顿、"草叶集"、雪莱、济慈、柯勒律治、华兹华斯……他是如此地推重文学："如果要理解一个世纪的内在思想，就必

---

① 《马克思恩格斯选集》第3卷，人民出版社1995年版，第355页。

须谈谈文学,尤其是诗歌和喜剧等较具体的文学形式。"①

在"逻辑和谐"与"审美和谐"之间,怀特海更看重"审美和谐";在"人类的审美直觉"与"科学的机械论"发生冲突时,怀特海总是把自己的同情赋予审美直觉。

怀特海在论及19世纪英国文学时指出:自然的真相在近代科学中被简化了,歪曲了,而在华兹华斯的诗歌中得到充分的表现。正是这一时期的诗歌,证明了人类的审美直觉和科学的机械论之间的矛盾。自然与人的统一,更多地保留在真正的诗人和诗歌那里,诗歌中表现出的艺术精神,是人与环境和谐共处的一个标志。审美价值是一种有机的整体的价值,与自然的价值类似,"雪莱与华兹华斯都十分强调地证明,自然不可与审美价值分离";②伟大诗人的证言,凭着深刻的人类直觉可以"洞察到具体事物的普遍性质中去"。

因此,怀特海的《科学与近代世界》,便成了我撰写《生态文艺学》一书的动因与出发点。后来,我关于中国古代诗人陶渊明的研究,追寻的也是这一思想踪迹。我甚至猜想,也许正是怀特海对华兹华斯的偏爱启迪了海德格尔对于荷尔德林的钟情,那都是危急关头哲人与诗人的联手。我们完全有理由期盼中国的后现代哲学家也能够像怀特海、海德格尔那样与自然主义的伟大诗人结盟,那么,陶渊明该是一个最佳人选。

五

王治河、樊美筠在《第二次启蒙》中着力倡导的"后现代农业""后现代自由""后现代浪漫精神",在我看来是可以与前现代的陶渊明的自然主义诗学

① ［英］怀特海:《科学与近代世界》,商务印书馆1959年版,第73页。
② 同上书,第85页。

联系在一起的。

在关于建设性后现代农业的论述中，《第二次启蒙》对于乡村、农民、土地、庄稼满是赞美与同情。大地被再度奉为母亲，大自然成为超级农夫，农耕成为农人与土地共同创造的过程，农民应当像教授、医生、官员一样受到尊重，田园生活应成为人与自然和谐相处、人与人和谐相处的楷模。作者断言："海德格尔所神往的'诗意地栖居'，注定不会发生在钢筋水泥的都市丛林中，一定是在厚实而优美的乡村大地上。"①榆柳荫后檐，桃李罗堂前。户庭无尘杂，虚室有余闲。采菊东篱下，悠然见南山。陶诗中的这些景象也许将会成为后现代农村的日常情趣。

田园生活对于人类为什么具有如此强大的感召力，从生态美学可以做出的解释是：田园生活不但更贴近自然、更富有诗意，还拥有更亲近的邻里关系，是自然生态、精神生态与社会生态的有机融合。英语生态学 ecology 的原意中就含有"居所""家园"的元素，那么，陶渊明的"田园诗"也可以说是"生态诗"；生态学也可以说是一种关于"家园"与"田园"的学问。《第二次启蒙》中关于"后现代农业蓝图"的精心设计，同时也浸染着生态美学与田园诗学的意蕴。

王治河、樊美筠的书中对于启蒙时代的"自由"理念作出了严厉评判，认为那是一种独立于自然系统与社会体制之外、绝对化的，逃离义务的，不负责任的个人主义行为。鉴此，他们格外强调自由的相对性、群体性、契约关系与实效，以及自由与纪律、法律的辩证关系。书中还特意引证了柯布的论断："自由是彻头彻尾的社会的"②。

他们关于启蒙理性的自由观的批判与重建当然是有道理的，只是对照中国古代诗人陶渊明的"自由观"，我觉得似乎有些怠慢了"个体的精神自由"，

---

① 王治河、樊美筠：《第二次启蒙》，北京大学出版社 2011 年版，第 74 页。
② 同上书，第 339 页。

而恰恰在这方面,中国传统哲学,尤其是老庄哲学,可以给我们提供许多启示。

与启蒙理念鼓动的"争自由"的口号相反,老子认为实现个人自由的途径则是"不争":"圣人之道,为而不争";"上善若水,水善利万物而不争","夫唯不争,故无尤"①。现代社会三百年里,人人"争自由""求解放"的结果,反倒给自己、给他人挣来更多的不自由,甚至是相互间无休无止、逐步升级的监禁与杀戮。

庄子实现个人自由的途径是"无待",包括"无己""无功""无名",这与启蒙理念鼓动的"物质主义""功利主义"又是背道而驰的。现代人热衷于功名利禄反被名缰利锁缚定。现代社会的高速发展,结果反而将陶渊明时代的"木笼"(樊笼)发展成马克斯·韦伯书中所说的"铁笼":"这个铁笼是机器般的非人格化的,它从形式理性那里借来抽象力量将人禁锢其中",它"冷静超然,逻辑严密,等级森严,庞大无比","它最终要无情地吞噬一切","一直持续到人类烧光最后一吨煤的时刻"②。

老庄哲学中的"自由观"与其"自然观"是合二为一的,他们都认为实现个人自由的途径是"顺应自然",与自然融为一体,"乘天地之正,而御六气之变,以游无穷者",方能"恶乎待哉。"③当然,老庄追慕的"自由",完全是一种精神领域的"逍遥游",在现实生活中很难实现,惟陶渊明的"心远地自偏"臻于此境。

我倒是赞同《第二次启蒙》一书在另一处的说法:最高的自由是生态自由,"所谓生态自由是一种'天人合一'的自由"④。如果再继续往下说,落实到个人的生存空间,那就是该书结尾处倡导的"后现代浪漫"了。

前辈学者如梁启超、朱光潜都曾把陶渊明的《桃花源记》看作古代自然浪

---

① 老子:《道德经》,第八十一章,第八章。
② [美]马克斯·韦伯:《新教伦理与资本主义精神》,生活·读书·新知三联书店1987年版,第142页。
③ 《庄子·逍遥游》。
④ 王治河、樊美筠:《第二次启蒙》,北京大学出版社2011年版,第345页。

漫主义的杰作,认为它体现出"东方式的""淳朴的"乌托邦精神。而许多中外"后学"专家们认为,后现代主义与浪漫主义之间有着天然的血缘关系,浪漫主义在许多方面恰好是后现代主义的先驱和思想源泉。如此看来,东方式乌托邦的"桃花源",也应该成为"后现代浪漫"的先河。

《第二次启蒙》设置了专节为"后现代浪漫主义者"正名:"后现代浪漫主义者寻求的是一种"诗意的存在",他们推重精神生活,不向生存现实状况屈服;他们敬畏自然,热爱自然,希望过一种崇尚自然的简朴生活。他们是一些"能够细细品味自然的人"、他们又是一些"人性丰赡、呵护精神尊严的人"。他们有理性但不机械,有诗意但不矫情,这是一群勇敢地"活出生命""活出风格""活出优雅,活出美"的人,一群活得"自然"而又"自由"的人。书中还推出一位"后现代浪漫主义者"的楷模——诗人、散文家、世界著名有机农耕的先驱与精神领袖温德尔·贝瑞(Wendell Berry):

> 温德尔·贝瑞就是这样一个活出自己生命的人。早在 20 世纪 70 年代初,当许多人不由自主地被现代化大潮挟裹时,温德尔为拒绝现代化的绑架,毅然辞别令人羡慕的大学教职和城市生活,在一个小小的乡下落地生根,当上农民,开始其有机耕种的乡村生活。返乡后,他再未离开,并写下了 40 余本诗集、小说以及散文集。[1]

任何一位中国读者看到这里,从这位"后现代浪漫主义"诗人身上,都会自然想起中国古代诗人陶渊明。从西方传媒界的一些报道看,在现代人的生活空间,后现代浪漫已经暗潮涌动,也许已经开始营造当代人的新的生活情调、新的生活风格。中国作为一个古老的诗歌国度,有可能为此提供更多的绿色资源。

---

① 王治河、樊美筠:《第二次启蒙》,北京大学出版社 2011 年版,第 442 页。

六

　　启蒙运动以来，"光明主义"一统天下，人人向往光明，黑暗成了一个令人惧怕、让人憎恶的字眼。社会生活中无论左派、右派，全都把"照到哪里哪里亮的太阳"（"红太阳"或"白太阳"）奉为图腾，绘制在自己的旗帜上。而在启蒙理念开拓出的工业社会、科技时代，人们犯下的一个最大的失误，就是执于一端，只知白不知黑；只要进步而不懂回归，只知追求光明的事物，而忽略了守护幽暗中潜隐的奥秘，结果酿成了今日的种种生存困境。君不见"现代大都市"作为启蒙理性结出的硕果，全都变成了"不夜城"，变成了由现代科技定制的一个庞大而又脆弱、高成效而又高风险的"白色系统"。生物界的"白化"是病变，人类社会的"白化"呢？现代社会中的科学技术，包括政治财经，似乎都在犯着同一个"拥白弃黑"的错误，这也是当代人遭遇到的所有生存困境的根源。

　　欧洲18世纪的思想家把"理性之光"视为启蒙的制胜法宝，结果反而酿下现代社会的"整体无明状态"。那么，第二次启蒙的先行者能否避开笛卡尔、培根们"光明主义"的偏执呢？

　　关键也许在于为"理性"重新定义。

　　西方学术界的现代性反思常常把矛头指向启蒙理性，但并不排斥理性本身，而是力求对理性作出更贴切的解释。德国当代哲学家罗伯特·施佩曼指出："启蒙运动的理性法则是独断性的"，而"理性只有在承认陌生之物、承认他者，即承认自然与历史时，才成其为理性"，"它将是一个容纳差异的共同体"①。这就是说，理性只有承认陌生之物、未显之物、隐秘之物、异己之物的存在时才是真正的理性。

---

① ［德］施佩曼：《现代的终结?》，载《世界哲学》2005年第2期。

照此推论,"第二次启蒙"既是"开启'蒙昧'",尤其是开启第一次启蒙制造的"蒙昧";同时也是守护,精心守护自然与历史幽微未明领域的隐秘。我十分欣赏大卫·雷·格里芬说过的一句话:"在白昼的光明和夜晚的黑暗中,我们与上帝相遇。"①王治河、樊美筠在他们的书中也向人们指出:"光明与黑暗并非必然是冲突的","如果我们看著名的太极图,我们就会发现两条鱼,一黑一白包含在一个圆内,黑的代表阴,白的代表阳,各占有一半的空间。圆象征着宇宙,是一个有机的整体"②。

用古代中国首席哲学家老子的话说,那就是"明道若昧","大白若辱","和其光,同其尘,是谓玄同","知其白,守其黑,为天下式。为天下式,恒德不忒。恒德不忒,复归于无极。"③佛教的灵霄、净土,基督教的天堂、天国,都是一片光明的琉璃世界;唯独在老子原初的道家哲学中,将混沌视为至高无上的境界,老子本人也被后世的教徒加封为"太上混元皇帝"。道家的仙府是在"洞里",三十六洞天,其中就有"一朝敞神界,旋复还幽闭"的"桃源山洞"。中国道家"洞天福地"是一个明暗相守的理想世界。

人们大多认为,老子《道德经》一书中玄之又玄的话语,其实更接近关于宇宙本体、世界本源的自然哲学;中国古代神话中还有一则好心开凿混沌而导致混沌死去的故事,似乎也都暗含了整体论有机哲学的精义,皆可资当代启蒙者借鉴,在开启中守护,在扩展中凝聚,在幽暗中闪光,在回归中前进。

衷心祝愿我们的第二次启蒙者为多灾多难的地球人类开拓出一个"清新美丽的新世界"。

(《江苏社会科学》2013 年第 5 期)

---

① [美] 大卫·格里芬:《后现代精神》,中央编译出版社 1998 年版,第 80 页。
② 王治河、樊美筠:《第二次启蒙》,北京大学出版社 2011 年版,第 146 页。
③ 老子:《道德经》,第四十一章,第五十六章,第二十八章。

知白守黑,营造新时代的生态文明

  我不是研究老庄哲学的专家,只是近年在做陶渊明的国家课题时集中读了一点老庄,多少有一些心得体会,能有这样一个与诸位交流的机会,值得珍惜。但在安徽亳州的发言,我很紧张,这真是"在圣人门前卖三字经"了!

  我自己觉得,研讨会的这个议题是有一定难度的。在近现代学术史上,人们常常认为儒家是积极用世的,道家是消极避世的。照此说法,"以老庄思想来弘扬社会主义核心价值观"就无从说起。但学术史上的这种认识是有问题的,可能是接受了启蒙理性社会发展观的误导。按照老庄哲学的常识,"积极"与"消极"本身就不是绝对的,更不是对立的。

  这些年我从事生态批评研究,渐渐发现在古老的中华民族传统文化中蕴含了丰富的、精湛的生态文化资源,其丰富与精湛的程度超过世界上任何一个民族。而这方面的思想资源又多半集中在老庄哲学里。正因为如此,我发现随着人类面临的生态问题日渐严峻,老庄哲学研究正在翻开新的一章。我特别留意到,"当代新儒家"经过了熊十力、钱穆、唐君毅、方东美阶段,到了第三代的杜维明,在面对世界性的生态危机时,不能不转向老庄哲学汲取更完备的宇宙图像、更高端的生存智慧。

但当下的"国学热",我有一点不同的想法。一提"倡导国学",许多人就希望把"国学"当做迅速推进现代化的灵丹妙药,这就可能把国学研究简单化了。在我看来,对于由启蒙理性开启的世界现代化进程,我们的国学有积极推进的价值,同时更具备"检讨"、"反思"、"矫正"、"平衡"的价值,即:发现现代化进程中的偏颇,矫正现代化建设中的失误。因为事实已经证明,世界性的现代化过程是一柄"双刃剑",它在推动人类社会高速发展的同时,已经带来太多太多的问题,乃至灾难,尤其是生态灾难。"国学"在发挥这方面的价值与作用时,以往被认作"消极避世"、"退隐回归"的老庄哲学恰恰得天独厚!

从这一视角深入探讨,老庄哲学是可以为现代社会的健康发展发挥重大作用的。下边,我选取老子《道德经》第二十八章中的一段话,谈谈我的一点体会。

这段话的原文为:

> 知其雄,守其雌,为天下溪。为天下溪,恒德不离。恒德不离,复归于婴儿。知其荣,守其辱,为天下谷。为天下谷,恒德乃足。恒德乃足,复归于朴。知其白,守其黑,为天下式。为天下式,恒德不忒。恒德不忒,复归于无极。①

由于时间关系,这里我只讲其中的一句:"知其白,守其黑,为天下式"。这句话后来也曾出现在《庄子·天下篇》里。

老庄哲学将"知白守黑"说成是"天下式",即天下的"模则",最终又将其归向"无极",成为"道"的一个标志与象征,那无疑也是道法自然的最高境界。有趣的是,存在主义哲学大师海德格尔也曾关注到老子的这句话,并将其翻译成德文:"那知晓其光明者,藏身于它的黑暗之中",最终又象征性地将其刻在

① 高明撰:《帛书老子校注》,中华书局 1996 年版,第 452 页。

自己的墓碑上。

"知白守黑",讲的是"白"与"黑"的关系,也是"明"与"暗"的关系,"光明"与"黑暗"的关系。从生态批评的立场上看,作为现代社会主导思想的启蒙理性,在这个大问题上是有许多偏见与失误的。在近代欧洲,所谓"启蒙",就是"开启黑暗,追求光明"。启蒙理性将以往的时代看作一片蒙昧,一片昏暗。启蒙运动以来,"光明主义"一统天下,人人向往光明,黑暗成了一个令人惧怕、让人憎恶的字眼。在启蒙理念开拓出的工业社会、科技时代,人们犯下的一个最大失误,就是执于一端,只知白不知黑;只要强不要弱;只求奋进而不懂回归,只知追求光明的事物,而忽略了幽暗中潜隐的、未知的奥秘,结果酿成了今日种种生存困境。"现代大都市"作为启蒙时代结出的硕果、作为现代社会的象征,眼下已经全都变成了"不夜城",变成了由现代科技定制的一个庞大而又脆弱的人造系统——高效而又高风险的"白色系统"。生物界的"白化"是病变,人类社会的"白化"呢?

地球上本来有白天、有黑夜,白天黑夜相互交替是自然的规律。看看卫星上传回的地球上"白昼"与"黑夜"交替生成的图像,我猜想集中体现道家思想的那个"太极图"或许就是这一"宇宙图像"的写照!

而在以西方启蒙理念为指导的现代社会中,科学技术以及政治财经,似乎都在犯着同一个"拥白弃黑"的错误,这也是当代人遭遇到的所有生存困境的根源。我们当下社会风气也难免受其影响。表现在现代人的生存方式上,那就是重物质,不重精神;讲科学,不讲信仰;讲手段,不讲道德;只想消费,不肯俭朴;只求升迁,不愿隐退;只希望占有,不知道舍弃;只顾眼前,不管未来;只重外表,不重内心;只看包装,不在乎内在的品质。

老庄哲学思想却不是这样的。《老子》和《庄子》书中强调指出,"知其白,守其黑,为天下式":白,是"有",是"显";黑,是"无",是"隐"。白,是"动",是"进";黑,是"静",是"退"。白是"器",是"存在之物";黑,是"道",是"存在"的本源。白是已知的世界,是知识的领域。黑,是未知的世界,是信仰的空间……"知白守黑"才是宇宙间的真义,才是人世间完善又完美的境界。

比如,将"知白守黑""负阴抱阳"的思想运用到对于现代城乡关系的认识中来,那就是说:农村与城市也可以看作一阴一阳,一柔一刚,一弱一强,一暗一亮。在以往的一些场合,我曾经反复指出过:由钢筋水泥构筑的城市,总不能取代溪流环绕、草木繁茂的乡村;城市里昼夜通明的灯火也不能替代乡村的星空与月夜。高速城市文明不但不应该取缔乡村文明,良好的城市生态反而应当依附、寄身在良好的乡村生态之中。这也就是:"知白守黑""负阴抱阳"。

以上说的是国家治理的宏观方面,再看看作为国民素质的"个人修养"方面——毋庸讳言,近十多年来在经济高速发展的同时,消费主义的泛滥已经严重损伤了国民的精神素质。这里,我还是想说一说陶渊明,我们中华民族的伟大诗人,一个老庄哲学话语中的"真人",一个受历代民众推崇的"高人""完人",在精神气质方面如何成为一个表率。

我曾经仔细地推敲过诗人陶渊明的名和字——陶潜、陶渊明、陶元亮的含义。陶潜、陶渊明、陶元亮叫法不一,却不外乎相互映衬对照的两个方面:一是潜和渊,一是明和亮。即:一是幽暗,一是光明。"渊明",就是道家哲学所推重的"知白守黑"。作为儒、道哲学精神源泉的《周易》中曾讲"潜龙勿用""或跃在渊";作为中国诗歌源头的《诗经》,也有这样的诗句"鱼在于渚,或潜于渊",所讲都含有"知白守黑"的意思。我猜想这或许都是"陶渊明"名字中的固有之义。陶渊明正是因为"知白守黑",所以才能够在穷通、荣辱、贫富、显隐以及生死、醒醉、古今、言意之间委运化迁、遂顺自然、身心和谐,意态从容。

看来,"知白守黑"果然是"天下式",天下的模则。既适用于国家治理,也适用于国民的人格修养,有益于健康社会价值观的维护与弘扬。

这种关于"白"与"黑"、"明"与"暗"、"显"与"隐"、"强"与"弱"、"刚"与"柔"、"重"与"轻"相辅相成的中国古代哲学,最近似乎正在被最新的物理学证实。不久前著名物理学家李政道先生在上海演讲时指出,在大自然结构的最深远处:不但存在着"重粒子",还存在着"轻粒子";不但存在着"强作用力",还存在着"弱作用力";不但存在着我们日常能够感觉到的物质和能量,还存在着我们感觉不到的"暗物质""暗能量"。他说：大家也许不知道,那些人类目前无法看到的"暗物质"大约占到了宇宙总质量的95%以上,而宇宙中的暗能量是人们已经知晓的能量的14倍以上。我还看到美国《科学》杂志发布的科学界十大发现,其中之一是讲：在生命的最深处、在人的基因组织中又发现了"暗基因组",即原来被当做"消极的""惰性的"基因组实际上却发挥着复杂而又重大的作用。目前世界上一些最富才华的物理学家、生物学家们都在寻觅那些牵引在宇宙间的"轻粒子""弱粒子""暗物质""暗能量"。由此,再回望一下我们老庄哲学中"知白守黑""知雄守雌"的思想,不能不让人感到自豪,这些思想是如此的奇妙、如此的伟大!

　　生态文明是一种既利于自然生态养护又利于人类社会全面发展的世界新秩序。不少西方学者早已开始从中国传统文化中学习如何与自然和谐相处。如诺贝尔物理学奖得主、比利时科学家普里戈金就曾指出,"中国文明对人类、社会与自然之间的关系有着深刻的理解",中国的思想对于西方的哲学家和科学家来说,始终是个启迪的源泉。老庄哲学思想作为中华民族在数千年农业文明中积淀下来的生存大智慧,完全可以为我们营造新时代的文明——"生态文明"奉献一份宝贵的精神资源。

2014 年 11 月 2 日·安徽亳州

东方乌托邦与后现代浪漫

——三生谷柯布生态书院生态文明公益讲座

新冠疫情已经蔓延了两年多，我算了一下，已经 800 多天。这不但损伤了许多人的生命与健康，损害了国民经济的发展，也给人们的精神与心灵带来很大的伤害。朋友之间的交往少了，师生之间见面的机会少了，各种群体之间的活动少了，我还算是一个比较能够独处的人，也时时感到很压抑、很郁闷。人，总是需要与他人交往的。记得作家张贤亮曾经说过，他当年坐单人牢房时，从身上摸到一只虱子，竟然感到分外的亲切！所以，今天能够有这样一个与大家交流的机会，尽管只是在线上，仍然感到很难得，再次谢谢美筠博士，谢谢三生谷柯布生态书院给了我这样一个机会！

今天，我要和诸位一起探讨的问题是：东方乌托邦与后现代浪漫。这是一个与当代生态文明建设相关的问题，我来先谈谈自己的看法。

乌托邦是一个舶来词，英文 Utopia 的音译，同时也是意译，"乌"是没有，"托"是寄托，"邦"是国家，"乌托邦"即现实中并不存在，而是存在于人们的意愿和理想之中。"乌托邦"在我们以往的记忆中曾经是一个"褒义词"，"想象中的完美国度"，那是一方像云彩一般悬浮在空中的福地乐土，是有待实现的理想社会。

不料,如今的"乌托邦"已经变成一个贬义词,尤其是在学术界,已经成为一个否定性的用语,不再是赞美的对象,而成了批判的对象。Utopia 变成了 dystopia,被叫作"敌托邦""恶托邦""反面乌托邦",成为令人厌恶与绝望的地方,成为一种违背自然、违背人性、丧失人心、令人恐惧的社会形态。

这一演变是如何发生的?人间美梦如何变成了噩梦?今后人们是否还可以拥有对于"美好愿景"的幻想?如果可以的话,那么新的"乌托邦"又该是什么?这个话题或许涉及时代的价值选择与社会的进展方向。

乌托邦思想的源头,一般被认为是古希腊哲学家柏拉图的《理想国》。全书的主题是关于社会制度的设计与国家的管理。其中包含了政治、经济、军事、外交、民主、专政、自由、独裁、宗教、哲学、科学、道德、教育、医疗卫生、男女平权等问题,以及婚姻家庭、文学艺术等问题。柏拉图是一位理性主义者,他把不变的理念看作世界唯一真实的原本,把变化的事物看作理念的摹本和被动的产物。他在《理想国》中也时时展露出理性的威严,比如他对理想社会中婚姻家庭关系的设计:结婚,不能谁想结就结,要靠国家统一配给。优秀的男人与优秀的女人要"多结",劣等男女则少结或不结。婚礼可以搞得隆重一些,那只是为了生育的神圣化,避免像农家院里猎狗、公鸡一样随便地乱了种。男人和女人在一起做爱时,谁也不能想入非非,不应该带过多的情欲,出发点只能是"改良民族的品种","增强国家实力"。性行为毕竟是一件赏心快事,可以把它作为战功卓著的英雄的赏赐,除了发给他们奖状、奖金之外,还可以奖给他们多多拥抱亲吻异性的权利。在"理想国"里,国家对"性"实行"统购统销"。

在乌托邦漫长的思想史中,16 世纪的英国大法官托马斯・莫尔(Thomas More)撰著的《乌托邦》,成为《理想国》之后的一块重大的里程碑。

莫尔的《乌托邦》于 1516 年出版发行,书中论及的重大社会问题有:生产资料公有制,国民共同生产,集体分配;各尽所能,各取所需;彻底废除私有制,平均分配财产,避免贫富两极分化;民主制度延伸到基层,总督由秘密投票方式选出,可以终身制。重视农业生产,城市青年要上山下乡从事农业劳动。重视科学研究,给科研人员优厚待遇。实行义务教育、公费医疗,住房由国家同意配给,大家穿着同样的工作服在公共食堂集体用餐。严格实行一妻一夫制,破坏婚姻的"第三者"将被罚作奴隶。重视精神生活,国家保护宗教信仰的自由。谨慎对待战争,尽量利用"雇佣兵",尽量采取"斩首行动",避免本国民众大量伤亡。

如果说柏拉图的《理想国》为人类的理想社会打下初稿,莫尔的《乌托邦》则绘制出一幅蓝图。

莫尔之后,他的英国同乡培根(Francis Bacon)创作了一部乌托邦作品:《新大西岛》。如果说莫尔的《乌托邦》侧重于对社会治理的设计,培根的《新大西岛》则充满对于未来科学技术发展的预告:天气预报、地震预测、活体解剖、人工育种、植物嫁接、牲畜杂交、望远镜、显微镜、空中飞行、水下航行等等。在新大西岛中,科学主宰着一切,人们利用科技手段开发自然、创造财富、过上越来越富裕的生活。

世界进入 19 世纪后,关于乌托邦的想象与设计如同五彩缤纷的云霞,层出不穷,布满天空。其中最杰出的是被马克思、恩格斯高度赞赏的三大"空想社会主义者":圣西门、欧文、傅里叶。

圣西门(Comte de Saint-Simon),法国伯爵,著有《论实业制度》、《新基督教》等。他是一位依靠"科技"与"工业"改良现状的实力治国主义者,他主张由最优秀的专家学者与最优秀的实业家组成政府,凭借计划经济与宣传手段促进社会财富的迅速增长、提高国民的福利。同时他反对利己主义,倡导为人民服务的集体主义精神。

欧文(Robert Owen),是一位企业家,拥有数家大型纺织工厂,他把自己管理工厂的经验推广到管理社会,著有《新社会观》《新道德世界书》等。他认为解决社会贫困问题的道路是公有制,协调资本界与工人之间的关系,为此他创建工会、开设劳工食堂、工人消费合作社,并建立公费医疗和养老金制度等。为了实践他的理想,1824 年欧文曾到美国创办"新和谐公社"。为了实现这一目标,欧文十分重视人在生产过程中的重大作用,因此主张办好教育,他主张教育与生产劳动相结合,把教育视为积累劳动之时、提升劳动技能的手段,在劳动之中为了劳动而培养起一代新人。

傅立叶(Charles Fourier)出生于法国一个商人家庭,中学毕业后投身商界,自学成才,著有《宇宙统一论》《新世界》等。他认定社会是一个从低级到高级的发展过程,1802 年他为理想中的"和谐社会"建立实验性的社区"法郎吉"。在"法郎吉"中,没有工农差别,没有城乡差别,资本家、管理者和工人之间合理分配收入。社会各阶层都住在一个酒店式的建筑里,上层阶级住在高层,中产阶级住中层,下层阶级住在底层,人们根据自己的兴趣分配工作,大家就会和睦相处,劳动将成为一种享受。大家都不喜欢的工作,则用高额工资做补偿。傅立叶热爱艺术,希望把审美引进工作与生活环境。他尊重人的感情,婚姻只应该以情感为基础,男女关系有着更为自由广阔的天地。

在这一时期,欧洲还曾涌现三位人类乌托邦史中的"圣斗士",他们试图凭借革命斗争推翻旧制度,把想象中的天堂搬到人间。

巴贝夫(Francois Noël Babeyf),是一位流浪汉,他主张绝对平均主义,取消贫富差别,消灭私有制,通过暴力夺取政权,建立人民专政、共同富裕的"共产主义公社"。事情败露后被判处死刑,为他的理想献出年轻的生命。巴贝夫被马克思称赞为"共产主义政党"的奠基人。前苏联学者认为"巴贝夫主义"是马克思主义的先驱。

卡贝(Etienne Cabet),卡贝是个箍桶匠,崇信莫尔的乌托邦精神,试图通过工会斗争以想象中的"伊加利亚共和国"取代现行资本主义制度。在这个国度里,没有贪欲和野心,人人具有平等的权利和义务,箍桶匠、补鞋匠和国务部长吃一样的饭菜、穿一样的衣服。人们彼此友爱，亲如手足，政府唯一关心的是人民的福利。卡贝主张实施严格的书报检查制度，排斥一切无益于社会福利的书刊，包括文学艺术方面的书。他深得底层民众的用户，他领导的伊加利亚工会仅在法国就曾拥有五十多万会众。

魏特林(Wilhelm Christian Weitling)，魏特林是一位自信的成衣匠，他说耶稣也不过是个木匠，成衣匠也可以做一次救世主，著有《和谐与自由的保证》《人类的现状及其未来》。他把一切社会罪恶归咎于金钱，认为私有财产是万恶之源！在他绘制的未来社会的蓝图中，没有政府，没有货币，人们为了集体利益应该牺牲个人利益。文学艺术应纳入消费领域，像糕点烟茶一样可以定做与批量生产。他坚信采取暴力革命的手段，可以从封建君主制王国直接过渡到共产主义社会。

早先那些乌托邦设计者的初心毋庸置疑，不少人为自己的理想受苦受难甚至献出生命：

圣西门为此经济破产，疾病缠身、妻离子散。魏特林多次被捕，披枷游街，客死他乡。巴贝夫在 35 岁时被送上断头台。莫尔被英国王室肢解后脑袋被切下来挂在伦敦桥，四肢分别钉在四座城门上，惨烈不逊于当年耶稣在十字架上受难。

然而，他们那些"最完美设计"的乌托邦的五彩云霞，一旦飘落在地下，竟都化作一片污泥浊水！美妙无比的乌托邦变成危机四伏的社会现实，乌托邦在历史的演进中逐渐走向反面。进入 20 世纪以来，诞生了一个新名词：dystopia，即负面的、恶劣的、令人绝望的乌托邦，简称"反乌托邦"。

对"反乌托邦"做出生动描绘的，是四位文学家的四部经典小说：扎米亚京(Yevgeny Zamyatin)的《我们》；奥威尔(George Orwel)的《1984》；赫胥黎(Aldous Leonard Huxley)的《美妙的新世界》；莱文(Ira Levin)的《这完美的一天》。这些作品已经被翻译成 70 多种文字，发行数千万册，在世界范围内产生了巨大影响。在他们的笔下，往昔那些精心设计、幸福美满的乌托邦，一旦变为现实,则全成了邪恶、凶险、令人无法忍受的牢狱。

成书于1921年的反乌托邦小说《我们》,作者扎米亚京在书中展示:一个叫做"联众国"的国家,在一位"造福者"的神圣统治下,采用严密的数字化统一管理,每个公民都生活在透明的玻璃房里,遵循着统一的作息时间,吃饭、穿衣、婚配、娱乐都按照统一标准进行。在"幸福生活"的许诺下,人人泯灭了个性成为"圈养的猪"。任何敢于反对这种"幸福生活"的人都将被逮捕、被消失,不留一点痕迹。

奥威尔的《1984》完稿于1948年,书中描绘了一个令人窒息的恐怖世界,在一个假想的未来国度中,独裁者追逐权力最大化,以篡改历史、改造语言等极端手段掌控国人的精神和本能;用高科技的"电幕"与"思想警察"监视人们的思想与行动;以对独裁者的绝对忠诚和对国内外敌人的强烈仇恨维持社会的运转。人性被强权彻底扼杀,思想受到严酷钳制,生活陷入单调乏味的循环,人们对此却一筹莫展,只有默默承受。

在《美丽的新世界》中,英国作家赫胥黎刻画了一个六百年后的未来世界,人们完全被高度发达的科学技术所控制,一个人的个性与一生的命运在出生前就被设定,物质生活极端丰富,不必担心生老病死带来的痛苦,但所有的一切都被标准化、统一化,真情实感成为罪恶,人们接受着各种安于现状的教育,每个人都成为这台超稳定机器的俘虏。

莱文的《这完美的一天》出版于1970年,书中展现的也是一幅"科技治国乌托邦"的图景:人们说同一种语言,吃一样的食物,喝一样的饮料,穿一样的衣服。每个人都成了一个代码,个体精神和自然属性荡然无存。整个世界被一台"统一电脑"控制,没有人能够逃脱。

如果从莫尔的《乌托邦》诞生算起,五百年来的社会发展史说明,乌托邦并非空穴来风,乌托邦也并非痴人说梦,以上志士仁人的想象与设计,其实大多已经在现代社会落到实处。在人类居住的这个星球上,无论是资本主义社会还是社会主义社会,都可以看到当年乌托邦这棵理想之树上结下的实实在在的果实,包括政治的果实、经济的果实、社会管理的果实、伦理道德的果实以及科学技术与文化教育的果实。只是这些果实并不都是甜蜜美好的果实,甚至多半成了苦涩的果实、腐烂的果实、有毒的果实。

20世纪,应该说是上述乌托邦纷纷开花结果的世纪;不幸的是,20世纪同时也成了噩梦联翩、灾难重重的世纪。两次世界大战以及接连不断的战火彰显了人性的残酷,由经济高速发展促生生态危机不但毁坏了人们生存的环境,也腐蚀了现代人的心灵,助长了人心的贪婪。

正如俄罗斯思想家别尔嘉耶夫指出的,乌托邦要比我们过去所想象的更容易实现,事实上我们却发现自己正面对着一个更痛苦的问题:怎样避免它最终实现。一个新的世纪也许可能开始,那时有识之士将会梦想着以种种方式逃避乌托邦,返回一个并不那么"完美"却更符合人性的社会。人类算不得万物之灵,当人类自以为是自然界的主人时,实际上已经沦为自然界的奴隶。

一部乌托邦的历史,就是人类自我设计的历史;一部乌托邦的历史,就是人们迈向现代社会的心路历程。

"反乌托邦"的出现,说明人类自我设计在一定程度上的失败;"反乌托邦"的出现,代表了人们对现代社会的反思意识的觉醒。

反思的结果,乌托邦带来灾难性后果的"原罪"是什么?以理性主义为指导思想,以政治经济为核心,以增长人类的物质财富为目的,以发展科学技术为手段,以实用主义为准则,以计划性的一元化建构为社会模式。

乌托邦的原罪,也是现代工业社会的原罪:经济的高速发展,严重破坏了地球的自然生态环境;物质生活的极度丰富,导致人类精神世界的沉沦;理性主义的极端化,造成世界的同质化、个人选择的流失。看似虚无缥缈的乌托邦,其实是与轰轰烈烈的启蒙运动、工业革命一脉相通的。由此看来,乌托邦的思想发源于西方、兴盛于欧洲,尤其是英国,也就不奇怪了。

可以断定,截至目前,人们议论的"乌托邦",以及"反乌托邦",包括上述诸位乌托邦大师以及反乌托邦的大师，柏拉图、莫尔、培根、欧文、圣西门、傅里叶、巴贝夫、魏特林、奥威尔、赫胥黎等等，都是西方人。有人断言：东方没有乌托邦，中国没有乌托邦，洪秀全的"太平天国"、康有为的"大同世界"，都还是仿照西方乌托邦做文章

东方拥有自己的乌托邦吗？

梁启超在他1933年出版的《陶渊明》一书中曾指出：陶渊明有他理想的社会组织，即桃花源，他说：我想给它起一个名字，叫做东方的乌托邦。稍后，朱光潜也作出过类似的判断："'桃花源'是一个纯朴的乌托邦。"作为乌托邦，从空间上说，"桃花源"隐藏于人世之外，一朝敞神界，旋复还幽闭；从时间上看，不知有汉，无论魏晋，全都虚无缥缈。桃花源里是怎样的社会结构、怎样的生活情境？

陶渊明在诗中写道：

> 相命肆农耕，日入从所憩。
> 桑竹垂余荫，菽稷随时艺；
> 春蚕收长丝，秋熟靡王税。
> 荒路暧交通，鸡犬互鸣吠。
> 俎豆犹古法，衣裳无新制。
> 童孺纵行歌，斑白欢游诣。
> 草荣识节和，木衰知风厉。
> 虽无纪历志，四时自成岁。
> 怡然有余乐，于何劳智慧！

这里描绘的并非期待中的、几百年后可以建造起来的社会模式，而是想象中的、以往恍惚存在过的历史画面，一幅原始农业社会的日常情景，人们日出而作，日入而息，斗转星移，春华秋实，顺从自然，不劳智慧，不设官府，不交赋

税,阡陌交通,鸡犬相闻,生活简朴,邻里和谐,男女老少怡然自乐,过着平静、愉悦的生活。

中华民族历史上是否真的存在过这样一段时期,是在"无忧氏"时代,还是在"葛天氏"时代恐怕也如这桃花源一样难以确认。但你不能排除它从来就真实地存在于历代思想家、诗人的心中,一个想象中的理想的社会。这显然也是老子、庄子们的理想。

这些东方哲人的"理想国"显然与西方哲人柏拉图的"理想国"截然不同。中国陶渊明的桃花源与英国莫尔、培根们的乌托邦也截然不同。

西方乌托邦是物质的、务实的、理性的、豪华版的、工业型的;东方乌托邦是精神的、虚幻的、诗性的、节俭版的、农业型的。西方型的乌托邦是向前看的,进取的,指引人们走向未来的;东方型的乌托邦是向后看的,退隐的,诱导人们回归过往的。

柏拉图、莫尔、培根、魏特林们的乌托邦不断"进步"的结果,终于在人间落到实处。然而,美梦却变成噩梦。

陶渊明的乌托邦,一再呼喊"归去来兮!",呼喊了一千多年,仍然不能落实,仍然虚悬在诗歌中、梦境中、想象中。不过,美梦依然还是美梦!也许有人提问:不对啊,当前中国国土上已经开发建成了二十多个"桃花源"。我说,那并非陶渊明的桃花源,而是政府与企业家联手开发的景点,是用作经济开发的。

究其本义,乌托邦是不能实现的理想,如同天际的那道"地平线",看得到,却永远虚悬在你的视野里。"桃花源"就是永远不能实现的乌托邦,从乌托邦的本义看,这个东方的乌托邦或许比西方乌托邦更乌托邦!看来,东方、中国不是没有自己的乌托邦,只不过东方的乌托邦不同于西方的乌托邦,东方乌托邦不被西方认可。

像陶渊明的桃花源这种既不能在人间实现,又显得消极散淡、同时还总是呼唤倒退回归的乌托邦有什么意义呢?我认为:对于当下我们身处的这个始终高速发展、激烈竞争、日益奢华、一往直前的社会,多一些回顾、多一些反省、多一些冷静、多一些节俭、多一些调适是完全必要的。桃花源型的乌托邦,正可以作为反思现代社会、构建后现代社会的一个参照系。尤其是当人们将后现代定为"生态时代"时,这一参照系的意义就更为显著,就更不能缺席。

当下的事实证明,世界、时代、国家、个人都还是需要这样的乌托邦。

日前,在中国横空出世了一位"当代女性陶渊明",她制作的视频凭借"田园风光"与"乡土风味"爆红网络,赢得千千万万民众的心,被誉为"直播时代的田园诗"。报载,2021 年年初李子柒在"油管"(youtube)的粉丝已经超过1 400 万,微博话题阅读量高达数亿,刷新了吉尼斯世界纪录,在国际社会也产生不小的影响。

她就是四川女孩李子柒(李佳佳)。李子柒以气质清雅、着装飘逸的形象在网上种庄稼、挖莲藕、磨豆腐、酿米酒、搭灶台、弹棉花、扎篱笆、采野花,她返璞归真、身居原野、白衣素手、克勤克俭、与大自然和谐相处,一动一静都是一幅绝美的田园风景图。有人发表文章称:陶渊明与李子柒,是中国最令人羡慕的农夫和农妇。

未过多时,网上便披露,李子柒并不是一位普通的农妇,而是杭州微念科技有限公司的股东,身后有一个强大的制作团队,清纯质朴的田园牧歌背后是丰厚的巨额利润,成名后的李子柒只能说是一位当红的博主、成功的电商。"陶渊明""桃花源"只不过是货品上的一层包装。现实的中国如果真有一位陶渊明,恐怕也只能默默无闻地呆在庄稼地里,守护着寂寞与清贫。

曹雪芹在《红楼梦》里慨叹:"一天能卖三个假,三天卖不了一个真!"在网络时代,这句话里的数字要翻几番了:一天能卖三千假,三年卖不出一个真!

真正可以称得上东方乌托邦的,我认为还是日本著名导演黑泽明创作的"水车村",这是他在生命后期创作的电影《八个梦》中最后一个梦。(播放《水车村》录像)

水车村没有任何工业化、现代化的东西，照明靠蜡烛、亚麻子，取火靠树枝、牛粪，耕田靠牛马，因此村子里的天是蓝的、水是清的，白天有舒展的云彩，夜间有闪亮的繁星。村子里的人是淳朴的，衣着古朴，或穿草鞋，或打赤脚。村子里的人是善良的、充满爱心的，"落地为兄弟，何必骨肉亲"，对一位死后埋在村头的外来流浪汉，也不忘世代奉献鲜花。村子里的人又是安详、愉快的，从那位老祖母葬礼上传来的阵阵鼓乐，可以听到村民们真实的心声。影片中那位老爷爷对偶尔闯入的来访者说：自然最伟大，人也不过是大自然的一部分，那些学者们自认为拥有知识可以改造世界，结果发明了许多到头来使人不快乐的东西，却把自然送上了死亡的边缘。那位老爷爷还谈了什么是最好的东西：最好的东西是清爽的天空、清洁的水源，是树木，是植物。老爷爷还谈到生与死：有生就有死，年纪大了，自然会死，在世活着时愉快地劳作，死亡降临就坦然地接受，顺着自然生死，没有什么痛苦。

水车村里的人生，是自然的人生。这位日本乡村老爷爷的谈论，恍若出自陶渊明的诗文。或者说，"水车村"俨然又是一个"桃花源"，一位当代日本艺术家心目中的"桃花源"，这也是艺术家的一个梦境，一个在现实社会中不能实现的梦境。一生轰轰烈烈的黑泽明最终还是将自己的理想社会、幸福人生安顿在东方古老的乌托邦：桃花源。

或者说，黑泽明在《梦》中宣示的，就是一种"后现代"的浪漫！

"后现代浪漫"，是旅美学者王治河、樊美筠夫妇在他们的《第二次启蒙》一书中阐发的一个概念：后现代浪漫主义者寻求的是一种"诗意的存在"，他们推重精神生活；敬畏自然，热爱自然，崇尚自然的简朴生活，能够细细品味自然。他们又是一些人性丰赡、呵护精神尊严的人，理性但不机械，诗意但不矫情。他们一方面与他人、社群、自然保持着水乳交融的关系，同时又能够活出生命、活出风格、活出优雅、活出自由、活出美。总之，这是一群"天然的生态主义者"，一群重情感与想象、轻视理性与分析、不合时宜的"空想者"。作为"不合时宜的空想者"，后现代浪漫主义者，也是沉浸在东方型的乌托邦中的人。

王治河、樊美筠夫妇在他们的《第二次启蒙》一书中还推出一位"后现代浪漫主义者"的楷模——诗人、散文家、有机农耕的先驱与精神领袖温德尔·贝瑞。这是一个活出自己生命的人。早在 20 世纪 70 年代初，当许多人不由自主地被工业化、现代化大潮挟裹时，温德尔为拒绝时代潮流的裹挟，毅然辞别令人羡慕的大学教职和城市生活，在一个小小的乡下落地生根当农民，开始其有机耕种的乡村生活。返乡后，他一边参加农业生产，一边读书写作，共写下了 40 余本诗歌、小说、散文集。

他曾经写道：

> 我们来自大地，
> 最终也将回归大地。
> 因此，
> 我们的存在基于农业之中。
> 无异于我们存在于自己的血肉之中。
>
> 一切都将回归泥土，
> 我不追求过度的财富与权力，
> 只要知足常乐，
> 渔夫的沉默得到河流的优雅，
> 园丁在一排排树木中聆听音乐，
> 渴望那朴素的宁静。

从这位后现代浪漫主义诗人身上，任何一位中国读者都会自然地想起古代东方诗人陶渊明的模样，也会看到黑泽明影片中那位水车村老渔夫的身姿。从桃花源、水车村、前现代的陶渊明以及后现代的文德尔·贝瑞，从东方乌托邦到后现代浪漫,这些话题全都与乡土、农耕、农民相关。

美国生态批评家卡洛琳·麦茜特,在其《自然之死》一书中曾揭示另一种乌托邦——"生态乌托邦",一种与工业社会相对的"有机社会的乌托邦"。她强调,这种乌托邦"秉承自然与社会之联结的古代传统",是一个以自然生态哲学为基础、自给自足、周而复始的生态社会。她所说的"生态乌托邦"、"有机社会乌托邦",无疑也与乡土、农耕、农民密切相关。

以工业取代农业,以城市取代农村,以农工取代农民,以人造环境取代自然环境,以科技产品取代人的自然天性,这也是以往西方乌托邦的核心理念。以往人们总把这些视为社会的发展进步,如今已经被证实乃人类的狂妄与愚蠢。由于这种狂妄与愚蠢,地球上的农业文明在大部分地区已经日益衰微败落,这也是地球生态渐进恶化的原因之一。

复兴农业文明便成为拯救地球生态危机的重要环节。

世界生态运动的先驱小约翰·柯布指出:乡村,是旷野与城市之间的缓冲地段,它既是人类活动的场域,又是大自然的留守地,其中蕴藏着质朴的人性与蓬勃的生机。良好的乡村生态维系着人类与自然之间微妙的平衡,维系着人类理智与情感、认知与信仰之间微妙的协调。

乡村文明的复兴已经成为全球性的运动、世界性潮流。建设性的后现代应该继承前现代的优良传统,新农村建设可以从传统文化中的乡土意识、乡土精神汲取精神营养,中国的传统文化精神显得尤其要。

中国当代生态美学家曾繁仁教授将回归乡土视为"家园意识"的萌发,他说:"家园意识"不仅包含着人与自然生态的关系,而且还意味着人的本真存在的回归与解放,使心灵与精神回归到本真的存在与澄明之中。这是一种审美的终极关怀,是从宏阔的宇宙整体与长远的人类未来出发的一种将关爱自然与关爱人类相结合的生态审美的境界。

桃花源、水车村、东方乌托邦、农业型乌托邦、生态乌托邦,前现代浪漫与后现代浪漫,这里没有斗狠斗勇的恶性竞争,没有无妄损耗的生命内卷,没有自暴自弃的躺平,没有无可奈何的佛系,有的只是低物质损耗的高品位生活:健康的生态、清洁的精神、岁月的静好、诗意的人生。

(《长江学术》2023 年第 2 期)

世界的梭罗,世界的陶渊明

——在"超越梭罗:对自然的文学反应"国际研讨会开幕式上的致辞

生态精神十分看重地域的差异性与物种的多样性,为此,我准备用我的母语语种——汉语中的华北地区方言向大会致辞。当然,这一想法能够实行,是因为我的同事潘华琴博士担当了英文翻译。谢谢!

亨利·戴维·梭罗的著作翻译到中国已经整整六十年,半个多世纪里在中国读书界产生了重大影响;梭罗本人也越来越受到中国人的爱戴,被誉为生态时代的一位先知先觉的圣人。他的《瓦尔登湖》为文学切近自然生态创造了一个卓越的范例。

文学切近自然生态,在中国悠久的文化历史中是有着优良传统的。早在一千六百年前,在中国江西庐山的山脚下,就曾经诞生过一位伟大诗人陶渊明,他与梭罗一样厌恶既定的社会体制,维护自然与人的统一,追慕素朴的田园生活,亲历辛苦的农业劳动并创作出许多优美的诗篇。更重要的是,他和梭罗一样,都创造了一种生态型的生活方式,一种有益于生态和谐的人生观念。值得称道的是,在一部中国文学史中,"陶渊明的幽灵"始终绵延不断。

地球已经进入"人类纪",地球遭遇的生态状况却要比梭罗、陶渊明时期恶劣 100 倍、1 000 倍。而文学面临的生存空间随着自然生态的恶化也越来越枯燥、越来越狭窄。从西方到东方,人们普遍议论的文学危机、文学终结,在更深的层面上其实是与现代社会的生态危机、自然终结联系在一起的。文学是人学,也应是人与自然环境的关系学、人类的生态学。

一个越来越明显的事实是:人类活动对地球上自然生态的安危担负着绝对责任,人类精神的取向对地球生态系统的和谐、稳定起着最终决定作用。为此,我们应当发挥梭罗、陶渊明的创作精神,让文学积极参与到拯救地球的运动中来,也让文学在拯救地球的同时得到拯救。为此,全世界的文学工作者应当团结起来,为养护地球生态系统尽心尽力。

梭罗或许天生就是一位生态运动的世界主义者,他渴望聚集各个民族古老的生态智慧以应对日益险恶的生态危机。他曾经提出:这个时代完全有必要将几个国家的"圣经"、"圣书"结集印出,中国的、印度的、波斯的、希伯来的和其他国家的,汇集成"人类的圣经"。梭罗未能完成的事业,应当由我们大家承担下来。

我们中国学者将继续向世界各国学者虚心求教,同时也将认真挖掘、整理本民族的自然文学遗产奉献给世界,为梭罗期待的"人类圣经"提供更多的素材。

再次谢谢大家!

2008 年 10 月 9 日

陶渊明的田园时光与柯布的有机农业愿景

——在第 12 届生态文明国际论坛的演讲

农业问题是一个世界性的难题,对于中国这个世界最大农业国来说,问题更为严峻。

令人欣慰的是,这种情况最近有了转机。当前中国政府及最高领导人开始认真地面对现实,宣布三农问题是政府工作的重中之重;中国要强,农业必须强;中国要富,农民必须富;中国要美,农村必须美;农村工作是现代中国立国的根本、强盛的关键!

多年来,太平洋对岸的一位老人小约翰·柯布先生不远万里,一次次来到中国,对中国的农业问题表现出极大热情。他运用自己一生积累下的学识与智慧屡屡向中国政府和中国人民建言:要从根本上解决好中国的农业问题,就必须建立人类和自然的新的和谐关系,走有机农业、生态农业的道路;必须全面估算土地的生态价值,促进农村经济综合发展;农业应以农民为主体,发挥小型家庭农庄的作用;城市的知识精英应该到农村为农民提供帮助。他还特地指出:农业不仅是一种产业,更重要地还是一种"文化",传承农业文化、树立尊重耕种文化的新态度,农民就有可能过上比城市居民更加健康美好的生活。

柯布先生看好中国，认为中国正是当今世界最有可能实现生态文明的地方！

柯布先生虔诚的态度、坦诚的告诫感动了中国各阶层的许多人。

我从今年中国政府下达的一些关于农村工作的文件中，似乎看到了柯布先生的身影。比如，2018 年指导全国发展建设的中央一号文件，在一万五千字的篇幅里讲到"生态"45 处，讲到"文化"33 处。文件强调：农业要树立"大生态观"，处理好生产与生态的关系。要把农业问题放在生态体系中衡量；要尊重农民的主体意愿，促进小农户与现代化农业发展的有机衔接；要切实保护优秀的农耕文化遗产，用优秀的农耕文化凝聚人心，教化群众，淳化民风；鼓励城市中的青年学生、科技人员上山下乡，支援新农村的发展建设。

可以看出，柯布先生的关于农村前途的生态愿景，与中国执政者的治国方针在许多层面上是一致的。

但同时也还存在许多差异。

政府文件中更强调的是科学种田、科技富农、农业要走"现代化"道路。而柯布先生更为关注的是工业时代科学技术的两面性，时时提醒人们对现代科技的负面作用保持警惕。柯布先生著作中的关键词"有机农业"、"后现代农业"，一般并不出现在中国官方的重要文件中。

近代中国在现代化的进程中曾经落后，并因落后而蒙受世界列强的欺侮与侵略。时至如今，举国上下对于现代化的功效过于热衷，而对于现代化日益严重的负面作用则警惕不足。因此，在农业发展、农村建设、农民生活改善方面，基本上仍在沿用"现代化"的思维方式，并试图将现代经济理论运用到农业生产上来，以此促进农业产业化、农村城镇化、农民生活富裕化，让农民渐渐过上城市人那样的好生活。

对此，柯布先生也曾便是过他的担心：中国关于农业和农村发展的决策如有不慎，将会妨碍生态文明的实现。

最近我曾走访中国腹地的一个被建设成"样板"的新农村,这让我感到柯布先生的"担心"并不是多余的。

在这个示范村我看到一些矛盾现象:光滑的水泥道路、华丽的路灯,精致的街心花园,别墅式的三层楼民居,乍一看好像是到了苏州市居民小区。

但这座堪称"摩登"的村子却显得冷冷清清,年轻人都出去打工了,街心花园的亭子里是几位老人带着孙子孙女闲坐。如此"美丽乡村",经济上却还是要靠村民到城市打工挣钱维持。

传统农耕文化到哪里去了呢?一位外地来的企业家,在村边"拿下"20亩地,建了一座山西大院式的"博物园",将传统乡村生产日用的牛车马车、犁耧锄耙、石磙石碾、锅碗瓢盆全都收藏其中,以备将来的游客参观体验。"农耕文化"变成企业家市场开发的筹码,传统文化与现代农村成了"两张皮"。在这样"现代化"的农村,传统的农业文化精神将流于空谈。

而为了建成这样一个"样板",国家从财政税收中先后为这个300多农户的小村庄投入6 000万人民币,这样的样板实际上很难在全国推广。

也有较为成功的"美丽乡村"建设典型,注重人与自然的协调,农舍与青山绿水融为一体。遗憾的是,这个"美丽乡村"很快成为该地区的一个旅游景点,村民们纷纷开起饭店、旅馆接待城市中的游客。部分村民在金钱的诱惑下却又染上市场经济中常见的"唯利是图"的毛病,很快学会了"欺客""宰客",一份凉拌菜开价三十多元。(我吃过最贵的一盘是68元,相当于苏州的一盘清炒虾仁!)问为什么这么贵,说因为这是"野菜""原生态"。"旷野"与"生态"成了乡民们赚钱的资源,"财富"于是也就"异化"成淳朴乡风的腐蚀剂。

柯布先生强调说:一个文明,一个国家没有传统文化、没有乡村文明是不可能维持下去的。乡村就是乡村,乡村文明建设不能走城市化的路子,地球上一个城市化就够闹心了,如果还要把乡村城市化,后果不堪设想。反之,应当把乡村建设成比大都市更符合生态精神、更适宜人类诗意栖居的"乐境"。

我认为中国传统农业文化即所谓的"耕读文化"恰恰就具备这样的"诗意内涵"内涵。"耕"是田间劳作;"读"则是心灵陶冶。"耕读文化"是物质与精神的有机渗透,是"田园"与"诗意"的美妙结合。而中国古代伟大诗人陶渊明作为田园诗的创始人,正是这一文化的代表人物。

伟大的哲学家怀特海在其《过程与实在》一书中曾经指出:有机哲学似乎更接近印度或中国思想的某些气质。

我想,中国伟大诗人陶渊明的自然主义哲学思想是完全可以印证这一点的。

陶渊明,一千六百多年前出生在中国江西庐山脚下的柴桑县,是名门贵族的后代,曾做过县一级行政长官。四十岁上不愿受行政事务的束缚,毅然辞官返回乡里。他一边参与田间劳作,一边读书写诗直到生命结束。他的诗歌被视为"田园诗"的典范,他的生命实践被视为耕读文化的样板,他的精神被视为中国农业文明的集体无意识。

我曾经写过一本关于陶渊明的书,而且有幸被翻译成英文在享有盛誉的施普林格出版社出版。

对照柯布先生提出的有机农业、生态农业的设想,陶渊明的前现代的田园时光还是可以为当下建设后现代新农村提供诸多借鉴的。

我想到的有四个方面:

（一）清贫与富足

在汉语词典中,"清贫"差不多总是一个褒义词,经常用来彰显人的品格与操守。"清",精神生活的洁净;"贫",物质消费的稀缺。"清"则有益于高尚精神的陶冶,"贫"(即适度的物资匮乏)则有助于自然生态的养护。

返乡归田后的陶渊明,始终恪守清贫,过一种自食其力、知足常乐、宁静平和的日子：

> 弊庐何必广，取足蔽床席，
> 耕织称其用，过此奚所须。
> 今日天气佳，清吹与鸣弹，
> 清歌散新声，绿酒开芳颜。

陶渊明通过亲近自然、通过身体力行的田间劳作、通过读书写作、通过与乡曲邻里的融洽相处，在物质生活相对贫困的条件下营造一种充满诗意的高品位生活。对于诗人陶渊明来说，物质生活的大富大贵并不是幸福生活的先决条件，苦日子倒是可以唱着过的，这就是现代西方哲人崇尚的"诗意地栖居在大地上"。

陶渊明的这些"田园诗"，其实也是"生态诗"；陶渊明的田园时光足以成为当代乡村生态理想的参照。

柯布先生在他的书中反复告诫人们：仅仅凭借经济的手段，并不能让乡村变得美丽起来；仅仅满足农民的物质需求，也不能让农民真正感到幸福。清新、朴实、健康、和谐的乡村生活可以比大都市公寓里的生活更好。

（二）休闲与劳动

"好逸恶劳"或许是人的自然属性。中国古代自然主义诗人陶渊明以及与他同类的美国近代生态诗人梭罗，都不能算是"劳动积极分子"，相反都是一些很会享受闲情逸趣的"懒散"之人。

梭罗说他最快乐的日子是从早到晚坐在树林里听着鸟雀唱歌，无所事事地像大自然一般自然地过上一天。

晚年的陶渊明对自己一生的总结是：

> 欣以素牍，和以七弦。
>
> 冬曝其日，夏濯其泉。
>
> 勤靡余劳，心有常闲。
>
> 乐天委分，以至百年。

即：看看书、写写字、弹弹琴、唱唱歌，冬天晒晒太阳，夏天泡泡清泉。一切听从自然安排，高高兴兴度过一生。与快节奏的城市生活不同，春播夏种、秋收冬藏的农业生产，日出而作、日入而息的乡村生活，恰恰给人提供了这种"劳逸结合"的可能性。

在工业社会，劳动被定义为：人类从自己的需要出发改造自然、占有自然、使之适合自己的需要的有目的的活动。正是这样的"劳动"，使人类在攫取巨大财富的同时又严重地破坏了地球的生态与劳动者自己的心态。

舍勒指出：这样的劳动已成为"可怕的野蛮"，完全丧失了以往劳动观念中的道德芬芳。

在当下中国，出现了一个庞大的劳动阶层："农民工"，即离开乡土来到城市打工的农民。这些被捆绑在现代工业流水线上的"农民"不但社会地位卑微低下，比起以往田间劳动不知又辛苦多少倍，跨国大企业富士康在中国开设的工厂里，跳楼自杀的悲惨事件屡屡发生。农民进城受苦受累；农村又因农民的大量出走而日渐凋敝。

如果综合生活中的各个要素加以衡量，现代化以前传统农业社会的农民并不总是比现代社会里进城打工的农民更加可怜。

在柯布先生的后现代农村建设计划中，他总是希望中国能够认真复兴古典传统，优先考虑改善乡村生活品质，为世界各国做出榜样。什么是高品质的乡村生活？陶渊明的田园时光仍然具备现实意义。

（三）亲情与金钱

在以往的农村，不但一个家庭，甚至生活在同一个乡村的人都拥有一定的亲情关系，因此就有了"乡亲"的叫法。在陶渊明为数不多的诗文中，时时可以看到他对家人、邻人之间亲情的由衷吟唱：

> 亲戚共一处，子孙还相保。
> 觞弦肆朝日，樽中酒不燥；
>
> 邻曲时时来，抗言谈在昔。
> 奇文共欣赏，疑义相与析；
>
> 班荆坐松下，数斟已复醉，
> 父老杂乱言，觞酌失行次。

对于自己那一群"不成器"的孩子，他并不像现在的家长一味地苛责，而是在诗中流露出无限的温情与慈爱，认为孩子们自由自在地活着就好。

在现代都市的高楼大厦里，不但同一楼层的住户形同陌路，家庭内的亲情也在日渐疏远、流失。

农村也一样，当农业变成产业、农村变为商场、农民变为市民时；当森林变成木材、河流变成水利、土地变成房地产时，亲情也就让位于利润和金钱，友爱也就变成算计与蒙骗。

当下中国大陆有一个流行词叫"杀熟"，即专门坑骗自己的亲戚朋友，貌似温柔的一刀，亲情、友情、乡情荡然全无！

当下农村的经济模式、社会结构已经发生变化,传统的亲情已经失去存在的土壤。亲情的恢复还应该从重建农业的生产方式、重组农村的社会结构做起。小约翰·柯布先生倡导的"有机农业"与"小型家庭农户",倒是有可能为复兴乡村文明、改善农村人际关系、重建弥足珍贵的人间亲情培植出新的土壤。

(四)回归与进步

柯布先生倡导"有机农业"与"后现代农业",排斥农业集约化、产业化,强调向古代圣贤学习,"回到大地"、"回到自然"、回归传统文化,以挽救陷入生态危机的现代农业。

这使我想起中国伟大诗人陶渊明的千年呼唤:"归去来兮,田园将芜胡不归!"柯布先生关于"生态村庄共同体"的描绘,也总是让中国听众联想起陶渊明的"桃花源"。

柯布先生并不反对一般意义上的"社会进步",他反对的仅仅是那种单纯建立在"经济主义"之上的进步论。按照本雅明的说法,这种进步论不过是19世纪资产阶级夺得政权之后确立的意识形态,现代化进程留给历史的只是一座座废墟。针对这种启蒙主义的进步论,本雅明提出:"本源就是目标,复归也是救赎","返回的道路才能把我们引向前方"。

列奥·施特劳斯也曾指出:"当人类走到现代性的尽头,实际上就必然会回到'古代人'在一开始就面临的问题。"

这个古老的问题是什么?说来又极为简单,那就是"如何共同过上好日子"。

柯布先生与赫尔曼·达利共同撰写的一部题名为《为了共同的福祉》的大书,即在阐发这一问题。事实已经证明,"过好日子"单凭经济发展不行,必须引进"生态"一维,所以这部书还有一个名字,即《21世纪的生态经济学》。在这部书中,共同的福祉已经不仅仅属于全人类,同时还属于地球生物圈内的全部生命。

面对地球人类苦苦追求的"共同福祉",陶渊明的"田园时光"、柯布先生的"生态愿景"、中国政府的"新农村建设"已具备了共同的语境。

当古代的、现代的、西方的、东方的关于"过好日子"的愿望与智慧汇聚一起时,一个美丽的新时代或许就要降临,那就是工业时代之后的又一个时代——生态时代。

这个时代的诞生注定是艰难的,但又是无可阻挡的,只要我们大家携起手来共同努力,这个时代就一定会到来!

2018年4月27日·洛杉矶·克莱蒙特

我与"精神生态"研究三十年

——后现代视域中的天人和解

"精神生态",无论在学术界还是日常话语界,如今都已经成为一个常用词,在诸多学术检索库中往往可以搜索到数十上百万条关于"精神生态"的信息,近十多年来每年都有三十篇左右的相关论文发布,波及范围也已经从文学艺术延展到历史研究、宗教哲学、心理治疗、城市景观、园林规划、室内装潢、社区文化、计划生育乃至丧葬习俗、公墓营造诸多领域。

中文百科全书电子版中关于"精神生态"的条目中写道:"鲁枢元提出'精神生态学'","这是一门研究作为精神性存在主体(主要是人)与其生存的环境(包括自然环境、社会环境、文化环境)之间相互关系的学科。""鲁枢元从'自然生态、社会生态、精神生态'三个层次建构起他对精神生态的理解。"从多年来发表的一些论及精神生态的文章看,也往往把"精神生态"这一"发明权"赠予我。"精神生态"这一用语也许并非由我最早使用,但作为一个学科的概念或术语或许可以说是由我界定的。正因为如此,我感到我有责任将"精神生态"的来龙去脉给公众一个交代。

"精神生态"（spiritual ecology）的由来

据检索，"精神生态"一语在中国大陆最早见诸公开发表的文字，是 1985 年 1 月思之先生在《兰州学刊》杂志上发表的《有关人与文化的两点思考》一文。[①] 接着，1985 年 4 月刘再复在《读书》杂志发表的《杂谈精神界的生态平衡》一文中提出，"我们精神界也有一个生态平衡的问题"，虽然没有直接使用"精神生态"一词，实际上却为"精神生态"的问世提供了铺垫。[②]

当年，我并没有看到思之先生的文章，而那段时间再复先生与我联系较多，在 1985 年 4 月 7 日他写给我的信中就曾谈到"深深感到在精神界也应当与自然界一样，应该有一种整体性的生态平衡。"[③]那时人文社科界还很少有人使用"生态"这样的字眼，他的这些话或许已经在无意识中感染了我，至于我在回信中对他讲了些什么，已经记不得了。

与此同时，《走向未来丛书》第一本书《增长的极限——罗马俱乐部关于人类困境的研究报告》出版发行，那段时间我正热衷文学艺术创作心理的探

---

① 　思之先生这篇文章约 7000 字，主要讲文化与人类历史进化的关系，立论严谨，资料翔实，足以见出作者丰厚的学养。"精神生态"在论述第一个问题"文化是人类体外非生物的进化"时出现，凡四次。作者指出："从原始社会到奴隶社会、到封建社会、到资本主义社会、到社会主义社会的整个人类发展史，正是研究此一类精神生态环境不断发展变化及相关物质生态环境发展变化的历史科学门类。"作者还认为，人的历史进化受制于人类的"精神生态环境"与"物质生态环境"，文化的改良已经代替了身体的改变，身体外的文化进步代替了身体内的生物进化。作者的结论是："人的本质是：在生理性状相对稳定的条件下，改造体外生态环境并使体外生态环境尽可能多的如意遂愿。人的历史进化，主要反应在人类的文化成果之上。"我很赞同作者的这一判断，这也是法国思想家德日进在其《人的现象》一书中反复强调的观念。唯一可以斟酌的是：纵观思之先生的全文，"精神生态环境"、"物质生态环境"所指似乎是"精神的生态环境"、"物质的生态环境"。重心并不在"精神生态"、"物质生态"。尽管如此，早在 1985 年，思之先生就已经在文章中运用生态学的知识原理解释人类的历史文化现象，堪称生态批评的先行者。遗憾的是，"思之"可能是作者的笔名，我对于作者的具体情况仍一无所知，至今未能向他亲表敬意。
② 　参见朱鹏杰：《中国"精神生态"研究二十年》，《天津师大学报》2010 年第 5 期。
③ 　鲁枢元：《刘再复在 1980 年代》，《文艺争鸣》2019 年第 1 期。

讨,这本书中讲到地球上自然资源的局限与人类心智的局限,为我打开了另一扇窗口,以至于1987年秋天当我受中国作家协会委派赴意大利访问时,特意要求增加造访罗马俱乐部的安排。9月16日上午,我们一行来到位于罗马市"猞猁学院"的罗马俱乐部总部,那时创始人佩切伊已经去世,我们与生态文化界弗朗西斯科·加博里叶里、卢洽诺·贝代、马利尼·贝多罗三位教授进行了一番畅谈。加博里叶里教授告诉我们:"猞猁"是他们学院的图腾,这是一种富有灵性的动物,有着锐利的目光、敏捷的四肢,既能够及时觉察环境的细微变化,又能够迅速付诸行动。罗马俱乐部的这只"猞猁"给我留下深刻印象,十多年后我出版的一本文集书名就叫《猞猁言说》。

现有资料显示,我最初讲到"精神生态"是1989年暑假期间在张家界举办的全国第二届文艺心理学研讨会上的总结发言:

> 文艺心理学的学科建设必须重视人的生存状态,包括人的"自然生态"和"精神生态",尤其是人的"精神生态"……,近些年来,中国人的"精神生态"正在恶化,这种恶化是由于严重的生态失衡造成的。在生存的天平上,重经济而轻文化、重物质而轻精神、重技术而轻感情,部分中国人的生态境况发生了可怕的倾斜,导致了文化的滑坡、精神的堕落、情感的冷漠和人格的沦丧。[1]

这篇讲话将"精神生态"与"自然生态"并提,突出了"精神生态"的独立地位。此后,我便渐渐开始关注起生态问题。

1990年夏天,我带领两位硕士研究生到西北地区进行田野考察,出函谷关、潼关,过西安、走铜川,谒黄陵,访榆林、米脂,驻足延安。一度进入毛乌素大沙漠,由于天气炎热、饮水喝干,只得草草收兵。在山城佳县由桃花渡口过

---

[1] 鲁枢元:《来路与前程——在全国第二届文艺心理学研讨会上的发言》,《文论报》1989年9月5日。

黄河取道山西太原返回郑州。这次考察重在风土人情,同时也接触到民间底层的自然生态、社会生态与精神生态。归来之后有《西北纪行》一文发表。

这年 10 月,德国学者赫伯特·曼纽什的《怀疑论美学》中文版在北京举行新书发布会,由于我曾接待过这位学者,在《文艺研究》杂志发表的一篇文章被附在书后,所以被邀请参加。参会的除了出版界的首长,还有哲学界、美学界的前辈学者张岱年、马奇、蒋孔阳、敏泽等人。《中国图书评论》的综述报道以"要关注人的精神生态"为标题概括我的发言:"应该关注人类生存状况,尤其人的精神生存状况,即精神生态。"①

我一生从事学术研究没有什么严密规划,往往是受当下时代生活中某些事物或现象的诱发,凭着自己的直觉与兴趣有意无意间抓住某个话题从而延展开来,就像一棵树,你不知道它会从哪里长出一根枝杈。关于"精神生态"的由来也是如此,说来近乎传奇。

上世纪 80 年代末、90 年代初,在一次山间行路时偶和一位老僧闲聊,老僧固执地说:人类生存的这个南瞻部洲,原本足以使八百亿人口安居乐业,现在之所以不行,不是土地有限,而是人心坏了。老僧提到的"土地"和"人口",无疑是现代生态难题中常说的两大因素,但在"土地"与"人口"之外,老僧又引进一个变量:"人心",让我心头一震!人心是什么?不就是人的需求、欲望,人的价值取向、信仰理想、审美偏爱,即人的精神世界!看来"人心"绝对是生态学应该关注的大问题。

再一个故事,是上世纪 90 年代初,深圳刚刚开发,我独自一人在火车站附近徘徊,星河般灿烂辉煌的霓虹灯、高射灯,密集的飞驰而过的轿车、摩托车,琳琅满目堆积如山的各类商品货物,扑面而来的浓烈的汽油味、烧烤味、脂粉味、汗渍味,让我真切感觉到巨大的物质与能量昼夜不息地在两极间涌动:一极是公司、银行、股票、期货、谈判、合同所谓"生意场",一极是餐厅、酒吧、桑

---

① 王大路:《专家学者谈〈怀疑论美学〉》,《中国图书评论》1990 年第 6 期。

拿、夜总会、游乐中心等所谓"娱乐场"。一端是惨淡经营，一端是恣意享乐。货币的沟通取代了心灵的沟通，电磁波的联系取代了骨肉亲情的联系，操作的成败掩盖了人格的优劣，性的商品化取代了爱的升华。颇具象征意味的是：街头的"医药店"在急剧增多，畅销的药物一类是补药、春药；一类是治疗花柳病的特效药。现代都市人的内在机制陷入了"高物质消耗的低劣循环"的怪圈里，在这样一条汹涌澎湃的物质流中，人生的价值与意义何在？

生态危机的深层原因或许是人的精神危机，环境的污染是源于人的内在心性发生了病变，自然生态治理的关键在改变人类自己的精神状态。受此刺激，我写了一篇题为《说鱼上树》的文章发表在《光明日报》上。其中的"说"读"shui"，"规劝"的意思。

虽是一篇随笔，我倒是愿意将其视为我的《精神生态宣言》，摘其要如下：

> 解救自然生态的危机光靠发展科技与加强管理不行，还必须引进一个与人类自身内在价值系统密切相关的概念：精神生态。
>
> 为什么不能让心灵的清纯来抑制一下物欲的骚乱？为什么不能以精神的升腾来唤起世事的沉沦？为什么不能以情感的丰盈来填补技术的空洞？为什么不能以创造的光辉来改变一下生活中的确定性与重复性？
>
> 当代文化应当更多地关注人的心灵世界，开发人的精神资源，调集人的精神能量，高扬人的精神价值，促进人类健康良好的精神循环，给困顿于池塘中的鱼儿插上精神的翅膀，帮助身处世纪末的人类完成划时代的转换。[①]

1994 年，我离开中原腹地南下海南岛，其中一个重要原因便是我要到一个生态状况良好的地方从事我的生态研究。

---

① 鲁枢元：《说鱼上树——精神生态与人类困境》，《光明日报》1994 年 12 月 21 日。

1995 年 10 月，我在海南大学社会科学研究中心创建"精神生态研究所"。11 月，我应邀参加海峡两岸文学家在山东威海举办的"人与大自然——生态文学研讨会"，研讨会由前文化部长王蒙与台湾地区文坛领袖齐邦媛召集，国家环保局局长曲格平莅临致辞。两岸的重要作家都在会上，我做了题为《生态困境中的精神变量与"精神污染"》的演讲，指出了"精神"乃地球生物圈中的重要组成部分，"精神污染"的危害丝毫不亚于"环境污染"。

1998 年 11 月，生态文化随笔集《精神守望》由东方出版中心出版。在这本书的序言中，我借西方"疯牛病"大流行的话题，强烈呼吁人们关注精神生态的存在：

> "疯牛病"，罪魁祸首不是牛，是人。当人把牛弄疯了的时候，自己也已经失去了健全的神经。
>
> 生态危机已透过生态的自然层面、社会层面渗入人类的精神领域，人的物化、人的类化、人的单一化、人的表浅化，意义的丧失、深度的丧失、道德感的丧失、历史感的丧失、交往能力的丧失、爱的能力的丧失、审美创造能力的丧失，都在日益加剧。这种精神生态方面的危机，反过来又助长了整个地球生态的颓势。拯救地球，恐怕还必须从改善人类的精神状况开始。①

这本书得到许多读者的共鸣，出版社也一再重印、再版。前辈学者钱谷融先生在《文汇读书周报》发表专文对"精神生态"的说法予以肯定，并表扬"这既是一本具有深邃思想的学术著作，又是一本抒发性灵的优美散文"。②

1999 年 1 月，《精神生态通讯》作为一本学界内部交流的刊物，在海南省

---

① 鲁枢元：《精神守望》自序，东方出版中心 1998 年版。
② 钱谷融：谈《精神守望》，《文汇读书周报》1999 年 1 月 2 日

社会科学界联合会的直接指导下创刊,并得到中国"自然之友协会"创会会长梁从诫、中国环境文学学会秘书长高桦的支持与鼓励。8月,我国"首席生态哲学家"余谋昌先生在《通讯》上发表文章,肯定了精神生态研究"具有重要意义",并与我就"精神生态还是生态精神"这一问题展开商讨。作为一个生态哲学的门外汉,20多年来我从他那里接受了太多的教益。

2000年,中国社会科学院"科学、技术和社会研究中心"(STS)筹划的"生态文化丛书"出版,曲格平、邢贲思、厉以宁分别作序,我的《生态文艺学》为其中一部。书名"生态文艺学"是出于丛书建设新学科的统一要求,而我自己的心思却在"精神生态"上,这在该书的"后记"中已作出说明。

应该说,这本书立论的支柱、论证的核心是我对"精神生态"的长期思考。在全书上下两卷、十四章的书写中,涉及"生态学的人文转向""地球精神圈""世界复魅""精神生态""生态学三分法""现代人的精神病症""开发精神生态资源""后现代是生态时代"等话题,我的初心颇有些自不量力,那就是建立一门"精神生态学"。

这本书的面世,意味着我关于"精神生态"(spiritual ecology)的探索已经开始进入"成型"阶段。

生态学三重性与精神生态的内涵

我最初看到的一部生态学词典,其中不但没有"精神生态"的条目,也没有"自然生态"的条目,这让我很是困惑。[①] 后来我才渐渐悟出,在早期的生态学者们的知识空间里,生态学被定义为"研究生物体与其生存环境之间的关系的学科",其中生物体即动物、植物、微生物;环境即物理环境与生物环境。生态,

---

① 见安树青、林金安主编:《生态学词典》,东北农业大学出版社1994年版。

就是自然生态，"生态学"就是一门严谨的自然科学。而人类似乎只是生态学之外的一个研究者。

生态学长期忽略了人也是生物，也是地球生物圈中的一员。这种情形直到人类面临的环境污染越来越严重、生态灾难频频发生时，学术界才开始认真地审视人类自己的生态属性，"人类生态学""社会生态学"渐渐进入学术界的视野。美国女记者雷切尔·卡森的《寂静的春天》的出版成为生态学"人文转向"的里程碑。

人被列入生态学研究对象，而且迅速上升为主要研究对象，这个对象与其他生物体相比，比如蝴蝶、鲸鱼、松树、苔藓、大肠杆菌，既同属于自然界的生命体，也有不尽相同的地方，如人类拥有更突出的社会属性、精神属性。那么，在如今的地球生物圈内，除了"自然生态"之外，还应该存在着"社会生态"、"精神生态"，我将其称为生态学的"三分法"。

显然，"三分法"并不是要把三者拆离开来，恰恰是要在地球生物圈的有机整体中，深入考察其位置、属性、功能、价值，以及三者之间的相互作用。

作为思维方法，"三分法"比"二分法"更周全，历史也更悠久。在《生态文艺学》一书中，我关于精神生态的立论便是建立在"生态三重性"基础之上的。当时，有两位思想家的说法对我有很大的启发。

一是中国的梁漱溟，他是活学活用"三分法"的大师，他提出的"三种文化""三条路向""三种人生态度"都影响了后世。在《东西文化及其哲学》一书中，他指出一个民族的生活不外乎三个方面：

（一）精神生活方面，如宗教、哲学、科学、艺术等是。宗教、文艺是偏于情感的，哲学、科学是偏于理智的。

（二）社会生活方面，我们对于周围的人——家族、朋友、社会、国家、世界——之间的生活方法都属于社会生活一方面，如社会组织、伦理习惯、政治制度及经济关系是。

（三）物质生活方面，如饮食、起居种种享用，人类对于自然界求生存的各种是。①

　　后来他在《人心与人生》一书中提出的"人生三大问题"，即人对物的问题，人对人的问题，人对自身生命的问题，这些都成为我构建自然生态、社会生态、精神生态三重生态架构的重要依据。

　　另一位是德国思想家马克斯·舍勒，我在撰写《生态文艺学》时，他的精神现象学学说给了我许多启示。他在《论人的理念》中也曾试图从人与上帝、人与历史、人与自然三个方面对人的存在做出鸟瞰式、全方位的考察。②

　　地球生物圈中果然存在一个"精神生态"层面吗？

　　以往的生态学中只承认地球上存在着岩石圈、水圈、大气圈、土壤圈、生物圈，随着人类活动对地球生态状况影响的加剧，生态学界渐渐意识到地球上还存在一个与人类活动密切相关的"圈"，欧洲与前苏联的一些学者称其为"社会圈""技术圈""智能圈"；而我特别关注的是 20 世纪前期常年在中国从事学术考察的法国古生物学家德日进提出的"精神圈"。起初，我只是在古斯塔夫·豪克的《绝望与信心》一书中捡到德日进关于"精神圈"的只言片语：地球上"除了生物圈外，还有一个通过综合产生意识的精神圈"，精神圈的产生，是"从普遍的物质到精神之金"的变化结果，是通过"信仰"攀登上的"人类发展的峰巅"，它体现为"对世界的信仰、对世界中精神的信仰，对世界中精神不朽的信仰和对世界中不断增长的人格的信仰"。③《德日进集》出版后，我才看到他关于"精神圈"的更多论述：

　　　　在精神圈里的透视里，时间和空间都真的人性化了——或应说是超

---

① 《梁漱溟全集》（第一卷），山东人民出版社 2005 年版，第 339 页。
② 刘小枫选编：《舍勒选集》（下册），上海三联书店 1999 年版，第 1281 页。
③ 参见［德］古斯塔夫·豪克：《绝望与信心》，中国社会科学出版社 1992 年版，第 218 页。

人性化了。宇宙全体和位格绝不互相排斥，他们是提携并进，同时达到巅峰。

由于有分子、细胞、种系支干的封闭化学才会有的生物圈或精神圈。生命和思想的呈现与发展都不只是偶然的，而且是有结构的，与大地物质的轮廓及命运都是息息相关的。

一种无限进步的见解是会与精神圈的汇聚性质冲突的，正确的说法应当是把它描绘为是一种超越现有可见世界的向度与架构所得来的欢愉。①

德日进为我的精神生态研究提供了重要依据，在我们生态文化研究中心的研究室里他的照片与梭罗、卡森、利奥波德以及杜亚泉、梁漱溟的照片悬挂在一起。那一年，来访的美国德日进研究会主席约翰·格瑞姆夫妇看到后竟感动得热泪盈眶！

我在上世纪90年代为什么选取"精神生态"作为自己的研究对象？细想起来，除了时代现实生活的刺激，还和我此前从事的文艺心理学研究有着内在联系。整个80年代，为了科研与教学的需要，我曾经下了些功夫梳理西方现代心理学史，出版过专著《文艺心理阐释》，从这本书中可以看出我对机能主义心理学、精神分析心理学、格式塔心理学情有独钟，这些学派的核心观念是整体性、有机性、流动性、内在性、创化性，正是这些心理学的理论与知识为我打开通往精神生态研究的门径。

除了西方关于"精神"的学说，我的天性中似乎更容易吸纳中国古代哲学中关于"精神"的阐述。在中国古代，"精神"一语源自道家学术典籍，最早见

---

① 以上引文见王海燕编选：《德日进集》，上海远东出版社2004年版，第120页，第130页，第131页，第143页。

诸《庄子》。《庄子》成书之前，《周易》《老子》中已经有了"精"与"神"最初的观念；《庄子》问世之后，《淮南子》《说苑》《列子》对"精神"的阐发臻于完善。精神是一种玄奥微妙的宇宙基质，精神与形骸相对，是一种形而上的存在。"精神四达并流，无所不极，上际于天，下蟠于地。化育万物，不可为象，其名同帝"（《庄子·刻意》）。"精神"这种充盈天地间的"生机"与"灵气"，在人身上得以集中体现，人死之后，"形返于气之实，精返于气之虚"，生命不过是又返回诞生之前的自然状态。然而，真人、至人的精神并不随着肉体的化解而泯灭，却可以"精而又精""反以相天"，"上以益三光之明，下以滋百昌之荣，流风荡于两间，生理集善气以复合"。（王船山：《庄子解·卷十九》）由此可以看出，在中国古代哲人那里，"精神"是宇宙间一种形而上的真实存在，是一切生命的基质与本原，是人性中流动着、绵延着、富有活力的构成因素。"清醇的精神"可以君临于有形者之上，甚至在个人的体外流传，施惠于天地人世间。这些前现代的哲学精神似乎更具备生态学的品位。

为了回答学界人士对于"精神生态"的疑问，当《生态文艺学》出版面世之际，我特意在《精神生态通讯》上对这一术语做出如下阐发：

人的存在，可以划分为三个层面：生物性存在，社会性存在，精神性存在；分别体现为人与自然的关系、人与他人的关系、人与自我内心世界的关系；三个层面既密切相关联，却又不等同，更不能相互取代。因此，人类的生存便拥有自然生态、社会生态、精神生态三个层面。

精神属性，是人作为人的重要属性。精神的主要内涵包括人的情绪活动、思维活动和意志活动，集中体现为人的价值取向、反思能力、宗教信仰、审美偏爱。精神作为人类的一种创生着、运动着、变化着、绵延着的生命活动，具有内在的能量吞吐转换机制，与其所处环境感应互动。它本身就是一个充满生机与活力的开放系统，一个"生态系统"。生活的质量、生命的价值，个人的幸福感，其实在很大程度上取决于这一生态系统的良好运转。

在地球生态系统中除了"岩石圈""水圈""大气圈""生物圈",还存在着一个"精神圈"。人类发展至今,精神作为人的一种自主的、能动的生命活动,已经对地球生态系统产生了巨大影响,并且仍在继续施加更大的影响。在工业时代,人类的精神已经成为地球生态系统中几乎占据主导地位的因素。

在现代社会中,自然界的生态危机与人类社会的精神危机是同时发生的。在自然环境遭受污染的同时,精神也在蒙受污染;在植被破坏、水土流失、酸雨成灾、大地荒漠化、物种锐减、资源枯竭的同时,人的物化、人的类化、人的单一化、人的表浅化、人的空心化、人的粗鄙化的进程也在加剧;人的信仰与操守的丧失,道德感与同情心的丧失,历史感与使命感的丧失也在日益加剧。精神生态学是一门研究作为精神性存在主体的人与其生存环境(包括自然环境、社会环境、文化环境)之间相互关系的学科。它一方面关涉到精神主体的健康成长,一方面关涉到地球生态系统在这一精神变量参与下的良性运转。

精神生态学研究的目的在于:

(一)弄清精神生态系统的内在结构及其活动方式,促进个人精神生活乃至整个社会精神取向的协调与平衡;

(二)把"精神因素"引进地球的整体生态系统中来,从人类自身行为的反思出发,重新审视工业社会的主导范式、重新调整现代人与自然的关系,为日趋绝境的生态危机寻求一条出路。[①]

这或许可以看作我为创建"精神生态学"草拟的一个提纲。但此后我再没有为促进这门学科建设付出更多的努力,这可以说是我自认功力不抵的有意

[①] 参见海南省社会科学界联合会、海南大学精神生态研究所联合主办:《精神生态通讯》2000 年第 11 期(总23 期)。本文有所订正。

退却,也或许是因为我隐约感到在生态领域就做不出这门学科。

不过,我对于精神生态的关注并没有停止,而是希望尽力将自己的思考与时代、与现实联系得更紧密一些。

精神生态研究与精神救世的文化传统

《生态文艺学》(即原写作计划中的"精神生态学引论")在 2000 年出版面世,引发了国内学界更多人对"精神生态"的关注。大数据显示:关于"精神生态"的研究,2000 年遂成为一个显著的"拐点",从这一年开始,有关"精神生态"的研究成果逐年上升,发表的论文每年都在 30 篇左右,最高年份为 2012年,达到 50 余篇。①

生态学是一门实践性很强的学科,精神生态的研究也不例外。我本来就不是一位合格的学院派学者,加之出身底层社会,内心总有一股匡时济世的冲动,而一介书生实在又做不成什么事情,唯一能够做的是将"精神生态"的理念运用到对于"历史经验"的梳理与阐释上,以期对当下社会发展提供某些参照。

在中国以及在东方文化中原本存在着"精神救世"的传统。为了弄明白历史的真相,我一度针对中国学者杜亚泉、印度诗哲泰戈尔的思想遗产做了些功课。

20 世纪初,中国社会风雨飘摇,中华民族面临重大选择的关头,知识界曾展开一场"实业救国"还是"精神救世"的大论战。前者尊崇科学技术的伟力,力推物质主义、实用主义、功利主义,以开发自然、发展经济、积累财富、富国强兵为鹄的;后者则倡导珍惜自然、抑制物欲,注重文化教育,促进文明建设,以

---

① 据苏州科技大学朱鹏杰副教授的最新统计:鲁枢元提出的精神生态及"三分法"成为国内生态批评常用的理论范式,近二十年来,涉及精神生态研究的期刊论文有 2000 余篇,博硕士论文有接近 500 篇,证明了精神生态理论的生命力和影响力。见:《中州大学学报》2023 年第 4 期。

健全的国民精神自立于世界之林。前者的代表人物是陈独秀、胡适,后者的代表人物便是时任《东方》杂志主编的杜亚泉。论战的结果是前者大获全胜,中国历经曲折终于走进工业时代,走上富国强兵的康庄大道。以"精神救世"的杜亚泉最终连自己也没有得救,贫病交迫老于林泉,很快被时代遗忘。

然而,近百年过去,社会的物质产品进入极为丰富的时代,而人们的精神生活不但没有得到改善与提高,反而变得愈加污浊、低下。精神生活的堕落成为整个人类世界面临的问题,诸多知识精英纷纷做出如此判断。

文学家乔伊斯说:"与文艺复兴运动一脉相承的物质主义,摧毁了人的精神功能,使人们无法进一步完善。""现代人征服了空间、征服了大地、征服了疾病、征服了愚昧,但是所有这些伟大的胜利,都只不过在精神的熔炉里化为一滴泪水!"①

哲学家海德格尔说:地球变成了一颗"迷失的星球",而人则被"从大地上连根拔起","丢失了自己的精神家园"。②

被爱因斯坦誉为当代圣人的阿尔贝特·史怀泽说:"我们的灾难在于它的物质发展过分地超过了它的精神的发展。它们之间的平衡被破坏了","在不可缺少强有力的精神文化的地方,我们则荒废了它。"③

系统论的创始人贝塔朗菲更直截了当地说:"简而言之,我们已经征服了世界,但是却在征途的某个地方失去了灵魂。"④

杜亚泉作为中国早年一位注重调适渐进的启蒙思想家,从一开始就注意到单一向度的刺激消费发展经济,将破坏物质与精神之间的平衡,给社会带来难以挽回的损伤。物质主义,消费主义,拜金主义源自西方现代社会的经济体制,这种经济体制是有缺陷的,并不完全适合中国的国情。

---

① [爱尔兰] 詹姆斯·乔伊斯:《文艺复兴运动的普遍意义》,载《外国文学报道》1985 年第 6 期。
② 《海德格尔分析新时代的技术》,中国社会科学出版社 1993 年版,第 195 页。
③ [法] 史怀泽:《敬畏生命》,上海社会科学院出版社 1995 年版,第 44 页,第 55 页。
④ [奥] 路德维希·冯·贝塔朗菲:《人的系统观》,华夏出版社 1989 年版,第 19 页。

一百年前的杜亚泉虽然并不具备清晰、明确的生态学理论知识,但他已经预感到地球资源有限,消费不是无止境的,消费不应成为少数人谋取金钱与财富的手段,而应当服务于人民大众实际的生活日用。他指出:奢侈型消费无端损耗了珍贵的自然资源,结果反而招致国民精神破产,"人类在世,绝不仅仅解决衣食住等物质生活,毕其生活能事,如道德、科学、艺术等,均为吾人精神生活的要求。此等精神生活,当不受物质生活的拘束,独立进行,自由表现。"①针对中国社会在1911年鼎革之后呈现的种种"精神破产之情况",如权利竞争,唯利是图,贪享奢侈,纵情食色,改节变伦不以为羞,投机钻营自以为智,他厉声惊呼:"吾国之鹤(指精神追求),已毙于物质的弹丸之下矣!"②杜亚泉不相信仅仅依靠"科学"与"实业"就可以救中国,继而提出"精神救国论"。"盖近数十年中,吾国民所得倡导之物质救国论,将酿成物质亡国之事实,反其道而蔽之,则精神救国论之本旨也。"③

杜亚泉"精神救国"的倡导,莫说在当时,即使在当代中国也难免被视为书生之议。然而,越来越多的事实证明,一个国家的经济实力即使达到世界前列,如果思想贫瘠,信仰全无,道德沉沦,民心涣散,也还是难以成为世界强国,甚至难以成为一个正常的国家。

正当杜亚泉落败之际,1924年春天,印度诗哲泰戈尔赶来中国访问,并兴致勃勃地发表一通"精神救世"的宏论。

老诗人告诫中国年轻人:物质文明就好比食物,精神文明相当于阳光,阳光不能当饭吃,但没有了阳光也就长不出健康的食物,对社会发展起到指导作用的应该是精神而非物质。④ 他警告当前现代化的进程缺少的是精神指引,就像一列火车在车头的带动下一路飞奔,而驾驭火车的司机却被甩在了后边。⑤

---

① 《杜亚泉著作两种》,新星出版社2007年版,第13页。

② 许纪霖、田建业编:《杜亚泉文存》,上海教育出版社2003年版,第366页。

③ 同上书,第33页。

④ 转引自王邦维、谭中主编:《泰戈尔与中国》,中央编译出版社2011年版,第93页。

⑤ 〔印〕泰戈尔:《你们要远离物质主义的毒害》,《小说月报》第15卷第10号。

他指出物质主义已经堵塞了年青一代的心灵渠道,"教育缺少理想。学生心中滋生的唯一愿望,是当官发财,而不是向往内心生活的完满。"在"这种有组织地培植起来的利己主义"教育中,"人们的灵魂麻醉了,跪在金钱和权力的偶像面前。"①亿万富翁生产数不清的一堆堆商品,却未创造伟大的文明。②"污损的工程已经在你们的市场里站住了地位,污损的精神已经闯入你们的心灵,取得你们的钦慕。"③

泰戈尔还一再表白自己的心迹,他希望在人间建设一个"理想时代",这是一个超越了现代社会、注重精神生活、注重"道德培育"与"灵魂修养"的时代,一个"精神战胜物质"的时代。④

泰戈尔这番诗一般的礼赞"精神生态"的话语受到当时中国一代新青年的抵制与挖苦,他们在会场喊口号、撒传单,声言要将他送回老家去!

无论是杜亚泉还是泰戈尔,他们都倾向于认为东方文化是人类精神文化的源头,东方精神文化应该担当起救赎现代末世的重任。由于历史的错位,他们"精神救世"的初心都没有得到同时代人的响应。时值今日,当现代工业化的道路已经走到尽头,当人与自然的割裂已经使得自然生态濒临崩溃、社会生态充满凶险、精神生态日渐沉沦之际,当代的一些社会精英才又重新举起精神救世的旗帜,希望为人类开辟一条更为稳妥、安全、健康、祥和的生存空间。

英国历史学家阿诺德·汤因比明确指出:"要根治现代社会的弊病,只能依靠来自人的内心世界的精神革命……唯一有效的治愈方法最终还是精神上的。"⑤

国际环保人士戈尔提醒人们:"我们对这一世界的体验方式是由一种内在

① [印]泰戈尔:《泰戈尔与中国》,白开元译,漓江出版社 2016 年版,第 28 页。
② 同上书,第 24 页。
③ 孙宜学:《不欢而散的文化聚会——泰戈尔来华讲演与论争》,安徽教育出版社 2007 年版,第 37 页。
④ [印]泰戈尔:《巨人之统治及扑灭巨人》,1924 年 5 月 11 日《晨报》。
⑤ [英]汤因比、[日]池田大作:《展望二十一世纪》,国际文化出版公司 1985 年版,第 566 页。

的生态规律来控制的……由于科学和技术革命的变革所积累起来的影响正在潜移默化地摧毁我们对自身以及我们对生活目的的认识,现在也许真正需要培育一种崭新的'精神上的环保主义'"。①

作为对"精神救世""精神环保"的回应,我能够做出的努力,是将中国古代伟大的自然主义诗人陶渊明推荐给头脑发热发昏的当代人。为什么是一位"诗人"？在我看来,诗人就是"自然人生"与"自由精神"的化身,而陶渊明就是"诗人中的诗人"！

2003年,我有幸获得国家社科基金项目的支持,最终成果便是于2012年出版的《陶渊明的幽灵》。我曾再三申明自己写作这本书的目的:为当前过于物质化、功利化、金钱化的人类社会,为当下饱受攻掠、濒临崩溃的大自然,为这个精神生活日益沦落颓败的时代,召回一个率真、素朴、清洁的灵魂,一个能够召唤现代人重新体认自然、与自然和谐共处的灵魂。

两年后,《陶渊明的幽灵》获第六届鲁迅文学奖。北京大学乐黛云先生在第一时间来函鼓励,说这是我们"精神共同体的胜利"！

2017年,《陶渊明的幽灵》的英文缩编版《生态时代与中国古典自然哲学》由总部设在德国的施普林格出版社(Springer)出版发行。

2018年,在世界生态文化领域享有盛誉的"柯布共同福祉奖"将该届获奖证书颁发给我,"颁奖词"中特意指出:"倘若忽略人的'精神性',威胁地球生命的生态问题则无法解决。"

中西文化交汇及邂逅加塔利

生态无国界,漂浮在太空中的地球是一个有机整体,一个所有生命的共同

---

① ［美］阿尔·戈尔:《濒临失衡的地球:生态与人类精神》,中央编译出版社1997年版,第208—209页。

体。当自然问题日渐成为全人类关注的最大课题,当生态知识日渐成为当代社会的常识,当生态观念日渐成为当代人整体性的哲学观念时,中国与西方之间学术交流的格局已经在暗暗发生某些结构性的转变。在这一转变中,中国传统文化精神有可能成为构建当代世界生态文化理论的重要的组成部分并发挥更大的作用。

自鸦片战争以来,古老的中华大帝国与西方新兴的资本主义列强迎头相撞,几场战争下来,中国人不但输掉了军事、政治、经济、外交,也输掉了对于自己传统文化的自信心。"师夷变夏""以夷制夷"成了当时知识界的主流意识。这一阶段,中国知识界对于西方的倾慕、追随,则是与西方知识界对中国的鄙薄、轻蔑相对应的。中国的知识分子在国际交往中不只矮人半截,甚至必须洗心革面、改换门庭。

到了20世纪中叶,随着两次惨绝人寰的世界大战结束,西方的思想家们开始对自己的文化传统产生深刻怀疑,继之而起的是对西方现代认识理论、人性理论、经济理论、社会政治理论的反思与批判。反思追溯到苏格拉底之前,而在这个人类思想的源头之处,东西方原本拥有更多共同之处。蕴藏在《周易》《论语》《道德经》中的古老智慧吸引了不少西方哲人的目光,中国一些人文学者开始重新发掘自己传统文化的精华,希望为人类社会走出生存困境做出贡献。其中成就突出者,便是由梁漱溟、熊十力、钱穆、唐君毅、方东美代表的当代"新儒家"。中国思想界渐渐取得了与西方哲学对话的资格,开始汇入世界哲学大潮之中,并为自己的母体文化寻找到一块安身立命之地。

在漫长农业社会积淀下来的中国传统文化基本上是一种生态文化,随着生态学时代的到来,中国传统文化精神开始在世界思想领域扮演更为重要的角色、占据更为显著的地位,并有可能取得与西方思想文化平等对话的资格,从而对整合当代世界文化做出更多贡献,这可以视为中西学术精神交流的最新阶段,这也将是中国学术精神进一步世界化的开始。

20纪90年代初,中国生态批评开始在寂静、冷清的学术氛围中起步,竟也渐渐铺下一片日渐蓊郁的绿荫。就像学界一些明眼人指出的,生态批评思潮在中国的兴起与以往不同,并不是将西方的某一现成理论体系引进过来,也不是由国外的某一权威人士的巨大影响而辐射过来,而是拥有一定程度的自发性,拥有自己的传统文化基因,散发着浓厚的本土气息,与西方的生态批评思潮近乎同步。

我自己长期生活在比较封闭保守的内地,没有生态学的专业训练,基本上不通外文,仅凭直觉和一股冲动的情绪贸然闯进生态批评领域。最初,在我供职的大学图书馆里生态学书籍也寥寥无几,那时节我无论如何没有想到,我会有机会直接接触到当代西方生态文化的创建者小约翰·柯布、罗尔斯顿、伯林特、瑟帕玛、格里芬、斯洛维克、克莱顿,我写的关于生态批评的书会翻译成英文提供给美国、英国、法国、德国、加拿大、澳大利亚、南非、瑞士、西班牙、丹麦、荷兰诸多国家的读者。[①] 如果没有时代潮流的推动,这一切都是不可能的。

下边我要说的是我与一位法国学者的偶尔相遇,这本是早在 30 年前就已经存在的一次"碰面",而真正"沟通"却延期到现在,这位学者已经去世 28 年,用中国人的老话说,"墓木拱矣"! 造化弄人,哀哉、哀哉!

这位学者就是法国著名哲学家、精神分析心理学家菲利克斯·加塔利(Félix Guattari)。

前年在山东大学举办的学术研讨会上,一位女博士问我:你读过菲利克斯·加塔利的书吗? 你知道他早就提出过生态三重性的学说吗? 后来这位博士在她发表的文章的注释中记述了这次交谈的内容:

> 笔者曾就加塔利及其三重生态学的相关问题与鲁枢元教授做过探讨,旨在求证两位学人有没有理论上的交叠,或者说,鲁先生有没有从加

---

① 据查由耶鲁大学环境学教授伊芙琳·塔克作序、施普林格出版社出版发行的英文版 *The Ecological Era and Classical Chinese Naturalism* 已经为美国、英国、法国、加拿大、澳大利亚、新加坡、马来西亚、新西兰、阿拉伯联合酋长国、黎巴嫩、南非、德国、瑞士、西班牙、丹麦、荷兰等国家近百个图书馆收藏。

塔利的三重生态学上汲取学术营养(因《生态文艺学》的出版时间滞后于《三重生态学》十一年),鲁先生十分幽默地回答:"我不懂英语,完全不知晓此人。"①

这段关于当时情景的记录基本属实。但这段话中也有两点值得商榷的地方。其一,作者强调我的书比加塔利的书"滞后十一年",却疏忽了我最早提出"精神生态"并将其与"自然生态"并提是在 1989 年夏天,而加塔利《三重生态学》(*The Three Ecologies*)在法国首次出版也是 1989 年。且不说在中国,即使在法国,当年也不会有很多人读到这本书。1989 年之后,我在公开发表的一系列文章中曾对自然生态、社会生态、精神生态的三重性持续不断地加以探讨、阐述、辨析,"十一年"后的《生态文艺学》只不过将这些论述集中、系统起来。当然,不一定非要花时间去翻我的那些文章。其二,这次交谈坐实了我的确没有读过加塔利的书,但同时也坐实了我即使没有从加塔利那里"汲取学术营养"也还是建立了自己的"生态学三分法"。"铜山西崩,洛钟东应",我们毕竟存在于同一个时代的生命共同体中。

该文作者还在另一篇文章的注释中强调:"鲁枢元先生虽然就三重生态各有论述,然而,却流于坐而论道,并没有提出规避生态危机的具体应对策略。"②这话说的有些失之厚道,"应对策略"若是指规避生态危机的学术见地,起码我在前文提到的《说鱼上树》中就已经提出过,至于"鱼"肯不肯听我的话往"树"上爬,我也无能为力。加塔利作为一位正直的知识分子曾经踊跃投身"五月风暴"的政治运动中,结果被与政府同流合污的法国共产党扫地出门,实在令人敬佩。但我还是认为,真正制定切实可行的救国、救世策略的还应该是各国政府,而政府在许多时候又不肯作为,甚至乱作为,这才是地球生态久困

① 张惠青:《混沌互渗:走向主体性生产的生态美学——论加塔利伦理美学范式下的生态智慧思想》,《浙江社会科学》2017 年第 8 期。
② 张惠青:《论生态美学的三个维度——兼论加塔利的"三重生态学"思想》,《文艺理论研究》2019 年第 1 期。

不解的原因。

令我欣喜，更令我担忧的是，我早年提出的"生态学三分法"，如今似乎为年轻的研究生们提供了一个近乎固定的写作模式。在互联网页上略微翻一翻，便可看到数十上百篇运用"鲁枢元教授提出的生态学三分法理论"撰写的学位论文。论述的对象堪称"琳琅满目"，其中有：狄更斯《艰难时世》、德莱塞《珍妮姑娘》、劳伦斯《查特莱夫人的情人》《白孔雀》、哈代《远离尘嚣》、奥威尔《1984》、斯坦贝克《珍珠》、赛珍珠《大地》、川端康成《雪国》、乔治《山居岁月》、福克纳《我弥留之际》、谭恩美《沉没之鱼》、麦卡锡《血色子午线》、贝娄《勿失良辰》、胡塞尼《追风筝的人》、凯瑟《我的安东尼娅》、威利《推销员之死》、伯内特《秘密花园》、莫里森《所罗门之歌》、布莱克《与狼共舞》、阿特伍德《羚羊与秧鸡》、叶芝《茵纳斯弗利岛》、品钦《葡萄园》等等。还有对中国古代经典《淮南子》《陶渊明诗文》《聊斋志异》的分析，对中国现当代作家张炜、阿来创作理念的品评，乃至对中国当代国画油画做出的分析论述。硕士学位论文一般是三章加上绪论、结语，而生态学三分法中的自然生态、社会生态、精神生态恰恰提供了这样的方便之门。我担心的是，写作一旦拥有了现成框架，便容易流于表浅，切莫因我误导了青年才俊。

如果真要对加塔利的"生态学三重性"与我的"生态三分法"做一些切实的对比分析，应该说是有意义的，但其难度也应该是很大的。

首先，文字的翻译就是一关。通天的巴比塔至今仍未建造起来，翻译家作为各民族文化之间的摆渡者位居要津。然而优秀的翻译家并不多见，而似通非通、佶屈聱牙、貌似高深的翻译文章正充斥我们的一些出版物。中西方文化交流其实是一件非常复杂的事，即使对于精通外语的东西方学者来说也是如此。

将近20年前，同济大学哲学教授陈家琪先生曾经对"精神生态"中的"精神"一词做过悉心考订，他说：

德语"精神"（geist）无论译成 mind（精神）、spirit（精神）、ghost（灵魂）、soul（心灵），还是 wit（智慧），都表达不全 geist 的意思。这固然说明了独一概念的理解和解释有多么重要，也同时说明了无论怎么解释，对同一个词语在不同文化背景和不同语境中自然形成的"偏见"和"误读"都是必不可免的。

德语译成英语，或者法语译成英语再转译为汉语，实在难保准确无误。还是陈教授说话实在："我们只能从自己的偏见出发，在'误读'中形成自己的理解。"①大概也只能如此了。

至于加塔利的"三重生态学"与我的"生态三分法"之间究竟有多少相似、相通、歧义、异议，我自己无力深究，尚有待他人评说。但我想起码有一点应该是共同的或相近的，那就是在生态学领域对于现代人"主体性的""内在的""精神状况"的关注。我多次说过我三十年来治学所做的一件事，就是"坚持把'生态'这一自然科学概念引进现代人的精神文化领域；将人类的'精神'作为地球生物圈中一个重要变量导入生态学学科，从而为'人与自然'的再度和解寻求一份东方式的解答。"我虽然学识不足，但我还是尽力而为了。

我的"三分法"中的"精神生态"，其中"精神"的英文翻译选择了 spiritual，是看中它作为形容词具有精神的、心灵的、崇高的、神圣的含义；②加塔利的"三重说"中的 mental ecology，mental 作为形容词一般翻译成内心的、心理的、智慧的，因此 mental ecology 有时被译作"心智生态"。其实，mental 也含有精神、心思意思。

我的朋友、美国纽约市立大学张嘉如教授日前来信告诉我：瓜达利（即加塔利）的三重生态概念来自英国人类学家、心理学家格雷戈里·贝特森

① 陈家琪：《关于精神生态的通讯》，鲁枢元主编《精神生态与生态精神》，南方出版社 2002 年版，第 16 页。
② 关于这一译文的定格，我曾经请教过韦清琦、陈红二位教授，特此感谢。

（Gregory Bateson）的 *Steps to an Ecology of Mind*，那是贝特森的一本论文集。*Mind and Nature* 是他稍后出版的一部专著，最近北京师范大学出版社翻译出版了贝特森的这部书，书名被译作《心灵与自然》，Mind 为什么没有译作"心智"，亚洲社会心理学会主席张建新先生在为该书撰写的"审校序"中特意解释说：mind 一词可以有多种翻译，而"心灵"一词反译成英语单词也不一定就是 mind，还可能有 spiritual，但他还是坚持将 mind 译作"心灵"，原因是他认为在贝特森的这本书中，谈论更多的是精神、灵知，并且"与科学解释范围之外的'美'和'神圣'领域紧密缠绕"。[①] 其实，"精神"也好，"心灵"也好，无论是在中国哲学、印度哲学还是西方哲学中，也还都是"云中龙""雾中豹"，很难说得条清理析、确凿无疑！

由此判定加塔利的"生态学三重性"与我的"生态三分法"拥有某种意义上的共同之处，大约不算为过。

值得深究的倒是：早在 20 世纪 80 年代末，一个中国内地省份大学没有读完（由于"文革"）、又不通英语的普通教师，为什么会与一位法国著名哲学家在生态学领域提出相近的学术命题？我也许有责任做出一些解释。

其一，加塔利的"精神生态"的提出，是基于他精神分析心理学家的身份。很侥幸，我在 80 年代也曾经在心理学上下了些功夫，在 1989 年前后就曾经出版了《创作心理研究》《文艺心理阐释》，主编了《文艺心理学著译丛书》《文艺心理学大辞典》《文学心理学教程》，并在大学课堂上讲授西方心理学史。而弗洛伊德、荣格的精神分析心理学是我的最爱。这或许是我关注"精神"问题的内因，为此还曾经对台湾、香港、新加坡的作家诗人进行过关于"精神"的问卷调查。

其二，关于生态学"三重性"或"三分法"的提出，对于加塔利来说是得益于他的跨学科研究的精湛学术底蕴；对我来说，我也曾涉猎过诸多学科，但多

---

① ［英］格雷戈里·贝特森：《心灵与自然》，北京师范大学出版社 2019 年版，审校序。

为浅尝辄止,无一精通,偶尔也会触类旁通,即所谓千虑一得耳。当然,我的三分法首先还是得之于中国文化典籍,如《周易》中关于"天地人"的三才说的宇宙图像。刘勰的《文心雕龙》"原道篇"将三才说近乎完美地运用到他对文学的阐释中:"天地之辉光""生民之耳目""夫子之辞令"同为一体。宇宙自然、社会人生、文学艺术原本是一个浑然有机、活力充盈、大化流行、生生不息的整体,早在刘勰这里就已经具备了生态文艺学中自然生态、社会生态、精神生态的基本框架了!

其三,尽管我不曾从加塔利的《三重生态学》中汲取营养,但在我的治学生涯中,尤其是关于文艺学与生态学的跨界研究中,还是受到许多法国杰出思想家的启迪与滋润。如卢梭、丹纳、德日进、杜夫海纳、莫诺、福柯等。

我特别想多说一点的,就是1978年我用四毛一分钱买下的一本《偶然性与必然性》,作者就是法国生物学家、1965年诺贝尔医学与生理学奖获得者雅克·莫诺。本书是他的一本讲演集,讲的是现代生物学自然哲学,这是我一生中"精读"过的有限的几本书之一。在我的《生态文艺学》一书中,我曾经六次讲到这位法国生物学哲学家。[①] 这本书之所以打动我,是因为书中打破了笛卡尔、培根代表的启蒙理性的"二元论",特别注重生物主体的"内在目的""伦理选择""精神训练""自主进化"在生命活动过程中的积极作用,为当代人展示一种新的世界观。在他看来,现代人遭遇的生态灾难"还不是人口爆炸,自然环境的破坏,甚至也没有提到百万吨级的核威力的大量贮存;而是更诡秘、更根深蒂固的祸害:即缠绕精神的祸害",这种"精神的祸害"愈加成为"灵魂的剧烈烦恼"。[②]

雅克·莫诺与格雷戈里·贝特森是同龄人,作为这一时代西方知识界的精英人士,他们都在关注现代人内在的精神问题。菲利克斯·加塔利该是他

---

① 我在此前出版的《精神守望》一书中,曾引征莫诺关于"目的论"的论述,并衷心感谢他对我的精神生态研究的深刻启迪。见《精神守望》,东方出版中心1998年版,第242—244页。

② [法]雅克·莫诺:《偶然性和必然性:略论现代生物学的自然哲学》,上海人民出版社1977年版,第122页。

们的接棒人。

至于我之所以选择"三分法",除了扎根于本土传统文化之外,也还受益于一位法国人,即法国现象学美学创始人米盖尔·杜夫海纳,他的《美学与哲学》是我写作《超越语言》(1990)一书的"圣经",就是凭他的一句话,启发我用"三分法"建构起全书的框架。①

后现代视域中的天人和解

为了不至于扯得太远,让我还是从刚刚在中国出版的格雷戈里·贝特森的《心灵与自然》说起。

1978 年 8 月贝特森向他任教的加利福尼亚大学校董会提交了一封备忘录,措辞严厉地批评了学校当局:教学所基于的前提是"陈旧过时"的世界观,整个教育过程简直就是一种"坑骗"。这一切弊病的根源是"将'心'和'物'分开的二元论",是"培根、洛克和牛顿很久以前为物理科学制定的预设",是将"心灵现象"量化的评价体系。在这一"陈旧世界观"指引下,大学面临的是"日益增长的不信任、庸俗、精神错乱、对资源的过度开发、对人的戕害,以及急功近利的商业主义,面对着贪婪、沮丧、恐惧和憎恨的刺耳声音。"②

这与雅克·莫诺对时代的看法一致:"现代社会是建立在科学之上的,现代社会把自己的财富和力量统统归功于科学……19 世纪的科学主义认为这样的进化过程必然是不断上升的,一定会导致作为人类发展顶点的极盛时代的到来,可是照我们看来,我们今天所能看到的却是一个阴森莫测的深渊。"③睁开眼睛看一看现代社会愈演愈烈的生态危机:资源枯竭、物种锐减、垃圾围

① 见鲁枢元:《超越语言》"题记"及第 5 章第 2 节:"三分法",中国社会科学出版社 1990 年版。
② [英] 格雷戈里·贝森特:《心灵与自然》,北京师范大学出版社 2019 年版,第 50 页。
③ [法] 雅克·莫诺:《偶然性和必然性:略论现代生物学的自然哲学》,上海人民出版社 1977 年版,第 127 页。

城、江河污染、大气毒化、海水升温、怪病频发、瘟疫流行乃至社会竞争激烈、道德文化沦丧……莫诺说现代人已经面临一个"阴森莫测的深渊"或不未过。正是这道"深渊",割裂了人与自然的有机统一、破坏了人心与万物之间应有的平衡与和谐。

人与自然的统一性的破坏,或许早在很多世纪之前就已经开始成为一个问题,这表现在两千多年前中国古代哲学家老子在《道德经》中的忧虑:

> 昔之得一者。天得一以清。地得一以宁。神得一以灵。谷得一以盈。万物得一以生。侯王得一以为天下贞。其致之。天无以清将恐裂。地无以宁将恐废。神无以灵将恐歇。谷无以盈将恐竭。万物无以生将恐灭。①

在老子的这段话里,他将"得一"的情景描述得如此美好:天是清新明朗的,地是稳定宁静的,神是灵动精妙的,江河是通畅充盈的,万物是生机蓬勃的,领袖人物受到民众的信任与爱戴;相反,如果失去了这个"一",那么就会出现天塌地陷、江河断流、社会动乱、生灵涂炭的浩劫。不料一语成谶,老子当年的忧虑已经成为我们当下遭遇的生态现实。

"本章的'一'突出了世界总根源和总根据的统一、唯一的特点","一"作为世界万物的统一性,"是贯穿于形而上与形而下世界的最高的存在",在这段话中老子运用"极力铺排渲染的手法强调自然、社会、神灵以及政治生活中都有一个共同的保障,也就是作为一切存在的总根据的作用,失去这个总根据,宇宙、世界、社会、人生都会脱序而陷入危机。"②

以我的理解,这里所说的"一",就是地球生物圈原初的有机统一完整性。

---

① 老子:《道德经》,第三十九章。
② 刘笑敢:《老子古今》(上卷),中国社会科学出版社 2006 年版,第 415 页,第 413 页。

所谓"天人合一"，就是人与自然和谐地生存在一个有机统一整体中。用贝特森的话说，就是"将生物圈和人类视为整体"，将人类自己作为生物圈中的一部分与"全部自然界统合起来。"

20世纪中期，西方知识界就已渐渐形成共识：这种人类与自然割裂对峙的局面再也不能持续下去了，由启蒙运动开创的这个大时代已经到了"改弦更张"的时刻。当代杰出的思想家欧文·拉兹洛指出，即将来临的时代是"人类生态学的时代"。

一切都是偶然，一切似乎又早已经在冥冥之中预伏。

我从拉兹洛这里接受了"生态学时代"的观念，并将其视为农业时代、工业时代之后的一个新时代。从上世纪80年代起，我始终订阅两种杂志：《哲学译丛》、《国外社会科学》。欧文·拉兹洛的这篇《即将来临的人类生态学时代》，我是在1985年第10期的《国外社会科学》上读到的。

北京大学哲学系高才生王治河毕业后曾担任《国外社会科学》杂志副主编。1998年他赴美留学，在美国克莱蒙特研究生大学受教于"建设性后现代"的杰出思想家小约翰·柯布院士及大卫·格里芬教授并取得博士学位，此后便留在美国从事学术研究。

1998年，在我撰写《生态文艺学》的时候，我读到中央编译出版社出版的王治河博士主编的"建设性后现代丛书"，从中受益颇多。2002年初，经深圳大学王晓华博士牵线，我与治河博士建立通信联系，随后在我主编的《精神生态通讯》上发表了晓华博士专访柯布的文章：《建设性后现代主义与全球化》。

2004年中美后现代发展研究院（Institute for Postmodern Development of China）在生态城克莱蒙特成立，汇聚了当代最卓越的一批过程哲学家、后现代思想家，成为全球生态文明、建设性后现代研究的核心学术机构。

2016年夏天，中美后现代发展研究院现任院长菲利普·克莱顿、常务副院长王治河、办公室主任安德鲁·施瓦兹（Andrew Schwartz）、过程哲学家菲利普·布伯(Philip Bube)、特邀研究员约翰·贝克(John Becker)一行造访黄河科技学院生态文化研究中心,同时主持"建设性后现代与生态文化研究中心"(Center for Constructive Postmodern and Ecological Studies)的揭牌仪式。

从1985年我在《国外社会科学》上接受拉兹洛的"人类生态学时代"的概念,到2016年《国外社会科学》前副主编王治河一行代表中美后现代发展研究院为我们"建设性后现代与生态文化研究中心"挂牌,整整30年过去。偶然呢,还是必然?

后现代作为生态学时代,其努力的目标就是要把被严重割裂的人与自然的有机整体性重新协调起来、整合起来、统一起来。这也是贝特森在他的书中期待的:将生物圈和人类视为一个整体,将我们作为自然界的一部分与全部自然界统合起来。①

在后现代,如何使破碎的人与自然的关系重新和解,如何在人与自然之间建立一种和顺、和谐、合和、祥和的良性循环?后现代的思想家们已经提出许许多多的建议,而东方传统的生态文化精神仍然是一种珍贵的资源。老子的五千字的《道德经》中曾八处讲到"和","万物负阴而抱阳,冲气以为和""和其光,同其尘,是谓玄同""知和曰常,知常曰明"。顺应自然、融入自然,维护生态平衡,维护生物圈的健康运转,是常理;懂得这个常理,按照常理行事才是生存的大聪明、大智慧。

在老子看来,人与天,即人与自然"失和"的原因在人不在天,是由于人类自恃高明、强悍、霸道,渐渐失去了对于自然的敬畏的结果。若要避免人与自然的裂解乃至由此招来的自然的打击报复,人类就要懂得谦卑、自律。所以,一部《道德经》一半文字就是在教导从帝王将相到庶民百姓如何在自然面前学会柔弱、虚静、素朴、节俭、谨慎、慈爱、不武、不争、无为、少言,宗旨是要在行为与观念上对人施以内在的约束,养心积德以求世间太平祥和。可惜人类并

---

① [英]格雷戈里·贝森特:《心灵与自然》,北京师范大学出版社2019年版,第22页。

没有接受这位古代生态哲学家的建议,早先的帝王们还要设坛"祭天"、"祀地"做做样子;到了后来,天大地大没有人们战天斗地的决心大,现代人类一声吼,地球也要抖三抖,人与自然的关系也就糜烂不可收拾了!贝特森在他的《心灵与自然》中将这个过程比作"温水煮青蛙",要命的是"青蛙们浑不自觉"。如今,连太平洋这口"大锅"都在升温,如果仍然不自觉自省,青蛙真的就要被煮熟、煮烂了![1]

目前的世界生态保护运动中,已经形成这样一支学术队伍,他们认为生态解困要从作为活动主体的人类自身开始,从改善人类内在的精神状况开始,以此弥合人与自然之间冲突与裂痕。这样的学者在西方有怀特海、德日进、史怀泽、贝塔朗菲、莫诺、贝森特、加塔利、拉兹洛、柯布、戈尔、格里芬、克莱顿,在东方有梁启超、章太炎、泰戈尔、杜亚泉、熊十力、梁漱溟、方东美、许倬云、杜维明、余谋昌、曾繁仁。格里芬号召生态型的建设性后现代"是向一种真正的精神的回归","从我们的精神中创造我们自己"。[2]泰戈尔将其生态理想归结为"宇宙人类精神",那是在"天人合一"、"人类与自然和睦共处"前提下的"人类内在的无限自我完善。"[3]我为我自己在30年前有意无意间加入这一行列感到庆幸。

引人深思的还有,上述这些"精神型"的生态守护者,几乎无一例外,全都把生态拯救的部分重任交付给人类的审美、文学艺术创造活动,全都认为在推进生态全球化的过程中,美学家、艺术家应该发挥更大的作用。当年的怀特海、海德格尔在阐发他们的生态学主张时,各自拉上诗人华兹华斯、荷尔德林为自己"站台";贝特森在与女儿探讨地球生物圈的难题时说:能够

---

① [英] 格雷戈里·贝森特:《心灵与自然》,北京师范大学出版社 2019 年版,第 113 页。鲁补注:我的朋友、中科院的陈向军先生不认可这一比喻,他说到了一定的水温,青蛙是要跳出水池的,而人比青蛙还要痴愚,最后遭殃的是人类。
② [美] 大卫·格里芬:《后现代精神》,中央编译出版社 1998 年版,导言第 2 页,第 3 页。
③ 参见谭中:《深刻认识泰戈尔与中国、亚洲的情结》,见王邦维、谭中主编:《泰戈尔与中国》,中央编译出版社 2011 年版,第 161 页。

回应"赤裸裸的物质主义的"只能是"美",只能是"一小段贝多芬交响曲","第二十九首十四行诗"。① 加塔利在《三重生态学》中指出:"社会实践和个体实践的重建将在以下三个互补的主题中展开,即社会生态学、精神生态学和自然生态学,这三者都是伦理美学范式庇护下的生态智慧。"②"我们需要新的社会和审美实践,需要新的关乎大我(Self)的实践,这种实践在大我与他者、异族和异类的关系场中展开",他将此视为新时代的"总体性的纲领"③

审美和艺术应该成为拯救人类面临的精神危机、生态危机的重要组成部分。为什么? 这是因为在人类进化史上,音乐、舞蹈、绘画、诗歌既是人类精神的"起始点",又是人类精神的"制高点",真正的审美与艺术创造活动,其实是与"实用主义""功利主义""消费主义"无关的,只能生发于个人纯真的生命活动与精神活动之中,这也正是凡·高、高更、莫奈、席勒的艺术创造行为的可贵之处。至于他们的作品如今在苏富比或佳士得拍卖多少个金币,那只与资本运营有关,与凡·高们无关。

由此回顾我一生的所谓"治学",磕磕绊绊地从文艺学走向心理学,进而关注生态学、精神生态的研究,尽管多半是节外生枝、歪打正着,但也还大抵是顺理成章的。

(《当代文坛》2021 年第 1 期)

---

① [英] 格雷戈里·贝森特:《心灵与自然》,北京师范大学出版社 2019 年版,第 241 页。

② Félix Guattari, *The Three Ecologies*. Trans. Ian Prindar and Paul Sutton. London:The Athlone Press, 2000, p. 41 – 42.(胡艳秋译)

③ Ibid., p. 68.(胡艳秋译)

生态社会能否成为一种期待？

现代社会、工业社会、资本主义社会大致是一个层面上的概念，其隐身于后台的理念即所谓现代性。多年来，"现代性反思"始终是西方知识界的核心话题，一种乐观的看法是现代社会在诸多方面都已经发生"不可逆转的变化"，如信息系统技术的全球扩张、金融体系凌空蹈虚的自行其是、大众传媒无孔不入的广泛影响，一个不同于现行工业社会、资本主义社会的新的社会形态即将诞生，或者已经开始降临，那就是全球化时代。全球化是一场新的游戏，必然要推出一系列新的规则。

这可以视为一种顺理成章的说法。

但我们也可以做出另一种猜测：现代社会结构形态某些世界性的拓展与变化，并未导致现代社会基本理念与核心价值的改变，如持续发展进步的社会理念与资本无限累积增殖的价值观念。所谓全球化，实则不过是现代性自身逻辑在整个地球上的进一步扩张与增强。人们尽可以举出现代社会遭遇到的种种困境与噩梦、陷阱与危机，由启蒙运动开创的这个社会体制似乎已经走向终结，但这或许只是一种误判。

或许，旧体制倒像太上老君炼丹炉里遭遇厄运的孙猴子，不但没有被"终结",反而被高温毒焰炼出火眼金睛、铜头铁臂,成为刀枪不入的"巨人"与"超人"。可惜这只"泼猴"并非善类,头上也缺少观世音菩萨施加的紧箍咒,神通的增强只能加大世界的风险。接下来的一台"新西游记",将更加令人忧虑。

如果真有一种不同于现代社会的"新社会",那就应当是一个能够跳出"发展迷思"与"资本逻辑"的社会模式,是在"颠覆"现代社会基本理念的基础上建立的社会形态。在我看来,那就是生态社会。

面对现代社会层出不穷的弊端与险象,生态社会不失为一种理想的社会;但我又深深怀疑,这样的社会真的是可以期待的吗?

一、 资本与自然

当年我在《生态文艺学》一书中设置下"资本主义是地球生态恶化的罪魁祸首"的标题时,内心曾久久感到忐忑不安。十五年过去,对于这样一个标题,我反而更踏实了,只是希望再补充一些话:

第一,资本主义社会是现代世界上最成功的社会,设计最科学、运转最高效,世界上没有哪种经济制度比资本主义制度更为成功,只有资本主义才能造就不断上升的生活水平;"资本主义制度能做到的别的制度连一半都做不到"[①],这句话出自所谓"世界级经济问题权威、宏观经济学专家"的莱斯特·瑟罗(Leste C. Thurow)之口,有自诩之嫌,却倒也基本符合事实。

资本,是资本主义社会体制的核心概念,其传统表现形式为机器、厂房、原料、商品,如今又加上技术、信息等,但最后统筹的形式则是货币,或曰金钱。资本的生命在于效率的最高化、利润最大化,在追逐利润亦即金钱的过程中百折不挠、一往无前。资本拥有无上的支配权,对物的支配权连带着对人的支配

---

① [美]莱斯特·瑟罗:《资本主义的未来》,中国社会科学出版社1998年版,第1页。

权,乃至对于人的灵魂的支配权,即所谓"有钱能使鬼推磨"。

资本对物的支配权,则集中表现在对于自然的支配。资本主义的巨大成功,在很大程度上是建立在对于"自然"的全力开发与无度掠夺之上的。制度设计的精神导师如牛顿、培根、笛卡尔,从一开始就把自然放在这个社会的对立面,当做外在于人的、可以永远为这个社会提供福利的资源。有人把资本主义的这一核心理念概括为六个字:擅理智,役自然。① 就是在这样一种观念支配下,人类世界发生了天翻地覆的变化。资本主义三百年的历史亦即世界"现代化"的进程。三百年间,人类凭借自己的聪明才智,凭借先进的科学技术手段,向自然进军,向自然索取,开发自然,改造自然,一心一意地要为自己建造起人间天堂,这条轰轰烈烈的道路一直延续到今天。

人们凭借先进的科学技术对大自然攻掠式的无度开发,已经大大损耗了地球上有限的资源,破坏了自然界的生态平衡,污染了人类及其他生命的生存环境,给人类生存酿下严重危机。

为"人性"所规定的人类生活本来是拥有两重性的:一方面人类是万物之灵,拥有认识、改造自然的理性和手段;另一方面,人类又是地球生物圈生命网络中的一环,地球众多物种中的一员,注定要生活在相应的自然环境中。在过去的三个多世纪中,人类被征服自然的节节胜利冲昏了头脑,竟忘记了第二点,忘记了自己和自然血肉相连的关系,迷失了自己的本性,因此,几乎在人类取得胜利的所有方面人类都同时踏入了自然的陷阱。

人与自然的对立,人对自然的开发利用及由此引发的对于自然生态的损伤,资本主义社会并不是开端,而是从人类具备独立意识、掌握了工具制造和火的利用之后就已经开始的。但这个过程的进展一直是缓慢的,对自然的破坏是局部的、表浅的,仍在地球生物圈可承受范围之内。对地球生态系统大规模、全方位、深层次的破坏,却是近三百年来的事,生态危机、环境恶化随着资

① [美]艾恺:《世界范围内的反现代化思潮》,贵州人民出版社1991年版,第5页。

本主义的发展、繁荣、普及而急遽蔓延开来。随着资本主义向全球的胜利进军,地球上除了人类之外的其他生命之物却在迅速走向死亡。由此看来,说"资本主义是地球生态恶化的罪魁祸首",并不为过。

第二,我是试图在超越意识形态之上作出这一判断的。社会主义与其对立面资本主义,其实是启蒙理性同一条藤上结出的两个瓜,是在同一条现代化轨道上奔跑的两列车,意识形态不同,在推动科技进步、经济发展、寻求物质利益最大化的社会取向上没有什么不同,在对待自然的态度上更是别无二致。即使在它们因意识形态的对立而血肉相拼之际,各自对于自然的攻掠也不曾放松。比如20世纪50年代,中国尚属"纯正社会主义"时代,在"兴无灭资"大力摧毁国内资本主义势力的同时,又打响"战天斗地"、向"自然进军"的战役。在对待自然的态度上,豪情万丈的无产阶级比起精细多虑的资产阶级更加无所顾忌。"祖国的大建设一日千里"、"十五年超英赶美","多快好省建设社会主义"。结果,"大炼钢铁"一举烧毁了国土上的大片森林,"大放卫星"迎来三年困难时期。改革开放后的中国,意识形态的管控一度松懈,不再强调社会主义与资本主义的对立,不管黑猫、白猫,逮住GDP(以货币标注的资本总额)这个老鼠的就是好猫。中国加入世界贸易组织(WTO)之后,起码在名分上已经接受西方贸易政策法规的监督和管理,实际上已经参与全球市场与金融领域的合作与竞争,中国市场已经成为世界资本市场的组成部分(且不说国内"引资""融资""集资"名号下的种种黑幕与贪腐)。在"落后就要挨打"潜在心理的支配下,中国人充分发挥"下定决心、不怕牺牲"的战斗精神,在短短二十年的时间里使中国的经济跃升到一个举世瞩目的高度,并顺理成章地将资本的触角伸向海外。当然,成本也是巨大的,有目共睹的便是不可再生的自然资源大量损耗、难以恢复的自然生态环境严重恶化,其深度与烈度也已经名列世界前茅。

需要补充的第三点是,与资本相对的自然,不仅作为人类生存环境的外在自然,即"自然界""大自然";也还有人的"内在自然",即所谓"人的天性""人的本心"。给人类心灵造成最大伤害与给自然生态造成最大伤害的是同一件东西：现代资本的运营模式，即高速运转着的货币流。

马克思侧重于从资本家对于工人盘剥的层面揭露资本拥有者对于无产者"自然天性"的戕害："作为资本家，他只是人格化的资本。他的灵魂就是资本的灵魂。而资本只有一种生活本能，这就是增殖自身，获取剩余价值，用自己的不变部分即生产资料吮吸尽可能多的剩余劳动。资本是死劳动，它像吸血鬼一样，只有吮吸活劳动才有生命，吮吸的活劳动越多，它的生命就越旺盛。"①劳动者被异化的悲惨命运，在那个时代的优秀作家雨果、狄更斯、左拉的作品中得到充分表现。而资本主义社会的领导精英，也以此为鉴调节了尖锐的社会矛盾以避免无产阶级革命持续发生。

人的"内在天性"的异化同时也发生在资产者身上。舍勒更善于从资本主义的精神气质上揭示资产者人格结构的病变，他认为，资产者的心理是一种扭曲的、癫狂般的变态心理，已非人的正常天性。他们是实干的，又是冒险的，是富于进取的，又是勇于掠夺的，他们怀着强烈的盈利欲望，又具备精密的算计心理，同时还拥有支配他人与自然的顽强意志。正是这样一批人，成了一个社会中"经济生活的带头人"。进而，资产者把他们的心理素质、价值偏爱、生活方式演变成一种时代精神、世界潮流，并在很大程度上渗透到他的敌对阶级——无产阶级的意识里，正在顺畅地将其扩散到地球上人群居住的各个角落，侵染到人类信仰、伦理、审美、性别、教育的各个方面。

当代资本主义在战胜封建主义、法西斯主义，一路凯歌高奏之际，不料从天而降的一个敌手，竟是"自然"。"自然"正试图对这只"资本泼猴"套上"紧箍咒"。在"生态危机"的黑洞前，我们面对一切"发展进步"的社会理念，都不能不作出反思。一切违背自然、敌视自然的文明都将付出最终的代价。德国杰出思想家维尔纳·桑巴特早在一百年前就指出："所有文化，由于是自然的

---

① 《马克思、恩格斯全集》第 23 卷，人民出版社 1965 年版，第 261 页。

分离物,其自身就带有瓦解、毁坏乃至死亡的病菌",这里"包含着人类命运中最深层的悲剧。"①上一个悲剧是古代罗马的贵族文化,如今,先天敌视自然的资本文化有可能逃脱悲剧的命运吗?

"鱼在水中生活最容易忽略的是湿润",人在其社会生活中最容易忽略的是自然。伴随着日益严峻的生态危机,被现代社会长期忽略的"自然",正在作为一个新的维度、以无比威严的姿态横陈在所有地球人面前。

二、 全球化与人类纪

"全球化"好像是在圆人们一个美好的梦幻,即整个地球成为一个社会共同体。在中国近代圣人康有为笔下是"大同世界",在革命导师马克思的信念里是"国际共运",在英明领袖毛主席那里是"让红旗插遍五洲四海""全球同此凉热"。如今看来,最有可能实现这一美梦的仍旧是那个神通广大、变化多端、无孔不入的"资本泼猴",尤其是被现代科技武装起来的"资本泼猴"。新世纪以来,真正把全世界的无产者、有产者紧密联合起来的,反倒是诸如"摩托罗拉""苹果"之类的电脑与手机。

"全球化"的核心要义是全球经济一体化。科技与市场的完美组合正在以任何人都无法逆转的方式改造全球体制、构建世界新秩序;跨国公司与世界金融机构正在波澜壮阔地将同一种价值观念、同一种生存模式推向全球。"全球化"被视为人类社会在 20 世纪 60 年代之后带有主导性的进程,被视为人类社会继"农业文明""工业文明"之后的一种新的文明样式。美国经济学家莱斯特·瑟罗在其《资本主义的未来》一书开篇指出,新的时代将制定出"新规则"

---

① ［德］维尔纳·桑巴特:《奢侈与资本主义》,上海人民出版社 2000 年版,第 63 页。

"新策略","胜利将属于那些学会参与新赛局的人们"。① 美国匹兹堡大学社会学教授罗兰·罗伯逊(Roland Robertson)指出,"全球化"也将变成新的"思想的游戏地带"。②

但也有不少人对于全球化的这种划时代之新持保留乃至对抗态度,认为"全球化"不过是"全球资本化""资本主义在全球的制度化"。在这个"新时代"里,尽管地域被网络取代、权力专制被商品控制替补、经济空间与政治空间剥离、民族国家开始被跨国市场消解,但资本的逻辑、发展的信条作为游戏的平台始终没有从根本上改变,反而是被强化、被拓展了。全球化就是资本在全球"狩猎""套利"的自由化。电子计算机的全球联网,则又使"资本"能够以接近"光速"的速度突袭或者闪击世界上任何一个国家和地区。由于先进的信息技术赋予跨国公司纵横捭阖的高度自由,由于跨国公司迅速积累起真正"富可敌国"的财力,时间的阻隔、地域的阻隔在跨国资本面前霎时化为云烟;那些千百年来统治严密、封闭牢固的民族国家,也不得不放弃他们的信念与尊严,主动打开关口,迎接资本的入侵。全球化实质上又不能不是变相的殖民化,受新殖民者控制的所谓"欠发展国家",在失去自己传统的有机生活模式之后,终究不能挤进发达国家的行列,其中大多数正在繁荣富强的美梦中一天天走向败落与混乱。

"资本"作为征服全球的现代战神,这次使用的武器不再是当年拿破仑、希特勒的"铁与火",而是"消费主义的人生价值观"。温和而舒适,然而也更彻底。由全球化推进的狂热的全球性消费浪潮,正以自由落体的加速度消解掉地球亿万年来集聚下的不可再生的自然资源,同时也销蚀掉人类社会千百年来赖以维系的文化精神与传统美德。

资本主义意识形态在其全球化的过程中,同时也涵盖了形形色色共产主

① 〔美〕莱斯特·瑟罗:《资本主义的未来》,中国社会科学出版社 1998 年版,第 4 页。
② 〔美〕罗兰·罗伯逊:《为全球化定位:全球化作为中心概念》,见杨展编选:《全球化话语》,生活·读书·新知三联书店 2002 年版,第 3 页。

义制度设计者的某些"崇高"理想：高度发达的生产力、物质产品的极大富裕、资源与生产力的统一调配、以人为本的劳动者的有序自由组合以及科层制的各尽所能按需分配等等。于是，这一由资本运作将启蒙理性贯穿始终的全球化不但轻而易举地打败了宿敌共产主义，而且得到多数地球人的赞同和拥护。有人以素朴直白的语句概括了如此全球化的核心价值与逻辑原理："在文化意识形态领域内全球资本主义的计划是：劝说人们进行超出他们'生理需求'的消费；目的是为了将资本积累永久进行下去，以聚敛私有利润。""消费主义的文化意识形态宣称，生活的意义就存在于我们所拥有的东西中。因此，消费充分体现了我们的生机和活力，而要保持生机和活力，我们就得不停地消费下去。"①

"持续消费、高度消费"，在生产与消费这个最基本的游戏平台上，资本的全球化与原初的资本主义并无区别；甚至老牌资本主义与特色社会主义亦无区别。问题在于随着地球人口的迅速增加，随着现代人消费胃口的日益扩张，地球上这个有限存在的"生物圈"已经承受不了，呈现出种种破损、断裂、崩溃的危象。打一个比方，就像一群贪吃的大象突然涌进一座面积有限的香蕉园，吃喝拉撒、肆意踩踏，这座生意盎然的绿色园林很快就濒临崩溃。

同样的原理，20 世纪 90 年代初加拿大资源生态学教授威廉·里斯（Willian E. Rees）提出"**生态足迹**"（ecological footprint）的概念。生态足迹通过测定现今人类为了维持自身生存而利用自然（如土地与水域）的量来评估人类对生态系统的影响。比如说一个人的粮食消费量可以转换为生产这些粮食的所需要的耕地面积，他所排放的二氧化碳总量可以转换成吸收这些气体所需要的森林、草地或农田的面积。因此它可以形象地被理解成现代人类的一双"大脚"对自然的践踏。通过测量这只大脚在地球上留下的脚印大小，便可得出不同地区、不同国度的人类对生态资源侵占与损坏的程度。

---

① ［美］弗雷德里克·杰姆逊：《全球化的文化》，南京大学出版社 2002 年版，第 253 页。

生态足迹取决于这一地区的人口规模、物质生活水平、技术条件和生态生产力。研究表明，当前全球人均生态足迹为 $2.8 \ hm^2$，而可利用生物生产面积仅为 $2 \ hm^2$，全球人均生态赤字 $0.8 \ hm^2$。为了让各个国家在自然资源占用方面"有账可查"，2004 年，世界自然基金会（WWF）的《2004 地球生态报告》使用了"生态足迹"这一指标，并列出了第一份"大脚黑名单"。在这份"大脚黑名单"上，阿联酋以其高水平的物质生活和近乎疯狂的石油开采"荣登榜首"——人均生态足迹达 $9.9 \ hm^2$，是全球平均水平的 4.5 倍；美国、科威特紧随其后，以人均生态足迹 $9.5 \ hm^2$ 位居第二。贫困的阿富汗则以人均 $0.3 \ hm^2$ 生态足迹位居最后。报告显示，美国、日本、德国、英国、意大利、法国、韩国均是生态赤字很大的国家。也就是说在"全球大锅饭"中，这些"发达国家"多吃多占了属于别人的口粮。就在那些生态盈余的欠发达国家居民为全球生态环境作出贡献时，发达国家正在以难以持续的极端水平消耗着生态资源。"美国化"实际上已经被作为"全球化"的模板。专家们指出：如果全球的居民都达到美国居民的生活水准，人类将需要 5 个或更多个地球。

遗憾的是我们只有一个地球，如何推行"全球化"，就不能忽略"生态足迹"的践行效应，不能无视"自然维度"的存在。《报告》的主要作者、生态学家骆乔森（Jonathan Loh）说：很简单，如果生态足迹超过了生态承载能力，全球的可持续发展就是不可持续的。如果从生态经济学、生态政治学的立场审视现行的全球化，结论不仅是不可持续的，也是缺失正义与公平的。

相对于以"经济发展"为核心的"全球化"，我们似乎应当更关心一个以"生态养护"为核心的用语。那就是"人类纪"。

一个来自科学界的最新判断：地球已经进入它的另一个发展时期——"人类纪"。做出这一判断的是两位科学家：一位是诺贝尔奖得主保罗·克鲁岑，一位是地壳与生物圈研究国际计划领导人、兼国际全球环境变化人文因素计划（IHDP）执行主任威尔·斯特芬。在他们看来，自工业革命以来，人类对于自然环境的影响力已经超过了大自然本身的活动力,人类单凭自己的力量就可以快速地改变着这个星球的物理、化学和生物特征。"人类纪"与以往人们熟知的"寒武纪""泥盆纪""侏罗纪""白垩纪"……相比,本该是一个地质学的术语,然而在今天,"人类纪"已经涵盖了地球上人类社会与自然环境交互关联的各个方面,覆盖了地球上不同国家、不同种族共同面对的经济、政治、安全、教育、文化、信仰等全部问题。在"人类纪"时代,人类的每一项重大活动,都将引发全球环境与国际社会的剧烈震荡。"人类纪"已经远不仅是一个地质科学概念,同时也成了一个人文学科概念,一个跨越了人与自然的多学科概念,一个全体地球人类都必须密切关注的整体性概念。

从这个意义上说,"人类纪"才是真正意义上的"全球化",一种充盈着浓郁生态意味的"全球化",一种全体地球人类都必须平等面对的"全球化"。而目前世界上主流话语称颂的那个"全球化",实际上是跨国资本市场对全球的占领,是美国式或"仿美式"价值观念、社会制度向全球的扩张,这是一种充满了暴力与霸权气息的"全球化"。地球上多个"强国"在全球化道路上的"争霸",已经在新世纪燃起熊熊战火。"熄火"的一个可选思路,是以"人类纪"的冷静思索取代"全球化"的狂热宣传。

三、 后现代与生态时代

20 世纪 60 年代,丹尼尔·贝尔首先提出了"后工业社会"的概念,从而向人们昭示了在工业社会高速发展三百年后,已出现一个异样的社会形态:"后现代"。

"后现代"如今已经成了一个超级巨大的"问题团块"。关于这个社会的命名,就曾经有"后工业社会""后资本主义社会""后现代社会""后文明社会""后传统社会""后市场社会""后消费社会""后福利社会""后匮乏社会"

"后意识形态社会""超工业社会""电子技术社会""信息社会""知识价值社会"等五花八门的说法。如今,关于"后现代"的众说纷纭已大体归结到统一的认识,即弗雷德里克·詹姆逊的说法:"全球化"与"后现代"根本上是完全相同的一件事;"全球化的经济组织形式,其上层建筑中的文化层面就是后现代化。"①

面对这种以"经济全球化"为"轴心"的后现代,学界又有乐观与悲观两种态度。前者的代表人物可推德国哲学家于尔根·哈贝马斯(Jürgen Habermas),在他那里,"先进的科学技术"取代"阶级斗争"成了推动社会进步、集体富裕的力量源泉,成了一个社会合理、合法存在的基础。"工具理性"给人类生活带来的种种弊端,都可以通过"公共生活空间"的不断扩大以及人和人、国和国、民族和民族之间的"理性交往"加以解决。资本主义社会正在通过科学技术的进步、生活世界理性化的构建逐步渡过难关,走向进一步的完美、完善。这位早年曾寄身法兰克福学派的人物,如今一反马尔库塞狂飙斗士形象,变成后期资本主义制度的"裱糊匠"。

悲观派的代表,可推徜徉于诗学与哲学之间的思想家让-弗朗索瓦·利奥塔(Jean - Francois Lyotard)。在他看来,"发展",已经发展出太多违背自然和人性的东西。技术革新以一种"性恶论"为基础,进入无限发展的角逐中。这种角逐甚至也已经侵入了文学艺术领域,市场的冲动取代了创作的冲动,"公共的空间被转化为一个文化商品市场,其中,'新'变成剩余价值的新的资源。"他站在左翼对抗立场上将"后现代"视为"现代"的继续,并试图从解构西方文明认知基础的元叙事(metanarrative)着手,为所谓的社会持续发展敲响丧钟。利奥塔倾向于把人类在这条道路上的毁灭性进军看作是地球上从一开始就存在着的"熵"的表现形式。在地球毁灭之际,在人类"大逃亡的飞船上掌

① [美]弗雷德里克·杰姆逊:《全球化的文化》,南京大学出版社 2002 年版,前言。

舵的仍将是熵”,①拯救几乎是无望的。

"行到水穷处,坐看云起时。"现代工业社会发展到所谓"后工业""后现代"阶段,人类赖以生存的自然环境已经遭遇到真正的"山穷水尽"。人类社会如果难以再"照直前进",那么历史也许就到了该"转弯""改道"的时刻。工业社会之后的理想社会,或许不是工业社会的延续发展,而是一个超越了现状的新社会、新时代。在人类精神的上空,已经隐约飘来一缕祥云,那就是关于"生态时代"的预测。

1985 年,当我还正在热衷于文艺心理学研究时,我读到了《国外社会科学》杂志发表的一篇题为《即将来临的人类生态学时代》的文章,署名是拉兹洛。当时,关于欧文·拉兹洛,我尚一无所知。多年以后,当我转向生态文艺学研究时,才知道他原来是罗马俱乐部以及后来的布达佩斯俱乐部创始人之一、联合国教科文组织顾问,一位著述甚丰的学者,一位功底深厚的钢琴演奏家。拉兹洛明确提出"后现代"是"人类生态学时代":目前我们面对的这个时代是一个大转变的时代,一个过渡的时代,也是一个杂乱无章的时代,度过这个时期,"人类可以指望进入一个更具有承受力和更公正的时代。那时,人类生态学将起关键的作用",可以预见的即将来临的时代是一个"人类生态学的时代"。②在他看来,在工业时代之后的这个"生态学时代"里,人们对权利和财富的角逐将受到抑制,人类对地球的压力将由此得到缓解,审美的、象征性的价值将重新引起社会的普遍重视,生活的质量和品位也将由此得以提高。"后现代的生态时代"应该是一个"人间盛世"。

继之,格里芬教授开始将"生态时代"植入其"建设性后现代"的研究领域。他的本职工作是"神学教授",因此他更看重"精神"力量的作用。他认为:即将来临的社会是一个既有别于前现代社会,也不同于现代社会,在这个

---

① 《后现代性与公正游戏——利奥塔访谈书信录》,上海人民出版社 1997 年版,第 233 页。
② 〔美〕拉兹洛:《即将来临的人类生态学时代》,《国外社会科学》杂志,1985 年第 10 期。

社会中人将走出经济利益的狭窄牢笼,将摆脱机械思想对于人的控制,"人的福祉"将与"生态的考虑"融为一体,这是一种真正的精神回归。

拉兹洛与格里芬的共同之处是,他们都把文化因素、精神因素置入当代社会面临的生态问题之中,为"生态学"及"后现代学"输入新鲜血液同时,也使"生态学"闪烁出精神的光辉,为"后现代"的理论点染上理想主义色彩。

另一方面,生态学自 20 世纪 60 年代就开始走出生物学的局限,持续开始了它的"人文化转向"。近数十年中,生态学从哲学、社会学、人类学、伦理学、神学、美学以及政治学、经济学中汲取营养,同时又把自己的思想渗透进这些学科领域。正如我国生态学家牛文元教授指出的: 20 世纪末叶的生态学已经"以哲学语言代替了自然语言","由深层解析置换了表象描述","由二元分离复归到一元本体","由被动追随到强烈参与"。这时的生态学已经开始其"本身价值取向的自我完善",开始凝聚成一种新时代的世界观。① 按照余谋昌先生的说法,是启动一场"新的哲学转向",促使一种"新的哲学范式"出现,乃至一种"新的文明样式"的诞生。②

生态时代世界观与启蒙运动以来现代工业时代世界观之间的差异,归根结底还是在于如何看待"自然"一维,自然是外在于人的"客观事物"还是涵盖了人的整体、母体? 人类在宇宙间如何摆放自己的位置,人类是中心还是地球生物圈中的一环? 人类如何处理自己与自然的关系,是两相对立还是互为主体? 在这些涉及本体论、认识论、价值论的基本问题上,生态时代的哲学与现代社会的主流哲学相比,全都有着截然不同的立场与主张。如同全球化与"人类纪"是两种不同立场,以全球化为旨归的后现代与以"人类纪"为背景的生态时代是两种完全不同的路向,两种路向实则是很难兼容的。

尽管生态危机已迫在眉睫,历史的惰性使得地球人类的集体选择仍然是

---

① 参见马世骏主编:《现代生态学透视》,科学出版社 1990 年版,前言·第 5 页。
② 参见余谋昌:《生态文明论》,中央编译出版社 2010 年版,第 3 章。

前者而不是后者；从不同社会体制的博弈来看，已经积累三百多年经验的资本社会犹如一位善于幻化腾挪的九段高手，而初露萌芽的生态社会尚且处在蹒跚学步阶段。

四、 生态社会与乌托邦

历史学家阿诺德·汤因比从人类与自然的关系史着眼，纵观人类诞生后500万、100万、50万，以及最近5千年的历史，发现人类正在接近一个重大"分叉点"，正面临一场新的生死抉择。他指出：工业革命爆发以来，人类成了地球上"第一个有能力摧毁生物圈的物种"，"摧毁生物圈，也就消灭了他自己"。[1] 侥幸的是那种由启蒙理性铁打钢铸的"社会无限进步论""历史规律决定论"已经开始瓦解，历史前行的路向不再作为科学规律强加给人们，未来的路向正有待于人类自己的选择与实践。

那么，"生态社会"有可能成为未来社会的一种选择吗？

怀特海可以视为生态社会的一位先知先觉。由于其"有机哲学""整体论""过程论"的独特视野及其在宗教与科学冲突中竭力为宗教辩护的立场，更由于他把上帝与自然视为同一位格、将"永恒的和谐"与"谐和的适应"定为终极信念，这使得他早在一百年前对现代社会的剖析批判就已经透递出对于生态社会的种种期待。[2]

步其后尘，莫尔特曼（Jurgen Moltmann）与小约翰·柯布分别创立了他们的生态神学的社会学说，在他们看来，生态学的世界观就其深层而言必然拥有丰蕴的宗教内涵。

---

① ［英］汤因比：《人类与大地母亲》，上海人民出版社 2001 年版，第 15 页。
② 参见［英］怀特海：《科学与近代世界》，"宗教与科学"、"对社会进步的要求"诸章节，商务印书馆 1959 年版。鲁枢元：《生态文艺学》，"怀特海的社会生态学预见"一节，陕西人民教育出版社 2000 年版。

莫尔特曼提出"面向将来的末世论",以人的"自然化"、"社会自然化"应对现代社会的生态危机。他强调三位一体的上帝的内在团契关系,由此看待上帝与世界、人与自然的共同命运,试图为未来的生态社会提供一种"终极角度的根据和规则"。①

柯布则更侧重在生态实践意义上关注现代社会公共政策的变革,其《后现代公共政策:重塑宗教、文化、教育、性、阶级、种族、政治和经济》一书,已经为生态社会描绘出一幅蓝图。

在经济政治领域,柯布反对以单一经济增长为核心,反对市场对政府的恣意操纵,反对由富人引领的奢侈性消费,一切经济政治行为都应当从"上帝创造物的共同体"出发,在上帝、世界与人类的有机整合中寻求社会的和谐发展。这个"共同体",差不多等于"生物圈""生态系统"。

对待种族与阶级问题,柯布一方面承认这是"共同体"中的现实存在,同时希望消除种种偏见,给种族之间的友好交往、阶级成员之间的上下流动创造积极的空间,以达成共同体内的多元共存。

在文化教育领域,柯布更是直接继承了怀特海的精神遗产,反对将教育局限于为经济发展培养"专门人才"、"实用人才"。教育的目的在于增进个体的自由、增进个性的深度,其中就不能不包括艺术与审美教育。在多元文化的前提下增进共同体内人与人之间的相互理解、相互欣赏。

在性与道德领域,柯布主张灵与肉的统一,认可性的满足对于一个健康和谐社会的正面意义,在人类社会生态系统中,"应该找到各种满足共同体需要、又支持人的满足并提供性享受环境的方式"。② 柯布的长期合作者大卫·格里芬甚至倡导整个社会"女性化",让政治、经济、文化、教育各个领域都充满温柔与爱意、同情与怜悯。

---

① 曹静:《一种生态时代的世界观》,中国社会科学出版社 2007 年版,第 51 页。
② [美]小约翰·柯布:《后现代公共政策:重塑宗教、文化、教育、性、阶级、种族、政治和经济》,社会科学文献出版社 2003 年版,第 128 页。

与怀特海式的神学生态社会构想相毗邻的,是马克思主义的生态社会主义。其代表人物,有英国当代学者、牛津布鲁克斯大学地理教授戴维·佩珀(David Pepper)和美国当代学者、加利福尼亚大学社会经济学教授詹姆斯·奥康纳(James O'Connor)。其中奥康纳关于生态社会主义的论述显得更具体、更系统,也更有力度。

奥康纳首先检讨了马克思主义关于"自然"的缺陷,"自然"在历史唯物主义理论体系中地位的缺失。马克思缺少对自然界有机性、差异性和相互依存性的关注。但他认为,马克思对资本主义生产方式、生产关系、经济体制、市场运作的洞察与批判,全都触及资本与自然之间不可调解的冲突,而这正是当前世界性生态危机的症结。"资本"既然是"自然"最凶恶的敌人,那么马克思作为"自然之敌"的敌手当然地就成为"自然之友"。奥康纳说:"生态学马克思主义的历史观致力于探寻一种能将文化和自然的主题与传统马克思主义的劳动或物质生产的范畴融合在一起的方法论模式。"①其结论是:"我们需要'社会主义',至少是因为应该使生产的社会关系变得清晰起来,终结市场的统治和商品拜物教,并结束一些人对另一些人的剥削;我们需要'生态学',至少是因为得使社会生产力变得清晰起来,并终止对地球的毁坏和解构。"②面对生态破坏酿下的社会危机,奥康纳重振自然之维,他不仅把批判矛头指向资本主义,同时也指向"以往的社会主义"。在他的生态社会主义的构想中,人类社会的公平、正义与自然界的健全、稳定并行。马克思早年设想的自然主义与人道主义的最终整合,"人和自然界之间、人和人之间的矛盾的真正解决"似乎就要在生态社会主义社会最终实现。

除了上述关于生态社会的系统理论构建,崛起于民间的**绿色和平**组织(Greenpeace)、绿党(Green Party)、自然之友(Friends of Nature)、世界动物保护

---

① [美]詹姆斯·奥康纳:《自然的理由》,南京大学出版社 2003 年版,第 59 页。
② 同上书,第 439 页。

协会（World Animal Protection）、有机农业（Organic Agriculture），以及环保志愿者、极简主义者、原始主义者、徒步旅行者、山林修行者等等，似乎也都在为一个崭新的生态社会的诞生呼风唤雨、摇旗呐喊。

那么，在资本主义社会的极乐世界与共产主义社会的人间天堂一再遭遇挫折后，生态社会果然就是一个可以期待实现的新社会吗？

面对这一充满诱惑的美妙前景，现实的最终结论却是悲摧的。

思想家们关于生态社会的构想尽管不成熟，但比对当前人类深陷其中的生存危机，无疑富有前瞻性、合理性、优越性。但若要实践起来，却寸步难行。从 1972 年联合国在斯德哥尔摩召开的人类环境会议，到 1992 年里约热内卢环境与发展会议，1997 年在日本京都、2009 年在丹麦首都哥本哈根召开的世界气候变化会议，上百个国家政府首脑纷纷扰扰各抒己见，却始终不能达成一份具有约束力的协议，将近半个世纪过去，环境的恶化仍在一路下滑。原因是一切关于生态问题的建议与构想，只要与现实的政治经济的利益相抵触，便被一剑封喉。而要真正扭转当下的地球生态危机，社会经济就必须付出零增长或负增长的代价，就看得见的前景而言，这是绝不可能的。

现代人类已经成了地球生态系统中一个独自坐大的"特殊利益集团"，祈望从政治经济的角度改良当下生态状况的一切举措，都将流于空谈，甚至陷入新一轮的危机。英国自然资源经济学家朱迪·丽丝（Judish Rees）对此有精辟的论述：生态学与经济学越来越紧密的纠缠，正在结成一个无法脱逃的网罗。"改革者面对的是所有那些从现有制度中谋取利益的人"，[1]系统的惰性是巨大的，"由于强大的利益集团的存在，环境学家能否成功地扭转单纯对经济增长的追求是令人怀疑的。"[2]解决全球性的生态困局，就必须"重新构建全球经

---

[1]　［英］朱迪·丽丝：《自然资源——分配、经济学与政策》，商务印书馆 2005 年版，第 564 页。
[2]　同上书，第 558 页。

济系统"。鉴于资本主义经济的本性与社会主义经济的幻灭,前景是悲观的。① 动真格的环境保护将会对当下的政治、经济、社会造成过于严重的后果,这是任何一个政府都不敢承受的。更不要说,对于那些经济上的垄断者、政治上的投机者,"可持续发展其说是一个环境目标,不如说是一个抬价还价的策略或市场工具。"②于是,朱迪·丽丝说,永远不要相信那些政客、经济学专家、神职人员对于现实的解释,宁可相信小说家们乌托邦之类的幻想话语。③

关于生态社会的种种构想,对于强大的现代政治经济来说,或许只是一帘春梦,一场类乎小说家的白日梦,一个永远在地平线上隐约呈现的乌托邦!

终究还是布洛赫说得好,乌托邦即人所渴求的对象在现实世界中空缺。"空缺"不是什么都没有,空缺处总是弥漫着最强的希望张力。空缺,是一个以"渴求"与"失落"为两极的"场"。因此,空缺处就凝聚了更多人的天性。一位当代哲人说:"如果乌托邦这块绿洲干枯,人间剩下的只是平庸不堪、绝望无计的荒漠。"他说的其实就是人类的精神生态。

以往的社会曾经创生过多种类型的乌托邦:政治的、经济的、宗教的、科技的……为什么就不能有"生态型"的乌托邦呢? 希伯来先知以赛亚曾设想,理想社会应是生态和谐的社会:沙漠将变成绿洲,干裂的土地将水涌如泉,"豺狼将与羊羔同居,豹与山羊同卧,狮子与牛犊同群,整个生物界将由一个孩童统领。"④中国古籍《列子》中也曾描绘过类似的情景:"太古神圣之人,备知万物情态,悉解异类音声。会而聚之,训而受之,同于人民。"⑤中国古代伟大诗人陶渊明的《桃花源记》,更是千古传诵的东方生态型乌托邦诗篇。当代学者欧内斯特·卡伦巴赫(Ernest Callenbach)在他的《生态乌托邦》一书中对未

---

① [英] 朱迪·丽丝:《自然资源——分配、经济学与政策》,商务印书馆 2005 年版,第 547 页。
② 同上书,第 570 页。
③ 同上书,第 423 页。
④ 《以赛亚》第 11 章第 6 节。
⑤ 《列子·黄帝第二》。

来的生态社会作出这样的企划：政府的各级领导主要由女性担任，人们生活在小型的、分散的、被森林化的原野分割开来的乡村共同体或微型城市里，高速电动车的运输体系将其联系在一起；水能、地热、太阳能作为主要能源；城市街道全都是林荫道，有树、有花、有蕨、有竹、有流水、有瀑布，水都是经过污水处理过的循环水；最尖端的电子技术得到符合人的天性的运用；人们通过祷告、诗歌和小小神殿等形式表达对于自然的敬畏与热爱；分散化的共同体、扩展了的家庭自发性的活动、激情表达的自由无拘、消解竞争本能的仪式化的游戏构成生态社会的文化习俗与价值特色。①

这种诗化的乌托邦设计，并不比"未来学"某些科学幻想更加乖张，却总是受到官员与专家的蔑视与嘲弄。但你不能否认其中"弥漫着最强的希望张力"，这是一种充满激情的主体的选择，一种精神超越现实的巨大能量。

如果从政治经济角度救治当下生态危机的努力注定将要落败，那么人类走出社会发展这一"死胡同"的机遇是否存在？

一线生机，还在于变革人类自身，在于唤醒人类内在的自然天性，在于人类精神对于现实物欲的飞跃与超升。

拉兹洛、柯布和格里芬等学者多年来已经在进行着这方面的呼吁，他们侧重从"自然"与"精神"的交集处考察工业社会给地球和人类带来的灾难，并希望通过人们自觉的选择，在"现代"之后开启一个"生态型的后现代"，建立一个既有利于自然生态养护又有利于人类社会全面发展的世界新秩序。

这也是我所关注的"精神生态"。

20 年前我曾在一篇文章中写道：人类社会已经到了该转弯的时候了。当代文化应当更多地关注人的心灵世界、人的内宇宙。开发人的精神资源，调集人的精神能量，高扬人的精神价值，促进人类健康良好的精神循环，帮助身处

---

① 参见［美］卡洛琳·麦茜特：《自然之死》，吉林人民出版社 1999 年版，第 108 页。

末世的人类完成划时代的转换。"转换"是否定,也是"超越";是创造,也是飞升。就如同给困顿于污浊池塘中的鱼类插上精神的翅膀,像亿万年前由鱼蜕变的那只"始祖鸟"一样,从水面飞向树梢、飞上自由的天空。①

（乐黛云主编:《跨文化对话》第 33 辑,生活·读书·新知三联书店 2015 年版。原标题为《新维度　新路向——生态社会能否成为一种期待》）

---

① 鲁枢元:《说鱼上树》,《光明日报》1994 年 12 月 21 日;又见《猞猁言说》,社会科学文献出版社 2001 年版,第 279 页。

在"第五届国际生态会议"闭幕式上的致辞

诸位与会代表：

坦率地讲,对于地球人类面临的生态前景,我是悲观的。我自己从事生态批评近二十年,内心时时充满了挫折感、失败感。尽管我们付出了许多努力,自然生态系统仍在进一步溃败,人们的精神状态仍在进一步沦落,从世界范围看,自然生态以及弱小民族、底层百姓,还有女人及我们从事的文学艺术活动,在豪横的政治专权与经济扩张、市场竞争面前,依然处于弱势,时时在蒙受欺骗、凌辱、宰割、掠夺,在看得见的前景里,这种状况不会有根本的好转。

尽管前景并不美妙,但是,必须有一些人为了挽救自然与人类的心灵做出不懈努力,用一句中国古老的格言说：知其不可而为之,只有这样,才能体现出真正睿智的人类精神。

还有一句中国格言,"柔能克刚"。在座的来自中国台湾、中国内地、美国、英国、加拿大、西班牙、澳大利亚、日本、韩国、印度、土耳其、菲律宾、马来西亚以及世界各地的女士们、先生们,我们虽然手无强权、家无余财,我们拥有的只是一颗柔弱的心,但只要我们坚持努力下去,我们也许会扭转时代前进的方向!

谢谢!

(2010 年 12 月 22 日,台湾淡江大学,讲话由韦清琦博士现场翻译。)

初版后记

近年来,我曾在《文艺研究》《文学评论》《学术月刊》《文艺理论研究》《文艺争鸣》《人文杂志》《南方文坛》《东方文化》《光明日报》《文艺报》《社会科学报》等报刊发表一些关于生态批评与生态文艺学学科建设的文章,有20余万字。我希望能够将它们结集出版,令人鼓舞的是,与我一向友善合作的华东师范大学出版社及时地为我提供了这一机会。

鉴于现在的大学制定的科研管理规则,论文集一般不被算作"科研成果"。这规定似乎没有什么道理,但我还是接受了一些好心人的建议,尽量把它做成"专著"的模样。其实,我已经用不着"评职称",也无意"报奖项",完全可以不理会这些规定。但我以为这样整顿一下我的思绪,使我的那些随机涌现的文字多少显得条理清楚些,也许会给读者带来某些方便。于是,便有了这样一部论著。

总的说来,这是一本关于文学的生态批评的书,再拔高一点说,这是一本探讨精神学科研究新路的书。

但什么是"文学"?在我看来,文学并不就是一个"自足的文本"、一种"叙述的方式",文学还是良心,是同情,是关爱,是真诚,就是你的呼吸、你的心跳,你的眼泪、你的笑容,就是你的不着边际的想象、不切实际的憧憬。

至于什么是"研究",在我看来研究就是一种特定的、持续的心境或精神状态,是一种对于研究对象的悉心体贴与无端眷恋,一种情绪的纠葛与沉溺,一种心灵的开阖与洞悉,那应该是一种发自生命深处的"思"的状态。于是,我便往往情不自禁地把自己的"心跳"和"同情"、"想象"和"憧憬"挥洒到我的文字里,把那些无端的"眷恋"和"沉溺"渲染到我的文章中。

我自己也知道,我不能完全符合某些法定的"学术规范",因为我愿意把所谓的"治学",当作自己适意的日常生活。当然,我更期待着我的这些"心境"能够与更多的人的"心境"融会贯通起来,哪怕只有一点点。对于心灵的沟通来说,"一点",有时也是难能可贵的,唐代诗人李商隐不就说过:"心有灵犀一点通"吗?

在这本书的出版之际,我要向中国社会科学院研究员余谋昌先生表示深深的感谢,感谢他对我的研究工作长期的关怀和支持。这里收录的他与我的一些通信和对话,为本书增添了许多光彩。同时,我还要感谢山东大学曾繁仁先生,他的生态美学研究总是给我许多深刻的启迪。近期以来,南京师范大学外国语学院的韦清琦博士在生态批评方面与我有着愉快的合作,他的敏锐、细心的思维,对我常常是一种激励。本书目录的翻译也是出自他的手笔。复旦大学孙士聪博士对此书的校阅付出了辛勤劳作,这里一并致以由衷的感谢。

鲁枢元 2006 年 6 月 1 日·苏州

新版后记

　　按照学界一般的说法，生态批评兴起于 20 世纪 90 年代初的美国，代表性人物是时任哈佛大学研究生教育学院院长的劳伦斯·布伊尔教授，其代表作是《环境想象：梭罗、自然写作和美国文化的形成》（1995）。

　　关于"生态批评"的定义，在海外和国内都曾经有过争议。与"生态批评"相对应还有"环境批评"。而"生态批评"中，又有人划分出"生态文学批评"和"生态文化批评"，各有各的道理。①

　　我的这本《生态批评的空间》初版于 2006 年，收录进来的最早的文章《生态困境中的精神变量与"精神污染"》，是我于 1995 年举办的"人与大自然——环境文学研讨会"上的演讲。会议由大陆方面的王蒙先生与台湾学界的齐邦媛先生共同主持，许多著名作家、评论家都在大会发表了各自的意见，国家环保局局长曲格平先生到会祝贺并讲话。在这前后，我还曾发表了《性与精神生态》（《读书》1994）、《说鱼上树——精神生态与人类困境》（《光明日报》1994）、《生态时代与乌托邦》（《新东方》1995）、《荒野的伦理》（《山花》

①　参见程相占：《生态批评、城市环境与环境批评》，《江苏大学学报》2010 年第 5 期。

1996）、《我们与牠们——生态伦理学笔记》（《上海文学》1996）、《猞猁言说》（1995，收录于《精神守望》一书）。当时我在偏居一隅的海南大学任教，是在对西方生态批评知之不多的时候写下这些文章的，2000年出版了《生态文艺学》一书。这或许也可以证实我常常说起的一句话：铜山西崩，洛钟东应，生态无国界。

《生态批评的空间》初版于2006年，收录了24篇文章。这次修订共收录了52篇文章，字数也多出了将近一倍，可以说是一部新书了。但我的学术指向近而二十年来始终未变，在"生态批评"与"环境批评"之间，我选择了"生态批评"；在"生态文学批评"与"生态文化批评"之间，我最终选择了"生态文化批评"。

其实，概念上的差异往往是不同民族之间话语习惯上的差异。比如"生态"与"环境"，在布伊尔看来"生态"的科学意味浓重些，范围也更窄狭些。而在我的语感里恰恰相反，倒是"生态"作为人类与其他生物的生存状态比起"环绕"人类身边的"境况"显然更宽泛，也更不易被科学技术所局限。我在苏州大学建立"生态批评研究中心"时，也曾遇到"话语习惯"的侵扰：学校的行政部门审批时担心"批评"这个词汇会引起某些人的反感，这显然已经脱离了文学批评的本义。

但"批评"一词在中文语境中确实含有"反思""指责""批判"的意思，在生态灾难日益严重的当下反倒具有一定的现实意义。本书收录了一篇短文《乌鸦的叫声》，封面图案是枯树上栖息的一只乌鸦，目的在于突出生态批评对于日益恶化的生态状况的警示。古人范仲淹曾写过一篇《灵乌赋》，颂扬乌鸦"警示于无形，防患于未然"、甘愿牺牲一己、保全众生的批评精神。当前的生态批评亟需持守的也正是这种"乌鸦的胆魄"。

二十年来我的学术指向没有太大的变化，有所变化的是批评空间的拓展与扩容。这二十年里，除了自己的思考，我获得与国内外同行学者更多交流的机会，得以在一些国际会议上发出我的心声，引起西方学者对一个东方言说者的关注。这二十年里，除了理论的探索，我加强了个案研究，从生态批评的视域对中国古代两位伟大作家陶渊明、蒲松龄加以阐释，写下两部专著。这二十年里，我还有幸参与了联合国教科文组织"人与生物圈计划（MAB）"中国委员会的工作，参与了对井冈山、梵净山、小秦岭、大青山以及黄河中下游的田野考察，增补了我对大地生态实际状况的感知和体认，得到委员会主席许智宏院士的表扬。

以上这些，在新编的这本书中都有所体现，从中不难看出我的生态批评的空间在渐渐扩大，由文学艺术出发，走向思想文化的广阔天地。

精神变量、精神圈、精神生态，生态批评中的精神维度几乎从一开始就是我关注的核心内容，这是涉及地球生物圈中生物体尤其是人类的主体性、内在性、超越性的要素。大约凡是从人文学科进入生态学领域的，都不会无视精神的力量。布伊尔也曾提及"精神意象"（mental images），视为生态想象的根基。对生态问题中的精神问题最早做出系统论述的是德日进，他的"宇宙精神学说"对于生态文艺学、生态美学的建设至关重要，在我的这本书中有专篇论述。

本书的时间跨度从上世纪 90 年代到当下，这三十年也正是生态批评在世界范围内从发轫到勃兴的时间段。我的这些参差不一的篇章，不过是激流中泛起的一点浪花，甚至泡沫，好赖也算是反映了这段学术史的区区雪泥鸿爪。

三十年里，如果将这 52 篇文章按照时序排列，就会看出我的心态的变化：从青壮年时代的踌躇满志、壮怀激烈，到垂暮之年的悲观失望、走投无路。这恐怕不只是年龄变化的缘故，还和实际上的地球生态在"保护"的频频呼吁声中不但未见好转，反而日趋困窘有关。我实在看不到地球的生态状况在以后三十年乃至三百年会从根本上有所改善，我能够想象到的是进一步恶化。诸如 ChatGPT 之类的高新科技拯救不了人类，拯救不了人类的精神，更拯救不了大地、天空及大自然中的生灵万物。

尽管如此,在我的有生之年仍然不会放弃。我相信在我之后一定还会有人更坚忍、更决绝地在拯救的征途上行走下去。

2023 年 11 月 20 日,姑苏暮雨楼

附录
绿化文学,绿化心灵
——中国首届生态文艺学学科建设研讨会倡议书

中国首届生态文艺学学科建设研讨会于 2002 年 6 月 21 日至 24 日在苏州召开,与会者为分别来自北京大学、复旦大学、上海社会科学院、山东大学、厦门大学、华东师范大学、华中师范大学、上海师范大学、浙江大学、成都大学、江汉大学、海南大学、海南大学、海南师范学院、佛山大学、苏州大学等单位的教授、专家;《光明日报》《文艺报》《中国社会科学》《社会科学》《文艺研究》《学术月刊》《文艺理论研究》等报刊派代表参加了会议。全体与会人员就生态运动与文学艺术的一系列相关问题进行了深入广泛的探讨,并希望在此基础上与国内美学界、文艺学界以及文学创作、文学批评界的人士进行沟通,取得共识。为此,我们倡议如下:

一

当前,人类历史正处于一个重大变迁时期。人类社会的高速发展,同时也给人类社会带来高度的风险。其中,地球生态状况的严重恶化,就是诸多风险中最大的风险。

生态恶化,绝不仅是自然现象。究其实质,自然生态的恶化与当代人的生存抉择、价值偏爱、认知模式、伦理观念、文明取向、社会理想密切相关。自然领域发生的危机,有其深刻的人文领域的根源。关注现实社会,体贴人类心灵,历来是文学艺术精神的依托和支撑,当代文学艺术再也不能忽视自然的存在、漠视纷至沓来的生态灾难了。

二

生态问题的核心与关键,是人与自然的关系。缓冲地球生态系统的危机,首先在于审视人对自然的态度和观念。在人类强大到足以"翻天覆地"时,我们尤其应当明白,人类仍然是地球生态系统众多物种中相互依存的一个物种。与其他物种不同的是,人类是地球村中享有重大权力而又应当承担重大责任的一员。

生态理念似乎已经被人们在日常生活中认可,比如,我们已经开始绿化裸露的大地,绿化坚硬的城市,绿化枯燥的社区;甚至连衣物、食物、饮料、涂料、建筑材料等都贴上了"绿色"的标签,且不管其中有多少肤浅的虚妄与精巧的欺骗。在我们看来,首先应当"绿化"的,还应该是当代人焦渴浮躁的心灵和象征这一心灵的文学艺术。

三

人性与自然具有同质性。人类依然是自然之子,大地依然是文学创作的源泉。

按照马克思的说法,现代社会中自然的衰败与人的异化是同时展开的。人与自然的对立,不仅伤害了自然,同时也伤害了人类赖以栖息的家园,伤害了人类那颗原本质朴的心灵。

守护自然,守护家园,就是守护我们自己的心灵。如果我们不能以审美的、同情的、友爱的目光守护一棵树、一块绿地、一泓溪水、一片蓝天,我们也就不能守护心灵中那片圣洁的真诚、那片葱茏的诗意。

当代文学艺术应当为促进人与自然的和解、人与自然的和谐作出奉献。文学艺术应当走进自然、关爱自然、佑护自然,重振"自然之维"。这不仅仅指文学艺术创作中题材的选择和风格的营造,更体现出一个文学艺术家的良心和职责。

四

决不能把"全球化"单单看作是"全球经济一体化",更不能为了"全球经济一体化"继续破坏"全球生态一体化",即人类在内的自然万物协同共生的一体化。

现代社会生态状况的严重失衡,不但表现在自然生态的失衡,还表现在文化生态、精神生态上的失衡。这一切都证明单单拥有资本和市场还不行,还必须有高于资本和市场的"最高使命"和"绝对需要"。我们理解,这就是地球生态系统的完整和健全。

当代文学艺术不应当完全听命于资本和市场的支使,而应当在自然与社会、物质与精神、资本与人性这种种"二元对立"的冲突中,发挥自己独具的调解制衡的独特作用。

五

从 20 世纪 80 年代以来,大量借鉴西方文艺理论对中国文艺学的发展起到了毋庸置疑的推动作用。近期来,通过生态美学、生态批评、生态文艺理论在中国本土自发地萌生,我们欣喜地看到,我们的思考与西方文艺思潮的时间差正在逐步缩小。

在文学艺术古老悠久的传统中,有着无比丰富的"敬畏生命,崇尚自然"的精神资源,在东方、在中国尤其如此。

正如一些西方学者指出的:世界性的生态危机,其实就是西方主流文化意识形态的危机。在纠正西方文化的灾难性倾斜时,发掘中国生态文化传统的精华,建设一门富有中国特色的生态文艺学(或"文艺生态学"),不但是必要的,而且是可能的。

为此,我们首先需要学习的,倒是西方一些学者对历史传统的反思精神,对社会现实的批判精神。

六

生态美学、生态文艺学、生态批评不仅仅是一些概念和规则、推理和论证,不仅仅是一些知识和逻辑,一些结构和系统,更重要的还是一种立场,一种态度,一种情感,一种行为,一种实践,一种精神,一种生存的方式,一种人生的理想或憧憬。我们建议在我们越来越知识化、结构化、规则化、数量化的大中小学教育中引进生态美学、生态艺术、生态文学、生态批评等新的科目,把自然、感性、生机、实践,同时也把敬畏、赞美、关爱、守护导入学校的教学实践中,在绿化师生心灵的同时,也绿化我们的教育。也许,在一个富有生态精神的教育系统内,所谓"专业教育"与"素质教育","实用人才"与"优美人性",才有可能得到有机的整合。

签名:(按签写顺序)

朱立元　孙景尧　陈宪年　曾繁仁　刘锋杰　冯文坤　韦清琦

王　诺　王先霈　王兆胜　陈义海　刘　蓓　王腊宝　朱志荣

周玉宁　耿占春　陈剑澜　王坤泉　范英豪　李春红　孙士聪

曾永成　张　晧　姚鹤鸣　莫先武　赵白生　鲁枢元　蔡同庆

邱　健　薛　雯　陈健敏　蒋连杰　夏中义　王志南

2002 年 6 月 24 日.中国.苏州

(《社会观察》2002 年 12 月 12 日)

一本书打开一个世界

欢迎订购、合作

订购电话：0571-85153371

服务热线：0571-85152727

KEY-可以文化　　浙江文艺出版社　　京东自营店

关注 KEY-可以文化、浙江文艺出版社公众号，
及浙江文艺出版社京东自营店，随时获取最新图书资讯，
享受最优购书福利以及意想不到的作家惊喜